FRANCESCA MELANDRI
Alle, außer mir

Quart*buch*

FRANCESCA MELANDRI
Alle, außer mir

Roman

Aus dem Italienischen von
Esther Hansen

Verlag Klaus Wagenbach   Berlin

*The circumstance of superior beauty is thought worthy
attention in the propagation of our horses, dogs
and other domestic animals. Why not in that of man?*
Thomas Jefferson

*Zur Erinnerung an Ato Channe, Ato Derebe Teferi Ingida
und Massimo Rendina, Widerstandskämpfer*

0

2012

Heute ist Attilio Profeti gestorben, und sein Horoskop lautet: ›Ein schöner und erfreulicher Tag erwartet Sie.‹

Stimmt, Papà: Was gibt es Besseres, als im eigenen Bett das Leben auszuhauchen, nachdem man den Wettkampf gewonnen hat?

›Zahlreiche Chancen bieten sich Ihnen, vor allem im zwischenmenschlichen Bereich.‹

Auch das stimmt: Viele Menschen sind hier, die dich verabschieden wollen.

›Nehmen Sie eine Einladung für den Abend an, es könnte eine interessante Begegnung werden.‹

Nein, das glaube ich wiederum nicht. Du hast selbst nicht an ein Wiedersehen danach geglaubt, mit wem auch immer.

Ich weiß nur eins: Unter uns Lebende kannst du nicht zurückkehren. Wer stirbt, ist ein Flüchtling, ein Asylsuchender. Der einen Ablehnungsbescheid bekommen hat für den Rest der Ewigkeit.

Du wirst dein Zuhause nicht wiedersehen. Auch du bist nun *raus*.

1

2010

Über dem höchsten der heiligen Hügel Roms, dem Esquilin, liegt der Duft von Kebab, Kimchi und Masala dosa. Die Häuser hier haben hohe Decken, doch nicht immer einen Fahrstuhl. Dieses zum Beispiel hat keinen. Ilaria ist es gewohnt, die sechs Stockwerke zu Fuß hinaufzusteigen, die erzwungene Bewegung ist ihr eher eine Wohltat als eine Last. Heute aber versetzt sie den Stufen Tritte, jeder Schritt ein Fluch. Eine dichte Curryduftwolke weht durch das Hoffenster ins Treppenhaus. Sie legt sich über die Stufen und erfasst Ilaria mit voller Wucht, kann sie aber von ihrem Zorn nicht ablenken. Lässt sie nur leicht die Nase rümpfen.

Der Atem des Meeres, dem Rom trotz der eigentlich unmittelbaren Nähe gerne den Rücken kehrt, überwindet am späten Nachmittag oft die Spekulationsobjekte der Peripherie, zieht über die Viertel des Zentrums am Fluss bis direkt in Ilarias Fenster im obersten Stockwerk. In solchen Momenten weht eine Art Sehnsucht durch ihr kleines Apartment: nach Weite, nach Horizont, nach Ozeanrouten – solche Dinge halt. Viele Jahre lang wusste sie nicht, dass dies an dem Jod in der Meeresbrise lag. Einer Brise nur aus Ostia, mag sein, aber immerhin einer Meeresbrise. Doch oft genug gelingt es selbst dem Tyrrhenischen Meer nicht, die penetranten Gerüche aus den Esquilinküchen zu zerstreuen. Mehrere Male am Tag, zu jeder Uhrzeit, ziehen sie durch den bevölkerten Hof, der den gesamten Block aus mehr als einem Dutzend Wohnhäusern verbindet. Vor Jahren, als Ilaria einmal mit einem Darmvirus fiebernd im Bett lag, wurde ihr von jedem Essensgeruch schlecht. Um den Brechreiz zu lindern, musste sie die Fensterritzen mit Klebeband abdichten. Im Übrigen hat jeder seine eigene Sinnesverschmutzung. In San Lorenzo und Trastevere können Anwohner nachts nicht schlafen wegen des Lärms aus den Pubs, da hat sie es noch vergleichsweise gut. Sie wohnt lange genug hier, um zu wissen, dass sie sich vor den Dünsten nicht schützen kann. Sie kann lediglich jedem unangenehmen Geruch den Namen eines Parfüms geben: Da, ein Hauch von *Eau de Maghreb*, oh, riech mal, eine kleine Wolke *Obsession d'Inde*, ah, welch ein Bouquet – gekochter Kohl und roher Knoblauch –, das muss das seltene *Korea Extrême* sein.

Nur das gedämpfte Licht der letzten Augusttage fällt ins Treppenhaus, trotz wiederholter Aufforderung tauscht der Verwalter seit Wochen die Flurlampen nicht aus. Doch auch das Halbdunkel über den Stufen vermag Ilarias Zorn nicht zu mildern.

Vor ein paar Stunden, als sie nach Einkäufen für das neue Schuljahr zu ihrem Parkplatz zurückkam, war ihr Auto abgeschleppt. Dabei hatte sie weder im Halteverbot noch auf einem Behindertenparkplatz oder in zweiter Reihe gestanden. Doch auf diesem Stück Uferstraße entlang des Tibers wird morgen der Autokorso von Oberst Muammar al-Gaddafi auf Staatsbesuch passieren. Und jedes Kind weiß, dass Diktatorenlimousinen nicht an den geparkten Wagen von Normalsterblichen vorbeifahren dürfen, nicht einmal auf einer zehn Meter breiten Fahrbahn. Also hat der Bürgermeister von Rom das Ordnungsamt angewiesen, alle Autos vom Lungotevere entfernen zu lassen, eine der letzten Parkmöglichkeiten im historischen Zentrum. Als Ilaria von ihren Erledigungen zurückkam, klaffte an der Stelle ihres alten Pandas eine Lücke, abgesperrt mit rot-weißem Flatterband.

Zuerst war sie verunsichert. Hatte sie ihr Auto vielleicht woanders geparkt? Das passiert ihr häufiger in letzter Zeit. Sie hat schon ganze Viertelstunden nach dem Panda gesucht, weil ihr Mittvierzigerin-Gedächtnis den letzten Parkplatz nicht gespeichert hat. Frustrierende, verlorene Zeit, die ihr die Laune verdüstert, als würde sich ein Eimer schwarzer Farbe in ihr Hirn ergießen. Eine Welle der Angst erfasst sie vor dem Versagen nicht nur ihrer Hirnsynapsen, sondern auch der anderen Körperfunktionen. Verrinnende Zeit, Sterblichkeit, solche Themen beschäftigen Ilaria, während sie verwirrt und nervös die Bürgersteige abläuft. Hat sie ihr Auto jedoch gefunden, sind die Sorgen wie weggeblasen. Ersetzt oder vielleicht nur überlagert von dem unaufhörlichen Gedankenstrom des Alltags. Es ist ungesund, der Urangst mehr Raum zu lassen als nötig, und Ilaria ist nicht krankhaft veranlagt.

An diesem Nachmittag jedoch merkt sie, dass sie nicht als Einzige mit leerem Blick auf die geräumte Straße starrt. Auch andere Menschen irren in der beunruhigenden Schönheit des autofreien Tiberufers auf und ab. Sie wirken verunsichert, wie unter Schock, die einzigen Überlebenden einer Apokalypse, welche die Menschheit ausgelöscht hat – oder zumindest ihre Fortbewegungsmittel. Nach denen sie nun vergeblich suchen, so wie sie.

Ein junger Mann Mitte zwanzig – dem Äußeren nach ein Student mit übertretener Regelstudienzeit, guter Lektüre und reichen Eltern im Rücken, die ihm keinen Stress machen – wusste bereits, was da passiert sein musste. Er ging auf Ilaria zu und wies auf einen handgeschriebenen DIN-A4-Zettel, der halbverborgen unter dem Laub einer Platane hing und besagte: ›Absolutes Halteverbot vom 28. 8. 2010, 18 Uhr, bis 29. 8. 2010, 12 Uhr – Widerrechtlich abgestellte Fahrzeuge werden kostenpflichtig abgeschleppt‹.

Ilaria sah ihn nachdenklich an. »Den habe ich beim Parken gar nicht gesehen.«

»Ich auch nicht«, erwiderte der junge Mann. »Den haben die doch absichtlich so versteckt. Die ganzen Knöllchen spülen Geld in die Kassen.«

»Schweinerei!«

»Ja. Absolut.«

Ilaria fuhr also mit den öffentlichen Verkehrsmitteln nach Hause.

Und morgen muss sie nicht nur ein horrendes Bußgeld zahlen, sondern auch ihren kleinen Panda abholen. Im Treppenhaus kann sie an nichts anderes denken als an die Odyssee, die ihr bevorsteht. Denn irgendein sadistischer Stadtplaner hat das Gelände des kommunalen Abschleppdienstes in den hintersten Winkel der Peripherie gelegt. Die Taxifahrt dorthin kostet ein Vermögen. Mit dem Bus ist man einen halben Tag unterwegs. Die einzige vernünftige Art, es zu erreichen, ist das Auto, aber das ist ja leider sichergestellt. Es gäbe noch eine vierte Option für Ilaria, nämlich sich hinfahren zu lassen. Von Piero zum Beispiel, der seit bald dreißig Jahren darauf wartet, sie an seinen Privilegien teilhaben zu lassen, wie beispielsweise an dem blauen Dienstwagen des Staatssekretärs. Auch Lavinia müsste sie nicht lange bitten, sie morgen früh abzuholen. Und es ist ja nicht so, dass Ilaria die Idee, sich Hilfe zu holen, verworfen hätte – sie kommt ihr einfach nicht in den Sinn.

Heute beneidet sie ihre Mutter. Obwohl Marella seit über einem halben Jahrhundert in Rom lebt, hat sie niemals aufgehört, Mailand als »meine Stadt« zu bezeichnen. Sie versucht gar nicht erst, ihre Verachtung gegenüber der italienischen Kapitale zu verhehlen, distanziert und kalt wie ein driftender Eisberg. Manchmal würde auch Ilaria gerne so empfinden, doch sie kann es nicht: Sie ist in Rom geboren. In Momenten wie diesem hasst sie die Ewige Stadt. Doch gleichzeitig weiß sie, dass dies das Gefühl einer betrogenen Liebhaberin ist, oder schlimmer noch einer Sklavin.

Deshalb stampft sie jetzt mit gesenktem Kopf und zornerfüllt die Treppen hinauf wie ein Stier durch die Arena. Sie kommt im ersten Stock am Schlafsaal der Bangladescher vorbei. Im zweiten an dem illegalen Bed & Breakfast. Im dritten am rot-goldenen Glückwunschband der Chinesen-Familie, ihren engsten Verbündeten im Kampf für den Einbau eines Aufzugs. Im vierten Stock empfängt sie eine körnige Stimme.

»Ciao, Ilà.«

Durch den offenen Spalt der Wohnungstür erahnt sie ein verschwommenes, wie aus Bimsstein geformtes Profil. Ilaria ist sich sicher, dass ihre alte Nachbarin jeden Schritt auf diesen Stufen allein am Klang erkennt.

»Ciao, Lina«, erwidert sie freundlich, ohne ihren Lauf zu bremsen. Zielstrebig hält sie an der angelehnten Tür vorbei auf die fünfte, vorletzte Treppe zu. Doch Lina ist noch nicht fertig.

»Da oben wartet ein schwarzer Mann auf dich.«

Ilaria hält auf dem Treppenabsatz inne und dreht sich um.

»Was hast du gesagt?«

»Ein Afrikaner. Komplett schwarz. Er sagt, er sucht deinen Bruder. Ich wusste nicht, ob ich ihm sagen darf, in welchem Stock ihr wohnt, aber jetzt ist er eh schon oben.«

»Aha. Vielleicht ein Freund von Attilio. Danke, Lina.«

»Oh, Ilà, sollte er Ärger machen, dann schrei einfach. Ich habe meinen Enkel zum Abendessen hier, der kann dir helfen.«

»Keine Sorge. Guten Appetit, dir und deinem Enkel ...«

Ilaria geht weiter, nun aber langsamer und den Kopf nicht länger gesenkt. Als sie die letzte Treppe erreicht, sieht sie oben auf der vorletzten Stufe den Besucher sitzen. Noch bevor sie bei ihm ist, beginnt er zu reden.

»Entschuldigung. Hallo. Wohnt hier Attilio Profeti?«

Im Halbschatten fällt Ilaria als Erstes seine Hautfarbe auf, die von der gleichen Tönung wie die alten Holztüren zu beiden

Seiten des Treppenabsatzes ist. Er hat violette Lippen. Lange Beine, so dünn wie Strohhalme. Das Trikot eines berühmten Erstligaspielers.

Er sieht aus wie fünfundzwanzig, vielleicht auch jünger.

»Wer bist du?«, fragt sie.

»Ich suche Attilio Profeti.«

Ilaria zeigt auf die Wohnung des Bruders, ihrer gegenüber.

»Er wohnt dort.«

»Lebt er noch?«

»Natürlich lebt er noch!«

»Dann hat er einen Raben gegessen!«

Ilaria runzelt die Stirn.

Er erklärt geduldig lächelnd: »Das heißt, er ist sehr alt.«

Das rechte Auge des jungen Mannes ist leicht verquollen, gelb verfärbt und von Äderchen durchzogen. Doch sein Blick ist eine Gerade ohne Schlieren. Ilaria muss an Kinder denken, die in ihr Spiel vertieft sind, oder an ältere Menschen, die noch bei guter Gesundheit weder viel noch wenig reden. Bei einem so jungen Italiener hat sie ihn noch nie gesehen.

»Mein Bruder ist dreißig. Der Attilio Profeti, den du meinst, ist mein Vater und wohnt nicht hier. Und wer bist du?«

»Ich heiße Shimeta Ietmgeta Attilaprofeti.«

»Wie?«

»Shimeta Ietmgeta Attilaprofeti.«

Ilarias Kopf neigt sich zur Seite. Auf ihrer Stirn erscheinen vier Querfalten.

»Hör mal, wenn du mich auf den Arm nehmen willst ...«

»Nein. Das will ich nicht.«

Sein Italienisch ist fast akzentfrei, nur seine Ts klingen tiefsonor wie von einer Trommel.

Ilaria versucht die letzten Reste von Geduld zusammenzuraffen, die dieser schreckliche Tag ihr noch gelassen hat.

»Alles klar. Du hast auf den Namen am Klingelschild geguckt.

Aber was dich dazu gebracht hat, alle die Stufen hochzukommen, verstehe ich nicht. Los jetzt, verschwinde.«

»Ich heiße Shimeta Ietmgeta Attilaprofeti«, wiederholt er ohne eine Spur von Ungeduld oder Kränkung in der Stimme. »Wenn Attilio Profeti dein Vater ist, dann bist du meine Tante.«

Ilaria reißt die Augen auf und sieht plötzlich viel jünger aus. Sie bricht in Gelächter aus.

»Deine Tante!« Ihre dünnen Schultern zucken vor Lachen. »Das glaube ich nicht. Deine Tante!« Sie stößt Luft durch die Nase aus, schüttelt den Kopf und beruhigt sich wieder, ohne dass ihr Lächeln ganz erstirbt. »Also, das kannte ich noch nicht. Ist die neu, die Masche? Ich habe ja schon so einiges erlebt hier im Viertel. Na gut, was soll's, du hast gewonnen.« Sie kramt in ihrer Handtasche und zieht die Geldbörse hervor. »Immerhin hast du mich zum Lachen gebracht, was heute wirklich nicht leicht war. Hier.« Sie hält ihm einen Fünf-Euro-Schein hin. »Die hast du dir verdient.«

Der junge Mann hat bei ihrem Gelächter keine Miene verzogen und macht nun keine Anstalten, das Geld zu nehmen. Stattdessen greift auch er in seine Tasche und bringt einen Ausweis zum Vorschein.

»Du hast es nicht verstanden«, sagt er, reicht ihn ihr und steht auf. Er ist weniger groß als gedacht, dafür noch dünner. »Das ist wirklich mein Name.«

Sie nimmt das Dokument. Einen Personalausweis. Mit olivgrünem Umschlag. Unter dem Schriftzug ETHIOPIA stehen sechs elegante Buchstaben, ganz rund, schräg und verschnörkelt. Ilaria klappt ihn auf. Auch hier ist alles in zwei Schriftarten geschrieben. In lateinischen Lettern steht dort: SHIMETA IETMGETA ATTILAPROFETI.

Ilaria gehört zu den schlanken Frauen, die gut und schlecht zugleich altern. Gut, weil sie dünn und beweglich bleiben. Schlecht, weil ihre Haut ab vierzig sie zusammen mit den schlanken, beweglichen Gliedern wie eine gealterte Teenagerin aussehen lässt. Außerdem hat sich seit einigen Jahren ein unauffälliger, aber ständiger Schatten der Unsicherheit über Ilarias Gesicht gelegt, der ja ein Teil des Alterns ist.

Als sie jung war, stellten Ilarias große Augen, ihre teakfarbenen Haare und die gleichmäßigen Züge sie unter den Schutz des Begriffes »hübsch«, was sie zumindest gelegentlich nutzen konnte. Obwohl sie sich wenig darum kümmerte. Das ging so weit, dass sie auf der Schwelle zum mittleren Alter erleichtert war, niemals dem Fluch der großen Schönheit ausgeliefert gewesen zu sein, welche in der einen oder anderen Art auf den Männern ihrer Familie lastete. Sie weiß, dass das ihr Leben als Frau eingeschränkt, wenn nicht gar erstickt hätte. Ganz zu schweigen von dem traurigen Anblick ihrer Altersgenossinnen, die ganz mit dem bittern Ende der jugendlichen Perfektion beschäftigt sind. Zumal Ilaria zu den Menschen gehört, die in sozialer Hinsicht wenig ehrgeizig sind, in existenzieller dafür umso mehr. Sie möchte gemocht oder sogar geliebt werden, nicht für ihr Äußeres, sondern für das, was sie *wirklich* ist. Wodurch sie oft die Einsamkeit kennengelernt hat. Und sich häufig allein schwierigen Situationen stellen musste – wie gerade jetzt.

Sie hat keine Angst. Davor, dass dieser Mann ihr etwas antun könnte. Ihr ist nicht nach Schreien zumute, wie von Lina vorgeschlagen, damit sie und ihr Enkel gerannt kommen. Es ist schlicht so, dass dieser Ausweis in ihrer Hand eine Leere in sie gerissen hat, wie etwas, das fehlt: die kurzfristige, aber totale Auslöschung jeder kausalen Verbindung zwischen Wahrnehmung und Gedankenwelt.

So steht sie versteinert da, als die Hand des jungen Mannes blitzartig wie ein Raubvogel auf sie zuschnellt. Sie hält sich instinktiv die Hand vor das Gesicht, doch er nimmt nur den Ausweis an sich und steckt ihn zurück in seine Tasche.

»Attilio Profeti weiß, wer ich bin. Frag ihn. Er ist mein Großvater.«

Ilarias Finger, die den Fünf-Euro-Schein umklammern, beginnen zu zittern. Mit der anderen Hand hält sie sich die Augen zu, während sie innerlich die helle Iris ihres Vaters vor sich sieht. Gerne wäre sie bei ihm, damit er ihr sagte, dass es Dinge gibt, die Ilaria zwar wissen soll, die aber im Gegensatz zum letzten Mal nicht dazu führen, dass sie ihre gesamte Biografie umschreiben muss.

›Oh nein‹, denkt sie, ›das Ganze noch einmal.‹

Fünfundneunzig Jahre Stoffwechsel, Atmen und Zellerneuerung, Gewehrsalven im Wald und Stunden im Büro, Sex, Angst, Pokerrunden, Scheidungen und Autofahrten, Kriege und Konferenzen haben aus Attilio Profetis Körper einen Schutthaufen gemacht. Hand- und Fußgelenke sind mit dunklen Blutergüssen übersät. Die Blutzirkulation erfolgt mit jedem Tag langsamer, bis sie eines Tages zum Erliegen kommen wird. Das schwammige Lungengewebe kann nicht mehr den nötigen Sauerstoff aufnehmen; neben seinem rückenverstellbaren Sessel steht eine Gasflasche, aus der er phlegmatisch inhaliert wie aus einer Wasserpfeife. Aus purer Gewohnheit pumpt das Herz weiter, schwach wie ein alter Wasserkessel. Attilio Profetis Körper ist ein Haus, das mit voller Wucht von der Bombe des hohen Alters getroffen wurde: Mauern, Wände, Zwischendecken – nichts ist verschont geblieben. Nur seine Augen sehen aus wie das azurblaue Keramikservice, das wie durch ein Wunder heil an der weitgehend zerstörten Mauer hängt. Klar konturierte Iris, schneeweiße Lederhaut, der Glaskörper noch durchsichtig. Seit er auf die hundert zugeht, hat er wieder den Blick eines Dreijährigen, ohne Geheimnisse, entwaffnend in seiner Sanftheit.

Gleich gibt es Abendessen. Der Fernseher läuft, doch niemand beachtet die Leute auf dem Bildschirm – sehr ernst, sehr erregt –, die quasi ohne Grund große Summen an Geld gewinnen oder verlieren. Anita, auch mit siebzig noch jung, immer jung, ewig jung, durchquert mit der Gießkanne das Zimmer. Attilio folgt ihr mit dem Blick. Bloß nicht aus den Augen verlieren, sonst passiert noch irgendwas. Sie macht die Balkontür auf, und die warme Augustluft mischt sich mit der kühlen Luft der Klimaanlage. Sie gießt die Kräutertöpfe am Geländer: Thymian, Basilikum, Salbei, Majoran. Die hellen Augen ihres Ehemannes begleiten jede Bewegung. Im Sonnenuntergang ist Anitas Körper eine harmonische dunkle Gestalt. Attilio weiß, dass er mit ihr verbunden ist, aber er weiß nicht mehr genau wie.

»… beba.«

»Was sagst du, Liebling?«, fragt Anita, ohne sich umzudrehen.

Attilio starrt weiter die schlanke schwarze Figur vor dem knallrosa römischen Himmel an.

»Abeba …«

Die letzten Tropfen rollen aus der Gießkanne auf den Majoran. Anita dreht sich lächelnd um.

»Ich verstehe nicht, soll ich dich jetzt auch ›Baby‹ nennen?«

Attilio schafft kein Lächeln. Sein Blick hat sich in der Ferne verloren.

»Mein Flammenwerfer ist ausgegangen«, sagt er.

Sie beginnt zu lachen. »Oh, Liebling …! Schon wieder die alte Geschichte?«

Sie stellt die Gießkanne auf den Balkon und geht zu ihm. Sanft wie eine Mutter nimmt sie seinen Kopf in ihre Arme, während ihr Gesicht oberhalb ihres Mannes von einem heimlichen, stummen Gelächter geschüttelt wird. »Flammenwerfer!«

Attilios Augen werden noch größer, und er macht sich steif, ergibt sich nicht ihrer Umarmung.

»Er funktioniert nicht mehr.«

Anita reißt sich zusammen und hört auf zu lachen. Sie senkt den Kopf, schaut ihm in die Augen und streichelt sein Gesicht.

»Ganz ruhig, mein Schatz. Ich liebe dich, auch wenn dein Flammenwerfer jetzt im Ruhestand ist ... Ich werde dich immer lieben. Das weißt du doch, oder?«

Sie fährt ihm ordnend durchs Haar wie einem Kind, nimmt die Fernbedienung und hält sie auf den großen Fernseher. »Komm, wir wollen mal sehen, was in der Welt so passiert.«

Über den Fernsehschirm flimmern die Bilder einer offiziellen Trauerfeier. Dutzende schwarz gekleidete Würdenträger drängen sich im deprimierenden Barock einer großen Kirche.

»Wer ist gestorben?«

Attilios Stimme ist plötzlich klar, sein Blick völlig unvernebelt. Er ist wieder da, präsent.

»Lass mich kurz hören ...«, meint Anita. »Ach, ja: Francesco Cossiga.«

»Der Präsident?«

»Ex. Er ist schon lange nicht mehr Präsident.«

»Wie alt war er?«

»Tja, mal sehen ... da steht, er war Jahrgang '28. Also ...«

»Dreizehn.«

Anita dreht sich erstaunt zu ihm.

»Was?«

Attilios Augen glitzern fröhlich wie bei einem kleinen Jungen.

»Jünger als ich.« Er zeigt mit großer Befriedigung auf die Bilder der Trauerfeier. »Aber er ist tot. Und ich lebe.«

Anita streichelt ihn sanft. »Ja, Liebling. Du lebst. Das ist wunderbar.«

Die Nachrichten laufen weiter. Die Sprecherin mit eisblauen Augen und gleichfarbiger Jacke liest vom Teleprompter: »... Der politische Streit erfasst nun auch die Finanzierung durch die Region, hundertachtzigtausend Euro mit einer Laufzeit von zwei Jahren, die im vergangenen Februar 2010 für die Fertigstellung des Parco Radimonte in Affile genehmigt wurden, einer Kommune im Hinterland von Rom. Die Opposition verlangt die Rückzahlung der Finanzmittel, um stattdessen ein Mausoleum zu Ehren Rodolfo Grazianis zu errichten ...«

Niemand hört der Journalistin mehr zu: Anita ist in die Küche gegangen, Attilio in seinem Sessel eingeschlafen.

Der junge Attilio Profeti spricht nicht gern ins Leere. Es ist anstrengend genug, gegen den Wind anzureden. Bei seinen Erklärungen wendet er sich nur an die, die mit den Augen aufs Meer blicken, denn er weiß, wer mit einem elektronischen Gerät darauf zielt, hört kein einziges Wort. Normalerweise hat er nach der Einweisung nicht einmal Zeit, die *Chance* näher heranzusteuern, da ragt schon ein Heer aus Armen in die Luft, bewaffnet mit Handys, Videokameras und Tablets. Eine Armee elektronischer Schutzschilder, vielleicht als Verteidigung gegen diesen wundersamen Pottwal mit einem Gewicht von zwei Tonnen und acht Metern Länge, der prustet, die Flosse hebt und die stählerne Haut in der Sonne glitzern lässt.

Dann gibt es immer die, die am Ende ihr Geld zurückfordern, weil der Wal zu weit weg war oder die Sprünge der Delfine nicht spektakulär genug, vielleicht weil sie nicht gesteppt haben wie im Animationsfilm. Es sind in der Regel die Väter, die ihren Familienmitgliedern die ganze Exkursion über Vorträge halten, wie man ein Segelschiff lenkt, und dabei ständig Attilios Arbeit stören. Bestimmt könnte man gutes Geld mit einem Buch verdienen, in dem alle Segelausdrücke versammelt sind, die seine Passagiere auf gut Glück von sich geben, angefangen bei ›raffel das Gaff‹. So erhoffen sie sich, Autorität über den pubertierenden Nachwuchs zurückzugewinnen, der hingegen schon eine strenge, aber gerechte Verachtung für sie hegt. Ihnen berechnet Attilio nicht nur den vollen Preis plus Mehrwertsteuer, sondern zusätzlich eine nicht näher definierte Kraftstoffsteuer, der Codename für den Preisaufschlag ›Entschädigung für das Übermaß an Selbstkontrolle, der allein du es verdankst, nicht im Meer gelandet zu sein, du Vollidiot‹.

Zum Glück besuchen ihn auch manchmal die Göttinnen des Sommers an Bord. Ihnen macht er natürlich immer einen Spezialpreis. Und an einem guten Tag kann er ihnen nach dem Ausflug noch eine Probe seiner Künste nicht nur kulinarischer Art geben, die im Bauch der vertauten *Chance* schlummern.

»So ein schönes Leben, ein Traumjob!«, rufen die Leute, wenn Attilio erzählt, womit er seinen Lebensunterhalt verdient. Ja, er weiß, dass er Glück hat. Großes Glück. Bei manchen Sonnenaufgängen in der Vorsaison zum Beispiel. Wenn die Luft nach Regen riecht und der Wind dir kalt ins Gesicht peitscht. An solchen Tagen besteigen nur Leute das Boot, die sich wirklich für Wale interessieren. Mit denen er verzauberte Momente teilen kann; eine Schwanzflosse, die durch die Dünung schlägt; eine Gruppe Delfine, die im Sonnenaufgang mit dem Kielwasser der *Chance* spielt; das uralte Auge eines Pottwals wenige Meter neben dem Heck, das klug und abgründig die Menschheit studiert.

Doch seit einigen Jahren denkt er manchmal, wenn wie jetzt der August erreicht ist, dass viele seiner Hochsaison-Passagiere viel mehr bei einem schönen Dokumentarfilm lernen würden, gemütlich zu Hause auf ihrem Sofa. Auch heute hätte er fast einen Streit angefangen. Drei Elternpaare mit je zwei Kindern. Ein Vater hatte sich mit ihm angelegt, weil er wegen des Mistrals die Exkursion abkürzen musste – nicht viel, nur um etwas mehr als eine Stunde. Als Attilio seine Entscheidung zur Umkehr kundtat, begann der Mann zu zetern, er habe den Preis für eine ganztägige Tour bezahlt. Das Meer wurde schnell wilder, und sein jüngster Sohn war schon ganz grün im Gesicht vor Übelkeit.

»Liebling, Gianluca ist seekrank ...«, raunte ihm seine Gattin mit den Glubschaugen ins Ohr, worauf ihr Mann antwortete: »Sei still, dumme Kuh!« Dann zu Attilio: »Ich habe für die Fahrt bezahlt, also entscheide ich, ob wir bleiben oder nicht.«

Attilios Miene war undurchdringlicher als Stein, wie eine gewisse Göttin aus Mailand, die er kürzlich getroffen hatte, sagen würde. »Wie Sie wollen. Ich und mein Boot kehren in den Hafen zurück. Wenn Sie bleiben wollen, kann ich Ihnen das hier leihen.« Und er zeigte auf ein Rettungsboot. »Sie müssen es mir aber zurückbringen.«

Der ältere Sohn des zweiten Paares brach in Gelächter aus. Sein Vater sagte, er solle den Mund halten. Dann blieben alle stumm, und in weniger als einer Stunde lag die *Chance* wieder im Hafen vertäut.

Nun sind sie also ausgestiegen, und Attilio hat mit ein paar Eimern Wasser das Erbrochene des armen Jungen weggespült, der einmal genau so ein Arschloch werden wird wie sein Vater. Er hat sich eine Windjacke gegen die beinah herbstlichen Böen übergezogen und sich wie jeden Spätnachmittag in seine Plicht gesetzt, um die Einsamkeit zu genießen. Die Sonne steht schon tief, doch fürs Abendessen ist es noch zu früh, er hat Zeit, bevor er den Fisch säubert. Ohne Eile wird er ihn zubereiten, keine Zitrone, wenig Salz. Heute ist er allein und muss ihn nicht mit Kräutern oder Soßen aufpeppen, wie es die Göttinnen mögen. Ein frisch geangelter Barsch, ein Tropfen Olivenöl, und das Glück ist perfekt. Ihm reichen die leisen häuslichen Geräusche aus den Nachbarbooten, das Klimpern der Wanten, das weiche Stampfen der *Chance* im Schutz, den dieser Hafen an der Riviera di Ponente vor dem Mistral bietet. In solch friedvollen Momenten am Ende des Tages weiß Attilio – mehr noch, wenn sich eine Göttin im Heck in der Sonne aalt: Ja, er hat Glück.

Er ist Mitte dreißig. In der Blüte seiner Jahre, so sagt man. Man muss ihn nur anschauen, um zu sehen, dass er Sohn schöner Eltern ist. Von jedem Elternteil hat er die Züge geerbt, die ihnen als jungen Menschen ihre unübersehbare physische Ausstrahlung verliehen: die gerade Nase und die langen Arme und Beine von Attilio Profeti senior, die schön geschwungenen Lippen und

Rehaugen von Anita. Nur aus diesem Grund, das weiß er genau, betrachten ihn auch seine Göttinnen – die an einem einzigen Tag so viel ausgeben können, wie er in einem Monat verdient – als einen der ihren, zumindest in der Kategorie Sex. Es ist nicht der Reiz, dass er sich mit Walen auskennt. Auch nicht die abgenutzte Patina des einsamen Seebären. All das wäre nicht genug, sähe Attilio normal aus. Der eigentliche und manchmal einzige Grund, dass sie eine Nacht mit ihm in der Kabine verbringen, statt in ihre Familienvillen oder ihre Zweimaster aus Teak zurückzukehren, die doppelt so lang sind wie die *Chance*, ist, dass sie ihn als ebenbürtig anerkennen in der ungerechten und beliebigen, doch immerwährenden und indiskutablen Aristokratie der Schönheit.

Attilio weiß, dass er diese gelungene Genmischung niemand anderem verdankt als – wieder einmal – dem Glück. Keines seiner Halbgeschwister, einschließlich Ilaria, ist mit der gleichen Schönheit gesegnet wie er. Federicos Attraktivität hat etwas Unvollendetes, wie sein Leben. Emilio hat auf seinem guten Aussehen eine Karriere gegründet und ist sich dessen vielleicht genau deshalb zu bewusst, um es mit Leichtigkeit zu behandeln. Die ständige ästhetische Selbsthinterfragung des Schauspielers, der sich nur durch den Blick der Zuschauer oder der Fernsehkameras wahrnimmt (»heute habe ich Augenringe wie Auberginenscheiben«), verhindert, dass er mit seiner Männlichkeit so selbstverständlich umgeht, wie Attilio es tut. Vielleicht hat der Vater darum über seinen Letztgeborenen eine Zärtlichkeit ausgeschüttet, die den zwei älteren Söhnen verwehrt geblieben war. Zu ihnen wahrte er stets eine gewisse Distanz, fast hegte er eine Art Widerwillen, und überließ sie ganz der Sorge der Mutter. Für Attilio hingegen, den Anita verborgen zur Welt gebracht hatte, nährte er jene Zärtlichkeit, die er bis dahin nur für Ilaria verspürt hatte. Als hätte er in ihm den wahren Erben seiner starken männlichen Ausstrahlung entdeckt, die sich der Bewunderung seiner Umgebung sicher ist und die man nicht erlernen kann. Sicher, diese Widerspiegelung wurde erst dadurch möglich, dass Attilio Profeti senior bei der Geburt seines letzten Sohnes altersmäßig bereits mehr Großvater als Vater war. Wie die alten Meister, die bereits alles gewonnen haben und ein enormes Ansehen daraus ziehen, einem neuen Talent die erste Medaille zu verleihen. Und tatsächlich gab der alte Attilio Profeti dem spätgeborenen Sohn wie eine Trophäe den eigenen Taufnamen mit auf den Weg.

Attilio zieht das Handy aus der Tasche und schaltet es an. Er muss schauen, ob jemand für die morgige Exkursion abgesprungen ist. Oder ob jemand sich Sorgen macht wegen des Mistrals, der heute herrscht. Die Wettervorhersage kündigt an, dass der Wind sich bis morgen früh wieder legt.

Das Display leuchtet auf, und das Gerät beginnt zu vibrieren, begleitet von einem Steinschlag aus Pieptönen. Eine SMS nach der anderen trifft ein, mehr als ein Dutzend: Benachrichtigungen über verpasste Anrufe, plus drei Textnachrichten. ›Oh nein‹, denkt Attilio, ›jetzt stornieren alle ihre Buchung.‹

Doch die Anrufe und Nachrichten stammen sämtlich von Ilaria.

ICH MUSS DICH DRINGEND SPRECHEN.
RUF MICH BITTE AN, SOBALD DU KANNST.
ES IST ETWAS PASSIERT, RUF AN.

Seine Halbschwester ist keine, die unnötig Stress macht. Wenn sie miteinander reden, gibt es keinen Subtext aus alten Missverständnissen, gegenseitigen Vorurteilen, Neidereien oder uralten Streitigkeiten wie mit den anderen Geschwistern. Es ist kein Zufall, dass sie beide sehr aneinander hängen, trotz ihres Altersunterschieds von zwölf Jahren und obwohl sie nur Halbgeschwister sind. Ilaria hat das einmal so formuliert: »Wenn du mit einem Verwandten keine Probleme willst, such dir einen aus, mit dem du nur einen Elternteil gemeinsam hast.« Und so lässt sich die Konfliktfreiheit zwischen Ilaria und Attilio damit erklären, dass sie die Einzigen sind, die das Privileg hatten, nie um die Liebe von Attilio Profeti wetteifern zu müssen. Er als Spätgeborener, sie als einziges Mädchen.

Diese Dringlichkeit passt gar nicht zu Ilaria. Attilio ist besorgt und ruft sofort zurück.

Besetzt. Wahrscheinlich versucht sie es gerade erneut bei ihm, nachdem das System ihr mitgeteilt hat, dass Attilios Handy eingeschaltet wurde. Tatsächlich klingelt es einen Moment später. Er will schon »Ilaria!« rufen, da sieht er den Namen auf dem Display.

»Hallo, Mamma.«

Was taten die italienischen Mütter nur, als es noch nicht die automatische Benachrichtigung gab, sobald die Söhne ihre Mobiltelefone wieder einschalteten?

»Hallo, mein Schatz.« Die östrogene Stimme einer schönen Frau, die weiß, dass man ihr ihre siebzig Jahre nicht ansieht. »Zuerst war dein Handy aus, dann war besetzt.«

»Ich habe versucht, dich anzurufen.«

Attilio hört, wie Anita am anderen Ende der Leitung lacht. Sie weiß, dass er lügt. Er weiß, dass sie es weiß. Er weiß aber auch, dass sie es mag, wenn er so etwas sagt.

Sie fragt, wie sein Tag war. Er berichtet von den harmlosen Dingen, die man einer Mutter erzählen kann.

»Weißt du schon das Neuste von Papà?«, fragt sie dann. »Er nennt mich jetzt ›Baby‹.«

»*Baby*?«

»Ja. Seit ein paar Tagen.«

»So hat er dich doch nie genannt.«

»Nein, eben. Vielleicht lasse ich ihn zu viele von diesen amerikanischen Serien gucken. Da nennen sie sich dauernd so, Baby hier, Baby da.«

»Aber er hört doch nicht einmal zu, was sie sagen.«

»Das ist nicht wahr. Die Geschichten bekommt er sehr wohl mit, auch wenn es nicht so aussieht. Neulich gab es eine Heiratsszene, da hat er gesagt: ›Die Liebe siegt.‹ Und es stimmte: Das Paar ging durch Himmel und Hölle, aber am Ende kriegten sie sich endlich.«

Attilio kennt die Hartnäckigkeit, mit der seine Mutter das Vierteljahrhundert Altersunterschied zwischen sich und ihrem Ehemann leugnet.

»Komm, Mamma. Papà kapiert nichts mehr und weiß nicht, was er sagt. Das nennt man senile Demenz. Du musst der Tatsache ins Auge sehen.«

Anita kichert wie eine Zwölfjährige, die dabei erwischt wird, wie sie den BH ihrer Mutter anprobiert. »Ich weiß genau, was dein Vater noch so alles im Kopf hat. Heute hat er zu mir gesagt ...«

»Mamma.« Attilio unterbricht sie harsch und sagt dann: »Das interessiert mich nicht.«

»Aber es war wirklich lustig ...«

»Nein. Ich habe dir schon hundertmal gesagt, dass ich von diesen Intimitäten zwischen dir und Papà nichts wissen will.«

Anita kennt die Vorteile, die konsequente Fügsamkeit mit sich bringt: Stiefväter ersparen dir nicht unbedingt die unverlangten Zärtlichkeiten, dafür aber die Schläge; die Ehemänner von anderen heiraten dich irgendwann, und sei es nach Jahren der würdelosen Heimlichtuerei; deine Kinder haben ein schlechtes Gewissen, wenn sie laut geworden sind.

»Schon gut, mein Schatz«, sagt sie also nachgiebig und ohne beleidigt zu sein. »Wie du willst. Du hast ja Recht.«

Es klappt: Attilio fühlt sich sofort schuldig, will es aber nicht zeigen. »Hör mal, Mamma, ich muss Schluss machen. Ich muss ein paar Telefonate führen.«

»Ist gut, mein Schatz«, sagt sie wieder. »Viele Küsse. Und Papà schickt dir eine Umarmung.«

›Ja, klar‹, denkt Attilio und legt auf, ›Papà weiß ja nicht mal mehr, wer ich bin.‹ Dann ruft er Ilaria an. Sie geht sofort ans Telefon, klingt erleichtert und aufgeregt. Sie erzählt, was geschehen ist: von dem afrikanischen Mann auf dem Treppenabsatz, dem absurden Namen, dem äthiopischen Personalausweis.

»Er sagt, unser Vater sei sein Großvater. Ich weiß nicht, was ich davon halten soll.«

Attilios erste Reaktion lautet: »Was …?« Und dann: »Ist er denn schwarz?«

»Nein, er ist blond mit blauen Augen …«, erwidert Ilaria genervt. »Attilio, er ist Afrikaner!«

»Aber pechschwarz oder nur irgendwie schwarz?«

»Wofür ist das wichtig? Das ist doch nicht der Punkt!«

»Der Punkt ist: Wie kommt er auf unseren Treppenabsatz?«

»Er meint, er habe in einem Internet-Point nach ›Attilio Profeti‹ gegoogelt. Im Telefonbuch von Rom gab es zwei Adressen. Er hat bei dir angefangen. Er hätte auch vor dem Haus unseres Vaters auftauchen können …«

»Ach! Das sehe ich vor mir, wie er sagt: ›Großvater, gib deinem süßen Enkel einen Kuss!‹ und Papà ihm ein traumhaftes Immobiliengeschäft vorschlägt …«

»Wie du darüber Witze machen kannst.« Ilaria senkt ihre Stimme. »Hör zu, ich kann jetzt nicht lange sprechen. Er ist im Zimmer nebenan.«

»Was? Du hast ihn in deine Wohnung gelassen?«

»Was hätte ich denn tun sollen, ihn im Hausflur stehen lassen, bis ich dich erreicht habe?«

»Du spinnst! Bist du allein mit ihm?«

»Beruhig dich. Der ist so dürr, da müsstest du dich eher um ihn als um mich sorgen. Hör zu, Attilio, dieser junge Mann hat den gleichen Namen wie Papà. Wie du.«

Das ganze Telefonat über hat Attilio seinen Blick nicht von dem weißen Glasfaserkunststoff der *Chance* abgewandt.

»Wann war Papà eigentlich in Äthiopien?«

»Keine Ahnung. Ich habe auch schon versucht, das zu rekonstruieren. Ich erinnere mich an zwei Dinge. Erstens an eine Afrikareise, die er unternahm, als ich so ungefähr zwanzig gewesen sein mag; du warst noch zu klein, um dich daran zu erinnern. Er hatte da irgendwas mit der Arbeit zu tun. Für Casati, wie immer. Aber ob er damals in Äthiopien war, weiß ich nicht. Ich war gerade ausgezogen, und das Leben meiner Eltern war mir ehrlich gesagt ziemlich egal. Und davor gab es noch ein anderes Mal, als ich noch ein Kind war. Papà lebte noch bei uns, und von dir wusste niemand was. Onkel Otello erwähnte Äthiopien, und er zog eine Miene, wie ich sie noch nie an ihm gesehen hatte.«

»Was für eine Miene?«

»Als hätte er einen Stoß bekommen und würde in einen Brunnen fallen. Er, den doch ums Verrecken nichts aus der Ruhe bringen konnte. Das hat mich so beeindruckt, dass ich es noch weiß. Aber mir hat Papà nie etwas erzählt, von Äthiopien oder Afrika. Der Onkel schon, er hat in El Alamein gekämpft, das weiß ich. Von Papà weiß ich nur, dass er Partisan war.«

»Siehst du? Er hat alles erfunden. Der Personalausweis ist gefälscht, und der Typ will dich betrügen. Du musst ihn sofort wegschicken.«

»Attilio. Denk doch mal nach. Glaubst du, da lässt sich jemand einen Pass fälschen mit einem so unwahrscheinlichen Namen ...«

»Ich habe keinen unwahrscheinlichen Namen.«

»Ok. Mit einem so ungewöhnlichen Namen, zu dem Zweck, die zu betrügen, die so heißen, aber auch nur die. Also genau zwei Personen in ganz Italien. Komm schon, das glaubt doch keiner. Dieser junge Mann ist der, der er zu sein behauptet.«

Attilio schweigt und drückt sich das Telefon weiter ans Ohr. Er starrt auf seine nackten Füße. Wackelt mit den Fingern, als müsse er sichergehen, dass sie zu ihm gehören.

»Aber ... wenn unser Vater sein Großvater ist, haben wir noch einen Bruder.«
»Hatten. Er sagt, er sei tot. Attilio, bitte komm sofort nach Rom.«
Attilio sieht auf. Das Spätsommerlicht fällt auf die Pastellfarben rund um den Hafen. Die Möwen kreisen mit hässlichem Kreischen über der Mole. Von der Yacht neben ihm weht ein verführerischer Duft nach Frittiertem herüber. Attilio sieht, riecht, schmeckt, aber nichts ist real. Auch nicht seine eigene Stimme, als er Ilaria fragt: »Wie weit ist Äthiopien von Südafrika entfernt?«
»Deine Geographiekenntnisse beschränken sich auf Fußballweltmeisterschaften, was? Es liegt im Horn von Afrika, du Esel.«

In einer Kleinstadt wenige Kilometer von dem Hafen entfernt, wo die *Chance* festgemacht hat, wohnt ein Senator aus der Partei von Silvio Berlusconi. Vor ein paar Jahren hat er eine Anfrage an die Regierung gestellt, für einen Betrag mit sechs Nullen den winzigen Militärflughafen in der Peripherie für Linienflugzeuge auszubauen. Obwohl der Flughafen von Genua weniger als sechzig Kilometer entfernt ist und der von Nizza noch näher, fand sein Anliegen Gehör, und das Projekt wurde realisiert. Seitdem fliegt Alitalia zweimal am Tag die Strecke Rom–Kleinstadt. Das hat für den Senator zu einer bemerkenswerten qualitativen Bereicherung seines Beziehungslebens geführt: Wenn die Sitzungen im Senat es zulassen, kann er nun häufig am Ende des Tages mit seiner Familie zu Abend essen. Dass die übrigen Sitzplätze auf fast allen Flügen an fast allen Tagen des Jahres weitgehend leer bleiben, scheint dem Verkehrsminister, der das Geld zur Verfügung gestellt hat, kein Kopfzerbrechen zu bereiten. Bezahlt aus Steuermitteln, versteht sich.

Wenn Ilaria ein paar Tage bei Attilio auf der *Chance* mitfährt, nimmt sie niemals diesen Flug. Auch nicht wenn sie nur am

Wochenende frei hat, auch nicht wenn sie am Montag darauf zur ersten Stunde in der Schule sein muss, auch nicht wenn der Flug, früh genug gebucht, weniger kostet als der Zug. Sie weigert sich, dem Flughafen ihre Legitimation als Fluggast zu geben.

Attilio hat diese Probleme nicht. Er denkt anders als seine Schwester. Die Kosten für die Flugverbindung nach Rom sind den Bürgern aus privatem Interesse aufgebürdet worden? Mag sein. Aber nun gibt es ihn einmal, den Flughafen, und zwar zehn Kilometer vom Hafen entfernt, wo sein Boot liegt, warum sollte er ihn also nicht nutzen? Und vor allem: Wem würde das helfen?

»Wir sind hier in Italien«, hat er einmal zu Ilaria gesagt. »Du hast keine Lust, als Verbraucherin länger die Privatleute zu unterstützen, die sich an öffentlichen Ausschreibungen die Taschen füllen? Sehr schön, Verehrteste. Dann darfst du nicht mehr telefonieren, nicht mehr Autobahn fahren, schon gar nicht mehr fernsehen. Nimm doch nur Fiat, der ganze Stolz unserer nationalen Wirtschaft. Läuft es da etwa anders? Natürlich nicht. Das weißt du genauso gut wie ich. Bergeweise öffentliche Gelder führen zu streng privaten Profiten. Konsequenterweise müsstest du deinen Panda verschrotten. Das ist unser Land: ein Netz aus Interessen und Privilegien. Nichts anderes. Entweder du ziehst dich ganz raus, oder du spielst nicht den Moralapostel.«

Ilaria folgt der Argumentation ihres dreißigjährigen Bruders, von dem sie mehr als eine halbe Generation trennt. Widerwillig muss sie ihm schließlich Recht geben. Oder hat ihm zumindest keine Argumente mehr entgegenzusetzen. Für sie ist das Schlimmste an der ganzen Flughafengeschichte nicht die Arroganz der Mächtigen, die Gewissheit der Straflosigkeit, die systemimmanent gewordene Kultur der privaten Bereicherung durch Diebstahl zum Schaden der Allgemeinheit, sondern der

Umstand, dass sich nur wenige die Mühe gemacht haben, dagegen zu protestieren.

Sie weiß daher, dass sie sich gegenüber Attilio kaum als Lehrerin aufspielen kann. Sie hat nicht das Recht, ihm und den anderen Dreißigjährigen Zynismus, Egoismus und Oberflächlichkeit vorzuwerfen. Ihre Generation ist nicht besser. Die vorhergehende hingegen war anders: Die haben sich vielleicht in den Exzessen der Siebziger selbst zerstört, aber verflixt noch mal, wenn sie Ungerechtigkeiten gesehen haben auf der Welt, sind sie politisch dagegen vorgegangen. Ilarias Generation jedoch sieht die Ungerechtigkeiten der Welt und geht zum Therapeuten.

Und inzwischen wurde Silvio Berlusconi gewählt und wiedergewählt.

Ilaria ist trotzdem noch nie mit der Airline des Senators geflogen. Doch nun, wenige Stunden nach dem Telefonat, muss sie froh sein, dass es sie gibt. Ohne den kleinen Flughafen, der die Riviera di Ponente mit Rom verbindet, könnte Attilio noch nicht hier sein, auf dem Esquilin.

2

2008

Es ist das Jahr 2008, und der Junge ist seit etwas mehr als einem Jahr *raus*. Seit drei Jahren fließt wieder Blut in den Straßen von Addis Abeba, wieder verschwinden Menschen, wieder sind Mütter von Soldaten geschlagen worden, als sie nach dem Verbleib ihrer Söhne fragten. Die Alten wie *ayat* Abeba haben sich auf die Stirn geschlagen und gestöhnt: »Nein, nicht noch einmal!«

Jetzt steckt der Junge eingeschlossen in diesem Kasten aus Nichts. Hier wartet man, hier lebt man nicht, selbst überleben wäre zu viel gesagt. Dem Glück am nächsten kommst du mit sechs Bodenfliesen, drei sind Verzweiflung. So vergehen Wochen und Monate. So vergehen Jahre.

Bei ihm sind die anderen Verbrannten, wie die Libyer die Habescha nennen. Es ist als Beleidigung gemeint, dabei tragen sie den Namen stolz vor sich her wie eine Flagge. Ja, wir sind die Verbrannten. Verbrannt von der Reise, verbrannt vom Feuer, das uns befohlen hat, *raus* zu gehen. Wenn zwei Habescha sich begegnen, heben sie beide die rechte Hand und schlagen fest ein, damit es ein lautes Klatschen gibt. Sie umarmen sich, erkennen sich als Brüder. Denn hier, in dem großen Raum, brauchst du viele Brüder, dann entgehst du vielleicht dem Tod.

Vor drei Jahren also. Wenige Monate bevor die *talian* den von den faschistischen Invasoren gestohlenen Obelisken von Aksum zurückerstattet haben und ganz Äthiopien jubelte. Doch die Wahlen waren manipuliert, die Leute protestierten, und die Polizei schoss in den Straßen von Addis Abeba in die Menge. Selbst der ehemals junge Held der Demokratie, Meles Zenawi, der Befreier vom Derg-Terror, rezitierte nur noch aus dem Drehbuch aller Diktaturen: »Wer gegen mich ist, ist ein Terrorist« – die moderne Variante vom Volksfeind. Wie beim noch heftigeren Wiederaufflammen einer nie zur Gänze besiegten Krankheit färbten die Kleider der Gefolterten sich mit Blut und Fäkalien. Diese Pestilenz, die Menschen in Luft auflöst: Männer, die nach der Arbeit in den Bus steigen und nie zu Hause ankommen. Verschwunden. Ihren Müttern und Frauen bleibt nichts als ihre Abwesenheit und die zwei Fragen: »Wo ist er?« und »Wie geht es ihm?«

»Nein, nicht noch einmal!« Wie sein Großonkel Bekele, Abebas Bruder, der auf Nakura von den *talian* ermordet wurde. Wie Ietmgeta, der Sohn von Abeba, der vom Derg eingesperrt wurde. »Ich flehe dich an, Gott, sprich zu der Welt«, murmelte *ayat* Abeba, »lass nicht zu, dass auch unsere Enkel diesen Schrecken erleben müssen.«

Shimeta und sein Cousin waren wie Brüder, mehr Brüder noch, als wenn dieselbe Mutter sie geboren hätte. Von Kindesbeinen an hatten sie zusammen gespielt und waren gemeinsam zur Schule gelaufen. Später hatten sie zusammen trainiert und waren im Morgengrauen zum Meskel Square gejoggt, hatten die Schnelligkeit in ihren Waden genossen. Und zusammen waren sie auch zu den Demonstrationen gegen den Wahlbetrug gegangen, doch nun war einer tot und der andere *raus*. Und in diesem wabernden Warten, als Gefangener in dem großen Raum, in diesem Nichts angefüllt mit Angst, wusste der junge Mann selbst nicht mehr, wer von beiden er war.

Er hatte lange überlegt, ob er *raus* gehen sollte. Selbst noch, als sie die Leiche seines Cousins nach Hause brachten. Besser gesagt, diesen Haufen kaputtes Fleisch, der früher einmal sein Cousin gewesen war.

»Nun kennen wir wenigstens die Antwort auf die beiden Fragen«, hatte *ayat* Abeba gesagt. »Er ist zu Hause, und er ist tot.« Zu dem jungen Mann sagte sie: »Versuche Gerechtigkeit zu erlangen.«

Deshalb war er nicht sofort gegangen. Eine Weile hatte er sich bedeckt gehalten, mit niemandem gesprochen. Eine Zeitlang hatte er bei Suor Giovanna gewohnt, um seine Mutter und *ayat* Abeba nicht in Gefahr zu bringen. Die anderen Schwestern stellten keine Fragen, und sie hatte ihnen nicht erklärt, warum der Junge nun im Gästezimmer des Klosters schlief. Der Regen hatte das Blut von der Bole Road gespült, die Reifen der Lieferwagen waren nicht mehr rot gefärbt. Nach ein paar Wochen schloss sich der Junge anderen Zeugen an und arbeitete an ihrer Liste mit. Suor Giovanna fuhr ihn im Auto der Comboni-Missionarinnen zu den Treffen; wenn sie von der Polizei gestoppt wurden, sagte sie: »Komm schon, Chef, lass mich durch, wir sind auf dem Weg, Kranke zu heilen, der Heilige Vater möge dich segnen.« Die koptischen Polizisten sind abergläubisch, auf den päpstlichen Segen wollten sie nicht verzichten.

Ein mutiger Richter koordinierte die Befragungen: Wolde-Michael Meshesha, Gott schütze seinen Namen. Er betrat sein Büro durch eine Seitentür des Gerichts, in das Suor Giovanna keinen Fuß setzen wollte. »Ich weiß von nichts«, sagte sie, »von Politik verstehe ich nichts, ich komme aus Val Seriana in der Provinz Bergamo, Italien, was gehen mich eure Geschichten an.« Dann setzte sie sich mit einer Limonade in den Garten des Hilton zwischen Parteigemälde und Faranschi: amerikanische Touristen, europäische Entwicklungshelfer, erste chinesische Auftragsnehmer. Der Junge begriff, dass diese Sprite die beste Hilfe war, die Suor Giovanna ihm leisten konnte, denn wer nichts weiß, kann nichts verraten. Im Büro des Richters versuchten sie in der Zwischenzeit, den Abwesenden ihre Namen zurückzugeben, den Verschwundenen, die nicht mehr nach Hause gekommen waren, und denen, die gesehen worden waren, wie sie zu einem Mannschaftswagen der Polizei gezerrt wurden. Einer nach dem anderen: Wer war er, wann wurde er zum letzten Mal gesichtet, war er früher schon einmal von der Polizei verhört worden? Das dauerte seine Zeit, es ging um Hunderte von Menschen, vielleicht Tausende. Nach fast einem Jahr Recherche veröffentlichte der Richter ein Ding, das einen bedeutungsvollen Namen hatte und auf Englisch verfasst war, so dass der Rest der Welt es nicht würde ignorieren können: einen Report.

Der Report besagte, dass tatsächlich ein »Massaker« stattgefunden hatte – so lautete die Bezeichnung. Männer und Jugendliche waren bis aufs Blut verprügelt, aus nächster Nähe erschossen, stranguliert worden. Der Gewaltausbruch der Einsatzkräfte, die eigentlich für die öffentliche Ordnung hätten sorgen sollen, sei gegenüber der verständlichen Verwunderung über das Ergebnis der Stimmauszählung »exzessiv« gewesen. Und da es die Aufgabe der Richter sei, zu sagen, was richtig und was falsch ist, schlussfolgert der Report, dass dieses Blut, das drei Tage lang durch die Straßen von Addis Abeba floss – im wahrsten Sinne des Wortes floss, der Junge hatte sich eine Schuhsohle ruiniert –, nicht gerecht war.

Kopien des Reports wurden an Journalisten aus der ganzen Welt verteilt, die nach Äthiopien geeilt waren mit derselben entsetzten Faszination in den Augen, mit der sie von Hungersnöten berichteten. Der Richter aber war nicht mehr da. Er ließ sich in England interviewen, wohin er geflohen war: Nun, wo der Report veröffentlicht war, sagte er, gab es in seinem Land keinen Platz mehr für ihn.

Der Report war ein voller Erfolg. Die offiziellen Beobachter Europas fanden gewichtige und drängende Worte, bedeutungsschwer an Konsequenz: »Es ist an der Zeit, dass Europa und die USA sich darüber klar werden, dass das derzeitige äthiopische

Regime sein Volk trotz fehlender demokratischer Legitimität unterdrückt.«

Beim Klang dieser Worte empfand der Junge Freude. Wie jeden Abend sprach er im Dunkeln mit seinem Cousin. »Nun siehst du, dass dein Tod nicht nutzlos war. Ich habe fast ein Jahr lang nicht zu Hause geschlafen, lag in fremden Betten und habe immer wieder das Bild deines gemarterten Körpers vor mir gesehen mit dem Wissen, dass sie mich suchen, um dasselbe mit mir zu machen. Aber jetzt gibt es den Report. Die Mächtigen der Welt haben ihn gelesen. Wir werden verstanden. Es wird Gerechtigkeit geben, und Äthiopien wird endlich eine Demokratie werden. Es war die Mühe wert, mein Bruder.«

In jenen Tagen ging der Junge mit einer dänischen Journalistin durch die Straßen der Stadt. Er übersetzte für sie aus dem Amharischen ins Englische, und er sagte zu ihr: »Bitte, erzählen Sie, was hier passiert. Wir sind nicht dumm hier in Äthiopien, wir wissen, dass der Westen die Regierung Meles unterstützt, weil er in Somalia gegen die Al-Shabaab-Miliz kämpft. Jeder, der gegen die bösen Islamisten kämpft, ist für euch ein Guter. Auch wenn er die eigenen Leute erschießt, auch wenn er wie zu Zeiten des Derg den schwarzen Hexer wiederbelebt, der Familienväter auf dem Heimweg spurlos verschwinden lässt, der junge Menschen in Fleischhaufen verwandelt. Doch nun gibt es einen Report, es gibt Zeugen, alles ist bewiesen. Die Welt weiß es jetzt und wird uns sicher helfen.« Die Journalistin machte sich viele Notizen, war immer freundlich, lernte »Danke« auf Amharisch und sagte es bei jeder Gelegenheit zu ihm: »*Amazegenalo!*«

Eines Vormittags, als er mit ihr unterwegs war, näherte sich dem Jungen ein Polizist und raunte ihm ins Ohr: »Vergiss nicht, sie geht irgendwann weg, und du bleibst hier.« Das übersetzte er der Journalistin nicht. Doch er bat sie: »Nimm mich mit, wenn du gehst.« Unter großem Bedauern lehnte sie ab, nein, leider konnte sie ihn nicht mit nach Dänemark nehmen. Doch sie gab ihm ihre E-Mail-Adresse. Sie sagte ein letztes Mal »*Amazegenalo!*« und lächelte dabei zum ganzen Stolz der abendländischen Kieferorthopädie. Dann stieg sie mit den anderen Journalisten in das Flugzeug von Ethiopian Airlines, seit Jahren die beste Fluggesellschaft des Kontinents sowie das Aushängeschild der Regierung und ihrer Modernisierungsanstrengungen.

Die Welt wusste also Bescheid. Die Welt las den Report. Sie gab gewichtige Erklärungen ab. Dann wandte sich die Welt anderen Zuständen zu, über die sie sich empören konnte, und in Äthiopien begann man die Guten und die Bösen zu zählen.

Dass der Junge zu den Bösen zählte, begriffen auch seine Schüler sofort. Als er am Abreisetag der Journalistin in die Klasse zurückkam, empfingen sie ihn mit betrübten Gesichtern, noch bevor der Direktor ihn in sein Büro rufen konnte.

»*Teacher*«, sagten sie, »wir dürfen von dir kein Englisch mehr lernen.«

Da war Iohannis, der Junge mit dem ernsten Blick. Tsahai, die aufgeweckteste von allen, auch wenn der junge Mann ihre Eltern jedes Jahr aufs Neue überzeugen musste, sie nicht zu Hause zu behalten, sondern in die Schule zu schicken. Chelachew, der schon den Mädchen nachschaute. Er wollte sie alle umarmen, ließ es aber bleiben. Ein *teacher* darf nicht vor seinen *schoolchildren* in Tränen ausbrechen.

»*Keep up the good work!*«, sagte er nur und verließ für immer den Klassenraum.

Draußen stand derselbe Polizist wie bei der dänischen Journalistin, er wartete auf der anderen Straßenseite auf ihn. Er hob grüßend den Arm, aber ohne ein Lächeln. ›Das hat er zu Hause gelassen‹, dachte der Junge, ›in der Schublade mit den Messern.‹

In der Kaserne ließen sie sich als Erstes alles Geld aushändigen, das er durch die Dänin verdient hatte. An alles andere von dem dreitägigen Aufenthalt dort wollte er nie wieder denken. Auch nicht jetzt, in dem großen Raum, wo ihm nichts Lebendiges blieb als die Erinnerung und die Sehnsucht.

Es war das aufgeweckte Mädchen (»*Hello, my name is Tsahai, what is your name?*«, sie hatte sich als Erste von seinen Schülern zu reden getraut, mit ganz guter Aussprache sogar), das zur Mutter und *ayat* Abeba lief: Ein Polizeiwagen habe den Lehrer vor dem Schultor abgeholt.

»Ich gehe hin«, sagte die Großmutter zu ihrer Schwiegertochter. »Du bist noch jung, die Soldaten werden dich belästigen. Gott sei Dank ist mein Fleisch alt und weckt in den Männern nur noch Grauen.« So humpelte sie zu einer Kaserne, dann zu einer anderen und zu noch einer. Sie ließen sie vergeblich auf dem Bürgersteig warten, dass jemand das Wort an sie richtete – wie viele Jahre zuvor, als sie nach dem Vater ihres Sohnes suchte. Hin und wieder unterzogen sie sie sinnloser Fetaschas: Was hofften sie in ihrer Handtasche zu finden, wenige Stunden nach der letzten Durchsuchung und ohne dass sie sich wegbewegt hatte? Eintreten ließen sie sie nie. Am Abend kehrte sie nach Hause zurück, fand aber keinen Schlaf. Erst in der letzten Nacht, der dritten, gewann *ayat* Abebas hohes Alter die Oberhand über ihre Hirngespinste (›einen Enkel haben sie mir schon umgebracht, was tun sie *in diesem einen Moment* dem anderen an?‹) und schenkte ihr ein paar Minuten Ruhe. Sie träumte, dass sie wieder jung war, leichtfüßig mit bebenden Schultern, den Bauch mit Freude gefüllt. Sie tanzte. Ein Mann, dessen Gesicht sie kannte, an den sie sich nach dem Aufwachen aber nicht mehr erinnern konnte, gab ihr einen kleinen Silberspiegel. Sie nahm ihn und hob ihn vor ihr Gesicht. Das Spiegelbild zeigte nicht sie, sondern das Gesicht des Mannes. »Lies«, sagte er. Auf der glatten Spiegelfläche stand nun etwas geschrieben. »Ich kann nicht lesen«, erwiderte sie. »Dann gehe zu einem, der es kann«, sagte der Mann und lächelte.

Am nächsten Tag kehrte ihr Enkel nach Hause zurück, sogar auf den eigenen, wenn auch wackeligen Beinen, genau wie ihr Sohn vor über zwanzig Jahren. Rennen konnte er nicht, doch ohne den Cousin an seiner Seite wäre ihm die Lust an der Schnelligkeit ohnehin wie eine Entweihung vorgekommen.

»Du musst *raus* hier«, sagte *ayat* Abeba zu ihm. »Und zwar schnell, bevor sie es sich anders überlegen und dich wieder holen kommen.«

Die Augen seiner Großmutter erinnerten ihn an das alte Silberkreuz des Abun, das jeden Sonntag von den Gläubigen abgeküsst wird. Der Junge wusste bereits, dass er keine Wahl hatte. Sein Leben in Addis war für immer vorbei. *Ayat* Abeba sagte es ihm, nachdem sie in seinem Schicksalsbuch gelesen hatte.

Der Mutter verschwieg er seinen Entschluss, denn was den Mund verlässt, holen selbst tausend Pferde nicht wieder zurück. Sie hätte es nicht geschafft, die Tränen zurückzuhalten, die Nachbarinnen hätten es gemerkt und mit dem Gerede hätte die Nachricht von seinem Weggehen noch vor ihm die Grenze erreicht. Wenige Stunden vor Abreise bat er sie, ihm eine Rolle aus Dollarscheinen in den Reißverschluss seiner Hose einzunähen. Die Mutter fragte, wofür, und nun erst erzählte er es ihr. Sie weinte, wie der Junge es vorhergesehen hatte, doch nicht aus Schmerz. Es waren Tränen des Glücks. Auch wenn es stimmte, dass sie ihn nie wiedersehen würde, so bliebe er doch am Leben. Eine Mutter, die glücklich ist, ihren Sohn nie wiederzusehen, gibt ihre Zukunft auf. Sie weiß, er wird sie im Alter nicht pflegen. Der Sohn, der sich verabschiedet, verzichtet auf die Vergangenheit: *raus* zu gehen ist zu hart und gefährlich, um sich auch noch die Last der Nostalgie auf den Rücken zu binden.

Der Personalausweis lag schon bereit. *Ayat* Abeba drückte ihn in seine Hand, und er begriff, dass er sich von den anderen unterschied. Wer *raus* geht, braucht nur drei Sachen: eine E-Mail-Adresse, ein Handy und so viel Geld wie möglich. Ausweispapiere, falls man welche besitzt, lässt man besser für immer im alten Leben zurück; an der Grenze können sie zu einem Risiko werden. Doch auf diesem Ausweis stand nicht irgendein Name, sondern der des Vaters eines Vaters. Eine Verbindung aus Bürokratie und Stempeln zu unbekannten Leuten, eine Linie aus Tinte, ein Band aus Blut, das von der Vergangenheit in die Zukunft reichte.

Er hatte ihn genommen und war gegangen.

Stell dir vor: Du hast einen wunderschönen Traum, kauerst dabei aber auf dem Ast eines Baumes. Minütlich musst du erwachen. Denn einerseits willst du nicht hinunterfallen und andererseits deinen Traum behalten. So ist es zu emigrieren.

Dein Ziel ist ein Traum von Glück, Reichtum und Gesundheit. Du träumst davon und hast seit gestern nichts getrunken, seit Tagen nichts gegessen, ein Soldat schlägt dir auf die Fußsohlen und schreit: »*Awala! Awala!*« und hört nicht auf, bevor du ihm nicht einen Geldschein in die Hand drückst. Trotz allem träumst du weiter, denn der Traum ist ein Feuer, das brennt und verzehrt. Es stimmt schon, dass die Habescha die Verbrannten sind; einen passenderen Namen hätten die Araber ihnen nicht geben können.

Zu Beginn ist der Weg nicht schwer. Er führt am Tanasee und an den Quellen des Blauen Nils vorbei, geht dann zwischen den von tiefen Höhlen durchzogenen Felshängen hinauf, perfekte Verstecke für die *shifta* jeder Guerilla: der damaligen gegen die Italiener, der jüngeren gegen Mengistu und seinen Derg-Terror, der heutigen gegen die Touristen, die ausgeraubt werden. Zum ersten Mal verlässt du Addis Abeba, und endlich verstehst du die Lieder, die von der Schönheit Äthiopiens handeln, dem Land, in dem Gott leben möchte. Jede Sykomore ist ein Denkmal, die ocker- und vermeilfarbenen Felsen sind die Knochen der Vorfahren, der Himmel ist die göttliche Hand, die dich durch Wüsten und Meere aus der Gefahr hinausführt. Du befindest dich in einem Zustand stummen Jubels, der nichts von dem großen Raum weiß, in dem du jetzt feststeckst, und so soll es sein. Sonst fändest du nicht den Mut, würdest auf die Knie fallen und weinen vor Angst, würdest dich in deiner Verzweiflung ausrauben lassen. So aber genügen an der Grenze zum Sudan ein paar Scheine für die Wachposten, damit sie dich durchlassen. Es ist so leicht, das leuchtende Äthiopien für immer hinter dir zu lassen. Die Sudanesen sind nicht böse, vielleicht aufgrund der Hitze – nicht einmal die Wüste, so wirst du feststellen, ist so glühend heiß wie Khartum. Nur die Islamisten haben viel Energie und schreien dir unterwegs zu: »Knöpf dir das Hemd zu!« Hier verbringst du Tage, vielleicht Wochen. Du musst dich informieren, herumfragen, abwägen. Niemand wird jemals bemerken, dass du deine *awala* in den Reißverschluss eingenäht hast, aber du musst auch essen und trinken. Eine falsche Entscheidung genügt, und du fällst vom Baum, und dein Traum endet, bevor er begonnen hat. Vor allen Dingen musst du deinen Schlepper finden.

Du weißt, dass sie alle gleich sind. Für sie bist du nur ein Verbrannter, ein Flüchtling auf dem Weg dorthin, wo man lebt, wie man es sich hier gar nicht vorstellen kann. Vor allem weißt du, dass dein Leben in ihren Augen so viel wert ist wie ihr GPS-Handy, weniger noch, denn in der Wüste gibt es ohne GPS kein Überleben. Dennoch musst du dich für einen von ihnen entscheiden. Also gibst du dich in die Hände eines Schleppers. Wegen einem Hauch von Müdigkeit in seinem Blick oder der Kinnform, die dich an deinen Onkel erinnert und dir ein klein bisschen weniger unmenschlich vorkommt. Du denkst: ›Nun werde ich die Wüste durchqueren, so Gott will. Und wenn er etwas anderes für mich vorsieht, will ich es gar nicht wissen.‹

Der Schlepper ruft seinen Partner in Addis Abeba an. Der Partner in Addis Abeba bestätigt, dass deine Familie ihm die vereinbarte Summe *awal* ausgehändigt hat. Der Schlepper bringt dich ein weiteres Stück voran. Hat deine Familie nicht bezahlt, lässt er dich da, wo du bist, *stranded*. *Stranded* bedeutet Wasser, das aus einer löchrigen Feldflasche tropft. Zuerst hinterlässt es eine kleine dunkle Spur, dann nimmt der Boden sie auf, und zurück bleibt nichts als die Erde, die das Wasser aufgesaugt hat. Sand bist du, und zu Sand wirst du werden.

Wer die Wüste durchquert hat, kann Angst empfinden, hinterher. Wer mittendrin ist, kann das nicht. Jeder Gedanke ist darauf gerichtet, weiterzugehen. Zu überleben und weiterzugehen. Warum vertraust du dem Schlepper? Warum lässt du ihm das ganze Geld schicken, von deiner Mutter, von Freunden, Bekannten, obwohl du weißt, dass er es sich einfach in die Tasche stecken und dich zurücklassen könnte? Weil der Schlepper das GPS in der Hand hält, also dein Leben. Du bist *raus* und willst diesen wunderbaren Traum weiterträumen. Das Feuer verbrennt dich, und du musst ihm folgen. Du kannst nur weitergehen, obwohl zwischen dir und deinem Traum ein Nichts aus Sand ist, denn das, was hinter dir liegt, existiert nicht mehr.

Gott hatte gesprochen, und sein Wort hatte den jungen Mann, der einst ein *teacher* war, aus der Sahara herausgeführt, über ihre Grenze. Was ist eine Grenze mitten in der Wüste? Eine unsichtbare Linie, hinter der dich die einen schlagen, die anderen dir zu trinken geben, dir dein Geld klauen oder alles zusammen. Oder auch, wo niemand mehr ist, weil der Fahrer vom Weg abgekommen ist und man stirbt.

In einer Oase zwischen dem Sudan und Libyen – der Junge wusste nicht, auf welcher Seite der Grenze – hatte der Mann mit dem GPS gesagt: »Deine Familie hat meinem Partner in Addis Abeba nicht die *awala* gegeben, die noch fehlten, für dich ist die Reise hier zu Ende.«

›Gedankt sei dir, oh mein Gott‹, dachte da der Junge, ›dass ich aus den vielen diesen Mann gewählt habe.‹ Er wusste, dass andere Schlepper ihren Passagieren diese Rede nicht in einer Oase halten, sondern auf dem Weg mitten im Nirgendwo, indem sie ihnen eine Flasche mit einem halben Liter Wasser in die Hand drücken und die Gewissheit zu sterben.

Der Junge sah sich in der Oase um und fragte sich: ›Wie mag es wohl sein, hier den Rest meiner Tage zu verbringen, *stranded* für immer, in der Blutröte des Morgens, unter diesen drei struppigen Palmen und neben den ausgetrockneten Hundegerippen, die in der glühenden Luft schon nach wenigen Stunden nicht mehr stinken? Wie es sich wohl anfühlt, zu Sandknochen zu werden?‹ Er dachte weder an seine Mutter noch an *ayat* Abeba noch an seinen Cousin. Stattdessen fiel ihm Tsahai ein. Er hoffte aus ganzem Herzen, dass der neue Lehrer ihre Eltern davon überzeugen konnte, sie nicht zu Hause zu behalten, sondern zum Lernen zu schicken. Zum ersten Mal, seit er *raus* war, dachte er an dieses kluge und wissbegierige Kind und spürte, wie die Tränen ihm von innen gegen die Augen drückten. Die er nicht weinte, denn in der Wüste Wasser zu verschwenden ist eine Todsünde.

Wochenlang blieb er in der Wüste, vielleicht Monate, er wusste es selbst nicht genau. Er ernährte sich von Resten, die eine mitleidige Frau ihm manchmal hinwarf. Dann kam eines Tages der Schlepper mit dem gutmütigen Kinn wieder auf seiner Tour vorbei. Er zeigte auf seinen Lieferwagen und sagte zu dem Jungen: »Aufsteigen.«

Passiert war, dass der Enkel eines entfernten Cousins seiner Mutter, der vor zwanzig Jahren in die Vereinigten Staaten ausgewandert war, mit einem internationalen *money transfer* Dollars nach Addis Abeba geschickt hatte. Der Junge begriff, dass der Schlepper an ihm eine tadellose kaufmännische Rechnung aufgestellt hatte. Er hatte ihn als Kunden eingeschätzt, dem zwar das Geld ausgegangen war, dessen Familie in seinem Rücken jedoch verzweifelt versuchen würde, neues aufzutreiben.

Also hatte er ihn nicht unterwegs, sondern in der Oase zurückgelassen: An ihm gab es vielleicht noch etwas zu verdienen.

Der Junge wurde also von einem Zahntechniker aus Milwaukee, Wisconsin, aus der Wüste gerettet – wenn Gott spricht, sagt er manchmal komische Dinge. Was der Junge aber nicht wusste, als er die namenlose Oase verließ – und wie gesagt zu seinem Glück –, war, dass man von einem Nichts ins nächste fallen kann, aus einem Nichts aus Sand in ein Nichts der Verzweiflung.

Hier in Libyen gab es einen Horizont, es gab sogar das Meer. Doch kann man nicht Leben nennen, was nur aus Ungewissheit und Angst besteht. In der Wüste kannte nur der Mann mit dem GPS die richtige Richtung: Ein Weg führte ins Leben, alle anderen in einen entsetzlichen Tod. In Tripolis aber konnte dir jedes Kind die Richtung zeigen. Siehst du dort den Strand? Da lang, um das Land hinter dem Meer zu erreichen. Doch hier, in dem großen Raum, stand die Zeit still.

Nicht einmal in der namenlosen Oase hatte er sich so lange aufgehalten. Dort lag er manchmal in der Nacht, wenn der Hunger in seinem Bauch weniger arg wütete, weil die mitleidige Frau ihm wie einem Hund einen Fetzen Fleisch zugeworfen hatte, rücklings im Sand und betrachtete die Sterne. Er glaubte zu sehen, wie sie sich bewegten, ihren rasenden Lauf durch die Ewigkeit. Also das Voranschreiten der Zeit. Nicht die Zeit des Menschen, der begierig die Tage, Wochen und Monate zählt, die ihn von seinem Ziel trennen. Eher die Zeit des *stranded*, der Stück für Stück die Wünsche und Sehnsüchte ablegt, die seine menschliche Natur zusammenhalten. Ein gefährliches Voranschreiten – so viel war dem Jungen klar –, weil in seiner Vollendung die Gefahr lag, gleichgültig zu werden gegenüber dem eigenen Sterben. Doch immerhin eine Zeit: ein kosmischer, unaufhaltsamer Marsch, an dem alles und jeder teilnahm so wie er, mit weit geöffneten Augen auf dem Erdboden liegend.

In Tripolis wiederum waren die Eindrücke gewohnter Natur, abwechslungsreich und menschlich. Es gab Häuser, Geschäfte, Autos, sogar Frauenaugen, die nicht zu Boden blickten. Und doch schien alles nur dem einen Zweck zu dienen, nämlich seine Entschlossenheit zu brechen. Der Junge hatte schnell begriffen, dass es schwieriger sein würde, Libyen zu verlassen als die namenlose Oase.

Er hatte einen Schlafplatz in einem Apartment in der Peripherie gefunden. Dort lebten fast hundert Habescha, mehr als zwölf in jedem Zimmer, mit einem Klo am Ende des Flurs – ein unglaublicher Luxus von hier aus betrachtet, vom großen Raum aus. Der Eigentümer wohnte mit seinen vier Söhnen im obersten Stockwerk. Sie rauchten den ganzen Tag Haschisch, schliefen, saßen auf dem Bürgersteig herum und sahen den Nicht-Libyern beim Arbeiten zu. Wie alle Einwohner dieses Landes, so schien es dem Jungen: Auf den Baustellen, in den Häusern, im öffentlichen Nahverkehr, überall sah er nur Fremdarbeiter. Nachts tönten die vulgären Stimmen der Frauen, die sich der Vater und seine Söhne hoch aufs Dach holten, bis hinab in die Zimmer der Wohnung. Bei dem Klang entzündete sich dem Jungen und den anderen Habescha ein Feuer zwischen den Beinen, und sie phantasierten von ihren Frauen zu Hause oder von Filmdiven. In Addis Abeba hätte er sich an der Schnelligkeit und dem Rhythmus der Muskeln berauscht, doch hier war das zu gefährlich. Wie lange er nicht mehr gelaufen war.

Der Junge ging so wenig wie möglich aus, nur um Essen zu besorgen und zum Internet-Point. Das Essen kostete zum Glück nicht viel, für einen Dinar bekam man vierzig Brote. Wann immer es ging, schaute er in seinen E-Mail-Account. Als sie erfuhr, dass der Junge lebend in Libyen angekommen war, dankte *ayat* Abeba im Namen des Herrn dem Zahntechniker aus Milwaukee, Wisconsin.

Vor allem beobachtete der Junge das Wetter. Die Habescha in der Wohnung warteten begierig darauf, das Meer zu überqueren, eine fieberhafte Aufregung hielt sie im Griff, die offenbar mehr der Physis entsprang als ihrem Willen. Auswandern ist allumfassend und zugleich sehr banal: Wenn ein Wesen an einem Ort nicht mehr überleben kann, stirbt es oder geht weg. Menschen, Thunfische, Störche, galoppierende Gnus in der Savanne. Auswanderungswellen sind wie die Gezeiten, wie Stürme, wie die Umlaufbahnen der Planeten, wie Geburten, sie lassen sich nicht aufhalten. Und schon gar nicht mit Gewalt, obwohl dies eine weitverbreitete Illusion ist.

Gewalt gab es in Tripolis zuhauf. Der Junge ging nie allein zum Markt, zu riskant für einen Habescha. Es gab Polizisten und gewalttätige Banden. Und auch Gangs aus sieben- oder achtjährigen Kindern, die dich einkesselten und mit Messern fuchtelnd »*Awala!*« schrien. Wenn man sich zu wehren versuchte, und sei es nur durch Schubsen, konnte man von den Erwachsenen gelyncht werden, die lachend die Szenerie beobachteten. Diese Kinder klauten nicht aus Hunger – keinem Libyer mangelte es an Essen. Es war reiner Zeitvertreib, ebenso unterhaltsam wie Katzen die Schwänze anzuzünden oder Ratten mit Steinen zu erschlagen. Was ein Glück war: Denn um sie zufriedenzustellen, musste man nur demütig den Kopf senken und ihnen ein paar Dinar geben. Die Kinder schnappten sie sich, spuckten auf die machtlosen schwarzen Habescha und rannten unter Triumphgeschrei davon. Die einzige Art, auf dem Weg zum Markt nicht angegriffen zu werden, war, sich Geleitschutz eines libyschen Freundes zu erbitten. Wenn die Kinder dich mit einem Landsmann sahen, sagten sie nur mit wohlerzogenem Stimmchen »*Shabab!*«, und die Erwachsenen ließen dich in Ruhe. An dem Tag, als die libysche Polizei ihn schnappte, war der junge Mann ohne einen guten Libyer unterwegs gewesen.

Es gab einen dunklen Fleck an der Mauer, in dieser Ecke des großen Raumes. ›Mein Fleck‹, dachte der Junge. Er konnte ihn besser sehen, wenn er mit Stehen dran war. Wie viele waren sie hier drinnen? Er wusste es nicht. Hundert mindestens. Sicher war nur, dass sie nicht alle gleichzeitig liegen konnten, deshalb mussten sie in Schichten schlafen. Drei Bodenfliesen, so viel Platz stand jedem Gefangenen zu. Also musste man sich einen Kumpel suchen, mit dem man sich abwechseln konnte, einer stand auf einer halben Fliese, während der andere auf fünf plus ein Stückchen zu schlafen versuchte. Seiner hieß Tesfalem, aus Eritrea. Ihre Länder hatten vor kurzem einen jahrelangen Krieg gegeneinander beigelegt, und sie feierten den Frieden am Horn von Afrika, indem sie ihre Leiber auf den sechs Fliesen ineinander verschlangen, wie Zwillinge im Uterus derselben Mutter. So wurden sie Brüder.

Manchmal kamen die Wachen herein und schlugen sie, mal aus Langeweile, mal aus Überzeugung. An guten Tagen bekamen sie ein Stück Seife. Das Wasser reichte mehr oder weniger für ein Drittel der Leute. Am Anfang wäre der Junge fast gestorben wegen des Modergeruchs, doch dann starb er nicht, weil der Mensch sich an alles gewöhnt, oder an fast alles. Nach ein paar Tagen bemerkte er ihn gar nicht mehr. Nur die seltenen Male, wenn er auf den Hof durfte, hatte er anschließend das Gefühl, sein Kopf platze vor Gestank. ›Ich halte das nicht aus‹, dachte er jedes Mal, ›ich sterbe.‹ Doch er lebte weiter. Er lernte die Augen zu schließen und sich vorzustellen, wie seine Füße über die nackte Erde liefen, seine Beine zwei Kolben, die Ellbogen verjagen die Straße. So vergaß er seinen erniedrigten Körper und schwelgte stundenlang in dem Glück, mit einem imaginären Körper zu laufen.

Diese stinkenden Mauern befinden sich wenige Kilometer von Tripolis' Zentrum entfernt, doch selbst die namenlose Oase war näher an der übrigen Welt als der große Raum. Im

Vergleich war die Wüste mit ihren GPS und Jeeps der Schlepper ein stark frequentierter Knotenpunkt im internationalen Verkehrsnetz. Dieses Gefängnis war eine Dunkelheit, aus der nicht das geringste Signal kam, ein für kein Fernrohr sichtbares schwarzes Loch. Für das, was hier geschah, hatte selbst Gott keine Worte.

Der Junge wusste nicht mehr, wie viele Monate er schon hier war. Seine Familie hatte keine Nachricht von ihm seit seiner Festnahme. *Wo ist er? Wie geht es ihm?* Als die Mutter zur libyschen Botschaft in Addis Abeba ging, um nach ihm zu fragen, hatte ein Angestellter mit schweren Augenlidern ihr mitgeteilt, dass der Name ihres Sohnes nicht in den Akten auftauchte. In Wirklichkeit hatte er gar nicht nachgeschaut.

Keiner der Gefangenen wusste, warum er hier war. Keiner wusste, wie lange er bleiben würde. Es gab Kranke, die jammerten. Andere flüchteten sich in unerreichbare private Traumbilder, und der Junge bezweifelte, dass sie in Freiheit überleben würden. Ein paar Privilegierte arbeiteten unbezahlt einige Stunden am Tag in den Häusern der Aufseher. Andere verbrachten ihre Zeit damit, sich die Muster ihrer Fingerkuppen mit der Säure aus ihren Handyakkus wegzuätzen.

»Dublin, das Abkommen«, hatte ihm Tesfalem erklärt, sein Fliesenbruder: In dem europäischen Land, wo man erstmals registriert wird, muss man bleiben. Alle wollten sie über das Meer und in Italien an Land gehen, aber fast keiner wollte dort bleiben. Die meisten wollten weiter nach Deutschland, England, vor allem nach Skandinavien. Und wem würde es gelingen nachzuweisen, dass sie als erstes Festland Italien betreten hatten, wenn man bei ihnen nach der Landung keine Fingerabdrücke nehmen konnte? Der Junge gehörte zu den wenigen, die sich nicht stundenlang die Fingerspitzen verstümmelten. Sollten sie doch in Italien seine Abdrücke nehmen, seine Reise sollte ohnehin dort enden.

Tesfalem war wie alle Eritreer in dem großen Raum Kriegsdienstverweigerer. Er war vor einem zeitlich unbegrenzten Militärdienst geflohen, der auch zwanzig Jahre dauern konnte. Dies war sein zweiter Fluchtversuch. Beim ersten Mal hatten sie ihn geschnappt und in ein Gefängnis für Deserteure auf die Insel Nokra gebracht, auf dem Dahlak-Archipel. In dem Innenraum eines Lieferwagens hatten sie über hundert von ihnen wirklich übereinandergestapelt, um dann im Hafen von Massaua auf einer Fähre einzuschiffen. Ein halbes Dutzend Gefangene war während der Überfahrt totgequetscht worden. Die Insel war hell, vom Wind durchweht, das Meer hatte dieselbe Farbe wie die Ohrringe der Frauen, die zu Hause um ihre Männer weinten. Das einzige Gebäude war ein Steinhaus, hundert Jahre älter als die *talian*. Tesfalem verbrachte dort knapp ein Jahr, in die unterirdischen Verliese gesperrt mit fast tausend anderen Männern. Auf der kurzen Fahrt von der Mole dorthin hatte er auf dem Meer ein Boot liegen sehen. Es sah aus wie das eines Filmstars, weiß und groß wie ein herrlicher Vogel. Europäische Frauen in Bikinis hatten langsam auf dem Vorschiff getanzt. Das war das Letzte, was er sah, bevor er im Untergrund verschwand.

Tesfalem erzählte dem Jungen, dass sie ihm einmal bäuchlings Hände und Füße auf den Rücken gefesselt hatten. So musste er fast zwei Wochen liegen bleiben, nur einmal am Tag durfte er aufstehen, um zu essen und die Latrine aufzusuchen. *Hubschrauber* hieß die Position, *elicotero*. Dann gab es noch *Jesus Christus*, die *Acht*, das *Hufeisen*, den *Reifen* (*Gesucristo*, *l'otto*, *il ferro* und *la gomma*), alles verlässliche Foltermethoden aus dem Erbe der italienischen Kolonialzeit. So hatte Tesfalem neue italienische Wörter gelernt.

Es waren nicht seine ersten. In Eritrea, erzählte er, fühlte man sich den alten Kolonisten irgendwie verbunden, was nicht auf Gegenseitigkeit beruhte. Der Junge berichtete seinerseits, wie Suor Giovanna ihm ihr reiches Land hinter diesen schmutzigen

Mauern jenseits des Meeres geschildert hatte. Einmal in Italien angekommen, wollte er ins Val Seriana fahren und ihr von dort eine Postkarte schicken. Tesfalem nickte bestätigend, das hatte sein Schwager, der jetzt in Göteborg lebte und durch Italien gekommen war, auch erzählt: »Wir Habescha wissen viel von den *talian*. Doch sie wissen nichts über uns, nicht einmal aus der Zeit, als sie da waren.«

Zuweilen, zwischen einer Prügelattacke, einem Durchfallkrampf und einem Albtraum im Halbschlaf, breitete sich Ruhe im Raum aus, empfindlich und erstaunlich wie eine Seifenblase. Dann redeten die Gefangenen über Fußball. Champions League, Nationalteams, dass die nächste Weltmeisterschaft in Afrika stattfinden würde und dies doch trotz allem ein Grund zur Freude sei. Die Somalier erzählten, dass in Mogadischu seit dem Kommando der Al-Shabaab-Miliz kurze Hosen verboten seien und man ohnehin nur noch in den von weniger rigiden Clans kontrollierten Stadtvierteln Fußball spielen durfte. Der Junge dachte an die Islamisten in Khartum, die ihm wegen eines offenen Hemdknopfes Beleidigungen nachgerufen hatten. Manchmal, wenn von Beckham, Zidane und Ronaldinho die Rede war, glühte ein Funken in den Blicken der eingepferchten Männer auf, wie Überreste eines lustigen Feuers. Der aber sofort erlosch, wenn aus der Nebenzelle die Schreie der vergewaltigten Frauen herüberklangen.

Der alte Attilio Profeti überquerte den Ponte Milvio, in der Hand die Autoschlüssel. Es war aufregend und beängstigend, so ganz allein unterwegs zu sein. Wie viele Jahre war das her? Immer war er von Pflegerinnen, Ehefrauen und Leuten umgeben, die ihn wie ein Kleinkind behandelten. Dabei hatte Attilio niemals aufgehört mitzurechnen – das war wichtig für den Wettkampf – und kannte sehr wohl sein Alter: 2008 minus 1915 machte dreiundneunzig Jahre, nur. Er war noch lange keine hundert.

Der Tiber hinter dem Brückengeländer hatte die gleiche Farbe wie das passierte Gemüse, das man ihm bei seinen letzten Untersuchungen im Krankenhaus vorgesetzt hatte. Ein Glück, dass Sie ihm hinter dem Rücken der Ärzte seine Leckereien mitgebracht hatte. Pastete, scharfes Hühnchen, Apfelkuchen. Alles wie immer köstlich. Aber jetzt dachte er lieber nicht an Sie. Jetzt wollte er wütend sein.

Die Taschen alter Menschen sind leer. Wozu braucht man eine Brieftasche, wenn man ohnehin immer und ausschließlich in Begleitung vor die Tür geht? Attilio Profeti kramte in seiner Hose und fand weder Ausweis noch Geldscheine, nur zwei Münzen. Er ging langsam, aber stetig, denn niemand sollte merken, dass er nicht den geringsten Schimmer hatte, wohin er ging.

Was nicht ganz stimmte. Er suchte das Auto, irgendwo musste es ja stehen. Er würde wegfahren damit, allen eine Lektion erteilen, vor allem denen, die ihn nicht ernst nahmen. Er würde nach Hause fahren, nach Lugo; seine Mutter, ja, die behandelte ihn gut. Ein undeutlicher Schmerz stieg aus seinem Solarplexus auf und erinnerte ihn gegen seinen Willen daran, dass Viola vor vielen Jahren gestorben war, als sie noch jünger war als er jetzt. Sie im Wettkampf besiegt zu haben bereitete ihm keine Befriedigung. Und noch jemand anderen hatte es gegeben, der viel jünger, als er es war, gestorben war und dessen Tod ihn traurig gestimmt hatte. Aber er konnte sich gerade nicht daran erinnern, wer das gewesen war.

Wie jeden Sonntag war Sie heute Vormittag in die Kirche gegangen. In den langen Jahren, in denen ihr Zusammensein der halben Welt verborgen geblieben war, hatte Attilio nicht einen einzigen Feiertag mit Ihr verbracht. Und auch später, als Eheleute, war Sie weiterhin allein zur Messe gegangen.

»Ich warne dich! Die Kirche toleriert nicht einen Hauch von Freiheit!« Wie oft hatte Attilio dieses Motto, von wem auch immer es stammte, schon zitiert, wenn Sie an den Feiertagen das

Haus verließ. Doch nun war wieder alles anders. Martina aus Moldawien besuchte sonntags immer den Gesprächskreis der Pflegekräfte (im Seitenflügel des Bahnhofs Termini bei Regen, bei Sonnenschein auf dem Piazzale dei Partigiani), und Anita wollte Attilio nicht mehr allein lassen. Also war er heute, wie an allen Sonntagen der vergangenen Wochen, mit Ihr in den hässlichen Kirchenbau ihres Viertels gegangen. Und hatte die Predigt mit seinem Schnarchen unterlegt.

»Bewegend, was Don Giulio heute über das ewige Leben gesagt hat«, meinte Anita zu ihrem Mann, während sie ihm die Kirchenstufen hinunterhalf. »Schade, dass du es nicht mitbekommen hast.«

Attilio flatterte mit den Augenlidern, wie immer nach seinen kleinen, geräuschvollen Nickerchen. »Ich habe es genau mitbekommen«, hatte er leicht verärgert erwidert. »Die üblichen Ammenmärchen.«

»Das sind keine Märchen. Das ist die Heilige Schrift, die großen Trost spendet. Immerhin müssen wir alle mal sterben.«

»Sprich für dich!«, hatte Attilio ausgerufen und sich dann in trotziges Schweigen gehüllt. Die anderen drei Worte, die er sich mit neun Jahren geschworen hatte, sprach er nicht laut aus. Doch er ließ sie im Geiste kreisen wie drei geheime Rubine in der geschlossenen Faust: »Alle, außer mir.«

Von da an hatte Attilio ganz miese Laune. Zu Hause hatte er Sie hasserfüllt angesehen, als Sie ihm sagte, er solle sich bei den Pralinen zurückhalten. Und nachdem er Sie am Telefon mit dem Cousin aus Neapel hatte reden hören, der in ihrem Alter, also unverschämt jung war, hatte er gezischt: »Deshalb willst du also, dass ich sterbe.«

Anita hatte das schnurlose Telefon in die Basis zurückgestellt, sich ruhig zu ihm umgedreht und den Blick in ihn gebohrt wie eine Reißzwecke in die Wand: »Das will ich mal nicht gehört haben.«

»Ich weiß doch, dass du nur darauf wartest!«

Ihre Lippen verzogen sich zu einem halben Lächeln, das aber nicht bis in die Augen reichte.

»Liebling. Du bist müde. Ich gehe jetzt in die Küche und koche.«

Attilio hatte den restlichen Vormittag im Sessel verbracht, im Bauch ein nagendes Gefühl, das umso bitterer wurde, je weniger er sich an seinen Auslöser erinnern konnte. Kurz darauf, als Anita in der Küche lautstark die grüne Soße für das Rindfleisch pürierte, hatte er sich wieder Mantel und Hut übergeworfen – auf die Schuhe verzichtete er, zu kompliziert – und war in Pantoffeln mit den Autoschlüsseln in der Hand nach draußen gelaufen.

Nun lag der Fluss, den er auf gut Glück überquert hatte, in seinem Rücken. Er stand auf einem Platz mit einem Stück Grünfläche in der Mitte. Eine kaputte Schaukel pendelte an einer Kette herab, direkt daneben eine aus ihrer Verankerung gerissene Bank – das hatte wohl mal ein Aufenthaltsort für Kinder und Senioren sein sollen. Das wuchernde Grün war allerdings mit einem Gitter umzäunt. Zwischen dem Gitter und dem Rand des Bürgersteigs stand eine ganze Reihe von Plakataufstellern mit dem Aufdruck WAHLEN 2008.

Der Wahlkampf dieses Frühjahrs näherte sich dem Ende. Seit Wochen wurden mehrmals am Tag neue Plakate geklebt, immer eins über das andere. Die Schichten aus Papier und Kleister auf den Aufstellern hatten sich zu einer Art Basrelief aus Pappmaché verbunden. Oben Bruchstücke lachender Gesichter: Männer mittleren Alters, Frauen mit perfektem Teint, die eher nach Film als nach Politik aussahen, Regierende mit bestimmtem und wachem Blick. Aufschriften und Hintergründe waren durchweg in schreienden Primärfarben gehalten. Nur ein Plakat war anders, und vor ihm blieb Attilio Profeti stehen, der in seinen sechzig wahlberechtigten Jahren in der

Republik Italien kein einziges Mal seine Bürgerpflicht versäumt hatte.

Im Gegensatz zu den anderen herrschten hier die gedeckten Farben vor. Auf ockerfarbenem Grund sah man das Profil eines Mannes mit ziegelroter Haut. Um seine Stirn lag ein Band aus kleinen blauen Perlen und auf dem Kopf erhob sich ein Kranz mit grau-weißen Federn. Seitlich hing etwas an seinen Wangen herab, das die bizarre Form einer Tierhaut hatte. Attilio musterte es verwundert. Ja, es war tatsächlich ein abgezogenes Fell, von einem Kaninchen vielleicht, oder einem Murmeltier.

Ein unverständliches Bild.

Attilio Profeti spürte, wie sein Geist in den Treibsand sank, der immer häufiger seine Gedanken verschlang. Verwirrt schaute er sich um, ob ihm jemand helfen könne, das Gesehene zu begreifen. Doch der Platz war menschenleer wie nach einer Razzia, das sonntägliche Mittagessen hielt die Bewohner des Viertels zu Hause. Attilio senkte den Blick und sah die Pantoffeln an seinen Füßen. Plötzlich stiegen wie Erinnerungsblasen aus dem Abgrund des Vergessens Bildausschnitte eines Films in sein Bewusstsein. Ein Mann mit Federschmuck auf dem Kopf tanzt, schlägt sich auf den Mund und stößt hohe Töne aus.

Klar doch! Fuß des Windes.

Sofort war Attilios Verwirrung wie weggeblasen. ›Das ist eine Rothaut.‹

Nun erst machte er sich die Mühe, auch den dicken Schriftzug darunter zu lesen.

In ihr Land kamen Einwanderer.
Heute leben sie in Reservaten.

Unten rechts, kleiner, neben dem runden Symbol der Lega Nord mit dem Umriss eines mittelalterlichen Kriegers, eine Kursivschrift in Rot, die den Leser ermahnte: Denk nach!

Zwei Abende zuvor war Ilaria fast eine Stunde durch die Straßen ihres Viertels gekurvt, um ihren Panda zu parken. Sie war zur schlimmstmöglichen Uhrzeit nach Hause gekommen, freitags früher Abend, wenn der Parkplatzmangel die Suche zu einer Art Reise nach Jerusalem werden lässt: Platz bekommst du nur, wenn du genau in dem Moment vorbeikommst, wenn jemand wegfährt. Erschöpft von langen Elterngesprächen, hungrig und mit dem einzigen Wunsch nach einer Dusche war sie die Einbahnstraßen des Esquilins eine Viertelstunde, eine halbe Stunde, eine Dreiviertelstunde lang abgefahren und sich immer mehr wie die Ratte im Laufrad eines sadistischen Neurologen vorgekommen. Irgendwann hatte sie sich gefragt, ob sie nun für den Rest ihres Lebens mit dem Auto um den eigenen Wohnblock kurven müsste – im Namen der Wissenschaft. Wenn sie Elektroden an ihrem Kopf entdeckt hätte, die ihre Hirnreaktionen aufzeichneten, hätte sie sich kaum gewundert.

Heute, am Sonntag, war sie bei Anita mit Emilio und Attilio junior zum Mittagessen eingeladen. Ihr ältester Bruder Federico hielt sich gerade in Rom auf, eine der seltenen Gelegenheiten, dass Attilio Profeti seine vier Kinder alle auf einmal sehen konnte. Ilaria hatte entschieden, das Auto auf dem so mühsam errungenen Parkplatz stehen zu lassen. Zum Haus ihres Vaters würde sie die Metro nehmen und dann zu Fuß durch die Villa Borghese gehen, die im Aprilgrün erstrahlte. Am U-Bahn-Eingang der Linie A auf der Piazza Vittorio wurde sie wie so oft sonntags von einer exotischen Musik gefesselt. Sie tönte aus den Lautsprecherboxen von einer Bühne im Park, der sich heute in eine Zweigstelle des Punjab verwandelt zu haben schien: Frauen im Salwar Kamiz, die Männer mit langen Bärten und Turban.

›Ist das letzte Sikh-Fest etwa schon wieder ein Jahr her?‹, fragte sich Ilaria verwundert. Guru Nanaks letzten Geburtstag hatte sie noch in guter Erinnerung. Sie hatte köstliche Malai Kofta und Safranreis verzehrt. Heute aber hatte sie weder Zeit noch Lust. Flugübungen von Papierdrachen am chinesischen Neujahrsfest – schon gesehen. Curryspeisen beim Diwali-Fest – schon probiert. Fair gehandelte Produkte an den Ständen von Intermundia – schon gekauft. Sie hatte keinen Überblick mehr, an wie vielen Festen auf der Piazza Vittorio sie teilgenommen hatte. Oft waren die Fernsehkameras der Regionalsender mit gut frisierten Reporterinnen anwesend, die garantiert in anderen Vierteln wohnten, sich aber irre interessiert an »dieser neuen Realität« zeigten. In ihren Beiträgen wie auch in den Artikeln der römischen Tageszeitungen wurden mit viel Enthusiasmus und zivilbürgerlichem Eifer Worte wie *Toleranz*, *Versuchslabor*, *Zusammenleben*, *multikulti* benutzt. Sie zitierten aus dem kürzlich angelaufenen Film über das Orchester, das die verschiedenen musikalischen Traditionen des Viertels versammelt und sich nach der Piazza Umbertina benannt hatte. Mit aufgerissenen Augen riefen sie in die Kamera: »Der Esquilin ist die Zukunft!«

Ilaria sieht die Dinge ein bisschen anders. Ihr Wohnviertel, in dem sie seit Jahrzehnten die Milch in der Bar unter ihrer Wohnung kaufte, wie eine Bekloppte einen Parkplatz suchte, ein paar Worte mit den Nachbarn wechselte, auf dem Bürgersteig den Hundekacke-Slalom vollführte, dieses Viertel konnte nichts dabei gewinnen, in die dünne Sphäre des Symbolhaften katapultiert zu werden. Die Kinder, die sie täglich unterrichtete, teilten sich seit der Grundschule die Schulbank mit Chinesen, Marokkanern, Philippinen und Italienern, doch sie hätte nie bemerkt, ein »Versuchslabor des Zusammenlebens« zu sein. Was sie aber bemerkte, war das Regenwasser, das seit letztem Herbst durch ein Loch in der Decke der Turnhalle tropfte, und dass das Geld für die Reparatur, das von Kommune, Schulamt und Ministerium zugesichert worden war, nicht floss, das schon. Solche Reden waren ihr genauso suspekt wie die scheinbar gegensätzlichen Reden, die sie mittlerweile für komplementär hielt und in denen die Ortsbezeichnung Esquilin stets mit den Begriffen

»Verfall« oder »Überfremdung« kombiniert wurde. Sie hatte den Eindruck, beide dienten bloß der Untermauerung vorgefertigter Weltbilder und weniger dem konkreten Leben der Bewohner. Propaganda.

Ilaria wollte gerade in dem Schacht der Metropolitana verschwinden, als ein junger Mann in Hemd, weiten Hosen und Schlapphut wie zu Zeiten des Roms der Päpste ihr einen Zettel in die Hand drückte. Hinter dem Slogan »Wir geben Rom den Römern zurück!« standen verschiedene Logos der extremen Rechten.

Rund ein Dutzend Personen, fast alle verkleidet, verteilten die Flyer. Ein Mann, passenderweise mit deformiertem Boxergesicht, im Gladiatorenkostüm; eine kleine Matrone in weißer Tunika mit goldenen Staniolkrönchen auf den Locken wie in den Reliefs der Ara Pacis; eine junge Magd im volkstümlichen Rock des neunzehnten Jahrhunderts, deren große Brüste aus der bauschigen Bluse hervorquollen.

Überwacht wurde die Flyerverteilung von einem Mann um die vierzig, den Ilaria an seinen schlichten, scharf geschnittenen Gesichtszügen erkannte. Er war der Chef der fundamentalistischen Christen, die vor Jahren, als im Parlament um die künstliche Befruchtung gestritten wurde, das Viertel mit den Fotos blutiger Föten tapeziert hatten.

»Heute ist der Geburtstag unseres Heiligen Vaters«, sagte der Mann an eine kleine Zuhörerschaft aus jungen Glatzen und alten Männern gewandt. »Aber in Rom, der Hauptstadt der Christenheit, Reich des Heiligen Stuhls, wird ein indischer Guru gefeiert. Ausgerechnet hier, auf der Piazza Vittorio, mitten im Herzen des christlichen Dreiecks! Schande!«

Ilaria steuerte um die Gruppe herum und lief direkt in Lina hinein.

Die alte Nachbarin steckte in einem Mantel, der die Farbe eines nassen Hundes hatte und den sie von September bis Juni trug. Neben ihr zwei Altersgenossinnen, genau wie sie näher an den siebzig als an den sechzig. Ihre sechs Füße klapperten einstimmig über das glatte Pflaster der Arkaden, mit den kraftvollen Schritten von Menschen, die ein klares Ziel vor Augen haben. An die Brust gedrückt hielten sie Stift und Notizblock.

Ilaria hatte Lina und ihre Freundinnen schon häufiger an Feiertagen nachmittags oder wie heute nach der Sonntagsmesse durch das Viertel gehen sehen. Sie waren allesamt Witwen von Polizeibeamten und hatten sich seit einigen Jahren gefunden, um auf den beruflichen Spuren ihrer lieben Verstorbenen den Esquilin zu überwachen. Auf irgendeine Art hatten sie die Faxnummer der Privatsekretärin des Bürgermeisters von Rom herausgefunden und schickten ihr Listen kleiner und großer Klagen, die sie per Hand zusammenschrieben: Löcher im Asphalt, Abfallberge neben den Mülltonnen, mit Laub verstopfte Abflussgitter. Sie hatten noch nie eine Antwort bekommen. Als Lina ihr das erzählte, hatte Ilaria vor ihrem inneren Auge Berge von Thermopapier gesehen, die in der Ecke eines menschenleeren Verwaltungsbüros zu Boden glitten. Doch das offizielle Schweigen hatte sie nie entmutigen können. Im Gegenteil: Wenn in einem bestimmten Zeitrahmen nach ihrem Hinweis tatsächlich ein städtischer Kleinlaster kam und die kaputte Birne einer Straßenlaterne austauschte oder ein Gully gesäubert wurde, werteten die drei Freundinnen dies völlig uneitel, aber auch ohne falsche Bescheidenheit, wenigstens teilweise als ihren Erfolg. Beim Anblick der alten Damen, die bei ihren Kontrollgängen die Neugierde von Forscherinnen mit der Vertrautheit des eigenen Schlafzimmers kombinierten, bekam Ilaria immer gute Laune.

Lina zeigte mit dem Kinn auf die angeblichen Statisten der römischen Vergangenheit. »Ach, Ilaria, denen ist der Esquilin doch genauso egal wie mir der Nordpol. Oder noch egaler, denn ich mag wenigstens Pinguine.«

Lächelnd betrat Ilaria die U-Bahn.

Anita war eine exzellente Köchin, verstand aber überhaupt nichts von Wein. Als sie die Tür öffnete, drückte Ilaria ihr eine Flasche in die Hand.

»Danke, meine Liebe. Du bist die Erste, deine Brüder sind noch nicht da.«

»Wo ist Papà?«, fragte Ilaria mit Blick auf den leeren Sessel.

»Wieder mal abgehauen.« Die Frau ihres Vaters klang ganz gelassen. »Diesmal hat er die Autoschlüssel mitgenommen.«

»Was? Aber er kann doch nicht fahren. Er ist ein öffentliches Verkehrsrisiko!«

»Ja, das stimmt, in der Stadt lasse ich ihn auch nicht fahren. Nur auf der Autobahn.«

Ilaria kniff die Augen zusammen und wartete schweigend auf die Erklärung, dass dies ein Witz war. Doch Anita sagte nichts.

»Das verstehe ich nicht ...«, stieß Ilaria hervor, »du hältst also einen Neunzigjährigen, der mit hundert Stundenkilometern zwischen den Lkw rumkurvt, für eine gute Idee?«

»Warum nicht? Er muss nur den fünften Gang einlegen, dann fährt er ganz ruhig.«

»Äh, ... ihr seid komplett verrückt! Und du bist noch verrückter als er, weil du nicht die Ausrede des hohen Alters hast.«

»Oh, wie melodramatisch! Dein Vater ist doch keine hundertzwanzig.«

»Nein, genau, sondern erst dreiundneunzig. Ein junger Hüpfer.«

Wie immer, wenn sie überführt wurde, lenkte Anita ein.

»Ich weiß, ich weiß. Aber was soll ich machen, für mich bleibt er nun mal immer so jung wie damals, als ich ihn kennenlernte ...«

›Als du ihn kennenlerntest, war er schon lange kein junger Hüpfer mehr‹, dachte Ilaria. Er war fünfzig, hatte eine Frau, drei Kinder und einen Kredit für eine herrschaftliche Wohnung abzubezahlen, der seine Möglichkeiten überstieg.

Doch die ohnehin mühselige Aufgabe, jemandem reale Fakten darzulegen, die er nicht hören will, war bei Anita hoffnungslos. Ihr fügsames Lächeln verwandelte sich sofort in den Vorwurf der überreifen Frucht, der jede Diskussion beendete. Ilaria ließ ab und seufzte halb genervt, halb besorgt.

»Also gut, was machen wir? Soll ich ihn suchen gehen?«

»Ganz ruhig, meine Liebe. Dein Vater kommt immer zurück.«

Federico fand ihn dann. Er stand reglos neben einem Zeitungskiosk und betrachtete verwirrt den Verkehr.

»Papà!«, rief sein Ältester aus dem Taxi heraus, das rechts rangefahren war. »Was machst du hier? Komm, steig ein!«

Attilio gehorchte mit gleichgültiger Sanftmut. Ohne Gruß stieg er auf der Seite ein, wo Federico ihm die Tür aufhielt, und ließ sich schwer auf die Rückbank fallen.

»Immer unterwegs, was?«, meinte sein Sohn gut gelaunt. »Schön, schön, gut so. Es lebe die Freiheit.«

Attilio betrachtete den Mann um die fünfzig, seine blauen Augen, die ihn an etwas erinnerten, das helle Jackett über dem sportlichen Körper. Seine langen Haare wie die eines Touristen waren sonnengebleicht, mit mädchenhafter Geste strich er sie sich immer wieder aus der Stirn.

»Du bist der, der in Mexiko lebt.«

Federico lachte leise auf. »Genau! Der bin ich höchstpersönlich. Und morgen kehre ich nach Mexiko zurück. Ich hatte in Rom ein paar Nervigkeiten zu regeln. Im Übrigen, wo wir schon dabei sind ... Ich habe hier etwas.«

Aus einer aus Lederriemen gewebten Tasche zog er ein paar Blätter und einen Stift.

»Erinnerst du dich noch an die Bürgschaft, die du für den Kredit meines Pubs geleistet hast? Sie ist abgelaufen und muss erneuert werden. Ich muss sie morgen unterschrieben zum Notar bringen. Weil der Notar ein Freund ist, drückt er ein Auge zu, wenn du nicht in seiner Anwesenheit unterschreibst. Dann musst du nicht extra dorthin, Autofahren, Parkplatz suchen ... Wenn du jetzt unterschreibst, können wir uns das ganze *Ambaradam* sparen.«

»Sag nicht dieses Wort, sag einfach Tamtam«, brummte Attilio mit düsterem Blick, nahm aber den Stift. Seine Hände zitterten, und bei den Fahrbewegungen des Autos konnte er nicht einmal den Stift ansetzen.

»Warte, wir sind gleich da«, sagte Federico. Das Taxi erreichte Anitas Häuserblock. »Hier ist es, bitte.«

Als der Wagen stand, legte der Sohn die Unterlagen auf die Tasche. Konzentriert und wortlos unterschrieb der Vater die Papiere, die er eins nach dem anderen vorgelegt bekam. Dann half ihm Federico aus dem Taxi und ging mit ihm zur Haustür, um zu klingeln. Aus der Sprechanlage erklang eine metallene Stimme: »Wer ist da?«

»Anita, ich bin's, Federico. Ich habe Papà hier.«

»Ah, zum Glück!« Die Stimme entfernte sich, an jemanden im Zimmer gewandt. »Er wurde gefunden. Er ist unten bei Federico.«

»Ich schicke ihn dir mit dem Aufzug hoch.«

»Was heißt das, du schickst ihn hoch? Und du? Kommst du nicht?«

»Nein, entschuldige. Ich fliege morgen wieder und muss noch tausend Sachen erledigen.«

»Aber das Mittagessen ist doch extra für dich ... Wir haben uns seit Jahren nicht mehr alle zusammen gesehen.«

»Tut mir leid, Anita, ich schaffe es wirklich nicht. Das nächste Mal nehme ich mir alle Zeit der Welt.«

Federico brachte seinen Vater zum Aufzug, öffnete ihn und half ihm hinein. Er legte seine Arme um ihn und drückte mit gespitzten Lippen zwei Küsse in die Luft. Der Vater tat es ihm nach wie Kinder, die die Gewohnheiten der Erwachsenen nachahmen, ohne sie recht zu verstehen. Die gläsernen Türen des Aufzugs wollten sich schließen, doch Attilio hielt sie mit der Hand auf.

»Du bist nicht reich geworden, oder?«, fragte er seinen Erstgeborenen skeptisch.

Federico lächelte ihn fröhlich an. »Nein, Papà. Reich nicht. Aber ich komme zurecht.«

Dann fuhr der Aufzug, den Anita bestellt hatte, hinauf in den fünften Stock.

Federico wartete, bis er weg war, und verließ die Halle. Er ging über den Bürgersteig zu dem wartenden Taxi. Er öffnete gerade den Wagenschlag, als aus der Sprechanlage eine aufgeregte Stimme schrillte.

»Federico! Federico, bist du noch da?«

Er kehrte um und näherte den Mund der Anlage.

»Ja, Anita, was ist los?«

»Papà will dir etwas sagen.«

»Ja, aber schnell, mein Taxameter läuft ...«

Ein Rauschen, während der Hörer in unsichere Hände gegeben wurde, dann Attilios Stimme.

»Federico.«

»Ja, Papà?«

»Hör zu. Ist es lange her, dass wir uns gesehen haben?«

»Nein ... nicht sehr lange. Letzten Sommer habe ich dich besucht. Vor weniger als einem Jahr.«

»Aha. Dann kommst du diesen Sommer wieder?«

»Das schaffe ich wahrscheinlich nicht, Papà. Vielleicht nächstes Jahr. Aber du kannst mich ja besuchen kommen. Es ist schön in Playa del Carmen. Und Meer gibt es auch.«

»In Ordnung, ich werde es Anita sagen. Sie reist sehr gerne.«

»Bestens, ich erwarte euch. Ich muss jetzt los. Ciao.«

»Ciao, ciao ...«

»Ach, Papà: Ich liebe dich.«

Doch die letzten Worte gingen in einem scharfen, hohen Pfeifen unter. Der Hörer schien nicht richtig eingehängt worden zu sein.

Das Taxi war gerade erst losgefahren, als Federico eine SMS von Emilio erreichte: DU BIST SO SCHEISSE WIE IMMER. VIELLEICHT LEBT PAPÀ IN EINEM JAHR NICHT MEHR. NUR WEIL ER MIT 93 NICHT MEHR WÜTEND WIRD.

Federico tippte zurück: GIB IHM DEINE SMS ZU LESEN, DANN WIRD ER WÜTEND. ABER AUF DICH. Als er auf »Senden« drückte, schaltete der Fahrer gerade das Radio an. Die Fußballspiele wurden angepfiffen.

Das Essen zu Federicos Ehren ohne Federico verzehrte Attilio Profeti mit mechanischer Gier und gesenktem Kopf. Ihm fielen fast die Augen zu, und er sagte keinen Ton, völlig erschöpft von seinem Narrenstreich. Anita redete die ganze Zeit in den schillerndsten Farben über die Rezepte der Speisen, die locker für die doppelte Anzahl von Gästen gereicht hätten. Ilaria, Emilio und Attilio junior hörten schweigend zu. Niemand hatte Lust, das flüchtige Auftauchen – besser gesagt die Stimme in der Gegensprechanlage – des älteren Bruders zu kommentieren. Doch andere Themen wollten ihnen nicht einfallen, da sie allesamt an ihn dachten.

›Wie lange war er jetzt in Italien? Ob er Mamma besucht hat?‹ Ilaria konnte ihre Mutter nicht fragen. Denn im Zweifelsfall hätte sie Marella damit erst offenbart, dass ihr Ältester in Rom gewesen war, ohne sich bei ihr zu melden. Und die Mutter würde niemals glauben, dass auch Ilaria ihn nicht gesehen hatte, mit all den stummen, aber umso schmerzhafteren Klagen, die das nach sich gezogen hätte. Und als Emilio vor dem ersten Gang wütend auf sein Handy eintippte, war ihr klar gewesen, an wen die SMS ging.

Als Emilio und Federico noch auf demselben Kontinent lebten, hatten sie ihre Zeit damit verbracht, sich gegenseitig wegzunehmen, was wegzunehmen war: Spielzeug, Stifte, Spielkameraden, Freundinnen, Verlobte. Ilaria war sehr viel jünger als sie, so dass die Rivalität ihrer Brüder quasi über ihren Kopf hinweg ausgetragen worden war (manchmal auch tatsächlich mit Schlägen oder Beleidigungen), ohne sie stark zu berühren. Wie jede ordentliche Fehde war auch diese endlos und nicht durch vernunftgesteuerte Ratschläge von außen zu befrieden. Wer mit ihr konfrontiert wurde, hielt sich besser raus. Leider hatte es diverse Frauen gegeben mit ansehnlichem Äußeren und der Neigung, Schmeicheleien ernst zu nehmen, die erst zu spät begriffen hatten, dass sie lediglich als Schlachtfeld für den Brüderkampf herhalten mussten. Federico und Emilio gingen aufeinander los, ein unaufhörliches Duell mit Stichwaffen, dessen Verlauf mit Freundschafts- und Beziehungsleichen gepflastert war. Gefangene wurden nicht gemacht. So war es auch kein Zufall, dass Emilio erst heiratete und Kinder bekam, als der ältere Bruder endlich Italien verlassen hatte. Wenn Ilaria sich in diesem Krieg hätte positionieren müssen, wäre sie vielleicht eher auf Federicos Seite gewesen. Denn der hatte sich wenigstens nie für diese raubtierhafte, primitive Rivalität entschuldigt. Emilio hingegen stellte seine Eroberungen zu Federicos Schaden, wie Freundinnen des älteren Bruders, die er schnell mal gevögelt hatte, als legitime Verteidigung und gerechte Revanche dar für das, was er hatte erleiden müssen. Das verlieh seinem Tun in Ilarias Augen einen unangenehm weinerlichen Beigeschmack. Jedenfalls blieb bei all der wütenden Aufmerksamkeit, die die beiden einander entgegenbrachten, für sie selbst wenig übrig. Vielleicht verstanden Ilaria und ihr jüngerer Halbbruder Attilio sich deswegen so gut: Beide fanden hier das Geschwisterverhältnis, das sie sonst nicht hatten.

»Selbst die Krümel hast du noch weggeputzt!« Anita wies auf den leeren Teller ihres Mannes, dem sie gerade ein dickes Stück Birnenkuchen serviert hatte. Seit sie in Pension war, hatte sie im

Großen und Ganzen drei Hauptbeschäftigungen: enorme Mengen Nahrungsmittel einzukaufen, sie in köstlichste Mahlzeiten zu verwandeln und Attilio vorzuwerfen, dass er sie verzehrte. Er reagierte mit einer Mischung aus Gleichgültigkeit, aufgrund seiner großen Müdigkeit, und dem vagen Gefühl des Kleinkindes, dem gerade bestätigt wurde, im Zentrum der Aufmerksamkeit zu stehen. Er erhob sich mit auf den Tisch gestützten Armen und wankte zu seinem Sessel, in dem er schon wenige Minuten später zu schnarchen begann.

Ilaria half Anita beim Tischabdecken und Spülen, während im Fernsehen die Lokalnachrichten liefen. Mit einem Mikrofon vor dem kleinen Fuchsgesicht verkündete der Bürgermeisterkandidat der Rechten, die Sicherheit in Zeiten von Einwanderung und Kriminalität verteidigen zu wollen. Die zwei Begriffe schienen wie durch ein naturgegebenes Band miteinander verbunden, für das es keine Nachweise brauchte. Einwanderung, Kriminalität: zwei untrennbare Seiten derselben Bedrohung für brave Staatsbürger. Sein Wahlprogramm sah Bürgerwehren vor, die eine feinmaschige Überwachung aller Straßen gewährleisteten. Ilaria fielen die herrischen Schritte von Lina und ihren Freundinnen ein. Das Letzte, was der Esquilin brauchte, waren Bürgerwehren, zumindest solange es die Damen gab. Sie musste unwillkürlich lachen.

Anita hob den Kopf vom Abwasch. »Was gibt's zu lachen?«

»Nichts. Ich musste gerade an Bekannte von mir denken.«

Nun folgte ein Interview des Kandidaten des Mitte-Links-Bündnisses. Sein Vorschlag zur Beruhigung der Bürger war die Verteilung eines Anti-Vergewaltigungsarmbandes: ein Gerät für das Handgelenk, das Alarm schlägt und den Standort übermittelt und an Frauen aus den Randbezirken und Vierteln mit hohem Ausländeranteil verteilt werden sollte.

Schlagartig verging Ilaria das Lachen. Wie auch immer die Wahlen ausgingen, wenn es sonst keine Alternative gab, waren sie schon verloren.

Als sie ging, war ihr Vater gerade aufgewacht. Die Hilflosigkeit, die in seinen flatternden Lidern lag, versetzten Ilaria einen Stich. Sie beugte sich über den Sessel und küsste ihn auf die Wangen.

»Mein Schatz, brauchst du Geld?«, fragte Attilio Profeti sie. Mühsam lehnte er sich zur Seite und durchforstete mit langsamer Konzentration seine Hosentaschen. Schließlich zog er zwei Münzen hervor. Gutmütig lächelnd ergriff er die Hand seiner Tochter und legte sie hinein.

»Hier, von deinem alten Vater.«

Anita kam gerade mit einem Wischlappen in der Hand ins Wohnzimmer und warf Ilaria einen einvernehmlichen Blick zu, dann wandte sie sich mit womöglich noch nachsichtigerem Tonfall als sonst an ihn: »Ilaria braucht kein Geld. Komm, Liebling, nimm es zurück.«

Bevor Ilaria die Münzen in seine Handfläche fallen lassen konnte, schloss er sie mit einer ärgerlichen Geste.

»Das ist mein Geld. Das gebe ich, wem ich will.«

Ilaria fasste in seine Hosentasche und schob die Münzen hinein.

»Sicher. Du hast Recht. Lass es uns einfach so machen, Papà. Du hast sie mir gegeben. Und ich leihe sie dir jetzt. Beim nächsten Mal gibst du mir das Geld zurück, aber sei gewarnt: Ich will Zinsen.«

Attilio starrte verwirrt auf seine Tochter, dann warf er Anita einen herausfordernden Blick zu. »Zum Glück warst du eben nicht da, als ich unterschrieben habe.«

Ilaria zog die Hand aus seiner Tasche und runzelte die Stirn. »Unterschrieben? Was denn?«

»Diese Papiere, im Taxi. Für ... wie heißt er noch. Der aus Mexiko. Federico.«

Anitas freundliches Lächeln war verschwunden, ihr Gesicht reglos und hart. Wie ein Seidenkleid, das von der Kleiderpuppe rutscht und das harte Plastik freilegt. Die Worte klangen rein mechanisch: »Was hat er dich unterschreiben lassen?«

Attilio Profeti zuckte mit zur Schau gestelltem Desinteresse die Schultern.

»Wie gesagt. Papiere.«

»Was für Papiere?«

»Keine Ahnung. Er sagt, er bringt sie morgen zum Notar.«

»Nein, stopp mal!«, rief Ilaria. »Ganz ruhig, Anita. Das ist nicht rechtsgültig, so eine Unterschrift ohne einen Notar weit und breit, der sie bestätigt.«

»Ein Notar kann immer behaupten, dass die Unterschrift in seiner Anwesenheit geleistet wurde. Natürlich muss er dafür korrupt sein.« Emilio hatte bisher nichts gesagt. Nun sprach aus ihm die bittere Überheblichkeit desjenigen, der endlich eine unangenehme Wahrheit zutage treten sieht, die er schon immer kannte. »Und Federicos Notar ist ganz sicher ein Schwanzlutscher dieses Formats.«

»Emilio!«, rief Anita aus, kam aber nicht dazu, sich aufzuregen. Sie stürzte in die Küche nach dem Handy und tippte wild die Nummer des ältesten Sohnes ihres Mannes in die Tastatur. Doch es klingelte vergeblich.

Den ganzen Tag versuchte Attilio Profetis zweite Frau weiter, Federico anzurufen, bis zum späten Abend. Ebenso am nächsten Tag und am übernächsten. Er ging nicht ran. Auch weil er schon seit einer Weile im Flugzeug saß, das ihn nach Playa del Carmen zurückbrachte.

Als sie am Nachmittag die Wohnung des Vaters verließen, bot Emilio Ilaria an, sie nach Hause zu fahren. »Dann können wir unterwegs ein bisschen reden«, meinte er.

Ilaria unterdrückte ein Seufzen. ›Ein bisschen reden‹ hieß bei ihrem Bruder, dass er ihr haarklein den Stand seines Privat- und Berufslebens berichten oder sie um einen Gefallen bitten wollte; sich nach ihr zu erkundigen fiel nicht unter diesen Begriff. Als sie schon im Auto saßen, verkündete Emilio, dass er noch einen Umweg fahren müsse.

»Ich muss noch was erledigen, ist gut bezahlt. Aber keine Sorge, es geht schnell. Schneller als ein Blowjob.« Er lachte ein paar Sekunden und brach dann so abrupt ab, als ob das Lachen gar nicht zu ihm gehörte.

Ilaria spürte einen Anflug von Traurigkeit. Seit Jahren spickte ihr Bruder seine Sätze mit selbstgefälligen Vulgaritäten, was nicht immer so gewesen war. Als er sich an der Theaterakademie mit Pirandello beschäftigte und den von Cantarella übersetzten griechischen Tragödiendichtern, kam er, wenn überhaupt, mit Ausdrücken, die für einen Zwanzigjährigen etwas hochgegriffen klangen. Damals dachte er aber auch noch, dass er in seinem Leben den Weisheiten von Beckett, Brecht und Molière Geist und Leben einhauchen würde und nicht den Figuren der Fernsehsoap »Sui colli fatali – Auf den heiligen Hügeln«. Mittlerweile setzte er die permanenten Sexanspielungen – ganz gleich ob anal, oral, gegen Geld oder mit Gewalt – wie Satzzeichen.

Ilaria musste an ein Erlebnis mit ihrer achten Klasse im vergangenen Schuljahr denken. Sie und ihre Kollegen hatten schon eine Weile die enorme Zunahme von Kraftausdrücken im Sprachgebrauch der Schüler beobachtet. Sie benutzten sie nicht nur untereinander, sondern auch den Lehrern gegenüber, was bis vor einigen Jahren undenkbar gewesen wäre. Im letzten Schulhalbjahr hatte sie beschlossen, etwas dagegen zu unternehmen, wusste aber noch nicht was. Dann hatte sie einen Einfall, als sie einen Jungen hörte, wie er das Glück seines Freundes kommentierte, der eine mündliche Prüfung bestanden hatte, indem er unbefangen mit lauter Stimme ausrief: »*Che culo!*«

Ilaria beschloss, dass dies der richtige Moment war, um der römischen Geschichte, die sie gerade durchnahmen, etwas Leben einzuhauchen.

»Weißt du überhaupt, was ›che culo‹ bedeutet?«, fragte sie den Jungen.

»Klar. Das heißt ›Schwein gehabt‹.«

»Ja, aber weißt du auch, wo das herkommt? Was hat der *culo*, also der Hintern, mit dem Glück zu tun? Weißt du es, oder plapperst du den anderen nur alles nach wie ein Papagei?«

In der Klasse, wo gerade noch verschlafene Anarchie geherrscht hatte, wurde es plötzlich mucksmäuschenstill. Alle lauschten dem unerwarteten Schlagabtausch.

»Das weiß ich nicht«, gab der Junge zu.

»Dann werde ich es dir erklären. Dieser Ausdruck geht auf die fürchterliche Demütigung der Römer nach der Niederlage an den kaudinischen Pässen zurück, das sogenannte kaudinische Joch, 321 vor Christus.«

»Als sie unter einem Bogen aus Schwertern durchziehen mussten?«, fragte die Schülerin aus der ersten Reihe, die Ilaria dafür am liebsten umarmt hätte, weil sie so wirkte, als lerne sie tatsächlich gern.

»Genau. In den Schulbüchern wird das nur ungern erwähnt, aber außer dass sie unter dem Joch der Schande durchziehen mussten, wurden die römischen Soldaten samt und sonders von den Samniten sodomisiert, also von hinten penetriert, einer nach dem anderen. Wer den größten Anus hatte, litt am wenigsten und wurde daher von den anderen beneidet.«

Achtundzwanzig Augenpaare, manche hinter dicken Brillengläsern, fast die Hälfte stark geschminkt, viele umkränzt von Pickeln und anderen Hautunreinheiten, starrten sie ungläubig an. Selbst die Zwillinge ganz hinten, die sonst selten von ihren stummgeschalteten elektronischen Geräten aufblickten, die man ihnen nicht wegzunehmen brauchte, weil ihre Eltern sie ohnehin sofort ersetzten, hoben die Köpfe. Alle hielten den Atem an.

Mit derselben aseptischen Stimme, mit der sie in Erdkunde die Staatsgrenzen aufzählte, beendete Ilaria ihre Ausführung:

»Seitdem gibt es den Ausdruck ›avere un gran culo‹, einen großen Hintern haben, als Synonym für Glück haben, heil davonkommen. Wenn ihr das jetzt zu jemandem sagt, wisst ihr immer, dass ihr in Wirklichkeit sagt: ›Donnerwetter, was hast du für einen weiten Schließmuskel, anal penetriert zu werden würde dir überhaupt nichts ausmachen‹.«

In diesem Moment hatte Ilaria eine Art Eingebung und nutzte sofort diesen unwiederbringlichen Moment der Aufmerksamkeit für einen Vorschlag. Sie wisse, so sagte sie, dass die Bitte, keine Schimpfwörter mehr zu benutzen, nicht fruchten würde, und habe daher beschlossen, den Schülern von nun an zu erlauben, jeden noch so skurrilen Ausdruck in der Klasse zu verwenden. Sie fordere sie sogar ausdrücklich dazu auf. Aber unter einer Bedingung: Sie mussten die Ausdrücke in ihre wörtliche Bedeutung übertragen, anatomisch oder physiologisch.

Die Schüler reagierten mit großer Begeisterung und befolgten sofort die neue Anordnung. Am ersten Tag bekamen sie gar nicht genug, es herrschte ein einziges »Koitiere mit deinem Gelenk zwischen Ober- und Unterschenkel«, »Onanierer von schlechtem Charakter«, »Gesicht, das mit dem Fleischermesser zerstückelt wurde«.

Dann aber nahm es langsam wieder ab. Gegen Ende der Woche wurde ihnen das Spiel langweilig. In der Klasse gab es große Lust, wieder zu »Fick dich ins Knie«, »Du mieser Wichser« und »Hackfresse« zurückzukehren, doch mit dem Bewusstsein um die wörtliche Bedeutung ging es ihnen nicht mehr so leicht über die Lippen wie früher. Ilaria sagte nichts dazu und ließ sie machen, doch es war offensichtlich, dass ihre Methode Wirkung zeigte. Wer weiß, fragte sie sich mit vorsichtigem Optimismus, was in ein paar Wochen geschehen würde.

Etwa zehn Tage nach ihrer Unterrichtseinheit über die Demütigungspraktiken der Samniten gegenüber ihren Feinden hatte sie in der Sprechzeit ein Elternpaar sitzen. Ihre Tochter, eine übergewichtige Schülerin, verbarg ihre durchaus vorhandene Intelligenz, indem sie sich den Mund mit unvorstellbaren Kraftausdrücken, fettigen Pizzateilchen und Kaugummis füllte. Sie hatte die neu erlaubten Formulierungen mit besonderem Engagement aufgegriffen und war anfangs allen damit auf den Sack gegangen – auf die Testikel –, dass sie jedes einzelne Körperteil in Damm-Nähe aufgezählt hatte, um dann in sumoringerartiges Gelächter auszubrechen. Seit ein paar Tagen hatte aber auch sie genug davon, zehnmal hintereinander »Penis«, »Anus« und »Vulva« zu sagen. Ihre Sprache hatte sich langsam verändert, und nicht nur die. Und heute Morgen in der Klasse hatte sie sich tatsächlich gemeldet. Nicht für einen ihrer großmäuligen Witze, sondern, zum ersten Mal in drei Jahren, mit einem intelligenten Beitrag zum Unterricht. Trotzdem sprachen ausgerechnet an diesem Tag ihre Eltern vor, um sich zu beschweren. Solange die Tochter in der Klasse Ausdrücke benutzte, die eine Pornoqueen hätten erröten lassen, waren sie nie bei einem Lehrer vorstellig geworden; nun aber wollten sie ihrer Empörung Ausdruck verleihen.

Sie schrien ihr so aufgebracht ins Gesicht, dass Ilaria froh war, das Holzpult zwischen sich und ihnen zu haben. Sie behaupteten, sie würde im Unterricht obszöne Wörter benutzen und die Kinder in die Entsittlichung treiben. Sie forderten sie auf, damit aufzuhören. Sie drohten mit einer Meldung beim Schulamt. Ilaria hörte stumm zu und wusste, dass sie nachgeben musste. Wenn sie ihre Drohung wahrmachen würden, gäbe es niemanden, der ihr zur Verteidigung beispräng – weder Kollegen noch Vorgesetzte, Ministerium oder Verwaltung.

Als sie am Gehen waren, hörte Ilaria den Mann auf dem Flur zu seiner Frau sagen: »Die hat ja den Arsch offen, die olle Fotze!« Ilaria übersetzte es sich mit bitterer Dickköpfigkeit: »Ältere Person mit weiblichem Genital, deren Rektum durch Analsex stark geweitet ist.«

Als sie nun mit Emilio im Auto saß, hatte Ilaria den Einfall, bei ihrem Bruder die Prinzipien dieses paradoxen Pädagogik-Experiments anzuwenden. Die Gelegenheit schien ihr günstig.

»Erklär mir mal eins, Emilio«, bat sie ihn. »Wenn du dich als jemanden beschreibst, der Fellatio gegen Geld macht, steigert das dann dein Selbstwertgefühl?«

»Geh mir nicht auf die Eier, Ilà! Ich halt's nicht aus, wenn du alle belehren musst.«

»Okay. Bin schon still. Aber sag mir, worin genau besteht die eben erwähnte Fellatio?«

»Ich muss mich bei der Motor-Show blicken lassen. Du weißt ja, mein Image ist eng mit Motorrädern verbunden.«

Das wusste Ilaria nicht. Sie hatte niemals die Serie »Auf den heiligen Hügeln« verfolgt, in der ihr Bruder seit fast fünfzehn Jahren die Hauptrolle spielte.

»Ich zeige Präsenz, gebe Autogramme, lasse mich fotografieren. Du hast keine Vorstellung, wie viel sie mir für diese Viertelstunde zahlen. Als alte Moralistin wirst du wahrscheinlich stinksauer, wenn ich es dir sage.«

»Könnte sein. Ich will es lieber gar nicht wissen.«

Da warf Emilio ihr plötzlich einen waidwunden Blick zu, dunkel und von unten, als sei er der Unterlegene. Auch seine Stimme klang nun anders. »Ilaria, ich muss mit dir über etwas reden.«

Im selben Moment klingelte sein Handy.

Es wurde ein langes Telefonat, von dem Ilaria nicht viel verstand, außer dass es Probleme mit den Terminen am nächsten Tag gab und der Drehplan geändert werden musste. Emilio fuhr mit einer Hand am Steuer weiter, während er sich das Telefon ans Ohr hielt. Als er auflegte, standen sie schon vor der Messehalle, einem Industriegebäude. Er parkte. In den wenigen Sekunden, die er zum Aussteigen brauchte, wurde Ilaria Zeugin seiner Verwandlung. Im Wagen war Emilio noch einer ihrer drei

Brüder gewesen; hier draußen auf dem Bürgersteig war er ein Star des italienischen Unterhaltungsfernsehens.

Sobald man ihn in den Hallen der Motor-Show erkannt hatte, umwogte ihn eine immer dichter werdende bunte Menschenmenge. Der eine wünschte sich ein Autogramm auf den Notizblock, ein anderer auf die Eintrittskarte oder den Handrücken. Eine Frau um die fünfzig, die ein eng anliegendes Kleid mit kleinen pinken Kätzchen trug, das selbst für eine Fünfzehnjährige zu kindisch gewesen wäre, versetzte Ilaria einen Ellbogenhaken ins Gesicht, um an ihn heranzukommen. »Emilio! Emilio!«, erklang es aus der Menge. Und er drehte sich um, dankte den Rufern mit einem strahlenden Lächeln, das den Menschen sagte: ›Ich bin der Erwählte und der, der mich ruft, ein Niemand, und doch bitte ich zu bemerken, wie ich ihm mein höchst menschliches Wohlwollen schenke.‹

Ilaria wartete als Schutz vor weiteren Stößen etwas abseits. Sie beobachtete den Bruder. Er stand im Mittelpunkt der Aufmerksamkeit und hörte trotzdem nie auf, das Gedränge zu scannen und noch den kleinsten Fitzel Bewunderung abzuschöpfen. ›Er kriegt nie genug davon‹, dachte Ilaria. ›Wird niemals satt. Sein Hunger ist unstillbar.‹ Wieder spürte sie einen melancholischen Stich. Das alles hier kam ihr so traurig vor. Der Mann mittleren Alters, der schwitzend in seinen Synthetikkleidern ein Motorrad bewunderte, das vielleicht teurer war als die Wohnung, in der er lebte. Die Dunkelhaarige mit den langen nackten Beinen und dem von sich gestreckten Hintern, die einen Analverkehr auf einem Motorrad nachahmte, das mindestens achtmal so schwer war wie sie. Die Blonde, die im pinkfarbenen Minitop auf einem Moto-Cross-Rad gelangweilt ihren Ausschnitt in die Objektive der Fotografen hielt.

Eine der jungen Frauen kam ihr bekannt vor. Schnell erinnerte sich Ilaria auch, woher. Es war das junge Mädchen in dem Magdkostüm, das auf der Piazza Vittorio Flyer verteilt hatte. Im

Nähergehen merkte sie, dass sie es doch nicht war, sondern nur ihr Äußeres hatte: große Titten, großer Mund, große Kuhaugen. Dieser Typ Frau war exakt die von Fernsehsendungen vorgestanzte Monokultur der männlichen Begierde. Ein Besucher forderte das Mädchen auf, sich mit lustvoll geöffneten Lippen dem Lenker zu nähern und sich so fotografieren zu lassen. Sie tat es, auch wenn ihr Blick Unsicherheit verriet: Sollte sie die Bitte als Kompliment oder Demütigung auffassen?

›Ich bin echt eine Moralistin, Emilio hat Recht.‹ Doch auch das konnte Ilarias Melancholie nicht vertreiben.

»Verfickter Verkehr …«, stöhnte Emilio, als sie wieder im Auto saßen und sich im dichten Rückstau der Sonntagsausflügler wiederfanden.

»Was wolltest du mir erzählen?«, fragte Ilaria.

Den Blick starr auf die Straße gerichtet, biss Emilio die Kiefer aufeinander mit dem Selbstbewusstsein des Schauspielers, der daran gewöhnt ist, dass sein Gesichtsausdruck in voller Bildschirmgröße festgehalten wird. Wenn dies ein Film wäre, dachte Ilaria, würde die Regieanweisung lauten: ›Nachdenklich verdüstert sich das schöne Gesicht des Protagonisten.‹

»Bei Mediaset planen sie eine neue Serie«, begann Emilio nach einer wohlgesetzten Pause. »Und suchen noch den Hauptdarsteller. Das wäre eine Riesenchance für mich. Die Chance schlechthin. Weißt du, Ilaria«, seine Stimme wurde tiefer, »ich spüre, dass dies der eine Moment in meinem Leben ist, den ich zutiefst verdient habe: den Wechsel von der Soap zur Family Fiction.«

Ilaria sah ihn an. ›Wie redest du? Wie verflixt, besser gesagt wie verfickt noch mal redest du, mein ach so zerbrechlicher Bruder mit den Gesichtszügen einer griechischen Gottheit, die das Schicksal dir geschenkt hat?‹ Wie so oft konnte sie sich nicht entscheiden, ob diese maß- und hilflose Egozentrik bei ihr Mitleid, Wut oder Zuneigung auslöste.

»Papà kann ich nicht bitten, dass er mir über Casati hilft«, fuhr Emilio schon fort. »Du weißt, dass er von ihm verlassen wurde.«

»Verlassen?«, meinte Ilaria trocken. »Verlobt waren sie ja nun nicht.«

»Fuck, Ilaria, ich hasse deine Korinthenkackerei. Du weißt genau, was ich meine.«

»Papà scheint mir insgesamt nicht mehr in der Lage zu sein, irgendwo für wen auch immer ein gutes Wort einzulegen.«

»Eben. Deshalb komme ich ja zu dir.«

Ilaria hatte schon verstanden, worauf er hinauswollte, hatte aber nicht die Absicht, ihm die Sache leichter zu machen.

»Was habe ich mit der Fiction zu tun? Ich unterrichte Achtklässler, in einem Viertel weit weg von Fernsehstudios und Produktionsfirmen.«

»Komm schon, das weißt du ganz genau …«

In Emilios Wohnzimmer in Prati hing ein Bildschirm, der fast so groß war wie die ganze Wand. Selbst ausgeschaltet war er ausdrucksstärker als Ilarias Miene.

»Ok«, seufzte er. »Dann sage ich es halt. Auch wenn ich weiß, dass du schon weißt, was jetzt kommt.« Er blickte fest auf die Straße und sagte: »Piero. Casati. Da, ich hab's gesagt.«

»Piero hat nichts mit dem Fernsehen zu tun.«

»Piero kann mit allem zu tun haben, wenn er will, er ist Abgeordneter!«

Ilaria starrte auf die Autoschlangen, die die Kreuzung blockierten. Ihre Hände lagen reglos im Schoß, doch in ihrem Innern wütete ein gemeiner Wunsch: um sich zu schlagen. »Genau genommen auch noch Staatssekretär.«

Emilio drehte sich ruckartig zu ihr hin. »Eben! Es kostet ihn nur einen Anruf. Egal bei wem. Egal wegen was.«

Ilaria schluckte und schwieg.

»Komm schon, Ilaria. Niemand wird es je erfahren. Außerdem habe ich keinem von euch beiden erzählt.«

»Warum die Heimlichtuerei? Da gibt es nichts zu verbergen.« Emilio hob sarkastisch eine Augenbraue. Doch angesichts seiner delikaten Rolle als Bittsteller zog er es vor zu schweigen.

Im Laufe der Jahre hatte sich Ilaria so wenig wie möglich mit Piero in der Öffentlichkeit gezeigt, und das aus vielen, sehr guten Gründen. Unter anderen aus denen, die ihre Beziehung so schwankend machten. (*Beziehung?* »Ja, Beziehung«, hatte Lavinia sie einmal gerügt, »hör auf es zu leugnen. Was ihr da habt, ist so kompliziert, dass du es ruhig beim Namen nennen kannst, tu mir den Gefallen.«) Nur in ihrer Kindheit und später in der Jugend, als ihre Familien noch Zeitpunkt und Ort ihrer Treffen bestimmten, war es anders gewesen. Als Erwachsene waren sie keine zehnmal gemeinsam im Kino gewesen und nie im Restaurant, zumindest nicht in Rom. Dann war Piero in die Politik gegangen, besser gesagt dieser Partei beigetreten, die Ilaria unmöglich mit den anderen Teilen von sich zusammenbringen konnte (»auf mich wirkt es so, als brächtet ihr vieles ganz gut zusammen« – Zitat Lavinia). Seitdem hatte sie es vermieden, mit ihm ihr übriges Leben zu teilen. Wie hätte sie ihren Freunden erklären sollen, dass der einzige Körper, mit dem sie sich vollständig fühlte, der eines jungen Berlusconi-Parlamentariers war? Wie hätte sie ihn ihren Kollegen vorstellen sollen? Jenen Männern und Frauen, die jeden Morgen aufstanden, um pubertierenden Jugendlichen mit ausgekugeltem Gehirn und Hormonstürmen einen letzten Rest von Bürgerwerten beizubringen. Was ja schon in der gesamten Menschheitsgeschichte kein leichtes Unterfangen war, erst recht nicht heutzutage. Angesichts der Berlusconi-Regierungen, die das öffentliche Bildungssystem in Not gebracht hatten, als wollten sie die Demokratie von den Wurzeln her ausrotten. Diese Kollegen konnte Ilaria nicht bitten, ein Abendessen lang, und sei es nur anstandshalber, ihre Feindschaft oder auch nur Abscheu gegenüber Piero Casati zu vergessen, der für eine Rechte im Parlament saß, die diese Gesetze verabschiedet hatte.

Also erlebte sie mit ihm zusammen nicht oft die Welt außerhalb ihrer Wohnung, und wenn, dann nur in abgelegenen Refugien ihres schönen Italien, so dass sie auch selten dem Spektakel beigewohnt hatte, wenn ein bekannter Politiker auf der Straße oder in einer Bar erkannt wird. Und wenn doch, hatte sie einer leibhaftigen Verwandlung zusehen können, einer chemischen Mutation. Dem Anschein nach wohlerzogene und gesittete Passanten, Hausfrauen mit Einkaufstüten, Postboten mit ihren Paketen, Restaurantbesitzer: ausnahmslos alle, die Piero Casati aus seinem schwarzen Auto steigen sahen, wurden zu Bittstellern bar jeder Würde, die mit geradezu übermenschlicher Hartnäckigkeit einen Katalog von Anfragen und Hilfeersuchen auf ihn abfeuerten. Der Katalog reichte vom Nichtigen (die Aufhebung eines Halteverbots vor der eigenen Tabaccheria) über das Konkretere (eine Stelle in der Bank für die frisch diplomierte Tochter) bis hin zum Absurden (die Aufnahme des pensionierten Onkels, eines hervorragenden Dichters, der zu Lebzeiten von der Kritikerkaste geschnitten worden war, auf die Liste der Nobelpreisanwärter). Dabei kannten sie nicht das geringste Zaudern, keinerlei Unsicherheit, waren perfekte Selbstdarsteller. Als hätten sie sich schon immer auf diesen einen Moment vorbereitet: das Auftauchen eines Tischgasts vom mythischen Bankett der Macht in ihrem bescheidenen Kreis einfacher Menschen.

Zu ihrer Erleichterung hatte Ilaria diesem Schauspiel nur selten beiwohnen müssen. Durch ihre zweisamen Fluchten an diskrete Orte, oft mit Intervallen von einem oder gar mehreren Jahren, war ihr das erspart geblieben. Doch jetzt musste sie bei den Worten ihres Bruders daran denken. Und in Emilios großen, fotogenen Augen sah sie bei Pieros Erwähnung denselben diffusen Schleier sakraler Verzückung des Menschen, der einen kennt, der einen kennt, der mit einem einzigen Anruf das Leben anderer Leute verändern kann. Derselbe Ausdruck wie im Gesicht der Frau mit dem pinkfarbenen Katzenkleid, die Ilaria mit dem Ellbogen wegstieß, um an ein Autogramm zu kommen.

Ilaria räusperte sich.

»Emilio«, sagte sie. »Du bist mein Bruder. Wenn du in einen Fluss fallen würdest, würde ich hineinspringen und dich retten.«

»Danke. Auch wenn das dumm von dir wäre, weil ich viel schwerer bin als du und wir beide ertrinken würden.«

»Und wenn Chiara dich rausschmeißen würde, dürftest du auf meinem Sofa nächtigen.«

»Danke auch für diese ermutigenden Worte betreffs meiner Ehe.«

»Aber das nicht. Vergiss es.«

Emilio krampfte die Finger fester um das Lenkrad. »Hör zu, Ilaria, ich werde dich nie wieder um so etwas bitten. Und ich werde für immer vergessen, dass du und Piero Casati ...« Eine theatralische Pause, dann: »... von Kindesbeinen an befreundet seid. Nur dieses eine Mal, Ilaria. Nur einmal. Das ist die Chance meines Lebens.«

»Die Chance, von der Soap zur Family Fiction zu wechseln. Wahnsinn. Fast so toll wie ein Oscar.«

»Du wirst dich nie ändern. Es stimmt eben doch.«

»Was stimmt?«

»Dass du eine Moralistin bist. Aber nur in Bezug auf andere.«

»Ja, ich bin Moralistin, aber auch in Bezug auf mein eigenes Leben. Vor allem bei mir selbst.«

Zum Sonntagabendverkehr der Ausflügler kam nun noch der Stadionverkehr nach dem Fußballspiel. Seit Minuten steckten sie zwischen den Leitplanken fest. Ilaria hantierte am Türgriff.

»Komm, jetzt mach keine Szene. Wo willst du hin?« Emilio versuchte sie am Arm festzuhalten, doch sie entwand sich.

»Nach Hause.«

»Aber die gesamte Uferstraße am Tiber ist dicht.«
»Eben. So weiß ich wenigstens, dass ich irgendwann ankomme. Außerdem gehen wir gern zu Fuß, wir Moralisten.«

Sie schlug die Wagentür zu und bahnte sich nervös ihren Weg durch die feststeckenden Autoschlangen. Das Wissen, sich mit ihrem Wegrennen selbst ins Unrecht gesetzt zu haben, machte sie noch wütender. Auf dem Chrom der Stoßstangen spiegelten sich die Violett-, Rot-, Orange- und Goldtöne des Sonnenuntergangs. Die in ihren Wagen festsitzenden Römer machten sich durch wildes Hupen Luft. Überall sonst hätte die Kakophonie die Vögel erschrocken auffliegen lassen, doch in Rom waren sie daran gewöhnt. In hektischen dunklen Scharen kreisten sie vor dem Farbschauspiel und bombardierten die Autos mit ihren Exkrementen. ›Das ist aus dieser Stadt geworden‹, dachte Ilaria ärgerlich, ›eine maßlose Schönheit, aus der es Scheiße regnet.‹

Den gesamten Wahlkampf über sendeten die privaten Fernsehsender der Mediaset-Gruppe mit einhämmernder Frequenz das Video einer Gruppe Jugendlicher, die vor der weißen Treppe des quadratischen Kolosseums im EUR stehen und zum Playback die Wahl-Hymne *Ein Glück, dass es Silvio gibt* singen. Die Männer mit glattrasierten Wangen, die Frauen mit braven Mädchenröcken über wunderschönen Beinen. Allesamt mit perfekt strahlenden Gesichtern, die jeder Zahnpasta-Werbung Ehre gemacht hätten. Hinter ihnen prangte im marmornen Triumph der faschistischen Architektur mit lateinischen Buchstaben die Definition der Italiener, beauftragt von Mussolini: EIN VOLK VON DICHTERN, KÜNSTLERN, HELDEN, HEILIGEN, DENKERN, WISSENSCHAFTLERN, SEELEUTEN, AUSWANDERERN.

Die explizite Bezugnahme auf den Mussolini-Kult schadete Silvio Berlusconi nicht, im Gegenteil. Er gewann die italienischen Parlamentswahlen 2008 deutlich. Zum vierten Mal stand er an der Spitze der italienischen Regierung. Was viele sehr absehbare und einige bis dahin unvorstellbare Konsequenzen nach sich zog. Eine davon betraf ein paar Monate später einen jungen Mann, der früher einmal *teacher* und dann *raus* gewesen war, während aus dem leeren Herzen der Wüste ein heißer Atem bis in den großen Raum in Libyen wehte, wo er eingesperrt war.

An jenem Tag hörte der Junge, wie sich die Stimmen libyscher Soldaten über den Gang näherten. Wie immer kauerten er und seine Mitgefangenen sich auf ihren Fliesen zusammen und legten die Arme über die Köpfe. Dieses Mal jedoch kamen die Wärter nicht herein, um auf sie einzuprügeln, sondern öffneten die Tür des großen Raumes und entfernten sich wieder. Jedoch nicht weit, ihr Lachen war immer noch am Ende des Korridors zu hören.

Der Junge starrte auf die offene Tür. Seine Gedanken, die von Langeweile, Angst, Hunger und langem Stillhalten wie gelähmt waren, begannen zu pochen wie Fliegen an das Innere eines Glases. Wenn er den Fuß vor die Tür setzte, würde er dann bis aufs Blut geschlagen? War das ein neuer sadistischer Zeitvertreib der Aufseher? Ein weiterer überflüssiger Vorwand, sie zu quälen? Oder durften sie wirklich hinaus?

Niemand im großen Raum regte sich. Auch die anderen Gefangenen waren zu geschunden an Körper und Willen, um eine Entscheidung zu treffen. Ihre Münder standen offen vor Staunen, blieben aber stumm wie ein Fluchtweg, durch den niemand flieht.

Nach einer Weile wollten die Wachen nicht mehr warten. Sie kamen herein und scheuchten sie mit ihren Schlagstöcken auf. Dann trieben sie sie wie eine Herde Schweine nach draußen, unreine Tiere, die – so steht es geschrieben – nur Schläge und Verachtung verdienen.

Ein paar Minuten lang begriff der Junge nichts. Die stinkenden Leiber der Gefangenen liefen um ihn herum durch den

Flur. Wer konnte, rannte, und wer nicht konnte, riskierte Prügel, sie prallten gegen Mauern und Gitterstäbe und versuchten, ihre Köpfe vor den niederprasselnden Stöcken zu schützen. Sie schrien, und doch konnte der Junge sich später in der Rückschau an kein einziges Geräusch erinnern. Jeder Ton, jedes Bild und jeder Geruch konzentrierte sich in diesen Minuten allein auf eine Empfindung: das unaufhaltsame Strömen der Leiber aus der Gefangenschaft in die Freiheit. Der Junge strömte mit, fühlte weder Freude noch Überschwang, nicht einmal, als die Wachen im Flur sie auf einen ersten Hof leiteten und dann durch einen engen Durchgang zwischen abgebröckelten Mauern in einen zweiten, größeren Hof, dann an einer doppelt mannshohen Umgrenzungsmauer entlang bis vor ein Tor.

Offen.

Noch immer verspürte der Junge keinerlei Gefühle. Auch draußen nicht, auf einer öden Straße der Peripherie. Autos mit durchlöcherten Auspuffen knatterten vorbei, Karren mit vorgespannten Tieren, Motorroller mit Lenkern so glänzend wie Brennspiegel. Es gab die Farben der Kleider der Passanten, das trockene Gras, das aus einem Riss im Asphalt ragte, die ziehenden Wolken am Himmel. Welch erstaunliche Vielfalt an Formen und Farben.

Der Junge konnte sein rechtes Auge, auf dem er nicht mehr gut sah, nicht ganz öffnen. Bei seiner Festnahme, als er auf der Straße lag, hatte ein libyscher Polizist ihm einen Tritt in die Augenhöhle versetzt. Und in den Folgemonaten hatten die Wachen beim Anblick des tiefhängenden, geschwollenen Lids sich immer wieder mal die Zeit mit dessen Bearbeitung vertrieben. Nach den langen Monaten der Bewegungslosigkeit fiel ihm das Laufen schwer wie in einem Albtraum, in dem man fliehen muss, aber eine unsichtbare Kraft einem die Glieder lähmt. Das Laufen, diese lebenserhaltende Freude seiner Imagination, war seinem realen Körper nicht mehr möglich. Er wankte durch die

Straßen in den Kleidern, die er bei seiner Festnahme getragen hatte und in dem ganzen Jahr keinmal hatte waschen können. Die Passanten wichen mit gerümpften Nasen vor ihm aus. Doch dann wurde ihm endlich klar: Wieder einmal hatte er ein Gefängnis lebend verlassen. Wieder einmal auf den eigenen Beinen.

Gott, gepriesen sei er in Ewigkeit, hatte wieder zu sprechen begonnen.

Zur selben Zeit, als der Junge vor dem vielen Licht die Augen zusammenkneifen musste, stand am anderen Ende von Tripolis der gerade wiedergewählte italienische Ministerpräsident am Fuß der Gangway und drückte seine Lippen auf den Handrücken von Muammar al-Gaddafi. Eine theatralische, bei einem Führer des Westens nie gesehene Geste, die sowohl in Italien als auch in der gesamten westlichen Welt Erstaunen hervorrief, die das libysche Fernsehen hingegen als »hochsymbolisch für die Beilegung der Streitigkeiten zwischen den beiden Ländern als Erbe einer düsteren Kolonialvergangenheit« wertete.

Der Junge wusste nichts von diesem Staatsgast; Silvio Berlusconi wusste nichts von der Existenz des Jungen und würde auch nie davon erfahren. Und doch lag der Grund für die unerwartete Befreiung tatsächlich in seinem Besuch in Tripolis anlässlich der Unterzeichnung des Abkommens mit dem klingenden Namen »Vertrag über Freundschaft, Partnerschaft und Zusammenarbeit«.

Schon ein Jahr zuvor hatte Italien Gaddafi, diesem jahrzehntelang nicht hoffähigen Bullterrier der internationalen Politik, geholfen, erneut in die ehrenwerte Vereinigung der Nationen aufgenommen zu werden. Dazu beigetragen hatte die Abschaffung des Tages des Hasses einige Jahre zuvor, den der Oberst jedes Jahr im Oktober den ehemaligen Kolonialherren gewidmet hatte. Damals hatte die italienische Mitte-Links-Regierung mit Libyen eine Vereinbarung zur Einwanderung getroffen.

Außer einer großzügigen Erweiterung der Finanzhilfen sah sie die Übergabe von sechs Motorschnellbooten an Libyen vor, mit denen die Boote der Flüchtlinge zurückgeschickt werden sollten, die den Kanal von Sizilien überquerten. *Rückführen* lautete der exakte Begriff. Damit begann die Zeit der *Rückführungen*.

Al Jazeera sendete ein Interview mit einem wackligen, weiß gekleideten Alten. Er hieß Mohamed Omar al-Mukhtar und war der letzte noch lebende Sohn des Anführers des libyschen Widerstands, der von den Italienern achtzig Jahre zuvor gehängt worden war. »Niemals würde ich den Führer eines Landes treffen, das meinen Vater erhängt hat«, erklärte er, »auch wenn er dem Rais die Hand küsst.« Doch Silvio Berlusconi hatte bereits seine berühmte strahlend weiße Zahnreihe entblößt, den Rücken zum rechten Winkel gebeugt und die Lippen auf Gaddafis Handrücken schmatzen lassen. Libyens natürliche Gasvorkommen waren durchaus einen Handkuss wert.

Die historische Unterschrift zwischen Ex-Besatzern und Ex-Kolonie lockte eine ordentliche Anzahl Journalisten nach Libyen, und nicht nur aus Italien. Natürlich erkundigten sie sich nach den Bedingungen in den Internierungslagern für Immigranten – wie das, wo der Junge gewesen war. Sie äußerten sich besorgt über die Tatsache, dass Libyen sich genau wie Hitler mit seinen Konzentrationslagern und die USA mit Guantánamo nicht an die Genfer Konventionen im Umgang mit Gefangenen hielt. Oberst Muammar al-Gaddafi wünschte keine Artikel darüber, wie viele Menschen sich in einen großen Raum pferchen ließen; über die Form und Farbe von Hämatomen auf ihrer Haut; darüber, wie viele seit über neun Monaten inhaftierte Frauen schwanger waren und warum. Das war der Grund, warum er an jenem Tag den Wachen befohlen hatte, die Türen zu öffnen und alle laufen zu lassen. Und die Journalisten wurden in die Zentren mit den sauberen und satten Gefangenen gebracht, die sich zu dritt einen Raum teilten.

Der Junge begriff die wahren Motive seiner Freilassung erst zwei Jahre später, als er mit Ilaria und Attilio darüber sprach, als sein Blut sich als richtig und falsch zugleich erwiesen hatte. Doch hier, am Straßenrand in den Außenbezirken von Tripolis, wusste er nur, dass sein geschwollenes Auge eine Freude verspürte, die schmerzhafter war als ein Fausthieb. Das Licht der Sonne.

3

2010

»Er ist zu schwarz«, flüstert Attilio Ilaria zu.

Der Seebarsch liegt roh im Kühlschrank der *Chance*, und er ist mit einem Mordshunger in Fiumicino gelandet. Seine Schwester hat ihm eine schnelle Pasta zubereitet. Nun sitzt Attilio am Küchentisch und wischt mit einem Stück Brot den letzten Rest Soße von seinem Teller.

Durch die offene Tür zum Zimmer hört er eine Tastatur klappern. Manchmal bricht es ab, kurze Stille, dann ein lautes Pling: das Signal, dass eine Chatnachricht eingegangen ist. Nun fängt das Klappern wieder an. Seit über einer Stunde sitzt der afrikanische Junge so an Ilarias Computer.

»Wir sind weiß, Ilaria. Unser Vater ist weiß. Wenn er wirklich ein Viertel unseres Blutes haben soll, müsste er, sagen wir, beige sein. Aber er ist braun.«

»Beige? Braun? Wie redest du denn, Attilio! Möchtest du seine Hautfarbe vielleicht anhand der Pantone-Farben bestimmen?«

»Die brauche ich nicht. Das sehe ich mit bloßem Auge, dass er zu dunkelhäutig ist.«

»Und ich habe mit bloßem Auge einen äthiopischen Ausweis gesehen, auf dem der Name meines Vaters steht, der auch deiner ist. Das ist Fakt.«

»Es ist aber nicht Fakt, dass er wirklich der ist, der er zu sein vorgibt. Er hat ja sogar die krausen Haare der Afrikaner. Was macht er eigentlich da drüben?«

»Er liest seine E-Mails. Darum hat er mich als Allererstes gebeten, noch vor etwas zu essen.«

Der Junge hatte keinen Studientitel mehr, keine Familie mehr, seine Mutter würde er erst im Paradies wiedersehen. Das Geld, mit dem er aufgebrochen war, füllte jetzt die Taschen der Schlepper. Seine Arbeit als Lehrer – die Klasse mit den bröckelnden Wänden, die Kinderstimmen, die von der Tafel im Chor *I am, you are, he she it is* ablesen, die kleine Tsahai mit ihrer Intelligenz – für immer verloren. Nur eine Sache war nicht nutz- und wertlos geworden wie alles andere, was ihn einmal ausgemacht hatte, das Einzige, was sie ihm nicht hatten nehmen können, denn einem Verbrannten kann und wird man alles rauben, bis auf das eine: seine E-Mail-Adresse.

Seit er *raus* war, bewahrte er in seinem Gedächtnis die kurze Buchstabenreihe wie ein heilbringendes Gebet. Die Spirale des @ in seiner Mitte verband nicht nur seinen Vor- und Nachnamen mit der Abkürzung des Servers, sondern war eine Stütze für sein Selbstempfinden. Als er das Gefühl hatte, unter den Sternen des Mittelmeers vor Durst, Übelkeit oder Kälte zu sterben, hatte er sich innerlich die eigene E-Mail-Adresse wiederholt als Erinnerung daran, nicht zu sterben. Sie war seine letzte Verbindung zum Rest der Welt, die aus Leuten bestand, die nicht ins Exil gehen, die arbeiten, heiraten, Kinder kriegen, aus nichtigen Gründen mit den Nachbarn streiten, die beim Anblick der alt werdenden Ehefrau von Aufbruch träumen in dem Wissen, es nie zu tun. In jedem Internet-Point der letzten Jahre, seitdem er gegangen war, ohne sich gebührend von seiner Mutter zu verabschieden, hatte er dieses letzte unsichtbare Band weitergeknüpft, das ihn mit seiner Geschichte aus Liebe und Abneigung, Talenten und verpassten Gelegenheiten der Menschen seines Landes verband. So war es in Libyen gewesen, vor und nach dem großen Raum. So war es danach, in Italien, in den Lagern mit und ohne Gitterstäbe. Sogar in der

Wüste mit ihren Sandgrenzen, die die koloniale Geopolitik mit unsichtbarer Tinte gezogen hatte. Wann immer der Junge in diesen Wanderjahren durch irgendwelche wundersamen Geschehnisse Geld in der Tasche gefunden hatte, investierte er es stets in kostbare Verbindungszeit. Die Wirklichkeit, die ihn umgab, entfernte ihn von seiner Identität, wie ein Vater, der den Sohn enterbt und vor die Tür setzt. Doch wenn er sich einloggte, war es, als öffnete sich eine Tür zu seinem Zuhause. Und so war der Junge wenigstens für ein paar Minuten wieder daheim.

Ein Heim allerdings, das häufig in Flammen stand. Wie heute: Unter den vielen aufgelaufenen E-Mails liest er eine von seinem ehemaligen Mitgefangenen in Libyen, einem Somalier, der selbst zwischen den dicht gedrängten Leibern im großen Raum fünfmal am Tag sein Gebet verrichtet hatte. Er berichtet, dass vor einigen Monaten auf dem müllbedeckten Strand, von dem aus auch der Junge Richtung Lampedusa aufgebrochen war, zwei Männer der eritreischen Botschaft aufgetaucht seien. Begleitet von einem kleinen Heer libyscher Polizisten mit dem grünen Band um den Arm, den schlimmsten. Die Eritreer zeigten auf jeden einzelnen Kopf ihrer Landsleute, die wie alle anderen auf die Überfahrt über das Meer warteten. Sie verluden sie auf Lastwagen und kommentierten dabei in scherzhaftem Tonfall: »Seid ihr denn nicht froh, in euer wunderschönes Eritrea zurückzukehren?« »Unter diesen Rückkehrern«, schreibt der Somalier in seiner E-Mail, »war auch Tesfalem.«

Der Junge starrt auf den Bildschirm. Deshalb also schweigt das Postfach seines Fliesenfreundes seit Monaten wie ein leeres Zimmer. Er denkt an die neuen Worte – *elicotero, ferro, gomma* –, die Tesfalem auf einer vom smaragdgrünen Meer umgebenen Insel gelernt hat, wo sich Frauen anmutig wie Vögel dem Blick der Gefangenen darbieten, die zum Sterben gehen.

»Komm rüber«, sagt eine Stimme, und der Junge hebt den

Blick vom Bildschirm. Der junge Mann mit den hellen Augen, der denselben Namen von *ayat* Abebas *talian* trägt wie er, steht in der Zimmertür. »Dann kannst du uns deine ganze Geschichte erzählen.«

Bei diesen Worten spürt der Junge, wie sein Brustkorb ganz hohl wird. Zweimal hat er sie schon in aller Ausführlichkeit erzählt, seine ganze Geschichte. Doch sie haben ihm nicht geglaubt, auch nicht, als er »dicker aufgetragen« hat. Doch dann fällt ihm wieder ein, wessen Sohn der junge Mann ist, der da am Türrahmen lehnt und ihn betrachtet. ›Dieses Mal ist es anders‹, sagt er sich. Er klappt Ilarias Laptop zu, steht vom Schreibtisch auf und folgt Attilio in die Küche.

Ja, Attilio Profeti, ihr Vater, war sein Großvater. Er hatte einen Sohn in Äthiopien, und dieser Sohn, also ihr älterer Halbbruder, war sein Vater. Wie, *war*? Weil er vor Jahren gestorben ist, sich nie wieder von der Gefangenschaft erholt hat. Welche Gefangenschaft? In Äthiopien landen nur die Korrupten nicht im Knast, es sei denn, sie sind so arm, dass es sich nicht lohnt, sie zu korrumpieren oder einzusperren, weil sie eh bald sterben. (›Und du, Tesfalem, bist du eingesperrt oder tot? Und vor allem, welche der beiden Möglichkeiten soll ich dir wünschen?‹) Warum haben wir nie etwas von diesem äthiopischen Sohn unseres Vaters gehört? Offensichtlich hat er nie darüber geredet. Ja, aber warum hat sich dein Vater, also sozusagen unser Bruder, nie bei uns gemeldet? Das stimmt nicht. Mein Vater hat Attilio Profeti immer geschrieben, seit er ein Kind war und bis zum letzten Tag seines Lebens.

»Und hat unser Vater ihm geantwortet?«

Bisher hat nur Attilio Fragen gestellt, diese kommt von Ilaria. Sie hält den Atem an. Was wäre schlimmer zu hören? Dass ihr Vater den Sohn hat hängen lassen, ohne sich jemals zu melden, oder dass er sein Leben lang eine Beziehung zu ihm pflegte, ohne es ihnen gegenüber zu erwähnen. Ilaria hat keine Ahnung.

Dabei müsste sie doch wissen, wie man sich verhält, wenn man von der Existenz eines neuen Bruders erfährt, die jahrelang geheim gehalten wurde. Passiert ihr ja nicht zum ersten Mal. Und nun ist es ausgerechnet dieser heimliche Bruder, dessen Existenz der Vater ihnen vor fast dreißig Jahren offenbarte, der den Neuankömmling nach der Familiengenealogie befragt.

»Attilio Profeti hat dem Sohn in Äthiopien nie geschrieben«, erwidert der Junge, »doch er las seine Briefe.«

»Woher weißt du das?«

»Als er im Gefängnis landete, hat er ihn rausgeholt.«

Attilio liest in Ilarias Blick, den sie ihm zuwirft, dasselbe Erstaunen, das er empfindet. Ohne dass der Junge es sehen kann, verzieht er das Gesicht: Augenbrauen hoch, Mundwinkel runter – *wer soll das denn glauben?* Ilaria wendet den Blick ab, und er setzt das Verhör fort. Ruhig und präzise, nicht feindselig, aber ohne Nachsicht.

Und wer war die Mutter seines Vaters, also ihres Halbbruders, also des Sohnes ihres Vaters? Sie hieß Abeba. Ist Abeba nicht der Name einer Stadt? Der Name bedeutet Blume, als junge Frau war sie schön wie eine Rose.

»*Abeba*«, wiederholt Ilaria flüsternd.

Und wo ist sie jetzt, seine Großmutter? Eines Tages hat sie gesagt: »Ich bin müde«, das erste Mal in ihrem Leben, fiel hin und stand nicht mehr auf. Der Junge weiß das aus einer E-Mail, die ihm die Mutter wenige Wochen nach seiner Abreise geschickt hat. Und warum hast du das getan? Was? Abreisen.

Der Blick des Jungen verliert sich, und er schaut kurz zu Boden, durch den Boden hindurch in Richtung Erdmittelpunkt.

Er wollte nicht sterben, sagt er, und auch nicht im Gefängnis landen; er wollte mit seinem Cousin weggehen, nach dem Massaker auf dem Merkato durch Meles' Schwadronen. Sind das Dschihadisten? Nein, die sind in Somalia, das ist ein anderes Land. Aber ihr sprecht dieselbe Sprache. Nein. O.k., ihr seid nicht ein Land, ihr sprecht verschiedene Sprachen, aber bei euch wie auch in Somalia herrscht Bürgerkrieg. Nein, kein Bürgerkrieg. Dann verstehe ich nicht, wovor du Angst hattest, warum du geflohen bist.

Der Junge seufzt. Das wäre jetzt der richtige Moment, ein bisschen »dicker aufzutragen«.

In Äthiopien werden Journalisten entweder sofort getötet oder ins Gefängnis geworfen, zusammen mit allen, die gegen die Korruption und die Deportationen aus den Stammessiedlungen protestieren. Aber im Westen heißt es, Äthiopien sei ein Bollwerk der Demokratie. Und warum heißt es so, wenn es nicht stimmt? Weil Äthiopien unverzichtbar ist im Kampf gegen die Terroristen. Welche Terroristen? Die somalischen Dschihadisten. Dann spielt Somalia also doch eine Rolle? Natürlich, so nah wie es ist.

»Und wo ist dein Cousin jetzt?« (›Wo ist Tesfalem? Wie geht es ihm?‹)

»Nirgendwo, er wurde umgebracht.«

Ilaria zuckt zusammen. Nach einem Moment murmelt sie: »In dieser Geschichte sind ja alle tot ...«

»Nicht alle«, korrigiert sie Attilio. »Unser Vater lebt noch.«

Der Junge wirft ihm einen völlig klaren Blick zu, wie ein Absatz in Schönschrift.

»Ich auch.«

Ein Schweigen senkt sich auf das Zimmer wie nach einer Maschinengewehrsalve.

Attilio wendet dem Jungen denselben Blick zu, mit dem er Wale an der Meeresoberfläche sucht. »Du sprichst sehr gut Italienisch. Wo hast du das gelernt?«

(*Elicotero, ferro, gomma.*) »Von einer Nonne aus dem Val Seriana, in der Provinz Bergamo. Ist das hier in der Nähe?«

»Kommt drauf an. Näher als Äthiopien ist es auf jeden Fall, aber nicht gerade Rom.«

»Und ich bin seit über eineinhalb Jahren in Italien.«
»Seit eineinhalb Jahren! Warum hast du so viel Zeit verstreichen lassen, bevor du zu uns kamst?«

Der Junge hebt die dünnen Schultern. Deutet ein Lächeln an, vielleicht schüttelt er auch nur einen Ärger ab.

So viel Zeit. Von welcher Zeit spricht er, dieser Sohn des Attilio Profeti? Von der eines italienischen, besser gesagt europäischen Staatsbürgers? Oder von der eines Verbrannten? Er stellt diese Frage nur, weil er offensichtlich keine Ahnung hat, wie verschieden diese Zeiten sind. Aus welch unterschiedlicher Materie sie gemacht sind, nicht auf dieselbe Art voranschreiten. Die Zeit desjenigen, der Italien »mein Land« nennen darf, ist ein Fluss, der mehr oder weniger gleichmäßig an den Ufern von Arbeit, Beziehungen, Mahlzeiten, Schlafen mit einem sicheren Dach über dem Kopf entlangfließt. Die Zeit desjenigen, der *raus* ist, schreitet voran wie ein Geisteskranker, mal in Sprüngen und Zuckungen, mal in Erschöpfungsphasen der totalen Lähmung, in ruckartigem Hochfahren und plötzlichem Zum-Erliegen-Kommen, in Flauten ohne jeden Wunsch oder jähen Krisen von wenigen Minuten oder auch nur Sekunden, innerhalb derer alles verloren sein kann. Wie sollten sie das verstehen, die beiden Menschen hier vor ihm am Tisch, die ihn ohne Feindseligkeit, aber unsicher und erstaunt ansehen? Warum sollten sie ihm glauben? Vielleicht könnte er sie überzeugen, überlegt der junge Mann, indem er jede Stunde, jeden Tag, jeden Monat in Italien mit der Präzision eines Buchhalters auflistet. Ja, das ist der einzige Weg: jeden Bruchteil dieser verrückten Zeit benennen.

»Für uns«, sagt er also geduldig, »laufen die Dinge hier nicht so schnell wie für euch.« Und er beginnt, jeden seiner Momente auf der Italien genannten Halbinsel aufzuzählen. Einen nach dem anderen, begonnen beim allerersten, als er seine aufgequollenen und graugefärbten Füße von dem tagelangen stinkenden Geschwappe im Boot auf die Felsen von Lampedusa setzte.

Aufenthalt in der Erstaufnahmeeinrichtung der Insel in Tagen: zwei.

Identifizierung der Angelandeten durch Polizeibeamte und die Erklärung des Jungen »Ich bin der Enkel eines Italieners« (inklusive Vorzeigen des Ausweises) in Minuten: zwei.

Dauer der Antwort seitens der Beamten auf die Erklärung in Sekunden: null.

Überfahrt auf dem Militärschiff von Lampedusa nach Trapani: sechs Stunden.

Aufenthalt im Auffanglager von Trapani: zwei Monate (im Vierundzwanzig-Stunden-Rhythmus der täglichen Aktivitäten: Schlafen – zehn Stunden. Essen – eineinhalb Stunden. Fernsehraum – fünfeinhalb Stunden. Kartenspiel – vier Stunden. Lesen der Schilder auf Italienisch im Flur – drei Stunden. Italienischunterricht – null Stunden. Verbaler Austausch mit Zivilpersonen und Militärs – zwischen zwei und drei Minuten).

Diskussion beim Amtsgericht über den Asylantrag als politischer Flüchtling: null Minuten (der für den Fall zuständige Kommissionspräsident ist unpässlich, und die Anhörung wird auf unbestimmte Zeit verschoben).

Aufenthalt im Auffanglager von Trapani: weitere fünf Wochen (im Vierundzwanzig-Stunden-Rhythmus der täglichen Aktivitäten: siehe oben).

Aussage des Jungen vor der Kommission, in der er die Motive für seine Flucht aus Äthiopien erklärt, einschließlich Tod seines Cousins: sechs Minuten.

Aufenthalt in der Einrichtung von Trapani in Erwartung des Urteils der Kommission: zweiundvierzig Tage (im Vierundzwanzig-Stunden-Rhythmus der täglichen Aktivitäten: unverändert).

Sekunden, die der Junge zum Lesen der Mitteilung braucht – offizieller Name: Ablehnungsbescheid –, mit der sein Antrag auf die Anerkennung als Asylberechtigter abgewiesen wird: siebenunddreißig.

Gespräch des Jungen in Minuten mit den ehrenamtlichen Helfern, die den Aslysuchenden rechtlichen Beistand für die Berufung leisten: zwanzig (»Es war ein Fehler, die Wahrheit zu sagen, du hättest übertreiben müssen bei der Gefahr, in der du schwebst, wenn du zurückmusst, du hättest dicker auftragen müssen«).

Übersetzung in Sekunden für ein eritreisches Mädchen – gerade aus dem Krankenhaus zurück, wo sie die Frucht der Vergewaltigungen in den libyschen Gefängnissen hat abtreiben lassen – des Ablehnungsbescheids, den auch sie bekommen hat: fünfundvierzig.

Minuten, die das Mädchen auf der Erde liegt, nachdem sie am Ende des Bescheids zusammengebrochen ist: elf.

Frist vom Eingang des Ablehnungsbescheids bis zur Verpflichtung des Empfängers, das Land zu verlassen, laut Abschiebungsbescheid, den man ihm aushändigte: vierzehn Tage.

Fahrtdauer im Mannschaftswagen der Polizei bis zum Bahnhof Trapani: dreiunddreißig Minuten.

Sekunden, die die Beamten am Bahnhof Trapani brauchen, um die vier Empfänger des Abschiebungsbescheids über den Fortgang zu informieren – der Junge, die junge Eritreerin, ein weiterer Eritreer und ein Somalier: zweieinhalb, beziehungsweise die Zeit, um »Ihr könnt gehen« zu sagen.

Dauer der Zugfahrt nach Palermo: eine Stunde.

Fußminuten vom Bahnhof Palermo bis zu der ehemaligen Kirche, wo man laut einigen Bekannten aus dem Auffanglager von Trapani vorübergehend bleiben kann: sechsundvierzig.

Aufenthalt des Jungen in der ehemaligen Kirche zusammen mit fünfzig anderen Migranten ohne Aufenthaltsgenehmigung, Anerkennung als Ayslsuchender oder anderen Unterlagen, die ihnen die Suche nach einer regulären Arbeit erlauben: drei Tage.

Verbindungsminuten auf dem Computer der ehemaligen Kirche, um E-Mails nach Hause zu schicken: null (aus der Einrichtung in Trapani schrieb er der Mutter jede Woche eine E-Mail, doch nun hat er keine Lust, ihr zu erzählen, dass die Italiener ihn, gerade angekommen, schon wieder verjagen).

Dauer des Gesprächs mit einem Italiener, der dem Jungen und anderen Gästen der Kirche eine Feldarbeit in der Nähe anbietet – Unterkunft und Verpflegung inklusive –, auch ohne offizielle Papiere: zehn Minuten (die vielen, die ja sagen, steigen auf den Pick-up des Italieners, der Junge nicht: Er ist nicht nach Italien gekommen, um auf dem Feld zu arbeiten, sondern um nach Rom zu Familie Profeti zu reisen, am besten mit einem ordnungsgemäßen Dokument).

Dauer des Gesprächs mit einem Somalier, der ihm vorschlägt, nach Siracusa zu gehen, wo zurzeit die Neuankömmlinge aus Lampedusa hingebracht werden, um sich dort als einer von ihnen auszugeben und die Prozedur des Asylantrags mit einer neuen Identität von vorne zu beginnen: halbe Stunde.

Entscheidung, dem Rat zu folgen und loszufahren: unmittelbar.

Reisedauer Palermo–Siracusa: acht Tage (benutzte Fortbewegungsmittel: Lkw, Privatautos, Linienbusse, Füße).

Tage des Wartens vor der Erstaufnahmeeinrichtung von Siracusa bis zur Ankunft eines Omnibusses mit rund vierzig Anlandungen aus Lampedusa: drei (Mahlzeiten in dieser Zeit: null).

Aufenthaltsdauer des Jungen im Zentrum von Siracusa unter den neuen Anlandungen aus Lampedusa: eine Woche.

Zeit, um die digitalen Fingerabdrücke zu nehmen: zwei Minuten.

Zeitspanne von Abnahme seiner Abdrücke und dem Datenabgleich mit dem Innenministerium zur Verifizierung seiner Identität: halbe Stunde.

Wartezeit in der Einrichtung von Siracusa bis zur Wiederaufnahme seines Falls (bei dem der Junge, wie die ehrenamtlichen Helfer ihm in Trapani geraten haben, »dicker aufgetragen« hat mit brutalen, frei erfundenen Details): fünf Wochen.

Überstellung im Mannschaftswagen, nach bestätigter Wiederaufnahme seines Falls, von Siracusa bis ins Hilfszentrum für Asylsuchende CARA in Mineo: eineinhalb Stunden.

Fußstunden, die die Gäste des Zentrums von Mineo – einer ehemaligen Wohnanlage für Angehörige des amerikanischen Militärs, die nicht an den öffentlichen Nahverkehr angebunden ist – bis zum nächsten Dorf brauchen, um sich Essen und Konsumgüter zu besorgen: zwei hin, zwei zurück.

Wochenstunden im CARA in Mineo, die der Weiterbildung der Antragstellenden im Hinblick auf ihre zukünftige Integration in die italienische Gesellschaft dienen (berufsbildende Kurse, Sprachkurse, Gesetze und Konventionen des italienischen Staates): null.

Aufenthaltsdauer im CARA in Mineo in Erwartung des Asylbescheids: elf Monate (Durchschnittsaufenthalt eines Asylsuchenden: neuneinhalb Monate).

Dauer der Anhörung, bei der der Friedensrichter (ein pensionierter, ehemals auf Zwangsversteigerungen spezialisierter Anwalt) die Berufung des Jungen gegen den Ablehnungsbescheid prüft: vier Minuten.

Beschlussfassung durch den Friedensrichter: eine Stunde.

Übergabe der definitiven Ablehnung des Jungen mit beiliegendem Abschiebungsbescheid: drei Minuten.

Häufigkeit, mit der Asylsuchenden, die mit der Ablehnung/dem Abschiebungsbescheid das Gerichtsgebäude von Siracusa verlassen, eine illegale Beschäftigung auf den Feldern der Umgebung angeboten wird: täglich.

Die auf dem Abschiebungsbescheid angezeigten Tage, innerhalb derer der Betroffene sich außerhalb nationalen Gebiets befinden muss: fünf.

Inkrafttreten des Abschiebungsbescheids: unverzüglich.

»Und dann«, schließt der Junge, »bin ich nach Rom gefahren.«

Endlich weht die nächtliche Brise nicht mehr die schweren Dünste von heißem Fett heran. Der schwache, aber unverwechselbare Salzgeruch des fernen Meeres tritt durch das Fenster und umspielt Ilarias Kopf, nutzlose Segnung. Der Schlafodem der Stadt, gleichmäßig monoton wie ein Fabrikband, trägt einzelne Geräusche an ihr Ohr: eine ferne Sirene, das Stöhnen zweier Liebender, das schwache Zirpen der Zikaden in den Platanen der Piazza Vittorio. Sie spitzt die Ohren. Und kann nicht einschlafen.

»Ich glaube ihm nicht«, hat Attilio ihr noch schnell zugeflüstert, bevor er mit dem Jungen zum Schlafen in seine Wohnung gegangen ist, auf der gegenüberliegenden Seite des Treppenabsatzes.

»Was glaubst du ihm nicht?«, hatte sie gefragt.

»Dass er unser Neffe ist.«

»Und den toten Cousin, den Ablehnungsbescheid, die Zentren für Asylsuchende?«

»Ach so, da wüsste ich nicht, warum er das alles erfinden sollte.«

»Ich wüsste nicht, warum er den Rest seiner Geschichte erfinden sollte.«

»Hör zu, Ilaria«, hatte Attilio gesagt. »Wir sind müde, es ist total spät, und das ist alles äußerst merkwürdig. Aber die Wahrheit lässt sich schnell herausfinden.«

»Papà kann uns jedenfalls nichts mehr erklären, selbst wenn er wollte.«

»Das weiß ich. Ich rede von einer DNA-Analyse.«

»Um herauszufinden, ob er das richtige Blut hat? Ein Viertel rein italienischer Rasse?«

»So meinte ich das nicht.«

»Aber so hast du es gesagt.«

»Ilaria. Ich bin Zoologe. Verwandtschaft ist für mich ein biologischer Fakt. Der in der Realität sehr einfach zu verifizieren ist, viel einfacher als vieles andere.«

»Als was?«
»Tja. Als Liebe, zum Beispiel.«

Blut. Hautfarbe. Glatte oder krause Haare. DNA. Die brutale, aber unvoreingenommene Objektivität, mit der ihr Bruder die Zellen benannt hat, aus denen sich der Körper des Jungen zusammensetzt, verstört Ilaria. *Ein biologischer Fakt.* Und doch gibt es etwas an seinen Worten, das sie in ihrem Inneren rührt.

Ilaria denkt daran zurück, wie der Vater ihr vor beinahe dreißig Jahren die Existenz dieses Halbbrüderchens offenbart hatte, das damals fast sechs Jahre alt war. Er hatte folgende Worte gewählt: »Ihr seid nicht zu dritt, sondern zu viert.« Nicht etwa: »Ich habe einen Sohn aus einer heimlichen Beziehung.« Oder: »Ich habe ihm meinen Namen gegeben.« Attilio Profeti hatte wie üblich nicht von sich geredet. Er hatte von Ilaria und ihren Geschwistern gesprochen: Sie waren es, die nun nicht mehr drei, sondern vier waren. »Ihr«, hatte er gesagt. Und mit diesem »ihr« hatte Attilio Profeti im selben Moment, als er das jahrelange Lügen offenbarte, die Bürde auf Ilaria übertragen, ihre Identität zu erweitern. Also schnell mal in diesen Raum des geschwisterlichen »Wir«, den sie sich sechzehn Jahre lang mit Federico und Emilio geteilt hatte, ein Kind aufzunehmen, von dessen Existenz sie bis zu diesem Zeitpunkt nichts gewusst hatte. Erst viele Jahre später begriff Ilaria, durch welchen akrobatischen Kunstgriff es Attilio Profeti sogar bei seiner Lebensbeichte als Bigamist gelungen war, unbeschadet durch den Feuerreifen der Ursprungsfrage zu springen: »Wer bin ich?« Und damit auch der Anschlussfrage: »Für welche Handlungen bin ich verantwortlich?« Auf diese Art hatte er zusammen mit einem gutmütigen Blick seiner blauen Augen das Gewicht der persönlichen Verantwortung auf Ilaria abgewälzt. Und war ihr wieder einmal mit der ihm eigenen Eleganz aus dem Weg gegangen.

Nun stand da ein Junge aus Addis Abeba auf ihrem Treppenabsatz, aus einer Stadt, die Ilaria nicht ohne Weiteres auf der Weltkarte hätte zeigen können, und sagte zu ihr: »Ihr seid nicht zu viert, sondern zu fünft, der fünfte war mein Vater, und das heißt, auch wenn er tot ist, dass ich einer von euch bin.« Ein neuer heimlicher Bruder. Mehr noch, ein neuer heimlicher Neffe. Eine erneute Aufforderung, die Grenzen des »Wir« auszuweiten. Nur dass Ilaria nun klar wird, dass es ihr nicht so leicht fällt, diesen Jungen in das primäre »Wir« – Blutsbande! DNA! – aufzunehmen, ein Junge, dem die grausame Stumpfsinnigkeit italienischer Gesetze gerade zwei Jahre seines Lebens gestohlen hat. Nicht so leicht, wie es ihr mit ihrem Bruder Attilio fiel. Und zwar deshalb – da hilft alles Schönreden nichts –, weil seine Haut die Farbe von antikem Holz hat.

›Rassistin!‹, schilt sich Ilaria mit der wachsenden Bitterkeit der Schlaflosen. Doch sie merkt sofort, dass dieses Wort nicht ausreicht, um die komplexe Gefühlslage zu beschreiben, die ihr den Schlaf raubt. Es greift zu kurz. Gleicht einer Müllhalde, auf der man jede Ambivalenz, jeden Urinstinkt der Differenzierung, jede zerbrechliche Identität entsorgen kann, um dem schwierigen Unterfangen zu entgehen, sie sich bewusst zu machen. Undeutlich und mit von der Wolfsstunde verdunkelten zähen Gedanken begreift Ilaria, wie die eigentliche Frage lautet, die der Junge ihnen durch seine Anwesenheit stellt. Dieselbe Frage, die sich unausgesprochen und verleugnet hinter einem Großteil dessen verbirgt, was wir als Rassismus etikettieren. Nämlich nicht die Frage: »Wer bist du?«, sondern: »Wer bin ich?«

Aus dem Hof steigt ein Röstaroma auf. Ohne nachschauen zu müssen, weiß Ilaria, wie viel Uhr es ist: Um Punkt halb drei Uhr morgens kochen die Bangladescher aus dem Schlafsaal im ersten Stock an jedem Arbeitstag der Woche Kaffee, bevor sie ihre Lieferwagen auf dem Esquilinmarkt ausladen.

Morgen wird sie ihren Vater besuchen, beschließt sie. Dann fällt sie in tiefen Schlaf, unerbittlich und schwarz wie ein Zug im Tunnel.

4

Zu Beginn der neunziger Jahre hatte Attilio die fünfundsiebzig überschritten, sah aber zwanzig Jahre jünger aus. Seine schwarzen Haare waren nur an den Schläfen weißmeliert, seine Schritte waren wie eh und je lässig und bestimmt, die Iris war klar umrissen wie bei einem Kind. Genetisch war er auf der Gewinnerseite, das hatte man ihm schon als jungem Mann angesehen an den langen Gliedmaßen und feinen Gesichtszügen seiner Mutter Viola. Im Laufe der Jahre hatte sich sein DNA-Code als dermaßen exzellent erwiesen, dass er ihm weiterhin gut geölte Gelenke, durchlässige Blutgefäße, gute Lungenkapazität und äußerst aktive Haarwurzeln in der Kopfhaut garantierte. Attilio Profetis Glück war nicht nur völlig willkürlich, sondern auch komplett unverdient, da er keine Sekunde seines Lebens auf Fitness verwandt hatte – sein Körper hielt sich bestens von selbst fit. Folglich hatte er sich noch nicht vom Mittel zur Bedürfnisbefriedigung in deren ursächliches Hindernis verwandelt wie bei vielen seiner Altersgenossen, und das trotz über sieben Jahrzehnten großzügigen Einsatzes. Auch war er nicht zu der weitsichtigen Einteilung von Energiereserven gezwungen, um abends nicht völlig erledigt zu sein. Attilio schlief immer noch gut, hatte regelmäßig Verdauung und sogar mindestens einmal im Monat Sex mit seiner zweiten Ehefrau, bei deren Geburt er schon über zwanzig gewesen war und Vater eines halbafrikanischen Sohnes. Unbekannt waren ihm daher auch die nicht enden wollenden Untersuchungen der körperlichen Gebrechen und die Medikamente, mit denen man ihre Symptome bekämpfte, die das Gesprächsmonopol der anderen Männer auf der Schwelle zum Alter bildeten. Aus diesen Themen hielt er sich raus, mehr aus Desinteresse denn aus Abneigung – sie betrafen ihn nicht. Wenn er Männer sah, die jünger waren als er und nach wenigen Treppenstufen schon keuchten oder sich den Schweiß aus der unumkehrbaren Fettfalte im Nacken wischten, fühlte er sich nicht besser oder gesegneter, sondern einfach nur anders.

Wenige Jahre zuvor hatte Attilio vier kleine Apartments in einem heruntergekommenen Mehrfamilienhaus zwischen Piazza Vittorio und Bahnhof Termini erworben, für jedes seiner Kinder eins, auch für den jüngsten, der seinen Namen trug und noch ein Teenager war. Der Verwaltungsbezirk Esquilin bildete den genauen Mittelpunkt im Autobahnring Grande Raccordo Anulare und war nur zehn Minuten von Kolosseum und Forum Romanum entfernt. Und er lag im neuralgischen Dreieck der heiligsten und prächtigsten Basiliken nach dem Petersdom: San Giovanni, Santa Croce in Gerusalemme und Santa Maria Maggiore. Trotzdem bewegten die amerikanischen Erbinnen sich lieber im barocken Überschwang des Campo Marzio, noch immer unbelehrbar auf der ewigen Suche nach einer Dolce Vita, die seit über dreißig Jahren nicht mehr existierte. Nie hätten sie den Fuß hierher gesetzt. Ebenso wenig die Künstler aus Nordeuropa, die sich für die leidenschaftliche Farbe des Fleisches im römischen Licht verzehrten und dabei die Wohnungen mit den großen Fenstern und vier Meter hohen Decken links liegen ließen, die sich mit den absurd niedrigen Preisen des Esquilin-Viertels paarten. Wie im antiken Rom, als seine Bewohner *exquilini* genannt wurden, die Auswärtigen, im Unterschied zu den *inquilini*, den Einwohnern der eigentlichen Urbs: Teil des historischen Zentrums zwar, aber seiner nicht würdig. Umso mehr, da die Zeitungen nun beinahe täglich die

Beschreibung »unhaltbarer Zustände« mit der Nennung des Viertels verknüpften.

Dafür gab es Gründe. Im Norden grenzte der Esquilin an die mit Erbrochenem verkrusteten Glasscheiben des Bahnhofs Termini, an das Kommen und Gehen der Halbwüchsigen, die unter den Bäumen von Piazza Cinquecento ihre Dienste anboten, das Neon der wenigen Bars, die die eingefallenen Gesichter über den Tässchen mit bitterem Espresso blau färbten. Piazza Fanti, ihr Park mit den römischen Ruinen und dem Jugendstil-Amphitheater des alten Römischen Aquariums, wo Ende des neunzehnten Jahrhunderts Buffalo Bill höchstpersönlich aufgetreten war, trug den Spitznamen »Piazza Rohypnol«: ein Teppich aus Spritzen im Feuerschein der nächtlichen Schlaflager. Doch vor allem an der Piazza Vittorio, Herz, Lunge und Magen des Viertels, konnte man den kompletten Verfall ablesen. Seit Jahren wurde der Müll des Marktes gewissenlos mitten im Park abgeladen und seine Eleganz und Schönheit – jahrhundertealte Magnolienbäume, das Opus Reticulatum des Nymphaeums Alexandri, die Magische Pforte mit ihren Symbolen der Alchemie – degradiert zur Müllkippe und zum öffentlichen Klo. Was früher einmal einer der schönsten Plätze der Hauptstadt gewesen war, wimmelte nun von Ratten, die manchmal so fett waren wie kleine Hunde, Dealer mit allen Arten chemischer oder pflanzlicher Substanzen, Nutten, deren Namen niemand kannte im Gegensatz zu den goldenen früheren Zeiten (»Mund der Wahrheit«, »Feenhand«, »Die Schmutzige«). Sie drückten sich für ein paar Blowjobs zwischen den verrammelten Marktständen herum, um dann zu verschwinden und anderen Frauen Platz zu machen, die noch fertiger waren als sie. Auch die neue U-Bahnlinie hatte dazu beigetragen, das Gefühl der drohenden Apokalypse im Esquilin noch zu verstärken. Ihre Vibrationen hatten einige Häuser, unter denen sie entlangfuhr, zum Einsturz gebracht wie Sandburgen, manchmal auch mitsamt ihren Bewohnern. Und aus Sand schienen sie erbaut zu sein, mit minderwertigem Kalk und ausrangierten Backsteinen von den gewissenlosen Baulöwen der umbertinischen Ära.

Um das Haus, in dem Attilio die vier Wohnungen gekauft hatte, stand es kaum besser. Die Fassade mit den klaren piemontesischen Linien war seit seiner Erbauung Ende des neunzehnten Jahrhunderts nicht mehr gestrichen worden, der Smog von hundert Jahren hatte das frühere Ocker dunkelbraun gefärbt. Der Anklopfer aus Messing am Haustor zur Straße hin war mit einem dichten schwarzen Überzug aus Staub und Dreck beschichtet, als hätte er eine unförmige Abdeckung. Über den Innenhof spannte sich ein Netz aus Wäscheleinen, von denen nicht immer sauber gewordene Wäsche herabhing, der Erdboden war übersät mit kaputten Wäscheklammern, aus den Fenstern geworfenen Zigarettenkippen und den Blättern von Minzpflänzchen, die zwischen dem aufgerissenen Pflaster einen überraschenden Wiesenduft verbreiteten. Es brauchte also eine ordentliche Portion Mut und Sorglosigkeit, um Ende der Achtziger auf dem Esquilin zu investieren. Attilio hatte beides, und er machte ein Riesengeschäft.

Jedes seiner in der westlichen Welt bekannten vier Kinder besaß nun ein eigenes Apartment. Emilio verkaufte das seine nach wenigen Jahren (»In diesem Viertel bleibe ich nicht«) und erstand dafür eine Wohnung in Prati, in der Nähe der RAI und der Produktionsfirmen. Ebenso Federico, der das Geld auf ein Bankkonto legte und eine lange Reise durch Südamerika machte. Attilio war noch zu jung, um etwas damit anzufangen, und so stand seine Wohnung bis zu seiner Volljährigkeit leer. Von den vier Geschwistern blieben nur er und Ilaria auf dem Esquilin wohnen.

»Wie schön, endlich mal wieder ein junges Gesicht!«, hatte Lina Ilaria am Tag ihres Einzugs begrüßt, während sie Kaffee einschenkte. Sie hatte zu sich eingeladen, wie sie es mit jeder neuen Nachbarin getan hätte, doch Ilaria erfüllte sie mit besonderer Zufriedenheit. Seit ihr Sohn zum Arbeiten nach Mailand gezogen war, war Ilaria mit ihren fünfundzwanzig Jahren die erste Hausbewohnerin, die kein Netz aus Falten im Gesicht trug.

Seitdem hatte Lina sie immer wieder mal eingeladen. In ihrer kleinen Wohnung zwei Stockwerke tiefer, in der es nach Gemüsebrühe und Seife roch, standen die Bilder ihres verstorbenen Mannes in Uniform und des in Norditalien lebenden Sohnes auf der Anrichte, alles war übertrieben aufgeräumt, wie oft bei Menschen mit zu viel Zeit. Ilaria setzte sich an den Resopaltisch in der kleinen Küche mit einer Kaffeetasse in der Hand und hörte den Erzählungen aus einer Märchenwelt zu, als Lina noch klein und der Esquilin der Nabel der Welt war. Als es auf dem Markt der Piazza Vittorio nicht nur Wurst, Fleisch und Gemüse gab, sondern auch Karussells, Süßigkeitenstände, geröstete Kürbiskerne, einen Mann, der Kanarienvögel verkaufte, und einen Fotografen, und als die Leute noch von weit her kamen, um hier einzukaufen. Die Frauen aus den Randbezirken stiegen aus den Vorortzügen mit dem Geld im Büstenhalter, kreischten wie Katzen, wenn sie sich von den Verkäufern betrogen fühlten, stiegen schließlich aber mit riesigen Taschen voll Gemüse auf dem Kopf balancierend in ihre Züge, um eine Woche später wiederzukommen.

»Es gab auch ›Fisch das Wunder‹, was ich für den Namen eines Zauberfischs hielt, so etwas wie ein sprechender Karpfen aus dem Märchen. Dabei war es ein Beutel mit kleinen Überraschungen, aus dem man sich eine herausfischen durfte.« Und Lina, die Hände fest um eine unsichtbare Angel geschlossen, zielte mit dem Haken auf Ilarias Tasse. »Jetzt ist alles voll mit Müll, und der Pissegestank ist kaum auszuhalten. Und bei all den Schweinereien, die dort passieren, fühlt man sich doch nicht mehr sicher. Also ich schon, ich bin alt, mich schaut ja keiner mehr an, aber so ein hübsches Mädchen wie du, das sollte sich fernhalten.« Und ihrer Miene sah man an, dass sie den Platz trotz ihrer abfälligen Worte noch immer mochte. Und mit einem Lächeln fügte sie hinzu: »Aber von unserem Gemüse können die nur träumen, da auf ihrem Campo de' Fiori.«

Nicht viele Jahre später, 1993, versprach der neue Bürgermeister Francesco Rutelli seinen Römern, dass er aus dem Esquilin »den Salon der Stadt« machen würde. Ein Ausdruck, der nach Teeservice, Glasvitrinen mit Familienschmuck und Hauspantoffeln klang, um das Parkett zu schonen. Oder nach etwas, das so wenig mit der Verschwendungssucht, den Abscheulichkeiten und der Trägheit der ewigen Stadt zu tun hatte wie Mailänder Risotto, Pünktlichkeit oder ein flächendeckendes, funktionierendes U-Bahnnetz. Die Römer reagierten mit demselben nüchternen Spott, mit dem sie seit zweitausend Jahren Versprechungen und Schimpftiraden ihrer Regierenden hinnehmen, und wie immer behielten sie Recht. Nur wenige Jahre nach Ilarias Umzug begann sich die Gegend um Piazza Vittorio herum zu verändern, jedoch nicht in das solide Ideal bürgerlicher Würde, sondern in Chinatown.

Innerhalb weniger Monate, wenn nicht Wochen, verwandelten sich die jüdischen Geschäfte für Brautmoden unter den Arkaden, wo Lina vierzig Jahre zuvor ihr Hochzeitskleid mit der Schleppe und dem Prinzessinnenschleier gekauft hatte, in einen Ort mit kahlen, halbleeren Räumen, in denen ihre Eigentümer sich mit wenig einladenden Blicken offenbar all jene vom Hals zu halten versuchten, die nur Einzelpaare suchten in Regalen mit Hunderten gleichen Schuhpaaren, wie in den Schuhfabriken von Zhejiang, wo sie herkamen.

Von Anfang an kursierten dunkle Gerüchte über den schlagartigen Wandel, der den Römern ebenso feindselig vorkam wie die Mienen der neuen chinesischen Händler. Die Theorie, die sich am längsten hielt, hörte Ilaria zum ersten Mal in einem Haushaltswarengeschäft, das zwischen Mixern, Fönen und Mikrowellen ein Schild ins Schaufenster gestellt hatte, auf dem in patriotischem Grün-Weiß-Rot stand: DAS IST EIN ITALIENISCHES GESCHÄFT. Der Inhaber war ein freundlicher Mann, etwas älter als sie, und er füllte den Raum um sich herum mit der Dynamik dessen, der sich in seiner Haut wohlfühlt. Ilaria schätzte seine ruhige Kompetenz, mit der er die Vorzüge der ausgestellten Waschmaschinen erläuterte. Bei der Information, bis in den sechsten Stock hinauf zu müssen, schaffte er es in einem einzigen Satz sowohl, das Problem der Anlieferung aus der Welt zu schaffen, einen Aufpreis dafür auszuschließen, den an diesem Punkt viele Händler ins Spiel brachten, sowie ihr ein Kompliment zu machen: »Aber natürlich tragen wir sie bis in Ihre Wohnung hinauf, Sie sind ja nicht die Einzige, die in Form bleiben will!«

Als Ilaria ihre Adresse in den Auftrag schrieb, verzog der Verkäufer das Gesicht: »Ojemine, bei den Chinesen. Stören Sie denn die ganzen gelben Fratzen nicht, die Sie jeden Morgen sehen?«

»Ehrlich gesagt, der chinesische Händler unten im Haus nimmt immer meine Einschreiben an ...«

Verärgert bemerkte Ilaria, dass ihre Stimme sofort leicht quäkend und defensiv klang. Der Händler antwortete mit einem nachsichtigen Lächeln.

»Ja, ja, ich weiß, am Anfang redet ihr alle so. Ihr von außerhalb wisst eben nicht, wie die Dinge hier wirklich liegen.«

Und mit der gut geölten Eloquenz desjenigen, der eines seiner Leib-und-Magen-Themen abhandelt, begann der Mann das Komplott hinter der »gelben Invasion« auf dem Esquilin zu beschreiben. Die jüdischen Händler der Piazza Vittorio waren der Theorie zufolge mit der chinesischen Mafia übereingekommen, ihre Immobilien zu verkaufen, nachdem sie die üblichen Verdächtigen in der Politik geschmiert hatten, die am Ende doch immer nur ein Ziel haben, nämlich sich selbst zu bereichern und Italien zu demütigen und zu verramschen: das Ganze unter der Ägide der allmächtigen, allwissenden, allgegenwärtigen und bösartigen Kaste des internationalen Bankenwesens (wiederum Juden und außerdem Freimaurer).

Der Verkäufer stand hinter seiner Kasse, über der gelbe Schildchen mit den Angeboten der Woche baumelten. Während seines Vortrags war ein alter Herr hereingekommen, in einen grünen Lodenmantel gemummelt trotz der frühlingshaften Temperaturen. Er verströmte einen muffigen Geruch und guckte leicht empört und alarmiert wie ein kleines Tierchen, das weiß, dass es inmitten von viel größeren Tieren lebt. Er ließ sich kein Wort des Händlers entgehen und nickte bei jedem Satz. Irgendwann mischte er sich mit der gepressten Stimme des Kurzatmigen ein: »Die Chinesen zersägen die tragenden Säulen in ihren Läden«, sagte er. »Sogar im Erdgeschoss, auf dem sieben Stockwerke lasten.« Er hob seine von Altersflecken gesprenkelte Hand und wies mit dem Zeigefinger in die Luft, vielleicht auf die Zeugen im Himmel oder auf das Schild, das über seinem Kopf hing mit der Aufschrift: Sonderrabatte auf viele Staubsaugermodelle!!! »Eines Tages stürzt wegen ihnen noch der ganze Esquilin ein!«, unkte er, dann lächelte er, zufrieden über das enorme Ausmaß der Zerstörung, die jedermann in den Abgrund reißen würde, und nicht nur die Alten wie ihn, die ohnehin bald sterben.

Als Ilaria das Geschäft verließ, nach Hause ging und die Treppen hinaufstieg, dachte sie immer wieder an die hilflose Bissigkeit im Gesicht des alten Mannes. An seine Freude bei der Vorstellung des universalen Zusammenbruchs. An sein gnadenloses Selbstmitleid, genährt durch die unheilvolle Beschreibung der semitischen Verschwörung gegen die rechtschaffenen Italiener. Ihr fiel das abschätzige Lächeln ein, mit dem ihre achte

Klasse reagierte, wenn in der Geschichtsstunde die Rede auf das von Mussolini vielbeschworene Plutokraten-Juden-Freimaurer-Komplott kam, mit dem der Duce das faschistische Regime zum Opfer stilisiert hatte. Sie fragte sich, ob sie es genauso lustig gefunden hätten, wenn sie noch eine vierte Gruppe hinzugefügt hätte: die Chinesen. Oder besser die »Gelben«, um auf die rassistischen Beleidigungen noch eins draufzusetzen.

Erst als Ilaria schon jahrelang in der Gegend wohnte, war ein Freund mit klassisch italienischem Heiligennamen und chinesischem Nachnamen gekommen, der als geborener Römer mit starkem Trastevere-Einschlag sprach, dabei aber komplett asiatisch aussah, und hatte ihr erklärt, dass hinter den gespenstischen chinesischen Läden eine sehr viel banalere Realität steckte: eine Art illegale Kabotage, klein, aber mit Durchschlagskraft. Es waren Show-Rooms für die Großhändler neben der Autobahn – eine kaufmännische Aktivität, die im Stadtzentrum nicht erlaubt war, gegen die aber kein Bürgermeister sich die Mühe gemacht hatte vorzugehen. Und natürlich reichte auch niemals ein benachbarter italienischer Kaufmann, auch nicht der stolze Patriot mit seinen Haushaltsgeräten, eine Petition für mehr Steuerkontrollen ein. Von wegen gelbe Invasion: Die Lage auf dem Esquilin hatte sich im typischen Grauton eingependelt, irgendwo zwischen legal und illegal, was viel mehr als Ocker und Amarant seit eh und je die heimlich dominierende Farbe Roms war.

Als Ilaria an diesem Tag nach Hause ging und an die Worte »ihr von außerhalb« dachte, fiel ihr ein, was Lina am Tag von Ilarias Einzug gesagt hatte.

»Weißt du, das ist ein bunt gemischtes Viertel hier«, und der Stolz der alteingesessenen Mieterin sprach aus ihrer Stimme, während sie den ersten Kaffee einschenkte. Das war fünf Jahre her, nur einen Wimpernschlag vor dem Tornado der neuen Zeit, dem Fall der Mauer, den unaufhaltsam und skrupellos fließenden globalen Waren- und Menschenströmen, die den Planeten und den Bezirk Esquilin neu durchmischen würden. Also noch vor der Ankunft der Chinesen, Bangladescher, Nigerianer, Senegalesen, Afghanen und Marokkaner. »Hier, Ilà, gibt es Leute, die von sehr weit herkommen: Frosinone, Rieti, den Abruzzen, sogar aus den Marken. Selbst ich, die ich in Rom geboren bin, stamme in den Augen der echten Römer von außerhalb. Und das stimmt ja auch, mein Vater war aus Tivoli.«

Im Januar 1994 saß Silvio Berlusconi in einem Halbkreis aus Fahnen an einem Tisch, vor ihm ein Dschungel von Mikrofonen, die so postiert waren, dass sie ihm trotz seiner schmächtigen Statur nicht das Gesicht verdeckten. Im Hintergrund dieser perfekt inszenierten Pressekonferenz ein Strahlenkranz aus den Schriftzügen von Zeitungen aus der halben Welt, genau um seinen Kopf, der das Mystische seines Erscheinens auf der politischen Bühne unterstrich. Von seinen Zähnen schienen weiße Blitze über die Fernsehbildschirme zu zucken.

»Endlich mal ein Mann, der mit den eigenen Ambitionen nicht hinterm Berg hält.« Nach Jahrzehnten von Parlamentariern, die wirkten wie aus dem Reliquienschrein, dabei wahre Meisterdiebe waren – wie jeder, der jahrzehntelang an der Macht ist – und sich zugleich als reuige Sünder benahmen, war dieser Unternehmer aus Brianza in Attilio Profetis Augen eine willkommene Abwechslung in der italienischen Politik. Und dennoch lag ihm beim Anblick eines der reichsten Männer Italiens, der liebenswürdig die Fragen der Journalisten beantwortete, wieder dieser bittere Geschmack im Mund, den er schon vor Stunden beim Aufstehen gespürt hatte.

Attilio Profeti brauchte keinen Wecker, um morgens aufzuwachen. Sobald er die Augen aufschlug, rückte jede Erinnerung an mögliche Träume in unerreichbare Ferne bar jeden Interesses. Ohne Umschweife trat er in die einzige Realität ein, die für ihn

Bedeutung hatte, die um ihn herum. In den letzten Monaten jedoch beschlich ihn beim Aufwachen ein trübes Erstaunen, eine klebrige Mischung aus Enttäuschung und Erleichterung. Wieder eine Nacht, in der die Polizei nicht an seine Tür geklopft hatte. Wieder eine Dämmerung, in der er nicht von Uniformierten abgeführt wurde. Kein Fotograf, der von den Maulwürfen beim Amt informiert worden war, der sein Blitzlicht auf ihn richtete, während er mit durch die Handschellen ungetrübter Eleganz und Würde in den Streifenwagen stieg.

Im Flurschrank lag eine Reisetasche, die Anita ihm vor Monaten gepackt hatte. Zahnbürste, Schlafanzug, Aftershave. Ein Hausanzug, denn er hatte gehört, dass die Mithäftlinge denjenigen das Leben schwer machten, die im Gefängnis ihren eigenen bourgeoisen Kleidungsstil beibehielten, und den Schlips nahmen sie einem eh ab. Eine zweibändige Ausgabe vom »Mann ohne Eigenschaften«, ein Geschenk von Ilaria zum fünfundsiebzigsten Geburtstag – den würde er zu Hause garantiert nicht lesen, vielleicht wäre er in den endlosen Stunden im Gefängnis eine gute Gesellschaft.

Doch nichts geschah. In den letzten zwei Jahren des Hexentanzes, zu Beginn der Ermittlungen, die ein Freund des griffigen Schlagworts »Mani pulite« getauft hatte, »Saubere Hände«, hatten die Steinbeißer von Richtern nicht nach Attilio Profeti gegriffen. Zum Glück, natürlich. Aber warum die anderen und er nicht? Er hätte sich kein besseres Ende seiner Laufbahn vorstellen können, als einen schönen Urteilsspruch vor Gericht. So eine Art metaphorischer Rahmen anstelle des nie erworbenen Diploms, der vor der Welt ein für alle Mal klarstellte, dass auch er, Attilio Profeti, offizieller Teil der herrschenden Klasse gewesen war. Dass sein Berufsleben aufgrund von Verhaftung, Prozess und Bewährungsstrafe zu Ende ging und nicht wegen dieses deprimierenden Zustands, den man mit schäbigen Unterkünften und Brühwürfelsuppen verband – »in Pension«. Doch es war sein Alter gewesen, das ihn zum Aufhören gezwungen hatte. Anita war es nicht gelungen, ihre Ausgaben den jäh verminderten Kontoeingängen anzupassen, und hatte das Bankkonto schon weit vor Monatsende geleert. Während bei ihm immer noch kein Ermittlungsbescheid einging, nicht einmal der Hauch einer Vorladung.

Es war nur für zwei gedeckt. Der letztgeborene Attilio aß in der amerikanischen Schule, wo er in diesem Jahr das staatlich anerkannte Abitur machen würde. Finanziell eine spürbare Belastung, die Attilio, als er noch arbeitete, kaum gemerkt hatte, deren bevorstehendes Ende ihn aber nun erleichterte. Anita kam mit einem Backblech herein, auf dem die Soße schimmerte. Bevor sie es auf den Tisch stellte, hielt sie es kurz ihrem Mann unter die Nase, wie ein vorbeifliegendes Flugzeug. Seit zwanzig Jahren servierte sie die Speisen eigenhändig und mit dem Ausdruck eines braven Kindes, das auf Lob wartet. Eine stolze und demütige Geste zugleich (»schau her, was ich dir Schönes gekocht habe!«), unter Ausblendung der unsichtbaren Frau, die dafür bezahlt wurde, diese Leckereien zuzubereiten, und nun in der Küche darauf wartete, die Reste zu verzehren.

»Hm, das duftet!«, erfüllte Attilio Anitas Erwartungen. Doch er log. Im Gegensatz zu seiner Sehkraft und dem Gehörsinn, die beide für sein Alter noch hervorragend waren, nahm Attilio seit ein paar Jahren nur noch sehr starke flüchtige Gerüche wahr – Alkohol, Benzin, Eukalyptus – und auch die nur noch schwach. Was er aber niemandem sagte.

Nur Ilaria war es vor einigen Monaten aufgefallen, als er sie einmal auf dem Esquilin besucht hatte. Wie immer hatte Attilio beim Verabschieden die Hände in die Hosentaschen gesteckt, dort aber nur ein paar Zehntausend-Lire-Scheine gefunden.

»Gib mir einen Stift, dann stelle ich dir einen Scheck aus«, hatte er zu ihr gesagt.

»Danke, Papà, das ist nicht nötig«, hatte sie höflich, aber bestimmt erwidert. »Mein Gehalt reicht voll und ganz.«

Doch Attilio hatte sein Scheckheft aus der Brusttasche gezogen. »Aber warte noch mit dem Einlösen. Als Datum schreibe ich den nächsten Monat rein.«

Ilaria verzog angewidert das Gesicht und sagte: »Bah, wie eklig!«

Ihr Vater hatte sie ungläubig und beleidigt angeschaut. Mit zusammengekniffenen Augen schüttelte er langsam den Kopf. »Das musst du mir erklären. Was genau findest du eklig? Das Geld deines Vaters oder einen vordatierten Scheck?« Mit diesem verächtlichen, schneidenden Tonfall des überlegenen italienischen Mannes hatte er seit jeher seine Frauen, Geliebten und Konkubinen in die Schranken verwiesen, wenn sie ihn aus irgendeinem Grund nervten. Seiner Tochter gegenüber hatte er ihn allerdings noch nie verwendet.

Ilaria war daher mehr verblüfft als gekränkt. Sie brauchte kurz, um das Missverständnis zu begreifen. »Aber nein! Was glaubst du denn?« Sie wies auf das Fenster, durch das ein durchdringender Geruch nach heißem Fett hereinwehte. »Ich meine diesen schrecklichen Gestank.«

»Was für ein Gestank?«, fragte Attilio verwirrt.

»Riechst du das denn nicht? Altes Frittenfett.« Ilaria schloss mit gerümpfter Nase das Fenster. »Die braten hier zu jeder Tageszeit ...«

Der Gesichtsausdruck ihres Vaters verwandelte sich in hilflose Verblüffung, was seine Tochter in den Folgejahren immer häufiger an ihm sehen sollte.

»Welches Fett denn?«

So stellte Ilaria fest, dass Attilio Profeti seinen Geruchssinn verloren hatte wie die meisten alten Leute. Nicht zum ersten Mal wurde damit seine aufmerksame Tochter zur Hüterin eines seiner Geheimnisse.

Von dem Anita nichts wusste. Auch weil seine Frau mit Attilios zunehmendem Alter immer weniger wahrhaben wollte, dass zwischen ihren Geburtsjahren ein Vierteljahrhundert lag. Und so hatte sie ihm mal wieder zu viel Braten auf den Teller geladen. Dann hatte sie sich neben ihn gesetzt und zu essen begonnen, den Blick starr auf Berlusconi geheftet, der von der Anrichte herab den Journalisten, vor allem aber dem italienischen Volk erklärte, was ihn dazu bewogen hatte, in die Politik zu gehen.

»Unsere politischen Gegner haben nie geleugnet, dass sie die Fortsetzung der marxistischen Ideologie sind«, sagte er, »in direkter Linie mit der Vergangenheit. Einer Vergangenheit, die nur Armut, Tod und Terror gebracht hat.«

»Ich vertraue ihm«, meinte Anita. »Ein so reicher Mann hat es nicht nötig, zu klauen.«

Attilio spürte einen der vielen kleinen Nadelstiche, mit denen seine Frau ihm den Tag garnierte. Als ob das der entscheidende Punkt in der Politik wäre, nicht zu klauen! Außerdem, was hieß schon »klauen«, wovon andauernd die Rede war, im Fernsehen, in den Zeitungen, beim Abendessen? Er, zum Beispiel. Hatte er geklaut? Nein. Er hatte etwas genommen, aber nur von dem, der es ihm angeboten hatte. Der einverstanden war. Wie ja auch der Mann einverstanden gewesen war, dessen rechter Arm er jahrzehntelang gewesen war, Casati. Und Anita genauso: In diesem Jugendstilhaus zu wohnen mit Blick auf die Villa Borghese hatte ihr sicher nicht missfallen. Alle waren sich also einig über die mangelnde Relevanz des Verbes »klauen«.

Seit knapp zwei Jahren hatten alle einmal vor Gericht gestanden. Also alle, die etwas zählten. Unternehmer, hochrangige Politiker, Parteifunktionäre, halbstaatliche Führungskräfte: ein juristisches Erdbeben, das seit seinem Ausbruch im Februar '92 zu einer Flut von Verhaftungen, Selbstmorden und Enthüllungen geführt und die gesamte Führungsschicht des Landes mitgerissen hatte. Die Chefetagen der ehrwürdigsten italienischen Unternehmen – Fiat, Olivetti, Ansaldo – und seit einigen Monaten auch Silvio Berlusconi selbst. Auch gegen Casati wurde ermittelt. Er war vor dem Amtsgericht vernommen worden, und nun gab es über ihn eine dicke Akte.

Über Attilio Profeti hingegen nicht.

Gewiss, er war erleichtert darüber. Doch gleichzeitig wuchs in ihm Tag für Tag die Enttäuschung. Die Unruhe. Und er begann, sich selbst zu befragen.

In der Erinnerung ging er noch einmal alle Anzeichen durch, die sich langsam, aber stetig gemehrt hatten, mit denen Casati eine größere Distanz zwischen sie beide gelegt hatte. Die Firmengeschenke zu Weihnachten, die früher wahre Füllhörner des Schlaraffenlandes gewesen waren – ein Triumph aus edlen Wurstwaren, Parmesanlaiben, teurem Champagner, Spezialitäten aus allen Regionen Italiens, erlesenen Weinen aus dem In- und Ausland bis hin zu massiven Silbertellern –, waren nach und nach auf die Durchschnittsgröße von Geschenkkörben mit Pandoro, einem Billigsekt und einem Riegel Torrone geschrumpft. Ihm fiel ein, wie er irgendwann von der Sekretärin seines Chefs und Wohltäters, dem er sein Leben lang treu und ergeben gedient hatte, Einladungen zu offiziellen Veranstaltungen bekam – u. A. w. g. –, in denen Anita nicht mehr erwähnt wurde. Als zweite Frau eines Geschiedenen war ihre Anwesenheit bei formellen Anlässen, bei denen es um Verhandlungen mit der Kurie ging, nicht erwünscht. Vor allem dachte er an das Interview mit einem Mann, gegen den wegen Korruption ermittelt wurde (einer der vielen, er konnte sich nicht an seinen Namen erinnern), das er vor kurzem in der Zeitung gelesen hatte. Der Mann, Geschäftsführer eines Betriebs mit Beteiligung der öffentlichen Hand, hatte erzählt, dass er persönlich einen Schmiergeldkoffer mit einer Milliarde Lire in bar überreicht hatte. Auf die Frage des Journalisten: »Wie viel wiegt denn eine

Milliarde Lire?«, hatte er geantwortet: »Etwa zehn Kilo.« Attilio hatte an die vielen Köfferchen denken müssen, besser gesagt Umschläge, die er angenommen oder überreicht hatte. Keiner davon hatte auch nur annähernd zehn Kilo gewogen. Höchstens zwei-, dreihundert Gramm.

»Isst du gar nichts, Liebling?«, fragte ihn Anita.

Attilio reagierte nicht. Er war wie erstarrt, die Hände flach auf dem Tisch wie Brotscheiben, die Augen groß ins Leere gerichtet. Ein kalter Schauer lief ihm über den Rücken. Endlich hatte er begriffen, warum sie ihn nicht festgenommen hatten.

Er war nicht wichtig genug.

Er war nur ein Mittelklassespieler, der nicht einmal einer Strafe wert war. Er hatte sich immer für einen Protagonisten gehalten, dabei war er im Spiel ohne Grenzen der italienischen Korruption nur ein Wasserträger gewesen. Nützlich und brauchbar für die Transaktionen, die Casati nicht selbst ausführen wollte, aber für die moralpredigenden Richter von geringem oder gar keinem Interesse. Die echten Geschäfte, die echte Kohle, die vielen ach so echten Kilos in bar, die Konten in der Schweiz: All das hatte Edoardo Casati niemals mit ihm geteilt.

Doch er hatte ihn gewarnt, das musste er ihm zugestehen. Attilio Profeti schloss die Augen bei der Erinnerung an das, was Casati ihm vor fast vierzig Jahren gesagt hatte – »Vertrauen gibt es nur zwischen Gleichrangigen, und das sind wir beide nicht.« Nun erst verstand er: Für Menschen wie Casati, durch dessen Adern päpstliches Blut floss, würde er für immer der Sohn eines Eisenbahners bleiben.

Im Pressesaal hatte sich ein ausländischer Journalist erhoben und wollte wissen, warum Berlusconi so auf dem Kommunismus herumreite. War es in Italien nicht der Faschismus gewesen, der am meisten Schaden und Zerstörung angerichtet hatte? Ein plötzlicher Zorn legte sich wie eine Mondfinsternis dunkel über das Gesicht des reichsten Mannes Italiens. »Aber das ist doch alles fünfzig Jahre her! Dass Sie sich nicht schämen, so etwas zu sagen!« Der Präsidentschaftskandidat stand auf und sein strahlendes Lächeln war erloschen. »Sie sind böswillig! Schämen Sie sich!«

Die unsichtbare Frau war aus der Küche aufgetaucht. Sie hatte das runde Gesicht der Slawinnen, feine Haare und einen abwesenden Blick. Dünne Beine und beleibt um den Oberkörper, typisch für Bluthochdruck. Sie hieß Małgorzata, aber Anita sprach sie mit Maria an (»Nur weil es einfacher ist, nicht bös gemeint!«), Attilio gar nicht. Sie hatte zwei Kinder, eins davon mit Downsyndrom, die bei ihrer Mutter in Łódź lebten. Sie hatte Maschinenbau studiert und liebte Gedichte. Was in dieser Wohnung niemand wusste. Und wonach sie auch nie jemand fragte.

Während Berlusconi weiter »Sie sollten sich schämen! Schämen sollten Sie sich!« rief, als wolle er nie mehr aufhören, zeigte Małgorzata auf die Bratenscheiben, die langsam auf dem Teller ihres Arbeitgebers vertrockneten.

»Kann ich abräumen, Dottore?«

Attilio schien sie nicht zu hören und starrte mit steinerner Miene auf den Fernseher. Anita wandte sich erstaunt zu ihrem Mann um, der ganz versunken war in seiner tiefempfundenen Scham, nichts mehr wert zu sein.

Dies war der Moment, in dem Attilio Profeti alt wurde.

Einer der jüngsten Kandidaten der von Silvio Berlusconi neu gegründeten Mitte-Rechts-Partei war Piero Casati, Edoardos Sohn. Er war gerade dreißig geworden, wenige Wochen vor Ilaria. Bei einer der häufigen Gelegenheiten, in denen er ihr seine Gründe für die Entscheidung zu erklären versuchte, lagen sie nackt in ihrem Bett, in das er sich zwischen Wahlveranstaltungen und Pressekonferenzen flüchtete, zwischen einer TV-Talkshow und einem Wahlabendessen. Die immer unerträglicher werdende Unvereinbarkeit ihrer Positionen, ja ihrer beider Leben, machte aus ihrem erstohlenen Sex eine Paradoxie der Erregung. Je mehr Piero und Ilaria begriffen, dass sie niemals ein gemeinsames Leben würden führen können, um so mehr suchten sich ihre Körper.

Mit keuchendem Atem von den sechs Stockwerken betrat er ihre Wohnung, raunte ihr ins Ohr: »Da bist du ja« und warf sie ohne weitere Begrüßung bäuchlings aufs Sofa, so dass sie fast vergessen hätten, die Tür zu schließen.

An diesem Nachmittag lagen sie verschwitzt auf dem Bett, die Beine verschlungen, während ihr Atem sich langsam beruhigte. Piero hielt mit einer Hand ihren Schenkel umfasst, Ausdruck des Anspruchs auf einen Besitz, der ihm im übrigen Leben verwehrt blieb. Ausnahmsweise hatte er nicht sofort wieder gehen müssen, und sie konnten nun zwei Stunden miteinander verbringen. Ein vergifteter Luxus, denn er gab Ilaria die Zeit, über all die Dinge nachzudenken, die sie trennten. Obwohl sie besser den Mund halten sollte, um einfach die wohltuende Müdigkeit nach der Liebe zu genießen, brach es gegen ihren Willen aus ihr heraus: »Nie werde ich mich daran gewöhnen, an dieses breite Anheizer-Grienen. Und niemand erklärt, woher er sein ganzes Geld hat.«

Piero küsste sie zur Antwort auf den Scheitel.

Sie drehte den Kopf im Kissen und sah ihm ins Gesicht. »Was hast du bloß mit so einem zu schaffen?«

Piero atmete geräuschvoll aus. Das war nicht sein Plan gewesen in diesen zwei kostbaren, allzu kurzen Stunden. Trotzdem versuchte er einmal mehr, ihr seine Gründe darzulegen. »Ilaria. Dieses Land war fünfzig Jahre im Griff der immer gleichen Mischpoke. Wir beide wollen stattdessen einen Wechsel. Du willst die Linke an der Regierung sehen und ich die Rechte. So sollte es sein, das wäre gesund. Und Berlusconi will eine moderne Rechte für Italien, weil es nur im Wechsel zwischen rechts und links die wahre Demokratie geben kann.«

»Mir macht dieser Mann Angst. Wie ein Lächeln auf einem Gesicht, aber falsch herum.«

»Ist dir Andreotti lieber, Forlani, De Mita? Die unabsetzbare politische Klasse der Achtziger?«

»Natürlich nicht. Ich gehöre noch zu denen, die gerührt sind, wenn sie Hammer und Sichel sehen.«

»Hammer und Sichel bekommst du aber nicht ohne Stasi und KGB.«

»Die Stasi und der KGB haben mir Hammer und Sichel genommen. Besser gesagt geklaut.«

Er lächelte, und die Luft aus seiner Nase fuhr ihr durch die Nackenhärchen. Er roch daran, denn diesen Geruch liebte er mehr als jeden anderen auf der Welt. »Ilaria, du bist die klügste Frau, die ich kenne. Niemand hat so saubere Absichten wie du. Aber du hast dich entschlossen, eine Hälfte der Realität auszublenden.«

»Genau das Gleiche denke ich von dir.«

»Siehst du, wir müssen also doch heiraten. Dann können wir die ganze Wahrheit sehen.«

»Vergiss es. Das würde niemals funktionieren, das weißt du. Und wenn du nicht aufhörst, mich das zu fragen, müssen wir aufhören, miteinander zu vögeln.«

»Du und ich werden nie aufhören, miteinander zu vögeln.«

Wenige Wochen später wurde Piero zum Abgeordneten gewählt und nahm seinen Platz auf der rechten Seite des Halbkreises ein. Berlusconi hatte die Wahl gewonnen. Zum ersten Mal in der Geschichte der italienischen Republik gehörte eine Partei der extremen Rechten der Regierungskoalition an. Plötzlich hörte man Sachen, die fünfzig Jahre lang ein nostalgisches Schattendasein geführt hatten. Meinungen, die für jedermann mit demokratisch glaubwürdigen Ambitionen unaussprechlich waren, erklangen in den Äußerungen der höchsten institutionellen Ämter.

Die neue junge Präsidentin der Abgeordnetenkammer pries wenige Tage nach ihrer Vereidigung die vielen guten Dinge, die der Faschismus ihrem Dafürhalten nach für die italienischen Frauen getan hatte. Ministerpräsident Berlusconi fischte eine alte Legende aus der Mottenkiste, der zufolge unter Mussolini die Züge pünktlich fuhren. Der Parteisekretär der extremen Rechten, der demonstrieren wollte, dass er endlich integrierbar, demokratisch und folglich vorzeigbar geworden war, wählte den 25. April, den Tag der Befreiung vom Faschismus, um eine sogenannte »Versöhnungsmesse« zu zelebrieren. Es solle Schluss sein mit der Zweiteilung Italiens in Partisanen und Schwarzhemden, sagte er, zwischen '43 und '45 hätten junge Männer mit unterschiedlichen Idealen gegeneinander gekämpft, die aber beiderseits den gleichen Respekt verdienten. Man müsse heute die Toten auf beiden Seiten gleichermaßen beweinen, ohne zu sehr darauf zu pochen, wer im Recht und wer im Unrecht gewesen sei. Letztlich waren doch alle Opfer – so seine These. Schade nur, dass eine Splittergruppe seiner Partei, der der politische Zweck der Sache entgangen war, in Schwarzhemden und Fez erschien und den römischen Gruß entrichtete, um anschließend das Marschlied der faschistischen Milizionäre aus Kriegszeiten, *Faccetta nera*, anzustimmen.

Die alten Begriffe, die plötzlich wieder hoffähig wurden, verbreiteten sich auch über die Grenzen der Politik hinaus. Emilio hatte seine erste Hauptrolle in der neuen Soap »Auf den heiligen Hügeln«. Ilaria sah sich die erste Folge an, weil sie wissen wollte, warum die Autoren ausgerechnet diesen Titel gewählt hatten. Was hatte der verwickelte Plot stereotyper Familien in einem stereotypen römischen Mietshaus voll harmloser Betrügereien und Witzeleien mit der berühmten Rede Mussolinis zu tun, die er am Tag nach dem Sieg in Äthiopien gehalten hatte? Welche Verbindung gab es zwischen den Worten des Duce an die applaudierende Menge unter dem Balkon der Piazza Venezia – »So hebt eure Feldzeichen in die Höhe, Legionäre, das Eisen und die Herzen, um die Rückkehr des Kaisertums auf die heiligen Hügel Roms nach fünfzehn Jahrhunderten zu begrüßen!« – und diesem eher anspruchslosen Unterhaltungsfernsehen zur besten Sendezeit? Nichts, sagte sich Ilaria. Absolut nichts. Niemand, weder Produzenten noch Regisseure noch Drehbuchautoren dürften sich der eindeutig faschistischen Herkunft des Ausdrucks bewusst gewesen sein; oder sie hatten sich einfach nichts Böses dabei gedacht.

Als sie Emilio darauf hinwies, verdrehte er theatralisch wie immer die Augen. »Ach Gottchen, Ilaria. Ich glaube es nicht. Es ist nur der Titel einer fiktiven Serie.«

»Es ist nur ein Mussolini-Zitat.«

»Das ist doch scheißegal! Ich kann dir versichern, dass diese Dinge keine Sau interessieren. Außer dir.«

»Du hast Recht. In diesem Land zählen Worte nichts. Die Geschichte zählt nichts mehr. Alles eine einzige unterschiedslose Soße, Partisanen, Faschisten, alles gleich, alle Opfer, niemand ist verantwortlich, und auch Mussolini war im Grunde nicht böse, er hat ja auch viele gute Dinge bewirkt. Wenn du dann sagst, naja, also eigentlich war es ein bisschen anders, dann wirst du als Nervensäge bezeichnet.«

»Ilaria, ich bezeichne dich nicht nur als Nervensäge. Du bist eine.«

»Merkst du denn gar nicht, wie rechts diese Mir-doch-egal-Haltung ist?«

»Ich hatte nicht den Eindruck, dass du alles von rechts schlecht findest. Zumindest nicht im Bett.«

Ilaria spürte, wie ein heißer Stich sie durchfuhr und ihr Hals und Gesicht rot färbte. »Was willst du damit sagen?«

Emilio lächelte gutmütig. »Ich habe ihn vorgestern aus deiner Haustür kommen sehen. Er hat so getan, als ob er mich nicht erkennt. Ich hatte gerade dem Makler den Schlüssel zu meiner Wohnung gegeben. Aber keine Sorge, ich erzähle niemandem von dir und dem Onorevole Piero Casati, Abgeordneter der Forza Italia.«

Onorevole Piero Casati von Forza Italia. Der Mensch, der ihr mit acht Jahren nach Rotze und Schokolade schmeckende Küsse versetzt hatte. Mit dem sie als junge Erwachsene entdeckt hatte, wie sich menschliche Körper einander hingeben können. Der irgendwie ein Teil von ihr war. In den letzten Monaten jedoch nahm die Zahl der Dinge, die Ilaria ausblenden musste, wenn sie Piero traf, allmählich überhand. Die Regierung, die die Mehrheit errungen hatte und deren Teil er war, beging eine Schweinerei nach der anderen. Dabei war sie erst kurze Zeit im Amt. Was würde sie erst in fünf Jahren Legislaturperiode alles anrichten? Berlusconi hatte eine Rechtsverordnung eingebracht, die auf so unverblümte Art und Weise die wegen Korruption Verurteilten begünstigte, dass sie den Spitznamen »Rettet die Diebe« bekam. Die Richterschaft trat in den Streik, eine große Anzahl empörter Bürger protestierte und schließlich wurde das Dekret rückgängig gemacht. Und doch hätte der Abgeordnete Piero Casati, getreu dem Diktat seiner Mehrheit, im Falle einer Abstimmung dafür votiert. Bei dem Gedanken überkam Ilaria der Ekel. Ein Widerwille, als müsse der Körper etwas abstoßen, das er als fremd empfindet. Was hatte das alles mit ihr zu tun? Was hatte das, diese Ethik der Straffreiheit und des Diebstahls mit dem zu tun, wie sie lebte? Mit dem, woran sie glaubte, mit ihrem Beruf als Pädagogin? Seit er gewählt war, hatten sie und Piero stummen Sex wie zwei Verdammte, nach dem er sofort wieder verschwand, auch wenn er hätte bleiben können. Es gab eigentlich keinen Grund für die Geheimniskrämerei, sie waren beide frei und kein illegitimes Paar. Doch in diesem Moment wurde Ilaria klar, dass sie sich für ihr Verhältnis mit ihm schämte. Als wäre es unanständig, falsch.

»Ja, manchmal kommt Piero auf einen Kaffee vorbei«, sagte

sie zu Emilio. Aus ihrer Stimme klang die überwältigende Bitterkeit, mit der man Dinge leugnet, die einem am meisten am Herzen liegen. »Du weißt ja, dass wir zusammen aufgewachsen sind.«

Emilio blühte sichtlich auf. Sein Gesicht war kurzzeitig von so großer Schönheit, wie sie normalerweise nur auf den Fernsehbildschirmen zutage trat durch das Geheimnis der Fotogenität. »Herrlich!«, rief er strahlend aus. »Wunderbar, Schwesterchen! Auch du bist eine Heuchlerin. Auch du erzählst Lügen.« Er schlang seine Arme um sie und küsste sie auf die Wangen. »Ich liebe dich«, sagte er, und niemals war seine Zuneigung so aufrichtig gewesen.

Sie waren zu unterschiedlich, sagte Ilaria zu Piero, das wussten sie beide, so sehr sie sich auch liebten – ein Verb, das Ilaria im Gegensatz zu ihm nicht verwendete. Nur bei dieser Gelegenheit und in Kombination mit dem Adjektiv »unmöglich«. Er ließ sie ausreden, dann hatten sie zorngeladenen Sex miteinander. Danach lauschte sie auf seine eiligen Schritte, die auf den Treppenstufen die sechs Stockwerke hinab verklangen.

An diesem Abend lud Lina, der sie mit rot geschwollenen Augen im Treppenhaus begegnet war, sie zu einem Kaffee ein, ohne indiskrete Fragen zu stellen. Stattdessen erzählte sie von ihrer Kindheit, als sie zwischen den Kulissen aus dem Opernhaus Verstecken gespielt hatte, die im Jugendstil-Aquarium der Piazza Fanti gelagert wurden.

»Wir legten uns in die Sarkophage aus Gipskarton und spielten, dass wir Heldinnen waren, die auf der Bühne starben: Aida, Tosca, Madame Butterfly ... Als Kind dachte ich, auf der Bühne sterben die Besten; aber heute bin ich alt und weiß, dass aus Liebe zu sterben nur etwas für Dummköpfe ist.«

Ilaria lachte und beruhigte sie: Auch wenn sie gerade traurig war, so dumm war sie nicht und würde es nie sein.

Die erste Regierung Berlusconi stürzte, die Linke gewann die darauffolgenden Wahlen, machte aber keine Gesetze, die ihn aufhalten konnten, und so kam Berlusconi nach ein paar Jahren wieder an die Regierung. Die italienische Linke verlor weiterhin die Wahlen, füllte aber die öffentlichen Plätze. Menschenmengen, bei jedem Wetter. Im prasselnden Regen verströmten die oft Hunderttausenden Demonstranten den durchdringenden Geruch von nassem Stoff; in der Frühlingssonne waren die Protestzüge fröhlich wie ein Sonntagsausflug. Vor den Mikrofonen der Fernsehreporter verkündeten die Demonstranten: »Wir sind hier, um zu sagen: Wir zählen«, dabei war die katastrophale Stimmauszählung erst wenige Monate her. Sie skandierten neue Slogans passend zu den neuen Zeiten: »Cavalieri, Faschisten, Mafiosi – alles eine Soße«, oder die Klassiker: »Faschisten und Verräter, zurück in eure Gräben.« Die Mehrzahl von ihnen hatte jede Gewissheit verloren, konnte sich keinen politischen Namen mehr geben. Den Gegner jedoch hatten sie klar vor Augen, und aus ihm zogen sie eine starke kollektive Identität. Sie waren die Anti-Berlusconianer. Über die Wähler dieses Feindes dachten sie nur das Schlimmste, fühlten sich anders als sie und vor allem besser. Sie empfanden sie nicht als Mitbürger, trauten ihnen keine politischen Ziele zu, überzogen sie mit Häme und Verachtung. Was im Übrigen von den Wählern der Rechten aus ganzem Herzen erwidert wurde.

Piero und Ilaria sahen sich ein paar Jahre nicht. Er heiratete, sie lebte zuerst mit einem Mann zusammen, dann mit dem nächsten. Während sie andere Hände auf ihrem Körper spürte, verwendete sie viel Energie darauf, keine Vergleiche anzustellen. Als Piero sich trennte, kam er wieder zu ihr und sagte erneut: »Ich lasse mich scheiden und heirate dich.« Und wieder sagte Ilaria nein. Er kehrte zu seiner Frau zurück, bekam den ersten Sohn. Ein paar Monate später hätte Ilaria beinahe den dritten Mann geheiratet, brach dann aber lieber allein zu einer

Reise auf. Piero besuchte sie hin und wieder, manchmal sagte sie, sie sollten sich nicht mehr sehen. Immer wieder hörten sie lange nichts voneinander, immer wieder fanden sie zueinander. Ilaria kam es vor, als stecke ihre Beziehung fest wie die Holzstümpfe in den Stromschnellen auf Höhe der Tiberinsel. Wie oft hatte sie sie beobachtet, bei ihren Spaziergängen am Fluss, um die Gedanken zu beruhigen. Sie erhoben sich aus dem schäumenden Schlickwasser, kurz schienen sie sich befreien zu können und weiter der Strömung zu folgen, doch dann wurden sie von dem Strudel aufgesogen und verschwanden darin. Wenn sie endgültig versunken zu sein schienen, tauchten sie plötzlich wieder auf, wie Wesen mit einem Eigenleben, Wasserschlangen, irgendein Loch-Ness-Monster, das sich in den Tiber verirrt hatte. Gefangen im ewigen Strudel der Stromschnellen, auf und ab, auf und ab, ohne Pause und ohne Ausweg. Nur eine verheerende Flutwelle hätte sie befreien können.

So war die Beziehung zwischen Ilaria und Piero. Sie konnten nicht zusammen im Fluss ihrer beider Leben schwimmen, aber Schluss machen konnten sie auch nicht. Niemand von ihren Bekannten, Freunden oder Verwandten hatte so enge Beziehungen zu jemandem aus der anderen Hälfte der italienischen Bevölkerung. Dieses Bett im sechsten Stock war ein Floß, auf dem sie sich liebten wie Schiffbrüchige: allein und einer Sache ausgeliefert, die viel größer war als sie, ohne jede Vorstellung einer gemeinsamen Zukunft.

Attilio Profeti bekam auch vier Jahre nach Beginn von Tangentopoli keinen Ermittlungsbescheid zugestellt, als die Richter in ihren Untersuchungen zu den internationalen Kooperationen kamen, unter anderem zu gewissen Auftragsvergaben in Äthiopien. Es wurde ein parlamentarischer Untersuchungsausschuss eingerichtet, der die öffentlichen Aufträge für große Bauvorhaben in den afrikanischen Ländern untersuchte, bei denen Casati federführend gewesen war, doch das Unternehmen, für das Attilio jahrzehntelang gearbeitet hatte, geriet nicht in den Fokus.

Edoardo hatte die Geschäfte formal seinem ältesten Sohn Giovanni übergeben, traf aber alle wichtigen Entscheidungen immer noch selbst im obersten Stockwerk des barocken Wohnhauses, in dem die GmbH ihren Sitz hatte. Wurde ein Angestellter in sein Büro bestellt, nahmen selbst die erfahrensten Manager das immer noch mit einer Mischung aus Stolz und Angst auf und hatten nach dem Gespräch dunkle Panikhalbmonde unter den Achseln ihrer maßgeschneiderten Hemden. Sie waren alle viel jünger als Attilio. Nur Casati kannte keine Altersgrenze. Sein eigenes Altern musste er nur vor sich selbst rechtfertigen. Attilio hingegen war seit Jahren in Pension. Die unterschiedlichen sozialen Auswirkungen des Alters für ihn und seinen ehemaligen Chef waren die schmerzhaftesten Bestätigungen ihrer verschiedenen Klassen. Beide jedoch mussten sich ungefähr zur selben Zeit die Prostata entfernen lassen.

In Attilios Fall war der Eingriff komplikationslos, aber drängend, vor allem in Hinblick auf die Biopsie. In einem öffentlichen Krankenhaus hätte es nichts gekostet, doch den nächsten Termin gab es erst in elf Monaten. Wie jeder andere italienische Staatsbürger mit den nötigen finanziellen Ressourcen es getan hätte, entschied auch er sich daher für eine Privatklinik.

Während er darauf wartete, für den OP-Saal vorbereitet zu werden, hatte die Möglichkeit, dass die Wucherung, die nun entfernt werden sollte, ein bösartiger Tumor war, sich dunkel und schwer wie ein Stein auf sein Gemüt gelegt. Er schaffte nur elementare Gedankengänge: »Jetzt drücke ich die Zahnpastatube aus«, »Jetzt verabschiede ich meine Frau, die mir die Zeitungen gebracht hat«, »Jetzt schalte ich den Fernseher da oben auf dem Regalbrett ein.« Sein Vorstellungsvermögen über die unmittelbare Gegenwart hinauszurichten hätte bedeutet, den

Pfeilen der Zeit zu folgen und in eine ungewisse Zukunft zu schauen. Das vermied er lieber.

Als Ilaria in die Klinik kam, war ihr Vater noch nicht aus der Betäubung aufgewacht. Er war allein im Zimmer, Anita sprach gerade mit den Ärzten. Ilaria hatte eine Schachtel Pralinen mitgebracht, die sie auf den Nachttisch stellte. Sie setzte sich neben das Bett und betrachtete den Schlafenden. Das hatte sie seit ihrer Kindheit nicht mehr getan, als sie beauftragt war, ihn nach seinem Mittagsschläfchen mit einem feuchten Tuch im Gesicht zu wecken. Seine Züge waren klar wie immer, die hohe Stirn, die gerade, aber nicht dünne Nase. Der leicht geöffnete Mund verlieh ihm einen verletzlichen Ausdruck, nie hätte er gewollt, dass vor allem sie ihn so sieht. Verlegen wandte Ilaria den Kopf ab.

Die Pralinen hatten zwei verschiedene Geschmäcker, Milchschokolade und dunkle Schokolade. Ilaria öffnete die Packung, schloss die Augen und wählte auf gut Glück eine aus. »Dunkle Schokolade heißt, die Biopsie ist negativ, Milchschokolade ...« Sie machte die Augen auf. Die Praline in ihrer Hand war von tiefdunklem Braun, fast schon schwarz. Ilaria fühlte eine absurde Erleichterung. Sie öffnete den Mund und aß sie mit einem Bissen.

Am nächsten Tag kam ihn Marella besuchen. Mehr als zehn Jahre nach ihrer völlig verworrenen Scheidung hatte Ilarias Mutter sich zu dieser großen Geste entschlossen, ein Stützpfeiler im beschwerlichen Prozess des Wiederaufbaus der eigenen Würde als betrogene Frau. Die Gelegenheit war optimal. Sie saß in dem kleinen Sessel ein paar Meter von Attilios Bett entfernt, der Patient noch blass und schmerzgebeugt, und unterhielt sich mit ihm wie unter vernünftigen Leuten. Thema: das Leben ihrer drei Kinder und vor allem der Enkelkinder. Nach gut zwanzig Minuten stand sie auf.

»Brauchst du noch etwas, bevor ich gehe?«

Er wies auf sein leeres Glas. »Etwas Wasser, bitte.«
Marella ging ins Bad und füllte es auf.
»Danke. Stell es einfach auf die Kommode.«
»Soll ich dir die Kissen aufschütteln?«
»Nein danke, alles gut so.«
»Sonst etwas?«
»Nein, wirklich nicht. Mir geht's gut.«
»Gut. Dann gehe ich. Baldige Genesung!«
»Danke«, wiederholte Attilio zum dritten Mal. Und zum vierten: »Und danke, dass du gekommen bist. Das hat mich gefreut.«
Marella verließ nicht schnell und nicht langsam das Zimmer, ging ruhigen Schrittes den Flur der Station entlang, nahm den Aufzug, durchquerte die Eingangshalle hinaus in den Garten der zur Klinik umgebauten Jugendstilvilla. Erst auf dem Parkplatz, beim Öffnen des Wagenschlags, brach sie in Tränen aus. Schluchzend ließ sie sich auf den Fahrersitz sinken und entdeckte neben sich auf dem Beifahrersitz den Umschlag für Attilio. Sie hatte vergessen, ihn ihm zu geben.

Manchmal fand Marella noch Post für ihren Ex-Mann im Briefkasten. Jahrbücher von Vereinen, die er seit Ewigkeiten nicht mehr frequentierte, Weihnachtskarten früherer Kunden, Werbung. Sie legte alles zur Seite und gab den Stapel dem ersten ihrer Kinder mit, das sie besuchen kam. Sie hatte die äthiopische Briefmarke sofort erkannt, obwohl seit Jahren nichts mehr gekommen war. Diesmal klebte sie aber nicht auf einem Umschlag aus minderwertigem Papier, wie Carbone ihn immer verwendet hatte, Attilios früherer Kriegskamerad. Das hier war hauchdünnes Luftpostpapier, und auch der Absender war ihr nicht bekannt, schwer zu entziffern. Die Adresse bestand aus einer Reihe von Zahlen, dahinter dann: »Kebele Lideta, Addis Abeba, Ethiopia«.

Mit roten Augen kehrte Marella in die Klinik zurück und gab den Luftpostbrief beim Pförtner ab, damit der ihn weiterleitete. Dann fuhr sie immer noch schniefend nach Hause und ärgerte sich über sich selbst. Sie war eine alte Frau, eine Oma mit weißen Haaren, und immer noch trauerte sie so schlimm ihrem Ex-Mann hinterher. An der nächsten roten Ampel wäre sie fast ihrem Vorgänger hinten draufgefahren und musste scharf bremsen.

In diesem Moment traf sie ihre Entscheidung: »Schluss jetzt. Es reicht.«

Sie würde nicht länger unter dem Betrug leiden, unter der vorenthaltenen Liebe, unter den Lügen, die sich wie unauslöschliche Flecken über dreißig Jahre Ehe gelegt hatten. Sie würde sich nicht länger der Trauer ohne Leiche überlassen, die ihr Leben fünfzehn Jahre zu einer Dauerbeerdigung gemacht hatte. Die Ampel wurde grün, doch Marella fuhr nicht los. Sie fühlte sich wie nach einer schier endlosen Nierenkolik, die sie zu zerbrechen drohte und keinen anderen Gedanken zuließ, wenn nach Abgang eines winzigen Steins durch den Harnkanal jeder Schmerz schlagartig und vollständig verschwindet. Ungeachtet des Hupkonzerts der Autos hinter ihr stand sie an der Ampel und ergab sich voll dem Glücksgefühl der Schmerzfreiheit. Erst als die Ampel auf gelb sprang, legte sie den Gang ein und fuhr weiter. Sie kam noch über die Kreuzung, während hinter ihr alle wieder bei Rot stehen bleiben mussten. Die Autofahrer schimpften lautstark durch die Seitenfenster, doch Marella, die gerade beschlossen hatte, ihr jahrelanges, alles bestimmendes Selbstmitleid abzulegen, kümmerte sich nicht darum. Leise lächelnd steuerte sie durch die Straßen der Stadt, über grüne Ampeln, freie Kreuzungen, vorbei an Bussen, die sie trotz Vorfahrt passieren ließen. Die Welt bewies ihr ihre Zustimmung, weil sie endlich ihre so schmerzlich unterlegene Liebe der betrogenen Ehefrau in das Gegenteil verkehrt hatte. Das nicht Hass ist, sondern eine fast ekstatische Gleichgültigkeit.

Als am Nachmittag der Chirurg kam, um ihm den ärztlichen Befund mitzuteilen, stürzte sich die Angst, die Attilio bis dahin eifrig ignoriert hatte, aus ihrem heimlichen Schlupfwinkel mit aller Wucht auf ihn. Er versuchte das Zittern seiner Hand zu verbergen, als er den Zettel aus dem Labor entgegennahm. Oben stand sein Name, darunter in fettgedruckten Buchstaben: NEGATIV. Sein Herz setzte einen Schlag aus, sein Blut elektrisierte sich mit Adrenalin, sein Atem löste sich, und endlich, nun wo es vorbei war, wurde ihm die Gefahr bewusst, in der er geschwebt hatte. Doch seine Stimme war distanziert und höflich, als er sagte: »Ich wusste es, Dottore.«

Als der Arzt hinausging, kam eine Krankenschwester zur Tür herein. »Das wurde für Sie abgegeben«, sagte sie und drückte ihm den Luftpostbrief in die Hand.

Attilio nahm ihn mit derselben Hand, die noch den Biopsie-Bericht hielt. Ohne ihn aufzumachen, starrte er ihn an, bis die Frau im Flur verschwand. Er hatte ihn sofort erkannt.

Wie viele Jahre waren seit dem letzten vergangen? Er wusste es nicht genau, erinnerte sich aber noch gut an den Inhalt: Ietmgeta informierte den italienischen Vater über die Geburt seines Sohnes Shimeta – sein erster Enkel. Er sah sofort, dass die Handschrift diesmal eine andere war.

Und tatsächlich war es nicht die von Ietmgeta, sondern die eines Nachbarn, dem der Brief diktiert worden war. Abeba informierte ihn, dass ihr beider Sohn gestorben war. Er hatte sich nie mehr vollständig von den Entbehrungen im Gefängnis erholt und war nach seiner Befreiung vor etwa zehn Jahren immer krank gewesen. Er war vierundfünfzig Jahre alt geworden.

Attilio ließ den Brief sinken und legte ihn auf den Arztbericht. Die beiden Blätter lagen nun übereinander wie zwei Totenhemden. Der schriftliche Beweis, dass er einen weiteren Wettkampf gewonnen hatte – doch der Besiegte war dieses Mal sein Sohn. Und diesen Wettkampf will niemand gewinnen, auch nicht gegen einen halbafrikanischen Sohn, unehelich, verlassen. Auch nicht Attilio Profeti.

Das Licht, das durch die Weiden im Klinikpark hereinfiel, färbte sich golden. Die Sonne stand tief und blendete ihn. Er deckte seine Augen nicht ab. Allmählich nahm der Sonnenuntergang die Feinheiten der Welt mit und Attilio guckte weiter hinaus, während sich alles schwarz färbte.

Ohne Ankündigung flammte die Deckenlampe auf.

»Ich habe mit dem Arzt gesprochen«, sagte Anita und kam mit Oscar-reifem Hüftschwung herein. »Er hatte wunderbare Neuigkeiten!«

Attilio hielt sich mit einer Hand die Augen zu, mit der anderen schob er den Luftpostbrief schnell unter sein Kissen.

Seine Frau küsste ihn auf die Stirn. »Ich bin so erleichtert!«

Attilio suchte mit dem Blick die Dunkelheit vor dem Fenster, doch er sah nur das Spiegelbild seines eigenen beleuchteten Gesichts. Er verbarg die Trauer des heimlichen Vaters in der Brust und murmelte: »Ja, ich auch.«

5

2010

Das eisige Wasser reicht ihm bis zu den Knien, bis zum Hals, strömt ihm in Mund und Nase. Der Junge ertrinkt. In letzter Sekunde schlägt er die Augen auf und sieht die Wände von Attilios Wohnung. Fühlt das feste Sofa unter seinem Rücken. Die Angst zieht sich langsam zurück, wie die Brandung bei Ebbe.

Auch heute hat er vom Meer geträumt, von grenzenlosen Wellen. Den Wellen, die das kleine Boot umgaben, auf dem er nach Italien gekommen ist, vollbesetzt mit Menschen, die vor Durst und Schlafmangel phantasierten. Männer, Frauen, Kinder, unter ihnen ein allein reisender Sechsjähriger. Am Strand von Misrata, eingetaucht in das rotierende Blaulicht der von den Schleusern bestochenen libyschen Polizisten, hatte er beobachtet, wie der Vater das Kind in das Boot stellte, als sei es ein Gepäckstück. Reglos hatte er dann am Strand gestanden, während sie aufs Meer hinausschipperten, ein immer kleiner werdender Punkt im Vergleich zu der furchteinflößenden blauen Weite, auf die sie sich hinauswagten. Dieser Mann wusste: Wenn sie das Meer zusammen überquert hätten, wären sie vielleicht wieder zurückgeschickt worden. Doch das reiche, großzügige Europa würde bestimmt ein Kind aufnehmen, vorausgesetzt es kam als Waise, als »unbegleiteter Minderjähriger« – später hatte der junge Mann in den Erstaufnahmeeinrichtungen den offiziellen Begriff gelernt, von dem sich der Vater bei seiner Entscheidung hatte leiten lassen. Und verstanden, dass er zum Wohle seines Sohnes nicht besser hätte entscheiden können, wie es die Aufgabe aller Eltern ist.

Dann hatte er tagelang nur Wasser gesehen, nichts als Wasser zwischen der libyschen und der italienischen Küste, aber nicht zum Trinken. Nicht einmal in der Wüste hatte der Junge so viel Nichts um sich herum gespürt. Nicht einmal in dem großen Raum war er so eng zwischen anderen Leibern eingezwängt gewesen. Das bisschen Brot, das er dabei hatte, war zu einer salzigen Pampe geworden. Er hatte es trotzdem gegessen. Schrecklicher als Hunger und Durst aber war die Müdigkeit. Er kämpfte gegen sie an, damit die Wellen ihn nicht aufs Meer hinauswarfen, wenn er einschlief. Hin und wieder versank er in einen nassen Halbschlaf, unterbrochen von blitzartigen Träumen, aus denen er aufschrak mit dem Gefühl von Angst und zugleich Glück, noch am Leben zu sein. In einem dieser Träume auf dem Mittelmeer sah er einen Baum. Überall in seinem Laub saßen wunderschöne Vögel, und er konnte ihr Zwitschern hören. Jetzt, mit dem stabilen Festland unter den Füßen, träumt er das Gegenteil, seine Nächte sind voll mit berghohen Wassermassen, die sich sintflutartig über ihn ergießen. Voll mit schwarzen Abgründen, auf denen ein kleines Boot schippert, dem Schicksal überlassen wie ein »unbegleiteter Minderjähriger«, mit kaputtem Motor und modrigem, zerfallendem Holz. Beinahe zwei Jahre sind seitdem vergangen, und immer noch kann der Junge von nichts anderem träumen als von der Überfahrt. Der Schiffbruch, aus dem die italienische Küstenwache sie gerade noch retten konnte, wiederholt sich in seinem Geist fast jede Nacht.

Seine Großmutter Abeba hatte ihn gelehrt, die bedeutungsvollen Träume, die man sich von den Alten und Priestern erklären ließ, von den bedeutungslosen zu unterscheiden, inhaltsleer wie Weizenspreu. In diesen wiederholten Albträumen, in denen er dem Tod im Wasser nur knapp entrann, entdeckt der Junge keinen Sinn. Und doch drängen sie sich weiterhin in seinen Schlaf. Warum? Vielleicht haben sie ja doch eine Bedeutung und kommen so lange wieder, bis er sie erfasst hat. Wie gern er seine *ayat* danach fragen würde.

Er sieht sich um. Attilios Arbeitszimmer mit dem ausgezogenen Schlafsofa ist ein kleiner Raum, die Wände mit Fotos übersät, auf denen die Farbe Blau dominiert: weiße Segel auf dem Wasser, springende Delfine, lächelnde Frauen im Bikini, Arm in Arm mit Attilio am Steuer der *Chance*. Die Matratze ist weich, fast zu weich für ihn. Bevor er sich am ersten Abend hinlegte, fragte Attilio ihn, ob er sich ein Glas Wasser ans Bett stellen wolle. Bezog ihm das Bett mit frischer Wäsche. Ungebügelt, doch diesen Unterschied kannte der Junge nicht. ›So schlafen also die Europäer‹, denkt er und streckt die Beine aus, ohne an die eines anderen zu stoßen. In den letzten Jahren hat er nur allein geschlafen, wenn er sich wie ein herrenloser Hund auf den Boden gelegt hat, in der Oase zum Beispiel, oder auch in versteckten Winkeln an den Straßen quer durch Italien, auf denen er als Illegaler unterwegs war. Manchmal schlief er auch in einem Bett, doch immer in Schlafsälen mit dem Lärm und Gestank anderer müder Körper, die auf ihre Papiere warten. Zum ersten Mal seit er das Haus seiner Mutter verlassen hat, schläft er sowohl in einem richtigen Bett als auch allein.

Das war vor zwei Jahren. Drei vielleicht, irgendwann hat er den Überblick verloren. Sie fehlt ihm, seine Mutter. Doch wer niemals mehr nach Hause kann, leistet sich kein Heimweh. Und er ist jetzt nun mal ein Geflüchteter, ein Verbannter, ein Asylsuchender, auch wenn er den Ablehnungsbescheid bereits in der Tasche hat.

Er steht vom Bett auf, nimmt den Ausweis aus seiner Hosentasche, klappt ihn auf. Er betrachtet das Passbild, den Namen darunter.

»Shimeta Ietmgeta Attilaprofeti«, liest er sich leise vor.

Das ist er. Das muss er sein.

Man ist nicht ohne Grund fünfunddreißig Jahre mit jemandem befreundet, und heute hat Lavinia Ilaria mal wieder eine Erklärung dafür geliefert. Ohne auf ihre Einwände zu achten (»Du hast doch selbst genug zu tun, da brauchst du nicht auch noch wegen mir den Vormittag verlieren ...«), fährt die Freundin aus Schulzeiten sie zu dem abgeschleppten Panda. Mehr als eine Freundlichkeit, eine Rettung – denn sie erspart ihr damit einen Kreuzweg.

Ein römischer Bürger, der sich nicht das exorbitant teure Taxi leisten kann, muss auf dem Weg zur kommunalen Kfz-Verwahrstelle außerhalb der Stadt drei verschiedene Busse nehmen mit jeweils unkalkulierbaren Fahrplänen. Die geschätzte Fahrzeit hängt von verschiedenen Faktoren ab: die allgemeine Verkehrslage der Stadt, eventuelle Streiks von Bus-, Bahn- oder Zugpersonal, mögliche Schäden an dem gewählten Fortbewegungsmittel aufgrund gekürzter Mittel für die Instandhaltung, direkte und indirekte Auswirkungen der globalen Erderwärmung (Wolkenbrüche, Windhosen, Schneestürme, Überschwemmungen).

Hat der letzte Bus den römischen Bürger dann fast einen Kilometer vom Abschleppplatz entfernt abgesetzt, wandert er am unbefestigten Rand der Landstraße entlang, während ungebremst Autos an ihm vorbeirauschen. Hier gibt es keine Häuser, Bars oder Geschäfte, hier gibt es nur Industriebauten und einen idyllischen Blick auf die weidenden Schafe in diesen letzten Resten urzeitlicher römischer Campagna zwischen den Fabrikhallen. Hat der Bürger den Parkplatz erreicht, wendet er sich dem Pförtnerhaus zu, in dem ein Verkehrspolizist sitzt, der ohne Erwiderung seines Grußes bei voll aufgedrehter Lautstärke seines tragbaren Fernsehgeräts, unter der sein Aluminiumkäfig erbebt, den Namen auf dem Zettel des abgeschleppten Wagens mit dem des Bürgers abgleicht. (Sollte der Wageninhaber persönlich verhindert sein und jemand anderen mit der Abholung des Wagens beauftragt haben, erwartet diesen Unglücksraben eine noch längere Via crucis, zu schmerzvoll, um hier erzählt zu werden.) Dann händigt er ihm einen Zahlschein aus, auf dem die Höhe der Ablösesumme gedruckt steht – den Strafzettel. Mit dem kostbaren Schein in der Hand hat der Einwohner das Gefühl, das Schlimmste überstanden zu haben, und verspürt einen Anflug von Euphorie. Die allerdings selbst bei den sonnigsten und positivsten Gemütern kaum länger als ein paar Sekunden anhält, nämlich genau die Zeit, die es braucht, den zu zahlenden Betrag zu lesen.

Der Bürger sucht dann das nächstgelegene Postamt auf. »Nächstgelegen« hat in diesem Fall nichts mit »nah« zu tun und ist eher ein theoretisches Konzept, eine platonische Idee sozusagen, ein *noumenon*: Denn praktisch ist der Parkplatz für die abgeschleppten Autos nur in der Nähe von Fabrikhallen und Schafen. Da das Auto aber noch festgesetzt ist, muss der Bürger den Weg zu Fuß zurücklegen. Ist die Strafe bezahlt, läuft der Bürger wieder einen Kilometer die Straße zurück, bewundert wieder die Schafe, wedelt schließlich mit der Einzahlungsquittung vor dem immer noch undurchdringlichen Verkehrspolizisten herum. Der sich nach einem flüchtigen Kontrollblick wieder dem Fernseher zuwendet und gleichzeitig mit dem Zeigefinger einen Knopf zu seiner Rechten drückt. Da endlich geht die Schranke des Parkplatzes auf und gibt das geliebte Fahrzeug des römischen Bürgers frei, das dieser am Ende seiner Nerven und um einiges ärmer als zuvor, dennoch innerlich jubelnd in Empfang nimmt mit der Rührung eines Christoph Kolumbus, der Land sieht.

Diese Odyssee also erspart ihr Lavinia, indem sie sie fährt. Dankbar mustert Ilaria von der Seite das Gesicht ihrer Freundin: die spitzbübischen Sommersprossen trotz der über vierzig Jahre, die feinen Fältchen am Hals, die sie ihren vier Schwangerschaften, vor allem aber ihrem Hang zu gutem Essen verdankt. Sie wird sie ewig lieben.

In Lavinias Auto finden sich überall Spuren ihrer vier Kinder – abgerissene Barbiebeine, Sand, Kleckse von Filzstift an der Seitenscheibe. Sie fahren Schritttempo. Die von Berlusconi zu Ehren seines Freundes angeordnete Schließung des Zentrums und der nördlichen Stadtteile für den Verkehr verursacht durchgehend verstopfte Straßen bis in die Peripherie, wie der radioaktive Fallout einer Atombombe. Schon seit dem frühen Morgen knattern pausenlos die Polizeihubschrauber am Himmel.

Ilaria erzählt von dem Jungen, der plötzlich auf dem Treppenabsatz stand, und der Entdeckung, noch einen Bruder zu haben, unbekannt und dazu noch Halbafrikaner.

»Dann seid ihr gar nicht zu viert«, meint Lavinia, »sondern zu fünft.«

Das bedeutet es, von Kindesbeinen an befreundet zu sein: Man kennt den Familienjargon und die Lebenskapitel des jeweils anderen in- und auswendig. Lavinia erinnert sich noch gut an den berühmten Satz. Sie hatte an jenem Morgen Ilaria zur Schultoilette begleitet, damit diese sich das verheulte Gesicht wusch. Rausgeschickt hatte sie die strenge, aber einfühlsame Philosophielehrerin, als sie sah, dass diese Sechzehnjährige gar nicht mehr aufhören konnte zu schluchzen. Sie ahnte, dass es sich hier nicht nur um pubertären Liebeskummer handelte. Und Lavinia war damals auch diejenige, die Ilarias Zorn mitbekommen hatte, als sie versuchte, ihrer auseinandergefallenen Welt wieder ein Gesicht zu geben. Dabei wandte sie sich weniger an den Vater als an ihre Mutter, der sie vorwarf, jahrelang die Augen verschlossen zu haben angesichts der immer grelleren Beweislage der Lügen ihres Mannes. »Wenn es nach ihr gegangen wäre, hätten wir ewig so weitergemacht!«, sagte sie voll Verachtung. »Vielleicht wollte sie ihn nicht verlieren ...«, versuchte Lavinia sie zu verteidigen, doch Ilaria hatte ihr Urteil bereits gefällt: »Wer die Wahrheit nicht wissen will, macht sich zum Komplizen, und das widert mich an.«

»Ich wüsste ja zu gerne«, meint Lavinia jetzt am Steuer, »was ihr geredet habt, bis dein Bruder dazukam. Ich meine ... wie macht man Smalltalk mit einem, der aus Äthiopien kommt und behauptet, du seist seine Tante?«

»Er hat mich gefragt, warum ich nicht verheiratet bin.«

Lavinia wirft ihrer Freundin einen kurzen Blick zu.

»Teufel nochmal. Gleich in die Vollen. Und was hast du geantwortet?«

»Dass ich ein unangenehmer Mensch bin.«

»Du bist nicht unangenehm«, erwidert Lavinia, »du bist nur schlicht und ergreifend die größte Nervensäge auf der Welt.«

»Sag ich ja. Ich ertrage keine Lügen, am wenigsten die, die ich selbst aussprechen könnte. Und das ist das Unangenehmste, was es gibt. Kleine Lügen machen eine Ehe doch überhaupt erst möglich. Deine zum Beispiel.«

Lavinia verzieht das Gesicht. »Irgendwie habe ich das Gefühl, dass ich jetzt beleidigt sein sollte.«

»Und gleichzeitig weißt du genau, dass ich Recht habe ...«

»Ich korrigiere mich: nicht auf der Welt. Im ganzen Universum.«

Sie müssen beide lachen.

»Und was habt ihr jetzt vor?«, fragt Lavinia dann.

»Keine Ahnung. Er hat auch noch eine Straftat begangen.«

»Welche?«

»Er hat im zweiten Aufnahmelager eine falsche Identität angegeben. Eine permanente Aufenthaltsgenehmigung kann er jetzt vergessen.«

»Aber wenn er mit euch verwandt ist ...«

»Dafür gibt es keinerlei Beweise. Sein Vater wurde nie anerkannt. Also von unserem Vater, meine ich.«

»Was sagen Federico und Emilio dazu?«

»Die wissen es gar nicht.«

»Ihr habt es ihnen nicht gesagt?«

»Ich kann mir nicht vorstellen, dass Federico von Mexiko aus irgendein Interesse daran haben könnte. Und Emilio ist für einen Film in Bulgarien, zwei Monate lang. Was soll er von dort aus schon tun? Sich sinnlos aufregen, uns mit Telefonanrufen bombardieren, Stress machen. Attilio und ich haben beschlossen, es ihm zu sagen, wenn er wieder in Rom ist.«

Lavinia hält den Blick fest auf die Stoßstange des Vordermannes gerichtet und schweigt lange. Dann sagt sie vorsichtig: »Piero würde alles im Handumdrehen lösen.«

Ilaria antwortet nicht.

Lavinia wendet ihr das Gesicht zu, die Hände fest am Lenkrad. »Ruf ihn an, Ilaria.«

Ilaria starrt das Auto rechts von sich an, neben dem sie seit fast einer Viertelstunde stehen. Drinnen sitzt ein Mann mit Headset, schreit und gestikuliert. Wer weiß, mit wem er streitet.

»Das kommt nicht in Frage.«

Lavinia muss weiter, ihre zwei Jüngsten von der Schule abholen. Ilaria sitzt noch im Auto, als ihr Handy klingelt. Sie hält am Rand eines Feldes, das von Wohnblöcken mit illegal angebauten Aluminiumbalkonen gesäumt ist, in der Mitte eine weidende Schafherde. Sie kramt das Telefon aus der Handtasche und nimmt den Anruf an. Es ist ihr Halbbruder.

»Ich habe mit meiner Mutter gesprochen«, sagt Attilio. »Sie sagt, nichts davon sei wahr. Dass es sich um einen Fall von Namensgleichheit handeln müsse.«

»Das haben wir schon besprochen, Attilio. Bei eurem Namen ... das kann nicht sein.«

»Jedenfalls hat sie noch nie etwas von einem afrikanischen Sohn gehört.«

Die Schafe starren alle in dieselbe Richtung, in ihre. Eins steht nur wenige Meter vom Straßenrand entfernt, so nah, dass Ilaria die schwarze, horizontale Pupille erkennen kann.

»Und hast du Papà gefragt?«

»Ilaria. Unser Vater weiß nicht einmal mehr, wer wir sind. Wie soll er sich an einen Sohn erinnern, den er vor siebzig Jahren verlassen hat. Sollte es ihn überhaupt gegeben haben.«

Ilaria hebt den Blick. Im milchigen Augusthimmel hält ein Flugzeug mit grellbuntem Seitenruder auf den Flughafen Ciampino zu. Die Schafe stört das nicht, sie interessiert nichts im Universum außer dem Gras, das sie verzehren, und der Bewegung ihrer Herde. Keines von ihnen ist ein Fallschirmspringerschaf.

»Ich gehe zu ihm. Vielleicht fällt ihm ja doch etwas dazu ein.«

»Ich dachte immer, es sei genug, wenn meine Mutter seinen Totalausfall ignoriert.«

Das Flugzeug fliegt so tief, dass Ilaria zwei Schriftzüge unter der Fensterreihe erkennen kann, einen in Arabisch und einen mit lateinischen Buchstaben: AFRIQIYAH.

»Ich ignoriere gar nichts. Aber es gibt niemand anderen, der uns sagen kann, was vor siebzig Jahren geschehen ist.«

Piero Casatis Achseln sind brodelnde Feuchtbiotope, seine geschwollenen Füße pulsieren in den Schuhen, sein Kopf droht zu platzen. Mit zweistündiger Verspätung sind endlich die vier Flugzeuge aus Tripolis in Ciampino gelandet. Ein Jahr zuvor war Muammar al-Gaddafi noch in einer Uniform aus dem Flugzeug gestiegen, die so mit Tressen und Troddeln behängt war, als hätte er sie direkt aus dem Kleiderschrank von Michael Jackson geklaut, und an die er neben ein paar Medaillen zu allem Überfluss ein altes, rot gerahmtes Foto gesteckt hatte. Darauf war ein schmächtiger betagter Mann mit Bart in weißen Beduinenkleidern abgelichtet, der mit zwei langen Ketten um die Handgelenke von einem Soldatentrupp abgeführt wird. Es handelte sich um den Helden des antikolonialistischen Widerstands, Omar al-Mukhtar, kurz vor seiner Erhängung durch den Gouverneur der Kyrenaika, Rodolfo Graziani. Piero erinnerte sich noch gut an dieses völlig fehlplatzierte, vergilbte Bild an der Brust des Oberst. An die theatralische und befremdliche Zurschaustellung Gaddafis der zugegeben unstrittigen historischen Schuld seiner Gastgeber ausgerechnet beim ersten offiziellen Besuch nicht nur Italiens, sondern eines westlichen Staates überhaupt. Nun konnte man Silvio Berlusconi einiges nachsagen, wie dass es ihm bei internationalen Gipfeltreffen an staatsmännischer Ernsthaftigkeit fehlte – auf den offiziellen Gruppenbildern mit den wichtigsten Staatsoberhäuptern des Planeten wirkte er häufig wie ein Pennäler beim Klassenfoto –, nicht aber, dass er auf den Mund gefallen war. So improvisierte er mit seinem unverwechselbaren Lächeln hinter dem Wald aus Mikrofonen auf dem roten Teppich vor dem Flugzeug eine Mea-Culpa-Rede zum Thema koloniale Vergangenheit Italiens, an die sein Freund Gaddafi ihn auf so sympathische und originelle Weise erinnert habe.

Vielleicht um eine Wiederholung dieser Provokation zu vermeiden, ist der Ministerpräsident heute nicht am Flughafen erschienen, sondern hat seinen Außenminister zusammen mit einem Staatssekretär geschickt. Und das ist er, Piero Casati. Doch dieses Mal zeigt sich der Oberst in der Tür des Airbus 340 in einer schlichten braunen Galabia unter einem gleichfarbigen Mantel. Seine weichen Gesichtszüge ähneln denen einer – wenn auch sehr hässlichen – Frau; sie verziehen sich unter dem zerrupften Bart zu einem Lächeln, das liebenswürdig sein soll. Was durch die Gangsterbrille zunichtegemacht wird, hinter der er seine von Viagra und Kokain geweiteten Pupillen verbirgt.

Rechts und links von ihm seine Leibwächter, wie immer Frauen. Ihre massigen Körper in engen Tarnanzügen, mit beunruhigend aufgestülpten Lippen und Doppelkinn. Die Brillen, hinter denen sie ihre Augen verstecken, sind noch schwärzer als ihre Haare und genau wie die ihres Herrn und Gebieters. Gebieters in jeglicher Hinsicht, wie gut informierte Quellen berichten. In diplomatischen Kreisen erzählt man sich, dass die berühmten Amazonen des Oberst zu seinem umfangreichen Harem aus Sexsklavinnen gehören, die er eigenhändig aus libyschen Studentinnen auswählt, unter düsteren Drohungen an jene Eltern, die sich zu widersetzen versuchen, zum Zwecke solcher Praktiken wie *bunga bunga*. ›Komischer Ausdruck‹, denkt Piero, ›nie gehört in Italien.‹ Dafür kennt er ihn aus Tripolis, wohin er vor zwei Jahren Berlusconi bei seinem ersten Staatsbesuch begleitete, der mit dem berühmten Handkuss. Der italienische Botschafter in Libyen hatte ihm erklärt, es handele sich um eine Art Gruppensex, bei der die Analpenetration eine Rolle spiele, Gaddafis bei weitem bevorzugte Sexualpraktik.

Die anderen drei Maschinen der Fluglinie Afriqiyah parken in gebührendem Abstand zu der des Rais. Aus ihnen werden Dutzende Koffer ausgeladen mit all den Outfits, die er gern im Stundentakt wechselt, außerdem sein großes Beduinenzelt, ein Großaufgebot an Funktionären des libyschen Regimes sowie Sicherheitsleute, dreißig weiße Berberpferde mitsamt ihren Reitern für die pompösen Feierlichkeiten zum zweiten Jahrestag des Vertrags über Freundschaft, Partnerschaft und Zusammenarbeit am morgigen Tag. Auch die Anfragen aus dem Umfeld des Oberst an das italienische Festkomitee sind spektakulär. Das Zelt soll im Garten der Repräsentantenvilla des Außenministeriums aufgeschlagen werden, unter enormen Herausforderungen in logistischer, ästhetischer und sicherheitstechnischer Hinsicht. Am Tag nach der Ankunft will er eine Privatvorlesung – das heißt unter Ausschluss der Presse – über den Islam vor fünfhundert vorzeigbaren Jungfrauen halten, keine mehr und keine weniger, volljährig, aber nicht älter als fünfundzwanzig. Eine weiße Limousine für sämtliche Ortswechsel.

Piero hält sich selbst für einen Diener des Staates. Und für einen Politiker mit Weitblick auf das Einzige, was zählt: das

Staatsinteresse. Die groteske Perversität dieses Rockstargebarens nimmt er daher im Namen der Realpolitik hin. Was konkret bedeutet: die italienischen Küsten frei von Migranten und Zugang zu den Gasvorkommen der Kyrenaika, dem früheren Land Omar al-Mukhtars. Gas, das Gaddafi trotz des zur Schau gestellten Opfers des Beduinen-Helden schon immer gern an die Nachfahren der faschistischen Besatzer verkauft hat. Zum großen Glück der italienischen Herde und Heizungen.

Piero schaut auf. Auf der Landebahn wimmelt es von den Kameras der Nachrichtensender, die Fotografen zoomen hin und her. Das schwarze Auge eines Teleobjektivs ist genau auf ihn gerichtet, und es kommt ihm vor, als wolle der dunkle Kreis aus kaltem Glas ihn aufsaugen. Trotz der schwülen Luft läuft ihm ein kalter Schauer über den Rücken, als Ilarias Gesicht vor seinem inneren Auge auftaucht.

»Du bist meine bessere Hälfte«, hatte er vor langer Zeit einmal zu ihr gesagt.

»Deswegen hältst du mich wohl immer geheim, was?!«, war ihre Entgegnung. Damals hatte Piero geantwortet: »Du bist doch diejenige, die mich geheim hält«, doch nun dreht er den Kopf ein wenig weg – nur so viel, um die Feder eines Carabiniere der Ehrenwache zwischen sich und das Objektiv zu schieben. ›Nicht, dass sie mich in den Nachrichten neben diesem Mann stehen sieht.‹

Als die Zeremonie vorbei ist, bewegt sich der Autokorso aus blauen Polizeiwagen und -motorrädern in rasendem Tempo und mit heulenden Sirenen dem ersten Programmpunkt des Tages entgegen, der libyschen Botschaft. Nichts hält ihn auf. Roms Straßen sind leergefegt für die weiße Limousine mit den geschwärzten Scheiben und dem unsichtbaren Profil des Oberst dahinter. Zu seinem Schutz sind ganze Wohnviertel durch Straßensperren abgeschnitten, jenseits derer der Verkehr zu absurden Umleitungen gezwungen wird und schlimmer wütet als eine Überschwemmung: Er tritt über die Straßen, führt zu Verstopfungen, ergießt sich in jede Lücke und jeden Durchgang. Die Römer sind gefangen in einer Suppe aus glühendem Aluminium, doch die komplexe Operation trifft voll ins Schwarze. Der persönliche Freund Silvio Berlusconis stößt bei seinen Ortswechseln nicht auf das kleinste Hindernis.

Ilaria hingegen braucht für die Strecke vom Autoabstellplatz bis zu ihrem Vater fast zwei Stunden. Im Kreise genervter Autofahrer, die sich gegenseitig so sinnlose wie zornige Beschimpfungen zuwerfen. ›Typisch Italiener!‹, denkt Ilaria ermattet, als sie endlich vor dem Haus des Vaters den Wagen parkt. ›Wir vergeuden unsere Zeit damit, uns gegenseitig anzuschreien, anstatt mal einen einzigen dieser unwürdigen Machthaber per Revolution aus dem Amt zu jagen.‹

Vom Himmel fallen die Flocken weiß und leicht wie Schnee, doch sie blöken wie Schafe.
Es sind Schafe.
Ein Schuss zerreißt die Stille.
Das Fell des einen färbt sich rot. Als es zu Boden stürzt, schaut es mir in die Augen.
»Mamma …!«, schreie ich.

Der alte Attilio Profeti erwacht unter Tränen, doch er weiß nicht warum. Vielleicht wegen der unangenehmen feuchten Windel.

Vor ihm steht eine Frau, von der er weiß, dass er sie liebt. Er steckt die Hand in die Tasche seines Hausanzugs und zieht ein Bonbon hervor. Er gibt es ihr.

»Für dich, mein Schatz.«

Ilaria nimmt es lächelnd. »Danke.« Beim Auswickeln fragt sie: »Papà, erinnerst du dich an Abeba?«

Attilio Profeti steckt die Hand erneut in die Tasche und fragt drängend: »Möchtest du noch eins?«

»Nein, danke. Als du in Äthiopien warst.«
»Äthiopien?«
»Ja. Abessinien, sagte man damals. Sie war eine Frau.«
»Ach ja? Und wo ist sie jetzt?«, fragt er höflich distanziert.
»Sie ist tot.«
»Wie alt war sie, als sie gestorben ist?«
»Keine Ahnung. Ich schätze mal achtzig.«
»Also jünger als ich.«
»Viel jünger, ja.«
Attilio hebt die Faust und zieht triumphierend die Luft durch die Zähne ein. Kneift voller Zufriedenheit die immer noch schönen Augen zusammen.

Ilaria muss sich zwischen Belustigung und Empörung entscheiden. Schließlich lacht sie nachsichtig.

»Aber Papà! Das ist doch kein Wettkampf.«

Attilio blickt sie an, scheinbar verblüfft über so viel Unverstand. »Aber natürlich ist es das.«

Als Ilaria das Haus verlässt, in dem Anita und Attilio Profeti ihre Wohnung haben, setzt sie sich in den Panda, ohne den Motor anzulassen. Ihr Kopf ist leer, wie immer, wenn sie bei ihrem Vater war, als würde ein Teil seiner Demenz auf sie übergehen. Als würde sich ein großer grauer Wattebausch auf ihre Gedanken pressen. Wer weiß, was er den ganzen Tag so denkt, wenn er da hilflos wie ein Säugling in seinem Sessel sitzt.

Sie nimmt ihr Handy, um wieder in die Welt der Erwachsenen zurückzukehren, wo man vernünftig denken kann und einem die Namen von nahestehenden Menschen einfallen. Sie wählt Marellas Nummer und lässt es mehrmals klingeln. Sie weiß, dass es dauert, bis ihre Mutter das Telefon gefunden hat. Sie stellt sich vor, wie sie in ihren riesigen Handtaschen wühlt, während immer lauter die Melodie *Sweet Child O' Mine* ertönt – einer von Emilios Söhnen hat ihr diesen Klingelton verpasst, den sie nicht wechseln kann. Wie vermutet, hebt Marella irgendwann ab. Sie klingt genervt, wie jeder klingen würde, der von Axl Roses Falsett angetrieben wurde.

»Da bin ich ja schon!«

»Mamma, ganz ruhig, ich bin's. Ich muss dir etwas sagen.«

»Was denn?«

»Es geht um Papà.«

»Ist er tot?«

»Aber nein! Glaubst du etwa, das würde ich dir so sagen?«

»Wie denn sonst? Unter verzweifeltem Schluchzen? Er ist fünfundneunzig und nicht mehr bei sich, also sag mir bloß nicht, dass du nicht damit rechnest.«

Ilaria verdreht die Augen zum Himmel, allein in ihrem Panda. »Komm schon, Mamma, hör auf.«

Doch Marella hört nicht auf. »Ich hätte überhaupt nichts dagegen, wenn er stirbt, solange ich noch gut zurecht bin. Männer haben eine geringere Lebenserwartung als Frauen, außerdem bin ich acht Jahre jünger als er.«

Ilaria schüttelt lachend den Kopf. »Du bist schlimm ...«

»Überhaupt nicht. Seit Jahrzehnten werde ich für alt erklärt, während er sich für reif und attraktiv hält. Wenn sich jetzt endlich die Altersfrage zu meinen Gunsten wendet, werde ich das ja wohl auch mal genießen dürfen. Was ist denn passiert?«

»Ich habe herausgefunden ...« Ilaria hält inne. Nein, nicht so. Sie muss ihrer Mutter dabei ins Gesicht sehen. »Hör zu, ich komme zu dir«, sagt sie. »Ich bin ganz in der Nähe und gleich da.«

Doch wegen des irren Verkehrs braucht sie über eine halbe Stunde.

Als ihre Mutter die Tür aufmacht, empfängt sie sie ohne Begrüßung: »Ich bin froh, dass du es selbst rausgefunden hast.«

»Na ja, nicht ganz ...«, erwidert Ilaria auf der Türschwelle.

»Du weißt ja nicht, wie oft ich es dir sagen wollte. Aber ich hatte Angst, als verlassene Ehefrau dazustehen, die schlecht über ihren Ex redet. Außerdem war ich sicher, dass es dir früher oder später jemand sagen würde. Es wussten ja alle.«

»Wer alle?«, fragt Ilaria verblüfft, während ihre Mutter sie vorbeilässt.

»Es war gut, dass du nicht am Telefon damit angefangen hast«, sagt Marella, während sie die Wohnungstür schließt. »Das liegt zwar alles dreißig Jahre zurück, aber man weiß ja nie.«

Nun blickt Ilaria nicht mehr durch. »Dreißig Jahre ...? Entschuldige, wovon redest du?«

»Von den Schmiergeldern, die dein Vater genommen hat.«

»Schmiergelder?«

»Aber ja, Schmiergeld, Bestechungsgeld, Bakschisch, nenn es, wie du willst.«

Ilaria ist verstummt. Marella bemerkt ihre Verblüffung nicht.

»Aber du darfst ihn nicht verurteilen. Damals machten das alle. Und wir haben davon profitiert. Sogar ich: Bei der Scheidung hat er diese Wohnung doch nur deshalb so bereitwillig herausgerückt, weil er die anderen noch hatte, also soll es mir recht sein. Und allein mit dem Gehalt eines Geschäftsführers hätte er euch Kindern niemals jedem eine Wohnung kaufen können. Du wirst dich doch auch gefragt haben, wo das ganze Geld herkommt.«

Ilaria muss sich am eleganten weißen Sofa abstützen.

»Und dein Vater war auch keineswegs der Raffgierigste von allen, es gab viel Schlimmere. Wie gesagt, es war System. Bestechungsgelder wurden gezahlt und genommen. Casati zahlte, um Bauaufträge zu bekommen, und kassierte, wenn er welche vergab. Aber von wem hast du es denn eigentlich erfahren?«

Ilaria starrt einen Moment auf den Fadenverlauf des Brauns im großen Kelim in der Mitte des Wohnzimmers. Den bekommt sie später einmal, hat Marella gesagt. Er gehört zu dem wenigen, was sie nach dem Tod der Eltern erben wird: Anita hat das gesamte Eigentum Attilio Profetis auf sich überschreiben lassen, Marella hat diese schöne Wohnung an andere verkauft, um sich in den letzten Lebensjahren nicht einschränken zu müssen. Für Ilarias kleine Wohnung ist der Teppich reichlich überdimensioniert, und sie hat sich immer gefragt, was sie damit anfangen wird. Jetzt weiß sie es: Sie wird ihn Lavinia schenken.

»Eigentlich wollte ich mit dir nicht darüber reden.«

Die ruckartige Kopfbewegung drückt Marellas Kinn auf ihren Hals wie beim Rückstoß eines Schusses. »Nein?«

»Nein. Von all dem, was du da sagst, wusste ich nichts.«

Vorsichtig setzt sich Marella neben ihre Tochter auf das Sofa und mustert ihr Gesicht. »Worüber denn dann?«

Ilaria atmet tief durch. Dann beginnt sie zu erzählen.

Von dem Jungen auf dem Treppenabsatz. Davon, wer er zu sein behauptet. Von dem afrikanischen Sohn, den Attilio Profeti mit zwanzig bekommen hat, den er verlassen und schließlich überlebt hat.

Als sie aufhört, erlaubt die Miene ihrer Mutter keinen Zweifel: Von dieser Geschichte hat sie nie zuvor gehört. Und sie hat gerade begriffen, dass Attilio Profetis Lügen und Geheimnisse nicht nur ihre dreißigjährige Ehe begleitet haben, sondern schon bei ihrer ersten Begegnung mit am Tisch saßen.

Marella hebt die Augenbrauen. Schüttelt den Kopf. Schenkt ihrer Tochter dasselbe Lächeln, mit dem sie morgens in den Spiegel schaut, um zu vergessen, dass es nicht ihre Entscheidung war, das Alter alleine zu verbringen. »Wie du dir vielleicht vorstellen kannst, bin ich nicht wirklich erstaunt. Das liegt sozusagen in seiner Person.« Ilaria nickt.

»Hat er nie von Äthiopien erzählt?«

»Ich wusste, dass er als junger Mann dort war. Aber erzählt hat er nie etwas. Wir haben uns erst lange danach kennengelernt. Nur von einem ehemaligen Kriegskameraden, der da geblieben ist. Carbone hieß er. Sie haben sich jahrelang geschrieben, es kamen immer Briefe aus Addis Abeba. Ich glaube, dein Vater hat ihm mal geholfen, ich weiß aber nicht genau wie. Einmal besuchte er uns von Benevento aus, füllte mir die Küche mit Käselaiben und Wein ...« Einen Moment sitzen sie schweigend nebeneinander. »Tja. Dein Vater ist kein Engel, aber ein Langweiler ohne Überraschungen war er immerhin auch nicht. Wie vor vielen Jahren, als ich in der Nationalbibliothek einen Artikel fand, den er im Krieg geschrieben hatte ...«

»Als er Partisan war?«

»Er war nicht Partisan, nie.«

»Was? Aber er wurde doch beinahe von Faschisten erschossen!«

»Das habe ich auch geglaubt«, sagt Marella. »Das gehörte zu den ersten Sachen, die er mir erzählte, als wir uns kennenlernten.«

»Stimmt das denn nicht? O Gott ... was kommt denn noch alles?« Ilaria hebt in gespieltem Entsetzen die Hände über den Kopf, doch sie ist tatsächlich aufgewühlt. Marella wirft ihr einen beschützenden Blick zu, den Ilaria gar nicht an ihr kennt, und tätschelt ihr dann leicht das Bein.

»Für heute reicht das wohl an Neuigkeiten. Außerdem will ich wie gesagt nicht diejenige sein, die dir bestimmte Dinge erzählt. Geh in die Bibliothek und suche den Namen deines Vaters in den Karteikästen, dann findest du ihn. Es ist ganz einfach. Man muss nur suchen.«

Selbst Roms Möwen, die vor nichts Angst haben und sogar Krähen und Tauben misshandeln, wirken heute eingeschüchtert. Denn die gesamte Klangweite ihres Himmels wird den Tag über beherrscht vom Rotorenlärm der Hubschrauber.

Der Junge hasst diesen Kriegslärm. Er erinnert ihn an manipulierte Wahlen, an Miliz, die auf wehrlose Demonstranten schießt. An das Blut auf den Straßen seiner Stadt. An einen Mann, der an Hand- und Fußgelenken gefesselt tagelang in der

Sonne auf dem Bauch liegt, auf einer Insel mitten im Roten Meer. *Elicotero*.

»Fliesenbruder Tesfalem, mein Freund, ich wünsche dir von ganzem Herzen, dass du schon tot bist.«

Attilio sitzt am Computer. Er weiß nicht, wann er wieder an Bord seiner *Chance* stehen wird, also kann er die Zeit auch für Archivarbeit nutzen. Er hat begonnen, die Bilder auf seiner Festplatte zu sortieren: die angefressene Schwanzflosse eines alten Pottwals, der kleine Geysir mitten auf dem flachen Meer, den ein Blauwal ausstößt, über das Wasser springende Delfine im winterlichen Sonnenaufgang.

»Ich habe sie gesehen«, sagt der Junge.

Attilio dreht sich ruckartig zu ihm um, er hatte sein Hereinkommen nicht bemerkt. Das ist ihm unangenehm.

»Wen hast du gesehen?«

»Die da.« Der Junge zeigt auf den Bildschirm.

»In Äthiopien gibt es Delfine?«

Der Junge lässt nicht erkennen, ob er Attilios Sarkasmus bemerkt.

»In Äthiopien gibt es kein Meer«, erwidert er. »Warte.«

Er wühlt in seiner Tasche, zieht ein altes Handy hervor. Seine Plastikhülle ist zerkratzt, die Zahlen auf den Tasten abgegriffen und kaum mehr zu erkennen. Es stammt aus der Ära vor der Erfindung des Touchscreens, als Tippen noch mit fester Materie zu tun hatte: die Kraft des Fingers drückt die Taste auf den harten Leib des Telefons und produziert dabei ein leises Klicken im Mechanismus. Er tippt darauf herum, dann hält er Attilio das kleine Display hin. Unter wirrem Lärm – Geschrei, verzerrtes Rauschen von Wind und Wellen – taucht eine Wasseroberfläche auf. Trotz der schlechten Auflösung erkennt Attilio den Umriss eines Delfins. Fröhlich springt er über das sonnenbeschienene Wasser, schlägt eine Kapriole und taucht unter wildem Spritzen wieder ein. Im Vordergrund sieht man den Rand eines Bootes.

»Er hat uns gerettet«, sagt der Junge.
Attilio sieht ihn fragend an. »Wer er?«
»Der Delfin. Er hat uns geführt. Wir wussten nicht wohin, weil die Instrumente ausgefallen waren.«
Der Bildausschnitt wandert weiter und bringt eine verschwommene Masse kleiner dunkler Punkte ins Blickfeld, in denen Attilio erst nach einem Moment die Köpfe von Menschen erkennt. Männer, Frauen, Kinder. Dicht gedrängt auf der Brücke eines heruntergekommenen Bootes, kaum ausreichend Platz zum Atmen.
Instinktiv stellt Attilio ein paar schnelle Berechnungen an. Dieses Gleitboot wirkt nicht viel länger als seine *Chance* und vielleicht doppelt so breit. Vollgepackt wie ein Frachter, der nach Volumen bezahlt wird, was ja der Realität entspricht, schätzt er, dass sich auf dem Boot etwa hundert Personen befinden.
»Wie viele Tage seid ihr so herumgetrieben?«
»Keine Ahnung. Es war schwer zu zählen.«
Attilio sieht den Jungen an, ihm fällt nichts dazu ein.

Als in den achtziger Jahren die Häuser auf dem Esquilin wegen der U-Bahn-Bauarbeiten einstürzten und die Wohnungen billig verhökert wurden, ergriffen neben Attilio Profeti auch andere schlaue Investoren die Gelegenheit. Als dann in den folgenden zehn Jahren die vielen Einwanderer kamen und irgendwo schlafen mussten, roch der eine oder andere das Geschäft. Die Besitzer vermieteten die Wohnungen an Strohmänner, fast immer Italiener, die sie an eine ständig wachsende Zahl Straßenhändler aus Bangladesch untervermieteten, die in die Stadt strömten. Der Einzelne zahlte nicht viel, doch konnte man die kleine Summe vervielfachen, indem man in jedes Zimmer acht oder zehn Betten stellte und möglichst noch ein Rotationssystem von zwei oder sogar drei Schichten in vierundzwanzig Stunden einführte. So verdiente mancher an diesen armen, müden Körpern mit der Zeit eine ansehnliche Summe.

Zwei der vielen Bangladescher aus dem illegalen Schlafsaal im ersten Stock, aus dem besonders gemeine Knoblauchschwaden in den Hof steigen, halten Ilaria nun das Haustor auf. Sie hat noch nie durchschaut, wie viele dort wohnen, in den dicht an dicht stehenden Etagenbetten. Allerdings kann sie sich vorstellen, dass in diesen Räumen keinerlei Standards von Hygiene oder Komfort möglich sind. Alle sind sehr freundlich zu ihr, fast schon zuvorkommend. Vor einiger Zeit hatte sie sich den Knöchel gebrochen, und immer fand sich jemand, der ihr die Tasche in den sechsten Stock tragen wollte; wenn sie mit ihren Krücken die Treppe hinaufhumpelte, warteten sie bereits auf dem Treppenabsatz und feuerten sie an, als sei sie beim Giro d'Italia in den Dolomiten. Doch ist es ein ständiges Kommen und Gehen in der Wohnung, und Ilaria hat niemals jemanden mit Namen kennengelernt. Vormittags arbeiten fast alle schwarz auf dem Obst- und Gemüsemarkt, den übrigen Tag verkaufen sie Regenschirme auf den Straßen und Plätzen. Ilaria hat herausgefunden, dass sie zuverlässiger sind als jede Wettervorhersage: Wenn sie mit ihren Bündeln über dem Arm das Haus verlassen, heißt das auch bei Sonnenschein, dass bald ein Sturzregen auf Rom niedergehen wird. Wenn sie Stunden später wieder die nassen Bürgersteige heraufkommen, tauchen vor den Fensterbänken im ersten Stock die zum Trocknen aufgehängten Schuhe an den Wäscheleinen auf.

Ilaria bedankt sich bei den beiden Bangladeschern und betritt das Haus. Wovon sollen sie nur in diesem trockenen Sommer leben, fragt sie sich. Von Regen seit Wochen keine Spur.

Muammar al-Gaddafi wollte ein Eis essen. Das hat er den Journalisten gesagt, die ihn belagertern, und die vor Muskelkraft strotzende Mauer der polizeilichen Leibwache durchbrochen, mitten in dem bunten Treiben der Menschen, die die abendliche Frische genossen. Und er kam auch ohne Beduinenmantel und Militäruniform mit Heldenbildern des anti-italienischen Widerstands aus. Um sein Eis zu schlecken (Sorten: Mango, Zitrone und Schokolade) und als stinknormaler Tourist durch das nächtliche Rom zu spazieren, trug er ein Hemd mit Blumenmuster. Hinter der Piazza Navona hat er dann bei einem tunesischen Straßenhändler Modeschmuck im Wert von dreihundert Euro gekauft.

Ilaria verfolgt den Bericht über den Oberst, eine ganz ungewohnte Version von Audrey Hepburn und Gregory Peck in *Ein Herz und eine Krone*, während im Ofen Attilios Steinbutt schmort. Er hat ihn bei Rosci gekauft, der komplett rothaarigen Familie – Vater, Mutter, diverse Kinder –, die den einzigen Fischstand auf dem Esquilin-Markt führen, dem er traut. Er hat Ilaria zum Abendessen eingeladen, als er sie auf der Treppe hörte, und nach diesem Tag zwischen glühenden Stoßstangen und stinkenden Abgasen hat sie gern eingewilligt. Außerdem freute sie der Anblick ihres Bruders, der mit dem Jungen in einvernehmlichem, quasi vertrautem Schweigen Kartoffeln schält. Als habe sich Attilio an die Anwesenheit dieses aus weiter Ferne kommenden Vielleicht-Verwandten gewöhnt.

Nun folgt ein Ausschnitt der gemeinsamen Pressekonferenz von Gaddafi und Berlusconi am Nachmittag. Der italienische Premierminister, in die Brust geworfen vor den Flaggen Italiens und Libyens, nennt den Gast einen Mann von enormer Weisheit, seinen persönlichen Freund und einen bedeutenden Führer in der Welt, dem er große Achtung entgegenbringt. Nach der kurzen Pause für die Übersetzung führt der Oberst sich die rechte Hand ans Herz, um sich für die Wertschätzung zu bedanken. Für die Pressekonferenz hat er eine schwarze Galabia ausgewählt mit prächtig vergoldeten Säumen. Dann hebt er zu einer ungeplanten Rede an, die Berlusconi seiner Miene nach zu urteilen überrascht. Die eintönige Stimme des Simultandolmetschers erklärt, wie hoch das Risiko sei, dass die europäischen Völker schwarz würden (so seine Worte), infolge der Invasion durch illegale Einwanderer, die nur er stoppen könne. Und wenn er nicht wäre, müsse man einen anderen finden. Als seine lange Rede endlich endet, ist klar, dass Berlusconi dem Gast nicht das letzte Wort überlassen will. Er schließt die Pressekonferenz, indem er erklärt, für das Bemühen um den Schutz der europäischen Grenzen seitens des großen libyschen Führers gebühre diesem der größte Dank eines ganzen Kontinents – Europas. Es folgt der Händedruck der beiden Führer, der von den Fotografen festgehalten wird.

»Wie ernst er heute ist«, meint Attilio mit Blick auf Berlusconi. »Kein Grinsen, kein dummer Witz, keine Gehörnten-Hand.«

Tatsächlich hat man im Gegensatz zu den sonstigen Treffen mit den Großen der Welt, von Putin bis Obama, in diesem Bericht über den Besuch einer Fotoausstellung in der libyschen Botschaft nicht ein einziges Mal seine strahlend weiße Zahnreihe aufblitzen sehen.

»Stimmt«, nickt Ilaria. »Er ist nicht in Form. Als hätte er wenig geschlafen.«

»Das ist kein Mann«, meint der Junge. »Das ist ein Teufel.«

Die erste Äußerung des Jungen, seit sie sich zu Tisch gesetzt haben. Attilio und Ilaria wenden sich ihm zu, fast erstaunt, seine Stimme zu hören.

»Na ja …«, sagt sie mit erhobenen Augenbrauen. »Ich halte Berlusconi ja durchaus für ein großes Unheil, aber ein Teufel …«

»Er meint Gaddafi«, unterbricht sie Attilio.

Nach dem Abendessen geht Ilaria über den Flur und schließt ihre Wohnungstür auf. Seit Lavinia sie heute morgen abgeholt hat, war sie noch nicht zu Hause. Sie ist todmüde. Auf der Türschwelle hält sie plötzlich inne, halb drinnen, halb draußen, und betrachtet ihre kleine Wohnung, als sehe sie sie zum ersten Mal.

Der rötliche Schein der Stadt, der durch die Fenster fällt, legt sich wie Gelatine über die Einrichtung, verwischt ihre Konturen. Der Sessel mit den bunten Kissen, im Halbschatten nur ein paar dunkle Flecken; der Esstisch aus Holz, den Ilaria von ihren Großeltern aus Lugo geerbt hat, die sie nie kennengelernt hat, und der für einen Single-Haushalt viel zu sperrig ist; die schmiedeeiserne Lampe mit Keramikschirm vom Flohmarkt an der Porta Portese; ihr Bücherregal, ein ewiger Kampf gegen das Chaos, in das sich die alphabetische Autorenordnung immer wieder aufzulösen droht. Und dann die Wand, die den Wohnraum vom Schlafzimmer trennt, die Ecke unter dem Fenster mit dem Schreibtisch, wo sie Hausaufgaben korrigiert, während die Tauben auf dem Sims gurren, die angelehnte Badtür, hinter der sie eine kleine Badewanne hat einbauen lassen. In die sie sich an kalten Winterabenden manchmal sinken lässt, wenn ihr das Leben fehlt, das sie sich nicht mit Piero aufgebaut hat.

Ilaria ist in einer Familie aufgewachsen, die jeder ohne zu zögern als wohlhabend bezeichnen würde. Dennoch fällt es ihr schwer, ihren Lebensstil und ihr Monatsbudget von dem eines Menschen zu unterscheiden, der weniger betucht geboren wurde. An der Entwicklung ihrer Familie lässt sich – in beide Richtungen – die soziale Mobilität ablesen, die typisch ist für das Italien des vergangenen Jahrhunderts: Großvater Ernani Stationsvorsteher, seine Enkelin Ilaria Lehrerin an einer weiterführenden Schule, dazwischen der strahlende Auf- und Abstieg des Attilio Profeti. Von der Staatsanstellung zum Wohlstand und zurück in nur drei Generationen. Ilaria hat keine Kinder, das Risiko wäre hoch. Die Nachfolgegeneration stürzt ab, vielleicht landet sie tiefer, als ihre Großeltern begonnen haben. Für eine alleinstehende oder in ein paar Jahren pensionierte Lehrerin einer staatlichen Schule – wenn es dann überhaupt noch eine staatliche Rente geben sollte – ist diese Wohnung ein Schutzwall. Eine Festung, die ihr Leben vor dem Hochwasser der Armut beschützt, das bei Deichbruch immer höher steigt und nie mehr sinkt.

»Du wirst dich doch auch gefragt haben«, hat Marella zu ihr gesagt, »wo das ganze Geld herkommt.« Nein, in Wahrheit hatte Ilaria sich das nie gefragt. Sie hat diese sechzig Quadratmeter auf dem höchsten Hügel Roms einfach genommen und fertig. Hat sie genommen wie alles andere, das ihr Vater stets für sie aus der Tasche gezogen hat: Schecks, Kleingeld, Bonbons, eine Wohnung auf dem Esquilin.

Seit heute weiß Ilaria, dass sie, obwohl sie sich ihr Leben lang für ehrlich und aufrichtig gehalten hat, Schmiergelder genommen hat. Und seit über zwanzig Jahren damit lebt. Dass sie das erst jetzt begriffen hat, liegt daran, dass sie bisher nie danach gefragt hat.

›Wer die Wahrheit nicht wissen will, macht sich zum Komplizen, und das widert mich an.‹ Sie hätte nie gedacht, dass dieser Satz, den sie mit sechzehn gesagt hat, eines Tages auf sie selbst zutreffen würde. Mademoiselle Robespierre, mit ihrer klaren Trennlinie zwischen richtig und falsch, solange sie noch nicht wusste, was sie jetzt allmählich zu begreifen beginnt. Der Duft des Privilegs ist wie der Gestank der Armut – so viel du deine Hände auch wäschst, du wirst ihn nicht los.

6

Als Attilio das Flugzeug verließ, stieg ihm die Luft des Hochlands in die Nase. Trockener Staub, Eukalyptusrauch: Der Geruch von Addis Abeba löschte mit einem Schlag fünfundvierzig Jahre seines Lebens aus. Er stand auf der Gangway und sog in tiefen Zügen seine Jugend in sich ein. Hinter ihm beschwerten sich schon die vom Nachtflug übermüdeten Passagiere. Doch er stand reglos staunend da, kümmerte sich nicht um die beißend kalte Luft auf seiner Haut. Zwischen dem Jetzt und seiner letzten abessinischen Morgendämmerung lag nur ein kurzes Vergessen, kein halbes Jahrhundert. Die Sonne ging so schnell am Horizont auf, dass er glaubte, ihr Vibrieren zu hören. Im Westen versank derselbe riesige, milchige Mond wie mit zwanzig. Jetzt war er siebzig, man schrieb das Jahr 1985, und doch war es dasselbe. Alles war präsent.

Ausnahmsweise war die italienische Delegation recht schmal. Die Repräsentanten der internationalen Kooperation – Unternehmer, Regierungsvertreter, Allrounder wie Attilio – waren dieses Mal überschaubar und ohne den sonst üblichen Hofstaat an weiblicher Begleitung. Ehefrauen, Verlobte und junge üppige Assistentinnen hatten kein Interesse an einem Land ohne Meerzugang, in dem die Hungersnot wütete. Nach getaner Arbeit würden sie ihre Männer an Kenias Stränden treffen, weit weg von diesem Land des Elends. Auch Attilio reiste wie die anderen allein, doch hatte er Anita und Marella noch nie auf Geschäftsreisen mitgenommen. Diese Zeit war für ihn die einzige Atempause in seinem anstrengenden Bigamistenleben. Nur auf Dienstreise musste er sich nicht zwischen den Bedürfnissen seiner Parallelfamilien, Parallelfrauen und Parallelwohnungen zerreißen. Selbst die beschwerlichste Reise in die Katastrophengebiete der subtropischen Länder wurde so zu einer Quelle der mentalen Erholung im Gegensatz zu seinem Leben in Rom.

Auf dem Weg vom Flughafen in die Stadt blickte Attilio unverwandt durch das Autofenster nach draußen. Da, wieder eine Prozession von ausgemergelten Wanderern, alte Männer mit geraden Rücken, von Müdigkeit gezeichnete Kinder. Die Hungersnot hatte nun aus dem beständigen Menschenstrom eine wahre Flut gemacht, die sich in langen Reihen zu beiden Seiten der Straße in die Stadt ergoss. Ganze Familien, Frauen mit Bündeln auf dem Kopf, Männer, denen der Hunger alles genommen hatte außer ihrer Autorität als Familienoberhaupt. Sie schützten Kopf und Schultern vor der nächtlichen Kälte auf zweitausend Metern Höhe mit Tüchern, Decken, Schleiern, Lumpen, Handtüchern – und liefen. Alle liefen.

Seit ich abgereist bin, haben sie nicht aufgehört zu laufen.

Auf der Bole Road kreuzten zahlreiche Militärlastwagen mit offener Ladefläche ihren Weg. Sie rumpelten über den löchrigen Asphalt, die jungen Soldaten hinten stießen mit ihren Köpfen zusammen, während sie mit aufgerissenen Augen dem Krieg gegen Eritrea in die Arme fuhren. Die Privatautos befanden sich in unterschiedlichen Zuständen der Altersschwäche: alte VW-Käfer, Fiat 500s mit zerrissenem Verdeck, sogar ein uralter Fiat Belvedere mit Holzverkleidung. Nur den diplomatischen Vertretungen und internationalen Organisationen war es erlaubt, neue Wagen einzuführen, wie die drei Giuliettas von Alfa Romeo, mit denen der italienische Botschafter die Delegation abgeholt hatte. Manchmal begegneten sie einem khakifarbenen Toyota, der jegliches Hindernis missachtete in dem sicheren Wissen, dass es sowieso von sich aus weichen würde.

Passanten sprangen beiseite und senkten schnell die Augen – dem Bick eines diensthabenden Polizeioffiziers wollte niemand begegnen. Die Fahrzeuge, die am meisten Angst einjagten, waren allerdings nicht die mit der Militärfarbe oder den Spezialeinheiten. Sie waren weniger zerbeult als die der Privatleute, weniger luxuriös als die der Ausländer und nur an dem fehlenden Nummernschild zu erkennen. Es waren die Wagen der Zivilbeamten des Derg. Die Männer in den Autos hatten bei der Stasi in Ostdeutschland die guten alten Verhörtechniken auf Basis von Elektroden, brennenden Zigaretten und Zangen gelernt sowie andere Methoden, die eher der äthiopischen Kultur entsprachen wie das *wofelala* – das »Zwitschern der Peitsche« auf Anus und Testikel des an Händen, Hals und Füßen gefesselten Gefangenen. Wenn sie vorbeifuhren, sprangen die Leute so eilig an den Straßenrand, dass sie in den offenen Gräben der Kanalisation landeten.

Obwohl es früh am Morgen war, sah Attilio keine Leichen am Straßenrand, Frauen mit Messern in der Vagina, Männer mit den eigenen Eingeweiden auf dem Gesicht. Bis vor ein paar Jahren hatte jeder neue Tag in Addis Abeba auf diese Weise begonnen, mit dem gemarterten Fleisch der Oppositionellen auf den befahrensten Kreuzungen: Arat Kilo, Sidist Kilo, Meskel Square. Die Bilder waren sorgfältig inszeniert gewesen wie Werbeplakate, grafische Kurzfassungen, die eines Artdirectors würdig gewesen wären und den Willen des Regimes veranschaulichten, jedes Dissidententum im Keim zu ersticken. Doch nun, wo der Hunger in der Mitte des Landes fast jedes zweite Kind und jeden vierten Erwachsenen getötet hatte, ganz zu schweigen von dem endlosen Krieg gegen Eritrea, der die Hauptschuld an der Hungersnot trug, gab es keine Leichen im Morgengrauen mehr. Vielleicht hielt General Haile Mariam Mengistu das Konto des Todes auch ohne seine weitere Mitwirkung für ausgeglichen. Keinesfalls aber wollte er vor den internationalen Gebern schlecht dastehen, die wegen der Hungerkatastrophe herbeieilten. Eine Reihe von Leichen entlang der Straße vom Flughafen wäre bestimmt kein gutes Aushängeschild für die finanzkräftigen Unterstützer aus dem Westen gewesen.

Sie fuhren ins ansässige Hilton. Das Hotel war exakt identisch mit seinen Dependancen in Disneyworld, Tokio und Rio. Wie ein Mahnmal der weltumspannenden nordamerikanischen Gleichmachung erhob es sich auf dem Hügel, der zum alten Kaiserpalast von Menelik hinaufführte. Aus seinem Zimmer im zehnten Stockwerk konnte Attilio die Staubwolke über dem Meskel Square erkennen. Die Doppelverglasung dämpfte den Lärm der Stadt, auch den des spärlichen Verkehrs auf der Menelik II Avenue vor dem Hotelzaun. Aus dem Wohnblock daneben setzte sich das große halbkreisförmige Gebäude der Africa Hall ab, mit dem Haile Selassie in den sechziger Jahren den Stolz der Äthiopier präsentieren wollte, als einziges afrikanisches Land die europäischen Kolonialherren verjagt zu haben. Mit bemerkenswerter Toleranz und Ironie gegenüber der Geschichte hatte er den Bauauftrag an einen italienischen Architekten vergeben. Auf der anderen Seite der Allee lag der riesige Park des Jubilee Palace, die letzte Residenz des Negus. Durch die grauen Kronen der Eukalyptusbäume erahnte Attilio die neoklassizistischen Arkadengänge. Ansonsten schien Addis Abeba aus der Höhe gesehen dieselbe unüberschaubare Waldstadt geblieben zu sein, der er vor vielen Jahren den Rücken gekehrt hatte, eine Legierung im Grün verstreuter niedriger Gebäude mit schlammverputzten Wänden.

Es hatte ihn erhebliche Mühe gekostet, in die Delegation aufgenommen zu werden. Er war kein Ingenieur, kein Finanzbuchhalter, gehörte keinem Ministerium an: Casati begriff nicht, warum Profeti unbedingt nach Äthiopien wollte. Natürlich verschwieg Attilio ihm den wahren Grund. Um Casati zu überzeugen, nutzte er dasselbe Argument, mit dem er eingestellt worden war: sein großes Glück, das er immer hatte, oder anders formuliert, sein »Riesenschwein«. Eventuell würde die italienische Delegation davon eine gehörige Portion brauchen, sagte er, bei den Verhandlungen mit einem Regime, das eine unübersehbare Zahl Oppositioneller ausgelöscht hatte. Casati ließ sich überzeugen, und Attilio durfte fahren.

»Addis«, murmelte Attilio mit Blick auf die Stadt, sein Gesicht wenige Zentimeter von der großen Fensterscheibe entfernt. Ein feiner Atemhauch erschien auf dem von der Klimaanlage gekühlten Glas.

Wo es wohl war, irgendwo unter diesen Blechdächern, zwischen den hässlichen Zementbauten, die direkt nach Fertigstellung wieder zerfallen, den Yucca-Wäldchen und imperialen Palästen, das Gefängnis, in dem sein Sohn saß.

»Abeba.«

Die zwei Labiallaute knallten, obwohl er sie flüsterte, und trösteten ihn irgendwie. Doch er vermied es, nach Osten in Richtung Lideta zu schauen.

Nachdem er geduscht hatte, begab sich Attilio ins Erdgeschoss. Dort schloss er sich den anderen offiziellen ausländischen Delegationen an, den Vertretern der Hilfsorganisationen, Informanten, Spionen des Regimes, den Nutten mit den feingliedrigen Händen und vor allem den vielen Journalisten, die es kaum erwarten konnten, über eine biblische Plage wie diese Hungersnot berichten zu dürfen (»und das im zwanzigsten Jahrhundert!«), die alle im Garten neben dem Pool inmitten von üppigen Jakaranden, Palmen und Zierbananen beim Frühstück saßen. Amerikanisches oder kontinentales Frühstück.

Der Hunger in Äthiopien hatte ein Land in den Mittelpunkt der Erde gerückt, dessen geographische Lage, wenn nicht sogar Existenz die meisten Menschen bis dahin ignoriert hatten. Nun eilten die berühmtesten Fotografen herbei, um mit tragischen Bildern, perfekt in Szene gesetzt, das Ausmaß der Katastrophe festzuhalten: verdurstende Kinder, abgemagert zu dürren Ästchen, Mütter mit leeren Brüsten und erloschenem Blick, vorübertrottende skelettartige Tierherden in Staubwolken. Gestalten mit gesenkten Köpfen, in Schleier gehüllt wie neoklassizistische Statuen, nackte Leichen, deren Knochen und Sehnen mit der Präzision anatomischer Renaissance-Darstellungen hervortraten. Diese Bilder flößten Mitleid ein, in symbolischer, ästhetischer und vor allem hierarchischer Hinsicht. Die Betrachter waren erschrocken und beruhigt zugleich: Das absolute Elend hatte offensichtlich nichts mit ihrem eigenen Leben zu tun. Der Hochmut, der aus den Bildern sprach, verneinte jede Möglichkeit einer menschlichen Gemeinsamkeit zwischen Subjekt und Betrachter. So liefen Letztere nicht Gefahr, in dem bodenlosen Abgrund echter Empathie zu versinken.

Und doch wussten die Experten der Nahrungsnothilfe, dass es hinter dieser Hungersnot noch mehr gab. Auf jedes Kind, das in den Armen seiner erschöpften Mutter starb, kamen zehn andere, die trotz des von Würmern geblähten Bauches immer noch einen Lumpenball hin und her kickten. Auf jeden Leichnam, der den Geiern überlassen wurde, kamen hundert Menschen, die in geordneten Reihen auf ihre Lebensmittelration warteten. Auf jeden Bauern, der sich resigniert in die Schlange stellte, kamen einige mehr, die immer noch nach Wild jagten, nach einer Gelegenheitsarbeit suchten, mit ihren Angehörigen in weniger trockene Gebiete zogen, die also versuchten, die Familie mit ihren eigenen Ressourcen von Kraft und Intelligenz zu ernähren. Doch auf diese Beispiele von Widerstandskraft und Erfindungsgeist richteten die Fotografen und Kameramänner niemals ihre Objektive. Ihre Bildauswahl präsentierte die Äthiopier als passive und wehrlose Opfer, denen es an allem fehlte, vor allem auch an Willen. Weltweit wiederholten die Fernsehnachrichten die immer gleiche Formel: »Eine Million Tote.« Ein Anthropologe wandte ein, dass die reale Zahl – in der Größenordnung von vielen Hunderttausend – doch grausam genug sei und nicht in theatralischer Manier aufgerundet werden müsse, was viel eher der bulimischen Gier der Öffentlichkeit nach den ganz großen Emotionen diente als dem Respekt vor den Betroffenen. Man warf ihm Gefühllosigkeit vor. Sehr wenige erklärten, dass es kein unglücklicher Zufall war, wenn der Hunger vor allem in den Provinzen Shoa und Wollo wütete, den klassischen Gebieten des Widerstands gegen den Derg; dass der Dreiklang Krieg–Hungersnot–Epidemie nicht nur auf das lombardische siebzehnte Jahrhundert von Manzoni zutraf, sondern auch auf heute und den Bruderkrieg zwischen Äthiopien und Eritrea. Sehr wenige fragten sich, welche Länder im Westen es denn waren, die die Waffen für diesen Krieg lieferten. Doch die tiefe Tragik in der Erzählung der Medien wäre durch solche historischen und menschlichen Inhalte nur gestört worden, die viel zu prosaisch waren. Man beschrieb Äthiopien lieber als ein von einer unaufhaltsamen, eben »biblischen« Apokalypse der Natur heimgesuchtes Land. Und Rockstars verkauften Millionen Eintrittskarten für ihre Benefizkonzerte.

Die Lagerhalle am Stadtrand, wo der Derg die ausländischen Missionen empfing, war tief wie ein Hangar, kalt und feucht wie ein Luftschutzbunker und leer wie die Regale eines sowjetischen Lebensmittelladens – also ganz nach realsozialistischem Format. Attilio erinnerte sie an das große Betriebswerk im Bahnhof von Bologna, wohin sein Vater Ernani ihn und seinen Bruder als Kinder mitgenommen hatte, damit sie die Funktionsweise eines großen Eisenbahnknotenpunktes bewunderten. Otello war ganz verzaubert gewesen von der weitläufigen Halle mit den eisenumfassten Fenstern, in der der Lärm von Fräsen, Hämmern, Schweißgeräten und Kolben widerhallte, eine Kakophonie, in der menschliche Stimmen wie Steine in einem Kessel voll geschmolzenem Metall versanken. Attilio jedoch hatte sich äußerst unwohl gefühlt, wie immer in großen, unpersönlichen

Räumen, die sein unbewusstes, aber deshalb nicht weniger sicheres Gefühl erschütterten, selbst das Maß aller Dinge zu sein. Diese Unsicherheit überkam ihn auch jetzt, in dem riesigen, schmucklosen und abweisenden Saal.

»Wir leiten gerade eine Agrarreform ein, die ihren Schwerpunkt auf einer Bevölkerungsumsiedlung in fruchtbarere und produktivere Teile des Landes hat, basierend auf den ineinandergreifenden Systemen von Kollektivierung und Umverteilung ...«

Die Minister des Derg beteten auf der Bühne den Rosenkranz der Ideologie herunter in Abwandlungen offizieller Kommuniqués, doch die italienische Delegation hatte ein viel konkreteres Interesse. Ein Bündel an Bauaufträgen im Wert von vielen Hundert Milliarden Lire: für die Schaffung der benötigten Infrastruktur zur Umsiedlung Hunderttausender Menschen von den Hochebenen des Wollo und des Shoa, die so ausgetrocknet waren wie die Knie von Hundertjährigen, in Richtung der fruchtbareren Gebiete im Westen des Landes. Es war ein enormes Unterfangen, ein riesiger Auftrag. Er umfasste Zehntausende Wohneinheiten, Schulen, Straßen, Brunnen, Abwasserleitungen; die Bereitstellung der gesamten landwirtschaftlichen Geräte und Maschinen, des Saatguts und der Düngemittel für die Errichtung eines modernen Agrarbetriebs in Gegenden, wo bisher nach veralteten Methoden Landwirtschaft betrieben wurde; ein Netz aus Kleinstkrankenhäusern in jedem Dorf; und schließlich als Aushängeschild für die italienische Entwicklungshilfe ein großes Krankenhaus mit allen wichtigen Geräten und modernsten diagnostischen Instrumenten, mit Abteilungen für die allgemeine medizinische Versorgung, Chirurgie, Geburtshilfe, Radiologie und den dazugehörigen Laboreinrichtungen.

Dieses Projekt stellte der Minister für Arbeit und Soziales, Berhanu Bayeh, vor, einer der fünf mächtigsten Männer Äthiopiens. Wenige Monate zuvor hatte der Minister bei einer ähnlichen Zusammenkunft, nur mit den Amerikanern, lauthals geschrien, die Hände zum Himmel gehoben und behauptet, die Vereinigten Staaten seien schuld an dem Hunger in Äthiopien: Ihre Hilfsverweigerung sei der wahre Grund für die Tragödie. Dies hatten die Geldgeber aus Washington, die gekommen waren, um über die Verteilung von Tausenden Tonnen Nahrungsmittel zu sprechen, nicht gut aufgenommen. Heute hingegen wandte sich der Minister mit Worten der Freundschaft, der Wertschätzung und der Zusammenarbeit an seine italienischen Freunde.

Als sie an der Reihe waren, erklomm Edoardo Casati die Rednertribüne, in seinem tadellosen weißen Schurwollanzug, im Gesicht keine Spur von Müdigkeit oder Anstrengung von der ungewohnten Höhe. Eloquent entwarf er das Bild einer positiven Rolle, die Italien in Ländern wie Äthiopien spielen wolle, die so dringend auf Hilfe angewiesen waren.

»Die ganze Welt blickt mit Bewunderung auf das Projekt, das wir hier gemeinsam auf den Weg bringen wollen. Italiens Präsenz wird unter anderem die wertvollen logistischen Voraussetzungen schaffen, die der neu angesiedelten Bevölkerung eine Steigerung ihrer Lebensqualität garantieren.« Diese Rede hatte er Wort für Wort aus dem Bericht kopiert, der seinem Antrag auf staatliche Fördermittel beigelegen hatte, nur dass er den darauffolgenden Absatz wegließ, um die Hausherren nicht zu düpieren: »In sozialpolitischer Hinsicht wird hierdurch ein bedeutender Bezugspunkt in einem Land geschaffen, dessen Bevölkerung permanente Unterstützung jeder Art und jegliche Form von Schutz benötigt, sei es in physischer, psychischer oder moralischer Hinsicht.«

Während die Delegierten ihre Reden hielten, ließ Attilio unauffällig seinen Blick schweifen. Er musterte die im Saal Anwesenden. Wer von den Uniformierten mit den verschiedenen militärischen Dienstgraden konnte ihm wohl helfen? Der General mit dem Rangabzeichen der Luftwaffe mit der überdimensionierten Brille im kinnlosen Gesicht? Der Minister dort für keine Ahnung was, der sich ständig Notizen machte und dabei den Zettel kurzsichtig vor seine Nase hielt? Der mächtige Minister, der den Italienern die Hochachtung zollte, die er den Amis verweigert hatte? Er würde seinen Sohn nur befreien, wenn er herausfand, wer ihn gefangen hielt, doch Attilio kannte das hiesige Beziehungsgeflecht zwischen den Mächtigen nicht. Wer war mit wem verbandelt und welche Generäle rivalisierten bis aufs Blut? Er wusste nicht, an wen er sich wenden, wie er vorgehen sollte. Ein zu offensichtliches Korruptionsangebot konnte ihn in ernste Schwierigkeiten bringen. Er wusste nur, dass in Italien niemand von seinem äthiopischen Sohn erfahren durfte, also konnte er niemanden aus der Delegation um Hilfe bitten, am allerwenigsten Casati. Und der kleinste Fehler wäre fatal.

»Ihr Italiener seid die Einzigen, die ein Ministerium zur Bekämpfung des Hungers eingerichtet haben«, flüsterte ihm eine Stimme ins Ohr.

Attilio drehte sich überrascht um. Sein Sitznachbar auf den unbequemen Metallstühlen hatte Geheimratsecken, trug eine khakifarbene Militärhose und eine Tuchjacke mit spitzem Kragen, die aus einem Siebzigerjahrekatalog entsprungen zu sein schien. Er lächelte freundlich.

»Das gibt es sonst nirgends«, fuhr er in anerkennendem Tonfall fort. »Nicht einmal in Amerika.« Er sprach gut Italienisch, nur die Betonung verrutschte ihm manchmal: Ministerìum, Amerika.

Ministerium zur Bekämpfung des Hungers? Auf dem Rednerpult listete Casati gerade Zahlen und Fakten des Projekts auf. Attilio lächelte mit der Bescheidenheit dessen, der ein wohlverdientes Kompliment annimmt, aber in Wirklichkeit hatte er keine Ahnung, wovon der Mann sprach. Dann begriff er: Der

Mann meinte das neue Gesetz über die internationale Zusammenarbeit, das vor kurzem das italienische Parlament passiert hatte. Das Unternehmen wie dem von Edoardo Casati ohne Umwege Milliarden öffentlicher Gelder an die Hand gab, um große Projekte in der sogenannten Dritten Welt umzusetzen. Wie dieses hier.

Während sich auf der Tribüne die Redner ablösten, erzählte ihm der Mann flüsternd, dass sein Vater immer ganz wehmütig von dem Offizier aus Lodi gesprochen hatte, dem er als Bursche im Krieg gedient hatte. »Jede Woche bekam er ein frisches Stück Seife!« Er hatte den Sohn die Sprache derjenigen gelehrt, denen er nicht als Besatzer nachtrauerte, sondern als Beschützer vor den Übergriffen des Adels. Nun war er Mitglied des Derg-Kabinetts und fühlte sich in seinen guten Erinnerungen an die Italiener bestätigt. »Danke für das, was ihr für uns tut«, schloss er und reichte Attilio die Hand.

Der drückte sie und zuckte kurz die Achseln mit der Bescheidenheit des Wohltäters. »So sind wir halt, wir Italiener«, erwiderte er. Der Nachhall seiner Worte umfing sie wie eine Samenhülse, bevor er in den Weiten des Saales verklang.

Natürlich gab es einen Grund, warum die Delegationen in dieser kahlen Halle empfangen wurden. Es war Ausdruck des tiefen Hasses, den General Haile Mariam Mengistu gegenüber dem dekadenten Prunk des Negus und der »Feudalen« hegte – ein Begriff, der damals für alles Übel dieser Welt stand –, die seit Jahrhunderten arme Bauern versklavten, wie seine Eltern es gewesen waren. Das Volk hatte einen Freifahrtschein erhalten, jeden Feudalen zu vernichten, der des Dissidententums verdächtigt wurde; in allen *kebele* hatte man Handfeuerwaffen und Maschinengewehre verteilt. Arbeiter, Bauern, junge Mütter hatten sie bereitwillig genommen und andächtig ihren kalten Lauf geküsst, in der gleichen Unterwerfungsgeste, mit der sie zuvor ihre Lippen auf das Kruzifix gedrückt hatten. »Ein Affe in Seidengewändern bleibt immer noch ein Affe.« Mit diesen Worten hatte der abgesetzte Kaiser die tiefschwarze Sklavenhaut des unbekannten Offiziers verhöhnt, der wenige Monate nach dem Putsch alle Gegner vernichtet und die Macht ergriffen hatte. Mengistu aber, der seine niedere Herkunft mit Stolz trug und zur Propaganda nutzte, rührte der Primatenvergleich nicht. Unerträglich war ihm hingegen die Unterstellung, dass er genau wie jeder gewöhnliche Feudale an Seide interessiert war.

Doch wie Attilio und die anderen Teilnehmer der italienischen Delegation schnell herausfanden, war die graue Halle in der Peripherie nur der Ort für die Fassade. Die wahren Verhandlungen, die Diskussionen über gewisse Prozentsätze, die nicht in den offiziellen Auftragsvergaben auftauchen sollten und über Schweizer Bankkonten abgewickelt wurden, darüber wie und wann die Bestechungsgelder unter den Verhandlungspartnern aufzuteilen waren, fanden andernorts statt.

Mit einem Autokorso ohne Nummernschilder wurden die Delegierten, zum Schrecken der Passanten, von der Halle zur Menelik II Avenue gefahren. Am Zaun des Hilton stellte sich Attilio auf das Ritual des Fetascha ein, das er schon vom Ankunftstag kannte: Die Leibesvisitationen und Durchsuchungen der Wagen konnten, je nach Laune der Wachposten, bis zu einer halben Stunde dauern. Doch die Karawane nahm nicht die Hotelauffahrt, sondern bog links in die Allee ein. Attilio drehte sich um und suchte mit leiser Unruhe in dem Schachbrettmuster der Hotelfenster sein eigenes Zimmer im zehnten Stockwerk. Doch dann hatten die Autos schon die Einfahrt mit den zwei Judaslöwen zum Jubilee Palace passiert. Das schlichte, beruhigende Gebäude des Hilton verschwand hinter den Eukalyptusbäumen des kaiserlichen Parks.

Wie in der Parodie eines Spionagethrillers mussten sie nun aus den Wagen steigen und zwischen zwei Reihen von Soldaten zum Palast gehen, die, hinter dunklen Sonnenbrillen verborgen, ihren Weg überwachten. Das Befremden der italienischen Besucher nahm zu, als sie den Portikus aus hässlichen, überdimensionierten Säulen sahen, daneben die Statue eines römischen Imperators. Eilig wurden sie die Treppenstufen hochgeschleust und durchquerten fast im Laufschritt die großen, mit Teppichen, Gemälden und prunkvollen Goldspiegeln ausstaffierten Empfangssäle, die seit dem letzten Aufenthalt des Negus unberührt konserviert wurden. Es war verboten, anzuhalten oder auszuscheren. Wie Vieh, dachte Attilio unwillkürlich mit einem dumpfen Gefühl der Bedrohung. Er suchte Casatis Blick, doch der sah zu Boden wie ein Häftling, der nicht die Aufmerksamkeit der Gefängniswärter erregen will. Das raubte Attilio fast den Atem vor Angst. Er hatte Casati noch nie in Sorge gesehen, außer bei ihrer ersten Begegnung, als er glaubte, sterben zu müssen. Sie kamen zu einer Holztreppe, die man nur nacheinander hinabsteigen konnte, und Attilio nahm allen Mut zusammen und sprach einen der Männer in Tarnanzügen an: »Wo bringt ihr uns hin?«

Der Soldat musterte ihn so warmherzig, wie man einen Schimmelfleck oder Holzspäne ansieht. Mit dem Finger wies er nach unten.

»*Down*«, sagte er, und es war keine Erklärung, sondern ein Befehl.

Mit verkrampftem Magen begann Attilio den Abstieg in Richtung Dunkelheit.

Die anderen Delegationsteilnehmer taten es ihm im Gänsemarsch gleich, blass und mit aufgerissenen Augen. Am Fuße der kleinen Treppe gelangten sie in einen halbdunklen Raum, dessen Umrisse kaum zu erkennen waren. Einer der Staatssekretäre begann ein Gebet vor sich hin zu murmeln, als in ihrer Nähe plötzlich Worte im feinsten Englisch der britischen Oberklasse erklangen.

»*I welcome you, my honourable Italian guests.*«

Passend zur Dramaturgie flammte im selben Moment das Licht auf, und sie standen vor dem Kaiser.

Der unverwechselbare dünne Bart, die mythische Traurigkeit in seinem Blick, der tadellose Sitz der Militäruniform. Erst nach einigen Augenblicken bemerkte Attilio verwirrt zwei Details an dem Mann vor ihnen, die absolut nicht zu dem seligen Haile Selassie passten: Er war sehr groß, und er war am Leben.

Tatsächlich war es nicht der Negus. Sondern ein Mann, der ihm in seinen letzten vierzig Lebensjahren als Feldbursche gedient hatte. Mit einer kleinen Verbeugung im stumpfen Winkel stellte er sich vor: Brigadegeneral Fresenebet. Als exklusives Privileg für seine Ehrengäste, so erklärte er, würde er ihnen den Schatz seines früheren Herrn zeigen, dessen Erinnerung er in unverminderter Hingabe bewahre. Wenn sie ihm bitte folgen mochten, sagte die erhabene Gestalt. Mit vor Erleichterung weichen Knien folgten ihm Attilio und die restliche Delegation.

Das Kellergeschoss war von endlos langen Regalreihen durchzogen, in denen sich Gegenstände aller Größen stapelten. General Mengistu hatte ganz entgegen seiner zur Schau gestellten Verachtung für alle feudalen Vergnügungen den Schatz von Haile Selassie nicht nur nicht vernichtet, sondern ihm auch noch alle Geschenke hinzugefügt, welche die Staatschefs nach seinem Aufstieg zur Macht anlässlich ihrer Besuche mitgebracht hatten. Stoßzähne von Elefanten, Leopardenfelle, massive Sitze aus kostbarem Holz mit Juwelenintarsien, Stromgeneratoren der jüngsten Generation, Farbfernseher mit hochmodernen Fernbedienungen, Halsketten aus reinem Gold so dick wie Gefängnisketten, Modelle von Unterseebooten und Flugzeugen, eine Pfeifensammlung, eine Tiefkühltruhe, in der ein ganzes Pferd Platz gefunden hätte, ein ausgestopftes Krokodil. Unzählige Säcke mit Maria-Theresien-Talern mit der Prägung »1757«, jene Silbermünze, der die Äthiopier seit Jahrhunderten vertrauten und die sie nur mit diesem Datum für echt hielten – obwohl viele davon zu Beginn der italienischen Invasion Badoglio hatte prägen lassen, dem diese merkwürdige Fixierung bekannt war. Und natürlich die silbern verzierte Pistole, mit der sich Kaiser Tewodros II. in Maqdala erschossen hatte aufgrund seiner manisch-depressiven Veranlagung sowie der aussichtslosen Belagerung durch die Engländer. Wie auch sein offizielles, von armenischen Kunsthandwerkern entworfenes Siegel, sein Tintenfass und seine Kopfbedeckung. Eine der goldenen Kronen von Menelik, wenn auch nicht das kostbarste Modell, das die Engländer im Victoria and Albert Museum für sich behalten und Menelik am Ende seines Exils in Bath nur dieses Exemplar mit zurück in die Heimat gegeben hatten, viel kleiner und von entschieden geringerem Wert. Und dann am Ende des letzten Gangs im Keller: Haile Selassies Thron.

Ein Prunkstück, gefertigt von französischen Goldschmieden, die auch das persönliche Wappen des Negus entworfen hatten. Und doch war Attilio bei seinem Anblick in diesem vollgestopften Lager irgendwie enttäuscht. Für einen Kaiserthron war er klein. Zu zerbrechlich zwischen den Stapeln aus Schätzen und wild durcheinandergeworfenem Kram. Zart und zierlich, genau wie der letzte König der Könige.

Der Brigadegeneral durchschritt die Regalreihen in seiner Unteroffiziersuniform, die zwar sauber, aber vom täglichen Waschen mit der groben Derg-Seife an vielen Stellen angegriffen war. Die geheimnisvolle Ähnlichkeit, die er bis auf die Statur mit dem ermordeten Negus teilte, wie ein altes Ehepaar, das jahrzehntelang zusammengelebt hat, hatte ihn zu einem Doppelgänger gemacht, zu einem heimlichen Untermieter. Mengistu ließ ihn hier wohnen, in den Winkeln des Palastes, aus denen sein geliebter Herr dem unrühmlichen Ende entgegengezerrt worden war, der einzig verbliebene Hüter eines untergegangenen Kultes. Wie der letzte Zeuge der Größe des Negus Negest, seiner Pracht und Herrlichkeit, die über den menschlichen Horizont hinaus ins Mythische reichten und zurück bis in die Zeiten seines Vorfahren König Salomon, der sich mit der Königin von Saba vereint hatte und so die Dynastie der Negussen begründet hatte. Fresenebet führte die Gäste durch die Gänge dieser geschmacklosen Schatzkammer, die eine Mischung aus Lager, Trödelladen und Aladins Zauberhöhle war, wo moderne Langfinger ihr Diebesgut horteten. Und die Dienerschaft, die die Schätze des Jubilee Palace mit ungebrochenem Eifer abstaubte, polierte und wischte, als handele es sich bei dem Sturz des Negus nur um einen für diesen archaischen, zeitlosen Prunk irrelevanten Zwischenfall, verbeugte sich vor dem vorbeischreitenden Offiziersburschen, als sei er selbst der Kaiser. Fresenebet ließ unbeeindruckt den gutmütigen, nicht fokussierten Blick von Königen über sie und ihren Kniefall gleiten. Und präsentierte die mehr oder weniger kostbaren Exponate den ausländischen Würdenträgern und westlichen Auftragnehmern. Die alle mit einem der blutrünstigsten Regimes seiner Zeit Geschäfte machen wollten, einer Kategorie, der es auf diesem Planeten in den vergangenen Jahrzehnten an Konkurrenz wahrlich nicht gemangelt hatte, von den Roten Khmer in Kambodscha über die Militärdiktaturen in Lateinamerika bis hin zu der gerade beendeten Kulturrevolution in China.

Dies war die doppelte Wahrheit des Derg. Auf den Straßen von Addis Abeba, an den offiziellen Orten seiner Herrschaft, bei Parteiversammlungen, präsentierte das Regime voll Stolz das nüchterne Grau des real existierenden Sozialismus. Doch hier, zwischen den in den harten Fels geschlagenen Wänden des Kellergeschosses, hütete es das, was an der Oberfläche abgelehnt wurde. In den dunklen Tiefen der Hauptstadt hielt Mengistu nicht nur das gemarterte Fleisch der politischen Gegner wie Ietmgeta Attilaprofeti gefangen. Dort hatte er auch allen Luxus, alle Schönheit und Exzentrik weggeschlossen.

Als sie wieder oben in dem Saal standen, den sie auf dem Hinweg als schweigender Gefangenentrupp durchquert hatten, erwartete die Delegierten ein üppiges Bankett zu ihren Ehren. Die grauen *injera*, aufgerollt wie Servietten, harrten auf den Silbertellern der würzigen Speisen: *kitfo, wat,* riesige Berge *tibs*, Soßen jeder Art mit den starken Aromen des *berbere* und des Bockshornklees. Und zu Ehren der italienischen Gäste auch Lasagne, Brathähnchen, frittierter Fisch und sogar ein roher Schinken, den man in Addis Abeba selbst im traditionsreichen Restaurant Castelli mittlerweile vergeblich suchte.

»Mögen Sie *injera*?«

Der Mann, der in der Fabrikhalle neben ihm gesessen hatte, war zu Attilio getreten.

»Ja, nur ein bisschen zu säuerlich für meinen Geschmack.«

»Sie sind nicht zum ersten Mal in Äthiopien.«

»Nein, das stimmt«, erwiderte Attilio und schwieg. Er tat so, als sei er ganz mit der Auswahl der verschiedenen Fleischbrocken beschäftigt, die er sich in den Mund schob, während er in Wirklichkeit fieberhaft eine Antwort auf sein Dilemma suchte. Sollte er diesen Mann um Hilfe bitten oder nicht? War es zu riskant? Würde er damit sich und, schlimmer noch, seinen Sohn in Gefahr bringen? Irgendetwas musste er aber tun, sein Aufenthalt in Äthiopien würde nicht ewig währen.

»Darf ich Sie um einen Gefallen bitten?«, hörte er sich da sagen. Unbewusst hatte er sich schon entschieden.

»Natürlich«, antwortete der Mann.

»Können Sie mir sagen, ob in diesem Raum ...«, mit einer weiten Geste wies er über den Saal, »jemand ist, der für die Vorgänge in den Gefängnissen Ihres Landes verantwortlich ist?«

Der Mann hob den Blick, als suche er Antwort an der vergoldeten Kassettendecke, dann seufzte er lange, wie von einer tiefen Müdigkeit ergriffen.

Attilios Herz zuckte zusammen. ›Das war ein Fehler.‹

Als der Mann den Kopf wieder senkte, sah er Attilio an. Musterte ihn, wie um seine auf den ersten Blick unsichtbaren Qualitäten abzuwägen.

»Mögen Sie Poker?«

Attilio überkam eine tiefe Unruhe. Was bedeutete die Frage? Wenn es überhaupt eine war. Vielleicht handelte es sich ja um einen Geheimcode, der nicht an ihn, sondern an jemand anderen gerichtet war, der ihn nun festnehmen sollte. Vielleicht war dies das Wesen einer Diktatur: Das Ungesagte ist so weitläufig, dass die ausgesprochenen Worte im Leeren schweben, wie Astronauten, die den Kontakt zu ihrem Heimatplaneten verloren haben.

Die Kellergewölbe des Jubilee Palace hatten Attilio gezeigt, dass der Derg nicht nur ein Gesicht hatte. Er hatte nun zwei Optionen: zu schweigen oder zu antworten wie in einem ganz normalen Gespräch. Er setzte auf Letzteres.

»Es geht. Als junger Mann habe ich es oft gespielt.«

Sein Gegenüber nickte anerkennend und ohne Überraschung. Diese Antwort hatte er erwartet. »Gut. Sehr gut. Freitag Abend müssen Sie da hingehen«, sagte er und zeigte in Richtung der Vorhänge, die in den zehn Jahren seit dem Abgang des Kaisers verblichen waren. Durch die riesige Fensterfront sah Attilio die in der fulminanten Äquator-Dämmerung violett gefärbten Bäume. Den Mann schien seine Verblüffung zu amüsieren.

»Hotel Ghion. Man sieht es nicht, doch es liegt dort hinter der Mauer. Sie sagen dem Hoteldirektor, dass Sie Poker mögen, dann bringt er Sie zu Berhanu Bayeh.«

»Dem Arbeitsminister!«, rief Attilio aus.

»Derzeit, früher war er Staatssekretär für Justiz. Er weiß alles.« Der Mann hob die Augenbrauen bis fast zur Stirnmitte und ließ seine im Vergleich zum übrigen Gesicht wesentlich helleren Lider sehen. »Er weiß, wo jeder einzelne Gefangene steckt. Und wie es ihm geht.«

Attilio suchte mit dem Blick nach Bayeh. Er fand ihn auf der anderen Seite des Saals, wo er mit einem Glas in der Hand bei einem der italienischen Staatssekretäre stand, der gestikulierend auf ihn einredete. Die Augen des Ministers waren auf Halbmast wie bei Trauerbeflaggung, sein Körper drahtig wie der eines Marathonläufers. Er strahlte die Zurückhaltung desjenigen aus, der seine Macht nicht zeigen muss, weil alle darum wissen.

»Ich werde mit ihm reden«, sagte Attilio und wollte aufstehen, doch der Mann legte ihm mit jähem Nachdruck die Hand aufs Knie.

»Nein. Nicht jetzt. Zu viele Spione.« Dabei zeigte er mit aller Ironie, die der Derg in die Keller verbannt hatte, auf seine Camouflage-Hose und sagte lächelnd: »Zu viele Militärs.«

›Er ist nur zwei Jahre älter als ich und trotzdem ein alter Mann‹, dachte Attilio. Carbone hatte die Tür des kleinen Häuschens neben der Autowerkstatt geöffnet und lief ihm mit offenen Armen entgegen. Neben dem muskulösen und in seinem Leinenanzug gepflegt wirkenden Attilio sah er tatsächlich weniger wie ein früherer Kriegskamerad als wie ein armer Onkel aus: die grauen Strähnen über die sonnengefleckte Halbglatze gestrichen, der gebeugte Rücken des Arbeiters, die Schüchternheit des Menschen, der nie im Mittelpunkt der Welt stand, sondern immer nur an ihren Rändern.

»Du hast es noch!«, rief Attilio beim Eintreten und zeigte auf das breite Sofa mit Löwenköpfen an den Füßen. Das massive Holzgestell nahm die Hälfte des Wohnzimmers ein, unter einer rechteckig gemusterten Kunstfaserdecke schaute an einer Stelle der alte Brokatstoff hervor.

»Aus diesem Haus hat es noch nie etwas nach draußen geschafft«, sagte Carbone. »Nicht einmal das Sofa.«

Die Frauen der Familie – heller die Töchter und Enkel, dunkler seine gealterte Frau – bemühten sich eifrig um den Gast, indem sie ihm Kissen reichten, Schalen mit *kolo* und Keksen brachten, Orangenlimonade servierten. Attilio betrachtete Carbones Frau. Sie hatte sich vor den kleinen Ofen gehockt und wedelte mit einem Blatt den Rauch der Kaffeebohnen weg, die sie röstete. Trotz ihrer grauen Haare und dem milchigen linken Auge war sie immer noch schön.

»Du bist bei Maaza geblieben.«

»Sie ist es, die nicht gegangen ist«, erwiderte Carbone und zeigte mit dem Kinn auf sie. In dem gesunden Auge der Frau blitzte es fröhlich auf, und aus ihrer Kehle kam ein raues Lachen.

Attilio fühlte bei diesem Laut einen Stich im Magen. Doch noch bevor er sich klar werden musste, an wen ihn das tiefe Lachen erinnerte, rettete ihn Carbone, indem er weitersprach.

»Solche wie ich heißen die ›Versandeten‹. Italiener gibt es hier viele: Ingenieure, Ärzte, Bauunternehmer, Händler. Aber niemand käme auf die Idee, sie so zu nennen. Und weißt du auch warum? Weil sie italienische Frauen haben. Versuch mal mit einer Äthiopierin als Ehefrau im Club Juventus Lasagne essen zu gehen, wie die anderen es manchmal aus Nostalgie tun, da wirst du ganz schräg angeschaut. Und dann gibt es noch die, die sagen, dass die Frau in ihrem Bett nur eine Dienerin ist, die überdauert hat, und das sind die Schlimmsten.«

Ein anderer Mann an Attilios Stelle hätte aus diesen Worten vielleicht eine Anklage herausgehört, hätte vielleicht das Bedürfnis verspürt, sich zu verteidigen. Oder hätte, um sein Schuldgefühl Abeba gegenüber loszuwerden, das eigene Leben mit dem des früheren Kameraden verglichen und sich in seinen gesellschaftlichen, beruflichen und finanziellen Erfolg geflüchtet. Attilio jedoch empfand nur ein kurzes unangenehmes Gefühl, das er zu ignorieren beschloss.

»Und ich weiß, in Italien schämt man sich für uns«, fuhr Carbone fort. »Sie tun so, als gäbe es uns nicht. Wir erinnern sie an Sachen, von denen sie nichts mehr wissen wollen. Sie sagen, wir sind geblieben, weil wir Faschisten waren, sie verweigern uns sogar die Rente. Aber mir ist das egal, ich habe gut gelebt in Äthiopien. Bis jetzt.«

In den langen Jahren, in denen Carbone Mittelsmann zwischen Attilio und seinem Sohn und Abeba gewesen war, hatte er sehr wenig von sich selbst geschrieben. Oft hatte er Ietmgetas Briefe einfach so weitergeschickt oder ihnen nur eine kurze Notiz beigelegt. Erst im letzten Brief hatte er ihm anvertraut: »Ich möchte in Italien sterben.« Attilio fand den Wunsch seines früheren Kampfgefährten abwegig. Als hätte er gesagt, er wolle ein Kind gebären oder Chinesisch lernen: etwas, das überhaupt nicht zu ihm passte. Seine Gründe hatte Carbone nicht dargelegt, aus einer Scheu vor dem schriftlichen Bekenntnis, die Attilio wiederum nur zu gut verstand – immerhin hatte er früher selbst für eine Diktatur die Post zensiert. Nun aber konnte er ihm persönlich anvertrauen, warum er nach einem ganzen Leben in Addis Abeba die Stadt verlassen wollte.

Es lag nicht an den geschlossenen Geschäften, erklärte der alte Mechaniker, oder dem Mangel an grundlegenden Konsumgütern – Seife, Salz und Benzin waren teurer als Gold. Auch nicht an den spurlos verschwundenen Nachbarn, der Ausgabe von Waffen, den Denunziationen, dem Misstrauen, das jede Freundschaft oder Beziehung im Viertel vergiftete. Und auch nicht daran, dass man die Söhne ab zwölf bei Durchsuchungen in den Hinterzimmern verstecken musste, damit sie nicht eingezogen wurden, als Kanonenfutter gegen Eritrea. Es lag nicht an den wenigen Gefangenen, die zurückgekehrt waren und nun tagsüber eine Wand anstarrten und nachts das halbe Viertel zusammenschrien. Entschieden hatte er sich wegen eines Säckchens mit gerösteten Gerstenkörnern in der Hand eines Kindes.

Eines Nachmittags, erzählte Carbone, saß auf dem Bürgersteig vor seiner Autowerkstatt ein Junge von vielleicht sieben, acht Jahren. Den Kopf in den Nacken gelegt, ließ er sich aus einer Tüte die letzten *kola*-Körner in den Mund rieseln. Als er fertig gekaut hatte, blies er in die leere Tüte, so dass sie sich aufblähte, und ließ sie dann zwischen den Händen zerplatzen.

»*Pam!*«, rief Carbone und klatschte in die Hände.

Sie saßen vor dem kleinen Ofen, Maaza hob den einäugigen Blick. Sie hatte die gerösteten Bohnen gemahlen und wartete nun, dass der Kaffee in der Espressokanne hochkochte. Auf einem Tablett vor ihr standen schon die Tässchen.

»Bei dem Knall rennen alle davon, der eine oder andere schreit vor Angst auf, keiner hat gesehen, woher er kam. Ein Soldat kommt, einer von den vielen, die überall herumlaufen. Der Soldat zielt mit der Pistole auf das Kind, schreit, es soll den Mund aufmachen, und schiebt ihm die Pistole hinein. Die Sicherung klickt, und er legt den Finger an den Abzug. Ich renne hinaus. Als ich näher gehe, sehe ich einen braunen Fleck auf der Hose des Kindes. Hast du jemals ein Kind mit einer Waffe im Mund gesehen, das sich vor Angst in die Hose macht?«

Attilio schüttelte langsam den Kopf.

»Das ist das Schlimmste auf der Welt, Attila. Glaub mir. Und wir beide haben viel Schlimmes gesehen.«

Die Frau hatte Kaffee in die Tassen geschenkt, blieb aber auf dem Schemel sitzen, damit er seine Geschichte beendete.

»Lass ihn, sage ich zu dem Soldaten, das ist ein Kind. Er sieht mich an, so dass ich denke: Jetzt lässt er den Kopf des Jungen explodieren und knallt dann mich ab.«

»Was er nicht getan hat.«

»Nein. Er hat dem Kind die Pistole aus dem Mund gezogen und ihm einen Tritt versetzt, und das Kind ist weggelaufen. Voll mit Scheiße, aber am Leben.«

Nun erst kam Carbones Frau mit dem Tablett näher. Mit links schob sie den Ärmel der rechten Hand nach oben, mit der sie Attilios Kaffee servierte. Eine elegante Geste der Ehrerbietung, die er genau kannte und die einen Abgrund in ihm aufriss. Ein anderer Mann wäre hineingefallen, doch Attilio Profeti wusste sich davor zu hüten.

»Danke«, sagte er gleichgültig zu der Frau, während er die Tasse nahm.

Carbone starrte stumm in die dunkle Flüssigkeit. »Seit fünfzig Jahren lebe ich in diesem Land. In Italien wären das viele, aber nicht in Äthiopien, hier tickt die Zeit anders. Ich war glücklich. In Italien wäre ich ein Lohnarbeiter gewesen, hier war ich mein eigener Herr. Aber in jenem Moment habe ich beschlossen: Ich gehe weg von hier.«

»Und warum hast du es noch nicht getan?«

»Weil ich nicht kann. Also, ich schon. Ich bekomme ein Ausreisevisum ...« Er zeigte auf seine Frau. »Aber Maaza muss als Geisel hierbleiben. Sie und meine ganze Familie.« Carbone legt Attilio eine Hand aufs Knie. »Attila. Hilf mir. Du redest doch mit diesen Mördern ...«

Attilio richtete sich auf. »Wenn wir nicht mit ihnen reden, tun es andere. Und inzwischen verhungert das Vol...«

»Ja, ja«, unterbrach ihn Carbone mit erhobener Hand. »Mir musst du das nicht erklären, ich bin auch Geschäftsmann. Ich sage ja nur, ohne sie«, er wies auf seine Kinder und Enkel, die schweigend lauschten, »gehe ich nicht weg. Hilf mir, du hast die Mittel dazu.«

»Unter ehemaligen Kameraden hilft man sich immer«, sagte Attilio. »Erinnerst du dich an Nigro?«

»Aber natürlich. Der Spinner ... Hast du ihn jemals wiedergesehen?«

»Ja, einmal. Und bei der Gelegenheit hat er mir das Leben gerettet.« Er schlug ihm mit der Hand aufs Bein. »Also, mach dir keine Sorgen. Eure Reisepässe werden das Zweite sein, um das ich bitte.«

Sein früherer Kamerad nickte. Nur er allein auf der ganzen Welt wusste, was das Erste war.

Am Ende des Besuchs erhob er sich vom Sofa. Mit schweren Schritten ging er zu der Anrichte. Er nahm einen gelben Umschlag aus der Schublade. Die Ränder waren ausgefranst und auf der Vorderseite stand: »Operation Morbus Hansen«. Auf der Rückseite die aufgedruckte Adresse »Autowerkstatt Carbone & Söhne – Addis Abeba«. Er zeigte Attilio den Inhalt: ein halbes Dutzend alter Schwarz-Weiß-Fotos mit gezackten Rändern.

»Du hast sie noch!«, rief Attilio.

»Jetzt bekommst du sie zurück«, sagte Carbone und drückte ihm den Umschlag in die Hand.

Attilio zog ein Bild heraus. Die zwei ehemaligen Schwarzhemden betrachteten schweigend einen Berg von Leichen, mit Geschwüren übersät, die Gliedmaßen unnatürlich verrenkt. Carbone schnaubte laut durch die Nase. »Manchmal habe ich mich gefragt«, sagte er, »warum sie uns danach nicht alle umgebracht haben.«

Attilio schob das Foto zurück.

»Weißt du, warum der Soldat auf mich gehört und das Kind nicht erschossen hat? Weil ich weiß bin.« Er wies auf den Umschlag in Attilios Hand. »Dass ich dabei auch Italiener bin, war ihm egal.«

Zum Abschied begleitete Carbone Attilio über das Werkstattgelände zum Gittertor. Von der Überdachung erklang das ohrenbetäubende Gurren der Tauben. Auf dem Hof standen ein mit Vogelmist übersäter Lieferwagen und zwei uralte Autos, die wer weiß wie lange schon auf ihre Reparatur warteten.

»Ich bekomme keine Ersatzteile mehr«, sagte Carbone. »Für jede Reparatur muss man auf ein Wunder hoffen. Und manchmal reicht selbst das nicht.«

Am Tor drückte Attilio seine Hand. Carbone sah ihn von unten herauf an. »Adressen nützen hier nichts, man muss den Weg kennen, wenn man irgendwohin will. Wenn ich dich nach Lideta begleiten soll, sag mir Bescheid.«

Attilio ging ohne zu antworten an Carbones altem Citroën vorbei durch das Tor und über die steile Straße aus gestampftem Lehm hinauf zu dem Lancia der Botschaft. Erst als der Fahrer ihm den Wagenschlag aufhielt, drehte er sich um. »Was soll ich da?«

Das Hotel Ghion hatte schon bessere Zeiten gesehen. Der Kaiser hatte es sehr geschätzt. Bis zum Ende seiner Regentschaft hatte Haile Selassie oft in dem für ihn reservierten Chalet Ruhe gesucht. Durch eine geheime Pforte in der Grundstücksmauer des Jubilee Palace war Haile Selassie der Last seines dauerbewachten Lebens entflohen. Als der neue Südflügel des Hotels gebaut wurde, war er, wann immer es die Staatsgeschäfte zuließen, hergekommen und hatte die Bagger beobachtet, die Maurer, Schmiede und Elektriker. Die Hände auf dem Rücken wie ein einfacher Rentner betrachtete er schweigend die Baustelle, behelligte die Bauleiter und Ingenieure nur selten mit höflichen Fragen. In den Jahrzehnten zwischen der Rückkehr des Negus und der düsteren Herrschaft des Derg war das Ghion vor allen Dingen das Zentrum des traumhaften Nachtlebens von Addis Abeba gewesen. Hier traf sich die internationale Gemeinschaft mit der Crème de la Crème des amharischen Adels zu ausgelassenen Tanzveranstaltungen in internationalen Zirkeln: die Alliance Française, der Club Greco, der armenische Club, der das beste Essen hatte, der neue Juventus-Zirkel, der seinen Namen der Überlegung verdankte, dass »Italia« nur wenige Jahre nach der Vertreibung der faschistischen Invasoren keine Empfehlung war. Der Nachtclub La Mascotte in Addis Abeba war nach Kairo, Khartum, Dschibuti und Mogadischu die letzte Station auf den langen Tourneen der herrlichen französischen, griechischen oder spanischen Tänzerinnen, jede Woche andere. Und in den großen Spielhallen des Casinos im Ghion, mit ihrer modernistisch runden, weiß und blau abgesetzten Linienführung, setzten die kaiserlichen Honoratioren ungeheure Summen gegen die Botschafter. Und auch ihre Gattinnen zitterten vor Aufregung angesichts des jeweiligen Exzesses, mehr noch als bei den geheimen Vereinigungen mit den äußerst sexfreudigen amharischen Aristokraten.

Diese Zeiten waren seit mehr als zehn Jahren vorbei, als Attilio sich von dem Fahrer der Botschaft am Straßenrand absetzen ließ und zu Fuß eine kleine Allee einschlug, die von vereinzelten Laternen nur schwach beleuchtet wurde. Mit gierigen Blicken beobachteten ihn die zwei Wachsoldaten, hungrig nach Fetascha wie jeder hier, der Uniform trug. Im Innern war das Hotel Ghion von demselben Grauton überzogen, mit dem der Derg Äthiopien seine Farbenpracht geraubt hatte: Berge von Altpapier in den Ecken, leere Stromkabel an fast allen Telefonanschlüssen der Rezeption, Kellner mit braungefleckten Jackets, die afrikanische Haut der Gäste und des Personals im fahlen Neonlicht zur Farbe von Gewehrläufen verblasst. Trotz der späten Stunde stand eine Putzfrau mit struppigem Besen reglos in der Halle, ein Bein nach hinten geknickt und mit der Plastikschuhsohle an der Mauer abgestützt – offenbar eine gewohnte Haltung, wenn man die schwarzen Abdrücke an der Wand betrachtete. Die Kupferplatten an der Decke, die einst die Bewegungen der Gäste im Foyer widerspiegeln und Glanz verbreiten sollten, waren stumpf vom Zigarettenrauch und Staub. Der Empfangschef an der Rezeption musterte hochkonzentriert seine Hände im Schoß wie ein Professor antike Papyrusrollen, als Attilio ihn nach dem Casino fragte. Einen langen Moment passierte gar nichts, so dass Attilio unsicher wurde, ob er ihn gehört hatte. Als der Mann den Blick hob, schienen seine Augen schwer wie Mühlsteine.

»*No casino*«, antwortete er und musterte ihn über seine Lesebrille hinweg. »*Casino is imperialist.*«

›Ich weiß, ich weiß, mein Freund‹, wollte Attilio sagen und ihm auf die Schulter klopfen, ›es ist keine schöne Aufgabe, den

Wachhund an der Schwelle der Strenggläubigkeit zu spielen.‹ Dieser kleine Spion des Regimes musste die Grenze bewachen, die den offiziellen Derg von dem verborgenen trennte, den sichtbaren vom unsichtbaren, die kalte Halle der offiziellen Versammlungen von Fresenebets märchenhaften Kellerwelten. Eine undankbare Aufgabe, die niemanden zufriedenstellen würde: ohne Zweck für den, der die Grenze überschreiten darf, unsichtbar für alle anderen. Attilio hatte nie Englisch gelernt, dennoch fand er problemlos die richtigen Worte.

»*I know poker is here*«, raunte er mit dem Unterton des Privilegierten und einer zusätzlich drohenden Note, ihm das Privileg nicht streitig zu machen.

Attilio war bereits in beiden Welten des Dergs gewesen auf Einladung von Leuten, die die Macht und das Sagen hatten, ganz sicher würde ihn der Manager eines verfallenen Hotels nicht aufhalten. Deshalb gab er ihm zu verstehen, dass er bereits dazugehörte. Und da das Vorrecht der Wohltätigkeit bei den Mächtigen liegt, ergriff er mit schneller Geste die Handfläche des Mannes und schloss sie um eine fast unsichtbare Rolle Geldscheine.

»*This is for you, my friend*«, sagte er.

Die *birr* verschwanden so schnell in der Innentasche des Jacketts, dass es aussah, als habe der Mann nur einen freundlichen Händedruck mit Attilio gewechselt. Dessen Lächeln erlosch nun, da die zwei Worte ein Befehl waren: »Berhanu Bayeh.« Und wirklich, als der Mann den Namen des Arbeitsministers hörte, erhob er sich überraschend flink von seinem Hocker und kam hinter dem Tresen hervor. Kein Winken, keine Aufforderung, ihm zu folgen. Er ging einfach voraus.

Sie durchquerten die triste Empfangshalle, den Speisesaal mit den einstmals sauberen Tischdecken, die noch in alter Pracht bis auf den Boden herabfielen, mit Ledersofas so abgewetzt wie Kinderknie. Weiter ging es an den Küchenräumen vorbei, in denen es nach dem säuerlichen Brotteig des *injera* duftete, gemischt mit dem Geruch von kaltem Bratfett. Von dort traten sie auf einen Hinterhof, wo das Licht einer nackten, von Faltern umflatterten Glühbirne sich in den aufgestapelten leeren Ölkanistern spiegelte. Nach wenigen Metern betraten sie das Gebäude erneut, durchquerten eine Art Abstellkammer, dann einen von flackerndem Neon erhellten Korridor, um schließlich ein paar lose Treppenstufen hinaufzugehen – Attilio immer dem Mann folgend, ohne dass ein Wort gesprochen wurde. Sie befanden sich nun im Bauch des Hotels, die typische Mischung aus Wasch- und Lagerräumen, Personalumkleiden, die die Hotelgäste nie zu Gesicht bekamen. Hier führte eine kleine Holztreppe zu den Zimmern in den oberen Stockwerken. Auf halber Treppe jedoch bog der Mann ab und trat durch eine niedrige Tür, unter der sich Attilio bücken musste, um nicht anzustoßen. Immer noch schweigend folgte er seinem Führer, furchtlos und voller Vertrauen, dass dieses Labyrinth zu dem Eingang führen würde, den er suchte.

Und er hatte sich nicht geirrt. Nach der letzten Treppe, er hätte die Etage nicht mehr nennen können, stand er in einem engen Gang, an dessen Wänden vergrößerte Drucke von Spielkarten hingen. Es waren vereinfachte, didaktische Abbildungen. Sie sahen aus wie aus einem Grundschulbuch, in dem neben alten Ägyptern und dem kleinen Einmaleins das Glücksspiel gelehrt wurde. Schließlich stand der Mann vor der letzten Tür, die er öffnete. Mit langem Arm blieb er auf der Schwelle stehen und ließ Attilio vorbei.

Der Saal war klein und kahl. Ein halbes Dutzend grüner Tische stand darin, an jedem fünf Spieler. Der gelbe Schein der Neonröhren flutete wie schmutziges Wasser durch das Zimmer, ließ die Gesichter violett erscheinen und die Bewegungen abgehackt. Matt glänzte die laminierte Oberfläche der Karten. Niemand sprach. Nur die Rufe der Spieler waren zu hören, die

die Hand des Gegners sehen wollten, das Flappen des Kartenmischens, das zufriedene Seufzen der Gewinner, wenn sie ihre Chips einsammelten. Viele hielten eine kubanische Zigarre im Mund, von der Rauchkringel aufstiegen, bläuliche Hologramme aus einer Welt des Luxus und Wohlstands, weit weg von Äthiopien und dem Derg. An den Wänden saßen auf unbequemen Stühlen aus Metallgestellen junge Frauen mit sehr langen Fingernägeln, sehr kurzen Röcken und gegelten Haaren und warteten geduldig, dass einer der Spieler sein gewonnenes Geld ausgeben oder sich über den Verlust trösten wollte. Das Ganze wirkte weniger wie eine illegale Spielhölle als wie ein Postamt.

Durch ein kleines Fenster drückte die Dunkelheit der Nacht herein wie die Hand eines Diebes. Dort hinten, am letzten Tisch mit noch einem freien Platz, saß der Arbeitsminister Berhanu Bayeh. Als er den *talian* in der Tür stehen sah, erkannte er ihn und machte eine einladende Geste.

Attilio war sehr müde. Er war heute Morgen in aller Herrgottsfrühe aufgestanden, um mit der Delegation eine ausgedehnte Ortsbegehung zu unternehmen. Auf dem Programm hatten der Besuch einiger Auffanglager für Hungerflüchtlinge im Wollo und Tigray gestanden, dann der Überflug über die Region im Westen des Tanasees, wo die neuen Siedlungen entstehen sollten. Als er und die übrige Delegation in den Bauch des großen Hubschraubers aus sowjetischer Fabrikation gestiegen waren, war der Sonnenaufgang nicht einmal zu erahnen gewesen. Und kurz vor Dunkelheit kehrten sie nach Addis Abeba zurück, nachdem sie in den knapp zwölf Stunden des Tages in Äquatornähe fast tausend Kilometer zurückgelegt hatten. Zu kurz, als dass die Ortsbegehung einen praktischen Nutzen haben konnte, zumal den italienischen Fachleuten verboten worden war, schon erste Messungen zur Kartographierung der Gegend vorzunehmen – offenbar sensibles Material wegen des Krieges mit Eritrea. Ziel des Fluges war also weniger gewesen, dass die Gäste etwas sahen, als dass sie von anderen gesehen wurden: von lokalen Beamten, Parteikadern, der Bevölkerung. Zu beweisen, dass die Krise unter Kontrolle war und der Derg an einer Lösung arbeitete – erkennbar an den reichen italienischen Entwicklungshelfern.

Nach diesem langen und irgendwie sinnlosen Tag spürte Attilio nun die von der dauernden Anspannung müden Muskeln und Knochen. Eine abgrundtiefe Erschöpfung, schwer verdauliche Botin seiner siebzig Jahre, die er sonst selten spürte. Der lange Weg über die Flure und Treppen des Hotels Ghion hatte ihm die letzte Kraft geraubt. An den Türpfosten gelehnt, fühlte er sich unter den Blicken des Ministers Bayeh wie ein Schiffbrüchiger aus einer vergangenen Welt, schrecklich fremd. Von den Besuchen in den Flüchtlingslagern hatte er nur noch Fragmente vor Augen. Kinder mit schwarzen Mückenschwärmen um die Nasenlöcher und großen, vor Neugier blanken Augen. Ein Mann, der bei der Frage des Dolmetschers, ob er mit der Umsiedlung seiner Familie zufrieden sei, so panisch reagierte, dass er vor Angst kein Wort herausbekam. Eine alte Frau mit rasiertem Kopf, die unter Schreien näherkam und von einem Soldaten mit Kalaschnikow weggezerrt wurde. Ein Junge mit gesenktem Blick, dessen langsam gemurmelte Worte der Dolmetscher übersetzte: Ja, er sei froh, dass er hier im Westen am Aufbau des Sozialismus mitwirken dürfe.

Als die Sonne ihren Zenit erreichte, hatte der Pilot die letzten Kanister Treibstoff in den Tank gefüllt und war verschwunden. Den erstaunten Italienern war nichts anderes übrig geblieben, als umringt von zerlumpten Kindern, die über ihre rosige Haut kicherten, auf ihn zu warten. Zwanzig Minuten später war der Pilot zurückgekommen und hatte sich im Gehen mit zufriedenem Gesichtsausdruck den Gürtel zugeschnallt. Hinter ihm kam ein erbarmungswürdig dürres Mädchen von höchstens vierzehn Jahren, die mit mechanischen Gesten ihr Kleid zurechtschob und sich die Erde vom Rücken klopfte. Der Pilot sprang in den Hubschrauber, ergriff seine Kopfhörer und sagte mit einem Augenzwinkern zu den Passagieren: »*I like famines. Famines are good for sex.*«

Auf dem Nachtflug aus Italien hatte Attilio zum ersten Mal Äthiopien mit all seinen Farben von oben betrachten können. Die ockerfarbenen Hochplateaus mit ihren violetten Steilhängen, das grüne Glitzern des Tanasees, die ochsenblutfarbene Erde, das helle Gelb der *teff*-Felder. Als er merkte, dass er sich genau über der Gegend von Lidio Ciprianis Expedition befand, fragte er sich, ob er wohl Abebas Dorf wiedererkennen würde. Dann schob er diesen absurden Gedanken schnell beiseite – die Hütten aus Stroh und Schlamm überstanden ja kaum eine Regenzeit und schon gar kein halbes Jahrhundert. Später war er noch einmal hochgeschreckt, als er das Schattenblau eines Höhleneingangs am Fuße eines Felshangs sah. Doch wie viele mochte es von solchen Grotten geben, die der von Zeret ähnelten.

Nach einer Weile hatte der Pilot sie auf einen breiten Tafelberg zu ihrer Rechten hingewiesen.

»Amba Aradam!«, hatte er stolz gerufen.

Doch Attilio wollte nicht an den Todesgeruch über dem Schlachtfeld erinnert werden, an das tonlose Rauschen des Flammenwerfers über den Körpern, die sich noch bewegten, oder an andere Erlebnisse seiner Jugend. Wie so oft entfloh er den unangenehmen Gedanken, indem er einschlief.

Jetzt, in den Türrahmen der illegalen Spielbank gelehnt, sehnte er sich nach diesem leichten Schlaf, in dem vom Militärgurt gesicherten Klappsitz und eingehüllt in Motorenlärm. Er war müde, todmüde. Er sah Minister Bayeh, der ihn von der anderen Seite des Saals aus beobachtete, und konnte in dessen Augen lesen, wie offensichtlich seine Anstrengung war. Im ersten Moment ärgerte er sich darüber und fühlte sich irgendwie ertappt. Sein Vergehen: mangelnde Kraft. Dann fiel ihm wieder ein, warum er hier war. Und er stellte fest, dass er diesen Blickwechsel durchaus zu seinem Vorteil nutzen konnte.

Er ging durch den Saal zu Bayehs Tisch, bedankte sich mit einem kurzen Nicken bei den anderen Spielern und setzte sich betont schwerfällig hin. Während ein Bediensteter ihm Jetons wechselte, rieb er sich ausgiebig die Augen. In Wahrheit war jede Spur von Müdigkeit verflogen, seit er eine Strategie hatte.

Sollte Berhanu Bayeh ihn ruhig für schwach und müde halten, das kam ihm gerade recht.

Attilio begriff schnell, warum der einzige freie Stuhl im Saal am Tisch des Ministers stand: Niemand wollte einen der fünf mächtigsten Männer des Regimes zum Gegner haben. Die anderen drei Spieler, mittlere Beamte des Derg, setzten umsichtig resigniert auf Niederlage. In den wenigen Fällen, da sie eine Runde versehentlich für sich entschieden, sammelten sie mit beinahe ängstlicher Ehrerbietung ihre Jetons ein. Am Ende des Abends war kein anderer Gewinner als der Arbeitsminister vorstellbar. In schönem Einvernehmen, leicht durchschaubar für Attilio, ließen die drei reihum Bayeh gewinnen und teilten sich die Verluste, zu denen die Hierarchie und die Angst sie zwangen. So wie auch schnell klar wurde, dass der Minister weder aus Leidenschaft noch Risikofreude oder aus Spielsucht dort war, sondern einfach, um Geld zu verdienen. Er spielte, als sei die Spielbank nicht Teil des geheimen Derg, der aus Verboten, brutalen Gesetzen und Deportationen bestand. In Bayehs Spielzügen lagen weder Finesse noch Vergnügen, ihn trieb allein die Entschlossenheit, so viel wie möglich zu kassieren. Das gefiel Attilio, denn es gibt keinen schwächeren Spieler als den, der aus Geldgier spielt.

Zahlreiche Runden hielt er sich zurück. Beim Spiel, aber auch im übertragenen Sinn: Mit gebeugtem Rücken und eingezogenen Schultern sah er aus, als würde er jeden Moment von der

Müdigkeit überwältigt. Hin und wieder blickte er enttäuscht ins eigene Blatt und passte, auch wenn er ein Doppelpaar oder ein Full House auf der Hand hatte. Kurz, er tat alles, um einen vorsichtigen, ängstlichen, unentschlossenen Spieler zu mimen. Um sich schlechter zu machen als er war, opferte er sogar ein paar gute Blätter. Die anderen drei Spieler profitierten von seiner Passivität und strichen mehr als einmal etwas vom Einsatz ein. Der Hauptgewinn aber ging immer an Bayeh. Wenn er nachdachte, streichelte er mit der Hand die Brosche mit Pflug und Hammer, die an seinem Revers steckte. Dieselbe Geste, mit der er in Äthiopiens vorsozialistischen Zeiten Schutz bei einem kleinen Kreuz gesucht hatte. Attilio nutzte diese stillen Momente, um das anzuwenden, was ihn ein halbes Jahrhundert zuvor eine hingebungsvolle Zimmervermieterin in Bologna gelehrt hatte: Er markierte methodisch und ungeniert jedes Ass, das ihm in die Hände kam, mit einem leichten Kratzer des Fingernagels.

Er erreichte das gesetzte Ziel schneller als erwartet – in wenigen Stunden. Zu dem Vorteil durch die gezinkten Karten gesellten sich das Glück und der Umstand, dass ihm Bayehs Angewohnheit, seine Brosche zu berühren, viel über sein Spiel preisgab. Bis sich in der Tischmitte ein Haufen Jetons angesammelt hatte, der so viel wert war wie zehn Jahresgehälter jedes einzelnen der drei Beamten und das Einkommen eines Bauern aus dem Wollo in hundert Jahren. Dies war der Moment, in dem Berhanu Bayeh, der fünftmächtigste Mann des Derg sowie Kontaktmann der internationalen Entwicklungshilfe, mit der genussvollen Geste des Menschen, der seinen hart erarbeiteten Sieg auskostet, nach einem All In sein Ass-Poker auf den Tisch legte. Den Attilio allerdings schon vorher in seiner Hand erkannt hatte, an den feinen Linien, die das Neonlicht nur für ihn sichtbar auf die Rückseite der Spielkarten zeichnete.

»Du hast schon immer viel Schwein gehabt, Profeti«, hatte Carbone einmal zu ihm gesagt, genau hier in Addis Abeba. Das war fast fünfzig Jahre her, hatte sich aber immer wieder bewahrheitet. Wie jetzt mit den fünf Pik, die Attilio in perfekter Reihenfolge von der neun bis zum König auf den Tisch blätterte – Straight Flush.

Der Arbeitsminister der Demokratischen Volksrepublik Äthiopien erstarrte wie ein im Regal vergessener Gegenstand, stierte stumm die fünf Karten auf dem Tisch an. Dann hob er langsam den Blick und heftete ihn durch seine Langzeitstudentenbrille auf Attilio. Zum ersten Mal schien er ihn wahrzunehmen, seit er in dem Türrahmen gelehnt hatte. Attilio zuckte kurz mit den Schultern, als Entschuldigung oder Galanterie in seine Richtung. Mit ausgebreiteten Armen zog er sich dann den ganzen Berg Jetons an die Brust.

Im Saal herrschte plötzlich angespannte Stille. Niemand wollte Zeuge dieser eklatanten Niederlage eines so mächtigen Mannes sein, doch ignorieren ließ sie sich auch nicht. Die Spieler streiften Attilio, die Jetons und noch vorsichtiger Bayeh mit flüchtigen Blicken. Attilio war wahrscheinlich der Einzige im Saal, dessen Gedanken vom Hier und Jetzt abwichen. Denn ihm war eine andere Szene dieses aufgeregten und wirren Tages eingefallen, der sich hier seinem triumphalen Ende zuneigte.

Sie waren gerade im zweiten Flüchtlingscamp aus dem Hubschrauber gestiegen. Ein Mann um die dreißig war zu den Italienern getreten, in zerschlissenen, aber sauberen Kleidern. »School teacher«, hatte er sich vorgestellt. Dann hatte er auf Amharisch weitergesprochen, den Zeigefinger erhoben wie einen Korrekturstift oder eine Waffe oder beides. Peinlich berührt hatte der Dolmetscher übersetzt, was der Mann mit der klangvollen Stimme des geübten Redners vor Schülern aller Altersgruppen unter einem Wellblechdach sagte: *»He say white people come here to save black people. He say you white people like to*

save black people. He say you like very much to save black people.«
Attilio konnte nicht heraushören, vielleicht ebenso wenig wie der Dolmetscher, ob in der Stimme des Mannes Bewunderung, Ironie oder Vorwurf lag.

Während er jetzt den Gewinn in zwei Hälften teilte und dem entgeisterten Bayeh mit leiser Stimme erklärte, dass er ihm die rechte Hälfte im Tausch gegen die sofortige Freilassung eines bestimmten Häftlings aus den Kerkern des Derg überlassen würde und die linke gegen die Ausstellung gültiger Pässe für Italien für eine bestimmte Familie, dachte Attilio, dass dieser *school teacher* Recht hatte: Es machte ihm großes Vergnügen, seinen schwarzen Sohn zu retten.

»Wie kann ich das je wieder gutmachen?«, hatte Carbone ihn ein paar Tage später gefragt, als er ungläubig auf die sieben Reisepässe starrte.

»Fahr mich nach Lideta«, hatte Attilio erwidert.

Und da stand es, Abebas Haus: niedrig, Schindeln auf dem Dach, eine Zierbanane und drei scharrende Hühner vor der Tür. Carbone parkte seinen alten Citroën auf der anderen Straßenseite und machte den Motor aus. Die Kinder des *kebele* wären zu gerne neugierig näher gekommen, doch sie hatten die Schule des Derg durchgemacht. Also hielten sie Abstand von dem eigenartigen Auto.

Sie mussten nicht lange warten. Obwohl er ihn noch nie zuvor gesehen hatte, erkannte Attilio ihn sofort. An seiner grauen Haut, der viel zu weiten Hose. Seine Schritte waren unsicher.

Er ist fast so groß wie ich.

Seinem Sohn fehlten nur wenige Meter bis zu seinem Zuhause. Er wurde kurz langsamer und drehte sich zu dem Citroën um, wo sein Blick einen Moment lang dem des Vaters begegnete. Der sich am liebsten unter dem Armaturenbrett verkrochen hätte oder ihm entgegengelaufen wäre, um ihn in die

Arme zu schließen. Doch er tat keines von beidem, denn nach kurzem Zögern ging sein Sohn weiter und rief nun mit lauter Stimme seine Mutter.

»*Emaye! Emaye!*«

Als Erste kam mit ausgebreiteten Armen und vor Freude und Überraschung schreiend eine Frau aus der Hütte, die mindestens zehn Jahre jünger war als er.

»Seine Frau?«, murmelte Attilio. Carbone nickte.

Dann erschien eine weitere junge Frau, die offensichtlich schwanger war, gefolgt von einem Mann.

»Seine Schwester Saba«, erklärte Carbone. Attilio drehte sich ruckartig zu ihm um. *Schwester?* Die Erklärung musste jedoch warten, denn nun stand eine alte Frau in der Tür. Trotz der weißen Haare erkannte Attilio sie an der runden Stirn. Als hätte er sie heute Morgen noch beim Aufwachen in seiner Handfläche geborgen. Die alte Frau schrie nicht, sprach nicht. Sie ergriff lediglich die Hand des Sohnes und zog ihn an sich, berührte seine rechte Schulter und umfing ihn mit dem linken Arm wie ein Kind. Er lehnte seinen Kopf an den seiner Mutter. So blieben sie stehen wie zwei Fohlen, mit verschlungenen Hälsen, halb geschlossenen Augen, ohne zu sprechen. Attilio wandte den Blick ab. Ein Nebel wallte in seiner Brust.

Nun war auch die übrige Familie herausgekommen und begrüßte den Sohn, den er befreit hatte. Die Frauen weinten, aus dem ganzen *kebele* rannten Nachbarn herbei. Niemand beachtete den Wagen.

»Wir können fahren«, sagte Attilio zu Carbone.

»Bist du dir sicher? Möchtest du nicht ...«

»Nein.«

Der frühere Waffenbruder musterte ihn, dann ließ er den Motor an.

Der Citroën entfernte sich langsam, weil die Straße mit Schlaglöchern übersät war. Kurz bevor sie um eine Steinmauer bogen, drehte sich Attilio noch einmal um. Sein Sohn war mit seiner Familie ins Haus gegangen. Nur die Frau stand noch draußen, die ihn als jungen Mann mehr als jeder Krieg gelehrt hatte, was es hieß, ein Mann zu sein. Ihre Blicke begegneten sich kurz, dann bog das Auto um die Kurve. Attilio sollte nie erfahren, ob Abeba ihn erkannt hatte. Oder ob sie ihn für einen Agenten der Geheimpolizei hielt – einen von denen, die ihren Sohn jahrelang gefoltert hatten.

Das Flugzeug der äthiopischen Airline überflog die Wegstrecke, die der Junge viele Jahre später zu Fuß zurücklegen würde von Addis Abeba bis zu Ilarias Treppenabsatz: Sudan, Sahara, Tripolis und der große Raum, das Mittelmeer, der langsame Weg den Stiefel hinauf bis nach Rom. Der Junge, der *raus* war, sollte dafür mehr als drei Jahre brauchen, für Attilio Profeti waren es nicht einmal acht Stunden.

Wenige Wochen nach der Afrikareise mit Casati erfolgte der Richterspruch, der seine Ehe mit Marella für beendet erklärte. Wie immer in diesen Fällen ging das Scheidungsverlangen von dem betrogenen Ehepartner aus. Doch auch die Scheidung, die ja häufig von den Männern gewünscht wurde, um sich wieder zu verheiraten, interessierte Attilio wenig. Seine Haltung zu diesem Thema erklärte er seiner Ex-Frau bei einem der letzten kurzen Treffen jener Jahre.

Wie jedes Mal verbrachte Marella vor der Verabredung Stunden mit der Kleiderwahl, als treffe sie einen Verehrer. Vor allem aber wappnete sie sich mit den Worten »zivilisierter Umgang« und übte vor dem Spiegel ein Lächeln ein, das frei sein sollte von Elend und Groll.

Attilio hatte sie mit seinen himmelblauen Augen angesehen, die ihr in ihren Anfangsjahren weiche Knie beschert hatten.

»Weißt du, Marella, ich hätte mich ja nie scheiden lassen.«

Und dann erklärte er ihr, dass er, hätte es die Möglichkeit gegeben, sowohl sie als auch Anita geliebt und beschützt hätte, ohne eine zu übervorteilen. Er hätte sich um alle seine Familien gekümmert, um alle seine Kinder. Es sei wirklich zu schade, dass das italienische Recht nicht die kluge Einrichtung der Polygamie erlaube, welche die erste Ehefrau vor den groben Brüchen schütze, die oft auch nicht mit der auf Seiten des Ehemanns noch lebhaften Zuneigung korrespondierten. Marella, die mit überschlagenen Beinen an dem schmiedeeisernen Tischchen in einem Café im Zentrum saß und mit den Fingern graziös an ihrer Perlenkette spielte, die Attilio ihr zur Silberhochzeit geschenkt hatte, entglitt das zivilisierte Lächeln.

Eine heftige Ohrfeige klatschte auf Attilios Wange.

Während Marella sich schluchzend über die Via della Croce entfernte, strich sich Attilio nachdenklich über das gerötete Gesicht, ratlos, was er denn so Schlimmes gesagt hatte.

Doch auch Anita konnte seine ökumenische Meinung zu ehelichen Beziehungen nicht teilen. Der italienische Gesetzgeber zwang sie, nach Attilios Trennung noch über fünf Jahre in devotem Respekt zu warten, da die Kirche den Bruch des heiligen Sakraments ablehnte. Diese fünf Jahre summierten sich zu den ungezählten heimlichen Jahren, die sie erst allein und dann mit Kind erduldet hatte.

»Am Tag nach deiner Scheidung musst du mich heiraten«, hatte sie gefordert.

Und so geschah es, wenn auch mit etwas mehr als vierundzwanzigstündiger Verspätung wegen des Aufgebots. Es war mehr ein bürokratischer Akt denn eine Zeremonie, mit zwei Trauzeugen vom Amt und nur einem Gast, nämlich Anitas unverheirateter Mutter, die selbst einige Jahre jünger war als der Bräutigam. Attilio junior, damals gerade zehn geworden, wurde mit der Kinderfrau auf einen Spielplatz geschickt. Er kam erst hinzu, als alles vorbei war, in einem sardischen Restaurant, wo sie mit der neuen Schwiegermutter zu Mittag aßen. Der Vater erklärte ihm, sie feierten seine Beförderung, und der kleine Attilio hatte keinen Grund, an der Wahrheit zu zweifeln. Soweit er wusste, hatten seine Eltern lange vor seiner Geburt geheiratet, wie es bei allen Kindern der Fall war. Seine bleibende Erinnerung an diesen Tag waren die *Seadas*, die ihm so gut schmeckten, dass er noch eine zweite Portion bestellen durfte und anschließend Bauchschmerzen bekam.

Erst sehr viel später sollte er feststellen, dass dies der Tag gewesen war, an dem seine Mutter und sein Vater Frau und Mann wurden. Das war zu einer Zeit, als der Altersunterschied von zwölf Jahren zwischen Ilaria und ihm keine Rolle mehr spielte, weil sie erwachsen waren, und sie einen ganzen Tag damit verbrachten, ihrer beider Versionen der Realität abzugleichen, die ihr Vater für sie entworfen hatte.

Mit der Zeit würde der Sarkasmus es Marella ermöglichen, die Demütigung beim Gedanken an dieses letzte Treffen mit dem Ex-Mann abzuschwächen, an seinen »Haremsmonolog«. Ihre spontane Reaktion jedoch war weniger abgeklärt. Durch eine Nachricht auf dem Anrufbeantworter teilte sie ihrem Ex mit, dass er sich niemals wieder in ihrem Leben blicken lassen sollte, außer vor Gericht. Ihr Wunsch, besser gesagt Befehl, wurde von Attilio Profeti ernst genommen, der von da an sorgfältig jede Begegnung mit seiner Ex-Frau vermied. Es fiel ihm nicht schwer. Sie so am Boden zerstört zu sehen bereitete ihm ein Unwohlsein, das es nie bis zum Schuldgefühl schaffte – eine Empfindung, gegen die er per Veranlagung immun war wie andere gegen Malaria –, das ihn aber dennoch irgendwie störte. Vor allem für Emilio wurde Marellas Wille Gesetz: An seiner Hochzeit lud er die Mutter zur Zeremonie ins Standesamt ein, den Vater zum Hochzeitsessen. Für Ilaria war es anders. Wenn ihre Eltern die Liebe zu ihren Kindern nicht teilen konnten wie egoistische Kleinkinder, die um ein Spielzeug streiten, war das deren Problem, nicht ihres. Sie lud beide zu ihrem Examen ein – übrigens die erste Akademikerin in der Familie, denn Federico war nach dem Abitur nach Kopenhagen, besser gesagt in die Freistadt Christiania gegangen, und Emilio hatte an der Akademie der dramatischen Künste studiert. Sie informierte sie, an welchem Tag, um welche Uhrzeit und in welcher Aula die Abschlussfeier stattfinden würde, und fügte hinzu: »Es komme, wer möchte, wer nicht möchte, komme nicht, wer möchte, aber andere nicht sehen will, möge die Augen schließen, alles ist erlaubt, außer mir auf den Keks zu gehen.« Attilio Profeti aber entschied sich für etwas anderes, womit Ilaria nicht gerechnet hatte.

Er erklärte, dass er aus Respekt vor den Gefühlen seiner früheren Frau auf die Freude verzichten würde, dem Endexamen seiner Tochter beizuwohnen. Ilaria akzeptierte das wie versprochen und behielt ihre Traurigkeit darüber für sich. Als ihr die Bestnote summa cum laude verkündet wurde, drehte sie sich stolz zu Marella um, die in der ersten Reihe saß. Dabei fiel ihr eine sehr hochgewachsene Blondine auf, die ganz hinten in der Aula an der Wand lehnte. Ihr Gesicht war zum Großteil hinter der riesigen Sonnenbrille verborgen, ihre Frisur wirkte wie aus Plastik gegossen und ihr Kleid lag eng um die taillenlose Figur. Trotzdem kam sie ihr merkwürdig vertraut vor. Ilaria starrte sie perplex an: die schlaksige Haltung, diese ganz bestimmte Fußstellung ... Die komische Gestalt legte sich einen Finger an den Mund und bedeutete ihr mit einer Handbewegung, sich wieder dem Professor zuzuwenden, um keine Aufmerksamkeit zu erregen. Da erst fiel bei Ilaria der Groschen. Mühsam unterdrückte sie ein Lachen und drehte sich wieder zu den Doktorvätern um. Während sie ihren Titel im Fach Moderne Literaturwissenschaften verliehen bekam, lächelte Attilio Profeti unter der blonden Perücke, voll Stolz auf sein kleines Mädchen.

Attilio Profeti machte sich keine Sorgen um die Zukunft seiner intelligenten Tochter. Anders als um die der anderen. Als Federico ausgezogen war, um durch die Welt zu tändeln, hatte er eine untergründige Erleichterung verspürt. Da sie beide davon überzeugt waren, der Mittelpunkt des Universums zu sein, hatte zwischen Vater und Sohn stets eine gewisse Antipathie geherrscht, manchmal unbeabsichtigt und plump, häufiger feindselig. Mit Emilio lagen die Dinge noch schwieriger. Attilio hatte nie ausreichend Geduld aufbringen können für seine verletzte Reaktion auf Kritik, verbunden mit der fast weichen Abhängigkeit in seinem Blick. Er empfand keine Zärtlichkeit für dieses zerbrechliche Kind mit den feinen Gesichtszügen, wegen derer er als Kind oft für ein Mädchen gehalten worden war, sondern fand es trotzig und nervtötend. Erst als Erwachsener hatte Emilio aufgehört, in den Augen des Vaters nach Bestätigung zu suchen, und fand sie, wenn auch auf Umwegen und kurzlebiger, in denen des Publikums.

Mit diesem stillen und unabhängigen Mädchen war es einfach gewesen. Attilio hatte immer gern Zeit mit Ilaria verbracht, eben weil sie ihn nicht zu brauchen schien. Und die brutale Art, mit der sie rundheraus sagte, was sie dachte, störte ihn nicht, im Gegenteil interpretierte er sie als Charakterstärke. Außerdem kam sie mit dieser Direktheit viel häufiger zu Marella als zu ihm.

Wenige Tage nach dem Abschlussexamen besuchte er sie in ihrer kleinen Wohnung in San Lorenzo, die sie sich mit Lavinia teilte.

»Wie bist du denn darauf gekommen, dich als Frau zu verkleiden?«, hatte Ilaria lachend gefragt.

Attilio machte eine wegwerfende Handbewegung. »Ich wollte nicht, dass deine Mutter leidet.«

Da erst begriff Ilaria. Ihr Vater hatte sich nicht aus Spaß als Frau verkleidet oder um andere zu provozieren. Er wollte auch nicht irgendwie auffallen oder Grenzen überschreiten. Denn dafür musste man die Verbote kennen, und Attilio Profeti hatte nie jemand gesagt, was man tun durfte und was nicht. Er hatte rein pragmatisch gehandelt. Es gab ein Problem, das eine Lösung erforderte. Wie nimmt man ungesehen am Examen seiner Tochter teil? Klar. Mit einer blonden Perücke auf dem Kopf.

Doch er war nicht zu ihr gekommen, um über Perücken zu sprechen, sondern über Arbeit. Sie habe ja mit Bestnote die Uni beendet, meinte der Vater zu Ilaria, und er wisse, wie er sie nun unterbringen könne. Freunde hätten ihm gesagt, dass bei der Stadtverwaltung Rom der Posten eines mittleren Geschäftsführers frei geworden sei. Das Einstiegsgehalt sei nicht überwältigend, aber für eine Berufsanfängerin mehr als anständig. Ilaria solle es als Sprungbrett für eine Spitzenkarriere in der öffentlichen Verwaltung ansehen, unangreifbar und geschützt. Theoretisch hätte der Posten öffentlich ausgeschrieben werden müssen und, wenn man es ganz genau nahm, auch für jemanden mit einem etwas technischeren Abschluss – Wirtschaft oder Jura etwa. Aber das war Nebensache. Die Freunde hätten ihm versichert, dass es wohlerprobte Methoden gab, um die Ausschreibung zu umgehen und gleichzeitig das gesamte Verfahren rechtmäßig erscheinen zu lassen. Ganz wichtig sei es, fuhr Attilio eindringlich fort, dass Ilaria, die ja gern mit ihrem Gewissen im Reinen war, begreife, dass es sich hier nicht um Vetternwirtschaft und Klüngelei handle. Sondern schlicht um den einfachsten Weg, zu garantieren, dass ein so verantwortungsvoller Posten wie dieser mit einer seriösen und klugen Person besetzt würde, wie sie es war. Sie einzustellen könne also nur im Interesse der Bürger dieser Stadt liegen.

Bei den Worten ihres Vaters spürte Ilaria, wie ihr nach und nach der Atem stockte. Als Attilio schwieg, blieb sie stumm, doch nicht wie er dachte, weil sie überlegte, sondern weil sie schlicht keine Luft bekam.

›Das‹, dachte Ilaria bei sich, ›ist amoralischer Familismus.‹ Und die Familie war ihre. Ihr Vater in Sachen Ethik ein Analphabet. Inkorrektes Handeln, Ausnutzung von Privilegien und Begünstigungen als selbstverständliche Motoren der Gesellschaft. Quasi naturgegeben. Ilaria hatte einen bitteren Geschmack im Mund.

An einem anderen Tag hätte sie dem Vater mit Verachtung geantwortet. Hätte ihm bis ins kleinste Detail dargelegt, auf welche Werte sie ihr eigenes Leben gründen wollte. Hätte ihm erzählt, wie sie während der letzten vier Studienjahre als Hortbetreuerin durch die Randbezirke innerhalb und außerhalb des großen Autobahnrings gekurvt sei. Von den Jugendlichen, denen sie begegnet war und deren einzige außerschulische Aktivität das Kiffen oder Schlimmeres war, vor den Wohnblocks von Torre Angela fernab von Kinos, Bibliotheken oder Sportanlagen, und im Gegensatz dazu die Anwaltskinder im Reichenviertel Fleming mit Papas Kanzlei, die schon Jahre vor ihrem Examen auf sie wartete. Dass sie entschlossen war, ihr Leben der staatlichen Schulbildung zu widmen, weil nur sie das Potenzial hatte, zumindest für ein klein wenig Chancengleichheit zwischen den Kindern zu sorgen. Und dass die Denkweise, die sie in den kommenden Jahren ihren Schülern beibringen wollte, das komplette Gegenteil von seinem Vorschlag war. Den sie im Übrigen verabscheute.

So hätte Ilaria ihrem Vater zu einem anderen Zeitpunkt geantwortet. Aber nun hatte er sich wenige Tage zuvor mit einer blonden Perücke als Frau verkleidet, und das hatte er für sie getan. Und hatte ihr mit seiner eigenartigen und ungenierten Vaterliebe eine große Freude bereitet. Also sagte sie nur: »Das kommt nicht in Frage.«

Als Attilio Profeti ging und mit einem Bein bereits im Hausflur stand, fragte er: »Brauchst du Geld, mein Schatz?«

Ilaria schüttelte den Kopf, aber er kramte schon in seiner Hosentasche. Er zog zwei Hunderttausend-Lire-Scheine hervor –

ungefähr so viel, wie sie monatlich mit ihren Nachhilfestunden verdiente. Wie er es mit dem Portier im Hotel Ghion vor ein paar Jahren getan hatte, drückte er ihr das Geld in die Handfläche und schloss sanft ihre Finger darum.

Wenige Wochen später steckte Attilio Profeti wieder seine Hand in die Tasche. Und zog vier kleine Apartments hervor in einem heruntergekommenen Wohnhaus zwischen Piazza Vittorio und dem Bahnhof Termini, für jedes seiner Kinder eins – zumindest für jedes italienische.

Kurz nach ihrem Einzug in die neue Wohnung auf dem Esquilin traf Ilaria eines Freitagabends Piero Casati auf einem Fest von Freunden von Freunden. Sie hatten sich seit Jahren nicht gesehen. Piero hatte zuerst in Mailand und dann im Ausland studiert. Sie frequentierten unterschiedliche Kreise, und seitdem Attilio Profeti das heilige Sakrament der Ehe gebrochen hatte und seine Beziehung zu Anita öffentlich geworden war, hatte Casatis Vater die Besuche mit seiner Familie bei ihnen eingestellt.

Während sie vor dem Getränketisch lockeren Smalltalk hielten, spürten beide, wie ihre Knie vor Aufregung weich wurden. Nach knapp einer Stunde verließen sie das Fest, ohne sich zu verabschieden, und gingen zu Ilaria. Dort blieben sie zwei Tage und drei Nächte, ohne einmal hinauszugehen. Erst am Montagmorgen verließ Piero mit leuchtendem Blick und dunklen Augenringen das Haus, zufrieden und völlig erschöpft. Ilaria musste an diesem Tag nicht unterrichten und blieb nackt im Bett liegen. Sein Geruch hing noch im Raum und vermischte sich mit dem der frisch gestrichenen Wände. Mit der Erinnerung ihres ermatteten Körpers ließ sie den Vormittag über die letzten siebzig Stunden Revue passieren.

Bis zu diesem Wochenende war Sex für sie wenig mehr als eine sportliche Übung gewesen. Angenehm, klar, aber nicht besser als eine gute Massage. Und ganz sicher weniger effektiv als Selbstbefriedigung. Doch als Piero in sie eingedrungen war, hatte er einen Ort in ihrem Zentrum erreicht, der ihr bis dahin unbekannt geblieben war. Und so hatte Ilaria auf dem Bett liegend und mit dem Blick zur Decke eine schlichte Entdeckung gemacht: ›Darum lebt man also.‹

Von jenem Tag an konnten sie nicht mehr voneinander lassen. Wann immer möglich durchquerten sie die Stadt, um zusammen zu sein.

»Wo treibst du dich eigentlich rum?«, fragte Lavinia sie nach einer Weile. »Wir haben uns seit Wochen nicht gesehen.«

Ilaria wich aus. »Ich habe jemanden kennengelernt.«

Irgendwann würde sie es ihrer Busenfreundin schon sagen. Ihr hatte sie immer alles anvertraut, also auch dieses Mal. Aber sie hatte noch keine Lust, ihr zu gestehen, dass es sich um ihren alten Kindheitsfreund Piero Casati handelte. Sie fand das normal, um die neue Liebe zu schützen. Der Punkt war aber, dass sie und Piero, außer dass sie sich im Bett gegenseitig den Sinn des Lebens erklärten, nichts, aber auch gar nichts gemeinsam hatten.

»Und trotzdem sind wir dafür gemacht, zusammen zu sein«, sagte Piero, als sie sich zum ersten Mal über diesen Umstand unterhielten. »Das nennt man wohl ein Mysterium, oder?«

»Das nennt man Sex«, erwiderte sie. »Wir sind der lebende Beweis, dass die Weltanschauung völlig egal ist, wenn zwei Menschen Lust haben, miteinander zu vögeln.«

Piero nahm Ilaria ihre zynischen Äußerungen nie übel, er nahm sie nicht ernst. Als Antwort küsste er ihre Brüste.

Doch es war tatsächlich besser, wenn sie nicht über Politik sprachen, und so lernten sie, es nicht zu tun. Ilaria begann früh, sich zu fragen, ob sie mit ihm jemals ein Leben würde teilen können. Ob die jeweiligen Freunde überein zu bringen wären. Kurz, ob sie zusammen sein konnten. Und je mehr sie sich das vorstellen wollte, umso weniger gelang es ihr. Denn mit der Leidenschaft ist es auf die Dauer wie mit dem Tannin: Wenn man sie leicht verdünnt – mit Liebe, Partnerschaft, einem geteilten Leben –, macht sie die Haut schön weich. Aber im Reinzustand kann sie sehr bitter sein.

Allein der Fall der Berliner Mauer bescherte Ilaria und Piero für einen kurzen Moment dieselben Emotionen bei einem öffentlichen Ereignis. Zum ersten und einzigen Mal teilten sie nicht nur zwischen den Laken Euphorie, Hoffnung und ein Gefühl der Befreiung. Türen, die jahrzehntelang versperrt gewesen waren, öffneten sich und schienen den Blick auf eine neue Welt freizugeben – in der vielleicht endlich Platz wäre für ein gemeinsames Leben.

Im Dezember 1989 trank Anita mit ihrem Mann den Morgenkaffee mit dem Foto auf der Titelseite, auf dem junge Leute aus halb Europa voller Begeisterung mit Hämmern auf die graffitibemalte Mauer einschlagen, und rief: »Stell dir mal vor, Liebling, als ich meinen ersten Minirock trug, waren viele von denen noch nicht einmal geboren. Himmel, sind wir alt geworden!«

Attilio Profeti warf ihr einen Blick zu, der verschlossener war als ein Rollladen. »Sprich für dich.«

Das Ende des Kalten Krieges hatte die Satellitenregime der UdSSR eins nach dem anderen in den politischen Untergang gestürzt, auch die unbedeutendsten und entferntesten wie das äthiopische. General Meles Zenawi, sein neuer junger Führer, machte es der Ex-DDR nach und öffnete die geheimen Dossiers des Mengistu-Regimes, damit alle hineinschauen konnten.

Doch nur kurz. Wie in Ostdeutschland zerbrachen ganze Familien an dem, was dort zutage trat: Wer hatte wen verraten, wer hatte welche Verwandten und Freunde denunziert, wer war in welchen intimen Situationen ausspioniert worden? Schnell wurden die Archive wieder geschlossen und später vernichtet.

Die Spuren des Verrats, des Grauens und der fünfhunderttausend Derg-Toten, die für das Gleichgewicht der Weltmächte so irrelevant waren, verloren sich auf diese Weise, überlebten nur in den zerbrochenen Seelen und dem verwundeten Fleisch der Überlebenden – wie in Ietmgeta Attilaprofeti Ezezew, des Bruders, von dessen Existenz Ilaria nichts wusste.

Nur wenige Zeitungen berichteten genauer über das Ende des Mengistu-Regimes. Die Geschichte der drei Derg-Minister, die sich vor ihrem Prozess wegen begangener Massaker in die italienische Botschaft in Addis Abeba flüchteten, erzählte niemand. Attilio Profeti hörte durch Carbone davon. Der alte Kriegskamerad hatte noch viele Freunde in Äthiopien, die ihn mit Nachrichten versorgten, und er rief extra aus Benevento an. So erfuhr Attilio, dass einer der drei Minister eben jener gewesen war, der ein paar Reisepässe und einen Häftling gegen einen Haufen Jetons getauscht hatte: Berhanu Bayeh.

»Warum in die italienische Botschaft?«, fragte Attilio.

»Die offizielle Version lautet, dass niemand sonst sie aufgenommen hat.«

»Und die inoffizielle?«

»Dass dies der Dank ist für die großzügige Unterstützung, die der Derg unseren Unternehmen gewährt hat.«

Attilio hob den Blick an die Decke, den Hörer fest zwischen Ohr und Schulter. Er sagte lange nichts.

»Glaubst du mir nicht?«, fragte Carbone.

»Nein. Also doch. Bestimmt ist das der Grund. Dankbarkeit.«

Als er auflegte, starrte Attilio lange blicklos auf das Telefon. Er dachte an Edoardo Casati, der nicht an Dankbarkeit glaubte. Und wie unangenehm es tatsächlich gewesen wäre, wenn die drei Minister vor Gericht Einzelheiten über die italienisch-äthiopische Zusammenarbeit ausgebreitet hätten.

Berhanu Bayeh sollte die Botschaft nie mehr verlassen. Die drei Minister wurden in Abwesenheit zum Tode verurteilt. Die

Regierung in Addis Abeba verlangte mehrmals ihre Auslieferung, die jedoch aus humanitären Gründen verweigert wurde: Die italienische Verfassung verbietet die Auslieferung von zum Tode verurteilten Personen.

7

2010

»Nun lass doch mal gut sein, Schwester!«, hat Attilio heute Morgen zu Ilaria gesagt, als sie ihm erklärte, warum sie in die Nationalbibliothek ging. »Was soll dieses ganze Suchen und Graben? Wem nützt das?«
»Mir.«
Und weg ist sie. Nimmt den Fußweg durch die Unterführung, die die Bahnsteige des Bahnhofs Termini miteinander verbindet, im Menschenstrom der Touristen mit ihren Koffern, der Pendler mit ihren Aktentaschen, eingetaucht in das violett färbende Neonlicht und überrollt von den Lautsprecherdurchsagen zu Zugeinfahrten und Verspätungen – viele Verspätungen – und dem Dröhnen der über ihren Kopf hinwegdonnernden Züge.

Ilaria mag diese Art Geheimgang durch die Stadt. Und bildet sich ein, eine der wenigen Ausnahmen von Nichtreisenden zu sein, die ihn schlicht als Übergang von einem Viertel ins andere benutzen, vom Esquilin nach Castro Pretorio. Außerdem liebt sie alles, was mit der Eisenbahn zu tun hat: Fahrkartenschalter, Wartesäle, Waggons, Triebwagen, endlose Bahnsteige, selbst die aufgeschütteten Bahndämme der Hochgeschwindigkeitszüge. Ihr Großvater hätte als Bahnhofsvorsteher seine helle Freude an ihr gehabt.

Im Atrium der Nationalbibliothek in Castro Pretorio gibt Ilaria ihren Personalausweis ab, bekommt ein Spindfach und schließt dort ihre Tasche mit Haustürschlüssel und Handy ein. Sie nimmt nur Stift und Schreibblock mit.

Nun ist sie im Saal mit den letzten analogen Karteikästen. Ihre Finger blättern die abgegriffenen Karten auf den Metallschienen durch. Nach Jahren der elektronischen Kataloge schätzt sie diese überholten Bewegungen: die richtige Lade aus ihrem Holzfach ziehen (POL–PRU), auf das Lesepult stellen und die Karten durchgehen: Pozzi, Procopio, Prodi ...

»Da ist er!«

›Profeti, Attilio‹. Ihre Mutter hatte Recht. Er war nicht schwer zu finden, man musste nur suchen. Sie hebt den Kopf und trifft auf einen gläsernen Blick. Die junge Frau am Karteikasten gegenüber sieht sie durch die dicke Brille der Schwerstkurzsichtigen an. Ilaria merkt, dass sie wohl lauter war als beabsichtigt.

Mit der Online-Recherche hätte sie den Text von zu Hause aus bestellen können, damit er bei ihrer Ankunft in der Bibliothek schon an der Ausgabe bereitliegt. Doch Archivmaterial wie dieses muss man handschriftlich bestellen wie vor über zwanzig Jahren, als sie hier für ihre Prüfungen lernte. Sorgfältig schreibt sie Buchstaben und Zahlen der Signatur ab und versucht gleichzeitig, den Sinn der Wörter zu ignorieren. Den des Titels unter dem Namen ihres Vaters.

Die Bibliothekarin trägt orangefarbenen Lippenstift. Sie teilt Ilaria mit, dass sie eine Stunde wird warten müssen. Eine Stunde! Die Frau klappt einmal die Warnblinklippen auf und zu: »Ja«, sagt sie, »die Bestellungen aus dem Papierarchiv dauern länger, weil sie nicht digitalisiert sind.« Ilaria geht in die Bar, kann aber ohne Portemonnaie nichts bestellen, hat vor lauter Anspannung keine Lust, zurückzugehen und ihre Sachen aus dem Schließfach zu holen. Also blättert sie die Zeitschriften im Lesesaal durch (›Gaddafi in Rom – Heute und morgen Koran-Lektionen vor mehreren Hundert ausgewählten Jungfrauen. Abends gemeinsame Reitschau von Berbern und Carabinieri‹). Keinen Moment denkt sie über den bestellten Band nach, dafür sieht sie dauernd nach der Uhrzeit.

Endlich zeigen die Leuchtziffern über dem Ausgabetresen an, dass ihre Bestellung bearbeitet wurde. Es handelt sich um einen dünnen Band mit leicht vergilbten Seiten und ausgefransten Rändern, der nach altem Papier riecht. Im Lesesaal setzt sich Ilaria an einen Tisch ganz hinten, jenseits der Fenster in die Nähe des Notausgangs. Sie stützt die Ellbogen auf den Tisch und schirmt mit den Händen ihr Gesicht ab. Sie will nicht beobachtet werden, während sie die »Schriften zum faschistischen Rassismus« liest, herausgegeben von Lidio Cipriani, bei dem es sich, wie sie schon mehrmals Schülern erklärt hat, um den Erstunterzeichner des Rassenmanifests handelte, mit dem Mussolini die Rassengesetze einführte. Und noch weniger will sie beobachtet werden, wenn sie »Unsere Rasse in Afrika« liest, verfasst von Profeti, Attilio.

Sie atmet tief und laut ein wie ein Gewichtheber, der sich über die Hantel beugt. Dann beginnt sie zu lesen.

Wenn man über die endlosen Zivilisierungsversuche der Europäer in Afrika nachdenkt, wenn man an die Millionen Neger denkt, die nach Amerika verbracht wurden und beinah keine der kulturellen Merkmale angenommen haben, mit denen sie in Kontakt kamen, ist man fast geneigt zu glauben, dass die afrikanischen Völker mit dem unauslöschlichen Makel der Unterlegenheit gebrandmarkt sind. Denn vom Evangelium der Missionare bis zu den Peitschenhieben der Galeerenaufseher, von den Gesetzen der Gewalt und der Apartheitspolitik bis zu der der Vermischung wurden alle Mittel an den afrikanischen Völkern erprobt.

Und da nun die Unterlegenheit der Afrikaner chronisch oder vielmehr historisch ist, stehen wir vor dem Problem der Rasse; nämlich unserer Rasse in Afrika. Denn in der Kreuzung einer höheren Rasse, also unserer, mit einer niederen Rasse, also die der Neger, werden nicht die Niederen auf das Niveau der Höheren gehoben, sondern umgekehrt. Und da wir uns nun nicht den Luxus erlauben dürfen, auf dem Weg freiwillig an Kraft einzubüßen, entsteht daraus die Notwendigkeit, die Trennung von Weißen und Negern in äußerster Absolutheit, Schärfe und Entschlossenheit durchzusetzen. Andernfalls wird man grau, zuerst im Blute und dann im Geiste.

Ilaria schnappt hektisch nach Luft, als würde sie ertrinken. Sie hat das Gefühl, als hätte sie beim Lesen – in den letzten zwei, drei Minuten – das Atmen vergessen.

Sie blättert und sucht nach dem Erscheinungsjahr: ›Anno XVII der Faschistischen Ära – 1939‹. Sie schaut auf und lässt ihren Blick wie einen Pinsel über die gebeugten Rücken der anderen Nutzer der Nationalbibliothek streifen, niemand liest einen Aufsatz des Vaters, in der er die Vorherrschaft der Weißen propagiert.

Als sie den Band zuklappt, legen sich die Seiten übereinander wie die Flügel müder Schmetterlinge.

Sie gibt den Band zurück. Dann fährt sie mit der Magnetkarte über das Drehkreuz, drückt die Glastür zur Vorhalle auf, tritt aus dem Gebäude und durchquert den Park. Sie verlässt das Gelände durch ein Metalltor und geht die wenigen Wohnblocks zurück, die Castro Pretorio von Termini trennen. Sie nimmt wieder die Fußgängerunterführung, findet sich erneut zwischen bunt bemalten Wänden, Neonlichtern, Buchstabenreihen auf elektronischen Anzeigetafeln, Signaltönen der Durchsagen von ein- und ausfahrenden Zügen. Ein Mann mittleren Alters kommt direkt auf sie zugelaufen, in der Hand seinen Strohhut. Kurz bevor er sie umrennt, biegt er scharf ab und eilt mehrere Stufen auf einmal nehmend die Treppe zu Gleis 11 hinauf, bleibt dann auf halber Treppe stehen und murmelt: »Scheiße!« Aus der Unterführung kann Ilaria nicht sehen, welchen Zug der Mann verpasst hat, doch sie hört das Getöse beim Anfahren und das Quietschen der Schienen über ihrem Kopf. Als sie ihr Haustor erreicht, will sie die Schlüssel aus der Tasche nehmen. Da erst merkt sie, dass sie weder Tasche noch Schlüssel hat. Stattdessen hält sie den Notizblock mit dem Stift in der Hand und den kleinen Metallring mit dem Schlüssel zum Schließfach. Wie ein Ehering steckt er an ihrem Zeigefinger.

Also muss Ilaria zum dritten Mal die Unterführung nehmen, um in der Bibliothek ihre Tasche mit dem Schlüsselbund, Portemonnaie und Handy zu holen, übrigens auch ihren Personalausweis. Und ein viertes Mal, um endlich nach Hause zu kommen.

»Was hat Papà denn Schreckliches geschrieben, das dich so mitnimmt?«, fragt Attilio. Ilaria versucht es ihm zu erklären, doch Attilio zuckt nur mit den Schultern.

»Ach, komm schon, Ilaria! Damals waren sie doch alle Faschisten. Außerdem war er noch jung. Weißt du, was ich mit zwanzig für einen Müll geredet habe?«

Ilaria antwortet nicht. Attilio beugt sich hinab, um ihr direkt in die Augen zu sehen. »He, Ilaria! Du müsstest mir jetzt entgegenhalten, dass ich das immer noch tue ...«

Aber sie schweigt mit gesenktem Blick.

Attilio legt den Arm um sie. »Also hör zu. Okay, Papà war ein Rassist. Das ist aber kein Grund, deinem Bruder nicht mehr mit dummen Witzen zu antworten.«

Nun muss sie doch lächeln. Kurz. »Er hat das verfasst, als er in Äthiopien war«, sagt sie. »Während er mit einer afrikanischen Frau zusammenlebte. Während sie schwanger war, mit einem *grauen* Sohn!«

»Aha! Dann ist es nicht der Rassismus, der dich stört. Es ist die Heuchelei. Also, ich sehe das so: Wir wissen nun, dass er schon als junger Mann Unsinn redete, und dazu noch opportunistischen Unsinn. Himmel, was für eine schlimme Neuigkeit! Hör mal, ich muss dir auch etwas sagen ...«

Attilio blickt zu der Zimmertür des Jungen. Er senkt die Stimme. »In ein paar Tagen muss ich wieder fahren, ich kann nicht alle gebuchten Touren absagen. Aber ich will nicht, dass du alleine mit ihm bleibst.«

»Aber was soll denn ...«, will Ilaria sich schon aufregen, doch der Bruder lässt sie nicht ausreden.

»Es ist schon entschieden. Ich nehme ihn mit.«

Sie starrt ihn an. »Dann glaubst du ihm also?«

»Ich weiß nicht, was ich glaube. Ich weiß nicht, ob er unser Verwandter ist ...«

»Unser Neffe.«

»Was auch immer. Das macht eh keinen Unterschied. Aber zwei weitere Arme kann ich auf der *Chance* immer gebrauchen. Und ich bezahle ihn natürlich. Und wenn die Saison vorbei ist, überlegen wir in Ruhe, was wir tun.«

»Wie soll er mit dir fliegen, ohne Ausweis?«

»Ich nehme mir einen Mietwagen. Wusstest du, dass er Delfine mag?«

Ilaria legt den Kopf in den Nacken, mustert ihn wie ein Gemälde im Museum. Darum ist dieser nicht mehr ganz junge Mann ihr Lieblingsbruder. Pragmatisch, das Gegenteil von sentimental, und dabei ein ganz patenter und netter Mensch.

»Nein, das wusste ich nicht.«

»Hallo, Ilaria.«

Der Junge kommt aus Attilios Zimmer.

»Hallo, Shimeta!«

»Ich geh dann mal«, sagt der Junge zu Attilio.

»Wohin gehst du?«, fragt Ilaria.

»Meine Sachen holen. Von da, wo ich vorher war.«

»Und wie kommst du dahin?«

»Mit der Metro.«

»Aber die Stadt ist im Belagerungszustand, Polizei überall! Was, wenn sie dich anhalten? Komm, ich fahre dich hin.«

Zum ersten Mal, seit er in Italien ist, verspürt der Junge den Wunsch, Hals über Kopf wegzulaufen. Wer weiß, ob er das überhaupt noch kann. Ob seine Beine noch einen Rest der Schnelligkeit von einst haben – die echte mit Sehnen und Muskeln, nicht die aus seinen Träumen –, als er noch einen lebenden Cousin hatte. Als er noch nicht *raus* war.

»Das muss nicht sein«, murmelt er. »Ich gehe allein.«

»Aber Ilaria hat Recht«, mischt sich Attilio ein. »Du kannst nicht die U-Bahn nehmen. Zumindest nicht heute. Lass dich lieber von ihr fahren.«

Über den Blick des Jungen legt sich ein Schatten, auch das gesunde Auge wirkt kurz wie vernebelt. Er verzieht das Gesicht.

»Nein, wirklich. Lieber nicht ...«

»Was ist los, vertraust du mir nicht?«, fragt Ilaria.

Er lässt schwer die Schultern hängen, weicht ihrem Blick aus. Seine Verlegenheit ist deutlicher als alle Worte.

»Schau mal, Vertrauen ist wie ein Seil«, sagt sie schroffer als beabsichtigt. »Man muss zu zweit anpacken, sonst hält es nicht.«

Attilio lacht amüsiert. »Willkommen zurück, Ilaria. Jetzt erkenne ich dich wieder.« Dann sagt er zu dem Jungen: »Hör auf mich, wenn du keine Standpauke willst, tu, was sie sagt.«

Schon aus der Ferne sieht man den glühenden Himmel, der sich in den Fenstern des besetzten Hauses vor dem Hintergrund der Colli Albani spiegelt. Ein scheinbar beliebiges Gebäude jenseits des Autobahnrings, umgeben von schmucklosen Wohnblöcken, dem wirren Treiben des regionalen Busbahnhofs und klobigen Industriebauten, überragt von der gelb-blauen, riesigen Ikea-Halle, als hätte ein Raumschiff einen Container abgeladen. Also eines der vielen Mietshäuser der römischen Peripherie, die für die Römer aus den wohlhabenden Vierteln im nördlichen Stadtzentrum manchmal fremder und exotischer sind als ein tropisches Land.

Erst als der Panda schon ziemlich nahe ist, begreift Ilaria, dass dieses Glasgebäude mit dem ungepflegten Vorplatz kein beliebiges Bürogebäude ist. Was vormals die Zufahrt war, ist nun ein rissiger Betonstreifen, aus dem wilde Minze und Ackertrespe sprießen. Die Satellitenschüsseln auf dem Dach sind mit den Fenstern durch frei hängende Elektrokabel verbunden. Vereinzelte Gruppen von Männern – keine einzige Frau – sitzen im Schatten des Hauses. Sie sind dünn, dunkelhäutig und mit der hohen Stirn des Horns von Afrika, die auch der Junge hat. Alle sehen zu, wie sie den Panda parkt.

»Warte hier«, sagt er und öffnet den Wagenschlag. Doch als er in dem Gebäude verschwindet, steigt Ilaria aus und folgt ihm über den kahlen Bürgersteig. Zwei Männer in weißen Kaftans starren sie stumm an, verfolgen mit dunkler Iris jeden ihrer Schritte. Bis Ilaria an der Glastür steht, durch die ein mit Klebeband notdürftig geflickter Riss geht. Sie tritt ein.

Aus der klebrigen Spätsommersonne kommend, steht sie plötzlich im Dunkeln. Ein durchdringender Geruch umfängt sie in ihrer Blindheit: eine Mischung aus Tomaten, heißem Fett, verstopften Toiletten, Schimmel, Weihrauch, Kräutern und Schweiß. Als ihre Pupillen sich allmählich weiten, erkennt sie eine große, unpersönliche Vorhalle, vielleicht war es mal ein Krankenhaus oder die Zweigstelle eines Ministeriums, die jetzt aber von verschiebbaren Wänden in ein Gewirr scheinbar sinnloser Räume unterteilt ist, wie eine Sprache aus Gipskarton, deren Buchstaben Ilaria nicht kennt, dazwischen Matratzen, schiefe Tische, dreifüßige Sessel und sogar ein Fahrrad. Hier sind nun auch Frauen und Kinder. Manche mit klaren, zweckmäßigen Bewegungen, andere wie in einem grenzenlosen Meer des Wartens schwimmend. Ein Mann in Spediteurskluft läuft mit besorgtem Blick auf die Uhr hinaus, mit dem eingefallenen Gesicht von Menschen, die schlecht und immer zu wenig schlafen. Auf einem durchhängenden Sofa sitzen drei Männer und beobachten Ilaria, als sei sie eine Taube, die sich hierher verirrt hat. Niemand spricht sie an. Ein Mädchen mit wässrigen, großen Augen wie Kaffeetassen will zu ihr laufen, doch eine verschleierte Frau hält es am Kleidchen fest. Der Junge ist verschwunden. Ilaria erblickt einen Treppenaufgang und geht darauf zu. Da kommen aus den Tiefen eines verdreckten Gangs zwei Männer gelaufen und jagen sie schreiend und schubsend hinaus.

»Für wen halten die mich?«, fragt Ilaria den Jungen, als sie wieder im Panda sitzen und nach Hause fahren.

»Für eine, die kommt, ein Klo für hundert Leute sieht, die Matratzen auf dem Boden, die kaputten Rohre, und betroffen ist. Und dann an die Zeitung schreibt: ›So dürfen wir Asylsuchende nicht behandeln!‹, ›Sie sind keine Tiere, sie sind Flüchtlinge!‹. Und wenn alle darüber reden, muss die Polizei kommen.«

»Aber die Polizei weiß doch ohnehin, dass dort Hunderte von Menschen wohnen.«

»Ja, aber solange sie niemand ruft, tun sie so, als wüssten sie nichts. Es gibt keinen anderen Ort für uns.«

Ilaria nickt. »Jetzt habe ich es verstanden. Deine Freunde halten mich für eine schöne Seele.«

Der Junge sieht sie fragend an. »*Schöne Seele?*«

»Für eine, die kommt, sich empört und wieder geht. Ohne sich um die Folgen ihrer Empörung zu kümmern.«

Der Junge lacht. »Ja. Wir haben schon genug Probleme.«

Sie lacht ebenfalls, während sie mit der rechten Hand im dichten Verkehr auf der Casilina zwischen erstem und zweitem Gang hin und her schaltet. »Ich konnte die auch noch nie leiden.«

Sie hat kaum zu Ende geredet, da kommt ihr wie ein schlecht verdauter Brocken der Satz hoch, den sie vor ihrem Aufbruch gesagt hat: »Vertrauen ist wie ein Seil, man muss zu zweit anpacken, sonst hält es nicht.« Erst jetzt wird ihr klar, wovor der Junge sich fürchtete, als er nicht begleitet werden wollte: dass sie unbeabsichtigt dazu beitragen würde, diesen Menschen ihr Dach über dem Kopf wegzunehmen. Ilaria fühlt, wie ihr die Schamesröte ins Gesicht steigt. Unerträglich, was sie da eben von sich gegeben hat. Diese schlimmen Kommentare, triefend von moralischer Überheblichkeit. Obwohl sie in Wirklichkeit – das wird ihr jetzt klar – nur ein weiterer Ausdruck ihres Privilegiertseins sind. Der Preis des verratenen Vertrauens ist nicht derselbe für den, der alles hat, und den, der nichts hat. Das bedeutet schöne Seele: Jemand, der in seiner Wohnung im sechsten Stockwerk sitzt, redet mit einem anderen, der sich draußen unter dem Fenster am Seil festhält, so, als seien die Folgen, wenn das verbindende Seil reißt, für beide gleich.

Ilaria dreht ihr Gesicht weg, um ihre Scham zu verbergen. Tut so, als betrachte sie durch das Autofenster die Veranden auf der gegenüberliegenden Straßenseite. Nach vorne muss sie eh nicht schauen. Sie stecken bei Torre Maura fest, der Verkehr ist komplett zum Erliegen gekommen. Das Schweigen dehnt sich so lange, dass der Junge, als sie ihn wieder anspricht, zusammenzuckt.

»Hat dein Vater denn jemals seinen Vater gesehen? Also meinen? Also deinen Großvater, meine ich.«

»Einmal. In einem Auto. Als er ihn aus dem Gefängnis befreit hatte.«

»Was ist das für eine Geschichte mit dem Gefängnis? Das wollte ich neulich schon fragen, aber da gab es so viel zu erzählen ...«

»Aus dem Derg-Gefängnis. Ich wurde dank ihrer Deportationen geboren.«

»Wie meinst du das?«

»Ohne Deportationen hätten die Italiener keine neuen Siedlungen bauen müssen, ohne Siedlungen wäre Attilaprofeti nicht nach Äthiopien zurückgekehrt und mein Vater im Gefängnis gestorben. Meine Mutter wurde mit mir schwanger in der Nacht nach seiner Heimkehr. Acht Jahre hatten sie sich nicht gesehen.«

Ilaria sieht ihn an. »Welche Deportationen? Welche Siedlungen? Und was haben die Italiener damit zu tun?«

»Die nach der großen Hungersnot. Hast du noch nie etwas von Tana Beles gehört?«

Ilaria schüttelt entschieden den Kopf. »Nein. Keine Ahnung, was das ist.«

Der Junge lächelt schief. »Dann hatte mein Freund also Recht ...«

»Womit?«

»Damit, dass ihr nichts von uns wisst, auch nicht, wenn ihr da wart.«

Die plötzliche Erinnerung an Tesfalem – *mein Fliesenbruder* – wälzt sich über den Jungen mit dem Gewicht eines Grabsteins. Mit brüchiger Stimme sagt er: »Das ist eine lange Geschichte. Kompliziert.«

»Erzählst du sie mir?«

Ilaria schließt mit dem Panda in der Schlange auf, die sich etwas voran bewegt hat – zweieinhalb Meter, vielleicht sogar drei. Der Junge beginnt zu erzählen.

8

Als es »Grazie« hieß,
wuschst du dich selbst
mit deiner Seife.
Als es »Thank you« hieß,
wusch sich mit deiner Seife
der Engländer.
Nun heißt es »Amazegenalo«,
und deine Seife
frisst du vor Hunger.

Den Sorgen von gestern weint man gerne nach, wenn man sie mit denen von heute vergleicht, in Äthiopien wie überall. Und ein passendes Maß an Nostalgie für die Italiener war seit den fünfziger Jahren unter Kaiser Haile Selassie nicht verboten. Man zog ein gewisses Wohlwollen der Bitterkeit vor, die von den nie gezahlten Kriegsreparationen ausging oder von der Weigerung, den Obelisken von Aksum zurückzuerstatten. Außerdem hatten die Untertanen des Löwen von Juda Anfang der siebziger Jahre, also drei Jahrzehnte nach dem Ende der faschistischen Besatzung, andere Probleme. Folglich vermied man sämtliche Ansprüche, die in viel aktuellere Unzufriedenheiten hätten münden können: die versprochene Modernisierung, die nur schleppend vorankam, die völlig überzogenen Privilegien, welche die Adligen nach wie vor genossen. Bis dann 1973 die Hungersnot, die Äthiopien hinwegfegte, das Fass zum Überlaufen brachte, selbst für ein Volk, das an Bauchschmerzen vor Hunger gewöhnt war.

»Missgeschicke sind wie Schafe, sie kommen reihenweise«, sagte Abeba zu ihren Kunden in dem kleinen Laden mit Kaffeestube, die sich mit den Jahren zu einem Treffpunkt in Lideta entwickelt hatte, dem neuen Viertel im Westen von Addis Abeba. Man konnte ihr kaum widersprechen. Der Hunger hielt das Hochland im Landesinneren seit über einem Jahr fest im Griff und hatte zum Aufstand eines Militärkomitees (auf Amharisch *derg*) geführt, bei dem der bereits betagte Kaiser abgesetzt wurde. Klein und zerbrechlich wie eine Porzellanfigur, mit wirrem Bart und eingefallenem Gesicht, war er aus dem Jubilee Palace eskortiert und in einen alten VW-Käfer verfrachtet worden, blau mit eingedellten Stoßstangen, ein unwürdiges und lächerliches Gefährt, mit dem der Negus Negest, König der Könige, Löwe von Juda sowie letzter Nachkomme König Salomons seine letzte Reise antreten sollte. Außer von seinen Kerkermeistern wurde er niemals mehr lebend gesehen.

Als der neue Diktator Haile Mariam Mengistu nicht lange danach auf dem Meskel Square eine mit roter Flüssigkeit gefüllte Flasche schwenkte, um zu zeigen, dass er bereit war, das Blut seiner Feinde zu trinken, kommentierte Abeba: »Ein Land am Rande des Untergangs gebiert Wildschweine.« Das sagte sie allerdings nicht zu ihren Gästen – es war gefährlich geworden, selbst seinen engsten Freunden zu vertrauen –, sondern nur ihren beiden Kindern: Ietmgeta und Saba.

Zwölf Jahre zuvor hatte Abeba festgestellt, dass sie erneut schwanger war, und belustigt in die Hände geklatscht: Noch nie hatte eine unfruchtbare Frau so viele Kinder gehabt, zwei sogar! Und das zweite bekam sie in einem Alter, in dem anderen Frauen langsam der Bauch verdorrte. Der zukünftige Vater ihrer Tochter war ein Tuchhändler vom Merkato, der Abeba seit Jahren umwarb. Doch sie hatte ihn jedes Mal ausgelacht: »Ich will keinen, der sich in eine alte Frau verliebt!«

In Wahrheit brauchte Abeba keinen Mann. Sie hatte ihren kleinen Laden und einen Mann im Haus, Ietmgeta. Auch eine Schwangerschaft würde daran nichts ändern. Als Saba auf der Welt war, behandelte sie sie anders als den Sohn von Attila Profeti. Er hatte seine Identität vom Vater – wenngleich er ihn nie kennengelernt hatte –, sie aber war ein Mädchen und sollte die ihre von der Mutter erhalten. Für Ietmgeta kochte Abeba Lasagne, während sie und Saba *injera* aßen. Ihn hatte sie zum Unterricht zu den italienischen Nonnen geschickt, ihre Tochter ging auf die Schule im *kebele*. Außerdem sprach sie mit Ietmgeta manchmal Italienisch (»*Bravo, mio figlio!*«, hatte sie zu ihm am Tag seines Examens gesagt), mit Saba nicht. Beiden hatte sie gleichermaßen die Verhaltensregeln beigebracht, die aus ihnen ihres Volkes würdige Amharen machten, die *yilugnita*, die auch sie als Kind gelernt hatte: Respekt vor dem Alter, weniger auf sich als auf die anderen achten, immer die Wahrheit sagen. Eines Tages fand Saba in einer Schublade den alten Spiegel, den viele Jahre zuvor der *talian*-Vater des Bruders ihrer Mutter geschenkt hatte. Abeba überließ ihn ihr. »Pass auf, dass du nicht zu viel hineinschaust, du könntest den Verstand verlieren«, sagte sie nur. »Wenn du wissen willst, wer du bist, schau hin, wie die anderen dich sehen.«

Obwohl seine Mutter dafür gesorgt hatte, dass Ietmgeta so italienisch wie möglich erzogen wurde, erwachte an der Universität in ihm der Stolz des Afrikaners. Eine neue Hoffnung auf Würde durchzog in diesen Jahren den Kontinent, und Äthiopien, das bis auf jene zu vernachlässigenden fünf Jahre italienischer Besatzung nie kolonialisiert worden war, bildete sein moralisches Zentrum. Ietmgeta ließ sich die Haare zu derselben schwarzen Aureole wachsen, wie sie die Engel an den Kirchendecken trugen, auch wenn seine viel weniger kraus waren als die der Kommilitonen, fast schon glatt. Als der Derg kam, freute sich Ietmgeta über das Ende des Feudalsystems, den Vorstoß des Proletariats, das Land den Bauern. Er hatte eine Kollektivlesung des *Kapitals* organisiert, von der ersten bis zur letzten Seite. Das Buch gab es nur auf Russisch oder auf Deutsch, also übersetzte ein Genosse, der in Moskau studiert hatte, aus dem Stegreif Marx' Konzepte ins Amharische und deklamierte Satz für Satz vor einem Kreis schweigender junger Männer. Mag sein, dass sie nicht viel verstanden, doch die monatelange Lesung wurde kein einziges Mal unterbrochen.

Auch die Annexion Eritreas wurde als Rückkehr ins Mutterland Abessinien begrüßt. Singend zogen die Rekruten an die Front, so hieß es, glücklich, für den Internationalismus zu sterben. Ietmgeta ging in die Dörfer, wie viele seiner Mitabsolventen, und lehrte dort das ABC und den Marxismus. Das war Pflicht, doch er tat es aus Überzeugung. Er wollte Teil der unaufhaltsamen Bewegung sein, die dem ganzen Volk *teff* und soziale Gerechtigkeit bringen würde – heute in Äthiopien, bald überall in Afrika und schließlich auf der ganzen Welt. Auch er wollte am Aufbau der neuen Ära mitwirken.

Die Enttäuschung folgte auf dem Fuße.

Die große Agrarreform verteilte das Land nicht unter den Bauern, sondern unter den Parteifunktionären, die sie genauso schikanierten wie die Feudalherren jahrhundertelang vor ihnen. Und das von den Worten berauschte Volk musste in Wahrheit als menschlicher Treibstoff für die blutige Kriegsmaschinerie herhalten. Jedes *kebele* bekam eine Quote von Rekruten zugewiesen, die es zur Verfügung stellen musste. Wenn die festgesetzte Zahl nicht erreicht wurde, ging der *kebele*-Capo durchs Viertel und holte die Jungen mit Waffengewalt. Während Ietmgeta seinen Schülern die eleganten Verschlingungen des amharischen Alphabets beibrachte, welche nie zuvor einen geschriebenen Text gesehen hatten, wurde er mehr als einmal von hereinstürmenden Soldaten gestört, die mit angelegten Kalaschnikows Schüler hinauszerrten. Die Menschen fingen an, ihre Kinder in denselben Höhlen zu verstecken, in die sie Jahrzehnte zuvor vor dem italienischen Giftgas geflohen waren.

In Abebas Café machte schon lange keiner mehr Scherze über Mengistus dunkle Hautfarbe. Zu Beginn der Revolution war es noch lustig gewesen, dass ein Kommandant diese Sklavenhaut hatte. Jetzt war daran nichts mehr komisch. Um seine Macht bei den Streitkräften zu festigen, hatte der Derg an einem einzigen Tag die sechzig höchsten Offiziere ermordet. Als Abeba erfuhr, dass unter ihnen auch Ras Mesfin war, lief sie zu Carbone. Der weinte im Verborgenen, um sich nicht von den Nachbarn sehen zu lassen. Dieser aristokratische Partisan hatte im Krieg den Tod vieler Italiener verantwortet, im Frieden aber fast ebenso viele gerettet – auch das Leben des alten *versandeten* Automechanikers. Abeba schloss sich seinen und Maazas Tränen an. Sie verstand nicht, warum man einen so edlen und großzügigen Mann hatte töten müssen.

Von da an ging es stetig bergab. Zuerst wurden mitten in der Nacht die Häuser gestürmt, Mütter hielten auf der Straße ihren Kindern die Augen zu, damit sie die aufgeschlitzten Leichen nicht sahen. Die Festgenommenen mussten in einer langen Reihe in Ketten auf den Bürgersteigen stehen mit einem Schild um den Hals: ERSCHIESST MICH, ICH BIN EIN VERRÄTER. Bis schließlich ein emsiger Volksrevolutionär daherkam, mit seinem frisch vom *kebele*-Capo ausgehändigten Gewehr, und der Aufforderung Folge leistete – vielleicht weil er bei einem von ihnen Schulden hatte oder den Blick auf eine ihrer Frauen geworfen hatte, oder weil er einfach für die Revolution brannte.

Wildschweine gab es nun überall.

Ietmgeta begann, politische Flugblätter gegen das Regime zu verteilen. Er war frisch verheiratet, doch über seine Aktivitäten mit Hilfe des Hektographen, mit dem er sie druckte, sprach er nicht einmal mit seiner Frau, zu gefährlich. Er war ein wertvoller Aktivist: Der Widerstand gegen den Derg wurde hauptsächlich von Studenten organisiert, und er mit seinen über dreißig Jahren stand nicht mehr so im Fokus der Soldateska.

»Sie sagen, sie zerstören unsere Häuser«, sang Abeba beim Kaffeekochen in ihrem Laden, »doch das Bett verbrennt zusammen mit den Läusen.« In Wirklichkeit war es ein Schmähgesang auf eine mörderische Regierung und korrupte Funktionäre. Wie es der Großvater ihr vor vielen Jahren beigebracht hatte, nutzte Abeba eine Sprache mit zwei Bedeutungen: die vordergründige für Dummköpfe und Spione, und dahinter versteckt der eigentliche Sinn. Nur so konnte man noch Worte benutzen, indem man eine Wachsschicht um den goldenen Kern der Wahrheit legte. Wie sich hinter den grauen Hallen der offiziellen Derg-Versammlungen die Untergeschosse mit Äthiopiens verstecktem Gold und seiner edlen Geschichte verbargen.

Bis eines Tages Ietmgeta nicht mehr nach Hause kam.

Wo war er? Wie ging es ihm? Schon solche Fragen über die Verschollenen zu stellen war gefährlich. Abeba und Ietmgetas Frau konnten nichts tun als warten.

Eineinhalb Jahre lang hörten sie nichts von ihrem Sohn und Mann.

Wenn Saba in einen unruhigen Schlaf fiel, leisteten die beiden Frauen sich in der Nacht Gesellschaft. Als könnten sie mit ihrem Wachen auch dem Mann, den sie liebten, helfen, am Leben zu bleiben und Folter und Hunger zu überstehen. Sie machten sich gegenseitig Mut. Wenn er hingerichtet wäre, sagten sie sich, wären schon die Gefängniswachen gekommen, um sich die Kugel im Tausch gegen die Leiche bezahlen zu lassen, wie es beim Neffen der Nachbarn geschehen war. Aber niemand hatte sich blicken lassen. Das war ein gutes Zeichen.

Wo war er? Wie ging es ihm?

Erst nach achtzehn Monaten bekamen sie Antwort. Er lebte, er saß im Gefängnis. An jenem Tag weinten Abeba, Saba und die Schwiegertochter vor Glück.

Die Kerker des Derg lagen in der Peripherie, unter den neuen Wohnhäusern aus Stahlbeton, hässlich, grau, aber Vorzeigeobjekte, in denen die Kader des Regimes lebten. In den höheren Stockwerken lagen Wohnungen oder Büros, Konferenzräume, sogar Bibliotheken; darunter in den Kellergeschossen die, die zumindest für den Moment nicht hingerichtet wurden. Sie bekamen weder zu essen noch zu trinken. Die Familien, die von einem Angehörigen dort wussten, brachten Nahrung, die mit allen geteilt wurde. So wurde in den dunklen Verliesen der Kommunismus praktiziert, den der Derg im Licht der Sonne verriet. Wachs und Gold, Gold und Wachs auch hier.

Als sie erfuhr, dass ihr Sohn lebte, sagte Abeba zu sich: »Ich habe ihn Ietmgeta genannt, das heißt ›Ich bin edel überall‹. Und das war er auch, edel im Haus seiner Mutter, edel draußen auf der Straße und edel, wenn er seine Schüler unterrichtete. Erzengel Gabriel, beschütze ihn, während er edel ist im Gefängnis.«

Dann schrieb sie mit Carbones Hilfe einen Brief.

Am selben Tag, als der Brief Attilio Profeti erreichte, wandte dieser sich an den Botschafter der Demokratischen Volksrepublik Äthiopien. Seine Repräsentanz lag jenseits von Castro Pretorio in einer kleinen Jugendstilvilla, deren Mauern mit einem violetten Klematisteppich überzogen waren, der ihn unpassenderweise an das Bordell vor den Toren von Bagnacavallo erinnerte, das er als Jugendlicher besucht hatte. Der Diplomat servierte ihm einen perfekten abessinischen Kaffee.

»Ihre Informationen sind unzutreffend«, sagte er ausnehmend freundlich. »In Äthiopien sind alle Menschen glücklich. Daher gibt es keine Verbrecher, und niemand sitzt im Gefängnis.«

An diesem Abend berührte Attilio Profeti mit seinen Lippen

die Stirn seines Letztgeborenen, dem er seinen Vornamen gegeben hatte. Während er leise das Zimmer verließ, während er Anita küsste und in seinen Mantel schlüpfte, während er in die elegante Wohnung seiner offiziellen Familie fuhr, überlegte er ununterbrochen, wie er seinen erstgeborenen Sohn retten konnte, dem er nicht einmal seinen Nachnamen gegeben hatte. Er wusste es nicht. Er konnte nur auf eine günstige Gelegenheit warten.

Sie kam ein paar Jahre später zusammen mit einer noch schrecklicheren Hungersnot, die merkwürdigerweise am heftigsten in den Gegenden wütete, wo der Widerstand gegen den Derg am größten war. Ihr folgte die Entscheidung, die Bevölkerung unter dem Deckmantel der humanitären Hilfe in Gebiete umzusiedeln, deren ursprüngliche Bewohner nicht nach ihrem Dafürhalten gefragt wurden.

Sie kam mit den italienischen Ingenieuren, Architekten und Bauunternehmern, welche die neuen Siedlungen errichten sollten, und sie kam mit einem Gewinn beim Pokerspiel.

Und natürlich geschahen nach dieser Reise Attila Profetis nach Äthiopien noch viele andere Dinge: die Gewalt an den indigenen Völkern in den Siedlungsgebieten, die bewaffneten Kämpfe, der Guerillakrieg, die Entführung einiger italienischer Bautechniker, eine unhaltbar werdende Lage, der Krieg gegen Eritrea, der eine weitere Generation verschlang, das nahende Ende des Derg. Es war unvermeidlich, das Projekt aufzugeben. Die verschleppte Bevölkerung wurde ohne Wasser und medizinische Hilfe zurückgelassen, ohne Land und ohne Vieh. Das große Krankenhaus, das ein Vorbild für ganz Afrika hatte sein sollen, verkam zur Brutstätte für Spatzen. Doch Attilio Profeti hatte das Leben seines Erstgeborenen retten können, und das immerhin war ein unabweisbarer Erfolg der italienisch-äthiopischen Entwicklungszusammenarbeit.

9

2010

Jedes Haus wird mit den technischen Vorkehrungen ausgestattet, um die Malariamücke fernzuhalten, welche hierzulande Todesursache Nummer eins ist.
Worin bestehen diese Vorkehrungen?
Mückennetze aus Italien.
Und wenn ein Mückennetz reißt?
Unsere italienischen Ausstatter garantieren, nach Bedarf nachzuliefern. Ebenso die Lieferanten der landwirtschaftlichen Maschinen. Wir haben eine Sonderübereinkunft für die Beschaffung von Ersatzteilen getroffen.
Übereinkunft mit wem?
Mit dem Lieferanten in Italien.
Wenn also einem Bauern der Traktor kaputtgeht, darf er kein Ersatzteil eines äthiopischen Mechanikers benutzen, sondern muss auf das aus Italien warten?
Ja, aber dafür bekommt er garantiert ein Ersatzteil höchster Qualität.
Und wie lange dauert es, bis das Ersatzteil geliefert wird?
Allerhöchstens ein paar Wochen.
Wie lange dauert die Erntesaison?
Etwa zehn Tage.

Als sie zurück sind, verschwindet der Junge gleich in Attilios Wohnung. Ilaria setzt sich an ihren Computer, um sich im Internet die Ereignisse bestätigen zu lassen, von denen er ihr erzählt hat. Nach den Erdzeitaltern, die sie in der Nationalbibliothek warten musste, hat sie nun wieder den unmittelbaren Zugang zum Wissen der Google-Ära. Sie muss nur die Stichworte »Äthiopien«, »italienische Kooperation« und »Mengistu« eingeben, schon erscheinen seitenweise Links zu Artikeln, Interviews, Studien, sogar zu den Akten des parlamentarischen Untersuchungsausschusses über den Transfer italienischer Bestechungsgelder ins Ausland. Alles zur freien Verfügung, ohne jedes Geheimnis. Das Problem besteht höchstens darin, dass es Wochen dauern würde, um alles durchzuarbeiten.

1985 bezeichnete ein Comboni-Ordensbruder aus Trient, der beschlossen hatte, in einem Slum von Nairobi zu leben, das von Bettino Craxi gewollte neue Gesetz über die internationale Zusammenarbeit als »ein Gesetz des Hungers, wohl wahr, aber des italienischen Hungers – nach Schmiergeldern und Aufträgen«. »Missionare sollen missionieren«, hatte ihm der Premierminister verächtlich geantwortet. Doch Pater Alex Zanotellis Worte schienen zehn Jahre später im Senat widerzuhallen, als 1996 die Untersuchungskommission ihren Bericht über die seit damals begangenen Diebstähle vorstellte.

Die italienische Entwicklungszusammenarbeit erwies sich für die Länder der Dritten Welt nicht als Instrument langfristiger Hilfe, sondern bot lediglich den italienischen Unternehmen die Gelegenheit für Plünderung, Bereicherung und Verschwendung, alles unter dem Schutz des für sie garantierenden Staates und auf Kosten des Steuerzahlers. Der Hilfseffekt für die Dritte-Welt-Länder war, wenn überhaupt, nur marginal. Den Sektor der großen Bauprojekte kann man daher als einen Sektor des Raubs und der Bereicherung bezeichnen.

Ilaria liest im Sitzungsprotokoll, wie ein Senator die von Mengistu geforderten Siedlungen beschrieb:

Ein riesiges Projekt, gewünscht von einem Diktator und von uns umgesetzt, ungeachtet des Genozids, den das Projekt mit sich brachte. Ein Diktator, der sich auch auf internationaler Ebene nicht um die Folgen kümmerte, weil sich zu jener Zeit niemand im Westen mit so unbekannten und fernen Kriegen wie dem zwischen Äthiopien und Eritrea beschäftigte, trotz der Millionen Toten.

Wie alt war sie damals?, fragt sich Ilaria. Ungefähr zwanzig. Sie war eine junge Erwachsene mit dem Recht zu wählen. Sie ging zur Universität, machte ein Volontariat, hielt sich für weltoffen und interessiert. Und trotzdem.

Trotzdem »wisst ihr nichts von uns, auch nicht, wenn ihr da wart.«

In der Aula des Senats beschrieben die Kommissionsmitglieder vierzehn Jahre zuvor ganze Friedhöfe ausrangierter Baumaschinen. Ilaria stellt sich vor, wie der Stenograph den Sätzen hinterherschreibt, während der Berichterstatter sich von den Emotionen überwältigen lässt und die Ordnung von Satzbau und Zeichensetzung verliert.

Als ich in diese Wüstenkathedrale kam, diesen Deportationstempel, wie ihn kein Regime gleich welcher Farbe schlimmer hätte errichten können, und sah, wie im Laufe der Zeit all diese Bauwerke in sich zusammenfielen, innerhalb weniger Jahre, konnte ich keinen rational fassbaren, ruhig durchdachten Grund finden für dieses schreckliche Vorgehen Italiens in Äthiopien, für diese ungeheuren Geschäfte, die unser Land dort in einer Zeit machte, in der offener Krieg herrschte, der wer weiß wie viele Millionen Menschen das Leben kostete, nicht weniger als zwei Millionen.

Sie glaubt das verschwitzte Gesicht des Senators vor sich zu sehen und kann ihre eigene Bestürzung und Empörung kaum zurückhalten. Ilaria kennt keinen einzigen Namen der Kommissionsmitglieder, sie gehörten wohl nicht der ersten Garde der Politiker an. Vielleicht waren sie deshalb mit der Untersuchung betraut worden, deren Rendite in politischer Währung so wenig lukrativ war, also keine Spitzenpositionen versprach. Die Parlamentarier kamen aus den Provinzen – den Marken, der Basilikata, der Poebene. Wer weiß, vielleicht hatte der eine oder andere von seinem bisschen Macht profitiert, hatte einem Verwandten einen Posten verschafft, sich selbst einen kleinen regionalen Auftrag angeln können. Oder sie waren treue Diener des Staates gewesen, ehrlich, aber ehrgeizlos, mit wenig Phantasie. Vielleicht waren sie in den Ferien nie weiter als bis Riccione oder Maratea gekommen. Und dann stellt sie sich vor, wie diese Menschen eines Tages, noch ganz benommen vom nächtlichen Interkontinentalflug, von einem Hubschrauber an einem schlammigen oder staubigen Ort (oder beides) abgesetzt werden, inmitten der Abgründe eines Landes, das gerade dem höllischen Dreiklang aus Hungersnot, Krieg und Diktatur entkommen ist. Dort sehen sie, dass andere Italiener vor ihnen, die Wohlstand und Fortschritt versprochen hatten für die Kinder mit den aufgeblähten Bäuchen, für die Frauen mit den schlaffen Brüsten, stattdessen zur endgültigen Bilanz ihres Elends beigetragen haben. Sie stellen fest, dass die berühmte italienische Gewitztheit, der extrem elastische Umgang mit den Gesetzen, der in der Heimat oft mit einem nachsichtigen Lächeln quittiert wird wie ein Kinderstreich, dass sie an diesem Ort zu etwas geführt haben – wissentlich oder nicht spielt keine Rolle –, das die Hölle auf Erden war. So verschwindet mit einem Schlag das bekannte Spiel *do ut des* zwischen kleinen und großen Unehrlichkeiten aus ihrem Blick, wie ein Tsunami den tropfenden

Wasserhahn hinfortspült. Und »für dieses schreckliche Vorgehen Italiens« (Ilaria liest noch einmal die krause Zusammenfassung des Referenten) gelingt es ihnen nicht mehr, so sehr sie es auch versuchen, einen »rational fassbaren, ruhig durchdachten Grund« zu finden.

Ilaria schließt die Augen und stützt den Kopf in die Hände. Es ist fast dunkel draußen. Das bläuliche Licht des Bildschirms fällt ihr auf Stirn und Nase, die zwischen ihren Fingern hervorschauen. Mit geschlossenen Augen versammelt sie alles, was sie in nicht einmal zwei Tagen über ihren Vater erfahren hat, an dem Punkt irgendwo zwischen ihren Augen, der für sie der Sitz des Bewusstseins ist. Sie fühlt sich wie einer dieser dummen Propheten, die zum Göttlichen sagen: »Offenbare dich!« und erblinden. Doch das hier ist keine Offenbarung, wenn überhaupt ist es ihr Gegenteil: Der Ozean der Realität passt nicht in eine Kaffeetasse. Zumindest nicht auf einmal.

Und wie einfach war es, alles zu erfahren. Weniger als eine Stunde im Netz, und schon hatte sie alle nötigen Informationen. Wie ihre Mutter gesagt hat, es ist ganz leicht zu finden. Man muss nur suchen.

Als Piero Casati von den Rasierschaumresten im Waschbecken aufschaut, blickt ihm aus dem Spiegel ein Mann entgegen. Er hat nicht die eng beieinanderstehenden Augen wie sein Vater – die mitteleuropäische Abstammung seiner Oma mütterlicherseits hat ihm die leicht fuchsartige Prägung von Edoardo Casati und seinen Kardinalsvorfahren erspart. Doch die Anklage in jenem Blick ist nicht das Objektiv eines Kameramanns, ihm kann er nicht ausweichen, indem er sich schnell hinter dem Federbüschel eines Carabiniere versteckt.

»Du bist weder dumm noch böswillig«, hat Ilaria einmal zu ihm gesagt, »deshalb verstehe ich nicht, wie du diesen ganzen Dreck so einfach schlucken kannst.«

»Mit Weitblick«, hat er geantwortet. »Politik machen bedeutet, einen weiten Blick zu haben.« Da hat sie ihn mit einem Lächeln auf die Stirn geküsst. »Machiavelli räumt bei ihm auf, bei meinem Mann.« Die drei letzten Worte kamen fast beiläufig, wie ein »Ciao« oder »Danke«, und machten ihm trotzdem eine Woche lang gute Laune.

Giulia, die Mutter seiner Kinder, hat vor ein paar Monaten ihre Intelligenz bewiesen, die Piero immer hinter dem affektierten Vogue-Leserinnen-Habitus vermutet hat. »Ich bin nicht die Frau, mit der du alt werden willst«, hat sie zu ihm gesagt. »Wir haben es versucht, du hast es versucht, aber wenn auch nur entfernt die Rede auf Ilaria Profeti kommt, zerfließt dein Gesicht wie Butter in der Sonne.« Und was macht es schon, wenn die Bekanntschaft eines jungen Notars mit ansprechendem Äußeren und ausnehmend soliden finanziellen Verhältnissen, mit dem sie sicher nicht nur Katastereinträge bespricht, Giulias Intelligenz auf die Sprünge geholfen hat. Umso besser.

Sie haben sich zum zweiten Mal getrennt, in aller Freundschaft und ohne Schmerzen. Die Kinder auf ihren namhaften internationalen Universitäten haben wahrlich anderes zu tun, als unter der offiziellen Trennung ihrer Eltern zu leiden – die schon seit Jahren Realität ist. Der unbeugsame Verteidiger der Unauflöslichkeit der Ehe für Verwandte und Untergebene, Edoardo Casati, ist vor ein paar Jahren gestorben. Piero Casati ist also wieder frei, wie damals, als er Ilaria fragte, ob sie ihn heiraten wolle, und sie ihm ins Gesicht lachte. Nur dass er sich seitdem so verflucht oft im Weitblick übt, dass er beinahe blind wird für alles, was sich in seiner Nähe befindet. Für sich selbst, zum Beispiel.

Von diesem ganzen Dreck, wie Ilaria es nennt, hat er eine Menge geschluckt, seit er in die Politik gegangen ist. Doch seit einigen Monaten ist seine Unruhe gewachsen und schließlich zu einem ständigen Gefühl geworden, das er nicht mehr abschütteln kann. Was er jetzt in den Augen seines Spiegelbildes liest, ist Abscheu.

»Du bist Moralfundamentalistin geworden als Reaktion auf die unmoralische Haltung deines Vaters«, hat Piero einmal zu Ilaria gesagt, und sie hat erwidert: »Tja, genauso wie du als Reaktion auf einen fürchterlichen Vater ein so außergewöhnlich wunderbarer Mensch geworden bist!«

Wie immer haben sie gelacht, getreu ihrem jahrelangen Rollenspiel. Doch sie wussten, es war nicht ganz falsch. Beide haben sie ihr Leben auf dem Drahtseil verbracht, das sich zwischen ihrer Herkunft und dem Entschluss spannte, sich nicht davon definieren zu lassen. Sie hat radikale Entscheidungen getroffen, doch er hat sich ein noch ambitionierteres Ziel gesetzt: seine soziale Herkunft nicht zu verleugnen, sondern für das zu nutzen, woran er glaubt. Und er weiß, dies ist das einzige Motiv, warum sie ihm verzeiht, dass er der Regierung des ihr so verhassten Silvio Berlusconi angehört: Er tut es nicht in böser Absicht. Das war lange genug, bis er sich gestern dabei ertappte, sich vor der Fernsehkamera hinter seiner Hand zu verstecken wie ein Krimineller, der abgeführt wird.

Piero Casati muss es sich ein für alle Mal eingestehen: Der gute Wille allein reicht nicht mehr.

Er ist in die Politik gegangen mit der Vorstellung von konservativer Effizienz, mit der Idee einer Gesellschaft, in der man für die Gründung eines Unternehmens nicht tausend Genehmigungen und Autorisierungen einholen und komplizierte bürokratische Hürden überwinden muss. In der die Staatsexzesse der Ersten Republik korrigiert werden von einem gesunden Markt und einem verschlankten, weniger schwerfälligen Staatsapparat. Doch von diesem Erneuerungsprojekt, das Italien, davon ist er überzeugt, genauso dringend braucht wie die Luft zum Atmen, hat die Regierung, der er angehört, bisher nichts realisiert. Die Privatinteressen haben jede Vorstellung von Gemeinwohl ausgelöscht. Und mittlerweile ist die Degeneration fast greifbar, dieses Klima des Untergangs, des Ansichreißens, der Ratten, die im Laderaum die letzten Käserinden aufknabbern, bevor das ganze Schiff am Felsen zerschellt. Und er hat die Nase voll, den grünen Knopf an seinem Parlamentariersessel für Gesetze zu drücken, die er insgeheim für nutzlos, falsch und schädlich hält.

Er betrachtet eingehend sein Gesicht im Spiegel. Wie wäre das Leben des Menschen, den er da vor sich sieht, wenn er alle parlamentarischen Ämter niederlegen würde? Wenn er den Familienbesitz in der Nähe von Viterbo nehmen und Winzer werden würde? Und vor allem wenn er noch heute Abend, ohne eine einzige Minute zu verlieren, zu Ilaria ginge und ihr sagte: »Sieh mich an, ich bin ein freier Mann, ich habe keine Frau mehr, keinen Vater und auch nicht mehr die politische Karriere, die dich so anwidert, ich will den Rest meines Lebens mit dir verbringen, und ich glaube, du willst das auch.«

Plötzlich ist dieses Freiheitsgefühl kein theoretischer Zustand mehr, sondern eine reale Möglichkeit. Eine Zukunft, die in der Natur der Dinge liegt, wie als er acht Jahre alt war und Ilaria den ersten Kuss gab – einfach so, denn den Mutigen hilft das Glück, nicht den Konsequenten.

Piero spürt eine Erleichterung in sich aufsteigen, ein Gefühl von Richtig und Gut. Eine Entscheidung, die seit Monaten in ihm gereift ist, wie er erst jetzt feststellt. Vielleicht ist es nicht nur möglich, glücklich zu sein, vielleicht ist es sogar leicht.

»Und da man nur suchen muss«, sagt sich Ilaria, »wollen wir mal suchen.«

Während sie im Stau zwischen Flüchtlingsheim und Esquilin standen, hat der Junge ihr nach der Geschichte von Ietmgetas Befreiung aus dem Gefängnis auch noch von der aktuellen Lage in Äthiopien erzählt. Von der Korruption, gegen die er, sein Cousin und viele andere junge Leute protestiert und mit dem Tod oder dem Exil dafür bezahlt haben. Von einem geplanten weiteren Staudamm weiter im Süden, im Tal des Omo, mit dessen Bau die Regierung Meles wieder eine italienische Firma beauftragt hat. Wie zu Zeiten des Derg sind Zwangsumsiedlungen, Umweltzerstörung, Hunger und Morde vorprogrammiert. Journalisten, die gewagt haben, darüber zu berichten, sitzen im Gefängnis oder sind verschwunden.

Ilaria gibt neue Schlagwörter ein: »Äthiopien«, »Italien« und »2010«. Wieder werden unzählige Seiten mit Informationen angezeigt, alles, was sie wissen will. In einem Artikel von vor wenigen Monaten liest sie Sätze, die gut zu diesem zweiten Besuchstag von Oberst Gaddafi in Rom passen.

Vielleicht sollten wir uns auf dieselbe Szenerie einstellen wie im Falle Libyens: Berlusconi wird Äthiopien für den Kolonialismus um Verzeihung bitten und dem Regime Finanzhilfen als Reparationszahlungen anbieten. Während das Leben der Äthiopier, die an dem Staudamm wohnen, zerstört wird und jeder stirbt, der protestiert.

Und sie findet fast dieselben Begriffe, wie sie in den Akten des parlamentarischen Untersuchungsausschusses vor vierzehn Jahren standen:

[...] hat die Regierung Berlusconi angeklagt, die Hilfszahlungen für die armen Länder in staatliche Hilfszahlungen für italienische Unternehmungen umgewandelt zu haben [...] auch aufgrund des Desinteresses der italienischen Medien an dem Fall.

Artikelüberschrift: *Die äthiopische Kolonie.*
Der Signalton ihres Handys reißt Ilaria aus den Gedanken.

Eine SMS. ICH MUSS MIT DIR REDEN. KANN ICH VORBEIKOMMEN?

Piero. Der Mann, den sie bis vor drei Tagen als den größten Widerspruch ihres Lebens betrachtet hat. Wie lange das her ist und wie naiv sie war!

Ihr Nacken schmerzt. Seit einer Stunde sitzt sie reglos auf dem Stuhl. Sie schaut auf, sieht gerade noch den Rest eines vorüberfliegenden Flugzeugs in ihrem Fensterrechteck.

Wieder ein Klingelton, diesmal an der Wohnungstür.

Ilaria macht auf, der Junge steht auf dem Treppenabsatz.

»Attilio sagt, essen kommen.«

Aus der gegenüberliegenden Wohnung weht durch die offene Tür ein viel einladenderer Duft als das übliche Curry der Nachbarn. Daran könnte Ilaria sich gewöhnen, jeden Abend ein leckeres Essen auf dem Tisch. Schade, dass die beiden übermorgen schon abreisen.

Bevor sie hinübergeht, liest sie noch einmal die SMS. Ein Seufzen entfährt ihr, fast schon ein Stöhnen. Das Auftauchen des Jungen ist vergleichbar mit dem eines verrückt gewordenen Umzugshelfers. Er hat vor ihrer Wohnungstür einen riesigen Berg durcheinandergewürfelter Sachen abgeladen, darunter vielleicht auch ein paar Knallkörper, und sie dann allein zurückgelassen, um alles zu sortieren. Nein, für Piero hat sie im Moment eindeutig keinen Raum. Sie spürt das dringende Bedürfnis, ihn auf Distanz zu halten.

Sie tippt: ICH KANN HEUTE NICHT. BIN NICHT ALLEIN.

10

»Papà, hast du im Krieg mal einen umgebracht?«
»Ja, einmal.«
»Wen?«
»Ein Schaf.«
»Ein feindliches Schaf?«
»Nein, eins von den unseren. Aber es lahmte und hatte große Schmerzen.«
»Und warum lahmte es?«
»Es hatte sich bei einem Fallschirmsprung verletzt. Es war ein sehr mutiges Schaf.«
Wie hatte Ilaria es als Kind geliebt, ihren Vater mit Fragen zu löchern, wenn er abends an ihrem Bettchen saß und den Halbschatten mit Wärme und Fröhlichkeit füllte. Weil sie das einzige Mädchen war, hatte sie immer das Privileg eines eigenen Zimmers genossen. Ihre älteren Brüder mussten sich eines teilen, bis die Karriere und das steigende Gehalt es Attilio Profeti erlaubten, endlich eine *herrschaftliche* Wohnung zu kaufen, wie Marella es sich immer gewünscht hatte.
Doch Ilaria war nicht die Einzige, die diese Momente allein mit ihrem Papà genoss. Wenn Attilio nicht an allen Werktagen abends bei Anita vorbeifuhr, lag das nicht nur an den fehlenden Vorwänden gegenüber seiner Frau Marella, die ohnehin nicht die Absicht zu haben schien, sich zu viele Fragen über den außergewöhnlichen Terminkalender ihres Mannes zu stellen. Es hing auch mit dem Wunsch zusammen, mehr Zeit mit seiner

Tochter zu verbringen, die er sonst nur kurz am Morgen oder schlafend sah.

Das Fallschirmspringerschaf wurde zum Helden vieler Geschichten, die Attilio ihr erzählte: seine verwegenen Taten hinter der Frontlinie, seine Fähigkeit, sich heimlich unter die feindlichen Herden zu schmuggeln, mit einer List ihre Pläne herauszufinden. Bei seinen Spionagetouren verkleidete es sich oft als schwarzes oder geschecktes Schaf – in den Farben des Feindes –, aber eigentlich war es weiß, schneeweiß. Attilio ahmte für Ilaria auch seinen wilden Schlachtruf nach, mit dem es den Feind in Angst und Schrecken versetzte, genannt das martialische Mähen: »Määääääääh!«

Ilaria hörte gebannt zu oder musste so lachen, dass ihr Bauch wehtat, und dann verlangte sie immer nach weiteren Erklärungen. Auch wenn ihr Vater ihr althergebrachte Märchen wie Aschenputtel erzählte.

»Warum sind die bösen Schwestern denn so gemein?«

»Weil sie eifersüchtig sind.«

»Eifersüchtig worauf?«

»Darauf, dass Aschenputtel wunderschön und von edlem Blut ist und sie selbst nur Mischlinge sind.«

»Was heißt Mischling?«

»Sie sind nicht so edel wie sie. Aschenputtels Mama ist gestorben, sie war von adliger Herkunft. Eine wahre Edeldame. Aber die Stiefmutter und ihre Töchter sind von einfachem Blut. Und deshalb sind sie hässlich.«

»Und wie ist mein Blut?«

Ihre großen Augen lugten über die Bettdecke und wärmten Attilios Herz. Endlich mal eine Liebe, die einfach war, vielleicht die einzige einfache Liebe seines Lebens. Frei von Unduldsamkeit und der geheimen Sorge vor Vereinnahmung, die jede erwachsene Frau früher oder später in ihm auslöste. Ähnlich der unterschwelligen Rivalität, die er Männern gegenüber empfand, seine Söhne eingeschlossen. Er strich ihr über den Kopf.

»Dein Blut ist richtig, mein Sternchen. Goldrichtig. Deshalb bist du auch so klug.«

Ilaria genoss die etwas raue Berührung seiner Hand, war aber immer noch nicht zufrieden mit der Geschichte. Doch dann fielen ihr die Augen zu, und die Frage, die ihr auf der Zunge lag, versank im Schlaf.

Am nächsten Morgen, während ein Klassenkamerad an der Tafel den Unterschied zwischen den Konsonanten mit Bauch erklärte (B, D, P und R), duckte sich Ilaria in ihrer Bank. Sie fuhr so lange mit dem Zeigefinger über den Rand einer Seite, bis sie sich schnitt. Ein Blutstropfen quoll aus der Kuppe, rot und rund wie ein Marienkäfer ohne Punkte. Ilaria hielt den Finger still, so dass er nicht herabtropfte.

Sie betrachtete ihn lange und eingehend wie ein Wissenschaftler, fast bis zum Ende der Stunde. Auf welche Art dieser Blutstropfen ihr allerdings Klugheit schenkte, verstand sie auch beim Pausenläuten noch nicht.

Als Ilaria acht Jahre alt war, wurde Attilio Profetis gesamte Familie zur Taufe von Edoardo Casatis Letztgeborenem eingeladen. Während der alte Zelebrant dem Neugeborenen den programmatischen Namen Patrizio verlieh, wirbelte ein Luftzug, der durch die Kirche wehte, eine lange Strähne von seinem Schädel auf, so dass sie hoch in die Luft stand. Ein Junge in Ilarias Alter drehte sich zu ihr um und hielt mit komplizenhaftem Blick ein Haarbüschel von sich in die Höhe und wedelte damit herum. Ilaria brach in Gelächter aus.

»Pscht!«, raunte das Kind ihr zu und legte einen Finger auf den Mund, machte aber immer weiter mit seinem Scherz und guckte ihr dabei fest in die Augen. Ilaria musste noch mehr lachen, so dass sie sogar ein paar Tropfen Pipi machte. Noch Jahrzehnte später witzelten sie über diese erste Begegnung: Schon mit acht Jahren vermochte Piero Casati es, dass sie feucht wurde.

Ilaria und Piero wichen den ganzen Empfang über nicht voneinander. Die vielen Hundert Gäste in dem großen Garten der Villa an der Via Salaria sorgten dafür, dass ihre Eltern sie vergaßen. Sie hatten noch keine zwei Stunden miteinander gespielt, als er sie fragte, ob er sie küssen dürfe. Sie war so glücklich über diesen Vorschlag, dass sie wegrannte. Er rannte hinter ihr her mit einer Schachtel Schokopralinen, die er in einem großen Raum mit lauter Regalen geklaut hatte, und schlug ihr ein Spiel vor. Er hielt ihr die Augen zu, während sie auf gut Glück eine Praline auswählte, die über ihr Schicksal entscheiden sollte. Nusspraline: Kuss. Schwarze Schokolade: Ohrfeige (also sie bei ihm). Weiße Schoko: Zungenkuss.

Beide waren erleichtert, als Ilaria keine weiße Praline zog – sie fanden die Vorstellung beide etwas eklig. Aber auch enttäuscht: Ilaria hielt eine Praline mit schwarzer Schokolade hoch. Aus Wunsch und Sorge zugleich, dass die Ohrfeige wie ein Streicheln ausfallen könnte, versetzte sie ihm einen schallenden Schlag. Als sie sah, wie er sich die schmerzende Wange hielt, schlug sie teils aus Mitleid, teils um die Gelegenheit zu nutzen, vor: »Ich mache die Augen noch mal zu und ziehe noch eine. Wenn sie wieder schwarz ist, darfst du mir eine Ohrfeige geben, und wir sind quitt.«

Doch Piero hielt ihr die Praline unter die Finger, die sie beide sich sehnlichst wünschten. »Nuss!«, rief er mit gespielter Überraschung und echter Freude, als Ilaria die Augen öffnete. Von den höheren Regeln des Spiels gezwungen, gaben sich Ilaria und Piero den ersten Kuss ihres Lebens.

Ein Jahr später, Ilaria war in der dritten Klasse, erkrankte ihre Lehrerin und wurde von einer Vertretungskraft ersetzt. Wie viele junge Frauen Anfang der siebziger Jahre trug sie lange, bunte Röcke, ließ die Haare offen und war überzeugt davon, dass es ihre Hauptaufgabe sei, den Kindern Brüderlichkeit unter den Menschen beizubringen. Eines Morgens diktierte sie ihnen die Fragestellung für einen Aufsatz: »Hast du schon einmal einen Neger gesehen? Erzähle davon.«

Es wurde kein Erfolg. Italien war noch ein Land, in dem ein *Immigrant* jemand war, der jetzt in New York, Deutschland oder Australien lebte. Wenige Schüler hatten schon mal Menschen von anderen Kontinenten gesehen. Über die Hälfte schrieb daher einfach »Nein« auf ihr Blatt. Andere waren etwas gesprächiger: »Nein, nur im Kino oder im Fernsehen.« Unter den wenigen, die schon so etwas Außergewöhnliches erlebt hatten, war ein besonders scharfsinniger Schüler, der genau wusste, worauf die Lehrerin hinauswollte. Er schrieb: »Ja, einmal, aber ich fand ihn nicht minderwertig.« Auch Ilaria wusste, was die Vertretungskraft wollte, aber sie hatte noch nie jemanden mit dunkler Hautfarbe gesehen, also live. Der erste schwarze Mensch sollte ihr ein paar Jahre später begegnen, 1975, mit zehneinhalb, als die eritreischen Dienstmädchen nach Italien kamen.

Ihr Mädchen hieß Haddas. Sie floh vor dem gerade ausgebrochenen Krieg zwischen jenem Land, das mancher Journalist immer noch als »unsere erste Kolonie« bezeichnete – obwohl es das seit über dreißig Jahren nicht mehr war –, und Äthiopien, an dessen italienische Besatzung sich lieber niemand mehr erinnern wollte. Der Pfarrer Don Samuele hatte sie Marella als »tüchtig, aufgeweckt und sauber« angepriesen und ihr versichert, sie sei keine Wilde. Die Klosterschwestern in Asmara hätten ihr beigebracht, wie man die Sachen »auf italienische Art« macht. Sie hatten sie kochen gelehrt und die italienische Sprache, die sie auf etwas altmodische, blumige Art benutzte: wie ein lange eingemottetes Kleid. Marella fand sie zwar ein wenig jung, stellte sie aber trotzdem für eine Woche zur Probe ein.

Freundinnen von ihr ließen die eritreischen Hausmädchen weiße Handschuhe tragen, wenn sie bei Tisch servierten (»wegen der dunklen Hände, weißt du«), doch Marella empfand dies als Zurschaustellung. Sie gab ihr nur ein weißes Häubchen für die Haare, einen gestreiften Kittel und eine weiße Schürze mit Spitzenlatz zum Servieren der Gerichte.

»Dein Name ist ein bisschen kompliziert, ich werde dich Ada nennen. Das ist dir doch recht, oder?«

Haddas nickte.

Marella ließ sie allein, und sie probierte ihre neue Uniform an. Als sie in den Spiegel schaute, lächelte sie. Sie hatte ihr von Krieg und Armut zerstörtes Land verlassen müssen, doch war sie nun in diesem anderen Land, das ihr aus der Ferne sehr vertraut vorkam. Sie hatte schon als Kind viel darüber gelernt. Sie kannte alle Regionen Italiens, auch die in den Alpen, indem sie sich wie jeder italienische Schüler an ihren Initialen entlanghangelte: Macongranpenalerecagiù. Sie wusste, wer San Remo gewonnen hatte und wer den Giro d'Italia, denn bei den Asmara waren das wichtige Ereignisse, und im Kino Roma hatte sie die Filme mit Bud Spencer und Terence Hill gesehen – vielleicht würde sie die beiden ja persönlich kennenlernen! Während sie so ihre neue Arbeitskleidung – eine typisch italienische Uniform – im Spiegel betrachtete, fiel ihr ein Lied ein. Damit hatten sie jeden Morgen im technischen Institut, wo sie ihren Schulabschluss gemacht hatte, den Unterricht begonnen: »Frate-lli / d'I-ta-alia / l'I-ta-lia / s'e de-esta ...«

Sie summte die Strophen leise vor sich hin, gegen die Furcht und das Heimweh. Sie gaben ihr Hoffnung. Bestimmt wurde auch hier, sagte sich Haddas, jeden Morgen die wunderbare italienische Hymne gesungen.

Am ersten Abend machte sie Lasagne, und sie gelang ihr gut. Marella fragte Attilio, ob es ihm schmecke. Er war noch immer sehr besorgt über das, was Anita ihm einige Tage zuvor mitgeteilt hatte, und lobte das Essen mechanisch, ohne den Blick vom Teller zu heben und das neue Mädchen richtig zu bemerken, das sie bediente.

Am zweiten Abend sagte Attilio zu Marella, er habe ein Arbeitstreffen, und aß bei seiner Geliebten.

Am dritten Abend bereitete Haddas einen Braten zu, der sehr gut ankam. Die Kinder mochten vor allem die Rosmarinkartoffeln, knusprig aus dem Ofen. Da erst bemerkte Attilio die junge Frau mit den violetten Schatten unter den Augen, die geräuschlos die Teller abräumte.

»Woher kommt sie?«, fragte er Marella. Seit Monaten, vielleicht sogar seit Jahren, richtete er beinahe nie von sich aus das Wort an seine Frau.

»Aus Eritrea. Don Samuele hat sie mir vermittelt.«

Attilio folgte Haddas mit dem Blick: das Wiegen in den Hüften, die feingliedrigen Bewegungen. Er blickte auf ihre schwarzen Handgelenke, während sie seinen Teller abräumte. Als sie sich vorbeugte, um nach der Backform in der Mitte des Tisches zu greifen, streifte sie kurz mit der Seite sein Gesicht und hüllte ihn in ihren Duft.

Attilio schloss die Augen.

Er holte tief Luft. Diesen intensiven Duft erkannte er wieder.

Er machte die Augen erst wieder auf, als sie in der Küche verschwunden war.

Marella hatte wie üblich nichts bemerkt.

»Morgen soll sie mal ein Gericht aus ihrem Land kochen«, sagte Attilio, als sie fertig waren.

Am vierten Abend kochte Haddas *zigini*. Das *berbere* hatte sie mitgebracht und bewahrte es in ihrem Koffer auf. Sie nahm nicht viel, viel weniger als zu Hause in Eritrea, doch die Kinder mochten es trotzdem nicht. Emilio musste sich wie immer produzieren, riss den Mund auf und fächelte sich wild mit der Hand davor herum, spülte ganze Gläser Wasser nach und gurgelte mit übertriebener Erleichterung. Federico, der schon über zwanzig war, wollte ihm nicht nachstehen und hechelte wie ein Hund mit heraushängender Zunge. Ilaria, viel jünger als die beiden und weit entfernt von ihrem endlosen Ringen um die Aufmerksamkeit der Welt, stellte fest: »Es ist nicht heiß, und trotzdem brennt es.«

Der nächste Tag war ein Sonntag. Der Tag der Woche, an dem Anita so tat, als sei sie eine glückliche ungebundene Dreißigjährige, frei von den allzu vielen Männerhänden ihrer Kindheit, vor denen ihre Mutter als Kriegerwitwe sie nicht hatte schützen können. In Wirklichkeit überstand sie ihn nur mit dem bangen Hoffen eines prähistorischen Menschen, der im Dunkel der Nacht darauf wartet, dass seine Sonne wieder aufgeht: Attilio.

Sie hatten einander auf die älteste Art des außerehelichen Umwerbens gefunden, die der Westen kannte: Sie war seine Sekretärin. Nun war sie absolut nicht die erste Frau, mit der Attilio Marella betrog, und auch nicht die letzte, aber die einzige, zu der er immer wieder zurückkehrte, und nicht nur, weil sie immer da war, im Büro, bereit und reif wie eine Erdbeere. Attilio Profeti hatte sich auch verliebt – soweit das einem Mann möglich ist, dem niemals in den Sinn käme, für das Glück eines anderen auf etwas zu verzichten. Für sie seine Frau zu verlassen war für ihn überhaupt kein Thema. Dabei war in den vergangenen Monaten in Italien über wenig anderes geredet worden als über das Referendum zur Legalisierung der Scheidung. Überall, auf den Demonstrationen, in den Bars, in den Wohnzimmern, wurde die Diskussion geführt. Außer an zwei Orten: in den Büroräumen von Edoardo Casatis Firma, wo den Angestellten untersagt worden war, die Unauflöslichkeit des Ehesakraments in Frage zu stellen, und in Anitas Wohnung, zumindest solange Attilio da war. Als es an die Abstimmung ging, votierte Attilio Profeti gegen die Scheidung. Marella und Anita hingegen stimmten beide dafür.

Wenn sie zusammen zu Abend essen konnten, verhielten Attilio und Anita sich wie ein frisch verliebtes Brautpaar: der schön gedeckte Tisch mit Leckereien, mit deren Zubereitung Anita viele Stunden verbrachte, das Plaudern auf dem Sofa, eine kostbare Stunde Ruhe in enger Umarmung. Streng verboten war jede Anspielung auf die Zukunft. Bis Anita ihm eines Tages das Ergebnis des Urintests gezeigt hatte.

»Was soll ich jetzt tun?«, hatte sie ihn gefragt. Um dann schnell hinzuzufügen, als sei sie ein Kind, das einen kapriziösen Wunsch ausspricht: »Ich würde es so gerne behalten.«

Abtreibungen waren in Italien noch illegal, doch es gab ein paar private Arztpraxen, in denen derlei Probleme gelöst wurden. Ihre Diskretion kostete nicht wenig, doch das war für Attilio kein Problem mehr.

»Kopf hoch, mach dir keine Sorgen«, hatte er gesagt und sie an sich gezogen, mit der guten Laune von Menschen, die keinen Grund zur Sorge haben. »Das entscheiden wir später.«

Doch als er ihre Wohnung verlassen hatte, die Stadt durchquerte auf dem Weg zu dem Heim, wo drei seiner Kinder und ihre Mutter schliefen, blieb er an einer gelb blinkenden Ampel stehen. Er war rechts rangefahren und hatte den Kopf auf die Hände am Lenkrad sinken lassen. Die Unaufhaltsamkeit der biologischen Prozesse, die in Anitas Gebärmutter abliefen, waren jäh und mit mörderischer Kraft über ihm zusammengestürzt. »Ich würde es so gerne behalten«, hatte sie gesagt. Sie hatte ihn um Erlaubnis gebeten, seinen Sohn auf die Welt zu bringen. Wenn er sie nicht erteilte, würde sie abtreiben – so sehr liebte sie ihn. Attilio hatte sich von der Ampel anblinken lassen, hatte bei ihr nach Rettung gesucht, wie ein verirrtes Schiff, das dem Leuchtturm folgt. Als er zwei Stunden später erwachte, sprang die Ampel schon wieder von rot auf grün, und es dämmerte.

Heute, am ersten Sonntag nach jener Nacht, war Attilio nervös.

Marella war mit Ilaria zu einem Kindergeburtstag gegangen. Haddas verbrachte ihren freien Nachmittag mit ein paar Landsmänninnen. Auch Emilio und Federico aßen mittags auswärts. Diese zwei jungen Männer, so ähnlich und doch so unterschiedlich, verließen das Haus stets, ohne sich zu verabschieden, wie junge Raubtiere, die sich von einem abgenagten Gerippe wegtrollen. Dies führte bei Attilio zu einem unterschwelligen Zorn, der ihn jedoch nie dazu motivierte, sich ihnen gegenüber als Erzieher zu positionieren. Und auch nicht, sich einzugestehen, dass er sich in seiner Familie seit vielen Jahren genauso verhielt.

Attilio holte sich ein Glas Wasser in der leeren Küche, die in herbstliches Licht getaucht war. Hinter dem Spülbecken führte ein Durchgang ohne Türzargen in die Waschküche. Als sie in dieses Wohnviertel im Norden Roms gezogen waren, war der große Raum hinter der Küche ganz den Waschmaschinen, Wäscheleinen und Bügelbrettern überlassen worden. Für Marella war dies das wichtigste Symbol für den sozialen Aufstieg ihres Mannes: die ersehnte Rückkehr, nach den verlorenen Jahren als verarmte Waise, zu der arg vermissten bürgerlichen Ehrbarkeit ihrer Kindheit.

Durch die Waschküche gelangte man in die Mädchenkammer. In fünfzehn Jahren hatte Attilio nur einmal das kleine Zimmer betreten, das nun Haddas gehörte, nämlich als er mit Marella und dem Immobilienmakler die Wohnung besichtigt hatte. Aus einem Impuls heraus stellte er das Glas auf den Beckenrand und betrat es zum zweiten und letzten Mal in seinem Leben.

Die Kammer war winzig, es passten kaum ein metallenes Bettgestell und ein kleiner Nachttisch hinein, auf dem das Bild eines koptischen Erzengels stand. Im Vergleich mit diesem engen Raum wirkte die Waschküche wie ein Kirchenschiff. Das kleinste der übrigen Schlafzimmer gehörte Ilaria und war mehr als doppelt so groß. Ein niedriges Fenster ging auf einen Hofschacht hinaus, durch den man nicht mal in den Himmel schauen konnte. Hinten trennte ein Raumteiler aus Kunststoff die Toilette und ein Waschbecken vom übrigen Raum. Es gab weder eine Dusche noch Platz für einen Kleiderschrank. Unter dem Bettgestell lag der abgewetzte Koffer der jungen Eritreerin, aus dem ein Zipfel weiße Gaze hing.

So erblickte Marella ihn, als sie noch einmal zurückkam, um einen Kuchen zu holen, den sie in der Küche vergessen hatte: Attilio stand im Mädchenzimmer, das Gesicht in Haddas Tuch vergraben. Auch wenn sie ihn nur von hinten sah, bestand kein Zweifel daran, was er tat. Er atmete mit geschlossenen Augen ihren Duft ein. Marella wusste nichts von Anita, und auch nichts von Abeba, man könnte sagen, dass sie so gut wie gar nichts wusste von ihrem Ehemann. Eins aber wusste sie, nämlich dass er sich niemals so an ihrem Duft berauscht hatte, dem Duft der Frau, die er zweiundzwanzig Jahre zuvor geheiratet hatte.

Attilio war versunken in eine unnennbare Sehnsucht, er bemerkte nicht, dass er beobachtet worden war. Und Marella schwieg, als sie abends mit Ilaria zurückkam. Am nächsten Abend jedoch trug sie selbst die Speisen auf.

»Wo ist die Afrikanerin?«, fragte Emilio.

»Ich habe ihr gekündigt«, erwiderte Marella. »Ich mochte nicht, wie sie kochte.«

»Schade«, sagte Federico. »Sie war zwar ein bisschen schmächtig, hatte aber einen hübschen Arsch.«

Langsam hob Attilio den Blick vom Teller und legte ihn auf seinen Ältesten, der ihm sehr ähnlich sah, die gleiche Augenfarbe, die gleiche gerade Nase wie er. Wann genau in der Verwandlung vom lockigen Knaben zum Mann war er so aufgeblasen, so rüpelhaft und so egozentrisch geworden, kurz: so mies?

›Ich in seinem Alter habe gerade den Amba Work erobert.‹

Attilio wischte mit der Serviette über seinen Mund und wandte sich zum zweiten Mal in zwei Tagen direkt an Marella.

»Die nächste nimmst du wieder aus Italien.«

An diesem Abend bat Haddas bei einer Landsmännin um Unterschlupf. Doch die wäre entlassen worden, wenn die Signori erfahren hätten, dass sie eine Freundin in dem winzigen Schlafraum beherbergte. Also wandte sich Haddas an Don Samuele. Er schimpfte mit ihr, weil sie doch bestimmt etwas Schlimmes getan hatte, wenn ihr schon nach drei Tagen gekündigt wurde, dann überließ er sie der Fürsorge seiner Haushälterin. Zum Glück war die Nachfrage nach Personal groß, so dass Haddas nur drei Tage später ihren Koffer unter die nächste Metallpritsche schieben konnte, im nächsten Hinterzimmer eines anständigen Hauses.

In der Zwischenzeit hatte Attilio seinen Entschluss gefasst.

Ja, sagte er zu Anita. Sie durfte *es behalten*. Aber unter der Voraussetzung, dass sich ansonsten nichts änderte.

»Mir reicht es, wenn du ihm deinen Nachnamen gibst«, erwiderte Anita.

Attilio Profeti war so dankbar, dass sie nicht mehr verlangte – Scheidungen, Szenen, Umzüge, neue Hochzeiten –, dass er dem Kind bei seiner Geburt auch seinen Vornamen gab.

In diesem Sommer, wenige Monate nach der Geburt des kleinen Attilio Profeti, überredete Marella ihren Mann, auf ihrer Reise ans Meer einen Halt in Lugo einzulegen.

»Seit der Beerdigung deines Vaters waren wir nicht mehr da«, sagte sie. »Du und Otello, ihr seht euch nur, wenn er nach Rom kommt. Er ist dein Bruder, du solltest dich mehr um ihn kümmern. Ich wünschte, ich hätte eine Familie ...«

Doch mit Familie war Attilio mehr als genug beschäftigt. Für diesen Sommer hatte er einen ausgeklügelten Schlachtplan entworfen, wie ein Heeresgeneral vor dem übermächtigen Feind (eine Kombination aus den Bedürfnissen zweier Ehefrauen, zweier Haushalte inklusive ihrer Zuarbeiterinnen sowie seiner vier Kinder auf dem europäischen Kontinent). Er würde seine offizielle Familie im Auto von Rom in das Hotel in den Alpen fahren, dann würde er an dem nahegelegenen Bahnhof seine geheime Familie abholen (Anita, Neugeborenes, Amme), die mit dem Zug kam, um sie in demselben Tal in einem anderen Hotel abzusetzen, das nur wenige Kilometer entfernt war, um dann den Urlaub über – wenn man das überhaupt so nennen konnte – zwischen beiden hin und her zu pendeln. Das harte Leben als Bigamist in der Sommerfrische, das er nur mit eiserner Disziplin würde durchstehen können. Deshalb nahm er Marellas Vorschlag nicht gerade begeistert auf. Doch seit Attilio Profeti junior geboren war, lag sein Hauptbestreben darin, keinen Anlass zu Streit, Vorwürfen oder – Gott bewahre – Verdächtigungen zu geben. Und keine kostbare Energie zu verschwenden, die so sparsam dosiert wurde wie die unzureichenden Stunden Schlaf. Also willigte er ein.

Zum ersten Mal seit fast zwanzig Jahren fuhr Attilio Profeti übers Land nach Lugo. Die Landstraßen waren nicht mehr, wie noch bei Ernanis Beerdigung, gesäumt von Laken mit der Aufschrift »Wir wollen die Trockenlegung«, die aus baufällig aussehenden Häusern hingen, in denen Familien mit dreizehn Kindern wohnten. Jetzt, 1976, wirkte es so, als habe ein Grundschulkind ein paar Häuser in die Landschaft gemalt, die nach wie vor flach wie der Busen einer Greisin war, mit Obsthainen, so weit das Auge reichte, und den klaren Linien der Pappeln. Quadratische Häuschen mit kleinen Gärten, in denen Zeichentrickfiguren standen, alle mit Wasserfarben koloriert – Sonnengelb, Grasgrün, Babyrosa und Schlumpfblau. Diese neuen Häuschen standen zwar nebeneinander, schienen aber nichts voneinander zu wissen. Als müssten ihre Bewohner sich erst noch mit dem verwirrenden Wohlstand arrangieren, der über sie gekommen war; als kämen sie gar nicht dazu, von ihren Nachbarn Notiz zu nehmen.

Lugos Zentrum sah noch genauso aus wie früher. Die gleichen roten Backsteingebäude, der weitläufige Pavaglione mit seinen Arkaden und Einkaufsläden, die Festung mit der Gedenktafel für den Märtyrer des freien antiklerikalen Denkens, dem Ilarias Urgroßvater seinen Spitznamen »Der Toleriertnicht« verdankte. Und vor allem das Denkmal für den Jagdflieger Francesco Baracca, der immer noch ungeachtet der irdischen Wechselfälle seiner Mitbürger in die luftige Ferne spähte, wenngleich seit dem Tod seiner Mutter, der Gräfin Paola Maria Costanza Biancoli verehelichte Baracca, genannt Paolina, niemand mehr seine zahlreichen Verdienstorden spazieren trug.

Otellos Haus befand sich in der Nähe des Bahnhofs, nicht weit von dem Haus, in dem er und Attilio aufgewachsen waren. Die Wohnung war vorzeigbar und wurde von seiner Frau Sandra tadellos in Ordnung gehalten. Das Essen, das man der Verwandtschaft aus Rom servierte, war schmackhaft. Und doch empfand Attilio beim Betreten der Wohnung eine Mischung aus Klaustrophobie und Unbehagen. Nachdem Otellos Traum, Eisenbahningenieur zu werden, geplatzt war, hatte er sich mit einem Beruf abgefunden, der nicht für ihn gemacht war – Mathematiklehrer an einer berufsbildenden technischen Schule –, und hatte mit dem letzten Funken Bedauern auch alle Sehnsüchte begraben. Ilaria aber sah etwas ganz anderes: zwei Eheleute, die im Gegensatz zu ihren Eltern häufig das Wort aneinander richteten, manchmal sogar mit einem Lächeln wie Menschen auf gleicher Augenhöhe.

Das Mittagessen verlief betont höflich, bis die beiden Brüder sich in den kleinen Salon setzten und auf ihren Espresso warteten. Marella half Sandra beim Abräumen, Federico und Emilio standen rauchend mit den drei Cousins auf dem Balkon. Ilaria hatte ihr Buch im Auto vergessen, *Die Schatzinsel*, und langweilte sich so sehr, dass sie sogar das Etikett des Spülmittels durchlas. Auf dem Couchtisch vor dem Sofa, auf dem der Vater und Onkel saßen, lag eine Zeitschrift, bestehend aus wenigen Schwarz-Weiß-Seiten. Sie nahm sie.

Der Titel *Volontà* war in der kantigen Schrift der Vorkriegspropaganda gedruckt. Daneben das stilisierte Bild zweier Drahtzäune, die in der Ferne zusammenlaufen, unten links der Umriss einer Lagerbaracke, überragt und fast überwältigt von einem hohen Wachturm. Neben der Zeichnung, schlicht und deutlich wie ein Holzschnitt, ein Zitat: »Ich wechselte den Himmel, nicht aber die Seele/caelum non animum mutant qui trans mare currunt« – Horaz, *Episteln*. Ilaria hatte schon Latein in der Schule und fragte sich, warum die schönsten Worte nicht übersetzt worden waren, die von der Fahrt über das Meer sprachen. *Monatsschrift der Nicht-Kooperierer*, hieß es im Untertitel. Ilaria begann zu blättern und überflog die Artikelüberschriften: »Sieben Jahre Gefangenschaft auf der S.M. Britannica – die internierten Missionare«; »Tragische vergessene Wahrheiten«; »Für die Ehre Italiens«. Schließlich eine Seite mit Bildern, ausschließlich Männer, und Kurzbiografien, darunter der Satz: »Die verstorbenen NICHT des Jahres«.

»Papà, wer sind die NICHT?«, fragte Ilaria Attilio.

Otello antwortete: »Die Nicht-Kooperierer. Kriegsgefangene, die nicht mit dem Feind zusammengearbeitet haben.«

»Es bedeutet Faschisten, Liebling.« Attilios Stimme war jovial, fröhlich. »Dein Onkel ist ein toller Kerl, aber er zog Mussolini den Amerikanern vor.«

Was dann zwischen den Brüdern passierte, kann man kaum einen Streit nennen, denn es wurden nur wenige Worte gewechselt. In den folgenden Jahren behielt Ilaria von diesem Tag in Erinnerung, dass hier ihre gegenseitige, bis dahin nur unterschwellige Abneigung offensichtlich wurde. Wie eine Krankheit nach langer Inkubationszeit endlich den Körper mit Ausschlag überzieht. Auch sie wurde davon angesteckt und ebenso ihre Brüder, die wie immer wild diskutierend vom Balkon hereinkamen und ausnahmsweise sofort verstummten. Und sich für die verbleibende Zeit des Besuches zurückhielten, als ließen sie jener brüderlichen Feindseligkeit den Vortritt, die so viel älter und heftiger war als ihre.

Als sie endlich aufbrachen, küsste Marella steif die Wangen ihres Schwagers und seiner Frau. Attilio packte schon mit Emilio und Federico die Koffer in den Fiat 124, und nur Ilaria stand neben ihrer Mutter.

»Ich beneide dich nicht«, raunte ihr Otello zu. »Mit einem Mann verheiratet zu sein, der den Unsinn auch noch glaubt, den er redet.«

Marella begriff, dass ihr Schwager ihr damit seine Solidarität bekunden wollte, dennoch war sie verärgert. Wer gab ihm das Recht zu behaupten, dass ihr Mann faktisch Lügen verbreitete? Und sie zu zwingen, das zur Kenntnis zu nehmen?

Sie bestand nie mehr auf einem Besuch bei Otello. Sie sahen ihn nur noch einmal im Jahr danach anlässlich seiner Reise nach Rom wegen irgendwelcher Angelegenheiten beim Bildungsministerium. Bald darauf machte ein aggressiver Magentumor Attilio zum Sieger im Wettkampf aller Wettkämpfe, dem gegen den älteren Bruder. Doch dort im Wohnzimmer des Onkels hörte Ilaria zum ersten und einzigen Mal, dass ein gewisses fernes Land in Afrika erwähnt wurde. Sie hatte keine Ahnung, was Otello meinte. Doch der verlorene Gesichtsausdruck, den sie bei ihrem Vater zuvor noch nie gesehen hatte, als sein Bruder ihm den Namen entgegenschleuderte, wie ein kodiertes moralisches Urteil, doch von definitivem Gewicht, traf sie so sehr, dass sie sich Jahrzehnte später noch daran erinnerte.

»Äthiopien.«

In der zweiten Hälfte der siebziger Jahre schlief Attilio Profeti nicht viel. Jeden Morgen weckte er in Anitas Wohnung seinen kleinen Namenszwilling, machte ihm Frühstück und brachte ihn in den Kindergarten und ein paar Jahre später zur Schule. Und auch Ilaria in Marellas Wohnung wurde jahrelang von der fröhlichen Stimme ihres Vaters geweckt, der ihr Milch, Kakao und Zwieback auf den Küchentisch stellte und sie dann zur Schule brachte. Für beide Kinder war dies der privilegierte Augenblick des Tages, den sie mit ihrem Vater hatten, aber wie bei ihren Schulkameraden auch der einzige, weil die Väter den Rest des Tages außer Haus verbrachten. Es gab nur winzige Details, die die komplexe Situation hätten auffliegen lassen können. Das Ausmalbuch aus dem Kindergarten, das Ilaria auf dem Autositz fand und das Attilio damit erklärte, dass er den Sohn eines Freundes mitgenommen hatte. Der Mantel oder die Jacke, die der Vater fast immer trug, wenn er Attilio weckte – nicht weil er gleich das Haus verließ, wie das Kind glaubte, sondern weil er gerade erst hereingekommen war. Das noch verschlossene Schultor und der menschenleere Bürgersteig, auf dem der Vater Ilaria absetzte, nachdem er in den Jackentaschen gekramt und ihr sein Kleingeld in die Hand gedrückt hatte. Der kleine Attilio, der jeden Morgen an der Hand des Vaters die Straße zum Kindergarten entlangrennen musste, fast neben seinen langen Schritten herflog, um das Tor zur erreichen, kurz bevor der Hausmeister es schloss.

Indem er unverfroren die zeitlichen Spielräume der Bildungseinrichtungen bis an die Grenzen der Tolerierung ausnutzte, schaffte es Attilio Profeti jahrelang, seine beiden jüngsten Kinder quasi gleichzeitig zur Schule zu bringen, obwohl sie einige Kilometer entfernt wohnten und nichts voneinander wissen sollten. Um diese Momente des direkten Miteinanders mit ihnen nicht zu verlieren, lernte er quasi die Kunst der Allgegenwart; gleichzeitig aber musste er diesen spektakulären Beweis väterlicher Liebe geheimhalten, konnte niemand ihn wertschätzen. Seine athletische und jugendliche Physis gab ihm die Kraft, die Anstrengungen der Bigamie auszuhalten, das Hin und Her im Auto von einer Familie zur anderen, von einer Frau zur anderen, von einem Leben zum anderen. Dennoch drohte eine tödliche Müdigkeit häufig sein kompliziertes Lügengebäude zum Einsturz zu bringen. Dann fuhr Attilio Profeti genau wie in der Nacht, als er von Anitas Schwangerschaft erfuhr, rechts ran, gleich ob an befahrenen Straßen oder lauten Kreuzungen, und schlief ein. Den Kopf nach hinten an die Kopfstütze gelehnt, mit offenem Mund, versank er für ein paar Minuten hilflos in einen Schlaf, der so kompakt war wie der Hohlraum, der ihn seit jeher von sich selbst trennte.

Doch trotz der praktischen Schwierigkeiten, der beständigen Angst, etwas Falsches zu sagen (auch bei Anita erwähnte man die andere Familie besser nicht, wollte man sie bei Laune halten), bewirkte die Anstrengung in Attilio Profeti eine unsagbare Leichtigkeit. Endlich hatte er ein privates Geheimnis, banal und von bürgerlichem Ausmaß. Nicht epochal, wie von der Geschichte auferlegt. Ein Geheimnis aus Lügen und Auslassungen, mit dem er gut umgehen konnte. Ehebruch, nicht Senfgas oder Flammenwerfer. Was für eine Erleichterung!

Mit Ausnahme des Tages, als Marella ihm zum Espresso nach einem der seltenen Mittagessen in der Familie die Frage servierte: »Wer ist Lidio Cipriani?«

Diese Frage kam so unerwartet, von einer Frau, die nichts von seinem Leben vor ihrem Kennenlernen vor fast dreißig Jahren wusste, dass Attilio fast glaubte, er hätte sie sich eingebildet. Er nahm sich Zeit zu antworten, wie ein Spieler, der nicht nur seine Gefühle zu verbergen vermag, sondern auch den Umstand, dass er sie verbirgt.

»Wer?«

»Heute Morgen war ich in der Nationalbibliothek und habe ein Buch gesucht für das Vereinsblatt. Beim Warten auf die Ausgabe habe ich mir die Zeit vertrieben, indem ich nach Namen von Bekannten im Katalog gesucht habe. Und mit deinem habe ich angefangen.«

»Was hat dieser Ceriani damit zu tun?«

»Cipriani. Auf einer Karteikarte tauchte er als Autor auf, zusammen mit dir.«

Attilio drehte den Löffel in der Tasse und schüttelte den Kopf. »Keine Ahnung, wer das ist. Und der andere ist vielleicht ein Namensvetter von mir.« Dann schob er mit ungerührter Neugier die Unterlippe vor und fragte seine Frau: »Was war das denn für ein Buch?«

»Keine Ahnung, ich wollte es nicht bestellen, das dauert immer so lange.« Sie sah ihren Mann verstohlen an. »Der Titel klang allerdings ziemlich merkwürdig.«

Attilio lächelte sie in friedfertiger Überraschung an. »So was. Und ich hielt mich immer für den Einzigen mit diesem Namen. Aber nein. Tja, dann weißt du seit heute: Es gibt zwei Attilio Profetis.«

Dann erhob er sich, ohne zu bemerken, dass er gerade die Existenz seines Letztgeborenen offenbart hatte.

Marella hätte vielleicht nie mehr an den geheimnisvollen Autor mit demselben ungewöhnlichen Namen ihres Mannes gedacht – diese Mischung aus antikem Rom und Melodram. Wäre nicht ein paar Tage später die Zugehfrau gekommen (namens Jovilyn, die im Hause Profeti der Einfachheit halber Giovanna genannt wurde, mit Mann in Manila, den sie nicht vermisste, im Gegensatz zu den zwei erwachsenen Söhnen und vor allem den drei kleinen Enkeln) und hätte die Taschen der Schmutzwäsche geleert, bevor sie sie in die Waschmaschine tat. Marella erkannte in dem Zettelchen, das die Philippinin ihr gab, den Bestellabschnitt der Nationalbibliothek. Allerdings konnte es nicht ihr eigener von vor ein paar Tagen sein, denn Jovilyn sagte, sie habe den Zettel »in einem Hemd des Signore« gefunden. Der Titel des bestellten Buches lautete: *Schriften zum faschistischen Rassismus – Cipriani, Lidio, Profeti, Attilio et al.*

Marella starrte auf den Schnipsel. Die Evidenz der Fakten ließ sie im Geiste alle Teilchen aneinanderreihen, die diesen Zettel in Attilios Tasche gelegt hatten: ihre Frage, ob er einen Cipriani kenne, sein Leugnen, um dann am nächsten Tag in die Bibliothek zu gehen und persönlich den Inhalt des Buches zu überprüfen. Warum? Warum verwandte er so viel Zeit – vor allem bei der enervierenden Langsamkeit der Nationalbibliothek – auf eine unbedeutende Namensgleichheit?

Marella verlangte keine Erklärung von Attilio, weder an diesem Tag noch an den darauffolgenden. Und ging auch nicht selbst los, um nachzulesen, was in dem Buch mit dem heiklen Titel stand. Das tat sie erst viele Jahre später, als Attilio schon Anita geheiratet hatte. Einer der vielen Momente, in denen Marella klar wurde – »Endlich!«, hätte Ilaria als Teenager mitleidlos gesagt –, dass sie nichts über den Mann wusste, dem sie drei Kinder und dreißig Lebensjahre geschenkt hatte, schlimmer noch, dass sie nur Falsches über ihn wusste. Einer dieser Momente, in denen sie an der Realität und dem eigenen Leben zweifelte, in das tiefe Loch stürzte, das sich bei der Entdeckung des Doppellebens ihres Mannes vor ihr aufgetan hatte, und es nur eine Chance gab, sich ihre Existenz zurückzuholen – indem sie versuchte, zu begreifen.

An jenem Tag jedoch entschied sie sich einmal mehr für das kluge Gerüst der Lüge und der selektiven Blindheit, das notwendig war, um den porösen Rest ihrer Ehe aufrechtzuerhalten, wie ein Ektoskelett, das einen Querschnittsgelähmten stützt. Sie zerriss den Schnipsel und warf ihn in den Papierkorb.

»Und wieder einmal warst du es, die die anderen auf die Spur der Wahrheit setzte, ob sie wollten oder nicht«, sollte Lavinia später, viel später, zu Ilaria sagen. »Ich wundere mich häufig, dass deine Familie dich nicht längst erwürgt hat.«

»Jeder von ihnen hatte immer mindestens eine Person, die er noch vor mir gerne erwürgt hätte.«

Eines Morgens brachte Attilio Ilaria wie immer eilig zur Schule. Sie fuhr mittlerweile mit dem Mofa, doch an diesem Tag regnete es. Seit Wochen schon grübelte sie über etwas nach, das sie ihren Vater fragen wollte, doch zu dem selbst ihr der Mut fehlte. Sie war sechzehn und kein Kind mehr, sie sah, was vor sich ging. Sie wollte ihm sagen, dass sie wusste, warum er um drei Uhr morgens nach Hause kam (manchmal hörte sie den Schlüssel, wenn sie selbst gerade erst in die Wohnung gehuscht war, nach einem der Abende einer allzu freien Teenagerin, von denen Marella nichts wusste). Sie wollte ihm von den stummen Telefonanrufen erzählen, die sie angenommen hatte. Vor allem wollte sie sagen, dass sie groß war, dass er zwar ihre Mutter betrüge, aber sich keine Sorgen um sie machen musste, sie glaube ohnehin nicht an die bürgerliche Ehe.

»Darf ich dich was fragen, Papà?«

Attilio drehte sich fröhlich zu ihr um. »Du? Etwas fragen? Oh mein Gott, was ist passiert, das hat es doch noch nie gegeben!«

Doch Ilaria lachte diesmal nicht. Sie wusste, wenn sie nicht sofort zum Punkt käme, würde sie sich nicht mehr trauen und dann wäre die Autofahrt schon wieder vorbei. »Du hast eine Geliebte, stimmt's?«

Attilio Profetis rechtes Profil war seiner Tochter wohlbekannt. Seit zehn Jahren sah sie es an jedem Werktagsmorgen fast eine halbe Stunde lang, wenn er sie zur Schule fuhr. Ilaria war Zeugin eines kaum wahrnehmbaren Verfalls gewesen, des Übergangs von der beinah jugendlichen Präzision der Umrisse zu den ersten Vorzeichen der großen Unumkehrbarkeit, die seine Züge am Ende fast unkenntlich machen würde. Doch sie hatte nie gesehen, dass er rot wurde.

»Sieh mal, mein Stern ...«, begann Attilio. Doch er konnte nicht fortfahren.

»Ach, Papà, reg dich nicht auf. Mir kannst du es ruhig sagen. Ehrlich. Das ist kein so großes Problem für mich.«

Attilio Profeti trat auf die Bremse, ohne dass ihm jemand auffuhr. Zum Glück war der Verkehr in Rom damals noch nicht der endlose, dichte Fluss Stoßstange an Stoßstange, zu dem er in den kommenden Jahrzehnten werden würde. Er sah sie an. In diesem Moment wusste Ilaria, dass er ihr etwas anderes mitteilen wollte, als sie erwartet hatte, und war sich nicht mehr sicher, ob sie es hören wollte. Doch nun war es zu spät.

»Sieh mal, Ilaria«, hatte ihr Vater wieder angesetzt. »Ihr seid nicht zu dritt, ihr seid ...«

Dieses Zögern begriff Ilaria erst viele Jahre später, als der Junge auf dem Treppenabsatz stand: Darin lag Attilio Profetis Entscheidung, ein Stück des Geheimnisses weiterhin für sich zu behalten – zumindest vorerst.

»... zu viert.«

Nein, damit hatte Ilaria nicht gerechnet.

Ihre Miene wurde zu Stein. Als hätten sie auch bei ihr wie bei ihrem Vater in jungen Jahren Gips mit einer Kelle aufgetragen, um einen Gesichtsabdruck zu nehmen. Oder eine Totenmaske.

Die Röte war aus Attilio Profetis Gesicht gewichen, er hatte sich wieder gefangen. Er lächelte sie mit seiner weißen Zahnreihe an, seine blauen Augen glitzerten flehend und distanziert zugleich. Als müsse er Abstand gewinnen von der Absurdität, die er gleich aussprechen würde, die nur mit bitterem Ernst in Worte zu fassen war.

»Könntest du es vielleicht deiner Mutter sagen?«

11

2010

Man stelle sich eine Computeranimation vor, die aus der Nähe in die unfassbare Weite des Weltraums zoomt, ausgehend von einem Detail menschlicher Größenordnung. Das ist in diesem Fall der Punkt zwischen Ilarias Augen. Sie liegt auf dem Bett, in ihrer Wohnung im sechsten Stock auf dem Esquilin, im Zentrum Roms, also genau in der Mitte des grauen Kreises, den der Autobahnring bildet, drumherum römische Campagna und Schafe, die nie mit einem Fallschirm abgesprungen sind. Im Westen das glitzernde Meer, im Osten die dunklen Flächen des Apennin, die Mitte des Stiefels, der mit seiner wunderschönen Form bekanntermaßen im Herzen des Mittelmeers liegt. Dann werden allmählich Europa und Afrika sichtbar, in dessen Horn sich – wie Ilaria nun weiß – wichtige Teile im Leben ihres Vaters Attilio Profeti abgespielt haben, dann, der Ausschnitt wird größer und größer, erscheint die blauschimmernde Erde, geriffelt von weißen Atmosphärenwirbeln, die im schwarzen Weltraum schweben, umkreist von ihrem grauen, pockennarbigen Trabanten, dann Venus und Mars und noch weiter Jupiter, Saturn und der exzentrische Pluto, bis man aus dem Sonnensystem heraustritt. Bis auch unser Stern nur noch einer von vielen in der Galaxie ist, selbst nur einer der unendlichen Sternenstrudel mit spiralförmigem Arm, und langsam in die Ferne rückt, durch Nebel und schwarze Löcher und immer schrecklichere dunkle Strecken, wo das kosmische Nichts herrscht, gestreift von unsichtbaren Gravitationswellen und dem letzten Widerhall des großen Urknalls. Und doch bleibt man in der ganzen, umfassend gezeigten Unermesslichkeit des Universums immer bei seinem Zentrum, egal wie weit es entfernt ist: der Stelle zwischen Ilarias Augen, der reglose Ausgangspunkt von allem.

Die Lider öffnen sich.

In Ilarias Universum beginnt ein neuer Tag.

Sie bleibt still im Bett liegen und beobachtet den Übergang vom Schlaf zum Wachwerden. Sie weiß nicht, ob sie geträumt hat. Die Bettdecke liegt zerknautscht an ihren Füßen, weggetreten in der nächtlichen Wärme. Durch das Fenster trägt die abgekühlte Luft des frühen Morgens die Geräusche des ewigen Kampfes zwischen Möwen und Krähen um die Kontrolle des Luftraums herein. Kein Geruch nach Frittiertem aus dem Schlafsaal im ersten Stock, das ist merkwürdig. Um diese Uhrzeit sind die Bangladescher normalerweise mit Kochen beschäftigt.

»Könntest du es vielleicht deiner Mutter sagen?«, hatte der Vater die sechzehnjährige Ilaria gefragt, und in diesem Moment hatte eine einfache und katastrophale Erkenntnis sie gepackt: Er und sie hatten schon immer verschiedene Universen bewohnt. In dem einen, dessen stille Triebfeder Ilaria war, gab es drei Kinder und eine Frau; in dem anderen, dem von Attilio Profeti, gab es vier Kinder (also fünf, was sie aber erst vor zwei Tagen entdeckt hat) und zwei Frauen (also drei, wenn man die unbekannte Afrikanerin mitrechnet). Und diese unversöhnliche Zentralität des jeweils eigenen Standpunktes, die sie an jenem Tag entdeckt hatte, war die Grundbedingung der Existenz aller. Nicht nur der Menschen, die sich wie Attilio Profeti in sich selbst verbarrikadierten, sondern auch derjenigen, die in der Lage waren, ernsthaftes Interesse an anderen zu entwickeln (und solche Leute gibt es, Ilaria hat zum Glück einige kennengelernt).

Und das galt folglich auch für alle ihre Schulkameraden, die sie anstarrten, als sie in ihrer Bank stille Tränen vergoss, aufgewühlt von dem gerade geführten Gespräch (»Ich denke überhaupt nicht daran, das musst du schon selbst machen«, hatte sie ihm geantwortet), auch für die Philosophie-Lehrerin, streng, aber gerecht, die sie mit Lavinia zum Ausheulen auf den Flur geschickt hatte. Denn für jeden Menschen ist die Wirklichkeit, in der er lebt, *nicht dieselbe*, egal wie kompatibel sie mit der der anderen ist. Sie wird nicht nur von jedem anders erlebt, anders beurteilt und anders interpretiert – sie ist eine andere. Jeder hat sein eigenes Zentrum, an der Stelle zwischen den eigenen Augen, der eigenen Nasenwurzel, und das gilt für jeden, auch für die großzügigsten und altruistischsten Menschen. Was bedeutet, dass die empathischeren Exemplare – wie Lavinia zum Beispiel – die Universen der anderen nicht besser verstehen, wie man vermuten könnte, sondern sich nur stärker darüber im Klaren sind, wie unzugänglich sie sind. Die den Umstand akzeptieren, dass man nichts wissen kann, oder nur sehr wenig.

Die Möwen haben die Krähen offenbar verjagt oder umgekehrt. Über den Dächern liegt jetzt nur das ferne Rauschen der Stadt. Abgedämpft auf seinem Weg durch den Innenhof klingt der mörderische Verkehr des ersten Montags nach den Sommerferien – »Die Mutter aller Montage«, nennt Lavinia ihn treffend – wie das Schnurren einer Katze.

Ilaria fragt sich das häufig. In der U-Bahn, bei Elterngesprächen, in einer Bar sitzend. Diese Mutter des etwas schüchternen, aber fleißigen Jungen hat die Lippen aufgespritzt, ist solariumsgebräunt, ihr Mann besitzt eine kleine Baufirma. Wie ist es wohl, die Welt durch diese grünen, vom gleichfarbigen Glitterlidschatten überwölbten Augen zu sehen, in diesen goldfarbenen Sandalen herumzulaufen? Oder jener Vater, der immer zu spät kommt, die Fingernägel ölverschmiert, der schon entschieden hat, dass seine Tochter einmal Rechnungswesen lernen wird, um die Buchhaltung in der Werkstatt zu übernehmen. Wie ist es, mit diesen Händen zu gestikulieren, diese

Zähne im Mund zu haben, den ganzen Tag in den Ausdünstungen von Benzin und vulkanisiertem Gummi zu stehen? Nur eines ist Ilaria klar: Sie wird es niemals wissen. Und das ist auch in Ordnung so. Diese Schlacht kämpft sie häufig und hart mit Kollegen, die behaupten, genau zu wissen, wer die Jugendlichen »sind«, die sie vor sich haben. Die mit urteilenden Adjektiven nicht ihre Leistung oder ihr Verhalten beschreiben, sondern ihre Person. Manchmal streitet Ilaria mit diesen Lehrern. Andere Male fordert sie sie geduldig auf, mehr Respekt und weniger Allmacht walten zu lassen, was nicht heißt, eine gewisse Gelassenheit aufzugeben. Oder sie lässt es einfach laufen, um nicht alles noch schlimmer zu machen. Doch immer wieder versucht sie sich zu vergegenwärtigen, dass sie diese jungen Menschen, die sie jeden Vormittag anschauen, nicht kennen kann. Und dass ihre Aufgabe als Erzieherin nicht darin besteht, sie zu definieren, sondern mit ihnen in Beziehung zu treten.

»Warum hast du keine Kinder?«, wird sie manchmal von ihnen gefragt. »Fühlst du dich nicht einsam ohne Ehemann?« Früher antwortete sie, nein danke, sie hat seit bald einem Vierteljahrhundert täglich fast dreißig Quasi-Kinder vor sich sitzen, da ist sie sehr froh, ihre restliche Zeit entweder allein oder mit anderen Erwachsenen verbringen zu können, mit denen sie interessante Unterhaltungen führt (den Satz »weißt du, ich vögele wahrscheinlich häufiger und ganz sicher besser als du« hat sie ihnen immer erspart, obwohl die Versuchung manchmal groß war). Sie hat gelernt, dass diese Fragen nichts über sie aussagen, sondern vielmehr über die Angst derer, die sie stellen: vor der Einsamkeit, dem Alter, dass das eigene Leben plötzlich sinnlos erscheint. Dennoch ist sie manchmal genervt davon, und dann brennt ihr die Erwiderung auf der Zunge: »Du und ich, wir wissen einen viel beschworenen Dreck voneinander.«

Ilaria streckt sich. Das Laken ist feucht von ihrem Schweiß. Rührte vielleicht daher Attilio Profetis Bedürfnis – schon als junger Mann, wie sie gerade entdeckt hat –, die anderen zu kategorisieren: in Weiße, Schwarze, *Graue*, Adlige, Proletarier? War dies vielleicht ein Trick von ihm, sich vor der Verwirrung zu schützen, in die ihn das unbekannte Leben um ihn herum stürzte? Eine vielleicht primitive, aber wirkungsvolle Methode – gemessen an ihrer Verbreitung unter den Menschen? Ihr fällt ein Satz ein, den sie mal in einem Roman gelesen hat: Definitionen definieren denjenigen, der definiert, nicht den, der definiert wird.

Das Paradoxe ist, dass ihr Vater zu den wenigen Personen gehört – neben Lavinia, Piero und ihrem Bruder Attilio –, die sie nie gebeten haben, anders zu sein, als sie ist. Er hat sie nie gefragt, warum sie nicht geheiratet und Kinder bekommen hat. Für Ilaria ist das der beste Beweis, dass ihr Vater Attilio Profeti sie wirklich geliebt hat.

Ein Klingeln lässt sie hochfahren, sie sucht ihr Handy. Es ist vom Nachttisch auf den Boden gefallen.

»Hallo, Mamma«, sagt sie und steht auf.

»Bist du das, mein Schatz?«

»Nein, ich bin eine Fremde, die gerade Ihre Tochter umgebracht hat, um ihr das Handy zu klauen.« Sie sieht auf die Uhr: halb acht. Marella ist eigentlich keine Frühaufsteherin. »Was gibt es denn so früh am Morgen?«

»Ich habe etwas gefunden, das dich interessieren könnte. Komm her, dann gebe ich es dir.«

»Was denn?«

»Das sage ich dir, wenn du es abholst. Komm, lass mich doch auch mal ein kleines Geheimnis haben ... Aber beeil dich, ich muss nachher los und bin dann den ganzen Tag unterwegs.«

»Wo willst du denn hin bei der Hitze?«

»Aufs Land zu Emilio.«
»Aber der ist doch gar nicht in Rom.«
»Eben. Dann kann ich ein paar Albernheiten mit meinen Enkeln machen, ohne gescholten zu werden.«
Eines steht fest: Marella war eine mittelmäßige Mutter, weil sie viel zu sehr mit ihrem eigenen Unglück beschäftigt war, aber als Oma ist sie hinreißend.
Ilaria seufzt. Noch vor dem ersten Kaffee eine Stadtdurchquerung bis nach Camilluccia.
»Ich komme.«
Als sie die Treppe hinabgeht, fehlt irgendetwas. Mit jeder Treppenstufe, mit jedem Klatschen der Sandalen auf dem Marmorboden nimmt das Gefühl zu. In der ersten Etage bleibt sie stehen. Auf dem dunklen Holz der Tür klebt mit vier Tesastreifen ein Zettel: Wohnung beschlagnahmt – Art. 321/3 StPO. Jemand hatte offenbar die vielen Illegalen im Schlafsaal der Bangladescher angezeigt, woraufhin die Polizei nach Jahren des Tolerierens, Ignorierens oder Wegschauens eingreifen musste.
Das hat also gefehlt: die Hintergrundgeräusche des Subkontinents und der heraufwehende Currygeruch. Heute ist es still im Treppenhaus, frei von allen Gerüchen wie in dem herrschaftlichsten aller Wohnhäuser.
Doch kaum erreicht sie das Erdgeschoss, ist der Reichen-Viertel-Effekt verflogen. In dem Hohlraum unter der Treppe, den Ilaria bei jeder Eigentümerversammlung erfolglos als idealen Standort für einen Fahrstuhl anpreist, liegt ein Berg mit dreckigen Sachen: alten Matratzen, Plastiktüten voll Kleider, ein alter Koffer. Reste einer erzwungenen Evakuierung. Der Schlafsaal der Bangladescher ist wohl in aller Eile geräumt worden, zu nachtschlafender Zeit. Die Regenschirme haben sie allerdings mitgenommen.
Wo sie jetzt wohl sind?

Eine Blechdose, etwa so groß wie eine kleine Hutschachtel. Vor orangenem Hintergrund prangt das schwarze Bild einer Kaffeemühle, darunter die Schrift: »Nationale Kaffee-Ersatz-Industrie«.
»Was ist das?«, fragt Ilaria.
»Sie gehört deinem Vater«, meint Marella.
»Oh Gott ... was kommt denn jetzt schon wieder?« Ilaria macht große Augen. »Mir reicht es allmählich mit den Enthüllungen.«
»Reg dich nicht auf. Es sind nur alte Fotos, Briefe, Postkarten. Was kann dir da schon passieren?«
Ilaria nimmt die Dose.
»Und wieso hat sie die Große Zerstörung überlebt?«
»Ach, ja ...« Marella lächelt gedankenverloren. »Heiliger Bimbam, damals war ich wirklich nicht ganz bei mir!«
Als Ilaria zwanzig und mit Piero am Meer war, beschloss Marella, alles wegzuwerfen, was sie an ihren Ehemann erinnerte. Und das bedeutete nicht nur sämtliche Geschenke, die Attilio Profeti ihr in über dreißig Jahren gemacht hatte, und jedes Foto, das ihr Familienleben abbildete, sondern auch den blauen Schrankkoffer, in dem das frühere Spielzeug und die Bücher ihrer drei Kinder lagen. In einem verheerenden Wutanfall hatte sie zwei Tage nichts anderes getan, als schwarze Müllsäcke zu füllen. Als Ilaria vom Meer zurückkam, stellte sie fest, dass ihre Kindheit auf der Müllhalde gelandet war. An jenem Abend schlief sie bei Lavinia und sollte niemals mehr zum Wohnen zu ihrer Mutter zurückkehren.
»Sie lag auf dem Speicher, versteckt«, sagt Marella. »Ich habe sie vor Jahren gefunden, als ich den Dachboden neu gemacht habe, aber ich habe nie wirklich hineingeschaut. Jetzt hast du mich wieder an sie erinnert.«
Als Ilaria vom Haus ihrer Mutter wegfährt, fühlt sie, wie eine unerwartet gute Laune sie durchströmt. Sie denkt an ihr Ge-

spräch. An Marellas Versicherung, es gebe nichts in der Erinnerung, wovor sie sich fürchten müsse. An Marella, die bei der Erwähnung der Großen Zerstörung nicht wie sonst sofort in die Defensive geht (»Ich wusste doch nicht, dass du so an dem alten Kram hängst«) oder zum Gegenangriff ausholt (»Du hast mich ja auch allein gelassen«). In ihren letzten Gesprächen schwang eine neue Gelassenheit und Klarheit mit, ein gegenseitiges Wohlwollen. Das Alter einer komplizierten Mutter kann eine süße, wenn auch faserige Frucht sein.

Nach ein paar Kreuzungen stößt Ilaria auf eine Straßensperre, die auf dem Hinweg noch nicht da war. Ein Carabiniere bedeutet ihr, zu bremsen und anzuhalten. Von den zwei Fahrbahnen kann abwechselnd nur eine genutzt werden. Sie kurbelt das Seitenfenster hinunter.

»Was ist los?«, fragt sie und kann sich die Antwort schon denken: Es ist nicht weit bis zur Libyschen Akademie, einem vergitterten Tor, vor dem immer ein paar bewaffnete Polizisten stehen, und heute mehr denn je. »Kommt Gaddafi?«

»Wenn es nur er wäre«, meint der Carabiniere. Er ist nicht mehr jung, hat den Hängebauch und Lider des desillusionierten Römers und eines Lebens in Uniform. »Die da kommen auch.«

Er zeigt auf einen großen Autobus, der gerade geparkt hat und aus dem Dutzende junge Mädchen aussteigen, alle schwarzweiß gekleidet. Sie sind hübsch, aber keineswegs atemberaubend schön. Die Wachen am Eingang der Libyschen Akademie nehmen ihnen Taschen, Brillen, Handys und alle spitzen Gegenstände ab: Broschen, Nieten, Ohrstecker. Eine junge Frau mit großen grünen, tiefliegenden Augen und der Stirn eines Delfins will die Perlen in ihren Ohrläppchen nicht hergeben. Sie sind ein Geschenk ihrer Oma, sagt sie, wenn sie darauf bestehen, dass sie sie ablegt, geht sie wieder. Überrascht von so viel Vehemenz, geben die Wachen nach.

Ilaria in ihrem Panda verfolgt die Szene aus wenigen Metern Entfernung. Wie so häufig, wenn sie Ausschnitte unbekannter Leben erblickt, fragt sie sich: ›Wie fühlt es sich wohl an, diese junge Frau zu sein?‹ Und wieder hat sie das klare Bewusstsein, mit dem sie heute aufgewacht ist: Auch wenn sie ihre engste Freundin wäre und sie sich gegenseitig jeden Gedanken anvertrauen würden, könnte sie es nicht wissen.

Piero Casatis Handy klingelt, und wie bei jedem Anruf seit gestern Abend hofft er, dass es Ilaria ist. Er hat sich nicht einmal über den barschen Tonfall der SMS geärgert; wie auch sollte er sich anmaßen, gegen das »ich bin nicht allein« zu protestieren? Doch auf dem Display steht der Name eines Bekannten, der viel näher als mancher Minister am Magischen Zirkel dran ist – so nennt Piero die engsten Vertrauten seines Premiers, zu denen er nicht gehört und nie gehören wird. Er ruft immer nur in mehr oder minder großen Notfällen an. Pieros »Hallo« ist ebenso lahm wie seine Stimmung. Der Mann beginnt, ihm eine Geschichte zu erzählen.

Als er geendet hat, ist Pieros erste Reaktion: »Das ist doch ein Witz.«

Denn es kann nicht wirklich passieren, dass eine marokkanische Prostituierte erwischt wird, wie sie ihre Mitbewohnerin und Kollegin beklaut und deshalb wegen Diebstahls eingesperrt wird, um dann – anstatt der Fürsorge übergeben zu werden – nach einem Telefonanruf beim Polizeipräsidenten durch den italienischen Ministerpräsidenten Silvio Berlusconi höchstpersönlich freigelassen zu werden.

Doch der Gesprächspartner wehrt ab, nein, das sei kein Witz.

Einen sehr langen Moment schweigt Piero entgeistert.

»Wieso die Fürsorge?«

»Weil das Mädchen zu der fraglichen Zeit noch minderjährig war.«

Piero schlägt sich die Hand vors Gesicht.

»Aber ganz ruhig«, fährt der Mann fort. »Noch weiß niemand davon, obwohl es bereits vergangenen Mai passiert ist. Wir hatten also genug Zeit, die Dinge zu ordnen, bevor die Nachricht rausgeht. Und hier brauchen wir deine Hilfe.«

Piero fühlt, wie ihm ein heißer Schrecken durch die Glieder fährt, sich seine Armhärchen aufstellen. Denn ihm ist klar, was auch immer der Mann jetzt sagt, es wird gruselig.

»Wenn die Sache rauskommt, und irgendwann wird sie so oder so rauskommen, müsst ihr im Außenministerium die offizielle Version bestätigen.«

»Die da lautet?«

»Dass der Ministerpräsident deshalb eingegriffen hat, weil es sich um eine Angelegenheit internationaler Beziehungen handelte. Er glaubte nämlich, bei der jungen Frau handele es sich um die Nichte des ägyptischen Premiers Mubarak.«

»Was soll das heißen, Nichte?«

»Wie, was soll das heißen? Eine Verwandte. Eigen Fleisch und Blut.«

»Ist sie das denn?«

»Natürlich nicht.«

Piero kneift die Augen zusammen, als koste es ihn große Anstrengung, sich zu konzentrieren. »Ich verstehe immer noch nicht.«

Die Stimme aus dem Handy bekommt einen dozierenden Tonfall. »Also. Die Verteidigung wird sich auf den Fakt stützen, dass er überzeugt davon war, dass sie es wirklich ist. Mubaraks Nichte, meine ich. Und daher im besten Glauben gehandelt hat. Und, wie gesagt, ihr vom Außenministerium müsst bestätigen, dass auch ihr nach den euch vorliegenden Informationen davon überzeugt wart.«

Dass alle geschlossen hinter dieser Version stehen, erklärt der Bekannte, davon wird das Überleben nicht nur des Premiers, sondern der Regierung und der Partei abhängen, kurz dieses auf Jahrzehnte angelegten politischen Projekts, das nicht wegen einer Dummheit (so nennt er es) auf den Müllhaufen der Geschichte geworfen werden darf. Und Silvio, fügt er hinzu, scheint sehr an diesem Mädchen zu hängen, daher das verrückte Risiko, das er für sie eingegangen ist. Dann kichert er im Vorgriff auf das, was er gleich sagen wird. Und während Piero sein gemeinsames Leben mit Ilaria vor seinen Augen zerstieben sieht wie eine Fata Morgana in einer Wüste aus Abfall und Trostlosigkeit, spricht der Mann amüsiert seinen Witz aus: »Spieglein, Spieglein an der Wand, wer ist die Schönste im Hurenland?«

In dem riesigen Salon der Libyschen Akademie herrscht brütende Hitze, obwohl die Fenster zum Garten und den weißen Mauern hin geöffnet sind. Jede Telekommunikation zwischen Saal und Außenwelt wird durch ein Schutzschild von Störsendern unterbunden – ein unsichtbares elektromagnetisches Vakuum umgibt den Rais immer und überall, um eventuelle ferngesteuerte Sprengsätze unwirksam zu machen. Hier soll es die jungen Frauen daran hindern, während der Vorlesung Fotos zu machen und ins soziale Netzwerk zu stellen.

Es sind über fünfhundert, nicht jede hat einen Sitzplatz gefunden. Die verantwortliche Agentur musste sich fast überschlagen, um sie so kurzfristig zusammenzubekommen. Es handelt sich um ein Portal für alle möglichen Dienste (Escort und Hostessen), das sich rühmt, die persönlichen Bedürfnisse jedes einzelnen Kunden zu erfüllen – *taylor made custom service*, heißt es vollmundig auf der Homepage. Stichwort Diversifikation. Niemals allen das gleiche *book-image* schicken. Um die Teilnehmer einer zahnmedizinischen Konferenz zu ihren Plätzen zu führen, genügen auswärtige Studentinnen, die halbwegs gut aussehen und sich auf der Seite registrieren, um die monatlichen Zahlungen ihrer Eltern aufzustocken. Für ein Casting für Fernsehkomparsen genügen sogar Mädchen mit schlichten Gesichtszügen und mediterranen Oberschenkeln – auf den Gruppenfotos sieht man die Cellulitis nicht. Dann gibt es Kunden, die letztlich den Großteil des Umsatzes ausmachen und denen der passwortgeschützte Teil der Website vorbehalten ist. Das sind zum Beispiel vermögende Unternehmer aus Nahost, die ihre Frauen auf Shopping-Tour schicken und in der Zeit ihre sehr präzisen, aber geheimen Bedürfnisse erfüllt sehen möchten, für die es echte Profis braucht, am besten Ost-Europäerinnen. Was die Vermutung bestätigen würde, dass sobald die arabischen Länder laizistisch werden, auch die russische Pornoindustrie Einzug hält – oder umgekehrt. Zum Glück für die Agentur liegen beide Szenarien offenbar noch in weiter Ferne.

In diesem Fall aber musste sie in nur wenigen Tagen fünfhundert junge Frauen auftreiben, so dass die rigorosen Auswahlkriterien und Kompetenztrennungen beiseite gelassen wurden. Im großen Amphitheater der Libyschen Akademie sitzen nun Mädchen, deren Tarife und Talente weiter auseinanderliegen als Kiew und Zagarolo.

In der E-Mail, in der Datum, Uhrzeit und Kleiderordnung für den Auftrag mitgeteilt wurden (weißes, zugeknöpftes Kleid, durch das die Brüste nicht zu sehen sind, sachlicher, knielanger Rock, keine Pfennigabsätze), wurde die Identität des Auftraggebers nicht enthüllt, sondern lediglich als »sehr namhaft« beschrieben. Als Einzige waren die rund zwanzig Mädchen informiert, die vor ein paar Monaten nach Libyen eingeladen worden waren und nun in der ersten Reihe saßen, um den Hals die Kette mit dem Anhänger aus massivem Gold und einem Emailleporträt des Oberst. Eine Auszeichnung für die Freundschaft, die sie während ihres Aufenthalts den mehr oder weniger jungen libyschen Männern erwiesen haben, denen sie vorgestellt wurden. In dieser süßen Stunde der Versöhnung zwischen zwei ehemals verfeindeten Ländern, was konnte es da Besseres geben als die Liebe, um den Frieden zwischen den Völkern zu besiegeln?

Der Libyer – so nennen ihn die Mädchen mit hochachtungsvollem Tonfall – sitzt in einem Ledersessel auf der Bühne des Auditoriums. Zwischen ihm und der ersten Reihe mehrere Meter Platz. Er zwinkert mit den Augen, als hätte er Bindehautentzündung, doch er ist bloß müde. Trotz seiner tiefschwarz gefärbten Haare spürt er allmählich die Last seiner fast siebzig Jahre. Manchmal wird seine Heerführer-Rhetorik durch eine Art Altersnuscheln unterbrochen, als würde ein schmutziger Lappen ihm die Kehle verstopfen. Der Dolmetscher ist ein kleiner Mann im schwarzen Zweireiher von der Stange mit einem kompakten grauen Haarhelm, der aussieht wie aus Aluminium. Der Oberst nickt feierlich zu den fremdsprachigen Worten, die seine große Weisheit weitertragen.

Als die Mädchen den Saal betraten, bekam jede ein dickes dunkelblaues Buch ausgehändigt, mit goldenen Lettern auf dem Einband: *Der ruhmreiche Koran*. Schwer und in Kunstleder gebunden, treibt es bei der Hitze den Schweiß in die Handflächen. Seit drei Stunden sitzen die Mädchen nun schon dort, ohne etwas zu trinken zu bekommen. Eine von ihnen ohne Stuhl fühlt sich schwach und legt einen Moment das Buch auf den Boden. Sie wird sofort wegen Profanierung des Saales verwiesen.

Als der Libyer seine Rede beendet hat – zumindest fürs Erste –, sollen Fragen gestellt werden. Die Mädchen dürfen sie auf kleine Zettel schreiben, von denen der Dolmetscher ihm die Übersetzung ins Ohr flüstert, woraufhin er entscheidet, welches der Mädchen auf dem Podium seine Frage öffentlich vorlesen darf. Vor allem Fragen zu Libyen (»Ist es dort im Sommer wärmer als in Italien?«) und seine persönlichen Vorlieben (»Wie hat Ihnen Rom gefallen?«). Die Erste, die eine Frage zum Koran stellt, ist die junge Frau, die ihre Ohrringe anbehalten hat und zunächst sagt, dass sie seit drei Jahren Arabisch studiert. Es habe ihr gut gefallen, sagt sie, wie der Prophet – Friede sei mit ihm – seine Frau Kadigia behandelt habe, doch war sie schockiert über das zarte Alter Aishas, in dem er sie geehelicht habe. Der Dolmetscher lässt den zweiten Teil weg. Der Libyer erwidert, dass die Liebe des Propheten – Friede sei mit ihm – zu seinen Frauen so rein und brennend war wie eine Flamme. Die junge Frau will sich wieder setzen, doch der Libyer streckt die Hand nach ihr aus und winkt sie herbei. Sie bereut, sich gemeldet zu haben. Sie steht starr auf der Bühne, und Aluminium-Kopf sieht sie mahnend an. Sie nähert sich dem Ledersessel wie einem Hyänenkäfig. Das behaarte Handgelenk des Libyers kriecht unter dem Kaftan hervor, die Finger strecken sich aus und fahren ihr sanft über die Haare. Langsam, schmierig. Das Mädchen fühlt sich an einen Salamander ihrer Kindheit erinnert, bei den Großeltern auf dem Land, den sie versehentlich totgetreten hatte. Dann zieht der Libyer seine Hand zurück, der Dolmetscher verabschiedet das Mädchen mit einer Kopfbewegung, und sie geht auf leisen Sohlen die Stufen hinab.

Das Mädchen gehört zu den wenigen, die sich an die Kleidervorschrift der Agentur gehalten haben. Die mit dem Medaillon in der ersten Reihe sehen aus, als seien sie den erotischen Träumen eines Bankangestellten entsprungen: weiße Blusen, aufgeknöpft bis weit unter den BH-Saum, schwarze enge Miniröcke, die kaum ein Drittel der Schenkel bedecken, tief ausgeschnittene Lackschuhe wie eine männerfressende Gottesanbeterin. Als sie die Stufen hinabsteigt, sieht das Mädchen diese Reihe nackter Beine, eine Parade, die der Oberst mit finsterer Miene abnimmt, während er den Koran lehrt.

Auf dem Weg zu ihrem Platz denkt sie an die fünfundachtzig Euro, die die Agentur ihr pro Tag zahlt. Das ist ein Viertel der Monatsmiete für ihr Zimmer mit Badnutzung in der Nähe von Tor Sapienza. Und sie denkt an das Shampoo, mit dem sie sich sofort die Haare waschen wird, wenn sie heute Abend nach Hause kommt.

12

Im Jahr 1952 wurde Attilio Profeti in die Kommission zur Dokumentation des italienischen Hilfswerks in Afrika versetzt, das wie alle anderen Büros des früheren Kolonialministeriums in den neuen großen Palast aus weißem Marmor neben den Caracalla-Thermen gezogen war. Davor stand der Obelisk von Aksum, die in Stein gemeißelte Entmannung des besiegten Abessinien und bedeutsamstes Stück der Kolonialbeute, das Kaiser Haile Selassie mit Nachdruck zurückforderte. Die Leitlinien der Kommission klangen seraphisch: »Dieses Ministerium arbeitet an der Errichtung eines die Zeit überdauernden Denkmals des Hilfswerkes, das Italien in Afrika vollbracht hat, seines hervorragenden kulturellen Wirkens, bezeugt nicht nur durch große, die Zeit überdauernde Bauwerke, sondern auch und vor allem durch die Gefühle der indigenen Bevölkerung gegenüber Italien: die in ganz Äthiopien von Wohlwollen, wenn nicht tiefer Rührung geprägt sind.« Im April des darauffolgenden Jahres wurde jedoch das gesamte Ministerium Italienisch-Afrika vom Parlament abgeschafft. Es gab keinen Widerstand, viele Abgeordnete waren erstaunt, dass es überhaupt noch existierte. Um zwölf Jahre hatte es die kolonialen Besitzungen, nach denen es benannt war, überlebt – das von Mussolini ausgerufene Imperium, das einstmals tausend Jahre währen sollte und doch nach fünf Jahren geendet hatte, und keinen Tag später.

Im Italien des Wiederaufbaus betrachtete man die Kolonien als Begleiterscheinung des Faschismus – was zählte es schon, dass Eritrea bereits Ende des neunzehnten Jahrhunderts zur Kolonie erklärt worden war und Libyen noch vor Ausbruch des Ersten Weltkriegs – also Jahre bevor die meisten Italiener den Namen Mussolini überhaupt gehört hatten. Und alles, was zu Recht oder Unrecht mit dem Faschismus in Verbindung gebracht wurde, galt als Fremdkörper, als Einschub, als Abweichung von dem *wahren* Verlauf der Geschichte des Vaterlandes, der die Heldentaten der Italienischen Einigung mit denen der Resistenza verband. Italien war ein ausgenüchterter Alkoholiker, der wie jeder Verfechter der Abstinenz nichts von seinem Verhalten während des letzten schlimmen Rausches wissen will. Man sehnte sich nach den kleinen Fortschritten des modernen Wohlstands, der wie das junge Frühlingsgrün unter den Trümmern hervorschaute.

Die zwei blutigen Jahre der deutschen Besatzung hatten es möglich gemacht, dass eine Mehrheit der Italiener sich in einer der beiden Hauptpersonen des nationalen Bilderreigens wiederfand, entweder in dem *wehrlosen Opfer* oder in dem Partisanen, dem *Helden des Widerstands*. Die meistgenannte Front kurz nach Beendigung des Krieges war die russische, wo die armen, ins Eis geschickten Soldaten mit ihren Pappschuhen gezwungenermaßen Mitleid erregten. Viel weniger bis gar nichts hörte man über die Besetzung Jugoslawiens und Albaniens. Und ganz totgeschwiegen wurde die Beschwerde eines Generals in Slowenien: »Hier wird viel zu wenig gemordet!« Die Besetzung Griechenlands, dessen Leuten einstmals quasi jeder italienische Pennäler den eigenen Worten nach »alle Knochen brechen« wollte, tauchte nur als Massaker der Deutschen an den italienischen Soldaten im Anschluss an den 8. September in den Berichten auf. Doch die größte Stille überhaupt lag über den Heimkehrern aus den kolonialen Unternehmungen. Das Horn von Afrika hatte sich offenbar quasi von selbst besetzt. Im Italien der fünfziger Jahre waren die Ex-Kolonisten noch unsichtbarer als die Ex-Faschisten, eingeschlossen in eine undurchdringliche Schale des Schweigens.

Wie allen anderen Beamten des ehemaligen Kolonialministeriums wurde Attilio die Versetzung in ein anderes Ressort angeboten. Er lehnte ab. Er spürte, in den allzu absehbaren Fluren des Ministeriums würde er seinen guten Draht zum Glück nur vergeuden, ganz abgesehen von seinem Ehrgeiz. Mit dem Gehalt eines Staatsangestellten konnte er seine Familie ernähren, das schon, wie viele seiner Kollegen es taten. Die mit »gesundem Menschenverstand« begründeten, all die Dinge nicht anzustreben, die das Einkommen ihnen verwehrte. Doch Attilio Profeti hatte sich noch nie für das interessiert, was er nicht konnte.

Der Glücksstern, auf den er zu Recht setzte, begegnete ihm in Form einer Heiratsanzeige im *Messaggero*. Der junge weibliche Spross einer Familie, nach der ein römischer Platz benannt ist, verkündete die Eheschließung mit Ingenieur Edoardo Casati. Dies las Attilio in der Bar vor seinem Haus, wo er nach der Arbeit Halt machte, um die Konfrontation mit Marellas peinlicher Glückseligkeit hinauszuzögern, mit der sie ihn jeden Abend empfing. Vor allem gerade, da sie zum dritten Mal schwanger war und der Mann, mit dem sie nun verheiratet war, sie nicht mehr zwang, sich auf die Liege der Engelmacherin zu legen. Er musterte eingehend das Foto. Ja, das war er. Er erkannte ihn.

Am nächsten Morgen präsentierte er sich in einem Büro auf der Beletage eines nach den Idealmaßen der Renaissance erbauten Palazzos. Jede Treppenstufe war so breit wie die Hälfte des Flurs, der bei ihm zu Hause das Esszimmer von der Küche trennte. Attilio Profeti hatte keinen Termin, doch Ingenieur Edoardo Casati bat ihn sofort herein, als ihm sein Name genannt wurde.

»Sie sind doch der, der mir das Leben gerettet hat«, begrüßte er ihn, während die Sekretärin die Tür seines Büros hinter sich schloss.

Attilio durfte vor dem edlen Schreibtisch in dem holzvertäfelten Raum Platz nehmen. Durch das Fenster drang das Plätschern eines der schönsten Brunnen der Hauptstadt. »Ja ...«, erwiderte er und zwang sich, nicht an die freskoverzierte Zimmerdecke zu schauen. Er wollte dem Altersgenossen nicht zeigen, wie sehr ihn die Pracht des Büros beeindruckte.

»Und deshalb bitten Sie mich nun um Arbeit.«

»Nein, also ich ...«

»Aber ja doch«, unterbrach ihn Casati. Weder unhöflich noch ärgerlich, sondern einfach nur, weil dies zu seinen Privilegien zählte. »Sie glauben, dass ich Ihnen dankbar sein muss und Ihnen daher etwas schulde. Aber Sie irren sich.«

Attilio machte den Mund auf, schwieg jedoch nach einer knappen Handbewegung Casatis.

Sein Gegenüber war kleiner als er und entschieden weniger attraktiv. Eine leicht niedrige Stirn, die Augen von schlichtem Braun und ein bisschen zu eng beieinander. Hätte in diesem Moment eine Frau das Zimmer betreten, hätte sie von den beiden nicht Edoardo Casati als Ersten angelächelt. Und dennoch war die Selbstgewissheit, mit der er trotz seiner noch jungen Jahre um seinen Platz in der Welt wusste, härter, weißer und glatter als die griechisch-römischen Marmorskulpturen im Hof.

»Sie müssen wissen, Profeti, dass ich nicht an Dankbarkeit glaube. Ich halte sie für das Unheilvollste, was menschlichen Beziehungen passieren kann: in der Liebe, bei der Arbeit, bei Freundschaften. Dankbarkeit ist eine schreckliche Last, die nur wenige große Geister ertragen können. Ich bin kein großer, sondern nur ein mittelmäßiger Geist, deshalb meide ich sie, wo ich nur kann. Stellen Sie sich vor, nicht einmal meiner Mutter bin ich dankbar, die mich doch geboren hat. Nur in sehr seltenen Momenten der Gnade widme ich meinem Herrgott einen derartigen Gedanken. Also nein, lieber Profeti, ich bin Ihnen nichts schuldig. Auch nicht, wenn Sie mir das Leben gerettet haben.«

Was sagt man, wie antwortet man auf eine Demütigung? Attilio wusste es nicht, nie zuvor hatte er das erlebt. Also schwieg er. Er schob stumm den Sessel zurück und wollte aufstehen. Es war klar, dass er einen Fehler begangen hatte.
»Was denn, Sie wollen schon gehen?«, fragte Casati völlig ironiefrei. »Ich dachte, Sie suchen Arbeit.«
Attilio verharrte in einer unnatürlichen Position. Die Beine wiesen schon zur Tür, das Gesicht Richtung Schreibtisch. »Ich verstehe nicht ...«
»Bleiben Sie sitzen, Profeti«, sagte Casati. Als er »bitte« hinzufügte, merkte Attilio leicht verstimmt, dass er schon gehorcht hatte. Er fühlte sich wie ein Kleidungsstück. Es hätte ihn nicht gewundert, wenn der andere die Hand ausgestreckt hätte, um wie bei einem Stoff die Konsistenz seiner Haut zu prüfen.
»Sehen Sie, nach unserer ersten Begegnung, wegen der ich Ihnen dankbar sein müsste und es nicht bin, habe ich mich ein wenig umgehört. Über Sie. Und verschiedene Dinge entdeckt. Einige davon würde man vielleicht lieber vergessen in unserer auf dem Antifaschismus gegründeten Italienischen Republik. Andere sind schon vergnüglicher. Wie die ... wie haben Sie das nochmal genannt? Operation Morbus Hansen. Wissen Sie eigentlich, dass in manchen Diplomatenkreisen immer noch darüber gelacht wird?«
»Wirklich? Das ist lange her.«
»Tja, wissen Sie, in jenen Jahren hatte die italienische Diplomatie im Völkerbund nicht gerade viele geglückte Unternehmungen zu verzeichnen. Und danach auch nicht, um ehrlich zu sein. Aber nicht deswegen habe ich vor, Sie einzustellen.« Den letzten Satz sagte er in beinah beiläufigem Ton.
Attilio war nicht so beglückt, wie er es sich vorgestellt hatte. Vielleicht reagierte er deshalb zurückhaltend: »Aha. Und warum dann?«

»Weil Sie nicht nur skrupellos sind. Vor allem haben Sie Glück und sehen gut aus. Zwei Qualitäten, die immer wichtiger werden für denjenigen, der seine soziale Stellung verbessern möchte.«

Attilio hatte kurz das Gefühl, wieder mitten im Wald auf dem Apennin zu stehen. Der Blick von der anderen Seite des Schreibtischs war derselbe wie damals, als sie zusammen dem Tod entronnen waren. Wie die Wasserwaage eines Landvermessers: perfekt austariert und bereit zum Einsatz.

»Fassen wir also zusammen.« Edoardo Casati atmete tief durch. »Ich biete Ihnen ein gutes Gehalt und exzellente Aufstiegschancen. Ich biete Ihnen aber nicht meine Dankbarkeit und genauso wenig mein Vertrauen. Das gibt es nur zwischen Gleichrangigen, und das sind wir beide nicht. Sie sind der Sohn eines Bahnhofsvorstehers, in meinen Adern fließt das Blut von sieben Päpsten. Sie verstehen sicher, dass keiner von uns je darüber hinwegsehen kann.« Seine Lippen pressten sich aufeinander wie zwei Hände, die eine Stechmücke zerquetschen.

Attilio brauchte einen Moment, bis ihm aufging, dass dies ein Lächeln war.

Nicht lange danach bot sich Attilio Profeti die erste Gelegenheit, dem neuen Arbeitgeber seine Qualitäten unter Beweis zu stellen. Die Firma Casati gehörte zu den verschiedenen Satellitenunternehmen einer viel größeren Gesellschaft, die seit Jahrzehnten in schöner Kontinuität zum Faschismus die Stadtentwicklung dominierte. Sie war bereits Hauptakteur in der Ewigen Stadt, als jene gerade erst Hauptstadt des vereinigten Italien geworden war, und hatte dort, wo vorher Campagna gewesen war, ganze Stadtviertel errichtet. Viele der zu Beginn des Jahrhunderts und in den zwei Jahrzehnten des Faschismus neu entstandenen Straßenzüge trugen die Namen von Kolonien – Viale Libia, Via Eritrea, Via Dire Daua –, die nach dem Krieg trotz des doppelten Endes von Faschismus und Überseebesitzungen niemand ändern wollte. Auch nicht solche, die wie Viale Amba Aradam nach Massakern benannt waren.

Unter dem willfährigen Schutz des regierenden Bürgermeisters war ein Großteil der reichen kommunalen Geldmittel für den Wiederaufbau an die riesige Immobiliengesellschaft geflossen. In ihr vereinigten sich stark und mächtig wie Stahlbeton die Interessen der römischen Kurie, der alten römischen Adelsfamilien, denen aufgrund der Geschichte die Flächen der römischen Campagna gehörten, und einer neuen Generation skrupelloser Spekulanten. Edoardo Casati repräsentierte diese drei Welten in Personalunion. Er hatte das richtige Blut, die richtigen Verbindungen und auch die richtige Persönlichkeit. Daher machte die nach ihm benannte Firma sich schon bald unabhängig von den anderen, obwohl sie einst gegründet worden war, um die Mutterfirma steuerlich zu entlasten und Spekulationsmanöver zu verbergen. Und so wurde er der Protagonist einer urbanen Revolution, die Jahre später in die historisch gesehen Zweite Plünderung Roms münden sollte.

Die Casati hatte ein paar Bodenflächen nördlich von Rom ins Visier genommen, um dort eine Reihe neuer Wohneinheiten zu bauen. Wie fast immer sah der Bebauungsplan der Stadt in dieser Zone weder Straßen noch Abwasserkanäle noch Leitungssysteme vor. Die Spekulationstaktik war genau diese: die Kommune mit Gebäuden vor vollendete Tatsachen zu stellen und auf diese Weise unter Druck zu setzen, sich an sämtlichen laufenden Kosten zu beteiligen, um das neue Viertel bewohnbar zu machen, was mit steigenden Preisen für Flächen und Häuser zu sprudelnden Gewinnen für ihre privaten Bauherren führte. Die Grundbesitzer stammten fast immer von den uralten Familien ab, die seit Jahrhunderten Bischöfe und Päpste der Heiligen Römischen Kirche stellten – weder das vereinte Italien noch die italienische Republik war ihnen und ihrem umfangreichen Immobilienbesitz ernsthaft zu Leibe gerückt. Doch dieses Mal hatte Casati den Blick auf ein Stück Land gerichtet, das einer alten Gräfin mit zahllosen Gebrechen gehörte. Zur Verzweiflung ihrer zukünftigen Erben – drei Neffen mittleren Alters – war sie nicht nur unwillig, ihren Besitz auf diese höchst gewinnbringende Art zu veräußern, sondern auch dem gesamten Projekt entschieden abgeneigt, die Wiesen ihrer Kindheit der *Urbanisierung* zu opfern. Ein neues Wort, das Musik in den Ohren der *Baulöwen* war – auch dies ein frisch geprägter Begriff, der mit einer gewissen Nachsicht die ganze großtuerische Raubtiermentalität dieser Generation von Bauunternehmern umschrieb –, in dem sich für die betagte Aristokratin die ganze Katastrophe der untergegangenen Monarchie ausdrückte. Quasi ein Synonym für das Werk des Teufels.

   Casati war kein Mann, der sich leicht geschlagen gab, und strengte gegen die Gräfin einen komplizierten Enteignungsprozess an. Die Akte übergab er mit einigen anderen Ärgernissen, die gelöst werden mussten, seiner neuen rechten Hand. Als Attilio auf dem Titel den Namen des Richters las, der mit dem Fall betraut war, durchrieselte ihn ein freudiger Schauder: Ascanio Carnaroli. Er musste zugeben, dass zumindest eine der beiden Stärken, die Edoardo Casati ihm zugeschrieben hatte, zutraf. Doch da auch das unverschämteste Glück nichts ist ohne List und Wagemut, begann Attilio Profeti seine Strategie zu entwerfen.

Ein teures Wohnhaus im noblen Viertel Prati, unweit des früheren Gerichtsgebäudes. Der dunkelgrüne Handlauf aus Serpentin betonte das elegante Oval der Treppe. Als Attilio auf die Messingklingel drückte, öffnete ihm eine junge Frau. Ihre Haut war von derselben Farbe wie die Lakritzästchen, die er als Kind so gerne gelutscht hatte, von hellem Holz. Rund um ihre Augen, oben und unten, war die Haut etwas dunkler. Der sehr hohe Haaransatz oberhalb der Stirn verlieh ihr eine adlige Anmutung.

»Ich möchte zu Richter Carnaroli. Ist er zu Hause?«, fragte Attilio.

»Ja. Wen darf ich melden?«

Beruflich hatte Attilio noch nie jemandem erzählt, dass er die Universität nicht beendet hatte. Nur Casati wusste es – »Ich habe Informationen eingeholt« –, und das reichte. Die wenigen Male, die er sich zu seinem Studium erklären musste, hatte der Hinweis auf die Hegelsche Phänomenologie des Geistes als Thema seiner Examensarbeit genügt, um weitere Neugier im Keim zu ersticken. So hatte er sich trotz mancher Fragen, was ein Mann mit Philosophiestudium in einer Baufirma zu suchen hatte, nie verstecken müssen.

»Dottor Attilio Profeti«, erwiderte er also lächelnd der jungen Frau, die zu elegant war, um eine Hausangestellte zu sein. »Sie sind die Tochter?«

Sie nickte. Sie musste um die fünfundzwanzig sein, Attilio überschlug kurz die Jahre und zog seine Schlüsse. ›Sie ist dort geboren. Er hat sie geheim gehalten, aber anerkannt.‹

»Haben Sie einen Termin?«

»Nein. Ich möchte keinesfalls Ihren Sonntagnachmittag stören, aber es wird gewiss nicht lange dauern. Sagen Sie ihm, dass wir uns in Addis Abeba begegnet sind, 1939.«

Sie machte große Augen. Ihre dunklen Lider flackerten wie von plötzlicher Aufregung.

»Addis Abeba ...«, murmelte sie, als spräche sie den Namen eines fernen Planeten aus. »Folgen Sie mir bitte.«

Sie durchquerten die großzügige Wohnung, die sachlich und ohne jede Spur weiblichen Geschmacks eingerichtet war. Im Salon angekommen, wandte die junge Frau sich einer Balkontür zu, die auf die grünen Hügel des Monte Mario hinausging und seitlich auf die Kuppel des Petersdoms. Bevor sie die sonnenbeschienene Terrasse betrat, nahm sie einen Strohhut mit breiter Krempe vom Sofa und setzte ihn auf.

»Werden Sie nicht gerne braun?«, fragte Attilio.

An ihrem Blick erkannte er, dass er ihr Geheimnis erraten hatte. Die junge Frau antwortete nicht, sondern wandte sich an den Mann auf der Terrasse, der die Öffnung einer Gießkanne in den Blumentopf eines Jasminstrauchs hielt.

»Papà, du hast Besuch«, sagte sie. »Er meint, er kennt dich aus Äthiopien.«

Richter Carnaroli stand dem Aussehen nach kurz vor der Pensionierung. Er strahlte die konzentrierte Nüchternheit dessen aus, der sich sein Leben lang einem einzigen, fordernden Beruf verschrieben hat. Während Attilio über die Terrasse auf ihn zuging, blickte er von der dunkelroten Flüssigkeit auf, die aus der Kanne floss.

»Entschuldigen Sie, wenn ich Ihnen nicht die Hand gebe. Dieser Ochsenblutdünger hinterlässt schreckliche Flecken, die nur mit Soda herausgehen.«

»Ich bitte Sie«, erwiderte Attilio.

»Woher, sagten Sie, kennen wir uns? Addis Abeba?«

»Ja, vom Gericht. Ich war einer Ihrer Angeklagten.«

Der Richter unterbrach den Düngerfluss und sah Attilio an. Einen Augenblick ließ er seinen Blick auf ihm ruhen, bis ein winziges Augenzucken verriet, dass er ihn erkannt hatte.

»Clara, geh hinein. Und schließe die Tür hinter dir.«

Attilio drehte den Kopf zu dem Mädchen hin und warf ihr ein entschuldigendes Lächeln zu. »Richtig. Ich würde meiner Mischlingstochter auch nicht alle Sachen erzählen.«

Carnaroli verlegte sein Gewicht von einem Fuß auf den anderen, als suche er festen Boden.

»Warum sind Sie gekommen? Was wollen Sie?«

»Eigentlich bin ich gekommen, um zu fragen, was Sie wollen, Richter. Oder was nicht. Wollen Sie zum Beispiel, dass nach einer ehrenwerten Karriere als Jurist, nur wenige Schritte vor dem verdienten Ruhestand, die Journalisten plötzlich aufdecken, dass Sie jahrelang ohne mit der Wimper zu zucken Rassengesetze angewandt haben?«

Von der Gießkanne in der Hand des Richters fiel ein Tropfen eisenrote Flüssigkeit herab und färbte einen Hausschuh hämoglobinrot. Er merkte es nicht, sondern blickte verloren in Attilios schönes Gesicht. Er schwankte leicht unter dem Gewicht des schlechten Gewissens. Ein Leben lang hatte er es verdrängt, doch im Grunde immer darauf gewartet.

Die betagte Gräfin wurde von Richter Carnaroli für unzurechnungsfähig erklärt. Die drei Neffen wurden zu ihren rechtlichen Vormunden bestellt. Bald darauf unterschrieb Casati mit ihnen den Kaufvertrag über das Land. In dem darauffolgenden Jahr begannen die Bauarbeiten.

»Ich werde dich niemals fragen, wie du das geschafft hast, Profeti«, sagte Casati nach der Urteilsverkündung.

»Und ich werde es niemals sagen«, erwiderte Attilio.

Es war eine gute Übereinkunft, an die sich beide auch in den Jahren danach immer hielten.

Bei dieser speziellen Gelegenheit profitierte Attilio auch von seiner zweiten Qualität, derenthalben Casati ihn eingestellt hatte. Er nutzte sie, um Clara Carnaroli zu überzeugen – natürlich ohne das Wissen ihres Vaters –, mit ihm eines der neuen Luxushotels aufzusuchen, in denen auch die Kinostars logierten. Hier, in einem Zimmer mit Blick auf die Villa Borghese, behandelte er sie wie die schönste aller Diven von Cinecittà. Während er sich in ihren Duft versenkte, murmelte er unwillkürlich: »Abeba.« Am nächsten Morgen fuhr er sie zurück nach Prati zu ihrer Wohnung und sah sie danach niemals wieder.

An der Beisetzung Rodolfo Grazianis, Marschall von Italien und Markgraf von Neghelli, verstorben im Januar 1955, nahm General Pietro Badoglio nicht teil. Auf die Frage eines Journalisten, warum er einem Mann nicht die letzte Ehre erwiesen habe, der letztlich sein Alter Ego und Rivale gewesen sei, antwortete Badoglio ausweichend. Nach seiner Meinung über den verstorbenen Marschall befragt, gab er sich hingegen weniger zugeknöpft. Obwohl er in der Vergangenheit nicht mit Ausdrücken wie »Psychopath« oder Schlimmerem gegeizt hatte, zeigte er sich scheinbar nachsichtig. »Ach, Graziani ... Im Grunde ein guter Mann. Vor allen Dingen ein Mann mit Haltung. Ein Heerführer der alten Schule.«

Hätte Attilio Profeti den höhnischen Unterton hören können, hätte er ihn sofort wiedererkannt. Dies war die Stimme eines Mannes, der den wichtigsten Wettkampf seines Lebens für sich entschieden hatte.

Die meisten Menschen reagierten auf die Nachricht von Grazianis Tod ähnlich wie auf die Schließung des Ostafrika-Ministeriums: erstaunt, dass er noch gelebt hatte. Andere, vor allem in Zentrum und Norden Italiens, bedauerten, dass dieser Partisanenmörder in seinem Bett gestorben war und nicht hängend an einem Laternenpfahl. Und dann gab es noch eine kleine, aber hartnäckige Minderheit, die voll Bangen sein Alter mitverfolgt hatte, die in ihm die Bestätigung gesucht hatten, dass nicht alles in ihrer Jugend falsch gewesen war. Manch einer war sogar auf die grauen Karstfelsen von Arcinazzo gepilgert, wo der Marschall gelebt hatte. Diese Menschen waren es auch, die sich nun in der römischen Kirche San Roberto Bellarmino in Parioli versammelten: einige Hunderttausend, die sich wie Lava durch die umliegenden Straßen schoben, ausgespuckt von einem Vulkan der Volksleidenschaft, die der Held von Neghelli trotz allem immer noch auslöste. Auch Attilio Profeti war da.

Die Menge wogte hin und her und schob Attilio in Richtung Bahre. Er war von Offizieren in Paradeuniform umringt, während die Leiche in schlichter Felduniform im Sarg lag, bedeckt von einem alten Mantel. Die Nachricht, dass der Marschall verfügt hatte, in einem durchgewetzten Überwurf begraben zu werden, eilte von Mund zu Mund und rührte mehr als einen Anwesenden zu Tränen. Und trotz des Tumults eines nationalen Großereignisses hatte die Beisetzung auch einen privaten Anstrich. Die Behörden hatten untersagt, Rodolfo Graziani die militärischen Ehren zu erweisen. Attilio hörte, wie zwei Männer das beklagten.

»Dieser Verräter von Badoglio wird sie bekommen, ganz sicher, und er nicht, der doch die Ehre Italiens gerettet hat.«

»Dabei hätte Marschall Graziani ein Denkmal verdient.«

»Das werden sie niemals zulassen.«

Der Menschenstrom hatte Attilio in die Nähe der Kirchentreppe gedrückt. Bei den Vertretern der Politik auf der obersten Stufe entdeckte er einen vertraut aussehenden Mann. Er verbreitete eine merkwürdige Mischung aus Charisma und Mittelmaß: durchdringender Blick eines Filmstars, Schnäuzer eines Straßenbahnfahrers, vorzeitiger Haarausfall eines Bauern. Kalkulierend ließ er seinen Blick über die Menge schweifen, wie ein General, der die Größe der Truppe überschlägt, die er aus dem ahnungslosen Volk noch einziehen würde. Attilio erkannte ihn sofort. Vergeblich versuchte er sich zu verstecken, doch mit seiner Größe überragte er fast alle, und die Menge schob ihn genau auf den Mann zu. Bis jener ihn entdeckte und nach kurzem Zögern wiedererkannte.

»Profeti!«

Der Ruf eines Mannes, der es gewohnt ist, vor Publikum zu sprechen, und der seine Stimme über das Raunen der Menge erheben kann. Ebenso herzlich wie autoritär.

Attilio unterdrückte den Reflex, sich umzusehen, ob andere

ihn gehört hatten. Seine Entscheidung, zur Trauerfeier zu gehen, war spontan gefallen. Einfach aus Neugier, sagte er sich. Dennoch hatte er niemandem davon erzählt, schon gar nicht Marella, die wie immer annahm, er sei bei der Arbeit. Casati hatte er nicht belügen müssen. Getreu ihrer Übereinkunft fragte sein Arbeitgeber nicht, was er tat, sondern nur, was dabei herauskam. Als er nun aber seinen Namen vor all den Menschen hörte, spürte Attilio Profeti eine tiefe Scham, als hätte er gerade gemerkt, ohne Hose auf die Straße gegangen zu sein. Er hoffte aus ganzem Herzen, dass der Ruf von der Menge aufgesogen wurde wie ein Tropfen Wasser in einem Schwamm, ohne Ränder zu hinterlassen.

Doch da stand schon in dem schmalen Korridor, der in dem Gedränge zwischen ihnen aufging, der Mann und reichte ihm die Hand. »Erinnerst du dich an mich?«

Attilio wich seitlich aus, als sei die Hand eine auf ihn gerichtete Pistole. »Bedaure«, murmelte er so leise, als könnten die kaum vernehmbaren Worte ihn unsichtbar machen. »Ich habe nicht die Ehre, Sie zu kennen.«

Der Mann musterte ihn. Obwohl er diesen Satz nicht gewohnt war, reagierte er großzügig, fast wohlwollend.

»Ja, ja, ich weiß, ich sehe nicht mehr so gut aus wie in jungen Jahren ... Ich bin Giorgio Almirante, ich habe früher deine Artikel für die Zeitschrift redigiert, weißt du noch? Du hattest Talent, selbst dieser Hysteriker von Cipriani schätzte dich.«

Attilio hatte sich wieder unter Kontrolle. Er warf ihm einen messerscharfen Blick zu, mit dem er die letzten Bande mit seiner Vergangenheit zerschnitt. »Sie irren sich. Sie müssen mich mit jemandem verwechseln.«

In diesem Moment ging ein Ruck durch die Menschenmenge um die Bahre. Sein äthiopischer Offiziersbursche, Embailé Teclehaimanot, der die gesamte Zeremonie über geweint hatte, war ohnmächtig geworden, als die Bahre angehoben wurde. Almirantes Aufmerksamkeit wandte sich kurz der Unruhe zu, die der treue Mann auslöste, der vor Schmerz zusammengebrochen war.

Attilio nutzte die Gelegenheit und floh. Stoßend und tretend kämpfte er sich durch die Menge, ohne auf die Beschimpfungen zu achten. Weg, nur weg, so weit wie möglich. Was für eine idiotische Idee, sich diesen Nostalgikern anzuschließen, was hatte ihn nur geritten? Er gab sich selbst das Versprechen: Niemals wieder würde er an die Jahre seiner Jugend denken.

Attilio ging in jenem Jahr noch zu einer weiteren Beerdigung – zu der seines Vaters. Der Bahnhofsvorsteher Ernani Profeti war einen Tag vor der Pensionierung verstorben. Am Nachmittag seines letzten Arbeitstages war er in Dienstkleidung an den Gleisen entlanggegangen. An *seinen* Gleisen. Fünfundvierzig Berufsjahre lagen hinter ihm, und mit der Eisenbahn verband ihn ein Gefühl, das man nicht Liebe nennen konnte, wie man ja auch seinen Arm oder sein Brustbein nicht liebt. Die Eisenbahn in all ihren Einzelteilen war nichts anderes als eine Erweiterung seiner selbst.

Die Schutzsignale mit ihrer elementaren Sprache, deren Unkenntnis zu schlimmsten Katastrophen führte. Die teerigen Ausdünstungen der Schwellen, mit denen selbst ein Blinder ohne Stock der Bahnlinie folgen konnte. Die Schienen, geglättet vom stärksten Schleifstein überhaupt, den darüber hinwegfahrenden Zügen. Die Räder, die singend auf den stählernen Schaltknüppel des Zugführers reagierten, in einem metallenen Zwiegesang, der Ernanis geliebten Verdi-Duetten in nichts nachstand. Und vor allem die Weichen.

In ihren Anblick versunken blieb er stehen, umgeben vom Frühlingsklatschmohn, der in Flecken zwischen den Gleisen wuchs. Nach fast einem halben Jahrhundert bewunderte der alte Bahnhofsvorsteher immer noch die schlichte Vollkommenheit des Ineinanderspielens der verschiedenen Teile: die *Zungen*, die *führungslose Stelle*, vor allem das *Herzstück*. Einen passenderen Namen hätte auch er diesem Teil nicht geben können, das exakt in der Mitte des Weichenmechanismus saß. Dort, wo das weiterführende Gleis auf den Radlenker traf, das bestimmende Element des gesamten Eisenbahnsystems. Mehr sogar noch als die Stelltafel war dies exakt der Punkt, wo der Wille winziger Menschenwesen tonnenschwere Monster zum Gehorsam zwang, die, statt sie zu zerquetschen, sanft in eine andere Spur glitten, hintereinander hertänzelnd wie eine Reihe von Ballerinen. In der Weiche erkannte Ernani Profeti das Beste des Menschen: den Erfindungsgeist, die Einfachheit, die Herrschaft des Geistes über die Materie, aber auch seine manuellen Unzulänglichkeiten. Die älteren Weichenwärter steckten ihre Schlüssel in das Riegelhandschloss, das niemand sonst berühren durfte, als sei es eine Reliquie, mit mathematischer Präzision, die die rohe Kraft der Jüngeren lächerlich machte – und von ihnen daher gern verspottet wurde. Und auch wenn sie niemals gewagt hätten, den Bahnhofsvorsteher anders anzusprechen als mit dem faschistischen »Ihr« oder dem republikanischen »Sie«, wusste Ernani doch, obwohl er als Zeichen des Respekts für die eherne Eisenbahner-Hierarchie immer mit »du« antwortete, dass die Erfahreneren unter den Weichenwärtern einen ganzen Bahnhof hätten leiten können, genau wie er. Sie konnten *die Züge rollen lassen*.

Unter den Schwerstarbeitern waren viele frühere Partisanen. Im letzten Kriegswinter hatte Ernani ein Flugblatt auf seinem Schreibtisch gefunden. »Was tust du, Genosse Eisenbahner? Du musst handeln! Die Nazifaschisten lassen Italien ausbluten, sie transportieren unsere Männer und Frauen ab, Maschinen, Korn, alles! Du kannst viel tun, Genosse Eisenbahner, du musst es nur wollen! Du musst den Schienenverkehr sabotieren!« Er hatte den Zettel mit zittrigen Fingern in die Tasche gesteckt, ihn aber dann doch lieber verbrannt. Natürlich hasste auch er die Deutschen, seit jener Oktobernacht, in der sein Leben erloschen war. Doch die Vorstellung, die Eisenbahn zu sabotieren, ertrug er nicht. Er wusste, dass mancher Rangierer Glaspulver in das Schmierfett der Radnaben mischte. Das Schleifmittel gelangte zwischen Radachse und Gleitlager, die Räder fraßen sich fest, der Zug kam zum Stehen, und die Nazis wussten nicht, wen sie dafür erschießen sollten. Größtmögliche Sabotage, minimales Risiko für Repressalien. Doch für Ernani war die Eisenbahn nun mal der Stoff, aus dem er selbst gemacht war. Als die Nazis auf der Flucht die Eisenbahnbrücken hinter sich in Brand setzten, als sie rauchende Lokomotiven wie lebendes Vieh die Böschungen hinabstießen, hatte er gelitten, als wäre er auf eine Mine getreten. Den schlimmsten Schmerz bereitete ihm der »deutsche Pflug«, die metallene Kralle, die sie hinten an ihre Konvois banden, mit denen sie nach Norden flohen. Viele Hundert Kilometer herausgerissene Schwellen hatten sie zurückgelassen. Als er diese Spur der Zerstörung sah, die sich bis zum Horizont durch die flache Landschaft zog, brach er zusammen. Das war die Spur des Bösen auf Erden. In diesem Moment – nicht, als vom Bahnhof in Lugo nach einer amerikanischen Fliegerbombe nur noch ein Loch übrig blieb, nicht, als das Blut seiner sterbenden Frau auf den Eisenbahndamm floss –, erst jetzt hatte er sich gesagt: Das ist das Ende.

Doch Italien hatte den Krieg überlebt, die Tunnel wurden wiedereröffnet, die Lokomotiven auf die Schienen gehoben, die verbogenen Gleise mit Schweißmasse zusammengefügt. Nur für Ernani gab es keinen Wiederaufbau. Die Schwellen seines Lebens waren und blieben zerbrochen. Und immer wenn einer der vielen Tiertransporte mit Schweinen, Kaninchen oder Küken den Bahnhof passierte, die aus der Gegend um Ravenna in die neuen Lebensmittelfabriken von Imola gebracht wurden, fielen ihm unweigerlich die anderen wehrlosen Kreaturen in den verplombten Zügen ein. Kurz: Ernani Profeti hatte zwölf Jahre zu lange gelebt – nämlich die Jahre, die auf den Oktober 1943 gefolgt waren.

Er blickte auf seine beiden Eheringe an der Hand, einer aus Gold, der andere aus Stahl. Was würde er ab morgen mit sich anfangen, so ganz ohne Dienstuniform? Er folgte dem Abstellgleis am Rand des Areals. Er befand sich nun Dutzende Meter von seinem Schreibtisch entfernt.

Die Epoche, der er angehört hatte, war vorbei. Ihr Ende hatte sich mit dem der Heizer angekündigt. Hilfsarbeiter wie menschliche Kolben – dürre Körper, großer Kopf –, die agil auf der Plattform hin und her sprangen, immer beschäftigt mit ihren zahllosen Aufgaben: Kohle auf den Rost schaufeln und verteilen, sie nässen, um den Staub zu binden, herunterfallende Stücke mit dem Besen zusammenfegen, das Schmiermittel mit der Apothekerwaage kontrollieren. Wenn die Weichensteller die geheimen Kaiser der Eisenbahn waren, so waren die Heizer ihre Künstler, vielmehr ihre Virtuosen. Doch mit dem Ende der Dampflokomotive löste ihre Kunst sich in Luft auf wie der Rauch, der aus ihren Schornsteinen stieg. Zuerst kam der Diesel, dann die Elektrifizierung der Bahnlinien, schließlich die Signal- und Bedientafeln für die vollautomatisierte Steuerung. Als er die neue Stelltafel am Bahnhof von Bologna gesehen hatte – die vielen Hundert Kabel, Knöpfe und Lämpchen –, hatte Ernani begriffen, dass es Zeit war, in Pension zu gehen.

Und dann die neuen Züge. So schön und schnell wie der Luxusexpress zwischen Rom und Mailand, genannt *Settebello* – ein Wunderwerk, keine Frage. Doch der alte Bahnhofsvorsteher konnte es nicht fassen, dass die Fahrkarte dreizehntausend Lire kostete, was dem Monatsgehalt eines Weichenwärters entsprach. Und ja, die dritte Klasse war abgeschafft worden, aber auf dieselbe Art, wie sich bestimmte Typen während des Faschismus als Fähnlein im Wind gedreht hatten, um dann rechtzeitig zum 26. April 1945 plötzlich zu entdecken, dass sie die dicksten Partisanenfreunde waren: Denn die alten Waggons waren tatsächlich dieselben geblieben, die unbequemen Holzbänke waren dieselben, nur die »3« auf der Seitenwand war durch eine »2« ersetzt worden.

Sein natürlicher Nachfolger wäre Otello gewesen. Sein Ältester hätte nach dem mit Bestnote abgeschlossenen Ingenieursstudium weit mehr als ein einfacher Bahnhofsvorsteher werden können, er hätte es bis zum Betriebsführer geschafft. Ernanis Augen blitzten bei dem Gedanken an seinen Sohn als Mitglied des Kollegiums der italienischen Eisenbahningenieure. Niemand wäre geeigneter für die neuen Zeiten als Otello Profeti, niemand hätte leidenschaftlicher und qualifizierter die Züge in Richtung Zukunft *rollen lassen*. Doch seine Bewerbung war abgelehnt worden. Die republikanische Staatseisenbahn, so hieß es, stelle keine ehemaligen Faschisten ein.

Das war nicht gerecht, und Ernani wusste das. Doch was Recht und Unrecht war, hatte Ernani Profeti nie laut aussprechen können, noch zwischen den beiden Optionen wählen können, wie es ihm gerade passte. Bis auf ein einziges Mal, und das hatte zum Tod eines geliebten Menschen geführt. Auch deshalb sprach er mit Otello niemals über den zerbrochenen Familientraum oder das erlittene Unrecht. Eigentlich redete er fast gar nicht mehr.

Auch nicht mit Attilio. Doch seinen Zweitgeborenen sah Ernani ohnehin nur noch an Weihnachten. Er kam mit seiner frisch angetrauten Frau, einem hübschen Mädchen, das offensichtlich in ihn verliebt war, an die er aber nur selten das Wort richtete. Wer weiß, warum er sie geheiratet hatte, fragte sich der Vater, bis acht Monate nach der Hochzeit der erste Sohn geboren wurde, und er begriff. Er musste einsehen, dass er ihm recht wenig über eheliches Glück mitgeben konnte, denn er war bei seiner Hochzeit mit Liebe vollgesogen gewesen wie ein

Keks mit Milchkaffee, und trotzdem hatte es nicht gereicht. Es lag auf der Hand, dass dieser junge Mann, der Viola äußerlich so schmerzlich ähnelte, ihm noch ferner war als damals, als er in Afrika war. Das Leben in den römischen Palazzi, das er jetzt lebte, konnte der alte Bahnhofsvorsteher sich noch weniger vorstellen als das in Abessinien. Doch etwas Gutes hatte Attilio für seinen alten Vater getan. Er hatte ihm als Geschenk aus der Stadt einen dieser neuen Plattenspieler im grauen Plastikkoffer mitgebracht. So konnte er seine Witwerwohnung abends mit den herzzerreißenden Arien der Aida, Gilda, Violetta und Mimì füllen. Der sichere Tod all dieser Frauen weckte keine Traurigkeit in ihm, sondern das Gefühl, weniger allein zu sein. Weniger fremd gegenüber dem Rest der Menschheit durch seinen unergründlichen Verlust, Violas Tod.

Seine Zeit war vorbei, das allein wusste Ernani. Er senkte den Kopf. Neben seiner Fußspitze war eine Weiche, mit drei Abzweigungen: Von der geraden Trasse zweigten zwei Spuren ab, eine rechts und eine links. Das Rot des Klatschmohns, das mit ein paar Grashalmen aus der Böschung leuchtete, verlieh der Effizienz dieses Knotenpunkts eine unerwartete Fleischlichkeit. Ernani betrachtete den Mechanismus eingehender als je zuvor. Vielleicht lag es daran oder an seinem letzten Tag als Eisenbahner, dass er etwas bemerkte, das er offensichtlich schon immer gewusst, aber nie beachtet hatte. Im Herzen des Fächers aus Zungen – die scharfen Stahlspitzen der Schienen, die dort aufeinandertrafen und erstarben –, genau an dem Punkt des materiellen Übergangs von dem Spurkranz des Rades war Leere. Sie hatte auch einen Namen, diese Leere, der ihm vertraut war wie jeder andere Aspekt seines Berufes: Herzstücklücke. Doch plötzlich packte Ernani eine Unsicherheit, als hörte er die Bezeichnung zum ersten Mal. Als bemerkte er erst jetzt, nach einem halben Jahrhundert im Dienst, dass im Zentrum der Weiche, die in der Mitte des Mechanismus lag, der der

Kernpunkt dieser lärmenden Welt aus Maschinisten mit in die Ferne gewandtem Blick, aus um die Kohle herumspringenden Heizern, Rangierern, Signalgebern, Schaffnern, Zugführern, Wagenmeistern, Mechanikern, Elektrikern, Streckenwärtern, Betriebsführern und Ingenieuren war, wie auch aus Passagieren und Waren, deren Transport das eigentliche Ziel für die Existenz alles anderen war, im Herzen der Weiche also, die das ganze italienische Schienennetz erst möglich machte, vom Brenner bis Reggio Calabria, nichts war. Nur eine kleine, absolut vollkommene Leere.

Ernani spürte, wie seine Knie nachgaben. Der Muskel in seiner linken Brust, der sich den Namen mit diesem schlichten Meisterwerk des menschlichen Geistes teilte, zog sich ein letztes Mal zusammen. Und so, wie im Herzen der Weiche alle Direktiven ersterben, erlosch auch der Eisenbahner Ernani Profeti.

In den folgenden Jahren hielt sich Attilio an das Versprechen, das er sich bei der Beerdigung Rodolfo Grazianis gegeben hatte, nie mehr an die Jahre seiner Jugend zu denken.

Er hielt es 1960, als ein barfüßiger Äthiopier in Rom den Marathon gewann, der Bikila mit Nachnamen hieß und das einzige amharische Wort zum Vornamen hatte, dessen Bedeutung Attilio kannte – Blume.

Er hielt den Mund und wurde auch nicht nach seiner Meinung gefragt, als der Journalist Angelo Del Boca in einem Essay nachwies, dass während der Besatzung Äthiopiens Bisthioether eingesetzt worden war, auch Yperit oder Senfgas genannt. Woraufhin ein anderer berühmter Journalist, Indro Montanelli, ihn der Lüge bezichtigte, weil er in Abessinien gewesen war und weit und breit kein Giftgas gesehen habe. Und fast alle glaubten Letzterem, denn wem soll man glauben, wenn nicht dem, der als direkter Zeuge dabei war? Nur einmal murmelte Casati nach der Lektüre eines der vielen Artikel über den Streit mit seinem gewohnten Fangeisen-Lächeln: »Ach was, wir beide wissen doch, dass es Lepra war« – worauf Attilio ihm nicht antwortete.

Attilio dachte auch nicht an das genetische Erbe, das er in Äthiopien gelassen hatte, als Haile Selassie zum ersten Mal seit den zwanziger Jahren auf Staatsbesuch nach Rom kam und der Ehrenzug entlang der römischen Sehenswürdigkeiten am Circus Maximus jäh umgeleitet werden musste, weil gerade noch rechtzeitig aufgefallen war, dass sie gleich den nicht zurückerstatteten Obelisken von Aksum passieren würden. So sah der Kaiser weder das Kolosseum noch das Forum Romanum, sondern besuchte Garbatella, Ostiense, Testaccio und andere schöne Wohnviertel.

Attilio wandte seine Gedanken erst wieder dem Horn von Afrika zu, als in einem gewöhnlichen Briefumschlag mit dem Absender von Carbones Autowerkstatt ein Foto des lächelnden Ietmgeta Attilaprofeti in Mantel und Doktorhut des Jungakademikers lag. Und an einem Tag im Mai 1968 – er war mittlerweile über fünfzig –, als er in den Nachrichten die Sprechchöre der Pariser Jugend hörte, die ihm in unangemessener Klarheit die Leichen, Feuersbrünste, Trümmer und vor allem den Geruch nach verbranntem Eukalyptusholz in Erinnerung rief. Warum nur sangen diese Studenten dieselben Sprechchöre der Askaris, als die in Addis Abeba einmaschierten? »*A-ddi-sabe-ba/Abebaul-gena!*« Dann jedoch verstand er die Worte, die ganz andere waren und nur den gleichen Rhythmus hatten: »*Ce n'est qu'un debut/continuons le combat!*« Er seufzte erleichtert auf. Dieses Versprechen, den Kampf fortzusetzen, betraf ihn nicht.

Seine Kriege waren lange vorbei.

13

2010

Es ist ein dicker, in Leder gebundener Band, dessen Seiten nach alten Sägespänen riechen. Der Titel lautet *Physiologie des Hasses*, Verfasser ist Paolo Mantegazza. Manche Sätze sind unterstrichen:

> Der Eingeborene ist von den widerwärtigen Ausdünstungen seiner Haut umhüllt, und dieser körperlichen Weiblichkeit entspricht auch seine Moral. Er hat die Züge eines Kindes, wie auch die schwarze Frau ein großes Kind ist, eine Mischung aus Schwäche und Unterwürfigkeit, bestialisch und sanft zugleich.

Ilaria fragt sich, ob es die Hand ihres Vaters war, die diese kraftvollen Markierungen vorgenommen hat.

Der Inhalt der Blechdose ist nicht chronologisch geordnet, und Ilaria fischt auf gut Glück darin herum. Sie zieht eine Zeitungsseite aus dem *Resto del Carlino* von 1936 hervor, den glatten Rändern nach zu urteilen ausgeschnitten. Sie zeigt eine Gruppe von Schwarzhemden auf dem Gipfel – so die Bildunterschrift – des gerade eroberten Amba Work. Hinter ihnen im undeutlich körnigen Schwarz-Weiß das Hochplateau, so weit das Auge reicht. Aus ihrer Mitte sticht etwas vor den anderen ein hübscher Junge mit Halbstarkenmiene hervor. Er braucht sich nicht in die Brust zu werfen wie seine untersetzteren Kameraden, um alle zu überragen. Er hält die Fahnenstange mit der italienischen Trikolore in der Hand. Ilaria erkennt ihn sofort. Allerdings nicht am Gesicht, das viel jünger ist als das des Vaters, den sie kennengelernt hat, sondern an der Haltung. Ein Stapel mit zahlreichen Briefen von Attilio an seine Mutter Viola ist mit einem Seidenband zusammengebunden. Ilaria entziffert mühsam die spitze Handschrift des Vaters, als er noch jung war. Er beschreibt die Insekten von Abessinien: »Tagsüber Fliegen, nachts Moskitos, jederzeit Spinnen und Skorpione und auch Ameisen, die innerhalb einer Minute eine offene Dose mit Kondensmilch für sich erobern, die man auf dem Boden vergessen hat. Zecken fressen deine Fußknöchel auf, Läuse klammern sich an die Hemdnaht ...« Die Tiere: »Es gibt Schakale, Affen, Gazellen, Hasen, Murmeltiere, Warzenschweine, Ameisenbären, Wildschweine, Leoparden, Krokodile. Und Hyänen, riesige Viecher mit Gladiatorenschultern und schrecklichen Beißkiefern, die beim Marschieren ganz nah an uns herankommen, wenn sie wittern, dass einer der Esel bald zusammenbricht.« Er zählt die Namen der Vögel auf, von denen er, wie er schreibt, oft noch nie etwas gehört hat: »Turakos, Hornvögel, Purpurglanzstare, Großtrappen, Wiedehopfe, Rotbauchwürger, Hohltauben, schwarze Frankolinen, Geier und viele, viele Perlhühner, die gebraten sehr gut schmecken.« Die menschlichen Bewohner erwähnt Attilio nicht, als wären sie Teil der Landschaft und nicht seiner eigenen Spezies. Nur in einem Brief, wo er der Mutter einen in Lumpen gekleideten Mann beschreibt, der eine Eisenspitze an einen Stock gebunden hat und damit einen kleinen Acker pflügt und dem vorbeimarschierenden Armeekorps hinterherschaut, dessen Panzer eine Staubschicht über ihn breiten wie auf eine Statue. Dieser Anblick bringt ihn auf manche Gedanken, die er natürlich wie gewohnt mit seiner Mutter Viola teilen möchte. »Auf mich wirkte er weniger wie ein Mensch, als wie ein Relikt aus uralten Zeiten. Der Bewohner eines Ortes, der eingetaucht ist in eine reglose Schläfrigkeit, aus der nur die römische Kultur ihn zu erwecken vermag. Unsere leuchtende Zivilisation steht im Vergleich zu dem Leben dieser Leute wie der Wind zum Raum, wie der Geist zur Materie. Hier gibt es keine Ideen, kein Bewusstsein, keinen Gedanken. Daher lässt sich kaum von der Vereinigung zweier Kulturen sprechen. Der Kontrast zwischen unserem Volk und ihrem ist so klar, so offensichtlich, dass es keiner Polemik bedarf. Ich weiß nicht einmal genau, ob man als Volk bezeichnen kann, was auf so animalische Weise lebt.«

Ganz anders, direkter und großmäuliger, die an Otello adressierten Postkarten. Unter dem Schriftzug »Abessinische Visionen« ist eine Karte durch eine vertikale Linie in zwei Hälften geteilt: »Männer« steht auf der linken, »Frauen« auf der rechten Seite. Erstere verlassen in wilder Flucht die Schlacht: Einer sieht sich im Rennen angsterfüllt um, ein anderer hebt die Arme zum Zeichen der Ergebung, wieder ein anderer fällt über seinen lächerlich primitiven Schild. Die Frauen hingegen, in geordneten Zweier- oder Dreiergrüppchen, stehen aufrecht und blicken dem Betrachter direkt und manchmal zwinkernd in die Augen, den entblößten Busen seinen Blicken ausgesetzt. Klarer könnte das unterschiedliche Schicksal nicht sein, das die Italiener für die Männer- beziehungsweise Frauenkörper vorgesehen haben, auf die sie in Abessinien trafen: »Die Haut der Frauen hier ist schwarz und dick wie die Planen unserer Lastkraftwagen. Als seien sie aus vulkanisiertem Gummi. Du als Ingenieur fändest das sicher interessant.«

Dann gibt es einige Briefe, die an Attilio adressiert sind: »Mit allem Respekt, Euer Sohn Ietmgeta«. Sie sind in gutem Italienisch geschrieben, beinah fehlerfrei. Sie beginnen alle mit der Anrede: »Lieber Herr Vater«. In einem Umschlag steckt das Foto eines Jungen am Tag seines Examens. In der Hand hält er eine zusammengerollte Urkunde und lächelt stolz.

»Mein Bruder.«
Auf einem anderen Foto sieht Ilaria ihn als Neugeborenen im Arm einer Frau mit blitzenden Augen und hoher Stirn, die ins Objektiv schaut.
»Wie schön sie ist. Ob er sie jemals vermisst hat?«
Ein Brief ist von jemand anderem geschrieben, mit älterer, runderer Handschrift – die Ilaria ohne Probleme lesen kann, obwohl vieles durchgestrichen und mit Korrekturen übersät ist. Scheinbar der Entwurf eines Briefes, der so wichtig war, dass er noch einmal abgeschrieben wurde:

»Verehrteste Signora Gräfin Paolina,
ich grüße euch mit dem Feuer und der Demut des reinen und starken Glaubens, in leuchtender Erinnerung an die Helden. Euer Sohn Francesco Baracca hat die Seite des Buches geschrieben, die wir alle lesen möchten und die doch niemand je wird schreiben können, so groß sind Übermenschlichkeit und poetische Kraft, die sie durchziehen. Deshalb flehe ich Euer erhabenes Mutterherz an, wendet Euch im Gebet an unsere gemeinsame Mutter und Retterin, die Unbefleckte Jungfrau Maria, dass mein armer Sohn, Profeti Attilio, als freiwilliges Schwarzhemd in Abessinien, gesund und heil von der glorreichen Mission zurückkehren möge ...
Gezeichnet: Profeti Viola
(Ehefrau des Bahnhofsvorstehers von Lugo in Romagna).«

Unter der gesamten Korrespondenz versteckt sich ein weiteres Buch, das noch dicker ist als das von Mantegazza, wenn auch weniger alt: *Forschungsmission am Tanasee*, von Lidio Cipriani. Wieder dieser Name. Auf dem Titelblatt eine mit Kugelschreiber notierte Widmung in anmutiger Kursivschrift: »Für Attilio Profeti, Stolz der italienischen Rasse – mit faschistischer Hochachtung, Professor Lidio Cipriani – Neapel 1940«.

Und so erfährt Ilaria, dass Lidio Cipriani, Unterzeichner des Rassenmanifests, nicht nur das Vorwort zu Attilio Profetis Rassenschrift verfasst hatte, sondern ihn auch persönlich kannte und schätzte. Auf faschistische Art, was auch immer das heißen mochte.

Es dämmert schon, als Ilaria Attilios Schritte auf dem Treppenabsatz hört. Mit knackenden Gelenken steht sie auf – jetzt erst merkt sie, dass sie Stunden in derselben Position verharrt hat. Sie öffnet die Tür. Attilio ist allein.
»Wo hast du Shimeta gelassen?«, fragt sie.
»Wieso, ist er nicht bei dir?«
»Nein. Ich dachte, ihr wärt zusammen ...«
»Ich habe ihn seit gestern nicht mehr gesehen, als wir schlafen gegangen sind. Als ich heute Morgen weg bin, war er schon nicht mehr da.«
»Oje, wo kann er denn sein?«
»Ganz ruhig, er ist bestimmt zum Abendessen zurück. Ich glaube, er hat sich daran gewöhnt, gut zu essen ... Apropos: Heute Abend gibt's Schwertfisch.«

Doch der Junge kommt am Abend nicht zurück.
Auch nicht in der Nacht.
Und auch nicht am nächsten Morgen.

14

Fünf Jahre und keinen Tag mehr. So hatten es die Wahrsager in den Kirchen und auf den Märkten geschrien und geflüstert, die von den *zar* besessenen Frauen, die Priester und singenden Geschichtenerzähler. Wer die Stimmen der Dämonen und Engel Abessiniens vernahm, hatte es vorhergesagt von dem Tag an, als Pietro Badoglios Truppen in Addis Abeba einmarschiert waren. Und so kam es. Im Frühjahr 1941, nach genau fünf Jahren im Exil, kehrte der Negus Haile Selassie eskortiert von britischen Truppen in seine Hauptstadt zurück. Und verkürzte damit das Imperium des Duce, das den tausendjährigen Prunk des Augustus zum Vorbild hatte, auf genau fünf Jahre und keinen Tag mehr.

An jenem Morgen im Mai verließ Abeba heimlich ihre Hütte. Sie hatte Angst. Mit dem schaukelnden Ietmgeta auf dem Rücken lief sie durch die Seitenstraßen, umging die großen eukalyptusgesäumten Alleen, auf denen die feiernde Menge in die Luft schoss. Als sie Carbones Werkstatt erreichte, war dort niemand zu sehen. Im Hof standen ein paar verlassene Autos, eins mit offenem Kofferraum, ein anderes auf einem Wagenheber. Die Tauben gurrten ungestört von den Dachbalken in die trockene Luft. Abeba klopfte an die Haustür von Attilios früherem Kameraden, doch niemand öffnete. Alle Fenster zum Hof waren verriegelt.

»Sie sind bei Ras Mesfin!«, schrie eine Männerstimme hinter ihr. Abeba drehte sich um, sah aber nur noch auf der anderen Straßenseite eine Tür zuschlagen.

Ras Mesfin war groß und zartgliedrig, sein von einer Granate zerfetztes Ohr unter den krausen Haaren verborgen – erst nach fünf Jahren Guerillakrieg hatte er Staub und Schweiß aus ihnen herauswaschen können. In seinen Adern floss das feinste Adelsblut des kaiserlichen Hofes, nicht minder aristokratisch war seine Residenz: eine französische Villa, entworfen von französischen Architekten zu Beginn des Jahrhunderts, mit einem großen Garten, dem die Jahre italienischer Plünderungen nichts von seinem Glanz hatten nehmen können. Die Rassengesetze der Faschisten, die seine Unterlegenheit festschreiben wollten, hatten die Gewissheit des Ras, einem erwählten Volk anzugehören, nicht getrübt. Wenn überhaupt, waren sie ihm mehr als jeder andere Übergriff Ansporn gewesen zur Rebellion. Mesfin war Patriot, Partisan, siegreicher Held, viele verehrten ihn noch mehr als den Negus. Die Zeit der Besatzung hatte er mit dem Gewehr im Dreck verbracht, nicht im bequemen Exil. Keiner wagte es daher, ihn einen Verräter zu nennen, als er Hunderten italienischen Zivilisten Zuflucht in seinem Haus bot.

Als Maaza sah, dass Abeba den mit Menschen gefüllten Salon betrat, lief sie zu ihr und umarmte sie wie eine jüngere Schwester. Eine tröstliche Wärme stieg in Abebas Brust auf. Von Kindesbeinen an hatte ihr Großvater sie gelehrt, dass man sich bei der Begrüßung nach dem Wohlergehen der Angehörigen erkundigte, nach den Kranken und Gesunden, den Neugeborenen und Alten, dass man ohne Eile nach allen einzeln fragte, denn nur so, indem man alle Blutsbande aufzählt, können zwei Bekannte, die sich einander auf der Straße die Hand drücken, begreifen, dass sie etwas Größeres sind als nur sie selbst. Etwas mit Sinn und Beständigkeit. Ihre Leute waren nicht wie die Weißen, die bei einem Treffen fragten: »Wie geht's?«, und lediglich mit »Ganz gut, danke« antworteten, wie Steine, die vom Abhang des Lebens rollen, jeder für sich allein. Dies war der Grund, warum Abeba mitten im überfüllten Salon des Ras Mesfin – hauptsächlich *talian* mit eilig geschnürten Bündeln, ihre Frauen mit dunklerer Hautfarbe, die nun wie sie Angst vor Repressalien hatten, Hausangestellte mit Tabletts voll *injera*, um die Neuankömmlinge zu sättigen – die Wange auf die Schulter von Carbones Frau legte und die Augen schloss. Sie dachte an ihre Großmutter, die außerhalb des Dorfes beerdigt worden war, als sie nicht da war; an den Bruder Bekele, der auf der Insel Nokra zu Tode gefoltert worden war. An Attila, der nicht zurückkehren würde. Und sammelte ihre Kräfte für das Leben, das sie erwartete. Nun, wo sie niemanden mehr auf der Welt hatte, würde sie nur noch gefragt werden, wie es ihr und ihrem Kind gehe.

Kurz nachdem er wieder auf seinem vergoldeten Thron Platz genommen hatte, verbot der Kaiser seinen Untergebenen, die ehemaligen Besatzer zu verfolgen. Er bestand darauf, dass die Engländer ausgewählten Italienern ein Bleiberecht gewährten. Damit sein Land funktionierte, brauchte er Mechaniker, Bäcker, Schneider, Klempner, Elektriker, Ärzte, Ingenieure. Dennoch blieben viele von ihnen wie Carbone mit seiner Familie als Flüchtlinge einige Monate in der Villa des Ras Mesfin. Den Schutz benötigten sie nun nicht mehr vor den Äthiopiern, sondern vor den Engländern, die die Männer in Gefängnisse nach Indien und Kenia brachten und die Frauen und Kinder in höllischen Sammellagern einschlossen.

Auch das Glück der Äthiopier währte nach Ankunft der Engländer nur kurz. Kaum war die Fahne der Savoyer am Kaiserpalast eingeholt, wurde der Union Jack gehisst und nicht der Löwe von Juda. Das stieß auf Widerwillen.

»Ihr *talian* habt uns geschlagen, habt eure Flagge auf dem *gebi* des Kaisers gehisst«, erklärte Ras Mesfin bei einem Abendessen in dem großen Salon den Familienobersten seiner Gäste – so nannte und behandelte er die Evakuierten. »Dann haben wir fünf Jahre gegen euch gekämpft. Jetzt sind vor ein paar Wochen die Engländer gekommen und behaupten, sie hätten euch verjagt. Wir respektieren die Verlierer der Schlacht, nicht die, die uns den Sieg geraubt haben.«

Doch die Abneigung gegen die Engländer war nicht nur eine Frage der Landesfarben. Der Faschismus hatte alles getan, um die italienischen Ansiedler zur Rassentrennung zu erziehen: wissenschaftliche Theorien, Gesetze, Strafverfolgung. Alles sinnlos, wie die vielen Mischlingskinder bezeugten, die sie hinterließen. Die Engländer hingegen hegten einen instinktiven Abscheu gegenüber schwarzer Haut. Die Bewohner von Addis Abeba verglichen die beiden Besatzer miteinander und zogen ihre Schlüsse. Die sie wie immer in Liedform brachten.

Als es »Grazie« hieß,
wuschst du dich selbst
mit deiner Seife.
Nun heißt es »Thank you«,
und mit deiner Seife
wäscht sich der Engländer
und sagt dir dann: »Du stinkst.«

Abeba kehrte in ihr kleines Heim zurück. Sie verkaufte weiterhin ihre Fruchtsäfte, süße Teilchen aus dem Holzofen und köstlichen Kaffee. An manchen Abenden, wenn sie kaum Kunden gesehen hatte, bot sie sich selbst feil. Das kostete sie nicht viel. Genug Essen für Ietmgeta zu haben wog jedes Ungemach durch einen Mann zwischen ihren Beinen auf. Sie wurde schon alt – über zwanzig – und konnte für ihre Dienste nicht mehr viel verlangen. Bald hatte sie einen kleinen Kreis treuer Anhänger um sich versammelt, die immer wieder kamen. Das ersparte ihr die Mühe, neue Klienten zu suchen. Manchmal, wenn sie mit dem hellhäutigeren Ietmgeta an der Hand vorbeispazierte, sangen die Männer hinter ihr her:

Schöne dunkle Frau
du hast die deinen entehrt
gehst du an mir vorbei
dann mit gesenktem Kopf.

Doch das waren mehr Neckereien als Verurteilungen. So viele ehemalige »Madame« gab es in Addis Abeba, die in derselben Lage waren wie sie. Und sie war eine reife Frau, zweimal verheiratet, davon einmal mit einem *talian* – wer von ihnen wollte da ihre Freiheit in Frage stellen? Schließlich war es für alle hart, den Kindern das tägliche *injera* zu beschaffen, niemand hatte Zeit, über andere zu urteilen.

Gewiss, in den ersten Jahren wurde Ietmgeta manchmal »Sohn der zwei Fahnen« gerufen, oder auch *solato* in Anlehnung an die italienischen Soldaten, die kommen und ein Heer an Kindern zurücklassen. Oder, noch einfacher, *dikala* – Bastard. Abeba war das gleich. Ihr war wichtiger, dass er nicht »Muttersohn« genannt wurde, wie die Kinder ohne väterliche Führung, die am Ende wie Frauen im Sitzen pinkelten. Abeba wusste genau, welche Erziehung sie ihrem Sohn zukommen lassen wollte: Ietmgeta war ein Junge, also gehörte er zu seinem Vater. Da zählte es wenig oder nichts, dass er ihn niemals kennenlernen würde.

Als Ietmgeta groß genug war, schickte sie ihn auf die Schule der Trostreichen Mutter, auf die viele *dikala* gingen. Die Schwestern fragten sie, ob ihr Sohn das amharische Alphabet lernen solle oder das lateinische, und Abeba sagte ohne zu zögern: »Das italienische.«

Ietmgeta war zehn, als eine Mitschwester starb, die zu alt war, um nach Italien zurückzukehren. Die Nonnen nahmen die Schüler mit auf den italienischen Friedhof, um ihr das letzte Geleit zu geben.

Der Friedhof lag auf einem Hügel außerhalb der Stadt, inmitten eines Waldes voller Hyänen, Warzenschweine und kleiner Antilopen. Die Grabsteine waren gelb vor Staub und unter Unkraut erstickt, die Gesichter der Marmorengel waren wettergegerbt, die Namen ausschließlich die von Italienern. Wie Ietmgetas Vatername.

»Liegt mein Vater auch unter so einem Stein?«, fragte er die Mutter, als er nach Hause kam.

»Nein, er ist Gott sei Dank nicht tot«, erwiderte Abeba. »Er ist weit weg. Er denkt immer an dich und hat dich auf einem Foto gesehen.«

»Dann will ich ihm schreiben.«

An diesem Abend war sie so glücklich, dass sie ihren Ekel vor Innereien überwand und für den Sohn von Attila Profeti Leber auf venezianische Art zubereitete.

Oben: »Prisoner of war post card – Kriegsgefangenenpost (not over 30 words / nicht mehr als 30 Wörter – only family news of strictly personal character / ausschließlich persönliche Familienangelegenheiten).«

Unten: DO NOT WRITE HERE! / NICHT HIER SCHREIBEN! – mit Ausrufezeichen wie der Ruf vom Wachturm am Stacheldraht.

NAME / NACHNAME: Profeti
CHRISTIAN NAME / VORNAME: Otello
INTERNMENT SERIAL N° / INTERNIERUNGSNR: 8WI-28462
ADDRESS / ADRESSE: Co. 2nd, Compound 4th, Hereford Internment camp, Hereford, Texas, USA
DATE / DATUM: 4. Februar 1945
MESSAGE / NACHRICHT: Ihr Lieben, wie geht es Euch? Mir sehr gut. Wo ist Attilio, warum schreibt er mir nicht? Ich höre nichts von Euch. Wenn Euch das hier erreicht, schickt mir Bü-

cher: Elektrotechnik, Sartori; Elektrische Maschinen, Someda; Baukunde, Belluzzi. Keiner weiß, wann sie uns nach Hause lassen. Aber keine Sorge, mir geht es sehr gut.
Ich küsse und umarme Euch, Euer Otello.

DATE/DATUM: 3. März 1945
MESSAGE/NACHRICHT: Liebste Eltern, hoffentlich habt Ihr meine Post bekommen. Hier kommt nur jeder zehnte Brief an, also schreibt viel. Wo ist Attilio? Er hat mir seit Kriegsbeginn nicht geschrieben. Mir geht es sehr gut.
Herzliche Grüße, Euer Otello.

DATE/DATUM: 28. März 1945
MESSAGE/NACHRICHT: Liebe Eltern, ich warte ungeduldig auf Post von Euch. Wurde der Bahnhof bombardiert? Die Wohnung? Wo ist Attilio? Diese Frage stelle ich mir pausenlos. Hier alles sehr gut, nichts Neues.
Frohe Ostern und viele Küsse, Euer Otello.

DATE/DATUM: 7. April 1945
MESSAGE/NACHRICHT: Liebste Mamma, ich kann es kaum erwarten, Dich zu umarmen. Macht Euch um mich keine Sorgen, mir geht es sehr gut. Ich hätte gerne Nachricht von allen, vor allem von Attilio.
Ich küsse und umarme Euch herzlich, Euer Otello.

DATE/DATUM: 13. Juni 1945
MESSAGE/NACHRICHT: Liebste Eltern, ich sorge mich um Euch. Schreibt mir und bittet Attilio, mir zu schreiben. Ich bestens. Hört nicht auf den Unsinn, der über uns Nicht-Kooperierer erzählt wird.
Ich umarme alle herzlich, Euer Otello.

DATE/DATUM: 20. August 1945
MESSAGE/NACHRICHT: Liebste Eltern, hier verkünden die Sirenen das Ende des Krieges. Ich warte immer noch auf Nachricht von Euch. Erinnert Attilio daran, dass er einen Bruder hat. Bei mir sehr gut.
Beste Wünsche und Küsse, Euer Otello.

DATE/DATUM: 12. Oktober 1945
MESSAGE/NACHRICHT: Liebste Eltern, wie geht es Euch? Der italienische Botschafter war zu Besuch, doch nicht mal er weiß, wann wir wieder nach Hause können. Mir geht es sehr gut.
In Liebe, Euer Otello.

DATE/DATUM: 3. November 1945
MESSAGE/NACHRICHT: Liebe Eltern, wie geht es Euch? Mir sehr gut. Keine Post von Attilio.
In Liebe, Otello.

DATE/DATUM: 20. Dezember 1945
MESSAGE/NACHRICHT: Liebste Eltern, ich wünsche Euch unbeschwerte Weihnachten. Bei mir sehr gut. Otello.

DATE/DATUM: 2. Februar 1946
MESSAGE/NACHRICHT: Liebste Eltern, wie geht es Euch? Mir sehr gut.
Otello.

DATE/DATUM: 23. Februar 1946
MESSAGE/NACHRICHT: Liebste Eltern! Wir brechen auf nach New York! In einer Woche gehen wir an Bord! Sagt Attilio, dass er mir nicht mehr schreiben muss, ich bin vor der Post zu Hause!
(Scherz) Euer Otello.

Der Puff auf der Straße nach Bagnacavallo hatte nie den Betrieb eingestellt. Während der Besatzung nahmen die Mädchen abends Nazis und Faschisten mit auf die Zimmer, vormittags gab die Maitresse Informationen an die Resistenza weiter. Am Tag der Befreiung hatten sie sich schwarze Linien auf die Waden gemalt, um Seidenstrümpfe vorzugaukeln, die sie seit Jahren nicht gesehen hatten, und waren mit den roten Halstüchern der Partisanen triumphierend neben ihnen mitmarschiert. Sie hatten Handküsse geworfen und zu der amerikanischen Musik getanzt, die den Hüften solch wilden Schwung verlieh. Sie hatten den Befreiern eine Runde aufs Haus angeboten, die sie unter sich begruben mit Körpern so dünn wie Wölfe im Winter. Mehr als ein Jahr war sie nun her, diese sorglose Ausgelassenheit. Der düstere Krieg war vorbei, doch ebenso die Euphorie der Überlebenden. Jetzt musste die Welt wieder zusammengefügt werden – und das hieß zupacken und fleißig sein.

Otello erkannte keines der Mädchen aus der Zeit vor dem Krieg wieder und hatte nichts anderes erwartet. Das Kriegschaos hatte neben allem anderen auch die strengen staatlichen Kontrollen für käuflichen Sex ausgehebelt. Im Bordell von Bagnacavallo gab es nun viele Frauen anderer Herkunft: Kriegerwitwen, Töchter, deren Eltern bei einer Bombardierung beide umgekommen waren, Waisen durch Nazi-Razzien. Die Maitresse nahm sie alle unterschiedslos auf. Auch weil man über den Krieg so manches Schlechte sagen kann, nicht aber, dass er den Huren die Arbeit wegnimmt.

Der Puff war nie ein Luxusbordell gewesen, wo es spezielle Angebote gab wie etwa die *Waage* (zwei Mädchen auf einmal), die *Lange Nacht*, der *Pfau* oder die *Sklavin*. Es war ein ehrlicher Provinzpuff vom Land, in einem abgelegenen Gebäude, das auch ein Bahnwärterhaus hätte sein können, mit kleinem Gartentor, einer Klematispergola, um die die Maitresse sich kümmerte, und groben Baumwolllaken, die sich gut waschen ließen.

Vor dem Krieg hatte die einfache Nummer zehn Lire gekostet, die doppelte zwanzig, dreißig die halbe Stunde. Es gab sogar den Service »ohne große Umstände« für alle, die nur fünf Lire ausgeben konnten. Die Maitresse tolerierte, dass die Klienten ein bisschen Süßholz raspelten, um den Mädchen, vor allem aber sich selbst vorzumachen, sie zu umwerben, achtete aber aufs Wesentliche. Ein Bordell ohne Allüren, könnte man sagen, nichts für feine Leute, aber genau das Richtige für den Bahnhofsvorsteher Profeti und seine Söhne, die auf eine solide Dienstleistung ohne Preisnachlass und Sonderwünsche setzten. Bis auf die *Annehmlichkeiten für besonders junge Herren*, von denen Ernanis zwei Söhne beim ersten Mal Gebrauch gemacht hatten.

Jetzt hatte Otello sich eine Blondine aus Chioggia ausgesucht mit brauner Scham, was deshalb bemerkenswert war, da während des ganzen Krieges kein Haarfärbemittel aufzutreiben war – vielleicht auch, weil die Puffmütter sie samt und sonders für ihre Häuser an sich gerissen hatten. Er schaffte es kaum bis auf ihr Zimmer. Ihr Duft – Desinfektionsmittel, alter Rauch, Rosmarin – sorgte dafür, dass er sich mit einer Zuckung den Schritt seiner Hose nässte, während sie sich auszog. So erging es ihm immer, seit er wieder zu Hause war. In den langen Jahren der Kriegsgefangenschaft hatte er nur in den Zeiten auf der Krankenstation das Gesicht einer Frau gesehen. Der weibliche Körper war eine so ferne, abstrakte Vorstellung, dass er irgendwann nicht einmal mehr masturbiert hatte. Umso mehr, da die Hungerattacken ihn im letzten Jahr in Hereford viel eher von der Verschmelzung mit Suppenschüsseln voll Cappelletti, Unmengen Zuppa inglese und Pfannen voll mit Ragù aus fünf Sorten Fleisch hatten träumen lassen. Doch auch mit den Essensträumen durfte er es nicht übertreiben. Seine Magensäfte rächten sich mit einem schrecklichen Brennen an den leeren Magenwänden. Seit er zurück war, konnte er eigentlich nichts mehr wirklich genießen. Er aß, ohne zu merken, was er verschlang, Essen reduziert auf den reinen Brennwert. Und seine Ejakulationen kamen häufig so jäh, dass er gar nicht sicher war, ob es sie gegeben hatte. Als hätte das einzige Ziel im Gefangenenlager – nämlich zu überleben – seinem Körper die Fähigkeit geraubt, sich dem Genuss hinzugeben.

»Du bist ja ein ganz Flinker!«, hatte das Mädchen erstaunt festgestellt. In ihrer Stimme lag kein Vorwurf, eher Erleichterung, sich das übliche Gerubbel erspart zu haben. Sie wusste aus Erfahrung mit »flinken« Kunden, dass auch dieser Mann unter Höchstspannung stand, und da er die Puffmutter bereits mit den rechteckigen amerikanischen Lira-Scheinen bezahlt hatte, würde er die verbleibende Zeit nutzen, ihr seinen Kummer anzuvertrauen. So lagen sie auf dem nach Lysoform riechenden Bett, und sie streichelte sein wieder erschlafftes, noch feuchtes Glied mit der Vertrautheit einer alten Ehefrau. Und genau wie sie erwartet hatte, begann Otello zu reden.

Wenn er erzählte, dass er drei Jahre amerikanische Kriegsgefangenschaft hinter sich habe, so berichtete er ihr, bekam er immer zu hören: »Da hast du ja noch Glück gehabt! Im Gegensatz zu denen, die nach Deutschland gekommen sind! In den Lagern in Amerika haben die Häftlinge zehnmal mehr zu essen bekommen als hier im Kriegshunger«, sagten sie, »und über ihren Köpfen flogen keine Bomben, und sie wurden für ihre Arbeit so gut bezahlt, dass sie mit ihren Geldsendungen nach Italien ganze Familien ernährt haben.« Wenn Otello dann vielleicht erklärte, dass das nur für die gelte, die mit den Amerikanern kooperiert hatten, was er nicht getan habe, sah man ihn böse an. Aha, also war er Faschist? Dann solle er doch froh sein, dass ihm das bei seiner Rückkehr kein Partisan heimgezahlt habe. An diesem Punkt überkam Otello eine große Müdigkeit und Traurigkeit, die ihn daran hinderte zu erklären, dass er und andere seinesgleichen nicht deswegen nicht kooperiert hatten, weil sie Faschisten waren, sondern aus Gründen der Ehre, der Standhaftigkeit und der Treue zum geleisteten Eid. Dass solche wie er sich im Lager der Nicht-Kooperierer nicht nur vor den Kommunisten in Acht nehmen mussten, die sie für bourgeoise Feinde hielten, sondern vor allem vor den echten Faschisten, die in ihnen Verräter sahen. Die Soldaten der Republik hätten beinahe einen seiner Kameraden zum Schöpfer geschickt. Aber dann, später, hatten sie fast alle unterschrieben, das Kooperationsformular, einer nach dem anderen, und hielten es vor den anderen geheim, wie ängstliche Mäuschen, die sich eins nach dem anderen verstohlen aus dem Staub machen. Falsche Antifaschisten der letzten Stunde, die den Rest der Gefangenschaft in den Ferienlagern in Portland und Fort Lawton bei Speck, Kartoffeln und Truthahn verbrachten. Während Otello in Hereford blieb bei schmaler Kost, äußerst schmaler Kost.

Otello erzählte dem Mädchen dann, wie die amerikanischen Aufseher in den *Amarillo Daily News* diese Bilder gesehen hatten, die kaum zu ertragen waren. Fotos von einem Barackenlager in der Nähe einer Kleinstadt in Polen mit eigenartigem Namen. Übereinandergestapelte, fleischlose Leichen, Menschen mit leeren Augen, man wusste nicht, ob tot oder lebendig, Verbrennungsöfen, vorgebliche Duschen, ein perverser Schriftzug auf dem Torbogen über den Schienen. Abscheulich. Das wollten die Yankees jemanden büßen lassen. Und sie wählten sie aus, die italienischen Nicht-Kooperierer.

Sie begannen, in den Schlafsälen nächtliche Kontrollen durchzuführen, Holzknüppel über ihren Knochen kreisen zu lassen, kein Brennholz auszugeben, auch wenn draußen der Schnee herabwirbelte, die Post aus der Heimat nicht mehr weiterzuleiten. Von drei üppigen Mahlzeiten pro Tag gingen sie zu einem Brötchen und einer Sardine für acht über – nicht pro Mahlzeit, sondern pro Tag. Im letzten Jahr in Texas nahm Otello dreiundzwanzig Kilo ab. Jeden Morgen las er ganze Haarbüschel von seinem schmutzigen Laken auf, sein Zahnfleisch war zurückgegangen wie bei einem alten Mann. Er lag fast nur noch auf der Pritsche, denn man musste mit seinen Energien haushalten wie ein Wucherer mit seinen Münzen, er sparte sie sich für die essentiellen Bewegungen auf, wie zum Beispiel eine Schlange oder einen Salamander fangen, um sie zu rösten. Doch als er nach Italien zurückkam, erzählte er dem Mädchen im Bordell von Bagnacavallo weiter, und versuchte, von dem schrecklichen Hunger zu berichten, hatte die Antwort immer nur gelautet: »Du hättest ja nur mit den Amerikanern kooperieren müssen, dann hätten sie dir zu essen gegeben.« Oder man sah ihn an, als wäre er der Erfinder von Auschwitz.

Niemand verstand ihn, niemand. Ein Freund aus der Kindheit sagte zu ihm: »Ich spucke dir nicht ins Gesicht aus Respekt vor deinem Bruder Attilio, auf den die Faschisten geschossen haben.« Aber dass ein in Gefangenschaft geratener Offizier die Pflicht hat, nicht mit dem Feind zu kooperieren, hatte er doch in der Offiziersschule in Modena gelernt, und nicht in Timbuktu!

Er erzählte ihr, wie bei Kriegsende die Sirenen geheult hatten, Musik durch die Lautsprecher erklungen war und Trompetenfanfaren, wie der Wind die Freudenschreie der Stadtbewohner bis in das stacheldrahtumzäunte Gelände getragen hatte: »*Peace! Peace!*«, riefen sie – was für ein wunderbares Wort, Frieden. Selbst die Wachen hatten sich einen Moment der Freude gegönnt, und Otello, der seit drei Jahren vergessen hatte, wie lächeln geht, erlaubte sich einen Gedanken des Glücks: Endlich würde er nach Hause zurückkehren. Doch Wochen verstrichen, dann Monate, und nichts geschah. Alle anderen Internierungslager wurden geräumt, die Häftlinge nach Hause geschickt, außer denjenigen, die gut bezahlt in Fabriken gearbeitet hatten und ein hübsches Mädchen aus dem Westen kennengelernt hatten, das sie zum Bleiben überredete. Das wunderschöne Wort jenes Tages im August hatte einen bitteren Klang bekommen. Die ganze Welt feierte, und sie waren immer noch hier, starben vor

Hunger, warteten, dass der Staub der Minuten und Tage sich auf die Ebene herabsenkte, fraßen Spitzmäuse, während ein schlimmer Zweifel immer mächtiger wurde: »Wir kommen niemals nach Hause.« Doch wann immer er versucht hatte, jemandem von der Verzweiflung der letzten Monate zu erzählen, hatte es geheißen: »Ach, red doch nicht, im Vergleich zu dem, was anderen passiert ist, war das doch reiner Luxus.«

Das Mädchen aus Chioggia, oben blond und unten dunkel, hatte begriffen, dass Otello deshalb ins Bordell gekommen war: um zu weinen, in ihre Halsbeuge zu schniefen und sich festhalten zu lassen und nur ein Mal, ein einziges Mal, eine andere Antwort zu hören als »was jammerst du rum, dir ging's doch noch gut«.

Mit einer Zärtlichkeit, die sie nicht mehr in sich gespürt hatte, seit ihre einjährige Tochter nach einem Bombardement in ihren Armen verblutet war, strich das Mädchen ihm über das Haar. »Armer Kerl«, wiegte sie ihn leise, »du armer Kerl. Da ist es dir aber wirklich dreckig gegangen.«

Danach versuchte Otello nie mehr zu erklären, was im Gefangenenlager der Nicht-Kooperierer in Hereford, Texas, USA, geschehen war. Auch nicht, als er als Eisenbahningenieur abgelehnt wurde, weil er im »Faschistenlager« gewesen war, und stattdessen in einer Berufsschule Bauwesen und Physik unterrichten musste. Und auch nicht dem jungen Mädchen, die seine Frau wurde, so gern er sie auch hatte. Nie mehr sprach er darüber, in fast vierzig Jahren seit diesem Nachmittag 1946 im Bordell von Bagnacavallo, bis zu dem Tag, als er gegen Attilio, der ihn in allen Dingen geschlagen hatte, auch den letzten Wettkampf verlor.

Während Otello alle Ambitionen fahren ließ und Attilio die seinen neu definierte, verfasste Marschall Rodolfo Graziani seine Verteidigungsschrift für den Prozess, in dem er auf der Anklagebank saß. Sie war gespickt mit Angriffen auf General Badoglio, den er »einen falschen Propheten« nannte. Von der Niederlage bei Caporetto bis zum Zusammenbruch am 8. September war er verantwortlich für die schlimmsten Desaster der Nation. Ein Mann, der das Recht verwirkt hatte, sich Offizier zu nennen, als er das italienische Volk in Ruin und Chaos zurückließ. Wenn aber der König statt Badoglio ihn, Graziani, gerufen hätte, wäre Italien nicht in zwei Teile geteilt worden, die Deutschen hätten nicht in Rom gestoppt, die nationale Ehre wäre nicht verloren gewesen. Niemals hätte er seine Soldaten und das Vaterland mit diesem entwürdigenden Waffenstillstand verraten.

Graziani hob den Stift vom Papier und legte sich die Hand in die Seite, mit verzerrtem Gesicht. Nicht etwa aus Abscheu gegenüber seinem ewigen Rivalen, sondern wegen der Gallensteine, die ihm vor Schmerz den Atem raubten. Plötzliche Stiche, wenn auch nie so schlimm wie die, die ihm seine Feinde hinterrücks versetzten. Und damit meinte er nicht die gegnerischen Heere.

Es war ein römischer Oktobertag von besonderem Glanz, der Himmel klar wie in den Bergen, die Sonne sanft. Das herabgefallene Laub erfüllte die Luft mit einem Hauch Vergänglichkeit. Doch der Marschall, in seinem Zimmer des Militärkrankenhauses Celio, fror wie immer. Seitdem ihm im Gefängnis auf Procida der Blinddarm fast ohne Betäubungsmittel entfernt worden war von einem Chirurgen, dem nur der Vielfachmörder Totonno 'o Sparatore assistiert hatte, war seine Gesundheit ruiniert. Auch die zweihundertsiebenundvierzig Granatsplitter meldeten sich nun wieder, jeder einzelne, die er seit dem Attentat in Addis Abeba mit sich herumtrug. Mit achtundsechzig Jahren war sein äußeres Erscheinungsbild noch stattlich. Doch sein Inneres war ein Schlachtfeld unter feindlichem Beschuss aus dem Hinterhalt. Wie auch immer diese Farce von Prozess enden würde, das Schicksal würde ihm keinen Soldatentod gönnen.

Seit über einem Jahr steckte er nun schon in diesem Militärkrankenhaus, fernab von seinen geliebten Höhenzügen bei Arcinazzo. Als Zeichen des Respekts für seinen Rang und seine Vergangenheit war es ihm erlaubt, sich morgens von seinem Burschen Embailé Teclehaimanot helfen zu lassen. In den letzten fünfzehn Jahren hatte nicht einmal Ines, die ihn doch sehr liebte, sein Schicksal so nah miterleben dürfen wie der Äthiopier. Nachdem er ein Leben lang das Vaterland verteidigt hatte, waren dies nun die einzigen Menschen, denen er noch vertrauen konnte: eine Frau und ein Neger.

Alle anderen hatten ihn verraten, wenngleich niemand in dem Maße wie Badoglio. Zwanzig Jahre lang hatte er für ihn die Drecksarbeit erledigt, und nun ging er auf Distanz zu ihm. Gerade zum Beispiel im »Fall Graziani«, wie seine Ankläger ihn nannten. Als ob die Androhung von Repressalien gegen die Familien der Rebellen – von der Staatsanwaltschaft »Partisanen« genannt, was auf dasselbe hinauslief – nicht dieselbe Strategie wäre, mit der er die Kyrenaika befriedet hatte. Nur dass damals jedermann seine Unbeugsamkeit gelobt hatte, allen voran Badoglio; jetzt klagten sie ihn an wegen Kriegsverbrechen. Warum? Wo war der Unterschied? Er konnte nur einen entdecken: 1932 waren die Bösen Beduinen, 1944 Italiener.

Seitdem Badoglio zum Leiter der Säuberungskommission ernannt worden war, behandelte er ihn wie einen Aussätzigen. Seit Monaten bat Graziani ihn, in seinem Prozess als Zeuge auszusagen, und er hatte noch nicht einmal geantwortet. Ines hatte Recht: Wenn sie an seiner Seite gestanden hätte, als Mussolini ihm vorschlug, das Militärkommando der Republik von Salò zu übernehmen, hätte sie es zu verhindern gewusst. Eine lästigere Sache gab es nicht. Doch seine Frau weilte an jenem Tag leider in Arcinazzo, nicht in Rom. Und so war er plötzlich der Kopf ganzer Abteilungen mit desolater Ausrüstung, die bei der erstbesten Gelegenheit die Flucht ergriffen oder nur deshalb blieben, weil sie blutjung oder Spinner oder – die Schlimmsten – beides zugleich waren. Ganz zu schweigen von den Deutschen, die sich als Verbündete ausgaben, ihn aber auf jede erdenkliche Art sabotierten. Rom, beispielsweise. Sie wollten die Stadt komplett für sich und erklärten, sie sei für die Soldaten von Salò *verboten*. Um nicht Grazianis Armeen zu benutzen, hatten sie alte Reservisten des Polizeiregiments Bozen einberufen, Südtiroler Familienväter mit Bauchansatz. »Welches ist das einzige Heer, das seinen Verbündeten nicht verrät?«, witzelten die Wehrmachtsoffiziere mit ihren Humor aus der Stahlhütte. »Es gibt keins.« Und schon wird gelacht, danke vielmals, Badoglio. Nur eine Aufgabe hatten sie ihm überlassen: die Partisanen zu bekämpfen. Was hätte er denn mit diesen Partisanen tun sollen, sie zum Essen einladen? Die Wahrheit ist, dass es sie gar nicht gäbe, hätte Badoglio nicht das Land den Deutschen überlassen. Aber jetzt gaben sie wie üblich alle ihm die Schuld. Ihm allein.

Vor Schmerzen in der Gallenblase konnte er nicht weiterschreiben. Er legte das halb beschriebene Blatt auf den Tisch und streckte sich auf der Eisenpritsche aus. Ohne sich auszuziehen oder die Schuhe abzustreifen. Und sei er noch so krank, am Tage legt ein Soldat kein Nachtzeug an.

Am nächsten Morgen brachte sein Bursche ihm die Post. Darunter wie fast jeden Tag einen Brief von Ines. Sie war besorgt. Gewisse Freundinnen mit Kontakten zur Diplomatie hatten sie informiert, der äthiopische Botschafter in London bemühe sich um seine Auslieferung.

»Embailé, kehrst du mit mir in dein Land zurück? Haile Selassie verlangt von den Engländern, mir in Addis Abeba den Prozess machen zu dürfen.«

»Nein, Signore.«

Graziani sah auf.

»Warum nicht? Magst du mich nicht mehr?«

»Das wird nicht passieren, Signore.«

»Woher weißt du das?«

»Neger, die einen Weißen verurteilen ...« Der Offiziersbursche schüttelte den Kopf, im Blick ein ironisches Blinken. »Das mögen Engländer nicht. Sie lassen nicht zu, dass das passiert.« Graziani forschte in den Augen seines Dieners. Dieser junge Mann, aufrecht und dunkel wie ein Zuckerrohr, hielt ihm, seit er wenig älter als ein Kind war, die Uniform in Ordnung, säuberte seine Stiefel vom Schlamm, ölte seine Pistole. Embailé war es gewesen, der ihm jahrelang das Feldbett im Zelt aufgeschlagen hatte. Den Alfa Romeo 6c 2500 in Richtung Schweiz auf der Flucht vor Partisanen hatte er gelenkt. Des Marschalls Gesicht verdüsterte sich, während er ihn ansah, als habe die Wüstensonne ihn mitten ins Gesicht getroffen.

›Auch er wird mich eines Tages verraten, wie alle anderen.‹

Es gab nicht viel zu tun im Kolonialministerium eines Landes, das gerade all seine Kolonien verloren hatte. Attilio kam ins Büro, stempelte seine Karte und verließ es wieder. Er setzte sich auf eine Holzbank jener Straßenbahnlinie, die immer im Kreis fuhr und dabei das Kolosseum, die Basilika San Giovanni und die Trümmer von San Lorenzo passierte, aus denen der Wind noch Staub aufwirbelte, durch die Reichenviertel, über denen niemand gewagt hatte, Bomben abzuwerfen – Salario, Parioli –, bis zum Viale delle Milizie. Hier stieg er aus, ging an dem ölgötzenhaften Infanteristen in seinem steinernen Schilderhäuschen vorbei und durchschritt das hohe Portal des Militärgerichts. Dort verbrachte er die Vormittage, mischte sich unter das Publikum in der großen Anhörungshalle und wandte keinen Moment die Augen von dem Mann auf der Anklagebank ab.

Mit seinen fast siebzig Jahren hatte Rodolfo Graziani immer noch die Haltung, das Profil und die eleganten langen Hände des römischen Soldaten, wie ihn der Duce einst definiert hatte.

Doch trotz der vielen Kragenspiegel an seiner Uniform schien sein Charisma mehr auf einer wehleidigen Hysterie zu fußen. Den Darlegungen der Zeugen lauschte er angespannt wie ein Pflanzenfresser, der das Raubtier wittert. Während der Einlassungen des Staatsanwalts schlug er empört mit der Faust auf den Tisch. Als ein Zeuge seine Worte während einer Zwangsmaßnahme zitierte (»Erschießt sie alle, auch Frauen und Kinder«), packte Graziani seinen Anwalt an der Schulter und zischte ihm zu: »Angreifen, greif ihn an!« Am unerträglichsten schien ihm die wiederholte Beschuldigung zu sein, er habe Angst gehabt: als er das Krankenhaus in Addis Abeba, in dem er nach dem Attentat lag, mit Maschinengewehren hatte umstellen lassen; als die Truppen in der Sahara von den Angloamerikanern überwältigt wurden und er sich nach Kyrene geflüchtet hatte; als er vor Erleichterung, nicht in die Hände der Partisanen gefallen zu sein, in den Armen des amerikanischen Offiziers, der ihm Handschellen anlegte, das Bewusstsein verlor. »Ich habe vor nichts Angst!«, brüllte Graziani irgendwann mit hochrotem Kopf die Richter auf ihrer Richterbank an. »Vor nichts und niemandem!« Komplett verlor er aber erst die Nerven, als der Staatsanwalt ihn fragte, ob er bestätigen könne, den Oberbefehl über die Republik von Salò nur übernommen zu haben, um sich seinem Dauerfeind, General Pietro Badoglio, zu widersetzen. Da fing er so an zu schreien, dass der Anwalt Mühe hatte, ihn zu beruhigen. Seine Ausbrüche wurden allerdings nicht streng behandelt. Der Prozess zeichnete sich durch ein ruhiges, dem Angeklagten gegenüber nachsichtiges Klima aus. Rom war nicht Nürnberg, wo wenige Jahre zuvor die Anhörungen getränkt waren von Blut und blinder Wut. Das Italien des Jahres 1950 wollte von Wut nichts mehr wissen, und von Blut schon gar nicht.

Beinahe jeden Tag mischte Attilio sich unter die eng gedrängten neugierigen Zuschauer von Grazianis Prozess. Wie viele andere war auch er schon als Kind der Faszination dieser fast mythischen Figur erlegen: der jüngste Oberst des Großen Krieges, Befrieder der Kyrenaika, Triumphator von Neghelli, schließlich Verbündeter des grausamen Invasors. Doch es war nicht enttäuschend, ihn so nervös, krank, würdelos zu sehen. Attilio beobachtete den Prozess ja nicht, um seine Jugendträume platzen zu sehen, und auch nicht, um über zwanzig Jahre falscher Mythen nachzudenken. Zehn Jahre waren vergangen, seit er nach Italien zurückgekehrt war, Abebas Land war fast so fern wie die Erinnerung an sie. Der Grund, warum er jeden Morgen zum Gerichtshof im Viale delle Milizie fuhr, waren die Furcht und gleichzeitig die Hoffnung, noch einmal all die Namen zu hören: Abessinien. Addis Abeba. Godscham.

Die aber niemals fielen. Marschall Rodolfo Graziani wurde zu achtzehn Jahren Haft wegen »militärischer Kollaboration mit dem deutschen Invasor« verurteilt, aber vier Monate nach dem Schuldspruch wieder freigelassen. Wie Embailé Teclehaimanot es vorhergesagt hatte, wies England den Auslieferungsantrag des Negus ab. Für seine Taten in Abessinien und auch in Libyen musste er sich niemals vor einem Militärgericht rechtfertigen.

Das bedeutete, dass auch Attilio Profeti oder jeder andere niemals aufgefordert wurde, zu erklären, was er in den Kolonien getan hatte. Niemand erkundigte sich, ob er einen Mischlingssohn dort gelassen hatte. Keiner forderte Rechenschaft von ihm für einen blockierten Flammenwerfer. Mit dem Ende von Grazianis Prozess verspürte er eine frostige Erleichterung: Seine Jugendjahre waren von den Geschichtsbüchern ausgelöscht worden.

Attilio erzählte Marella nie, dass er den Prozess am Militärgericht verfolgte. Es gab so viele Sachen, die er ihr verschwieg. Nach ihrem ersten Mal hatte sie sich an ihn gekuschelt und war mit der Fingerkuppe über die Narbe an seinem Arm gefahren.

»Was hast du denn da gemacht?«

»Da haben die Faschisten auf mich geschossen«, hatte er ihr geantwortet. »In einem Wald im Apennin.«

Marella hatte sich bewundernd auf einen Ellbogen gestützt und ihm ihre Brüste entgegengereckt wie ein Geschenk. »Du warst Partisan!«

Da es keine Frage war, fühlte Attilio sich nicht verpflichtet, mit ja oder nein zu antworten. »Der Krieg ist vorbei«, hatte er stattdessen gesagt und die Unterlippe vorgeschoben, als seien die alten Geschichten es nicht wert, aufgewärmt zu werden. Dann hatte er sie wieder an sich gezogen, ihre großen Brüste plattgedrückt zwischen ihnen beiden.

Marella war Mailänderin und sollte es immer bleiben. Ihre Mutter war bei ihrer Geburt gestorben und sie wegen der Versetzung ihres Vaters nach Rom gekommen, der einen Tag nach der Befreiung einen Herzinfarkt erlitten hatte und binnen drei Stunden gestorben war. Als verwaiste Tochter eines ehemaligen Staatsangestellten war sie als Archivarin im Kolonialministerium eingestellt worden und hatte dort Attilio kennengelernt. Sie hatte nie mehr in Mailand gelebt, weil ihr Elternhaus von einer Brandbombe zerstört worden war und sie keine Verwandtschaft hatte, trotzdem hatte sie nicht aufgehört, von »meiner Stadt« zu sprechen. Die Navigli, das Lichterspektakel zum Fest der Unbefleckten Empfängnis, das Weiß des Domes, der Nebel gemischt mit dem Rauch aus den Heizöfen – es war das verlorene Paradies, dem sie nachweinte wie Eva nach ihrer Vertreibung.

Als sie das erste Mal in einer Trattoria in Trastevere zusammen zu Mittag aßen, hatte sie mit der wegwerfenden Geste einer Diva gesagt: »Ich bin allein auf der Welt.« Attilio war klar gewesen, dass ihre Einsamkeit nicht die der weißen Telefone war, sondern echt, fast zu echt. Und da Marella nicht nur wohlgeformt war, sondern auch seine Witze verstand, begann er sie zu mögen.

Gemeinsam gründeten sie ein Zuhause in einem Wohngebäude aus den letzten Jahren des Faschismus, bei dem niemand auf die Idee kam, die großen marmornen Liktorenbündel über dem Eingang zu entfernen. Ans Heiraten dachte Attilio nicht. »Die Kirche toleriert nicht einen Hauch von Freiheit«, erklärte er, sobald Marella das Thema anschnitt, in aller Vorsicht wie eine Katze, die sich an eine gefährliche Beute anschleicht. Und seine Freiheit war ihm tatsächlich so teuer, dass er in den nächsten zwei Jahren zweimal mit Marella ins Stadtviertel Garbatella fuhr, wo sie sich breitbeinig auf einen Küchentisch legte und eine nach Gemüsesuppe stinkende Frau ihr mit einem Haken das Innere aus dem Bauch zog. Attilio mochte es nicht, dass sie litt, schon gar nicht wegen ihm. In all den Jahrzehnten ihres Zusammenlebens waren dies die einzigen Gelegenheiten, in denen er vor Marella, wenngleich mit leicht abgewandtem Blick, die Worte aussprach: »Ich liebe dich.«

Einen Abend pro Woche ging Attilio in ein Souterrain zum Pokerspiel, dem neuen Spiel, das die amerikanischen Soldaten mitgebracht hatten. Der Ort wurde von Beamten, Lehrern und Bankangestellten frequentiert, die Einsätze waren bescheiden. Er verlor oder gewann nie viel, doch er spielte auch nicht wegen des Geldes. Manchmal ritzte er eine Kerbe in die Karten, wie es ihm die Zimmervermieterin in Bologna während des Studiums beigebracht hatte, doch lediglich aus geheimer Freude an einem Regelwerk, das nur für ihn galt. Und zu bluffen fiel ihm leicht.

Eines Nachmittags bei seiner Rückkehr aus dem Ministerium empfing ihn Marella mit einem Kuss, wie immer, wenn er nach Hause kam. Sie drückte ihm die Lippen auf die Wange, die schon rau war vom Bartschatten, presste sich an ihn, lächelte ihn dankbar an, dass der Winter seiner Abwesenheit nun beendet war. Dann nahm sie von dem Tablett mit der Post einen hellgelben Umschlag und reichte ihn ihm.

»Das ist für dich angekommen.«

Attilio musste gar nicht erst auf den Absender schauen. Allein die grüne Briefmarke mit dem bärtigen Gesicht von Haile Selassie und dem Flugzeug mit abgerundeten Formen über einem Vulkan genügte, dass ihm der Atem stockte. Die Luft in die Lungen hinein- und hinauszuschieben wurde jäh eine Kunst, die er nicht mehr beherrschte.

»Von wem?«, fragte Marella, die seinen Aufruhr nicht bemerkte.

»Einem Ex-Kameraden«, erwiderte Attilio. »Er ist in Äthiopien versandet. Was gibt's denn heute Leckeres zu Abend?«

»Signor Vater,
ich schreibe Euch, weil ich Euer Sohn bin. Wie geht es Euch? Ich hoffe, Ihr seid wohlgemut und bei guter Gesundheit. Wie geht es Eurem Vater Signor Ernani? Wie geht es Eurer Mutter Signora Viola? Wie Eurem Bruder Signor Otello? Ich heiße Ietmgeta Attilaprofeti Ezezew. Ich bin elf Jahre alt. Ich lebe bei meiner Mutter, Abeba Ezezew. Ich gehe bei den Schwestern der Trostreichen Mutter in Addis Abeba zur Schule. Mein Lieblingsfach ist Italienisch. Signor Carbone hat meiner Mutter Abeba Ezezew Eure neue Adresse in Rom, Italien, gegeben ...«

Attilio hatte den Brief im Bad geöffnet. Die Wohnung war klein – ein Zimmer, Esszimmer und Küche –, daher hatte er gewartet, bis Marella sich an den Herd stellte. Er brauchte weniger als eine Minute, um die Handschrift des strebsamen Schülers zu entziffern, und ließ dabei das Wasser laufen als Rechtfertigung, dass er sich so lange im Bad einschloss. Marella fiel nichts auf, und allmählich wehte der Duft von Risotto durch das Apartment. Attilio ging ins Schlafzimmer und holte aus dem obersten Fach des Schrankes eine Blechdose der Nationalen Kaffee-Ersatz-Industrie, die über ein halbes Jahrhundert später auch Ilaria öffnen sollte. Er legte den gelben Brief hinein, schloss den

Deckel mit der Kaffeemühle und stellte die Dose dorthin zurück, wo Marella sie nicht sah.

Abends im Bett, als Attilio sie im Arm hielt, fand Marella keine bequeme Position. Ihr Vater hatte sie nur einmal umarmt, am Tag ihres Abiturs, mit hölzernen Gliedern und abgestreckten Ellbogen. Von ihrer Mutter hatte sie nur die grundlegendste aller Umarmungen bekommen, die des Uterus. Erst bei Attilio hatte sie gelernt, wie friedvoll es sein konnte, die Wange an einer freundlichen Brust abzulegen. Sie hatte nicht die Gabe, sich in andere hineinzuversetzen (»Ich bin so zerstreut!«, sagte sie). Die Schicht wehrloser Bedürftigkeit, die sie umgab, war so dick, dass sie sie von der Innenwelt der anderen vollkommen abschnitt. In ihrer großen Verliebtheit war sie Attilio gegenüber quasi blind. Zusammen mit seiner wohlwollenden Nicht-Liebe entstand so zwischen ihnen eine gegenseitige Fremdheit, die sie teilten und die daher beiden Trost spendete. Doch selbst Marella begriff an jenem Abend, dass der Arm um ihre Schulter ungewöhnlich steif war.

»Woran denkst du?«

Das hatte sie noch nie gefragt, seit sie sich kannten.

Er atmete so tief ein, dass ihr Kopf auf seiner Brust sich hob. Ohne auszuatmen schwieg er, und Marella war verunsichert. Hätte sie das nicht fragen sollen?

Endlich und ohne sich zu bewegen, ohne ihr in die Augen zu schauen oder die Spannung des Arms zu lockern, atmete er aus. Die Luft brachte Worte mit, die nicht an sie, sondern an die Zimmerdecke gerichtet waren.

»Ach, was soll's«, sagte Attilio Profeti. »Lass uns heiraten.«

15

2010

Wo sucht man einen afrikanischen Jungen, der eines Abends auf deinem Treppenabsatz steht, behauptet, er wäre dein Neffe, und ein paar Tage später spurlos verschwindet? Ilaria und Attilio wohnen auf dem Esquilin, also suchen sie ihn dort, obwohl sie wissen, wie zwecklos das ist. Noch zweckloser wäre es allerdings, sein Verschwinden bei den Ordnungskräften zu melden, von denen er sich ja möglichst fernhält. Aber suchen müssen sie ihn. Zumindest findet Ilaria das, und ihr junger Halbbruder auch, wie sie überrascht und dankbar feststellt, war er ihr doch so klar und kalt vorgekommen wie der Polarstern. Und nun stapft er mit ihr durch die Augustsonne, die nicht mehr den Asphalt aufweicht wie Ende Juli, aber die Passanten immer noch den schützenden Schatten suchen lässt, um keinen Sonnenstich zu bekommen.

Wie erwartet, finden sie ihn nicht. Der Junge ist nicht auf dem Esquilin-Markt, zwischen den Ständen mit Halal-Fleisch, Gewürzen und Salaten aus Roms Umland, beliebtes Fotomotiv der Touristen. Und auch nicht auf der Via Principe Amedeo, wo auf den Bürgersteigen die Decken voll mit Schuhen, Brillen, angeschlagenen Tellern, alten Koffern, geklauten iPhones und allen anderen feilgebotenen Armseligkeiten der Afrikaner, Roma und Maghrebiner liegen, denen sich seit einiger Zeit – wie Ilaria bemerkt hat – auch mehr als ein Italiener zugesellt hat. Er ist nicht auf der Piazza Vittorio, auf den Bänken rund um den großen Platz in der Mitte oder bei den vielen jungen Männern, die Meere und Wüsten überwunden haben, um dann hier auf den Abzugsschächten der Metro zu stranden, häufig mit einer Flasche in der Hand und der Frage im Kopf, wozu das alles gut war, all ihr Mut und Durchhaltevermögen. Oder die auf der Wiese liegen, um ein bisschen Schlaf zu finden, für den die Nacht zu gefährlich ist. Und auch nicht in den Parks der Umgebung: Colle Oppio, Piazza Dante, Piazza Fanti. Dort treffen sie dafür auf Lina, vor dem Eingang des umbertinischen Römischen Aquariums. Sie steht mitten im Park, im vollen Glanz der Wächterin mit signalgelbem Mantel und Reflektorstreifen. Ilaria wundert sich, dass sie nicht vor Hitze umkommt. Sie weiß genau, dass Lina jedesmal am Spion ihrer Wohnungstür stand, wenn sie und der Junge in den letzten Tagen die Treppe hinauf- oder hinuntergegangen sind. Sie hat ihre Anwesenheit gleichsam gespürt, obwohl sie anders als sonst nie die Tür für einen Schwatz aufmachte. Dass Ilaria – und Attilio – diesen *schwarzen Mann* aufgenommen haben, hat ihr offenbar so zu denken gegeben, dass sie selbst auf die wenigen, kostbaren, manchmal tagelang einzigen Worte verzichtet hat, die sie mit einem Menschen wechselt. Als sie die beiden jetzt ohne ihn antrifft, grüßt sie mit sichtlicher Erleichterung, die aber sofort aus ihrem Gesicht weicht, als Attilio sie fragt, ob sie ihn vielleicht irgendwo gesehen hat.

»Wir suchen ihn seit heute Morgen«, fügt Ilaria hinzu.

Ilaria weiß, dass die alte Dame sie mag, und so scheint ihr die Verlegenheit, mit der sie auf die Frage reagiert, dieselbe zu sein wie die des homophoben Opas, dem sein geliebter Enkel ganz ungeniert erzählt, dass er schwul sei. *Als ob das normal wäre.*

Doch Lina ist auch eine freiwillige Wächterin, und als solche entgeht ihr nichts im Viertel, das muss sie mitteilen.

»Ist er das?« Sie zeigt auf eine Gestalt, die auf dem Rasen in der Nähe der antiken römischen Mauer liegt, die den kleinen Park auf der einen Seite begrenzt. »Der liegt seit Stunden dort.«

Ilaria und Attilio gehen vorsichtig zu dem Mann. Er hat einen Arm über die geschlossenen Augen gelegt, die Sohlen der nackten Füße sind viel heller als die Knöchel, die Schuhe neben dem Kopf. Er hat nicht die geringste Ähnlichkeit mit dem Jungen, weder vom Körperbau noch vom Gesicht her. Das Einzige, was sie verbindet, ist der Kontinent, von dem sie kommen.

»Nein«, sagt Ilaria, »das ist er nicht.«

Lina zuckt mit den Schultern.

»Hast du schon da oben nachgeschaut, oberhalb der Via Giolitti? Solche wie er gehen dorthin zum Essen.« Lina wirft einen Blick auf die alte Armbanduhr, die sie von dem verstorbenen Polizisten, Gott hab ihn selig, geerbt hat. »Gleich gibt's Mittagessen.«

›Solche wie er‹ sind für Lina die Nigerianer, die auf dem hinteren Teil der Via Giolitti den höhergelegten Bürgersteig bevölkern, direkt gegenüber vom Autotunnel, der unter den Bahngleisen bei Porta Lorenzo durchführt. Eine fast geheime Ecke des Esquilin, fernab vom Verkehr, der ein paar Meter tiefer fließt, und losgelöst vom Bahnhofstrubel. Hier entdeckt man Friseursalons, die auf afrikanische Frisuren spezialisiert sind und im Schaufenster Glättungsshampoos und Extensions ausstellen – blonde, schwarze, aber auch in lila und grün. Lebensmittelläden mit Baobabsprossen, Mehl aus der Kochbanane, Snacks auf Maniok-Basis. Dort verkaufen Dutzende korpulente Nigerianerinnen mit ihren tiefen Stimmen an Landsmänner haushaltstypische Mengen Huhn und Reis, den sie in unzählig oft gespülte Plastikschalen verpacken. Ilaria und Attilio gehen langsam zwischen ihnen durch, mustern die Gesichter der Männer, die an dem Geländer des erhöhten Bürgersteigs lehnen und sich elegant mit drei Fingern Essen in den Mund schieben, als wären sie in Benin City. Der Junge ist nicht hier, was sie auch kaum erwartet haben, denn warum sollte ein Äthiopier nigerianische Sachen essen?

Sie geben auf. Stundenlang sind sie durch das Viertel und weiter gelaufen – San Giovanni, San Lorenzo, sogar bis nach Termini, auch wenn das wegen der vielen Polizeistreifen der letzte Ort ist, wo sie ihn vermuten. Selbst in die geisterhaften Ingrossos der Chinesen haben sie noch einmal geschaut, vergeblich. Jetzt sitzen sie schweigend auf den roten Plastikstühlen des einzigen Kiosks im Park der Piazza Vittorio. Attilio lässt den Kronkorken seines Bieres auf dem Tisch rotieren und macht damit ein sinnloses, nervendes Geräusch, das perfekt ihrer beider Gemütszustand widerspiegelt. Plötzlich beginnt er ohne Einleitung zu reden.

»Einmal ist mir der Treibstoff aus einem schlecht zugedrehten Kanister in die Plicht gelaufen, und ich habe es nicht sofort gemerkt.«

Ilaria saugt ihren Pfirsichsaft durch einen Strohhalm. Sie hat den Kopf gesenkt und muss die Augenbrauen heben, um ihn anzusehen. Drei erstaunte Linien ziehen sich quer über ihre Stirn.

»Das Meer war stürmisch, und es schwappte viel Spritzwasser herein. Ich stand mit nackten Füßen in der Brühe aus Treibstoff und Salzwasser. Am Anfang habe ich nichts bemerkt, meine Füße waren wie taub; außerdem musste ich mich auf den Kurs konzentrieren. Später erst habe ich dann ein Stechen gespürt. Da habe ich auf meine Füße geschaut, und sie waren fast violett. Wie bei einem schweren Sonnenbrand.«

Ilaria hat aufgehört zu trinken und hört ihm aufmerksam zu. In den letzten Tagen hat sie ihn nie so ernst gesehen. So traurig.

»Dann haben sie angefangen zu brennen. Fürchterlich. Zum Durchdrehen. Fast eine Woche konnte ich keine Schuhe tragen, so weh tat es. Gehen war eine Qual.« Nun erst erwidert Attilio den Blick der Schwester. »Er hat es mir gestern erklärt. Wer auf der Überfahrt nicht verdurstet oder an Unterkühlung stirbt, oder an einer Blutvergiftung wegen des Kots und der Kotze, die auf dem Bootsboden herumschwimmen, stirbt daran. Treibstoffverbrennung. Vorausgesetzt, du ertrinkst nicht, klar.«

Mit einem Achselzucken trommelt er einen mörderischen Rhythmus mit dem Kronkorken auf den Tisch. Als wolle er eine Düsternis abschütteln wie ein nicht passendes Kleidungsstück.

»Ich weiß, warum er abgehauen ist: weil er nicht mit auf die *Chance* wollte.« Sein Tonfall ist nun wieder locker wie immer. »Wahrscheinlich hat er überhaupt keine Lust mehr auf Meer.«

Ilaria lächelt traurig. Sie schüttelt den Kopf, hält den Strohhalm zwischen zwei Fingern. »Ich kann einfach nicht glauben, dass er weg ist. Meinst du, er kommt nie mehr zurück?«

Statt einer Antwort streckt Attilio unter dem Tisch die langen, golden behaarten Beine aus. Er umfasst seine Handgelenke und zieht sich nacheinander die Arme lang, bis es knackt.

»Gestern habe ich ›Habescha‹ gegoogelt«, sagt er. »Es bedeutet nicht ›verbrannt‹, wie er uns gesagt hat. Also, das ist nur die wörtliche Übertragung.«

»Was heißt es denn?«

»Menschen mit amharischer oder tigrinischer Ethnie. Sie scheinen sehr großen Wert darauf zu legen, sich von den anderen äthiopischen Völkern abzusetzen. Der Name Abessinien kommt daher. Aber das passt nicht zusammen. Wenn er zu einem Viertel Italiener ist, warum definiert er sich dann so?«

Ilaria seufzt und stellt das Glas mit Nachdruck auf den Tisch, dass das Bier des Bruders hüpft. »Attilio, hör auf damit! Schluss mit den Halb- und Viertelblütern. Das klingt, als würdest du von Rennpferden reden. Oder Hunderassen.«

»Aber nein, im Gegenteil. Mittlerweile glaube ich das Gegenteil.«

»Nämlich?«

»Diese ganze Geschichte, ob nun verwandt ja oder nein ... Langsam frage ich mich, was es für dich ändern würde, es mit Sicherheit zu wissen?«

Ilaria starrt ihn sprachlos an. Eine heiße Welle der Scham, aber auch des Ärgers überschwemmt ihr Gesicht. *Dann bin ich jetzt die Rassistin?* Gleichzeitig ist ihr bewusst, wie sehr sie darin ihrer Mutter ähnelt, wenn sie instinktiv in die Defensive geht. Und um auf keinen Fall der inneren Marella eine Stimme zu geben, die stets so schnell beleidigt ist, nimmt sie den Strohhalm in den Mund und saugt. Die letzten Tropfen des Saftes gurgeln wie der Abfluss einer Spülmaschine. Erst als sie spürt, wie der Adrenalinstoß nachlässt, wagt sie wieder zu sprechen. »Ich verstehe nicht, warum du es immer noch nicht glaubst. Die Geschichte, die er mir erzählt hat, passt perfekt zu den Briefen seines Vaters. Also unseres Bruders. Ohne jeden Widerspruch. Wir gehen jetzt nach Hause, dann kannst du sie lesen.«

»Addis Abeba, Juli 1966
Lieber Signor Vater,
ich schreibe Euch zu Eurer Information: Ich habe den Studienabschluss in Wirtschaftswissenschaften. Mit 87 von 100 Punkten. Universität in Addis Abeba ist größte in ganz Afrika. Ein Abschluss in Addis Abeba ist sehr wichtig.

Ich lege Foto bei. Auf ihm bin ich seit ein paar Minuten diplomiert. Ich bin sehr glücklich. Auch meine Mutter ist sehr glücklich. Ich hoffe, Ihr auch. Nun will ich für mein Volk arbeiten. Äthiopien ist großes Land, aber viel zu arm.

Ich wünsche Euch gute Gesundheit und Glück,
Euer Sohn
Ietmgeta Attilaprofeti Ezezew«

»Weißt du, was ich am traurigsten finde?«, sinniert Ilaria laut. Sie sitzen auf ihrem Sofa mit der offenen Briefdose zwischen sich.
»Dass Papa ihm nie geantwortet hat?«, erwidert Attilio.
»Ja, das auch. Aber vor allem, dass er auf Italienisch schrieb.«

»Er macht tatsächlich nur sehr wenige Fehler.«
»Aber auch das hat nichts gebracht. Papa hat ihn trotzdem nicht anerkannt.«

Attilio wühlt in der Blechdose, zieht ein paar Ansichtskarten heraus, Fotos, das Buch von Mantegazza. »So viel Kram ...«, ruft er aus. »Hast du das alles durchgesehen?«

»Nein. Da braucht man Tage für.«

»Das überlasse ich gerne dir. Du bist die Offizielle Ausgräberin Unbequemer Familienwahrheiten, alles großgeschrieben ... Was ist das denn?«

Vom Boden der Dose hat Attilio einen gelben Umschlag hervorgezogen. Der Aufdruck lautet ›Autowerkstatt Carbone Severino & Söhne – Addis Abeba‹, auf Italienisch und Amharisch, darunter steht etwas per Hand geschrieben.

»›Operation Morbus Hansen‹«, liest Ilaria vor. »Ist das nicht der wissenschaftliche Name für Lepra?«

Attilio hat einen Umschlag mit alten Fotos herausgefischt, die er nun durchsieht.

»Ja. Aber die hier haben keine Lepra.«

Schweigend starren sie auf vor Schmerz verdrehte Augen, unnatürlich verrenkte Gliedmaßen, fleckenübersäte Leiber – Blut? Verbrennungen? –, in eleganter Schwarz-Weiß-Fotografie detailgetreu festgehalten.

»Wie hieß noch mal das Gas, das im Krieg eingesetzt wurde?«, fragt Attilio.

Sie legt den Kopf auf die Seite, spürt, wie die Halsmuskeln sich in zwei verschiedene Richtungen dehnen. »Yperit. Senfgas.«

Heute Abend hat Ilaria keinen Appetit und das Abendessen bei Attilio abgelehnt. Der vor dem Nachhausegehen noch bei ihr hereingeschaut und gesagt hat, dass er, sollte der Junge nicht bis Samstag wieder auftauchen, nach Ligurien zurückkehrt. Die

Tour für diese Woche wurde abgesagt, weshalb er noch ein paar Tage in Rom bleiben kann, doch am Sonntag stehen wieder die nächsten Passagiere an der *Chance*.

Ilaria lässt sich aufs Sofa fallen, als wolle sie darin versinken. In der Hand hält sie die Fernbedienung, doch ihre schlechte Laune zieht sie so runter, dass sie sich weder auf das Fernsehprogramm noch auf ein Buch konzentrieren kann. Sie hat nicht einmal Lust, Lavinia anzurufen. Schade, gestern schien doch alles bergauf zu gehen: der Besuch bei der Mutter, die Blechdose voll mit konkreten Fakten. Doch das Kartengebäude aus rekonstruierten Wahrheiten und Bedeutungen ist durch das Verschwinden des jungen Afrikaners zum Einsturz gebracht worden. Ilaria ertappt sich bei einem fast verräterischen Gedanken: ›Nach allem, was wir für ihn getan haben.‹ Obwohl sie bei genauem Hinschauen nicht richtig weiß, was sie für ihn getan haben soll, außer die Fahrt im Panda, um die er nicht gebeten hatte. Und dann ist sie wieder da, die alte Frage: Was weiß sie wirklich von ihm? Nichts. Weniger als von jedem anderen.

Und dann diese Bilder von den verrenkten, verätzten Leichen. Der Einsatz von Senfgas in Äthiopien war ein Kriegsverbrechen, warum verhöhnt man ihn mit diesem Begriff aus dem Medizinlehrbuch? Und was hat vor allem Attilio Profeti damit zu tun?

Wie gerne würde sie mit dem Grübeln aufhören.

Die Nachrichten kennen kein anderes Thema als die Abreise des libyschen Oberst. Von morgen an kann Rom wieder zu seinem gewohnten Alltagschaos zurückkehren, ohne dass ein megalomaner Diktator auf Reisen die Lage verschärft. Sie muss daran denken, wie Gaddafi im Fernseher zu sehen war und der Junge in der Küche sich weggedreht hat, als sei allein sein Anblick für ihn unerträglich. ›Wo er jetzt wohl ist?‹, fragt sich Ilaria. ›Wie es ihm wohl geht?‹

»Wir fragen nun diejenigen, die ihn aus nächster Nähe gesehen haben und die mittlerweile allgemein als ›Gaddafis Töchter‹ bekannt sind«, flötet die Blonde hinter dem Plexiglasschreibtisch im Fernsehstudio. Ilaria zieht ihr eine genervte Grimasse und zielt mit der Fernbedienung auf die Mattscheibe. Doch eine Sekunde bevor sie auf den Auslöser drückt, hält sie inne. Auf dem Bildschirm ist eine junge Frau aufgetaucht – hohe Stirn, grüne, tiefliegende Augen. Sie erkennt sie. Rechts und links von ihrem Gesicht hängen die zwei Ohrringe, die sie gestern nicht ablegen wollte. Ein Reporter, der ihr das Mikrophon fast zwischen die Zähne schiebt, bittet sie, die ›Koran-Stunde‹ zu beschreiben.

»Das darf ich nicht«, erwidert das Mädchen. »Wir haben uns vertraglich dazu verpflichtet, Stillschweigen zu bewahren. Aber ich bitte die Journalisten, uns nicht alle über einen Kamm zu scheren. Da drinnen waren Frauen jeder Couleur.«

»Was glauben Sie, warum der Oberst gerade euch ausgewählt hat?«, fragt der Reporter säuselnd. »Wegen eurer Schönheit?«

Die junge Frau, die zwar hübsch, aber nicht umwerfend attraktiv ist, wirft ihm einen alles andere als hohlen Blick zu. »Schauen Sie, das kann ich Ihnen nicht sagen. Ich glaube eher, dass Schönheit vor allem ein Bedürfnis der anderen ist, um die Beziehung zum Gegenüber zu erleichtern. Man kann sie sich zu eigen machen oder auch nicht, darin besteht eine geringe Wahlmöglichkeit. Die man ansonsten nicht hat.«

›Nicht schlecht‹, denkt Ilaria. ›Sie mag ja eine Gaddafi-Tochter sein, aber dumm ist sie nicht.‹

16

Wie schön er war, ihr Sohn. Selbst sie hatte vergessen, wie schön er war. Ernani trat aus seinem Büro des Bahnhofsvorstehers und ging, gefolgt von Otello, Attilio entgegen, der aus dem Zug stieg. Viola hielt einen köstlichen Moment lang inne und sah ihn sich aus der Ferne an, schob die Freude noch kurz auf, ihn in die Arme zu schließen. Sie sah auf den Kalender in der Halle, denn diesen Tag musste man in Erinnerung behalten: den 8. Januar 1940. Vier Jahre und zwei Monate waren vergangen, seit sie ihrem jüngeren Sohn das letzte Mal ins Gesicht gesehen hatte.

In dieser Zeit hatte sie das Titelbild vom *Resto del Carlino* in einer Dose aufbewahrt, auf dem auch Attilio zu sehen war. Jeden Tag, wenn sie allein war, hatte sie es aus der Blechdose mit der Kaffeemühle darauf genommen, genau wie die Briefe und Postkarten, die Attilio ihr im Laufe der Jahre aus Abessinien geschickt hatte. Doch nun, da sie ihn wahrhaftig hier am Bahnhof von Lugo stehen sah, empfand sie ein verwundertes Staunen. Das fröhliche Ausholen der langen Beine, die hellen Augen, die geschmeidigen Schultern des jungen Mannes. Wie schön ihr Sohn war. Wie schön er war. Wie sehr er ihr ähnelte.

»Du darfst nie mehr so lange von mir weg sein«, sagte sie, als sie sein Gesicht liebkoste. Der Erstgeborene Otello, der Italien nie verlassen hatte und immer bei seiner Mutter geblieben war, wandte den Blick ab.

Viola hatte sein Lieblingsessen gekocht, Leber nach venezianischer Art. Außerdem Cappellacci mit Kürbis und dazu ein Ragù aus fünf Fleischsorten, einen Auflauf mit Rippchen und Kartoffeln, zum Nachtisch Zuppa inglese. Zwei Tage lang hatte sie gekocht. Attilio gestikulierte, aß, ließ sich immer wieder den Teller nachfüllen, erzählte von den Negern, die so schlecht gar nicht seien, wenn man sie zu nehmen wisse. Er erwähnte weder Tod noch Liebe. Leichen kamen in seinen Geschichten nicht vor, auch keine Prozesse wegen unerlaubten Zusammenlebens in wilder Ehe mit einer schwarzen Frau, dem sogenannten »Madamato«. Es gab kein Giftgas und auch nicht die erschreckende Sanftheit von Abebas Körper. Die Spedition nach Godscham tauchte als etwas unbequemer Sonntagsausflug auf, mit lustigen Anekdoten über das ungenießbare Essen und Flöhe im Schlaf. Flammenwerfer gab es selbstverständlich keine.

Attilio und Viola unterhielten sich leise mit zusammengesteckten Köpfen, als wären sie allein. Ernani verfolgte das Gespräch zwischen Frau und Sohn wie ein Theaterstück: Er genoss es in dem Bewusstsein, selbst nicht auftreten zu müssen. Otello sah kaum von seinem Teller auf. Leber mit Zwiebeln hatte er noch nie gemocht.

Am Abend ließ die Rückkehr des gemeinsamen Sohnes die unsichtbare Wand aus Gleichgültigkeit, die sich seit Jahren durch das gemeinsame Bett von Ernani und Viola zog, ein wenig dünner erscheinen. Wie lange war sie nicht mehr so glücklich gewesen. Sie stellte sich Attilios Atem im Nebenzimmer vor. Sie war nicht traurig, dass er nur wenige Tage bleiben würde. Er sollte für die Übersee-Schau in Neapel arbeiten, eine Ausstellung, die dem italienischen Volk die Großartigkeit des faschistischen Wirkens in den Kolonien vor Augen führen sollte, die Gewaltigkeit des imperialen Plans, zu dessen Verwirklichung er als Freiwilliger triumphal beigetragen hatte. Viola lächelte in die Dunkelheit des Zimmers hinein, das erfüllt war vom schweren Atem ihres Mannes. Wie gut sie vor ein paar Monaten daran getan hatte, die beiden Briefe zu schreiben.

›Verehrtester Professore Lidio Cipriani‹, eröffnete der erste, ›ich bin die Mutter von Scharführer Profeti Attilio. Mein Sohn hatte die Ehre, in der von Euch geleiteten bedeutsamen Wissenschaftsmission in Afrika mitzuarbeiten. Ich weiß, wie sehr Ihr in dieser Zeit den Fleiß meines Sohnes wertgeschätzt habt, seinen Respekt vor der Hierarchie, seine reine faschistische Treue, die er tapfer mit dem Schwarzhemd trägt. Nun wende ich mich ehrerbietigst an Euch, um Euch zu bitten, in Euch zu gehen, ob Ihr ihn zu Eurem Assistenten berufen könnt, nun wo Ihr nach Italien zurückgekehrt seid. Ich bin mir sicher, dass sein jugendlicher Enthusiasmus, seine humanistische Bildung für Euch ...‹ etc. etc.

Das zweite Schreiben war an das Kolonialministerium gerichtet und wesentlich kürzer. ›Bertoldi Romano, Assistent von Professor Lidio Cipriani, ist von jüdischer Abstammung mütterlicherseits.‹ Hier hatte Viola nicht unterschrieben.

Sie lächelte in sich hinein und versank dann in einem Halbschlaf, in dem sie jede Berührung mit ihrem Mann tunlichst vermied. Nie hätte sie Attilio gesagt, dass sie diese Briefe verfasst hatte. Ihr genügte das Bewusstsein, ihre Pflicht getan zu haben: als Mutter, als Faschistin und als Italienerin.

Attilio war nicht der Einzige, der aus Abessinien zurückkam. Vier Jahre nach der Ausrufung des Reiches gab es viele, die von den Kolonien enttäuscht waren. Nach Hause zurückgekehrt sprachen sie wenig, sehr wenig. Wer an den schlimmsten Gewalttaten mitgewirkt hatte, behielt seine Erinnerung für sich, namenlos wie im Fundbüro abgegebene Gepäckstücke. Wer Zeuge gewesen war, erzählte nichts, um nicht beschuldigt zu werden. Die anderen, die meisten, die sich nicht aus ideologischen Gründen nach Afrika eingeschifft hatten, sondern um des Überlebens willen, verspürten die Scham der gescheiterten

Emigranten, die genauso hungrig nach Hause kamen, wie sie gegangen waren. Und alle schwiegen. Jedes dieser kleinen Rinnsale aus Schweigen floss in einen großen Strom des offiziellen Verschweigens. Der seinerseits das Meer der Propaganda über Ostafrika speiste.

Einer jedoch kehrte um einiges reicher nach Italien zurück, als er aufgebrochen war, nämlich Feldmarschall Rodolfo Graziani, den als Vizekönig der Großherzog Amedeo d'Aosta abgelöst hatte. Er hatte sogar einen Adelstitel dazugewonnen: Wenige Tage nach seiner Ankunft in Neapel berief ihn der König in den Quirinalspalast und ernannte ihn zum Träger des Großkreuzes des Militärordens von Savoyen sowie zum Markgraf von Neghelli. Im Palazzo Madama wurde seine Büste enthüllt, und er bekam die Ehrenbürgerschaft Roms. Doch längst war er nicht mehr der allseits bewunderte Kriegsführer und geliebte Held der Jugend. Beim Ehrenmarsch nach der Zeremonie versammelte die Polizei nur mit Mühe zwei schmale Zuschauerreihen am Straßenrand. Niemand sprach offen darüber, doch ein Ruch haftete ihm an, mehr und mehr, untrennbar wie der Schatten, den sein schlanker Körper auf den Boden warf. Es war nicht klar, wann er entstanden war. Man flüsterte etwas von bizarren Fotos, die er Mussolini geschickt hatte, Großaufnahmen von sehr privaten anatomischen Details. Die Phantasie des Volkes über diese nie gesehenen Fotos, die Gerüchte und schmutzigen Witze fielen auf das immer fruchtbarere Stück Erde, das sich aus der hämmernden Propaganda der Wochenschauen im Kino und dem Gemurmel zusammensetzte, das die Rückkehrer in der Nacht ihren Frauen ins Ohr flüsterten, nämlich dass in Abessinien schlimme Dinge geschahen. Sehr schlimme Dinge.

Mit einem Teil seiner in den Kolonien angehäuften Reichtümer kaufte der Marschall ein großes Stück Land auf der karstigen Hochebene von Arcinazzo, nicht weit von dem Dorf entfernt, wo sein Vater Amtsarzt gewesen war. Er pflanzte Olivenbäume, baute Ställe, traf persönlich die Auswahl des Viehs. Um den großen Tisch im Esssaal standen Stühle mit dem Adelswappen auf der Rückenlehne, das die frisch gebackene Markgräfin Ines persönlich entworfen hatte. Ins Goldene Buch des italienischen Adels wurde das Wappensymbol des Hauses Graziani mit dieser Beschreibung aufgenommen: ›geteilt, im ersten auf rotem Grund ein Adler mit ausgebreiteten Schwingen, natürlich, haltend ein silbernes Schwert im Schildbalken; im zweiten auf goldenem Grund der Pflug stehend auf unteren Feldern, flankiert von zwei Palmen, deren Kronen die Felder überlagern, alles natürlich.‹ Darunter ein Schild mit dem Wahlspruch ENSE ET ARATRO. So sah sich Graziani jetzt: als edler Krieger und Bauer.

In einem der Salons in dem großen Haus stand auf einem Mauervorsprung eine beleuchtete Vitrine. Darin, neben dem goldenen, mit Schnörkeln, Adlern und Liktorenbündeln verzierten Marschallstab, einem Geschenk des Vereins der Kriegsversehrten, lag eine zerrissene Paradeuniform mit großen rotbraunen Flecken. Diese hatte er während des Attentats von Addis Abeba getragen, als unzählige Granatsplitter in seinen Körper gefahren waren, von denen mindestens zweihundert immer noch dort steckten. Mehr als jedes Wappen und jeder Adelstitel waren sie die Reliquie seiner Revanche gegen die Militäreliten, die ihn ein Leben lang als minderwertig erachtet hatten. Der Beweis, dass das Blut in seinen Adern als Neu-Markgraf nicht weniger edel war als das der Nachkommen von Päpsten. Im Gegensatz zu ihnen, die immer in der Etappe gelegen hatten, hatte er sein Blut für das Vaterland vergossen.

Der Name, den Graziani dem großen, unpassenderweise einem Schweizer Chalet nachempfundenen Haus in der Mitte des Landguts gegeben hatte, war hingegen ganz unspektakulär: Villa Schneewittchen. Auf einer Säule neben dem Eingangstor war auf einer Keramikkachel die Zeichentrickprinzessin abgebildet, die man auf der ganzen Welt kannte. Viele hielten sie für eine Hommage an seine Frau, die Graziani immer noch sehr liebte. Ihre blasse Haut und das rabenschwarze Haar verliehen Markgräfin Ines tatsächlich eine gewisse Ähnlichkeit mit der Disney-Prinzessin. Doch war dies nicht der Grund, warum der Markgraf sich den Film immer wieder angeschaut hatte – mit ihr, mit der Tochter, mit beiden zusammen und auch allein –, bestimmt zehnmal. Nicht Ines erkannte der Marschall in der Prinzessin mit der weißen Haut wieder, sondern die eigene schneeweiße Uniform, bevor sie von seinem Blut getränkt wurde. Und das grausige Ende der eifersüchtigen Hexe, die vergeblich versucht hatte, sie umzubringen, bereitete ihm Freude wie das seiner eigenen Feinde.

Schneewittchen war er selbst.

»Mach dir keine Sorgen, ich komme zurück. Ich komme immer zurück«, hatte Attila ihr bei seiner Abreise gesagt. Doch Abeba hatte ihn nicht mehr wiedergesehen und nach neun Monaten ein Kind auf die Welt gebracht. Als sie es zum ersten Mal auf den Arm nahm, blickte das Neugeborene ihr direkt und ohne Scheu in die Augen. Es war der Blick von Bekele, und sie dachte: ›Wo du wohl gerade bist, mein Bruder, wie es dir wohl geht?‹ Ob der Sohn ihrer Eltern wohl lebte – ob man überhaupt in der Gehenna von Nokra überleben konnte –, oder der Tod ihn von seinen Qualen erlöst hatte. Abeba ehrte ihren Bruder, indem sie dem Baby einen Namen gab, den es als Vorbild tragen würde. Sie nannte es Ietmgeta – ›ich bin edel überall‹.

Ietmgeta war sehr hellhäutig, als flösse in seinen Adern ausschließlich *talian*-Blut. Abeba hoffte. Wie viel besser wäre sein Leben, wenn er als weiß gelten würde! Doch nach wenigen Tagen begann sich die Haut hinter seinen Öhrchen, zart und rund wie Hibiskusblüten, dunkler zu färben. Dann auf der Stirn, den Beinen, dem Rücken. Nach wenigen Wochen hatte das Baby am ganzen Leib die Farbe von der Erde nach einem Regen. Nur die Hand- und Fußflächen waren noch so rosa wie kurz nach der Geburt.

Und doch war Abeba überzeugt, dass Attila auf seinen Sohn stolz gewesen wäre. Er hätte ihn auf den Arm genommen und ihm seinen Vaternamen gegeben, damit er vollständig hieße: Ietmgeta Attilaprofeti. Ihr hätte er ein silbernes Armband geschenkt, wie es die neuen Väter aus Glück tun. Sie musste ihm nur mitteilen, dass er geboren war.

Richter Carnaroli trank wie jeden Morgen, bevor er das Gericht betrat, einen Caffé Macchiato in dem Cafè neben dem neuen Gebäude der Hauptpost. Wären dort nicht die unzähligen Abessinier gewesen, die Säcke auf den Köpfen trugen, bunte Kleider über den dünnen Leibern, hätte dies genauso gut eine Straße in den vom Faschismus gegründeten Städten in Italien sein können – Sabaudia, Littoria, Pomezia. Denn das sollte Addis Abeba dem Grunde nach werden: die Gründungsmetropole des neuen Imperiums. An dem schmiedeeisernen Tischchen sitzend verspürte der Richter aber nicht das geringste Interesse an Terrazzostufen, an kleinen gusseisernen Balkonen oder den abgerundeten Wänden des italienischen Rationalismus, verkleidet mit Kachelmosaik. Er war in die neueste Ausgabe von *Das Recht im Faschismus* vertieft, und was er da las, war aufwühlend.

Bastarde. So bezeichnete die Zeitschrift Mischlinge. Treulos und gefährlich wie Juden. Immer unzufrieden und gekränkt, also von Natur aus schlecht. Die Quintessenz des Unreinen, denn das Halbblut bringt die klare Hierarchie der menschlichen Rassen durcheinander und sät das Chaos. Jetzt erklärte auch das Recht sie zu Ausgestoßenen, bestrafte ihre Väter, die Mitleid mit ihnen empfanden, und zwang sie, die Mütter zu verlassen. Als handelten die italienischen Männer in den Kolonien – was das Produkt ihrer Testikel betraf – nicht ohnehin schon ausreichend nach dem Motto des Duce: »Me ne frego – da pfeif ich drauf«.

Artikel 3, Gesetz 882 vom 13. März 1940: Der Mischling kann nicht von dem Elternteil mit italienischer Staatsangehörigkeit anerkannt werden. Dem Mischling darf nicht der Nachname des Elternteils mit italienischer Staatsangehörigkeit gegeben werden.
Artikel 5: Der Unterhalt, die Erziehung und die Bildung des Mischlings sind komplett und ausschließlich Aufgabe des eingeborenen Elternteils.

Aber nein, sagte sich der Richter ärgerlich. Clara Carnaroli – so hieß seine Tochter. Den Nachnamen des Vaters konnte ihr niemand mehr nehmen. Gerade noch rechtzeitig hatte er ihn ihr legal gegeben, kurz vor Erlass der Rassengesetze. Die Lippen des Richters verzogen sich in bitterer Zufriedenheit. Ja, er hatte gewonnen, aber zu welchem Preis. Er hatte seine Tochter jahrelang nicht gesehen. N. N. hingegen ... ihr ja, ihr hatten sie den Namen entziehen können.

Auch er war dazu übergegangen, sie so zu nennen, die wenigen Male, wenn er an sie zu denken wagte. Wie in Claras Zeugnissen, die seine Verwandten ihm jedes Trimester aus Rom schickten. Religion: sehr gut. Rechnen: gut. Zeichnen und Schönschrift: gut. Geschichte und faschistische Kultur: sehr gut. Hygiene und Körperpflege: sehr gut. Bestätigt wird der Besuch von Klasse 4 der Grundschule von Carnaroli, Clara, Tochter von Ascanio und N. N.

»Deine Mamma ist gestorben, Clara«, hatten ihr die Verwandten in Italien gesagt, als sie sie bei sich aufnahmen. Ihm hatte das nicht gepasst, und er wäre vorher lieber gefragt worden. Doch nun musste er zugeben: Sie hatten Recht. Es gab keinen

Grund, in ihr die Sehnsucht nach einer Mutter zu wecken, die sie nie wiedersehen würde. Im Gegenteil, es wäre grausam. Ob sie lebte oder tot war, was interessierte das den italienischen Staat? Gar nicht. Die Mütter mit dem falschen Blut haben keinen Namen, sie sind tot, obwohl sie leben. Seiner Tochter hatte er durch die Anerkennung, nur wenige Jahre bevor es verboten wurde, die italienische Staatsangehörigkeit gesichert. N. N. hatte er nicht retten können vor den Abgründen eines Lebens als *Native*.

Er wischte sich eine Spur Kaffee von den Lippen und sah auf. Da waren sie, all jene, die jetzt per Gesetz rein nach äußerem Erscheinungsbild einer Rasse angehörten und nicht mehr als Individuen galten. Sie schoben Karren, verkauften Erdnüsse, schleppten sich krumm mit ausgestreckter Hand voran, gingen hoch aufgerichtet gefolgt von einem Diener. So unterschiedlich von Gemüt, Lebenslauf und Position, wurden sie nun alle in eine Schublade gepresst: Eingeborene. Neger. Wer weiß, wie viele von ihnen überhaupt wussten, was ihnen damit genommen wurde.

Aber ein Zurück gab es ohnehin nicht.

Jetzt wurde seine Tochter nicht mehr Schokolädchen oder Lakritzbonbon genannt. Nur noch Clara. Clara Carnaroli. Man behandelte sie, als flösse in ihren Venen nur italienisches Blut. Jenes von N. N. war getilgt: aus den Papieren, aus den Zeugnissen, aus dem Gedächtnis. Nur nicht aus den Zellen ihrer Haut, und das war der Grund, warum er bei der Übergabe seinen Verwandten in Italien eine einzige Bitte mitgegeben hatte: »Sie darf sich niemals, aus keinem Grund, ungeschützt der Sonne aussetzen.«

Manchmal erinnerte er sich kaum mehr an das Gesicht des Mädchens. Dann sah er sich die Fotos an, die sie schickten (nur selten und wenige, er wollte es selbst nicht anders, denn es schmerzte ihn jedesmal). Manchmal glaubte er N. N. zu spüren, obwohl er sie vor so vielen Jahren zum letzten Mal angefasst hatte, das Wiegen einer Hüfte, die Berührung einer Handfläche, ihren Kräuterduft. Ihr Gesicht aber hatte er vergessen. Für immer verloren, so wie die vielen gemeinsamen Jahre.

Es war noch in Asmara gewesen, bevor sie ihn nach Addis Abeba geschickt hatten, damit er dort das neue imperiale Recht installierte, als er ihr mitgeteilt hatte, dass er gedachte, ihre Tochter nach Italien zu schicken.

»Tu, was du für richtig hältst«, hatte sie erwidert.

Nicht: »Gib mir noch etwas Zeit mit meiner Tochter.« Und auch nicht: »Lass mich mit ihr gehen.« Als Mutter wünschte sie sich das Beste für Clara, nicht für sich selbst. Und auch sie begriff, dass sich alles verändert hatte.

Die Menschen hatten sich verändert. Doch viel mehr noch und erschreckender aus der Sicht des Juristen hatten sich die Worte gewandelt. Wie die, die er jetzt in der Zeitschrift las.

Die faschistische Gesetzgebung zielt darauf ab, die Rassenmischung mit aller Entschlossenheit zu verhindern. Bedarfsweise werden bei Umgehung der Vorschriften harte Strafmaßnahmen angewandt, die das höhere Interesse der Gemeinschaft in Breite rechtfertigen. Wenngleich uns die Schwere des Vorgehens bewusst ist, müssen wie oben erläutert in Einzelfällen Mischlingsgeburten beseitigt werden.

›Beseitigt.‹ Auf Menschen angewandt ein unheilvolles Wort.

Im Vorjahr war er zu einem Symposium zum Stand des Kolonialismus nach Neapel eingeladen worden. Eine Pflichteinladung für einen berühmten Juristen wie ihn, der seit Jahren mit der Systematisierung des Kolonialrechts befasst war – zwischen italienischer Gesetzgebung, eritreischen Kodizes, dem Gewohnheitsrecht, dem amharischen *Fetha Negest* und der Scharia, es war schier zum Verrücktwerden. Er hatte sich mit einem

Übermaß an Arbeit entschuldigt, was im Übrigen auch zutraf. Doch dann hatte man ihm die Unterlagen zugeschickt. Manche Einlassungen hatte er mehrmals lesen müssen, weil er sie kaum glauben konnte. Wie zum Beispiel den Vorschlag, der indigenen Hebamme ›bestimmte Überwachungsfunktionen über die Rassenreinheit‹ zu übertragen: ›Sachgerecht unterrichtet und eingewiesen, dringt sie bis in das Strohhaus vor, was dem weißen Fachpersonal verwehrt ist, und kann so die Rassenmischung weise überwachen.‹

›Weise überwachen?‹ War das ein Synonym für beseitigen? Wo lagen die Grenzen des Niedergangs, fragte sich Carnaroli, den dieser Wahnsinn verursacht hatte? Zum Glück waren sie im modernen zwanzigsten Jahrhundert, niemand konnte ernsthaft daran denken, ganze Gruppen von Menschen zu beseitigen. Doch dann führten plötzlich alle die Rede vom »römischen Recht« im Mund, ohne zu merken, dass diese Rassengesetze die Basis aus zweitausendjähriger Rechtskultur unterminierten. Oder besser gesagt aus zweitausend Jahren Zivilisation.

Warum arbeitete er immer noch an ihren Gerichten? Warum hatte er sich nicht längst selbständig gemacht? Das fragte er sich beinahe täglich. Dabei kannte er die Antwort: Sich jetzt abzuwenden wäre pure Feigheit gewesen. In Momenten wie diesen, wenn die Justiz von Willkür und Anmaßung bedroht wurde, musste man ihr mit noch größerer Hingabe dienen.

Das Gesetz über die Rassenmischung wurde nicht rückwirkend angewandt, zu gütig von ihnen. ›Aus Menschlichkeit angesichts der in der Vergangenheit begangenen Fehler‹, hieß es tatsächlich in Artikel 9, ›findet das Gesetz keine Anwendung auf Kinder, die aus legal geschlossenen Ehen vor Inkrafttreten der Rassengesetze hervorgegangen sind.‹ Er hasste sie für diesen Artikel, der ihn zwang, sich ein nicht eingetretenes Leben vorzustellen. Er hätte N.N. heiraten können – vorher. Er hätte Lakritzbonbon jeden Abend auf den Arm nehmen können, sich an

ihren Atemzügen berauschen können, die beim Einschlafen immer weicher wurden. Gewiss, auf eine Schule für Weiße hätte sie nicht gehen können. Und er hätte auf seine Karriere verzichten müssen, denn noch nie hatte es einen bedeutenden Juristen gegeben, der mit einer Schwarzen verheiratet war, aber ...
Nein, so wäre es nicht gekommen. Und das wusste er.
Immer wenn Richter Carnaroli in seinen Überlegungen diesen Punkt erreichte, sagte er sich, dass es für alle besser war. Vielleicht würde die Erinnerung an N.N. eines Tages nicht mehr diese Scham in ihm hervorrufen. Manchmal glaubte er sie zu sehen, wie sie die Straße entlangging, an der Hand die hellere Hand der gemeinsamen Tochter. Er erahnte ein Frauengesicht unter einem weißen Schleier, eine Gestalt, die ihm vertraut vorkam. Natürlich war sie es nie, sie war ja in Asmara geblieben. Doch die Enttäuschung ließ ihn jedes Mal frösteln. Es gab so viele Frauen mit hellhäutigeren Kindern. Sie waren immer allein, ohne einen Mann in der Nähe. Man erkannte sie sofort, die Verlassenen. Die Zöpfe auf dem Kopf waren aufgelöst, weil sie kein Geld für die Friseurin hatten und keine anderen Frauen, um sich gegenseitig zu helfen. Da war zum Beispiel eine mit einer gelben Tüte in der Hand. Auf dem Rücken trug sie ein viel helleres Kind, in ein sauberes, aber keinesfalls neues Tuch gewickelt. Sie war schön, wenn auch älter als andere, vielleicht zwanzig Jahre alt. Der Richter hatte das Gefühl, sie irgendwoher zu kennen, konnte sich aber nicht erinnern. Von Nahem dann erkannte er sie. Es war die Madama von diesem Schwarzhemd, dem Scharführer, den er verurteilt hatte. Was wohl aus ihm geworden war? Wahrscheinlich nach Italien zurückgekehrt, wie so viele andere, die enttäuscht waren von dem Gaukelbild der Kolonien. Als er diese Frau in den Zeugenstand gerufen hatte, war er beeindruckt. Sie hatte respektvoll, aber nicht eingeschüchtert geantwortet, obwohl sie von unten zu dem Richterpult aufschauen musste, an dem er saß. Ihr Italie-

nisch war gut, einfach und klug, und sie bewegte grazil ihre Finger. In einer anderen Welt, in einer anderen Zeit hätte man sich leicht vorstellen können, sich in eine solche Frau zu verlieben. Als Mann sein Leben an ihrer Seite verbringen zu wollen. Doch nun war auch sie allein, wie alle anderen. Wie N.N., die nicht einmal mehr ihre Tochter bei sich hatte.

Abeba hatte die Augen des Richters auf sich gespürt. Als sie auf dem Bürgersteig an ihm vorbeiging, erwiderte sie einen Moment lang seinen Blick.

›Ob sie mich erkannt hat?‹, fragte sich Carnaroli.

›Das ist dieser *talian*, der entscheidet‹, dachte sie, ›aber sein Blick sagt, dass er etwas verloren hat.‹

Dann betrat sie die Post und verschwand aus seinem Blickfeld.

Der gelbe Briefumschlag in Abebas Hand hatte wochenlange Bittgänge erfordert. Bevor sie einen Schreiber um Hilfe bat, musste sie herausfinden, wohin sie ihn schicken sollte. Sie hatte von der Welt lediglich ihr Dorf und die Hauptstadt gesehen, doch ihr war klar, nur »Italien« auf den Umschlag zu schreiben, wie viele es taten, würde den Brief nicht ans Ziel führen. Tagelang stand Abeba vor dem Eingang der Casa del Fascio, dem Büro der Faschistischen Partei, vor den Kasernen, vor der Vertretung des Kolonialministeriums. Sie suchte jemanden, der mit ihr die Adresse des Vaters von dem Kind auf ihrem Rücken ausfindig machen würde. Niemand erwiderte ihren Gruß, einige warfen ihr ein »Hau ab« hin, die meisten gingen mit ihrem Blick über sie hinweg wie über eine Staubwolke. Nach Tagen auf dem Bürgersteig empfand eine Frau, die vor dem Krankenhaus Bananen und Zitronen verkaufte, Mitleid mit ihr. »Die Zuneigung des Fremden ist ein Strohfeuer«, sagte sie zu ihr. »Vergiss ihn und denk an deinen Sohn.« Doch Abebas Großmutter hatte sie gelehrt, nicht auf die zu hören, die keine Ahnung haben.

Nach vierjähriger Besatzung war fast die ganze indigene Bevölkerung von Addis Abeba an den Stadtrand gedrängt worden. Separate Zugangswege führten zu den Orten, die sowohl von den Besatzern als auch den Besetzten benutzt werden mussten – Märkte, Behörden, Kultstätten. Öffentlicher Nahverkehr, Ämter und Schulen waren zweigeteilt. Auch am Stadtplan sollte die Hierarchie der Rassen abzulesen sein. Schwarze waren demnach nur noch als Bedienstete der Weißen vorgesehen. Jeder weitere Kontakt zwischen den beiden Gruppen war ungern gesehen, wenn nicht verboten.

Die kolonialen Stadtplaner wollten klare Linien zwischen die Viertel der Eingeborenen und die der neuen Herren ziehen. Im Entwurf für den Regierungspalast waren zwei Aufgänge geplant, eine Treppe für die weißen Kolonialherren, die andere für die Abessinier, getrennt und füreinander nicht sichtbar. Sie hatten sich einen dichten, möglichst uneinsehbaren Pflanzenzaun vorgestellt, der nicht nur aus den allgegenwärtigen Eukalyptusbäumen bestehen sollte, sondern auch aus Pinien und anderen mediterranen Gewächsen – Rosmarin, Ginster, Matrixsträucher, Imortellen. Ihre Zweige und auch ihre Düfte sollten mit Hilfe des nicht fassbaren, aber ursprünglichsten aller Sinne, des Geruchssinns, den neuen imperialen Weg bezeugen, der das Mare Nostrum nun bis an das Horn von Afrika geführt hatte.

Doch auch das botanische Kolonialisierungsprojekt scheiterte indes wie alle anderen an der staubigen Realität. Viel zu hohe Kosten angesichts der beschränkten Mittel; Kompetenzgerangel zwischen den zuständigen Stellen; Faulheit, wenn nicht vorsätzliche Behinderung seitens der Verwaltung, die für die Umsetzung zuständig war; allgemeine Desorganisation. Also überließ man den italienischen Weg der Rassentrennung dem lieben Gott. In diesem speziellen Fall den saisonalen Wasserfluten, die von den Hügeln rund um Addis Abeba herabströmten. Ihre im Sommer ausgetrockneten, nach Aas stinkenden Flussbetten verwandelten sich zur Regenzeit in reißende, trübe Ströme, die Dreck und Abwasser mitnahmen und in denen nicht selten jemand ertrank. Die olfaktorische Kraft des Projekts blieb also erhalten, wenngleich im gegenteiligen Sinn: Gestank statt Wohlgeruch. Seinen Zweck als natürliche Grenze erfüllte der Fluss trotzdem. Auf der einen Seite die grünen Viertel der Italiener, auf der anderen die Abessinier in mehr schlecht als recht zusammengestauchten Baracken ohne Strom und fließendes Wasser, entlang der staubigen Straßen, durch die sich schwarze Fäkalienbäche ihren Weg unter offenem Himmel bahnten. Hier lebte Abeba, seitdem sie von dem Eigentümer des Hauses, in dem sie mit Attilio bis zu dessen Rückkehr nach Italien gewohnt hatte, vor die Tür gesetzt worden war.

Die Bürgersteige, auf denen sie nun ihre Tage verbrachte, gehörten zu dem italienischen Verwaltungsviertel Piazza. Es lag oben auf dem Hügel und war nicht groß, in wenigen Jahren waren hier die Gebäude der faschistischen Verbände entstanden, das Kino Impero, die Post. Früher oder später traf man hier die gesamte italienische Gemeinde. Eines Nachmittags, kurz bevor sich die äquatoriale Nacht schwer auf die Stadt herabsenkte, war Abeba nach einem weiteren fruchtlosen Tag auf dem Heimweg zu ihrer Hütte am anderen Ende der Stadt, als sie auf der gegenüberliegenden Straßenseite Carbone sah. Ohne zu überlegen rannte sie ihm entgegen und rief mit lauter Stimme seinen Namen.

Abeba war nie bei Attilios ehemaligem Kameraden zu Hause gewesen, weil es nicht üblich war, seine Madama zu Besuchen mitzunehmen. Doch wenn Carbone zu ihnen kam, hatte Abeba ihm den Kaffee serviert. Auch er erkannte sie sofort. Er staunte über den kleinen Lockenkopf, der auf ihrem Rücken hing. ›War sie nicht unfruchtbar?‹, überlegte er bei sich.

Während Abeba ihn um Hilfe bat, dachte Carbone an die einäugige Frau, die jeden Abend zu Hause neben seiner Autowerkstatt auf ihn wartete. Wenn er sie nahm, achtete er stets sorgsam darauf, eines der Präservative zu benutzen, die man diskret und teuer in der Apotheke von Piazza kaufen konnte. Was in Italien als »Sabotage an der Fruchtbarkeit der Familie« verboten war, wurde in den Kolonien als Schutz vor Rassenmischung toleriert. Gerne hätte er Kinder von Maaza gehabt, auch mehr als eins. Er empfand ihr gegenüber eine tiefe, fast eheliche Zuneigung. Doch er wollte keine Kinder auf die Welt setzen, denen er per Gesetz nicht seinen Namen geben durfte. Es war schon schwierig genug, unauffällig zusammenzuleben und nicht von bösen Zungen wegen des Delikts des Madamatos denunziert zu werden.

Er betrachtete die aufrechte Frau mit der hohen Stirn und dem starken Hohlkreuz wegen des Kindes auf ihrem Rücken. Attilio hatte wahrscheinlich nichts von ihrer Schwangerschaft gewusst. Als er sich vor seiner Abreise nach Italien von ihm verabschiedet hatte, war jedenfalls kein Wort darüber gefallen. Sie hatten ihre Adressen getauscht, wie zwischen Ex-Kameraden üblich, und einander versprochen, sich Weihnachten zu schreiben. Nicht zum ersten Mal dachte Carbone, dass dieser Profeti Attilio, genannt Attila, die vergangenen sinnlosen Jahre von erhabener Position herab beobachtet hatte wie ein Spatz auf dem höchsten Punkt des Misthaufens.

Es war Carbone, der sich Abebas Brief an Attilio Profeti diktieren ließ und ihr seine Adresse gab. So hielt er sein Versprechen, mit der frohen Botschaft einer Geburt von sich hören zu lassen – nur dass es sich bei dem Neugeborenen nicht um das Jesuskind handelte.

Es vergingen Tage und Wochen. Es vergingen Monate.

Abeba erhielt keine Antwort.

Carbone machte im hinteren Raum seiner Werkstatt ein Foto von ihr, im Stehen vor einem weißen Laken. Sie hatte sich von der Frau mit dem blinden Auge die Zöpfe neu flechten lassen und den Schal umgelegt, der ihr lange zuvor geschenkt worden war. Kurz vor dem Blitzlicht hob sie den Erstgeborenen von Attila Profeti wie eine Trophäe in die Kamera.

Das Porträt wurde in einen zweiten gelben Umschlag gesteckt und ebenfalls mit »Piazza Stazione Nr. 1 – Lugo in Romagna – Italien« adressiert.

Auch dieses Mal antwortete Attilio nicht.

Der Anthropologe Lidio Cipriani war mit seinem neuen Assistenten zufrieden. Schon zwei Jahre zuvor, als Attilio Profeti in Äthiopien die bewaffnete Eskorte seiner anthropometrischen Forschungsexpedition anführte, hatte der junge Mann ihn durch sein harmonisches Zusammenspiel von wachem Verstand und körperlicher Perfektion tief beeindruckt. Profeti war das lebendige Beispiel, man könnte fast sagen die Inkarnation des wissenschaftlichen Rassismus, dem Cipriani jahrelange Feldforschung gewidmet hatte, zusammengefasst in dem von ihm unterschriebenen Rassenmanifest, und anhand dessen er bewiesen hatte, wie die somatische Hierarchie der Völker mit ihrer psychischen Entwicklung einhergeht. Schönheit war ein Erkennungsmerkmal der überlegenen Rasse, auch aus spiritueller Sicht, wie die griechisch-römischen Bildhauer sie festgehalten hatten. Und ebenso manifestierte sich die geistige Unterlegenheit der Afrikaner in ihrem tierhaften Äußeren.

Cipriani hielt sich als Wissenschaftler für ausreichend objektiv. Nicht im Traum wäre er auf die Idee gekommen, die Verbindung zwischen Aussehen und Intelligenz an sich selbst auf die Probe zu stellen. Zum Glück, denn er hatte nun wirklich wenig mit dem Apollo von Belvedere gemein: klein, dunkelhaarig, mit knochigen Knien und Augen, die wie Fische in einem Goldfischglas hinter der dicken Brille schwammen. Unermüdlich schrie er die Lastenträger an, die die Ausstellungsstücke für die Übersee-Schau von einem Saal in den anderen schleppten. Er mischte sich überall ein, putzte die Arbeit von Architekten und Ausstattern herunter und behandelte einfach jedermann schlecht. Mit einer Ausnahme: Profeti Attilio.

»Da kommt der Retter meiner Abessinien-Expedition.« So hatte Cipriani der römischen Redaktion der Zeitschrift ›Die Verteidigung der Rasse‹ Profeti vorgestellt, wo sie sich getroffen hatten, bevor sie nach Neapel fuhren. Der Redaktionssekretär war an Attilio herangetreten, ein junger Mann kaum älter als er selbst, mit blauen Augen und großem Kopf. Er hatte sich als Giorgio Almirante vorgestellt.

»Was hast du mit ihm gemacht?«, flüsterte er ihm mit Hinweis auf Cipriani ins Ohr. »Normalerweise lässt er sich lieber aufhängen, als zuzugeben, dass ihm jemand geholfen hat!«

Cipriani schenkte Attilio sogar eine Ausgabe von *Forschungsmission am Tanasee*, das Ergebnis seiner anthropometrischen Untersuchungen, die sie beide zusammengeführt hatten. Auf das Titelblatt schrieb er eine Widmung, mit dem Füllfederhalter, der ihn über drei Kontinente begleitet hatte. Doch als Attilio ihn fragte, was denn aus seinem Assistenten Romano Bertoldi geworden war, wich Cipriani aus. Für einen Rassenexperten war es durchaus heikel zuzugeben, dass erst ein anonymer Brief dazu geführt hatte, ihn als Halbjuden zu identifizieren.

Die Übersee-Ausstellung im neapolitanischen Stadtteil Fuorigrotta war das internationale Aushängeschild für das wiederauferstandene Römische Reich und sollte über ein Jahr dauern. Für ihren Bau hatte Mussolini keine Kosten und Mühen gescheut. »Vierundfünfzig Gebäude! Eine Million und einhundert Quadratmeter!«, verkündeten dröhnend die Propagandafilme des Luce-Instituts in den Kinos. Zu Füßen des Partei-Turms (»Höhe: sechsundvierzig Meter!«) die riesige Statue der faschistischen Viktoria mit Brüsten so groß wie Globen, in den Armen das Liktorenbündel wie ein Maschinengewehr. Im Hauptgebäude dominierte das gigantische Gemälde Mussolinis auf einem schneeweißen Schlachtross die Reproduktion in Originalgröße der Galeere von Marco Querini, dem Scharführer des linken Flügels bei der Schlacht von Lepanto. »Eine wirkungsvolle Darstellung«, befanden die Nachrichten, »der tausendjährigen Vorherrschaft der römischen Kultur in den überseeischen Gebieten«. Schlüsselwort war »tausendjährig«. Dieses Mal würde das durch den Faschismus wieder auferstandende Römische Imperium ewig währen.

Attilio hatte die Aufgabe, Cipriani bei der Ausstattung des Abessinien-Pavillons zu unterstützen. In den Vitrinen sollten Alltagsgegenstände gezeigt werden, die die primitiven Gewohnheiten der Kolonialisierten im Gegensatz zu den überlegenen Technologien illustrierten, von welchen sie nach Ankunft der Italiener profitieren durften: Körbe, Mühlsteine, Musikinstrumente, ein ausgestopftes Kalb, um die Kühe anzuregen, sich melken zu lassen, Spindeln zum Spinnen von Wolle. Auffälliger als das armselige Sammelsurium stachen zwischen zwei Vitrinen die Porträtaufnahmen hervor, die der Anthropologe angefertigt hatte. Männer und Frauen mit nackten Oberkörpern, lebensgroß von vorne und im Profil, starrten die Ausstellungsbesucher wie Verbrecher von Fahndungsfotos herab an. Am Tag der Eröffnung musste ein Großteil der Betrachter sich ein verlegenes Grinsen verkneifen beim Anblick der vielen nackten Brüste. Besonders vor einem Bild zogen die Familienmütter ihren Nachwuchs schnell weiter: Eine äthiopische Frau, nicht mehr ganz jung, sah sie gleichgültig an, als hätten die enormen Brüste, die einen Großteil des Fotos ausmachten, nichts mit ihr zu tun.

Doch nichts erschütterte die Betrachter so sehr wie die hintere Wand des Pavillons, die augenscheinlich mit unzähligen abgeschlagenen Köpfen behängt war, deren Lider in einem eisigen Post-mortem-Frieden geschlossen waren. Besucherinnen stießen Schreckensrufe aus, Kinder begannen zu weinen, Männer bekamen weiche Knie. Im Übrigen waren die Zeitungen voll gewesen mit Berichten von Enthauptungen durch abessinische

Wilde, sekundiert von anderen Formen der Barbarei. Erst beim Nähertreten wurde klar, dass es sich nicht um makabre Kriegssouvenirs handelte, sondern um Gipsmasken, die Cipriani dort unten gesammelt hatte. Sie waren sein ganzer Stolz. Er hatte sie nach Hautfarbe geordnet, von tiefschwarz bis hellbraun, von den plattnasigsten Zügen bis hin zu dem Antlitz einer griechischen Statue, in einem steten Crescendo der Blässe und damit verbunden – so hieß es in den Beitexten – der »Schönheit und Zivilisation«. Von den Baria und den Kumana über die Galla und die Sidamo bis zu den Amharen kam man schließlich zur Perfektion nach italienischem Vorbild. Auch diese letzte Maske hatte die Lider geschlossen wie eine Totenmaske, so dass die Farbe der Augen nicht zu sehen war. Doch die hohe Stirn, die gerade Nase und die klar geformten Lippen waren die einer ganz bestimmten Person: Attilio Profeti.

Die Ausstellungskuratoren hatten sich die Frage gestellt, ob man Eingeborene in Fleisch und Blut vorführen durfte, nach guter alter Tradition der Weltausstellungen. Die einen meinten, man solle Primitive und Italiener lieber nur dort gemeinsam zeigen, wo die Beziehung der Unterordnung klar war, wie in den Kolonien. Der Duce persönlich aber ließ mitteilen, er hielte die Präsenz der neuen Untertanen für notwendig, um die ganze Weitläufigkeit des wiederauferstandenen Reiches zu illustrieren. Also wurde eine große Anzahl von Frauen und Jungen aus Massaua, Addis Abeba und Bengasi nach Neapel gebracht, um den Pavillon »Afrikanisches Leben« zu bevölkern. Ein Leben jedoch, aus dem alle erwachsenen Männer getilgt waren, weil man ihre Begegnung in Fleisch und Blut – vor allem Fleisch – mit den italischen Besucherinnen für zu riskant hielt.

Attilio fiel bei diesen Darstellern die Junge Beduinin ein. Er war noch ein Kind gewesen, als sein Vater ihn einmal zur Internationalen Mustermesse nach Mailand mitgenommen hatte und das pausbäckige libysche Mädchen ihm ihre kleinen Zähne gezeigt hatte; nie hatte er sie vergessen. Irgendetwas in seiner unteren Körperhälfte regte sich bis heute, wenn er daran zurückdachte. Vor ihr Gesicht aber hatten sich längst Abebas Züge geschoben, und anstelle der eng unter der Brust anliegenden Tunika der Frauen aus der Kyrenaika stellte er sie sich in dem weiten weißen Gewand der amharischen Frauen vor. Die Junge Beduinin seiner Kindheitserinnerung verschmolz mit der Madama, die in Addis Abeba geblieben war. In seiner Phantasie sah er sie während der Kaffeezeremonie lächelnd auf einem niedrigen Hocker ihm gegenübersitzen, vor sich den Kohleofen, die Bohnen zum Rösten und die Kaffeemühle. Am Tag der Einweihung jedoch, zwischen dem sprudelnden Brunnen, der metallenen Weltkarte mit den markierten kolonialen Besitztümern, den zehn Meter hohen Liktorenbündeln und den Askaris, die den König von Italien und Kaiser von Abessinien, Viktor Emanuel III., mit weißen Federn grüßten, war die Frau mit den Tätowierungen auf der Stirn, die den Besuchern Getränke anbot, eine Unbekannte. Abeba war nicht da. Abeba würde nicht mehr da sein.

»Eine gute Art, die Woche zu beginnen«, befand General Roatta beim Kriegseintritt Italiens am 10. Juni 1940, einem Montag. An diesem sonnigen frühsommerlichen Morgen blieben die Tore der Übersee-Ausstellung nicht lange nach deren Eröffnung für das Publikum geschlossen.

Und sollten sich nie wieder öffnen. Die Brunnen sprudelten nicht mehr, die Pavillons waren menschenleer. Staub legte sich über Körbe, Binsenmatten, Halsketten, nachgebaute Strohhütten und Gipsmasken, weil keine Bediensteten sie abends mehr abstaubten. In den darauf folgenden Jahren hinterließ das Auf und Ab der verschiedenen Heere auf der Halbinsel – Verbündete, Feinde, zuerst die einen, dann die anderen – überall breite Spuren, und so auch in den verwaisten Pavillons der Übersee-schau von Fuorigrotta. Bei Kriegsende war kein Exponat an den Wänden oder in den Vitrinen zurückgeblieben. Selbst die Masken aus Lidio Ciprianis Sammlung blieben nicht verschont. Der Abdruck von Attilios Gesichtszügen landete in den dunklen Händen von Clarence Watson, einem einfachen Soldaten der Fünften Armee General Clarks. Er lachte dabei und zeigte seine Zähne, die so weiß waren wie der Marmor in dem monumentalen verlassenen Rund. Er betrachtete die geschlossenen Lider und die aufgemalten Haare, die so echt wirkten, und verstaute die Maske dann in seinem großen Militärrucksack.

Bis dahin jedoch waren in jenen ersten Kriegstagen die Darsteller des afrikanischen Lebens sich selbst überlassen und ergossen sich in die Straßen von Fuorigrotta. Schnell erwies sich, wie berechtigt die Sorgen derer gewesen waren, die sie nicht nach Italien hatten holen wollen. Allesamt, ohne jede Ausnahme, Frauen wie junge Männer, widmeten sich – übrigens erfolgreich – der Unterminierung des Ansehens der neapolitanischen Rasse.

SIGNOR *PROFETI ATTILIO AUS LUGO IN R.* WIRD MIT SOFORTIGER WIRKUNG DER KOMMUNE *LUGO IN R.* ÜBERSTELLT, WO ER SICH *UNVERZÜGLICH* IN DEN *VORMITTAGSSTUNDEN* SELBIGEN TAGES MIT VORLIEGENDEM SCHREIBEN ZUR IDENTIFIZIERUNG EINZUFINDEN HAT.

Der Einberufungsbefehl wurde gleichzeitig mit Otellos Bescheid im Büro des Bahnhofsvorstehers an Gleis 1 des Bahnhofs Lugo zugestellt. Als der Postbote ihn übergab, spürte Ernani Profeti sein Herz ins Bodenlose sinken, hinab in die schwarze Erde, wo die Toten begraben liegen. Eine Kälte ergriff ihn, die nichts Menschliches hatte. Es war das Eis des Atheisten, der sieht, wie die ihm einzig vorstellbare Art des ewigen Lebens, nämlich das im Fleisch von eigenem Fleisch und Blut, von einer Granate oder einem Maschinengewehrfeuer dahingerafft wird. Und auch Viola sagte sich beim Anblick der zwei grauen Papprechtecke: »Nicht alle beide!« Und zweifelte keinen Moment lang, wer zu retten war.

Sie zog ihr Kirchkleid an, schlicht und sauber. Sie verwarf den Glockenhut mit den Stoffrosen und setzte sich einen grauen Filz mit mittlerer Krempe auf den Kopf. Sie wusste, wie schön das ihre hellen Augen zur Geltung brachte, ohne jede Spur von Frivolität, die nicht zu dem Ernst des Moments gepasst hätte.

Im Einberufungsbüro in der Casa del Fascio lehnten Dutzende Bauern, Hilfsarbeiter, Straßenhändler und Burschen an der Wand und warteten. Alle starrten sie auf die einzige Frau, die nicht mehr jung, aber immer noch hübsch war, als ginge von ihr eine unerwartete Segnung aus. Niemand beschwerte sich, als Viola schnellen Schrittes an allen vorbeiging und das Zimmer des Verbindungsoffiziers betrat.

Sie wusste genau, was sie sagen musste. Nicht nur, dass ihr Sohn Profeti Attilio seinen Wohnsitz nicht in Lugo hatte, da er der Außenstelle des Kolonialministeriums in Rom unterstellt war. Vor allem aber war er bereits einmal eingezogen worden: Als Schwarzhemd der Freiwilligen-Miliz für die Nationale Sicherheit war er Rückkehrer aus dem Siegreichen Abessinienkrieg, wo er zum Scharführer befördert Aufgaben der Kolonialpolizei übernommen hatte. Bei dem zugestellten Einberufungsbefehl, schloss Viola, musste es sich also gewiss um einen Irrtum handeln.

Der Verbindungsoffizier hatte keine Eile, sich den üblen Ausdünstungen der nächsten schlecht gewaschenen, rachitischen Achtzehnjährigen auszusetzen, in deren Hände man gerade das Schicksal des wiederauferstandenen Imperiums legte. Er ließ Viola zu Ende reden, ohne sie zu unterbrechen oder zur Eile anzuhalten. Schließlich sicherte er ihr zu, dass die nötigen Vorkehrungen getroffen würden, um den Irrtum zu korrigieren.

Lugo telegrafierte nach Rom, wo sich herausstellte, dass Attilio noch in Äthiopien gemeldet war – die Umschreibung bei Wohnortswechsel zwischen Mutterland und Kolonien dauerte oft Monate. Rom stellte Attilio ein Visum für Italienisch-Ostafrika aus, dort solle er sich melden, um den bevorstehenden Angriff des britischen Kenia zurückzuschlagen. Aus Addis Abeba jedoch kam ein paar Tage später ein Telegramm, das nicht an die Anwerbungsstelle, sondern an Profeti Attilio direkt gerichtet war:

Einberufungsbefehl von Kommandostelle Lugo Romagna erhalten. Einberufung vorgesehen von Italien aus. Keine erneute Rückkehr nach IOA. Absender: Befehlskommando Addis Abeba.

Die Wirrnisse der Bürokratie hatten ihn gerettet.

Attilio stand mit dem Telegramm in der Hand in seinem Büro im Kolonialministerium, das die Aussicht auf den Park der Via del Quirinale bot. Wären die daraus erwachsenen Konsequenzen gänzlich zu überblicken gewesen, hätte sich dieser Moment in sein Gedächtnis eingebrannt. So aber bestätigte ihm der Irrtum der Bürokratie nur ein weiteres Mal Carbones Worte: »Du hattest eben schon immer Schwein, Profeti.« Nichts Neues also, daran war er gewöhnt. Erst viel später wurde ihm klar, wie außerordentlich groß sein Glück an diesem lichtdurchfluteten Morgen gewesen war. Er war gerade zu einem der sehr wenigen Männer in Italien, Europa und bald der halben Welt geworden, die kriegstauglich waren und dennoch dem Schlachthaus entgingen.

Was seinen Bruder betraf, gab es kein bürokratisches Durcheinander. Profeti Otello hatte von Geburt an im Haus des Vaters gelebt, außerdem legte seine Mutter für ihn keinen Protest ein. Nach einigen Monaten Grundausbildung in den Voralpen ging er als Offizier auf Zeit an die nordafrikanische Front. Sechs Jahre später sollte er zurückkehren, als für alle anderen der Krieg bereits eine ganze Weile vorbei war.

»Dezember 1942

Lieber Papà,
frohe Weihnachten und alle guten Wünsche, ich hatte gehofft, dieses Jahr wieder mit Euch zu feiern, doch nun verbringe ich mein drittes Weihnachten in Afrika. Entschuldige, dass ich nur Karten schreibe und keine langen Briefe, das liegt 1. daran, dass wir Pioniere dauernd im Einsatz sind, es gibt immer was zu (ZENSUR), 2. daran, dass ich Dir nur von Bomben und Kanonenhagel erzählen könnte, und das habe ich ja ohnehin jeden Tag, da brauche ich nicht auch noch davon zu schreiben. Ich habe keine Nachricht von Attilio. An welche Front haben sie ihn geschickt? Sag ihm, er soll sich melden. Und bitte Mamma, mir häufiger zu schreiben.

In Liebe, Dein Sohn Otello«

Otello trug die hellblaue Postkarte seit Monaten mit sich herum. Jetzt hätte er sie am liebsten zerrissen und in den Atlantik geworfen, der ihn umgab. Doch dann dachte er, dass er zu weit von der Reling entfernt war und die Zettel vielleicht ihm oder den anderen Häftlingen ins Gesicht geflogen wären, worüber dann wieder einmal die amerikanischen Soldaten gelacht hätten. Besser nicht. Also las er zum wer weiß wievielten Mal das lange Zitat, das in winziger blauer Schrift den oberen Teil der Karte bedeckte:

> Dieser gigantische Kampf ist nichts anderes als eine Phase in der logischen Entwicklung unserer Revolution: Es ist der Kampf der armen Völker gegen die Aushungerer, die ein Monopol allen Reichtums und allen Goldes der Erde haben. Es ist der Kampf der fruchtbaren und jungen Völker gegen die

unfruchtbaren, sich auf ihren Untergang zubewegenden Völker. Es ist der Kampf zweier Zeitalter und zweier Weltanschauungen. Mussolini.

Die früheren Postkarten der Streitkräfte, die Otello von der nordafrikanischen Front geschickt hatte, waren mit kürzeren, knackigeren Zitaten verziert gewesen, etwa: »Wir brechen Griechenland alle Knochen!«, das allerdings verschwand, nachdem allein das massive Eingreifen der deutschen Wehrmacht einige Niederlagen der Italiener in Griechenland und auf dem Balkan verhindert hatte. Dasselbe geschah in der Sahara, wo Otello sich aufhielt. Wenn Rommel nicht gekommen wäre, hätte der angloamerikanische Besen sie augenblicklich hinweggefegt wie Staubflöckchen.

Am Ende jedoch wurden sie trotzdem hinweggefegt, so dass der Postdienst der italienischen Streitkräfte in Nordafrika wie alles andere eingestellt wurde und die Weihnachtskarte in seiner Tasche verblieben war. Immerhin hatten sie zweieinhalb Jahre durchgehalten. Zwei blutige Jahre voller Massaker, im Wechsel mit Phasen aus Langeweile und Sand, Sand und Langeweile, lustig war das nicht gerade. Zwei Jahre, seit der Reserveleutnant Profeti Otello auf die erste Katastrophe zumarschiert war, die Niederlage von Sidi Barrani, als die Truppe gesungen hatte: *Verflucht sei die Marmarica/Wüste noch und noch/hier gibt's nur Sand und Minen/aber marschieren muss man doch.* Alle rechneten mit einem Desaster, dafür musste man kein Hellseher sein, und er als Ingenieur begriff sofort, dass das schiefgehen musste. Angefangen beim Wasser, wichtiger noch als Munition und Kanonen, wenn du einen Krieg mitten in der Wüste führst. Otello hatte eigene Berechnungen angestellt, ohne darüber zu reden, um nicht des Defätismus beschuldigt zu werden: Fünfunddreißigtausend Mann bedeutete mindestens dreihunderttausend Liter Wasser am Tag, um in dieser kochend heißen Steinwüste zu überleben, acht pro Kopf, wenn man knauserig war. Dieser Versager Graziani – Otello hatte schon immer gesagt, dass er nichts taugte – ließ aber keine Brunnen ins Erdreich graben, wie nicht nur jeder Pionier mit ein bisschen Fachkenntnis, sondern auch jeder blöde Beduine es getan hätte, sondern hatte sich aus Italien Rohre für ein Aquädukt schicken lassen. Wunderschöne Rohre, keine Frage, das konnten die Dalmine-Werke wirklich, noch lauwarm direkt aus dem Hochofen wurden sie eingeschifft und glänzten in der Saharasonne wie Edelsteine. Doch die Leitung wuchs nur wenige Meter pro Tag, und die Männer verdursteten.

Ganz zu schweigen von den Offizieren, die auf Pasta mit geschälten Tomaten und Parmesan bestanden, auf Chianti und Mineralwasser aus Nepi sowie kaltgepresstes Olivenöl und Toscani-Zigarren – was alles einen logistischen Aufwand ohnegleichen bedeutete. Die italienischen Generäle schienen den Krieg in Afrika für ein Damenkränzchen zu halten und die Soldaten für Diener, die nur mitgekommen waren, um ihre Stiefel auf Hochglanz zu trimmen. Ach, wenn Badoglio doch da gewesen wäre, er hätte das Kommando mit savoyischer Vernunft geführt. Er hätte die hohen Offiziere wieder ins Glied gestellt und die Truppe mit der Autorität des altgedienten Soldaten motiviert. Er hätte sie nicht wochenlang in einem Sandloch ausharren lassen, wie dieser hysterische, eitle, dumme, hochfahrende Feigling von Graziani, der nie etwas zu Ende brachte. An der Front hatte er sich nie blicken lassen, sondern sich in das Hauptquartier nach Kyrene verkrochen und den Angriffsvorteil dem Feind überlassen. Der das natürlich ausnutzte und den Italienern eine erste, mörderische Ohrfeige verpasste. Weitere waren gefolgt, eine nach der anderen wie die Perlen am Rosenkranz: Sidi Barrani, Beda Fomm, Bardia, El Alamein, Tobruk ...

Aber nein, Marschall Badoglio war leider in Rom geblieben. Er hatte versucht, Mussolini zurückzuhalten, als dieser sich nach der Kriegserklärung an die Spitze der Streitkräfte gestellt hatte, obwohl er von militärischen Dingen so viel verstand wie Otello von chinesischer Literatur. Niemand konnte ihn aufhalten, den Sohn eines Schmieds – mittlerweile nannte nicht mehr nur Otello den Duce so, sondern auch die anderen Reserveoffiziere, wenn sie schlaflos vor ihren Zelten flüsterten, über ihnen ein riesiger Mond wie der Scheinwerfer eines Folterknechts. Und wirklich, nach nicht einmal sechs Monaten Krieg wurde Marschall Badoglio klar, mit wem er es zu tun hatte, nämlich mit einem …

Hier brach Otello ab. Das Wort »verrückt« wagte er in Bezug auf Mussolini nicht einmal zu denken, um keine Anklage wegen Hochverrats zu riskieren. Jedenfalls hatte Badoglio seine Entlassung beantragt, und der Duce hatte bewiesen, dass er nicht ganz bei Trost war, indem er ihr stattgegeben hatte.

Doch nicht einmal Badoglio hätte etwas am erbärmlichen Ausrüstungszustand des italienischen Heeres ändern können. Es fehlte an Lastwagen, Raupenschleppern, Ersatzteilen und Werkstätten. Die Jagdflieger konnten nur wenige Minuten in der Luft sein, weil die Flugmarine vergessen hatte, sandgeschützte Lüftungsgitter mitzubestellen – vielleicht waren sie davon ausgegangen, dass die Sahara eine alpine Wiesenfläche sei. Die M13 wurden von schlecht ausgebildeten Lastwagenfahrern gelenkt, die nicht wussten, wie man in der Gruppe agiert, und sich ohnehin nicht miteinander verständigen konnten, weil die Fabriken in der Eile keine Funkgeräte eingebaut hatten. Ganz zu schweigen von den sogenannten CV – die Carri Veloci, Schnellpanzer, die ein französischer General als *les plus insignifiants d'Europe* bezeichnete. Anders als die englischen Mathildas, langsame, unaufhaltsame Metallmonster, die über die Infanterie hinwegrollten wie Traktoren über ein Weizenfeld. Auch die schwerste Artillerie prallte an ihnen ab wie Gummigeschosse, erst recht die italischen Panzerabwehrgeschosse

EP, deren Spitzname ihre mörderische Zerstörungswut treffend wiedergab: »Effetto Pernacchia«, Furzeffekt.

Die Engländer und nach ihnen die Amerikaner hatten so viele italienische Gefangene gemacht, dass sie sie nicht mehr zählen konnten. Ihre Depeschen enthielten nur Schätzungen des Flächeninhalts: »Zwei Hektar Offiziere, rund achtzig Hektar Infanterie«. Auch hier auf dem Schiff wurde das Essen langsam knapp, ein Glas Milch und eine kleine Konservendose pro Tag und Kopf. Aber nicht, weil die Amis sie aushungern wollten, sondern weil nicht einmal Eisenhower mit so vielen Gefangenen gerechnet hatte, die er in die Vereinigten Staaten schaffen musste.

Oberleutnant Profeti Otello vom 25. Pionierkorps sog die salzige Luft auf der Brücke des Schiffes ein, einem eilig dem Transportbedarf angepassten Frachter. Er war verzweifelt und erleichtert. Verweifelt, weil er nicht das Mittelmeer Richtung Italien überquerte, sondern mitten auf dem Atlantik Richtung Osten schipperte. Erleichtert, weil für sie – so glaubte er – der Krieg nun zu Ende war.

›An welcher Front Attilio wohl ist? Wie es ihm wohl geht?‹

Die Amerikaner hatten sie nicht zu den Eseln in den Laderaum gepackt, wie es die Engländer taten, deren Verachtung für italienische Militärs einer Art Präzisionssport glich, gleichwohl war auch dies keine Kreuzfahrt. Die Kojen bestanden aus Laken, die über Metallgestelle gepannt waren, so eng neben- und übereinander gestapelt wie eine Urnenwand. Nachts hörte man oft die Panikattacken und Schreie der Männer mit Platzangst. Die Wasserration reichte gerade aus, um nicht zu dehydrieren, an Waschen war nicht zu denken. Nach ein paar Wochen Überfahrt hatte Otello den Eindruck, die Luft dort unten im Bauch des Schiffes habe ein neues, bisher nicht in den Chemiebüchern aufgelistetes Molekül hervorgebracht: eine Mischung aus Körpersäften (viel Schwefel und Ammoniak) und fast kein Anteil

Sauerstoff. Die Häftlinge durften zwei Stunden am Tag an Deck ein wenig Luft schnappen, doch selbst dort war der klare Salzgeschmack des Ozeans durchzogen von ihrem Modergeruch, wenn sie in einem mit Ketten eingegrenzten Viereck unter den wachsamen Blicken der Soldaten dicht beieinander hockten.

Doch all das war nichts im Vergleich zu dem, was Otello nach der Festnahme durch die franko-marokkanischen Truppen durchgemacht hatte: Schläge, Flöhe, Durchsuchungen, bei denen den nackten, wehrlos mit gegrätschten Beinen daliegenden Gefangenen Sachen in den Anus geschoben wurden; von der Bevölkerung bei Verlegungen bespuckt werden; drei Tage ausharren ohne Wasser und Brot, bis sie endgültig den Amerikanern überstellt wurden und *Prisoners of War* (POW) waren, zumindest nicht ganz rechtlos laut Genfer Konvention.

Manchmal warfen die Matrosen einen ihrer wunderbaren Reichtümer unter die dreckstarrende Meute: einen Schokoriegel, eine Schachtel Zigaretten, eine Packung dieser harzigen Streifen, die man stundenlang im Mund behalten konnte. Die italienischen POWs stürzten sich ohne Ansehen des Rangs darauf wie Ertrinkende auf den letzten Rettungsring, traten, bissen und schlugen sich, bis der unerfreulich winzige Schatz in einer Tasche verschwand. Viel mehr als alles andere war dies für Otello der schwerste Verlust, den die Gefangenschaft mit sich brachte: der Verlust der Würde. In diesen Momenten bedauerte er, dass er nicht in der Schlacht gefallen war. Sterben, aber wenigstens ehrenvoll. Erst als das Schiff im Hafen von New York einlief, war er wieder glücklich, am Leben zu sein. Und sei es nur, weil er sich nie hätte vorstellen können, eines Tages mit eigenen Augen die Welt der Zukunft zu erblicken.

Nichts in den Vereinigten Staaten war so, wie die faschistische Propaganda es ihnen erzählt hatte. Weder waren die Amerikanerinnen allesamt geschminkte Verführerinnen, die halbnackt und hüftwackelnd durch die Straßen liefen; die erwachsenen

Männer, die man sah (nur wenige wegen des Krieges), hingen nicht torkelnd an der Flasche; es gab keine Milliardäre mit Zylinder, Goldmonokel und grotesk krummer Judennase, die aus Angst, in eine Pfütze zu treten, mit gekrümmten Sklavenrücken herumliefen. Natürlich hatte Otello diese karikaturenhaften Darstellungen der verwöhnten amerikanischen Geldherrschaft nie so ganz geglaubt, doch nach fast zehnjähriger Zensur von Büchern und Filmen aus der Neuen Welt hatte er sich auch kein anderes Bild machen können.

Alles war zum Staunen, so empfanden es die Migranten seit Jahrzehnten, die aus Lama Polesine, Casarsa, Mussomeli oder Roccamontepiano in Ellis Island anlandeten. Die Straßen, in denen zu jeder Tageszeit mehr Privatautomobile unterwegs waren, als es in ganz Lugo oder sogar Bologna überhaupt gab; die Freiheitsstatue, die dem Betrachter Demut, Bestürzung und Freude zugleich einflößte; die Wolkenkratzer, bei deren Anblick Otello ganze Nächte auszurechnen versuchte (im Kopf, denn Stift und Papier waren den Häftlingen noch nicht ausgehändigt worden), wie viel Tragkraft der verwendete Stahl haben musste. Doch ausschlaggebend waren am Ende, nach fast drei Jahren der kargen, mit Sand gewürzten Nahrungsrationen, die nie gesehenen Essensmengen, die Otello überzeugten, dass er auf dem Kontinent der ungeahnten Ausmaße angekommen war: Wassermelonen so groß wie Hutschachteln, Hühnereier, die aussahen wie von der Gans, Speckscheiben so groß und dick wie Briketts, Milchflaschen von fast vier Litern. Als bei einer der ersten Mahlzeiten ein Angestellter ein mit Butter beschmiertes Brötchen für ihn ganz allein hinlegte, brach er vor Freude in Tränen aus. Mit einer schnellen Bewegung wischte er seine Tränen ab, den Kopf gesenkt; so konnte er die vielen Mithäftlinge nicht sehen, die sich aus dem gleichen Grund über die Augen fuhren.

Bei ihrer Ankunft wurden sie nicht viel anders behandelt als die Einwanderer. Bevor sie die weißen Kleider mit der Aufschrift POW auf der Hemdtasche bekamen, vor dem Verhör zur Identifzierung, vor dem Foto und den Fingerabdrücken für die Kartei wurden sie gewaschen, rasiert und schließlich desinfiziert. Die Männer, die die herabwürdigende Aufgabe hatten, ihre nackten weißen Körper mit dem Schädlingsbekämpfungsmittel einzusprühen, waren alle von schwarzer Hautfarbe – und hüteten sich, den Blicken der Häftlinge zu begegnen. Sie hielten die Augen gesenkt, als seien sie die Untergebenen, was Otello verwirrte. Er und seine Kollegen waren doch ihnen ausgeliefert und nicht umgekehrt. Er konnte sich keinen Reim auf diese Unterwürfigkeit machen.

Auf der langen Zugfahrt, die sie nach Texas brachte, beobachtete Otello dasselbe Phänomen. Je weiter sie Richtung Süden kamen – Virginia, Alabama, Mississippi –, desto offensichtlicher. Das Personal, das sie in den Waggons verpflegte, die Putzfrauen auf den Bahnsteigen, die Verkäufer von gerösteten Maiskolben, die unter den Zugfenstern zusammenliefen, kurz alle Menschen mit dunkler Hautfarbe, egal welchen Geschlechts oder Alters, mit denen Otello in diesen Tagen zu tun hatte, vermieden es, ihm in die Augen zu sehen. Wenn sie das Wort an ihn richten mussten, schien es, als fixierten sie einen Punkt jenseits seines Blickes. Otello staunte immer mehr.

In den über zwei Jahren an der nordafrikanischen Front war ihm nie etwas Ähnliches passiert, weder mit Verbündeten noch mit der lokalen Bevölkerung noch mit dem Feind. Dabei hatte er immer eng mit Leuten zu tun gehabt, die eine viel dunklere Hautfarbe hatten als er: sein somalischer Bursche, die Askaris der Angriffsbataillone, die Zivilisten in der Kyrenaika, in der Marmarica und Tunesien. Die Kinder in staubigen Lumpen, die bei ihren zwischen den Felsen verstreuten Schafen standen und ihm grüßend nachpfiffen, hatten den Blick nicht gesenkt; und bestimmt nicht die marokkanischen Soldaten, die sie durchsucht hatten. Alle waren mit ihm, dem weißen Mann, auf irgendeine Art in Beziehung getreten – sei es untertänig, sei es neugierig, freundschaftlich, schmeichelnd, aggressiv, gewalttätig, aber nie gar nicht. Hier jedoch schien jeder Schwarze, der zwangsweise in Kontakt mit einem Weißen treten musste, sich instinktiv möglichst unsichtbar zu machen. Auch der Umstand, in den letzten Jahren in einem Land gelebt zu haben, in dem Rassengesetze verbreitet waren, lieferte Otello nicht den Schlüssel zu den ausweichenden Blicken. Clarence Watson hätte es ihm erklären können, wäre er ihm begegnet, so wie es ihm seine Mutter in Alabama erklärt hatte, als er noch ein Kind war. Doch ihre Wege sollten sich niemals kreuzen, der von Profeti Otello, Oberleutnant auf Zeit im Pionierkorps der italienischen Streitkräfte, und der des GI der Fünften Amerikanischen Armee, in dessen Rucksack die Gipsmaske seines Bruders Attilio gelandet war. Und in den langen Jahren seiner Gefangenschaft sollte kein Amerikaner, egal welcher Hautfarbe, Otello dieses Geheimnis lüften.

PRISONER OF WAR POST CARD / KRIEGSGEFANGENEN-POST
I AM IN AN AMERICAN INTERNMENT CAMP / BEFINDE MICH IN EINEM AMERIKANISCHEN INTERNIERUNGSLAGER
MY ADDRESS / MEINE ANSCHRIFT: Co. 2nd, Compound 4th, Hereford Int.t camp, Hereford, Texas, USA
NAME / NAME: Profeti Otello
INTERNMENT SERIAL N° / INTERNIERUNGSNR: 8WI-28462
MY PHYSICAL CONDITION IS / MEIN GESUNDHEITSZUSTAND IST: sehr gut

In den ersten Monaten im Lager von Hereford stellte sich das Leben der Häftlinge entschieden besser dar als an der Front.

Und nicht nur, weil sie nicht mehr ihr Leben riskierten. Obwohl die riesige Menge an frisch gekochtem Essen anfangs für Magenkrämpfe und Durchfall sorgte, da ihre Mägen von jahrelangem Zwieback und Konservenfutter geschrumpft und geschwürig waren. Sie hatten sich daran gewöhnt, ihre Notdurft in der Wüste zu verrichten, sich mit Sand und Steinen zu waschen; außerdem hatten einige Männer der Truppe noch nie ein Gebäude mit Toilette im Haus gesehen. Hier gab es gekachelte Bäder, so schneeweiß, dass sie »Die Thermen« genannt wurden. Die Stuben bestanden aus ordentlichen Reihen von Betten in hellem Holz, die Decken wurden jeden Monat gewaschen, die Laken einmal pro Woche. Von allem schien es reichlich zu geben, wie keiner von ihnen es je erlebt hate, auch nicht in Italien zu Friedenszeiten. Als sie die Wärter um Kalk baten, um sich ein Fußballfeld aufzuzeichnen, bekamen sie einen Sack Mehl. Natürlich, es herrschte Langeweile, die Heimat war fern, die Ungewissheit über den Kriegsausgang groß, und sie konnten sich nicht frei bewegen. Es gab die Monotonie der Hochebene und den lästigen, unaufhörlichen Wind. Die *derechos*, jähe und heftige Böen, ließen die Ziegel von den Dächern regnen, und die Aufseher drohten ihnen im Spaß: Wenn ihr *dagos* euch schon davor fürchtet, dann wird euch der Sandsturm erst richtige Kopfschmerzen bereiten. Doch die Wahrheit war, auch wenn Otello es sich ungern eingestand: Das Gefangenenlager von Hereford war nicht der schlechteste Ort in diesen gnadenlosen Zeiten.

Eines Tages im September 1943 bebte die untergehende Sonne wie immer im roten Staub, doch der Horizont hatte eine Dichtigkeit, die anders war als sonst – kompakter, beinahe fest. Otello achtete nicht darauf. Ihm war nicht aufgefallen, dass die Kanadagänse heute fehlten, die Falken und Elstern, die um diese Uhrzeit normalerweise über seinem Kopf kreisten. Eine merkwürdige Stille herrschte um den Stacheldraht, der das Lager einzäunte, durchbrochen nur von einer Art Brummen, das vom fernsten unsichtbaren Ende der Wiesen herzurühren schien. Doch Otello sah und hörte nichts. Das Blatt Papier vor seiner Nase forderte seine ganze Aufmerksamkeit.

Er hatte es mit eigenen Augen lesen wollen. Obwohl er nicht der Ranghöchste in seiner Baracke war, hatte er so eindringlich darum gebeten, dass der Kommandant selbst es ihm überlassen hatte. Nun zitterten seine Hände stärker als damals, als er an der Front den Panzer durch die verminten Felder gelenkt hatte.

Die Depesche war an sie persönlich adressiert, die von den angloamerikanischen Kräften internierten italienischen Kriegsgefangenen, und sie kam vom Oberkommando des Königlichen italienischen Heeres. Der ranghöhere Offizier, jener Fliegerleutnant, der es ihm anschließend gegeben hatte, hatte es in der großen Mensabaracke vor allen laut vorgelesen. Otello konnte es nicht glauben. Das Hören allein genügte ihm nicht. Er musste es in die Hand nehmen, anfassen, dieses Blatt Papier, ganz oben die grün-weiß-rote Flagge mit dem Knoten des Hauses Savoyen, auf den er drei Jahre zuvor seine Treue als Unteroffizier geschworen hatte.

Er las es noch einmal:

> Die neue militärisch-politische Lage bringt es mit sich, dass wir aufgrund der feindlichen germanischen Haltung und der Kriegshandlungen gegen Italien verpflichtet sind, die Alliierten in jeder erdenklichen Hinsicht zu unterstützen ... Durch die Kooperation werdet ihr einen wertvollen Beitrag zum Krieg leisten zur Niederschlagung unseres Erzfeindes, so wie es eure Kameraden an den Waffen tun und das Volk selbst in Italien, Seite an Seite mit den angloamerikanischen Streitkräften, für die Befreiung des Vaterlandes.

Wer genau war der »Erzfeind«, von dem die Rede war? Das deutsche Afrikakorps, das den Italienern bei El Alamein die

Haut gerettet hatte? Warum sollten er und seine Kameraden jetzt »Seite an Seite mit den angloamerikanischen Streitkräften« stehen, also denen, auf die sie zwei Jahre lang geschossen hatten und die sie nun gefangen hielten? Und was bedeutete »feindliche germanische Kriegshandlungen gegen Italien«, oder »Übergangsregierung«? Der Oberst hatte behauptet, er hätte von den italoamerikanischen Soldaten unter den Lagerwächtern sagen hören, dass der Faschismus gestürzt sei. Gestürzt? Wo war der Duce? Und der König? Was zum Teufel ging in Italien vor?

Doch mehr als jedes Wort war es der Name am Fuße des Blattes, der Otello mit leerem Kopf und zitternden Händen zurückließ. Der Name des einzigen Menschen in dieser ganzen schrecklichen Kriegszeit, dem er die ganze Zeit vertraut hatte, als Mensch, als Soldat, ja selbst als Ingenieur.

Unterzeichnet
Führer der Übergangsregierung
Feldmarschall Pietro Badoglio

Er höchstpersönlich hatte diesen Brief der Schande unterschrieben.

Pionieroberleutnant Profeti Otello hatte sich nie so verraten gefühlt.

Ihm wurde klar, dass er sehr wenig von dem wusste, was vor sich ging, und noch viel weniger davon verstand. Doch bei einer Sache, einer einzigen, gab es nicht den geringsten Zweifel. Er konnte vielleicht kein Soldat mehr sein, er konnte auch kein Faschist mehr sein, doch beim besten Willen konnte er niemals aufhören, Italiener zu sein.

»Verdammt noch eins, was machst du hier draußen, Profeti?«

Oberleutnant De Rossi, mit dem er seit ihrer Ankunft in Bengasi vor drei Jahren jeden Augenblick verbracht hatte, zerrte an seinem Arm und brüllte ihm ins Ohr.

Otello sah auf. Nun erst merkte er, dass es nicht seine Finger waren, die das Blatt Papier erzittern ließen. Alles um ihn herum – Gras, die zum Trocknen aus den Barackenfenstern gehängten Laken, das Laub der spärlichen Vegetation – schien von einer unsichtbaren, aber starken Macht ergriffen. Von etwas viel Soliderem als nur Wind, und sei er noch so stürmisch. Er sah zum Horizont. Die untergehende Sonne war von einer riesigen Wolke aus Sand, Staub und Dreck verschluckt. Sie raste über die flache Ebene heran wie ein lebendiges Wesen, in Schlangenbewegungen, doch mit der Geschwindigkeit eines Raubtieres. Und sie war sehr hungrig. Häuser, Laternenpfähle, Straßen, Büsche – sie verschluckte die gesamte Landschaft und machte aus ihr ein erdfarbenes Nichts. Otello stand wie gelähmt vor dieser kolossalen voranschreitenden Zerstörung. Bis sie schon ganz nah war, fast den Stacheldraht erreicht hatte.

»Scheiße, beweg dich!«, schrie De Rossi und zerrte wieder an seinem Arm.

Da erst fing Otello an zu rennen, quer über das Terrain auf die nächste Baracke zu. Einige Augenblicke nachdem sie die Holztür hinter sich zugeworfen hatten, raste das Ungeheuer aus Staub, Steinen und Dreck mit einem Brüllen über ihre Köpfe hinweg. Die Baracke wurde wie ein Fähnchen geschüttelt, eine grausige rote Dunkelheit erfüllte ihr Inneres.

Otello lag mit seinen Kameraden zusammengekauert auf dem Boden und dachte an die zweieinhalb Kriegsjahre in der Wüste zurück, in denen er gegen das perfide Albion gekämpft und lediglich seine Pflicht als Soldat erfüllt hatte, nicht mehr und nicht weniger, als man ihm aufgetragen hatte: fürs Vaterland zu kämpfen. Und er war geschlagen worden, obwohl er den Befehlen gehorcht hatte, auch den sinnlosen (und die hatte es weiß Gott gegeben!), er war nicht vor dem Feind geflohen, trotz einer Ausrüstung und Ausbildung, die einen vor Lachen sterben ließen, oder einfach so sterben ließen; und nach zweieinhalb Jahren Sand, Blut und verschimmeltem Brot hatte er zuerst seinen Zug zerstört, damit er dem Feind nicht in die Hände fiel, und danach erst die weiße Fahne gehisst, und hatte also wirklich alles, alles, alles getan, was ein braver Soldat tun musste.

Diese Botschaft ohne Sinn löschte mit wenigen Zeilen alles aus, was er und seine Kameraden durchgemacht hatten, jene, die noch lebten, und schlimmer noch jene, die tot waren.

Der Reserveleutnant des Pionierkorps Profeti Otello begriff, dass er vor einem Sandsturm fliehen konnte, nicht jedoch vor seinem eigenen Gewissen.

Und er beschloss: Er würde nicht kooperieren.

Der Hunger im Italien des Krieges nahm zu, folglich lief es für Besitzer von Ackerland immer besser. In Lugo in Romagna erzielte Gräfin Paolina Baracca, Mutter von Francesco dem Himmelsass sowie Helden der Stadt, beträchtliche Gewinne auf dem Schwarzmarkt. Als vorzügliche Vestalin des Kultes um ihren Pilotensohn ging sie seit seinem Tod im Ersten Weltkrieg in Trauer, so dass bei ihrer jüngst eingetretenen Witwenschaft kein Kleiderwechsel vonnöten war. Paolina hatte in der Stadt ein gefaltetes Sterbebildchen ihres verblichenen Mannes verteilen lassen. Graf Enrico strahlte darauf seine bekannte Eleganz aus und festigte so selbst als Verstorbener seinen Ruf als vornehmer Typ, den die Bürger immer in ihm gesehen hatten. Paolina erlaubte ihrem Prinzgemahl allerdings nicht einmal bei seiner eigenen Beerdigung, die Hauptrolle zu spielen. Die Zeilen der Todesanzeige galten weniger ihrem Mann, sondern vielmehr dem Kult ihres Sohnes.

In deinem großen Haus
voll der schrecklichen Gaben
von Ruhm und Tod

segne Gott auf immerdar
dein ehrenvolles Ergrauen
und sein junges Lächeln.

Einer dieser Totenzettel wurde an die Bahnhofsmauer geklebt. Wenn Viola daran vorbeiging und die letzte Zeile las, musste sie immer an Attilio denken. Wie fern war Rom! Doch wenigstens lebte ihr Sohn. Im Kolonialministerium war er in Sicherheit, das sagte sie sich jedes Mal. Danach erst dachte sie auch an Otello, den sie seit drei Jahren nicht gesehen hatte. Und verspürte jedesmal eine geheime Scham für die ewige zweite Stelle, die ihr Erstgeborener in ihren Gedanken einnahm.

Viola sprach mit ihrem Mann nie über den Krieg. Schweigend lasen sie jeder für sich Otellos Postkarten von der nordafrikanischen Front. Jeder behielt die stille Hoffnung für sich, er möge aus der Gefangenschaft freikommen. Niemals vereinten sie ihr sehnsüchtiges Bangen, auch nicht zum gegenseitigen Trost. Mit fast fünfzig Jahren sah Viola noch immer beinahe zu gut aus, um die Gattin eines Bahnhofsvorstehers zu sein. Ernani war immer noch in sie verliebt wie an dem Tag, als er sie kennengelernt hatte, doch auch er richtete nicht mehr das Wort an sie. Angesichts zahlloser zerstörter Brücken bricht auch der demütigste Pilger seine Reise ab.

Wenn er mit seiner Frau hätte reden können, hätte Ernani ihr erzählt, dass er sie schon gesehen hatte, die geschundenen Körper der jungen, von der Front heimkehrenden Italiener. Dass er ihren stechenden Geruch kannte und den animalischen Schlaf der Rückkehrer beschützt hatte, indem er die Türen der Militärwaggons verschloss. Er hatte schon einmal einen Weltkrieg erlebt. Mehr als zwanzig Jahre danach war die Eisenbahn nun wieder das Transportmittel der Schlachtfabrik, die sich lebende Körper einverleibte, um sie dann tot oder verstümmelt wieder auszuspucken. Ein paar Jahre zuvor waren sie in die russische

Steppe zu Ruhm und Ehre aufgebrochen, mehr als zweihundert Truppentransporte, für den Rückweg der Überlebenden hatten siebzehn gereicht. Wieder einmal fuhr der Krieg über Ernani Profetis Gleise, dieser alte widerwärtige Bekannte, dem er nie wieder hatte begegnen wollen. Und stattdessen ließ er genau wie damals *die Züge rollen*. Doch nicht einmal er, der Bahnhofsvorsteher in seinem zweiten Weltkrieg, hatte je Waggons gesehen wie jene, die eines Tages im Oktober '43 durch Lugo in Romagna rollten.

Seit Tagen hing der Nebel dicht über der Landschaft, der er entstieg, fast undurchsichtig. Dieselbe Sonne, die über einem Alpenpass als scharfer Diamant funkelte, sog in der Poebene die Feuchtigkeit aus dem Boden wie aus einem Putzlappen. Der Güterzug tauchte gegen Nachmittag aus dem alles umhüllenden formlosen Grau auf. Begleitet von einer Abteilung der Wehrmacht. Der deutsche Oberst befahl Ernani, ihn auf das Abstellgleis zu rangieren, nach Mitternacht würden sie weiterfahren.

Ernani tat so, als höre er die dumpfen Schläge und das Wehklagen nicht, die hinter den verschlossenen Schotten ertönten, als sähe er die Münder und Augen nicht, die sich an die Ritzen drückten. Gehorsam setzte er sich in sein Büro. Er überprüfte Dienstanweisungen, Einsatzpläne, Materialvorräte. Nur hin und wieder hob er den Kopf von seiner Arbeit. Zwei bewaffnete Aufseher kontrollierten etwas entfernt die rostigen Waggons, in denen Menschen starben. Sie redeten miteinander in ihrer Sprache aus Umlauten und Konsonanten, die so offensiv scheint, wenn Befehle gebellt wurden, doch im leisen Zwiegespräch zwischen Kameraden im dämpfenden Wattenebel melancholisch klang und uralt wie ein dunkler Wald. Aus dem Innern des Waggons kam kein Laut; die Deportierten hörten die Wachen in der Nähe und schwiegen.

So verging der Nachmittag. Als es dämmerte, erhob sich Ernani hinter seinem Schreibtisch, packte den Hammer und ging auf das Gleisgeflecht vor dem Bahnhof zu. Die Wachen folgten ihm mit den Blicken. Er begann demonstrativ ruhig auf die Weichen einzuschlagen, als müsse er dort etwas reparieren. Nach ein paar Hammerschlägen erlahmte die Neugier der Deutschen und sie unterhielten sich wieder. Ernani klopfte weiter auf die Gleiskreuzungen ein und entfernte sich dabei Stück für Stück aus ihrem Sichtfeld, bis er sich auf der anderen Seite des versiegelten Waggons befand. Ohne den Rhythmus des Hammers zu verändern, um nicht ihre Aufmerksamkeit zu wecken, näherte er sich weiter dem Zug, bis er das Gesicht an einen Schlitz legen konnte. Eine Dunstwolke aus Erbrochenem und Exkrementen schlug ihm entgegen, dass ihm beinahe übel wurde.

»Woher kommt ihr?«, flüsterte er.

»Rom«, erwiderte mühsam eine Männerstimme. Ein Raunen erhob sich, doch Ernani hörte, wie der Mann die Leute um sich zum Schweigen brachte. »Wo sind wir?«

Ernani schlug auf die Schienen, um seine eigene Stimme zu übertönen. »Lugo in Romagna.«

»Gebt uns Wasser, habt Erbarmen. Wenigstens den Kindern ...«

In den wenigen und zugleich vielen Lebensjahren, die ihm danach noch blieben, fragte sich Ernani immer, wenn er an jenen Tag zurückdachte und jeden Moment aufs Neue durchlebte, ob die Sache irgendwie hätte anders laufen können, forderte von sich selbst, endlich ein Urteil zu fällen, was davon seine Schuld war – und was nicht. Und jedes Mal sah er wieder den Fahrkartenverkäufer Rizzatello Beniamino vor sich, einfacher Eisenbahnangestellter, der vor genau zwanzig Jahren unter den Schlägen der Gummiknüppel gerufen hatte: »Nein, bitte nicht!«, während er, Ernani, ein Telegramm diktierte. Von da an verschwammen die beiden Ereignisse, Rizzatellos Ermordung durch machtberauschte Faschisten und dieser Oktobertag 1943, für Ernani Profeti zu einem einzigen Erlebnis. Wie das Alpha und das Omega seiner moralischen Flugbahn.

Er legte die Lippen auf den Schlitz und raunte: »Ich komme wieder, wenn es dunkel ist.«

Von der folgenden Nacht behielt Ernani Bilder, Eindrücke, und Bruchstücke in Erinnerung, die er für den Rest seines Lebens vergeblich versuchte, in eine logische Erzählung zu bringen. Sie bildeten eine lose Abfolge von verständlichen, aber doch sinnlosen Geschehnissen. Viola, die in der Wohnung über dem Bahnhof die Fensterläden geschlossen hat wegen der Verdunkelung, fragt ihn: »Was ist in dem Zug da?« Er, der antwortet: »Verdurstende Menschen.« Sie steht ein paar Stunden nach der Sirene für die Ausgangssperre aus dem Bett auf, kommt zu ihm in die Küche, wo er gerade zwei große Flaschen mit Wasser füllt, und sagt zu ihm: »Das sind doch nur Juden.« Er, der wortlos in den Nebel hinaustritt, der die Umgebung in seine kompakte Schwärze hüllt und die Dinge noch besser verbirgt als eine Mauer. Seine vorsichtigen Schritte bis hinter den Waggon, damit die deutschen Soldaten mit den Maschinengewehren in der Hand ihn nicht hören. Das Wasser, das er mit dem Löffel durch den Spalt gießt, zwischen unsichtbare Lippen, von denen er nur das verzweifelte Saugen hört. Die Minuten, vielleicht Stunden, wer weiß, die Angst ist verschwunden und auch die Zeit, denn anders als zwanzig Jahre zuvor tut er endlich das, was gewiss sowohl sein Großvater als auch sein anarchischer Vater getan hätten, genannt der Toleriertnicht, dem jede Art von Unterdrückung zuwider war. Und er hatte befürchtet, nicht einmal das kleinste bisschen Mut geerbt zu haben: den Durst stillen, mit einem Löffelchen und dem nächsten, den Durst von Menschen, denen er nie ins Gesicht sehen würde. Viola mit dem Mantel über dem Nachthemd in Kordelschuhen, die auf den Bürgersteig des Bahnhofs tritt. Der feste Lichtstrahl, der sie jäh durchbohrt, das »Halt!« einer Stimme, die nun nicht mehr im Entferntesten nach Wäldern und Märchen klingt, sondern nach Stacheldraht. Die Frau, die er seit dreißig Jahren liebt, ohne wiedergeliebt zu werden, die »Ernani!« schreit und über die Gleise läuft, dann unter dem Knattern der Maschinengewehre zusammenbricht. Die Funken, die aus dem Magazin spritzen und durch den Nebel stieben wie kleine ferne Sonnen.

Nach dem Waffenstillstand von '43 wurden die Akten des Ministeriums für Italienisch-Afrika in die Sozialrepublik nach Cremona geschickt. In Rom verblieb nur ein Verbindungsbüro in dem alten Gebäude gegenüber dem Quirinale. Hier erreichte Attilio Profeti das Telegramm seines Vaters Ernani.

Er weinte nicht. Er starrte nicht auf das Blatt, um es wieder und wieder zu lesen. Stattdessen sah er auf, blickte durch das Fenster auf die Allee und blieb so, in den Pupillen spiegelte sich das Herbstlicht, das durch das entfärbte Laub der Platanen drang. Ein Passant überquerte eilends die Straße und zwang eines der wenigen vorbeifahrenden Autos, mit kreischenden Bremsen anzuhalten. Auf dem Flur ratterten die Rädchen eines Metallkarrens mit Aktenordnern über den gesprenkelten Marmor, geschoben von einem Bediensteten. Wie vierzig Jahre später, als ein anderes Schreiben mit der Nachricht eines anderen Todes kam, saß Attilio reglos da bis zum Einbruch der Dunkelheit.

»Du wirst niemals alt, nicht wahr?«, hatte er als Kind seine Mutter gefragt.

»Nein. Niemals, mein Schatz«, hatte Viola ihm versichert.

Siehst du, mein Schatz? Ich habe Wort gehalten.

Zwischen Rom und Lugo in Romagna verlief im Jahr 1943 noch nicht die Gotenstellung, die über ein Jahr lang Italien in zwei Hälften spalten sollte, dennoch war es kein Vergnügen, sich von einem Ort der neugeborenen Sozialrepublik Italien in einen anderen zu begeben: herausgerissene Gleise, beschlagnahmte Züge, Autobusse ohne Benzin. Attilio hatte nie zu den

Wagemutigen gehört, er mochte den Ruhm, nicht die Gefahr. Doch niemand, auch keine Besatzerarmee, konnte ihn daran hindern, dem Grab seiner Mutter die letzte Ehre zu erweisen. Drei Tage hatte er für die Reise von Rom nach Pieve Santo Stefano gebraucht. Er hatte Strecken auf Lastwagen mit kaputter Federung zurückgelegt, war staubbedeckt von Motorrädern gestiegen, mit den raren Buslinien gefahren, die manche Städte noch verbanden. War viel gelaufen. Hatte einen Bogen um Arezzo gemacht, wo das deutsche Oberkommando saß, das, so hatte er gehört, keinen Moment zögerte, Männer im kampftauglichen Alter und ohne Passierschein in einen Zug Richtung Deutschland zu setzen. Er schimpfte sich einen Dummkopf, dass er sein Parteibuch der Faschisten vernichtet hatte, wie nützlich es ihm jetzt gewesen wäre!

Das hatte er am Tag nach Mussolinis Flucht aus Rom getan, im vergangenen Juli. Attilio war durch die Straßen der Ewigen Stadt gelaufen, die in orientierungslose Stille getaucht waren, bis zum Ponte Garibaldi gegenüber der Tiberinsel, wo der Fluss einen Sprung macht und einige Meter einem Wildbach gleicht. Das Titelblatt des Ausweises der Nationalen Faschistischen Partei war nicht mehr mit Blumenmotiven verziert wie in den Anfangszeiten des Faschismus, auch nicht von den nachdenklichen Zügen Mussolinis oder den eleganten Schriftzügen der dreißiger Jahre. Seit Italien in den Krieg eingetreten war, prangte der Schädel des Duce mit Militärhelm darauf, der jedoch nichts Menschliches hatte, sondern eine abstrakte Größe zu sein schien: brutal, bedrohlich. Der Traum oder Albtraum eines Diktators vor seinem Ende. Mit langsamen Bewegungen, die Hände über dem Brückengeländer, hatte Attilio ihn zerrissen. Die grauen Papierschnipsel waren verflogen wie Blütenblätter im warmen Sommerwind, dann hatte der kalte Sog des Flusses sie ergriffen und mitgerissen. Eine Weile waren sie auf den trüben Stromschnellen getrieben, auf- und abtauchend in den Strudeln und Wirbeln, dann hatte er sie nicht mehr gesehen im stetigen Fluss Richtung Meer.

Um jetzt nicht in einen Militärkonvoi oder in Razzien zu geraten oder von den Aufklärungsflugzeugen niedergemäht zu werden, musste er größere Ortschaften und die Hauptverbindungsstraßen wie die Via Flaminia meiden. Er wollte die Nacht in Pieve Santo Stefano verbringen, um am nächsten Morgen das schwierigste Wegstück anzugehen, den Pass über den Apennin. Er hoffte, nach einem langen Tagesmarsch dann Bagno di Romagna zu erreichen. Romagna! Der Inbegriff von Zuhause. Von dort, jenseits der Bergkette, die sich wie greise Rückenwirbel durch Italien zog, stände er bald darauf in der Poebene. Und eingehüllt in den vertrauten Geruch aus Schlamm, langsam fließenden Gewässern und Dung hätte er um seine Mutter trauern können.

In den Speisesaal der einzigen geöffneten Gaststätte in Pieve wehte durch die zur Verdunkelung heruntergelassenen Rollläden der Stallgeruch des nahen Heuschobers. Der Wirt servierte einen Eintopf aus Nudeln und dicken Bohnen. Attilio hatte seit vierundzwanzig Stunden nichts gegessen, und es schmeckte ihm so gut wie nichts zuvor auf der Welt. Er war nicht der Einzige, der die Suppe in sich hineinschaufelte. Neben ihm saß ein Mann in seinem Alter, mit gewöhnlichen Gesichtszügen, der jedoch so wirkte, als wüsste er, dass man auch ohne gutes Aussehen seinen Platz im Leben haben konnte. Der Tonfall, mit dem er »Wunderbar, danke!« murmelte, als der Wirt ihm eine zweite Portion brachte, stellte unmissverständlich klar, dass er eine erhabene Höflichkeit pflegte, ohne Vertraulichkeit. Obwohl er sich vor dem Hinsetzen den Staub von der Jacke gewischt hatte, trug dieser junge Mann abgewetzte und unpassende Kleidung. Ein Seil hielt die viel zu weite Hose um die Hüfte, aus den Hemdsärmeln schauten seine Handgelenke hervor wie bei einem aufgeschossenen Halbwüchsigen. An dem Gegensatz zwischen den zusammengestückelten Kleidern und seinem so gar nicht ordinären Verhalten erkannte Attilio sofort, dass es sich um einen der vielen Offiziere handeln musste, die nach dem Waffenstillstand von ihren Generälen verlassen worden waren. Sie hatten in aller Eile die Uniform abgelegt, um nicht von den Deutschen erschossen zu werden, und versuchten nun nach Hause zu kommen. Zwischen einem Bissen und dem nächsten erzählte der Mann Attilio, dass er zu Fuß aus Jugoslawien gekommen und auf dem Weg zu einem der Familiengrundstücke im Umland von Viterbo war. Dort würde er in sicherer Entfernung zur Hauptstadt das Ende des Krieges abwarten, in dem es seit der Flucht des Königs keine Ehre mehr gab. Attilio hegte keine Sympathie für ihn, wie gegenüber allen Männern, die seiner attraktiven Männlichkeit keine Beachtung zu schenken schienen. Schon gar nicht für einen, dessen Familie Land besaß und der auch noch ganz unbefangen darüber sprach.

»Und was macht Ihr hier?«, fragte der Mann dann.

Bei der Frage überkam Attilio plötzlich eine bleischwere, unsagbare Traurigkeit. Er senkte den Kopf und wischte hochkonzentriert mit einem Stück Brot die letzten Reste Suppe aus der Schüssel und kaute es langsam, bevor er erwiderte: »Ich muss jemanden treffen.«

»Es muss jemand Wichtiges sein, wenn Ihr in diesen Zeiten umherreist.«

»Ja, das war er. Ist es noch.«

Attilio schob den Stuhl zurück, stand auf und nickte ihm zu.

»Wenn Ihr erlaubt. Morgen erwartet mich ein langer Marsch. Gute Nacht.«

Er drehte sich um, und während er den Speiseraum verließ, füllten sich seine Augen mit Tränen. Es waren die ersten und einzigen Tränen, die Attilio Profeti für seine Mutter vergoss – oder für irgendjemanden sonst.

Niemand sah sie.

Einige Stunden später wurde Attilio von donnernden Schlägen geweckt. Sofort hellwach lauschte er aus seinem Bett ohne Laken, nur mit einer groben Decke zugedeckt, in die Dunkelheit hinein. Es klang nicht nach Schüssen, sondern nach einem Fausthagel gegen die Haustür. Er hörte, wie der Wirt zur Tür lief: »Ich komme!«, trockene Befehle wurden gebrüllt, schwere Stiefel traten die Zimmertüren auf, und dann die schläfrigen, angstvollen Stimmen der Übernachtungsgäste. Attilios Kammer lag am Ende des Flurs, daher konnte er seine Schuhe anziehen und nach seinem Mantel greifen. Als die Tür aufflog, erfüllte die Deckenlampe das Zimmer mit ihrem kalten Licht. Attilio schirmte sich die Augen mit der Hand ab.

»Raus hier!«, brüllte einer der republikanischen Soldaten, und Attilio fragte sich, wo er diese Stimme schon einmal gehört hatte.

Als Attilios Pupillen genug erkennen konnten, sah er einen Gewehrlauf auf sich gerichtet. Vorsichtshalber vermied er es aufzuschauen, bis er im Flur stand. Zwischen den zusammengetriebenen Gästen fand sich auch der Mann, mit dem er zu Abend gegessen hatte. Drei Faschisten hielten sie in Schach, während der vierte, der auch ihn aus dem Zimmer gejagt hatte, ihm den Rücken zukehrte und kontrollierte, dass niemand mehr versteckt war. Attilio betrachtete ihn aus den Augenwinkeln und fand seinen Eindruck der Vertrautheit bestätigt: der Speck an den Hüften, der über den Gürtel quoll, der breite blonde Nacken, auf dem die Fez-Quaste baumelte ... Doch bevor er ihm ins Gesicht sehen konnte, wurden Attilio und die anderen mit erhobenen Armen zum Ausgang gestoßen.

»Raus aus euren Löchern!«, brüllte der Scharführer und hielt eine kurze, lautstarke Rede. Es sei an der Zeit, dass alle wehrtauglichen Männer für die Sozialrepublik von Salò kämpften. Sonst ginge es ab nach Deutschland.

Die Männer wurden von den Frauen und Alten getrennt und nach draußen gebracht. Dort stand ein Lastwagen mit brennenden Scheinwerfern. Attilio war gewaltsam aus einem so tiefen und schwarzen Schlaf gerissen worden, dass er überrascht war, am Horizont bereits ein erstes Dämmern zu sehen. In dem Steineichenwald rund um das Dorf erhob sich das leise Rascheln der Tiere.

Nun wurden die Papiere kontrolliert. Wer nicht nachweisen konnte, dass er auf Fronturlaub oder freigestellt war, musste auf den Lkw steigen. Kurz bevor er an der Reihe war, sah Attilio, dass der Mann mit den Familienländereien sich flach auf die Erde gelegt hatte und unter dem Lastwagen durchgekrochen war bis auf die andere Seite, wo niemand stand. Er beschloss, dasselbe zu versuchen. Er schob sich an den Rand der Gruppe und wartete auf einen Moment der Verwirrung. Der kam, als ein Mann Gegenwehr leistete und mit Tritten und Schreien in den Lastwagen verfrachtet wurde. Attilio beugte sich hinab, wie um seinen Schuh zu binden, warf sich dann unter den Lastwagen und robbte auf Ellbogen und Knien auf die andere Seite. Dann stand er auf und begann zu rennen.

Er erreichte den anderen Flüchtling, kurz bevor die Soldaten merkten, dass zwei Männer fehlten. Der Himmel war schon hell, doch im Unterholz des Waldes hing noch die Nacht. Attilio und der Mann tauchten hinein wie in eine dunkle Flüssigkeit. Nun rannte ein Republikaner hinter ihnen her und begann zu schießen. Eine Kugel streifte Attilios Arm, ein scharfer Schmerz wie von einem Peitschenhieb. Doch er floh weiter.

»Stehen bleiben! Stehen bleiben oder ihr werdet erschossen!«, schrie der Republikaner, und da erkannte Attilio seine Stimme. Er blieb stehen.

Ein roter Fleck breitete sich auf seinem Mantelärmel aus. Er hielt sich mit der anderen Hand den Arm und wandte sich um.

»Nigro«, sagte er weder laut noch leise, ganz normal.

Der Republikaner, der schon auf ihn angelegt hatte, ließ das Gewehr sinken.

»Was soll das, Nigro«, fuhr Attilio fort, »willst du deinen alten Kameraden erschießen?«

Auch der andere Flüchtende war stehen geblieben und lauschte erstaunt den Stimmen.

»Attila ...«, murmelte Nigro und starrte ihn an. »Bist du das?«

»Schwarzhemd Profeti, angetreten!«, sagte Attilio.

»Menschenskinder! Attila!«

Nigro rannte auf Attilio zu und drückte ihn mit beiden Armen an seinen gigantischen Brustkorb. Der stöhnte wegen des Schmerzes an seiner Wunde, doch der andere merkte es nicht.

»Menschenskinder!«, wiederholte er überwältigt von Rührung.

»Nigro, hast du sie?«, hallten die Schreie der anderen Republikaner herüber, die sich vom Waldrand näherten. Attilio entwand sich Nigros Bärenumarmung und versteckte sich hinter einem Baum in der Nähe einer dicken uralten Eiche. Dort hockte schon reglos der andere Flüchtling.

»Wo sind sie hin?«, fragte einer der zwei Faschisten keuchend, als er Nigro erreichte.

Der zuckte mit den Schultern. Der große blonde Kopf wackelte, und seine Hundeaugen schweiften nach links, wo sein ehemaliger Kamerad sich versteckte.

»Da rüber«, sagte er. Und wies mit dem erhobenen Arm nach rechts.

Die drei Republikaner entfernten sich in die angezeigte Richtung. Kurz bevor er im Dickicht des Waldes verschwand, wandte Nigro der alten Eiche einen letzten, nostalgischen Blick seiner blauen Augen zu, in denen Unglaube und Zweifel lagen, ob er das Richtige getan hatte.

»Menschenskinder ...«, murmelte er noch einmal. Dann rannte er seinen Genossen hinterher und war nicht mehr zu sehen.

Als ihre Stimmen verklungen waren, flohen Attilio und der andere in die entgegengesetzte Richtung. Fast eine halbe Stunde blieben sie nicht stehen. Erst als sie einen Hügel erklommen hatten und den Abhang erblickten, der nach Bagno di Romagna hinabführte, stützten sie sich keuchend auf die Knie und hielten sich die Seiten vor Anstrengung. Sie ließen sich auf den Boden fallen, um Atem zu schöpfen.

Attilios Ärmel war mit Blut getränkt. Vorsichtig schlüpfte er aus dem Mantel und knöpfte sein Hemd auf. Die Wunde war lang, aber nicht tief. Die Kugel hatte seinen Arm gestreift und eine rote Furche hinterlassen, war aber nicht stecken geblieben. Wer weiß, in welchen Baumstamm sie sich gebohrt hatte.

»Ihr seid ein Mann mit Glück«, sagte sein Mit-Abenteurer, und Attilio nickte. »Und ich auch, weil ich Euch getroffen habe. Sonst hätten sie mich geschnappt.«

Er sah ihn lange an, wie ein Gutachter, der sich sein Urteil bildet – mit diesem Blick sollte er ihn zehn Jahre später über den Schreibtisch aus Walnussholz mustern. Attilio irritierte erneut das Überlegenheitsgefühl, das in diesem Blick mitschwang.

»Gut. Euren Namen kenne ich nun. Meiner lautet Edoardo Casati.«

Attilio sah auf die Hand, die er ihm hinstreckte. Er drückte sie, ohne sich seinen Widerwillen anmerken zu lassen.

Er kam nicht mehr rechtzeitig zur Beerdigung seiner Mutter. Der Sarg war schon drei Tage unter der Erde, als Ernani ihn zum Friedhof begleitete. Sie blieben nicht lange, betrachteten die aufgehäufte, lockere Erde mit dem provisorischen Holzkreuz, zwischen Engeln und verschleierten Frauen aus Stein. Auf dem Heimweg zeigte Ernani auf eine Gedenktafel, die an den Ziegelsteinen der antiken Festung hing.

»Habe ich dir je erzählt, wer Schmiere stand, während Olindo Guerrini sie an der Mauer befestigte?«

»Ja, oft.« In einer seltenen Regung der Empathie, die vielleicht dem Sturm an Emotionen entstieg, dem Attilio ausgesetzt war,

bemerkte er seinen eiligen Tonfall, wie Viola ihn immer Ernani gegenüber angeschlagen hatte. Mit etwas sanfterer Stimme fügte er hinzu: »Dein Vater, nicht wahr?«
»Ja. Schade, dass du ihn nie kennengelernt hast. Nonno Aroldo war ein echter Typ. Weißt du, wie er genannt wurde?«
»Wie denn?«
»Der Toleriertnicht. Deshalb.«
Sie blieben vor der Inschrift stehen, breitbeinig der junge Mann, der Alte viel gebeugter als üblich für sein Alter. Jeder für sich lasen sie die gemeißelten Worte, in dem angefüllten Schweigen zwischen Erwachsenen, wie Ernani es nie mit Attilio geteilt hatte, der immer mehr der Sohn seiner Mutter als seiner gewesen war.

MÖGE DIE ERINNERUNG
AN ANDREA RELENCINI
DIESEN STEIN ÜBERDAUERN
ERHÄNGT UND VERBRANNT NICHT FERN VON HIER
IM JAHR MDLXXXI
NACH URTEIL DER HEILIGEN INQUISITION
ALS MAHNUNG AN ALLE, DENN DIE KIRCHE TOLERIERT NICHT EINEN HAUCH VON FREIHEIT.

Ernani stieß unwillkürlich einen tiefen Seufzer aus wie jemand, der aus einem Tauchgang in die eigene Gedankenwelt zurückkehrt.
»Du hast doch studiert«, wandte er sich an den Sohn, »was meinst du denn dazu?«
Attilio sah ihn erstaunt an. »Wozu?«
Sein Vater lächelte zögernd, als wolle er seine Dummheit entschuldigen. »Ja, also ... ob es nun diese vielgepriesene unsterbliche Seele gibt oder nicht?«

Mit seinem fünfzehnten Geburtstag hatte Attilio Ernani an Körpergröße eingeholt; doch noch nie hatte er sich neben ihm so gigantisch groß gefühlt. Er war versucht, ihm den Arm um die Schulter zu legen. Doch er schämte sich und zuckte daher mit den Achseln.

»Ich weiß es nicht«, erwiderte er.

»Dann glaubst du also nicht, dass wir sie je wiedersehen werden?«

Attilio presste die Lippen aufeinander. Seine Zunge fühlte sich an wie ein Reibeisen.

Ernani interpretierte sein Schweigen richtig und murmelte: »Ich auch nicht.«

Als sie zu Hause waren, setzte sich Ernani mit seinem Sohn auf das Ehebett und öffnete die Blechdose der Nationalen Kaffee-Ersatz-Industrie.

»Hier bewahrte sie alles auf, was du ihr geschickt hast«, sagte er.

Er zeigte ihm, wie Viola die gesamte Korrespondenz von Attilio gesammelt hatte, Briefe aus Abessinien und selbst die kleinste Ansichtskarte, eine Werbeschrift der Übersee-Ausstellung, sogar den für ungültig erklärten Einberufungsbefehl, Zeitungsartikel aus dem *Resto del Carlino* über die Fortschritte an der Front samt dem Foto, das auf dem Amba Work entstanden war. Auch seine selteneren Briefe aus Rom waren dabei.

»Sie waren ihr heilig.« In Ernanis Stimme schwang keine Spur von Bitterkeit mit, auch kein Neid; es war eine objektive Feststellung.

»Und die hier?«, fragte Attilio und zog zwei gelbe Umschläge hervor. »Die sind nicht von mir.« Er drehte einen um und las den Absender. »Der ist von Carbone!«, rief er.

»Wer ist das?«

»Ein Kamerad von mir, wir waren zusammen im Krieg. Aber warum hat Mamma ihn mir nicht weitergeleitet wie die anderen Briefe?« Das Dreieck auf der Rückseite mit der Klebefläche ging von allein auf, es war oberflächlich wieder zugeklebt worden, nachdem es über Dampf gelöst worden war. »Wie oft habe ich ihr gesagt, sie soll meine Post nicht öffnen! Sie dachte, ich merke das nicht ...«

Ihn schien die Indiskretion seiner Mutter nicht weiter zu stören. Viel eher schmeichelte ihm diese Geste der übermäßigen Liebe, und er quittierte sie mit einem nachsichtigen Lächeln. Das ihm allerdings schnell verging, als er das Foto aus dem Umschlag zog.

Ernani warf seinem Sohn einen fragenden Blick zu, dann schaute er auf das Bild.

Die Frau hatte ein weißes Tuch um den Kopf, war schwarz und hübsch; in den Händen hielt sie, wie ein Angebot oder eine Trophäe, einen Säugling hoch mit viel hellerer Hautfarbe.

Attilios Reaktion lieferte Ernani alle nötigen Erklärungen.

»Und der Name?«, fragte er nach einer kurzen Pause.

»Keine Ahnung. Ich wusste gar nicht, dass ... Also, ich dachte, sie könne keine Kinder bekommen.«

»Ich meine die Frau.«

»Ach so, die Frau. Abeba. Das bedeutet Blume auf Amharisch.«

»Wie Rosa?«

»Ja. Oder wie Margherita, oder ...«

Attilio verstummte. Beide blickten schweigend auf das Bild von Abeba mit ihrem Sohn und Enkel, ohne den Namen der Frau auszusprechen, deren Veilchenduft noch das Zimmer erfüllte.

»Sie ist schön«, murmelte Ernani.

»Ja. Das ist sie.«

Behutsam nahm der Vater die Briefumschläge aus Attilios Händen und legte sie in die Blechdose zurück. Er verschloss sie mit dem Deckel mit der Kaffeemühle darauf und legte sie ihm in den Schoß. »Sie gehört jetzt dir.«

Attilio blickte ihn an wie ein Kind, das sich verlaufen hat.
»Was soll ich jetzt tun, Papà?«
Ernani hatte ihn noch nie so orientierungslos gesehen, diesen Sohn, der ihm vor langer Zeit abhandengekommen war. Und gewiss hatte er ihn nie zuvor um Rat gefragt. Als Antwort versetzte er ihm nur einen Klaps auf den Handrücken.
Attilio verließ Lugo mit einer Blechdose im Gepäck. Die Rückreise verlief glücklicher als der Hinweg, und in drei Tagen war er wieder in Rom. Abebas Brief beantwortete er nicht.

Der GI Clarence Watson trug die Gipsmaske aus Fuorigrotta den ganzen Feldzug über bei sich, bis zum siegreichen Einmarsch in Mailand. Als er an der Reling des Schiffes lehnte, das ihn nach dreißig Monaten Krieg zurück in die Heimat bringen sollte, fiel ihm ein, dass sein Gepäck bei der Ankunft im Vaterland inspiziert werden würde. Er stellte sich vor, wie die Hände eines blonden Offiziers, oder zumindest eines viel weißeren Mannes, als er es war, seinen Rucksack öffneten. Und ein Schauer durchfuhr ihn, während er die Stimme seiner Mutter im Ohr hörte.

Als stünde sie direkt neben ihm, wiederholte sie noch einmal die Mahnung, die er schon immer, von Kindesbeinen an, gehört hatte und nie in seinem ganzen Leben als afroamerikanischer Mann vergessen würde (»Sieh mich genau an, mein Sohn, deine Mutter hat es noch nie so ernst gemeint«): Niemals und unter keinen Umständen dürfe er einen Weißen bedrohen oder reizen oder auch nur versehentlich bedrohen oder reizen. Er erinnerte sich an ihre Erzählungen von Peitschenhieben auf den Rücken wegen eines nicht ausreichend unterwürfigen Blickes; von Klingen, mit denen weiße Meuten schwarzen Männern Finger, Ohren und Genitalien abschnitten, die zwar formal frei waren, aber keinerlei Rechte hatten; von Tauen, an denen sie an Laternen aufgehängt wurden, von Fackeln, mit denen das Wenige angezündet wurde, das immer noch weiteratmete.

Clarence Watson war nicht als Sklave geboren wie sein Großvater. Er hatte gerade für sein Land den Krieg gewonnen. In den letzten Jahren hatte er sogar einige Weiße umgebracht, mit dem Einverständnis seiner eigenen genauso weißen Offiziere. Doch nun war der Krieg vorbei.

»*Sohn, in Alabama ist es keine gute Idee, den Kopf eines Weißen im Rucksack herumzutragen. Auch wenn er nur aus Gips ist.*«

Das Schiff hatte einen Tag zuvor die Meerenge von Gibraltar passiert, als Clarence Watson die Maske über Bord warf. Der Wind wehte sie über die weißen Schaumkronen am Schiffsrumpf und setzte sie auf ferneren Strömungen ab, wo die vorüberfahrenden Dampfer sie nicht störten. Sie schwappte eine Weile auf dem Wasser, sah aus wie das Gesicht eines Mannes, der mitten im Atlantischen Ozean schläft. Langsam saugte sie sich mit Salzwasser voll, und die heitere Miene des perfekten Faschisten Attilio Profeti – Attila für seine Geliebten und Kameraden – verlor zuerst die Farbe, dann die Form, um sich schließlich ganz im Wasser aufzulösen.

Wenige Wochen später, im Juni 1945, wurde dem Schöpfer der Maske, Lidio Cipriani, der Prozess gemacht. Als Unterzeichner des Rassenmanifests war er beschuldigt, maßgeblich an den Gesetzen mitgewirkt zu haben, die so viele Menschen das Leben gekostet hatten. Er wurde verurteilt durch die Führung der Alliierten Streitkräfte, worin für den Anthropologen ein Paradox lag – denn er war immer ein großer Freund der stählernen Rassenhierarchie gewesen, die in den Vereinigten Staaten herrschte und die Watson zu dem Entschluss gebracht hatte, die Maske zu vernichten. Wie dem auch sei, nach sieben Monaten kam er durch einen Erlass zur Aussetzung der Strafe frei.

17

2010

Da ist sie wieder, diese teerig-zähe Zeit des Eingeschlossenseins an jenen Orten, wo Gott tiefer schweigt als ein Grab. Klebrig läuft sie in das schwarze Loch in der Brust, erfüllt sie mit Dunkelheit. Doch das hier ist nicht Libyen, das hier ist das zivile Italien. Zum Schlafen hat man eine ganze, wenn auch schmutzige Matratze für sich, nicht drei Fliesen. Man kann aufstehen, umhergehen, in den Hof treten, man kann sogar rauchen, wenn man Geld für eine Zigarette hat. Es gibt Duschen, wenn auch nur kalte. Richtige Klos, nicht einen Eimer für hundert Leute – die Türen sind vielleicht kaputtgetreten, aber die Spülung funktioniert in der Regel. Es gibt genug Wasser zu trinken, niemand muss verdursten. Mahlzeiten gibt es regelmäßig, aber sie müssen ohne Tische und Stühle auf dem Boden oder Bett sitzend eingenommen werden. Es gibt einen offiziellen Herrenfriseur, zu dem aber niemand gehen will – er wechselt nie die Rasierklinge. Viele lassen sich daher den Bart lang wachsen, und der Junge ist erleichtert, dass sein Gesicht haarlos ist. Er würde ungern wie einer der Besessenen im Sudan aussehen, die ihn anbrüllten, er solle sofort sein Hemd zuknöpfen. Die Wächter sind mal Polizisten, mal Carabinieri und manchmal auch – das versteht keiner – Zollbeamte, die aber nicht die Zimmer betreten, weil, nein, das ist ja kein Gefängnis. Es ist ein *Zentrum*. Und der Junge ist, wie alle anderen auch, ein *Gast* und kein Häftling. Doch genau wie in dem großen Raum in Tripolis weiß auch hier niemand, wann er wieder raus darf.

Das ist auch der Grund, warum der marokkanische Dealer, mit dem der Junge sich die Wand für sein Bettgestell teilt, dem Knast nachweint. Dort wurde man festgenommen und verurteilt, und dann wurde einem die exakte Zeitspanne gesagt, die man eingesperrt sein würde. Die sich bei guter Führung sogar noch verkürzen konnte. Hier nicht. Kein Urteil, keine Strafe, keine Anzahl von Monaten oder Jahren. Nur mitleidsvolle Pillen aus den Händen der Sozialarbeiter für nachts, um diese bituminöse Zeit zu vergessen, die auf die Lungen drückt.

Es war seine Schuld, dass er hier war, und der Junge wusste das. Er hatte einen einfachen Wunsch verspürt: laufen. Sich wenigstens für ein paar Minuten wieder als der zu fühlen, der mit seinem Cousin lief. Aber tagsüber war das zu gefährlich, mit der ganzen Polizei auf den Straßen, also hatte er sich gesagt: »Ich laufe noch vor Sonnenaufgang und nur einmal um den Block.«

Er hatte Attilios Wohnung verlassen, nachdem er den Schlüssel aus dem Schloss gezogen hatte, die einsetzende Morgendämmerung brachte eine frische Brise. Er freute sich auf die leeren Bürgersteige, die geparkten Autos am Straßenrand, die unsichtbaren Städter in ihren Wohnungen – und er, allein und frei zu laufen wie damals, in einer anderen Zeit und vor allem an einem völlig anderen Ort, beide so fern, dass niemand mehr wusste, ob es sie überhaupt gegeben hatte, und die er trotzdem *Zuhause* nannte. Er war die Treppen hinuntergelaufen, diese langen Treppen – sechster Stock, fünfter Stock, vierter Stock, sprang Stufe für Stufe hinab, in den Beinen schon die fröhliche Leichtigkeit, dritter Stock, zweiter Stock und dann standen im ersten Stock die Polizisten. Sie versiegelten die Tür des illegalen Bangladescher-Schlafsaals. Sie schauten auf, wer da um diese Uhrzeit so eilig die Treppe herunterkommt. Und als sie seine Hautfarbe sahen, fragten sie nach seinem Ausweis.

Es klingt wie eine der Scherzgeschichten, die er per E-Mail an seine Mutter schreibt, um sie ein wenig aufzuheitern. Wie erstaunlich das Leben in Italien ist, aber lustig. Die sie beruhigen sollen, dass alles in Ordnung ist.

Auf dem Polizeipräsidium haben sie seine zehn Finger nacheinander in den digitalen Fingerabdruckscanner gelegt – seine Fingerabdrücke wurden mittlerweile so oft genommen, dass er sich den Namen der Maschine gemerkt hat. Er kann sogar erkennen, welche Polizeibeamten wenig Erfahrung damit haben und die elektronische Aufnahme versauen, weil sie das Fingerglied falsch nach rechts und links drehen. In dem Büro lief in voller Lautstärke ein Radio, niemand hörte zu, niemand schaltete es aus, alle brüllten über das Gespräch der Fußballreporter zum Thema internationaler Transfermarkt hinweg. Als der Polizist versuchte, die Datei an die Zentrale zu übermitteln, kam keine Verbindung zustande. Er fluchte, wirkte aber nicht weiter überrascht – das passierte wohl nicht zum ersten Mal. Der Junge schöpfte Hoffnung, dass seine Fingerabdrücke nicht bis in die Archivzentrale gelangen würden. Doch schließlich, nach über einer halben Stunde, war er einwandfrei identifiziert.

Er musste einen Fragebogen ausfüllen, der neben Italienisch auf Englisch, Französisch, Spanisch und Arabisch formuliert war. Darunter Fragen wie: »Möchten Sie im Falle einer Abschiebung den Präfekten um die Prüfung eines Aufschubs von dreißig Tagen zur freiwilligen Ausreise bitten?« »Können Sie besondere Bedingungen nachweisen, aufgrund derer eine sofortige Rückkehr in Ihr Land Sie in konkrete und aktuelle Gefahr bringen würde?« Für die letzte Frage gab es zwei Zeilen Platz. Der Junge betrachtete die weiße Lücke, dachte an die Anhörungen, in denen er seine Geschichte erzählt hatte, daran, dass es nicht gereicht hatte, die Wahrheit zu berichten, weil er »dicker hätte auftragen« sollen. Resigniert und vor allem sehr, sehr müde schrieb er: »In Äthiopien herrscht keine Democratie«. In die Zeile »Name und Vorname des Vaters« schrieb er nach kurzem Zögern: »Attilaprofeti, Ietmgeta«.

Zweiunddreißig Stunden durfte er niemanden anrufen, saß in einer dunklen, schmutzigen Sicherheitszelle voll mit Zigarettenkippen, die eine Fensteröffnung in der Mauer hatte. Er teilte sie sich mit einem Dealer auf Entzug. Zum Schlafen gab es zwei Metallpritschen – die zum Glück am Boden festgeschraubt waren, sonst hätte er sie diesem schreienden Junkie nach spätestens zwölf Stunden an den Kopf geschmettert. Ruhe kehrte erst ein, als der Anwalt ihn mitnahm.

Am nächsten Tag wurde er im Schnellverfahren abgeurteilt. Doppelter Ablehnungsbescheid, schon zwei Aufforderungen auszureisen, das Abschiebungsverfahren war unvermeidlich. Also wurde er hierher ins CIE gebracht, in dieses Zentrum, das entsprechend heißt: Zentrum für Identifizierung und Abschiebung.

Das Handy haben sie ihm auf dem Präsidium abgenommen – vielmehr haben sie es *einbehalten*. Hier hat jeder *Gast* das Recht auf fünf Euro alle drei Tage für Telefonkarten. Viele haben Verwandte im Ausland und müssen fast zwei Monate sparen, um dann drei Minuten sprechen zu können. Manche sind seit einem Jahr im CIE, und niemand hat ihnen gesagt, was aus ihnen wird; diese drei Minuten mit ständigem Blick auf die Uhr sind ihr einziger Kontakt zur Familie. Es gibt aber auch solche, die nicht nur mit der Außenwelt, sondern auch mit der Welt hier drinnen die Verbindung abgebrochen haben. Das sind diejenigen, die, sobald die Sozialarbeiter weg sind, Rasierklingen schlucken oder mit der Stirn gegen die Wand schlagen. Die sich von ihrem Geld Zigaretten kaufen.

Es gibt ein Zimmer, in das sie Marokkaner und Senegalesen gesteckt haben, da gibt es andauernd Schreierei und Handgreiflichkeiten. Noch schlimmer ist es aber da, wo sich Kenianer und Nigerianer das Zimmer teilen. Der Junge hat es mit seinen Zimmergenossen gut getroffen, sie sind alle zu traurig, um Streit zu suchen. Außer dem Marokkaner sind es ein Kolumbianer, der den ganzen Tag weint, dass man sich fragt, wie viel Wasservorräte er noch in seinen schwarzen Augen bereithält. Er hat fast zehn Jahre in Italien gelebt, hat einen sechsjährigen Sohn, sein Arbeitgeber hat ihn nie angemeldet und ihn eines Tages, statt ihn zu entlassen, als Illegalen angezeigt. Seine Frau hat dem Pflichtverteidiger zweitausend Euro gezahlt, doch der ist verschwunden.

Dann ist da ein Ägypter, mit hängender Unterlippe und erloschenem Blick. Er hat den Überblick verloren, seit wann er hier drinnen ist. Als er festgenommen wurde, hatte er keine Papiere. Also hat man im Polizeipräsidium sein Konsulat angerufen, damit jemand käme, ihn zu identifizieren, und sei es nur, um ihn in das richtige Land zurückzuschicken. Von der ägyptischen Botschaft hat sich monatelang niemand blicken lassen, auch wurde der Eingang des Faxes nicht bestätigt, dann hieß es irgendwann, sie würden sich schnellstmöglich des Falles annehmen, dann wieder nichts – zu viel Mühe für einen ägyptischen Landsmann, nur um ihn wieder aufzunehmen. Vor einem Jahr, als er hier ankam, empfand der Mann die Aussicht als Katastrophe, aus Italien abgeschoben zu werden. Mittlerweile jedoch wäre selbst das besser, als an diesem Ort zu bleiben, wo aus Tagen Wochen werden und dann Monate und Jahre. Am Morgen steht er nur aus dem Bett auf, wenn der Putzdienst mit dem Lappen durchwischt und die Matratzen umdreht und ihn dafür von der Pritsche scheucht.

Das letzte Bett gehört einem zwanzigjährigen Jungen, der mit drei Jahren nach Italien gekommen ist. Auch er kommt direkt aus dem Gefängnis, er verrät keinem, was er verbrochen hat, und behauptet nur immer, er sei unschuldig. Sein letzter Zellengenosse in der Haftanstalt Rebibbia hatte eine weit längere Haftstrafe wegen Raubüberfalls bekommen und ist auch immer noch im Bau, aber wenn er sie abgesessen hat, kehrt er zu seiner Familie zurück. Dieser Zwanzigjährige hier hingegen wartet darauf, dass er in die Elfenbeinküste zurückgeschickt wird, ein Land, an das er keine Erinnerung hat, dessen Sprache er nicht spricht und in dem er niemanden kennt. Denn in Italien reicht es nicht, seine ganze Familie im Land zu haben, dreizehn Jahre hier zur Schule gegangen zu sein und vor allem wie all seine Freunde Fan des AS Rom zu sein, um als Staatsbürger zu gelten. Was zählt, ist allein die Flüssigkeit, die in deinen Adern fließt, wie es das *Ius sanguinis* genannte Gesetz besagt.

Der junge Äthiopier hat das eine Wort verstanden, das andere nicht. »Was heißt *ius*?«

»Ich glaube ›richtig, gerecht‹, aber ganz sicher bin ich nicht. Ich war auf der Handelsschule, da gab's kein Latein.«

Der Junge schweigt. Eben das Gesetz des richtigen Blutes ist es, auf das er seine Hoffnung setzt.

Als er endlich zum ersten Mal telefonieren kann, sind seit seinem Verschwinden drei Tage vergangen.

Um zum CIE zu kommen, müssen Ilaria und Attilio den jüngsten Kriegsschauplatz der römischen Bauspekulation durchqueren, die Landflächen im Westen der Stadt, wo zwischen Resten von Weiden und den unausbleiblichen Schafherden riesige Baustellen asiatischen Ausmaßes aufragen. Dies ist die neueste Front im Kampf gegen die Regulierungspläne, die seit dem letzten Jahrhundert von Baulöwen wie Casati immer wieder eröffnet werden, und auch diese Schlacht werden sie wie die meisten zuvor gewinnen.

Von außen betrachtet sieht das CIE Ponte Galeria wie eine Lagerhalle aus. Was es ja auch ist, wenn auch nicht für Waren, sondern für Schicksale. Vom nahegelegenen Flughafen Fiumicino donnern die startenden Flieger über die Betonmauern und die Zäune aus Metallstreben, die die einzelnen Sektoren voneinander trennen. Sie überfliegen die *Gäste* wie stählerne Engel, die das gestrenge Wort der Abschiebung verkünden.

Ilaria und Attilio hatten wenig Hoffnung, die Hofkäfige des CIE betreten zu dürfen, sie wissen, dass das unmöglich ist. Sie wollen nur feststellen, ob der Junge wirklich dort drinnen ist. Die Schlange vor dem Eingang ist lang, ein Heer aus Männern und vor allem Frauen, die darauf warten, für wenige Minuten ihre Angehörigen zu sehen. Viele von ihnen haben eine tagelange Reise zurückgelegt. Sie wissen noch nicht, dass der Inhalt ihrer riesigen Plastiktüten, die sie auf den sengenden Asphalt des Bürgersteigs gestellt haben, während sie stundenlang in der Sonne warten, nicht weitergegeben werden darf. Dies ist kein Gefängnis, hier sind keine Häftlinge, daher werden keine Geschenkpakete akzeptiert.

Als der Polizist am Tor Attilio und Ilaria sieht, winkt er sie heran. Ilaria zögert, sieht sich um. Sie und ihr Bruder sind die einzigen mit weißer Hautfarbe, bis auf eine junge Frau mit langem Rock, die ein schlafendes Kind im Arm hält. Doch niemand, nicht einmal ein Polizist, würde jemals eine Romni mit einer Italienerin verwechseln. Und niemand protestiert, als Ilaria und Attilio an der Schlange vorbei nach vorne gehen.

Ja, erklärt der Polizist, nachdem er seinen Computer befragt hat, es gibt einen *Gast* mit Namen Shimeta Ietmgeta Attilaprofeti. Nein, sie können nicht mit ihm reden, aus behördlichen Gründen. Ja, sie können mit einem Anwalt wiederkommen.

Ilaria möchte etwas einwenden, als das Metalltor aufgeht, das aus denselben Metallstreben besteht, welche drinnen die Höfe unterteilen. Ein Mannschaftswagen der Polizei fährt heraus. In seinem Innern versuchen zwei Uniformierte einen Mann zu bändigen, der den Kopf gegen das hintere runde Sichtfenster presst. Seine gedämpften Schreie tönen deutlich durch die Scheibe: »*Help me! Help me!*« Sein Blick ist der eines Kalbs, das den Schlachterhaken gesehen hat, an dem es hängen wird.

Alle folgen mit den Blicken dem Wagen, der sich in Richtung Landstraße entfernt. Auch die junge Romni, auch ihr Kind, das die nussbraunen Augen aufgeschlagen hat.
»Wo bringen sie ihn hin?«, fragt Ilaria den Polizisten. Er blickt nicht vom Bildschirm auf. »Nach Hause.«

»Ruf Piero an«, sagt Attilio zu Ilaria, als der Panda wieder in die Stadt zurückfährt – die Einfallstraße Portuense ist wie durch ein Wunder staufrei. »Er holt ihn in zwei Minuten da raus.«
Sie stößt genervt die Luft aus, einen Arm am Lenkrad, den linken Ellbogen aus dem Fenster gehängt. »Kommt überhaupt nicht in Frage.«
Attilio trommelt mit den Fingern auf das Blechdach über seinem geöffneten Wagenfenster. »Ich verneige mich vor deinen moralischen Prinzipien, aber was sollen wir dann tun?«
»Lavinia hat einen Freund, der ist Anwalt für Einwanderungsrecht. Ich rufe sie jetzt an. Wir haben ausgemacht, dass sie ihn kontaktiert, sobald wir uns sicher sind, dass er dort drinnen ist. Dann bekommen wir kurzfristig einen Termin, vielleicht schon morgen.«
»Aha, ein Freund von Freunden!«, zieht Attilio sie auf. Er kommt mit seinem Gesicht näher und sagt mit gespieltem Vorwurf in der Stimme: »Kungelei ...«
Ilaria wirft ihm einen bösen Blick zu und erwidert nichts.
Als sie die Via della Magliana erreichen, wird der Verkehr dichter. Nach wenigen Minuten steckt der Panda schon wieder in einer Blechlawine fest.
»Wäre auch zu schön gewesen«, seufzt Ilaria. »War gar nicht schlecht, mit mehr als einem Stundenkilometer voranzukommen.«
Attilio reckt die Arme hinter seine Kopfstütze. Sie stoßen an das Dach des Kleinwagens. »Weißt du, eine einzige Sache gibt es, die ich Papà gerne fragen würde«, sagt er dann.

»Nur eine einzige?«
»Die einzige, die ich nicht begreife.«
Ilaria sieht ihn neugierig an. Nachdenkliche Familienthemen sind eigentlich ihr Spezialgebiet, nicht Attilios. Noch so eine völlig neue Erfahrung der letzten Tage.
»Und die wäre?«
»Du und ich wohnten weit voneinander entfernt, richtig? Wie zum Teufel schaffte er es, uns beide jeden Morgen zur Schule zu bringen?«
»Ah, das weiß ich auch nicht. Ich weiß nur, dass ich immer als Erste von der ganzen Schule vor dem Tor stand. Im Dezember war es noch fast dunkel, wenn er mich ablieferte.«
»Und ich kam immer zu spät ...«
»Dann wissen wir ja jetzt, wie er es schaffte.«
»Du meinst, er fuhr wie der Teufel von deiner Schule zu uns nach Hause, um mich abzuholen?«
»Geschwindigkeitsübertretung inklusive.«
»Aber ohne sich erwischen zu lassen.«
»Tja, darin war er immer ein Meister.«
Sie lachen.
Attilio zeigt auf den Kotflügel des Autos vor ihnen in der Schlange. »Stell dir vor, heutzutage ein Bigamisten-Vater zu sein. Das würde selbst er nicht mehr schaffen, bei dem Verkehr.«
»Ja, das wäre heute wirklich unmöglich«, nickt Ilaria. »Hör zu, ich habe gerade beschlossen, ihn einfach zu fragen.«
»Was? Ob er die Gabe der Allgegenwart besitzt?«
»Nein. Nach den Fotos.«
Attilio hebt zweifelnd die Augenbrauen. »Dann mal viel Glück dabei ...«

Warum hält diese Frau mit den hochgesteckten Haaren und Augen, die nicht böse gucken, ihm ein Blatt Papier mit unzähligen grauen Flecken darauf vor die Nase? Er blickt es an, erkennt ein

Gesicht, ein Bein mit einem Fuß am Ende. Er begreift, dass es Menschen sind. Er weiß und weiß nicht, worum es sich handelt. Attilio Profetis Gedanken sind tief versunken in einem winterlichen See, er erkennt Umrisse, doch unter einer dicken Eisschicht. Wo ist ihr Anfang, wo ihr Ende? Vor lauter Verwirrung würde er am liebsten weinen.

Er liegt in seinem Alten-Sessel, das Fußteil hochgeklappt gegen die Blutstauung, die Höhe ist per Knopfdruck verstellbar.

»Mein Flammenwerfer ist ausgegangen«, sagt er zu ihr und reißt die hellen Augen auf.

»Schon wieder!« Anita durchquert mit einer leeren Blumenvase in der Hand den Raum. »Er ist geradezu besessen von diesem Flammenwerfer.«

Ilaria sitzt auf dem Sofa, mit eingezogenen Beinen vorn auf der Kante wie eine Bittstellerin. Auf dem Polster neben ihr liegt der geöffnete Briefumschlag mit der Adresse von Carbones Autowerkstatt. Sie zeigt dem Vater eines der Fotos mit den durch Senfgas getöteten Körpern, die anderen liegen in ihrem Schoß.

Anita bleibt kurz stehen und schaut sie sich an. Sie runzelt die Stirn.

»Was ist das für ein Zeug?«

»Ich glaube, das sind Tote, die durch das Giftgas gestorben sind, das wir Italiener in Äthiopien eingesetzt haben. Sie lagen in einem alten Briefumschlag von Papà, den meine Mutter bei sich gefunden hat. Ich wüsste zu gerne, was er damit zu tun hatte.«

Anita nimmt Ilaria die Bilder aus der Hand. Während sie sie durchsieht, streckt Attilio Profeti seine Hand nach dem Tischchen aus. Seine Finger tasten sich geschickt zwischen dem Glas, einem Taschentuch, dem Blutdruckmessgerät bis zu ihrem Ziel durch: einer Pralinenschachtel. ›Wie viel Süßes lässt Anita ihn eigentlich essen?‹, fragt sich Ilaria stumm.

»Nein, damit hat er nichts zu tun.« Anita legt die Fotos mit eher angewiderter als bestürzter Miene zurück. »Ich bin seine Frau, das wüsste ich. Vor mir hatte er keine Geheimnisse.«

›Vor mir.‹ Ilaria übergeht die beiläufige Beleidigung ihrer Mutter.

»Praline?«

Attilio hat mit seinen alten Fingern lange gebraucht, die Schachtel zu öffnen, nun hält er sie triumphierend der Tochter hin. Ilaria blickt auf die kleinen Quadrate in buntem Staniolpapier. Sie streckt die Hand aus.

›Wenn ich eine mit Nuss nehme, war er ein Kriegsverbrecher. Bei dunkler Schokolade nicht.‹

»Ilaria ...«

Sie schaut hoch und sieht die blaue Iris ihres Vaters auf sich ruhen. Wie viele Jahre ist es her, dass er sie das letzte Mal beim Namen genannt hat?

»So heißt du doch, oder?«

»Ja, Papà. Ich bin Ilaria.«

Er lächelt zufrieden.

Sie packt die Praline aus.

Der Würfel ist weder hell- noch dunkelbraun, er ist aus weißer Schokolade.

18

»Wir pfeifen auf Sanktionen ...« Maria Uva sang für die *Vulcania*, für die *Conte Biancamano*, die *Saturno*, die *Principessa Maria*, die *Belvedere*. Das Jahr 1936 hatte gerade erst begonnen, doch der Krieg in Äthiopien währte schon Monate. Sie hatte viele Schiffe der Vereinigten Italienischen Flotte passieren sehen, Überseedampfer, welche die Lloyd für die Truppentransporte umgebaut hatte. Wenn sie in den Suez-Kanal einbogen, ergriff die junge Frau das Megafon und eilte auf das Dach ihres weißen Hauses in Ufernähe. Über den Rand eines sandstarrenden Kontinents gebeugt, erfreute sie die Schiffe auf ihrer Route nach Abessinien mit Liedern voll von Heldentaten und Vaterlandsliebe. Mit ihren kurzen Beinen auf Zehenspitzen erhoben, schwenkte sie die italienische Flagge, über dem Kinn der große Schatten ihrer Knubbelnase unter der herabbrennenden Sonne. Aus vollem Halse schmetterte sie den Truppen auf den Schiffen ihre patriotischen Lieder entgegen. Ihre Stimme war hoch und quäkend, wie die Sirene eines Schleppdampfers, doch für die Soldaten, die ihr von der Reling aus zuwinkten, war sie ein Himmelsklang. Ihre Stimme war der Ansporn des Vaterlandes, ihre Arme waren die ausgebreiteten Arme Afrikas, das sie erwartete.

Bei jeder Durchfahrt der Königlichen Marine wimmelte der enge Meeresarm vor anderen, kleineren Booten. Sie waren vollbeladen mit Waren aller Art, die die Händler in die Körbe legten, welche von den Soldaten an der Seitenwand des Schiffes herabgelassen wurden: warmes, ungesäuertes Brot, Süßigkeiten aus Honig, sepiabraune Fotos der Pyramiden, Lose für die Lotterie in Tripolis – »Die wertvollsten Prämien in ganz Afrika!« Attilio kaufte gleich ein halbes Dutzend und demonstrierte mit dieser Verschwendung seinen unerschütterlichen Glauben an das eigene Glück. Außerdem wurde ein weißes Pulver verkauft, das dich einen ganzen Tag lang überdreht herumlaufen ließ. Die braven Händler sorgten auch dafür, dass sonstige natürliche Bedürfnisse zu ihrem Recht kamen. In ganz besonderen Säcken wurden leibhaftige Frauen an Bord gehoben, in der Nacht, wenn die Vorgesetzten sich auf die Offiziersbrücke zurückgezogen hatten. Die Soldaten waren immer wieder überrascht, wenn sie das blankrasierte Schambein erblickten. Manche an Bord kauften verschiedenste Waren, andere nicht, doch alle lauschten Maria Uva, die unterschiedliche Beinamen trug: Heilige Jungfrau des Legionärs, Edle Blume, Mutige Brennende Fackel der Reinen Italienischen Rasse, Erwählte Schwester des Imperiums, Singende Braut, während sie sich die flammende Italianität aus dem Leib schrie. Was tat es da schon, wenn die Nutten an Bord auf ihrem Weg in die Bordelle von Asmara und Massaua, die dezenter und zurückhaltender gekleidet waren als die Hausfrauen, die ihre hochgestellten Ehemänner besuchen fuhren, über sie behaupteten: »Sie ist eine von uns, nur ohne Genehmigung.«

An Maria Uva waren Soldaten aller Art vorbeigekommen, Eingezogene und Freiwillige, alte und junge, Berufsoffiziere oder Schwarzhemden wie Attilio. Letztere waren am schwersten zu bändigen, Männer ohne jede Erfahrung und Disziplin, die sich aber für die direkten Abgesandten des Duce hielten. Viele waren arbeitslos, mittellos und hatten kaum die Schule besucht, oder waren vorzeitig entlassene Delinquenten, die im Tausch nun in den Krieg gingen. Die eingezogenen Soldaten hassten sie, die Offiziere rauften sich wegen ihrer Arroganz die

Haare, in den Schreibstuben der Militärverwaltung fragte man sich, wie man sie alle nicht nur mit Wollgamaschen versorgen sollte, sondern auch mit Unterhosen, denn manche hatten nicht einmal diese. Ganz zu schweigen von denen, die aus unerfindlichen Gründen nicht ausgemustert worden waren, Leute mit geistigen Behinderungen, denen eigentlich niemand ein Gewehr in die Hand drücken wollte, Bucklige, Epileptiker, Verstümmelte. Attilio hatte mit eigenen Augen gesehen, wie sich ein Einarmiger auf der *Vulcania* eingeschifft hatte.

Sie jedoch, die Sirene von Port Said, sang unterschiedslos für alle. Sie sang für die Soldaten auf dem Weg zu den Höhen des Amba Aradam, zu den Schluchten von Tembien oder dem Ashangisee. Für jene, die tagelang durch Staub marschieren und vor Dehydrierung braune Tropfen pinkeln würden, für jene, die von einem Dum-Dum-Geschoss durchbohrt würden. Für jene, die sich vor Grauen beim Anblick von Leichen übergeben würden, welchen ihr Geschlecht in den Mund gestopft war, und für jene, die einen noch lebenden Mann festhalten würden, während ihr Kamerad ihn entmannte. Sie sang für jene, die Strohhütten in Brand setzen würden, selbst wenn noch Frauen und Kinder darin waren, um dann von den Vorgesetzten wegen Benzinverschwendung getadelt zu werden; und auch für jene, die in einem Graben verbluten würden, auf den Lippen ein leises: »Mamma ...« Und so sang Maria Uva auch für Attilio.

Wie sehr er sich gewünscht hätte, in einem anderen Waffenkorps zu sein, in dem, das von seinem Helden Rodolfo Graziani angeführt wurde, dem jüngsten General des Großen Krieges. Doch wie die meisten Schwarzhemden musste auch Attilio Profeti unter dem Oberbefehl des alten, keuchenden Piemontesers Badoglio marschieren.

Er war spät in Abessinien angekommen, war kurz vor Weihnachten in Lugo aufgebrochen, mit der Schwarzhemd-Division »23. März«, gerade noch rechtzeitig, um sich mit den Gebirgsjägern der Pusteria-Division um den Ruhm zu streiten. Ja, es stimmt, diese Gebirgler hatten den Amba Work eingenommen, hatten mit ihren Seilen steil aufragende Felswände erklommen und die Äthiopier überrascht, die nicht damit gerechnet hatten, dass der Feind über Felsstürze geklettert kommt. Sie hatten sie mit Handgranaten auseinandergefegt und ihre Kanonen und Maschinengewehre beschlagnahmt. Während dieses Unterfangens hatten die ur-römischen Repräsentanten des Duce am Fuße des Amba gestanden und gewartet, bis sich ein etwas humanerer Durchgangsweg auftat. Später dann, für das Siegesfoto auf dem Gipfel, wollten die Offiziere die Südtiroler Krauts nicht dabei haben, die untereinander ihr fürchterliches Deutsch krächzten, wohl aber die Schwarzhemden. Und ganz vorne postierten sie Attilio, der in seiner Uniform ein strahlendes Bild abgab, mit der wehenden Fahne in der Hand.

Dort oben auf dem Gold-Amba war es, als er lächelnd ins Objektiv blickte, dass in Attilio Profeti die Überzeugung heranreifte, mit einer außergewöhnlichen Portion Glück gesegnet zu sein. Die Kameraden des 23. März, mit denen er am häufigsten marschierte, waren zwei Exemplare von reinster arischer Rasse, wie schon ihre kohlrabenschwarzen Namen besagten, Nigro und Carbone. Der Erste, ein Bauer aus Castiglione delle Stiviere, war kräftig und hing mit seinem Blick eines Kettenhundes stets an Attilio. Der andere, Automechaniker aus Benevento, agil und dunkel wie ein großes Nagetier, hatte die geschickten Hände eines Juweliers. Obwohl beide älter waren als er, hatten sie ihn niemals schikaniert, hatten von ihm weder den *Affen* verlangt, also dass er die Hosen runterließ, noch den *Napf*. Und das nicht nur, weil das Kolonialheer generell die Rekruten weitgehend in Ruhe ließ (es gab genügend Askaris, um auch dem letzten Italiener ein Überlegenheitsgefühl zu verleihen). Und auch nicht etwa, weil Attilio studiert hatte, mit seinem Beinahe-Abschluss. Der Grund lag in seiner Aura, die ihn wie ein

Lichtschein umgab und ihn als einen Günstling des Schicksals auszeichnete, und in den langen, lässigen Schritten eines Menschen, dem die Götter gewogen sind.

»Seit du hier bist, Attila«, sagte Nigro zu ihm, »ist der Feind wie aus Butter.« Und als wäre das ein Beweis, stach er sein Taschenmesser in einen Klumpen Fett und sah ihn dabei von unten herauf an.

Auch die Vorgesetzten hatten Profeti gern als Glücksbringer in ihrer Nähe – wie es Generäle seit Menschengedenken tun. Attilio glaubte nicht wirklich daran, mit seiner Ankunft den Durchbruch beim Vormarsch in Abessinien bewirkt zu haben. Fakt war jedoch, dass Badoglio an der Nordfront seitdem keine Niederlagen mehr erlitt und Graziani im Südosten sich in Neghelli durchgesetzt hatte. Der Krieg hatte eine neue Wendung genommen, wie ein über die Ufer getretener Fluss, der nicht mehr ins alte Bett zurückkehrt und mit der neuen Jahreszeit auch seinen Namen ändert.

Weder Attilio noch die anderen Soldaten noch das italienische Volk kannten den Grund für die plötzlichen militärischen Erfolge in einem Feldzug, der sich hingezogen und allmählich den Schatten der Niederlage auf die Moral der Generäle herabgesenkt hatte. Sie hatten die geheime Depesche des Duce an Badoglio nicht gelesen: »Hiermit autorisiere ich Euch zum Einsatz, auch im großen Umfang, von jedem beliebigen Gas und Flammenwerfern.« Genauso stand es da: »jedem beliebigen«. Nach drei Monaten erfolgloser Kriegsführung musste mit allen Mitteln eine erneute schändliche Niederlage verhindert werden – nach derjenigen gegen Menelik und seine Frau Taytu, die schwarze Königin der Albträume, die der Legende nach über die Ebene von Adua geschritten war und die gefallenen Italiener entmannt hatte. Das militärische Debakel und der Verlust der nationalen Mannhaftigkeit waren fast ein und dasselbe: eine Obsession, eine Wunde, die mit *jedem beliebigen*

Mittel geheilt werden musste. Was machte es da schon, dass der Völkerbund nein gesagt hatte, auch im Krieg sei es kein erlaubtes Tötungsmittel, Menschen in ihrem eigenen Blut ersaufen zu lassen, während ihnen die Lunge aus den Nasenlöchern quillt und die Haut aufplatzt, wie es den Soldaten in Ypern ergangen war. Mussolini hatte mit den Achseln gezuckt und einmal mehr gesagt: »Da pfeif ich drauf.« Und die italienischen Piloten hatten mit ihrer chemischen Fracht vom Boden abgehoben, wenn auch im Geheimen.

So war also niemandem – Attilio, den Truppen, dem italienischen Volk – das Telegramm an Badoglio bekannt. Die Folgen jedoch konnten alle sehen. Das abessinische Heer befand sich in Auflösung. Bei jeder Schlacht verlor es Zehntausende Männer, gegenüber ein paar Hundert Askaris oder höchstens ein paar Dutzend italienischen Soldaten. Die Zeitungen nannten die äthiopische Gegenwehr nicht nur barbarisch, sondern auch lächerlich. Jeden Tag standen auf der Titelseite die merkwürdigsten Ortsnamen, die in jedem Haushalt gängig wurden: Tembien, Tekeze, Mai Ceu, Ashangisee.

»Nein, der Krieg war nicht immer so leicht«, hatten Nigro und Carbone bei seiner Ankunft an der Front gesagt. Hinterhalte hatte es gegeben, früher, und Kämpfe mit dem Bajonett, Köpfe, die unter Artilleriebeschuss explodierten wie Melonen im Sommer. Es gab die Abessinierin, die von einem ganzen Bataillon Schwarzhemden genommen worden war und danach von all ihren Gewehren, um dann als offener Schlund zurückgelassen zu werden als Mahnung an die Männer, die aus einem Hinterhalt heraus über hundert Italiener getötet hatten – nicht eritreische Askaris, sondern echte Italiener, eine unzulässige Schmähung, die bestraft werden musste. Nigro lachte, als er Attilio die Schreie der Frau beschrieb, damit dieser Mann, dessen starke Schultern und auch Lippen er manchmal versonnen betrachtete, nicht auf die Idee käme, er sei kein echter Kerl.

So musste Attilio statt blutiger Überfälle selten mehr als ein paar Gewehrschüsse abgeben, mit der Zigarette im Mundwinkel wie ein Filmstar, während die Luft von beißendem Knoblauchgestank verseucht und die Landschaft in Wüste verwandelt worden war. Denn selbst die abessinischen Vögel, so stellte er fest, respektierten die italienische Luftwaffe: Wenn ihre Flieger vorüber waren, ließ sich stundenlang kein einziger mehr blicken. Es war fast zu einfach, dachte er, während er in Schwärmen von Schmetterlingen marschierte, alle von derselben Farbe, mal gelb und riesig, mal bläulich durchsichtig, dann wieder klein und rot wie ein Regen aus Blutstropfen. Während das Licht der Ambas ihm und seinen Kameraden ins Genick prallte, versperrte nur der eine oder andere, merkwürdigerweise gut erhaltene Leichnam den Weg des mittlerweile unaufhaltsamen italienischen Vormarsches.

Das einzige ernste Problem war der andauernde und manchmal unerträgliche Durst. Oder die Lebensmittelkisten, die heil geborgen werden mussten, wenn die Flugzeuge sie über dem unwirtlichen Gelände abwarfen. Einmal kam sogar eine ganze Schafherde von oben herabgesegelt. Man hatte den Tieren einen Fallschirm auf den Rücken gebunden, so dass sie weiß und leicht wie wollene Flöckchen vom Himmel fielen, laut blökend vor Angst. Sie setzten alle wohlbehalten auf bis auf eines, das sich beim Aufprall die Knochen brach. Attilio war es, der seinem mitleiderregenden Blöken durch einen Gewehrschuss ein Ende setzen musste.

Ansonsten war es ein Kinderspiel, mit Maschinengewehren Gegner niederzumähen, die mit Keulen und Stöcken und allerhöchstens Pfeil und Bogen bewaffnet waren, die wenigen, die den Ansturm der Askaris überlebt hatten.»Wenn von hundert Abessiniern neunundneunzig tot sind«, schrieb Attilio seiner Mutter Viola,»marschiert der letzte noch weiter. Das kann man nicht einmal mehr Mut nennen, sondern nur noch tierischen In-

stinkt. In diesem sinnlosen Handeln steckt nichts Edles, nichts Heroisches. Es hat nichts gemein mit dem Opfer, das unsere Soldaten bringen, wenn sie mit dem Vaterland im Herzen und dem Namen des Duce auf den Lippen zur Attacke schreiten.«
Auch wenn es eben nicht die Italiener waren, die attackierten, sondern die libyschen und eritreischen Askaris. Groß und dünn in ihren weißen Uniformen, standen sie beim Angriff in der ersten und zweiten und dritten und vierten Reihe – waren also quasi die Einzigen, die fielen. Für Attilio wie für sämtliche Italiener begann die Schlacht erst viel später. Wenn die abessinischen Krieger von dem Maschiengewehrfeuer hinweggefegt waren, in Stücke gerissen und von den Artilleriekratern mitsamt dem Erdreich in die Luft gebombt, die weißen Augen weit aufgerissen im Moment, bevor die Kugel ins schwarze Gesicht traf.
Alle, außer mir.
»Der Tod eines Negers erregt kein Mitleid«, hieß es unter den Kameraden. Nicht aus Mitleid also, sondern wegen des Gestanks waren am Ende der Schlacht am Amba Aradam so viele Schwarzhemden in Ohnmacht gefallen. Zehntausende Leichen brauchen viel Platz, selbst wenn man sie stapelt: ein ganzes Tal, über das sich der rote Amba wie ein Gedenkstein über einem riesigen Massengrab erhob. Sie schleppten nur jene Leichen von dem Schlachtfeld weg, in deren Adern einstmals italienisches Blut geflossen war.
Alle, außer mir.
Den Askaris wurde es verboten, ihre für das Imperium gefallenen Kameraden ehrenvoll zu bestatten. Sie mussten einen ganzen Tag lang mit Flammenwerfern umhergehen, über den Nasen Kognak-getränkte Tücher. »Um die Gefahr einer Epidemie einzudämmen«, hatten die ranghöheren Offiziere gesagt. Auch wenn alle sahen, dass sich hier und dort noch etwas regte.
Später gingen manche Italien-Heimkehrer dazu über, den Namen des Ortes als Synonym für die unbeschreiblichen Gräuel

zu benutzen. Doch wie es Kriegsrückkehrern immer ergeht, verstand sie niemand. Wer nicht dabei gewesen war, konnte sich den Fleischteppich nicht vorstellen, für den diese zwei Worte standen: Amba Aradam. Auch weil der Duce sie später zum Namen eines Sieges machte, nach dem Straßen und Plätze benannt wurden. Wie schamvolle Hausfrauen, die aus den Laken die Blutflecken waschen, bevor sie sie aufhängen, löschten die Italiener jeden bitteren Beigeschmack aus den zwei Worten und verbanden sie zu einem einzigen, lustigen Klang. »Mach doch kein *Ambaradam*«, ermahnten die Mütter nun ihre ungezogenen Gören.

Manchmal trafen die Schwarzhemden auf Gruppen sehr junger Leute oder gar von Kindern. Außerhalb der Schlachtfelder sah man keine erwachsenen Männer mehr, es sei denn, sie waren tot, am Sterben oder auf der Flucht. Doch es gab sie. Hatte ihm Nigro gesagt.

»Pass auf, Attila. Wenn sie zu wenigen sind und auf eine Überzahl von uns treffen, küssen sie uns die Schuhe. Aber wenn wir wenige sind und sie viele, sind sie zu Dingen fähig ... unschlagbar. Du darfst dich nie von mir entfernen.«

Attilio hatte eingewilligt, dass Nigro, sein kräftiger Beschützer, immer in seiner Nähe blieb.

Alle, außer mir.

Bei den Pausen während der Gewaltmärsche sprachen die Soldaten von nichts anderem als von Frauen. Die *sciarmutte*, die eingeborenen Huren, so hatte Attilio in Massaua gelernt, waren viel sauberer als die Bäuerinnen. Die libyschen Askaris wunderten sich, dass die Italiener sie bezahlten. »Wenn ich ein Weißer wäre, der eine Schwarze will«, sagten sie, »würde ich sie mir einfach nehmen. Was bringt es mir sonst, der Herr zu sein?«

Unter den Offizieren war ein Zenturio, der schon vor dem Feldzug in Eritrea gelebt hatte. Er kannte sich also am besten aus.

»Die Tigray-Frauen spüren nichts, weil sie beschnitten sind«, berichtete er, »die Bilene sind schlicht, die Kunama erfinderisch und trickreich, die Galla einfach und kräftig, die Sudanesinnen haben keine Kurven und machen daher nicht so viel Spaß, die Amharinnen sind am schönsten, haben aber fast alle den Tripper.«

In den Briefen nach Hause – natürlich nicht an Mütter oder Verlobte, sondern an gleichaltrige Freunde – erzählten sie von Frauen, die zu allem bereit waren und keine Scham kannten. Dabei hüteten sie sich wohlweislich, die weinenden Mädchen zu schildern, die von einer ganzen Kompanie entkleidet wurden, oder die leeren Blicke derer, die auf der Straße unter dem Gelächter der Kameraden ihr Gewand aufknöpfen mussten. Auch die Fotos von nackten Frauen, die mit angstverzerrtem Gesicht ihre Scham mit den Händen bedecken, wurden nicht nach Hause geschickt. Man bewahrte sie im Rucksack auf wie Trophäen, für die man Stolz und Beschämung zugleich empfand. In ihren Briefen beschrieben die Italiener die afrikanischen Frauen mit einer Mischung aus Ekel und Bewunderung. Sie schrieben auf Postkarten, die im Feldlager verteilt wurden, auf deren Vorderseite man Frauen mit gerunzelter Stirn sah, deren Gewänder für den Fotografen bis auf die Hüfte heruntergezogen waren, darunter die Bildunterschrift »Abessinisches Mädchen«, »Primitive Schönheit«, »Afrikanische Blume«. Für ihre Beschreibung gab es drei Kategorien. Am geläufigsten war die Tiermetapher: »Panther« und »Gazelle« waren die weitaus häufigsten, auch »Löwin«, »Stute«, »Fohlen« für die Jüngeren, »Affenweibchen« für die nicht so attraktiven. Exotisch: »dunkel«, »urtümlich«, »geheimnisvoll«, »würzig«, »undurchschaubar«. Dann die Verachtung: »primitiv«, »stumpf«, »tierisch«, »stinkend«, »bestialisch«, um nicht zu sagen »widerlich«. Und oft wurden alle drei Kategorien gemischt.

Zehntausende von jungen Männern der Streitkräfte hatten in Italien Mütter, Schwestern und Bräute zurückgelassen, die unantastbaren Hüterinnen von Tugend, Seele und Herd. Hier trafen sie nun auf eine Menge nackter Körper, denen gegenüber sie zu keinerlei Anstand verpflichtet waren. Wie ein Soldat seinem Landsmann schrieb: »Hier gibt es genug Frauen, um unseren männlichen Überschwang zu befriedigen, der von dem Novum der Rasse noch angestachelt wird.« Es ist also nicht verwunderlich, dass ihr dauerhafter, obsessiver Gedanke sich weniger um den Ruhm als darum drehte, in einen afrikanischen Leib zu ejakulieren.

Der Besitz von indigenen Frauen durch die Soldaten des Königlichen Italienischen Heeres war vom Oberkommando nicht nur wohlgelitten, sondern wurde auch als ihre strategische Pflicht angesehen. Die Generäle wussten sehr wohl, aus welchem Material ihre Truppen gemacht waren: Tagelöhner, Arbeiter, Lastenträger, Steinmetze, analphabetische Schafhirten, Steinhauer – Menschen, die daran gewöhnt waren, Kommandos auszuführen, nicht Kommandos zu erteilen. Man musste sie für ihre neue Stellung als Beherrscher noch erziehen, da war das Frequentieren abessinischer Frauen die beste Lehrstunde.

Die emsige erotische Aktivität unterlag daher einer wohldurchdachten Logistik. In Adua, das bereits vor Attilios Ankunft in Afrika eingenommen beziehungsweise gerächt worden war, machte ein Papier die Runde, das von dem obersten Verantwortlichen der Schreibstube unterzeichnet worden war. Darin wurden die Neuankömmlinge angewiesen, der jeweiligen Farbe der Tücher zu folgen, die an den lokalen Hütten angebracht waren. Gelb bedeutete Körper von hoher Qualität, was Alter und Schönheit betraf, und reserviert für Offiziere; weiß war die passende Ware für Zivilisten und einfache Soldaten; grün wurde den Askaris und anderen indigenen Kollaborateuren überlassen: hässliche Frauen mit körperlichen Mängeln, von sehr dunkler Hautfarbe oder nicht mehr jung, also älter als achtzehn. Die Preise variierten entsprechend. Wer der Vielfalt die Gewohnheit vorzog, hatte auch die Möglichkeit, für einen bestimmten Zeitraum eine Ehe einzugehen – zwei oder drei Monate mit Mädchen ab zwölf Jahren aufwärts. Sie verhielten sich dann wie richtige Ehefrauen. Sie folgten dem Soldaten in sein Zelt, wuschen seine Kleider, lernten seine Lieblingsgerichte zuzubereiten, taten ihm tausend Schmeicheleien. Und schließlich gab es eine spezielle Kategorie, die nicht durch ein Stück Stoff gekennzeichnet war: die Jungfrauen, worunter man sowohl Elfjährige nach ihrer ersten Monatsblutung verstand als auch Kinder von sieben, acht Jahren oder jünger. Diese Letzteren waren ausschließlich für hochrangige Offiziere reserviert und die Preisverhandlungen Verschlusssache.

In diesem ehernen Leistungskatalog bildete Attilio eine Ausnahme. Sein attraktives Äußeres ließ eine »gelbe Fahne« nicht unberührt, die ihm freiwillig zu einem besonders günstigen Preis ihre Dienste anbot. Die Offiziere sahen ihn in derselben sauberen und geräumigen Hütte ein und aus gehen wie sie selbst, drückten aber ein Auge zu: Sich die Frauen mit diesem Prachtexemplar des Faschismus zu teilen, kam geradezu einem Privileg gleich.

Das Glück war ihm auch auf andere Art hold. Als in der Ebene des Amba Alagi das Gerücht ging, ein paar der *sciarmutte*, über die das ganze Heer gegangen war, lägen mit Syphilis im Krankenhaus, liefen viele von ihnen zum Feldarzt für die Wassermann-Reaktion. Ein einfacher Test, den auch ein Feldlazarett durchführen konnte. Die Proben schickte der Arzt nach Asmara und bekam ein paar Tage später die Antwort: Attilio hatte keine Spur von Lues und war heilfroh, sich die Behandlung auf Arsenbasis zu ersparen, die schreckliche Zahnschmerzen verursachte. Er war auch der Einzige aus seiner Schar, der sich keinen Tripper holte. In Wirklichkeit war auch Nigro immun. Doch damit ihm keine Fragen gestellt wurden, tat er so, als habe er wie alle anderen Schwierigkeiten beim Wasserlassen.

Eines Tages bat Nigro Carbone, mit dessen geliebter Zeiss Ikon Super Nettel, von der er sich niemals trennte, ein Foto von ihm zu machen, zusammen mit einem der Mädchen, die das Lager umschwärmten. Der Kamerad lichtete also das Schwarzhemd in dem Moment ab, da er eine ihrer Brustwarzen zwischen Daumen und Zeigefinger hielt, als wolle er eine Traube pflücken. Die ausdruckslosen Augen der Frau schienen all das kaum zu beachten.

Am Abend machte Carbone in seinem Zelt einen Abzug von dem Foto und gab es Nigro. Der jedoch steckte es nicht ein, sondern reichte es Profeti.

»Nimm du es, Attila.«

»Warum?«

»Als Erinnerung daran, wie gern wir zusammen zu den Negerinnen gegangen sind.«

Attilio sah ihn erstaunt an: Er war noch nie zusammen mit Nigro zu einer Frau gegangen. Doch sein Gegenüber insistierte so lange, bis er einwilligte. Das Foto war ihm jedoch so unangenehm, dass er einige Tage später so tat, als habe er es verloren. In Wirklichkeit hatte er es in eine Felsspalte geworfen. Seitdem vermied er es, mit Nigro allein zu sein.

Attilio war nach Afrika gekommen, um in den Krieg zu ziehen, auf Tod und Blut war er also eingestellt. Nicht aber auf Leprakranke. Niemand hatte ihn auf die verschmutzten Tücher vorbereitet, aus denen ihre zerstörten Gesichter hervorstarrten. Sie kauten *khat* und suchten im Schatten der Kirchenmauern Schutz vor der Sonne. Sie versuchten, die Aufmerksamkeit der abessinischen Edeldamen auf sich zu ziehen mit ihren schneeweißen Schleiern, die sich ab und an hochmütig eine halbe Zitrone an die Nase führten, während ein magerer Diener ihnen einen Sonnenschirm über den Kopf hielt. Diese Aristokratinnen (von Revolutionären vierzig Jahre später »die Feudalen« genannt) begutachteten die Armstümpfe wie zum Verkauf stehende Ware, die halb weggefressenen Beine, die Haut, die sich von den Wangen um das Loch faltete, wo einmal die Nase gewesen war, um dann zu entscheiden, wohin sie ihre Mildtätigkeit fallen ließen. Carbone profitierte von der Neugierde, mit der die Bettler sein Objektiv beäugten, und schoss manches Foto aus nächster Nähe: die Großaufnahme eines versehrten Gesichts; die Detailansicht einer Hand, an der vier Finger fehlten; das rechte Profil eines jungen, offenbar aufgeweckten Mädchens, und dann die linke Seite, ein klaffendes Loch, durch das man die Zähne sah; die Ganzkörperaufnahme einer Frau mit harmonischen, freundlichen Gesichtszügen, deren kompletter Körper von Geschwüren entstellt war. Bei dem Anblick dieser mittelalterlichen Verdammten empfand Attilio etwas, das weder Mitleid noch Ekel war, jedenfalls nicht nur. Er empfand ein Unwohlsein, das aus dem tiefsten Innern seines Wesens als kräftiger, gesunder, gutaussehender junger Mann kam. Attilio kannte das Phänomen, dass sich jeder Soldat mit dem Körper des von ihm in die Luft gesprengten oder mit dem Maschinengewehr niedergemähten Feindes identifiziert. Die primitive Empathie dessen, der sich im Angesicht des Todes eines anderen diesen Moment lang für unsterblich hält und mit jeder Faser seines Körpers schreit: »Du stirbst, aber ich nicht! Ich lebe!« Mit den Leprakranken war dies nicht möglich. Die Krankheit hatte sie zu Krüppeln gemacht, aber nicht umgebracht. Sie waren grausig entstellt, hatten aber keine Schmerzen, was ein gesunder Körper, dessen Nervenenden intakt waren, weder verstehen noch sich vorstellen konnte. Die instinktive Spiegelung eines Lebewesens mit den Mitgliedern der eigenen Spezies (zwei Arme, zwei Beine, ein Kopf mit zwei Augen, Mund und Nase) löste bei Attilio angesichts dieser Körper, denen ganze

Teile fehlten wie der Puppe eines verwöhnten Kindes, eine Art Schwindel aus, eine abgrundtiefe Unruhe. Und war für ihn ein Grund mehr, sich von Kirchen fernzuhalten, auch von denen in Abessinien.

Attilio schrieb seiner Mutter Viola nichts von der Begegnung mit den Leprakranken. Dafür erzählte er ihr von einem Askari, der eine Wurst entwendet hatte und mit dreißig Hieben der Lederpeitsche bestraft wurde, denen weitere dreißig folgten, diesmal auf die nackte Haut, weil er beim ersten Mal Hose und Jacke mit Lappen ausstaffiert hatte, um den Schmerz zu mildern.»Trotz aller Achtung und Vorsicht, mit der wir unsere Männer behandeln«, kommentierte Attilio dies,»können wir uns im entscheidenden Moment Gehör verschaffen. Sie sollen wissen, dass wir Italiener milde sind, anders als die bisherigen Herren, mit denen sie es zu tun hatten, doch manchmal braucht es Taten statt Worte.«

So klangen seine Briefe an die Mutter in der Regel: Überlegungen, Gedanken, Ideale. Denn Attilio vergaß nicht den Grund, warum er freiwillig nach Afrika gegangen war. Gabriele D'Annunzio hatte gerufen:»Äthiopien ist seit jeher italienisch!«, und er setzte die Worte des Dichterfürsten um. Wenn er mit baumelnden Beinen auf der Ladefläche eines Lastwagens mitfuhr, war er ganz erfüllt von Stolz. Die *meda*, die höchste Fläche des Hochplateaus, war in manchen Abschnitten so flach wie die Gegend von Lugo, aber durchzogen von jähen Schluchten, die tief in die Flusstäler hinabfielen. Von diesen Steilhängen aus schien man ganz Afrika zu überblicken, ein ockerbraunes Meer, auf dem die Ambas trieben. Er fühlte sich an die Heimat von Fuß des Windes erinnert, nur dass hier keine federgeschmückten Navajos auftauchten wie in seinem geliebten Kinderfilm, sondern abessinische Schafhirten, die sich einbeinig auf ihre Stöcke stützten und ihm fremder und ferner vorkamen als Tiere. Attilios Blick war von dem Paradoxon des Besatzers geprägt: In den

Menschen, auf die er traf, sah und suchte er nicht die gemeinsame menschliche Natur; in der Landschaft jedoch – in jedem Stein, jeder Wolke, jedem Schrei eines Schakals – erkannte er die lebendige und wortreiche Botschaft des eigenen erhabenen Schicksals.

Nun, da die Söhne von zu Hause weg waren, hatte Viola nicht mehr viel zu tun. Für Ernani alleine hatte sie schnell gekocht, so dass sie die Vormittage häufig im Kino von Lugo verbrachte. Sie schaute sich dreimal hintereinander denselben Film an, am meisten interessierten sie aber die Wochenschauen zwischen den Vorführungen, die sie sich ganz genau ansah in der Hoffnung, das schöne Gesicht ihres Sohnes zu erkennen, diese geliebten Züge eines Hauptdarstellers.

Die Nachrichten des Luce-Instituts berichteten von dem unaufhaltsamen Vormarsch der italienischen Armee wie in den Fortsetzungsromanen, die Viola in der Zeitung am Fuß von Seite drei las. Die Kampf- und Bombardierungsszenen wurden häufig von den Kameraleuten künstlich nachgestellt, was sie aber nicht wusste. Andere Male waren Männer zu sehen, die Schubkarren schoben und Steine schlugen. Auf einer Landkarte setzte bei Asmara eine dicke schwarze Linie an und wanderte langsam und unaufhörlich über die Leinwand nach unten, Richtung Addis Abeba. Es war die Strecke der neuen Straße, die gleichzeitig mit der Eroberung gebaut wurde. Wenn man den Wochenschauen glaubte, wurde der Krieg in Abessinien weniger mit Kanonen und Gewehren gewonnen als mit Asphalt und Straßenwalzen.

»Hier ein mächtiger Bagger«, rief der Sprecher emphatisch, »ein Baufahrzeug, wie es das Land noch nie gesehen hat. Hier planiert er den Boden für die zukünftige Straße. Weiter vorne hat schon das endlose Kommen und Gehen der Kraftfahrzeuge begonnen. Der edle, nie erlahmende Einsatz unserer Arbeiter

eröffnet römische Verkehrsadern, als Garanten schneller Verbindungen. Neben ihnen in strebsamem Eifer die befreiten Sklaven.«
Die Schnelligkeit, mit der die Baustellen voranschritten, forderte den ehemaligen Sklaven tatsächlich viel ab. Sie waren zahlreich, sie litten Hunger, sie fanden es normal, von morgens bis abends zu arbeiten für eine Handvoll *teff*. Ende April, wenige Wochen vor dem Sieg, hatte General Badoglio eine Verordnung herausgegeben.

Völker von Tigray, von Amhara, von Godscham, höret!
Die Sklaverei ist ein Relikt antiker Barbarei, sie setzt euch der Verachtung der Zivilisation aus. Wo aber die italienische Flagge weht, gibt es keine Sklaverei. Die Sklaverei ist abgeschafft.
Der Handel mit Sklaven wird verboten.
Die Sklaven unserer Länder sind befreit.
Wer dieser Verordnung zuwiderhandelt, unterliegt der Strafverfolgung laut Gesetz.

An den zentralen Kreuzungen der Dörfer und Ortschaften wurden öffentliche Zeremonien abgehalten, bei denen ganze Gruppen von Sklaven freigesprochen wurden. Fast alle fragten: »Und wer gibt uns jetzt zu essen?« Doch niemand übersetzte ihre Worte ins Italienische. Ein Mann hatte keine Zähne mehr, seine Haut hing ihm über den Rücken herab wie ein übergroßes Kleidungsstück, Attilio hatte ihn unter dem Protest seiner Herren aus dem Haus gezogen, in dem er arbeitete. Der Mann warf sich vor ihm auf den Boden, packte seinen Stiefel und wollte ihn sich auf den Kopf stellen und jammerte ohne Unterbrechung vor sich hin. Attilio legte dies als übermäßige Dankbarkeit aus und schüttelte ihn mit verlegenem Großmut ab. Dann entfernte er sich, ohne die Worte des Alten verstanden zu haben. Niemals sollte er erfahren, was er gesagt hatte: »Kauf mich, lass mich nicht verhungern.«

Den befreiten Sklavinnen fiel es leichter, ihren Lebensunterhalt zu verdienen. Viele von ihnen boten in der Nähe des italienischen Heeres ihre Dienste an. Und die Nachfrage der Soldaten riss nicht ab. Manchmal wurden sie bezahlt, häufiger nicht.

Das Abessinische Reich stand vor dem Zusammenbruch. Der Negus floh aus seinem *gebi* nach Dschibuti, und Addis Abeba stürzte ins Chaos. Die Stadt war wehrlos und ohne Verteidigung, doch Mussolini befahl Badoglio zu warten. Einen Ort ein paar Tage lang Plünderungen und Vergewaltigungen auszusetzen war ein uraltes probates Mittel, um wirkungsvoller die neue Ordnung einsetzen zu können, die der Eroberer mitbrachte. So kam es, dass die italienischen Streitkräfte am Fuße der letzten Anhöhe, bevor es in das Becken der Stadt hinabging, anhielten.

Attilio verbrachte die Tage im Müßiggang, betrachtete die Margheriten auf den Maifeldern, die sich auf fast dreitausend Metern in den tiefvioletten Himmel reckten. Um das Zittern zu verbergen, das ihn in Attilios Nähe immer überkam, machte Nigro die kleinen Blüten zur Zielscheibe für seine Schießübungen – und holte sich einen Verweis wegen Munitionsverschwendung. Carbone als gelernter Mechaniker nahm jeden Motor auseinander, der irgendwo hakte. Jenseits der Anhöhe stiegen aus der von Menelik gegründeten Stadt, dem nun gerächten Feind von Adua, Rauchsäulen auf. Ganze Viertel fielen den Bränden und Explosionen zum Opfer. Die erschossenen Äthiopier gingen in die Tausende. Doch von ihnen sprachen die italienischen Nachrichten nie. Stattdessen beschrieben sie mit anschaulicher Akribie solch inakzeptable Szenen, wenn Weiße in ihren Villen von einer primitiven Meute belagert wurden. Mit offensichtlicher Befriedigung listeten sie die Botschaftsgebäude der bösen Sanktionierer auf – vor allem der Engländer –, die der Negus auf seiner feigen Flucht verlassen hatte. Erst nach drei Tagen marschierten die Italiener weiter auf die Hauptstadt zu, wo sie nun damit rechneten, dankbar empfangen zu werden. *Die neue Blume/ist noch nicht erblüht!*, sangen die Askaris auf ihrem Weg durch die brennenden Hütten, die am Wegesrand weggeworfenen Leichen, die Trümmerberge – und die *talian* fielen gerne mit ein: *A-ddi-sa-beba/A-bebaul-gena!* ERHEBET DIE BANNER, LEGIONÄRE, BEGRÜSST MIT SCHWERT UND HERZ NACH FÜNFZEHNHUNDERT JAHREN DAS WIEDERAUFERSTANDENE IMPERIUM ÜBER DEN HEILIGEN HÜGELN ROMS. Mussolinis Worte wurden in fetten Lettern in allen italienischen Zeitungen abgedruckt: *Il Mattino, Il Popolo d'Italia, Il Resto del Carlino*. Gleich daneben auf derselben Seite die allgegenwärtige Werbung für Mittel gegen Verstopfung – vielleicht die physiologische Reaktion auf den exzessiven Verbrauch von Rizinusöl im ersten Jahrzehnt des Faschismus. Der aber nun, in diesen Maitagen des Jahres 1936, schlagartig zurückging: Nachdem das Imperium ausgerufen war, fragte Mussolini das Volk unter seinem Balkon, ob es sich ihm als würdig erweisen wolle, und das tosende »Ja!« der Piazza Venezia ließ die Mauern im ganzen italienischen Stiefel erbeben. Nie war der Duce so beliebt gewesen.

Im selben Moment, als die jubelnde Menschenmenge in Rom Benito Mussolini zum zweiundvierzigsten Mal auf den Balkon zurückrief, lag der einstige Held von Neghelli, Rodolfo Graziani, auf dem Grund eines Schachts. Im Mund schmeckte er Erde, und er konnte die Finger seiner rechten Hand nicht bewegen. Alle Knochen taten ihm weh, sein Gesicht aufgeschürft, im Herzen eine grausige Angst. Er begriff nicht, wie er in dieses schwarze Loch gekommen war. Wie tief war es? Um ihn herum nur Fels und ein klein wenig Licht von ganz oben. »Ich werde hier sterben, und meine Feinde werden mich auslachen.«

Es waren viele, die seinen Tod wünschten, das wusste er. Verräter und Neider, all jene, die ihn für seine Erfolge hassten. Es wurde herumerzählt, dass Marschall Rodolfo Graziani in der Kyrenaika entmannt worden sei, dass seine Frau ihn betrogen habe, dass seine Tochter von Beduinen missbraucht und getötet worden sei, mehr noch, dass sie gar nicht seine Tochter sei. Deshalb hatte er die beiden bei der Parade, mit der er in Dire Dawa einmarschiert war, neben sich herlaufen lassen, die Tochter, deren Augen auf diesen Riesen von Vater gerichtet waren, und seine Frau, die der Welt unmissverständlich zeigte, wie falsch die Gerüchte waren. Doch es reichte nicht. Niemals reichte es. Der Feind war überall, und jener mit dem Maschinengewehr in der Hand war bei weitem nicht der gefährlichste. Der Zorn darüber, dass ein anderer im Triumphzug in Addis Abeba eingezogen war, traf ihn wie ein Fausthieb in den Magen. Er spuckte einen Erdklumpen aus, der nach Eisen schmeckte, und versuchte verzweifelt, auf die Beine zu kommen. An ihm wäre es gewesen, das ungewisse Schicksal des Abessinienfeldzugs zu wenden, während der Dummkopf Badoglio an der Nordfront gescheitert wäre. Schließlich hatte er in Neghelli glorreich gesiegt. Doch von seinen Schlachten auf schwierigem Terrain berichtete Badoglio dem Duce immer wie von einer Partie Dame, die von Weibern gewonnen wurde, schmälerte oder verschwieg ihren militärischen Wert. Selbst den Einmarsch in Harar hätte er ihm geraubt, wenn der Duce es nicht verhindert hätte.

Und jetzt das. Wo war er nur? Graziani sah hoch; über seinem Kopf türmten sich fast vier Meter Erdreich, und darüber erkannte er in der runden Lichtöffnung Gesichter, die sich erschrocken über den Schacht beugten. Dieselben großen Augen wie die der blöden Engel an ihren Kirchendecken.

Nun fiel es ihm wieder ein – der Besuch einer koptischen Kirche in Jijiga. Er war einige Schritte in den Raum hineingegangen, und unter ihm hatte sich der Boden aufgetan. Ein Hinterhalt der feigesten Art. Priester! Miesester Auswuchs der ohnehin verkommenen abessinischen Rasse. Zornig erinnerte er sich an den alten Mönch, den er hatte hinrichten lassen: Lief einfach herum und verkündete überall, die Italiener würden fünf Jahre bleiben und keinen Tag mehr. Wenn es nach ihnen ginge, das wusste er, säße er in diesem Loch, bis die Würmer ihn bei lebendigem Leibe gefressen hatten.

Der General erhob sich zu seiner vollen Länge von fast zwei Metern und begann zu schreien. Ein Schrei, in dem mehr Hass lag als die Bitte um Hilfe.

Doch die Abune und die jungen Seminaristen ließen ihn nicht dort unten. Sie warfen ihm ein Seil hinab und zogen dann mit pulsierenden Adern an den dunklen Schläfen und unter vielen Entschuldigungen das Ungetüm von Mann herauf. Der Sturzregen habe das Erdreich unterspült, sagten sie, deshalb sei es abgerutscht. Es geschah immer wieder, dass sich in dem Boden aus gestampfter Erde solche Schlunde auftaten, es war nicht das erste Mal. Doch General Rodolfo Graziani hörte gar nicht zu. Man hatte ihn aus dem Schacht gezogen wie eine riesige Missgeburt, und nun stand er wackelig neben dem Loch, übersät von Dreck und Schürfwunden und voller Hass.

Er verweigerte jede Hilfe. Auch seine Frau durfte ihn nicht stützen, die vor Erleichterung weinte, während seine Tochter ihn aus dummen Augen erschrocken anstarrte. Steif humpelte er aus der Kirche hinaus, wankte zum Auto und schaffte es im Sitzen, bis zum Hauptquartier nicht zusammenzubrechen. Das würden sie ihm büßen, alle, alle, schwor er sich, während Embailé Teclehaimanot ihm die Stiefel auszog.

Ah, diese Neger waren einfach zu nichts zu gebrauchen. »Fortwährend Schnaps, manchmal 'nen Kanonenklaps«, sagte der Gouverneur von Eritrea, Martini, immer, »so behandelt man die Eingeborenen.« Hier in Abessinien bräuchte Graziani nichts als Kanonen. Wenn man ihn nur machen ließe, wie er wollte, bräuchten sie überhaupt keinen Schnaps.

Immer noch am selben Tag beging Maria Uva am Suez-Kanal ihren ersten und einzigen Irrtum. Die runden Arme ausgebreitet, schmetterte sie wie immer ihre Hymnen durch das Megafon zu dem Schiff hin, das sie fälschlicherweise für ein italienisches hielt. Doch es war die *Enterprise*, der englische Kreuzer, der Haile Selassie ins Exil brachte. Mit bebender, aber unachtsamer Begeisterung sang die Sirene von Porto Said *Giovinezza* für den Negus Negesti, den Kaiser Äthiopiens, den Löwen von Juda, Abkömmling des reinsten und richtigen Blutes des Königs Salomon. Auch für ihn schwenkte Maria Uva die Trikolore.

Der Krieg war zu Ende, die Waffen ruhten, der römische Frieden lag über der rauchenden Asche von Addis Abeba. Ende Mai hieß es aus dem Radio, dass an den heimischen Häfen Dampfer mit den siegreichen Rückkehrern anlegten. Als die *Lombardia* in Livorno einlief, wurde sie von einer Artilleriesalve empfangen, ein grüner Teppich führte vom Kai bis zum Bahnhof, und ein Blumenregen »schützte sie vor der üppigen Sommersonne ihrer Heimat«, wie der Radiosprecher mit bebender Stimme berichtete. Viola stellte sich in ihrer Küche das außergewöhnliche Bild vor – Attilio in seiner Uniform, mit Blüten bedeckt. Sie sah ihn vor sich wie in einer Einstellung der Wochenschau, wie er durch die Menge marschierte, lächelnd Handküsse warf, martialisch, männlich – kurz gesagt unendlich schön. Doch Attilio war noch in Äthiopien und wusste nicht, wann er nach Hause geschickt werden würde.

Einen Monat später, an einem so schönen und klaren Junitag, wie er selten war in der Poebene, wurde in Lugo di Romagna das Denkmal für das Fliegerass des Großen Krieges Francesco Baracca eingeweiht. Anwesend waren der Bischof, der Sektionssekretär und eine bannerschwenkende Menschenmenge, die in dicken Lettern verkündete: »Wir wollen den Duce in Lugo!«

Doch die eigentliche Initiatorin und Zelebrantin war zu Recht und naturgemäß Gräfin Paolina. Neben ihr stand nichtig, aber sehr elegant ihr Mann Graf Enrico. Die ganze Stadt nahm an der Zeremonie teil, auch Ernani und Viola. Eine Fliegerstaffel, die gerade aus dem siegreichen Abessinienkrieg zurückgekehrt war, vollführte einen gewagten akrobatischen Flug über die Piazza. Als die Flieger an dem hochaufragenden Denkmal vorbeikamen, zog die Gräfin an einer Kordel. Das Tuch, das es bedeckte, fiel zu Boden und enthüllte einen aufgerichteten stilisierten Flugzeugflügel aus Marmor und die untersetzte Bronzefigur auf einem Podest.

»Aber Francesco war viel schlanker!«, flüsterte Graf Enrico seiner Frau zu.

Viola stimmte, gefolgt von ihrem Mann, in den frenetischen Applaus ein, mit dem das Volk von Lugo seinen berühmtesten Sohn ehrte. Ihre Brust schien vor Stolz, Liebe und Sehnsucht zu bersten. Auch sie hatte einen Heldensohn, dachte sie mit Blick auf Paolina. »Aber deiner ist tot, und meiner lebt.«

Carbone hatte beschlossen, seine Fähigkeiten als Mechaniker dem Imperium zur Verfügung zu stellen. Dank eines Landsmannes aus Benevento, der in der Schreibstube arbeitete, hatte er ein wenig militärisches Gerät »organisiert«, wie er es nannte, mit dessen Hilfe er in der Nähe des Marktes eine Werkstatt eröffnet hatte. Auch Attilio gefiel der Gedanke, hier zu bleiben. Das Leben in den Kolonien verhieß viel Gutes. Addis Abeba war eine Waldstadt, breite Straßen, gesäumt von den allgegenwärtigen, schattenspendenden Eukalyptusbäumen, die Menelik hatte pflanzen lassen und deren Essenz den Atem befreite. Die aufrechten Schritte der Frauen, das Rascheln der weißen Tücher, in die sie gehüllt waren, darunter edle Gesichter mit hoher Stirn und Hände mit eleganten, langen schwarzen Fingern. Nach Monaten auf der Hochebene ließ die dünne Luft der zweitausend Höhenmeter Attilios Beine nicht mehr zittern wie zu Beginn. Und vor allem war es der gerade erlebte triumphale Sieg, der für ihn alles in einen fiebrigen Glanz tauchte, in einen Schauer der Möglichkeiten. Und es ging nicht ihm allein so: In jenen Tagen verspürten selbst die besonnensten Faschisten der ersten Stunde ein Gefühl der Euphorie.

Violas Briefe aber wurden immer besorgter. Mittlerweile erreichte ihn jede Woche ein Schreiben mit ihren drängenden Fragen. Warum wurde er noch nicht entlassen? Wann würde er seine Mutter endlich wieder in die Arme schließen? Wann würde er heldenhaft in seine Geburtsstadt Lugo zurückkehren? Bald liefen die Fristen zur Einschreibung für das nächste Studienjahr ab, wollte er, dass seine Mutter ihn an der Universität zur Fortsetzung seines unterbrochenen Studiums anmeldete, damit er nicht noch mehr Zeit verlöre? Mit jedem Briefumschlag, auf dessen Rückseite mit feiner Handschrift »Profeti Viola« stand, verging Attilio mehr und mehr die Lust, nach Hause zu gehen. Er entschied, das Studium noch etwas aufzuschieben und zu bleiben.

»Für mich bist du sowieso schon Dottore, Attila.«

Nigros Stimme brach bei der Verabschiedung, bevor er mit einer Schar Freiwilliger in die Höhen von Godscham vordrang. Er wollte Attilio umarmen, erstarrte aber in der Bewegung und versetzte ihm stattdessen unter nervösem Lachen einen harten Faustschlag vor die Brust, der Attilio eine Woche lang schmerzte.

Anders als Nigro kehrte er nicht sofort zu den Waffen zurück. Männer mit einem Mindestmaß an Bildung wurden im neugeborenen Imperium dringend benötigt. Die Kolonisten, die nun langsam ins Land kamen, waren grobschlächtig, arm, krank oder Analphabeten. Gesindel, das die zuständigen Einwanderungsbeamten in Ellis Island nicht einmal hätten von Bord gehen lassen: eine Runde um die Freiheitsstatue und ab auf Nimmerwiedersehen, sollte das alte Europa doch seinen Ausschuss zurücknehmen. Doch auch für sie hatte der Duce diesen Platz an der Sonne erobert, wenngleich sie seit Beginn der Regenzeit nicht mehr gesichtet worden war. Nun waren sie hier, und keiner konnte etwas dagegen tun.

In der Schlacht war Attilio nur ein einfaches Schwarzhemd gewesen. Sein halb gefülltes Studienbuch hingegen beförderte ihn schnell zum Unterscharführer, was bei den Unteroffizieren der Kolonialmiliz für böses Blut sorgte, die sich wie alle anderen langsam, Grad um Grad hocharbeiten mussten. Wer sich über die plötzliche Beförderung beim Zenturio beschwerte, wurde nicht nur abgewiesen, sondern zog auch die Antipathie seiner Vorgesetzten auf sich. So wurde Attilio Profeti ohne viel Mühe vom einfachen Legionär zum Unteroffizier der 1. Afrika-Legion Arnaldo Mussolini. Und schaffte damit den bedeutendsten Sprung in der Militärhierarchie. Aus dem schweren Schuhwerk mit Wickelgamaschen schlüpfte er in ein brandneues Paar schwarzer Stiefel.

Und da er ein Mann für den gehobenen Dienst war und eine wenn auch nicht bis zum Ende durchlaufene humanistische Ausbildung aufwies, vertraute man ihm die Durchsicht und Zensur der Post an, welche die neue Hauptstadt verließ. Diese Aufgabe erforderte keinen besonderen Einfallsreichtum und langweilte ihn ein wenig. Immerhin musste er nicht bei strömendem Regen draußen herumlaufen. Mit der Regenzeit hatten sich die Straßen von Addis Abeba/Neue Blume in braune Sturzbäche verwandelt. Die Mauern waren mit grünlichem Schimmel bedeckt, an den Sohlen blieb immer ein Batzen Schlamm hängen, den es angesichts der sofortigen Erneuerung gar nicht abzukratzen lohnte. Es war noch Restpost der heimgekehrten Kämpfer abzuwickeln, außerdem die Antworten der Soldaten an die Grundschüler des Imperiums, die den »Hälden in Afrika« orthographisch zweifelhafte Briefchen geschrieben hatten. Diese patriotische Korrespondenz war portofrei. Die Lehrerinnen hatten den Kindern beigebracht, in Großbuchstaben zu schreiben: »MARKE NICHT NÖTIG HOCH LEBEN DUCE UND KÖNIG«.

Attilio fragte sich, warum Privatpost immer noch zensiert wurde. Der militärische Feldzug war vorüber, welche strategischen Informationen mussten noch vor dem besiegten Feind geheim gehalten werden? Die italienischen Nachrichten, die fast ein Jahr lang bis in die kleinsten Einzelheiten über Truppenbewegungen berichtet hatten, beschäftigt sich seit Monaten nicht mehr mit Abessinien. Die meisten Journalisten waren nach Hause zurückgekehrt. Die wenigen, die blieben, durften Artikel über die Einweihung von Straßen, Schulen und Krankenhäusern schreiben, vielleicht noch über Besuche von hochgestellten Vertretern des Regimes – also Nachrichten, die kaum eine Schlagzeile wert waren. Äthiopien, monatelang Hauptthema in allen italienischen Zeitungen, war plötzlich von den Titelseiten verschwunden.

Attilio hatte genaue Anweisungen seiner Vorgesetzten. Außer der Korrespondenz aus der neuen Hauptstadt und von ausländischen Diplomaten sollte er ein besonderes Augenmerk auf die Posteingänge aus den Randgebieten legen – Briefe von den Arbeitern, die die Straße im Godscham bauten, von den Bauern auf den ländlichen Vorposten im Sidamo, von den bewaffneten Patrouillen in den Grenzregionen von Shoa Richtung Lalibela. Beispiele, die er mit dicker schwarzer Tinte überdecken sollte, waren: »Aus Angst vor den Shifta konnten wir da und dort nicht weiter vorrücken«; »Die Straßen sind nicht sicher«; »Ich hoffe, ich komme durch«. Und langsam begriff Attilio, warum es nötig war, weiterhin die Informationen zu filtern, die nach Italien gingen.

Er öffnete Briefe von Legionären, die über die Baustellen wachten, las ihre Berichte von Angriffen und Belagerungen, von der Todesangst, wenn sie nachts die Trommeln der Shifta aus den Bergen herabschallen hörten. Mit großzügigem Filzstift löschte er die Beschreibungen der Erhängten an den Kreuzungen, der öffentlichen Auspeitschungen, das tagelange Festbinden an einen Pfahl. Manchmal bekam er auch weiterführende Überlegungen zu lesen: »Mit dieserart Unterdrückung kann man nichts aufbauen«, schrieb ein Ingenieur in seinem Zelt am Rande einer Straßenbaustelle, »so schafft man nur Wüste! Wir bringen unsere überlegene, uralte ruhmreiche römische Kultur, warum müssen wir auch Gewalt bringen? Wir werden die abessinischen Herzen mit italischer Betriebsamkeit erobern, mit der Großzügigkeit unserer Mission, und niemand wird mehr gegen uns sein. Doch wenn es so weitergeht, jeden Tag eine Hinrichtung ...« In diesem Brief zensierte Attilio fast jede Seite, nur die Beschreibung der Begegnung mit einem Schakal und die letzten Grüße an die ferne Ehefrau entkamen seinem Stift.

Bald schon war ihm klar, worin seine eigentliche Aufgabe bestand: den Fakt zu verschleiern, dass sofort nach Beendigung des Krieges ein Guerillakrieg ausgebrochen war. Dass der Sieg nur proklamiert worden war, dass es das befriedete und fleißige Imperium, das seine Kolonien erblühen lassen würde, in Wirklichkeit nicht gab. Stattdessen gab es eine Besatzung, und nur wenige Teile des riesigen abessinischen Gebiets waren für Italiener sicher.

Ihm wurde der »Sprachführer für Ostafrika« besorgt, ein dünnes Büchlein, das gut in jede Tasche passte und vom Kriegsministerium abgesegnet worden war. Der Umschlag mit dem Umriss des Horns von Afrika zeigte in Blau die Büste eines lächelnden Soldaten mit Gewehr im Arm. Es handelte sich um ein Wörterbuch aus dem Italienischen in die vier verbreitetsten Sprachen der Kolonien: Galla, Amharisch, Arabisch und Tigrinisch. Ein Wörterbuch ins Italienische, also andersherum, gab es nicht. Im Sinne des Ministeriums mussten die Italiener sich in Äthiopien verständlich machen, sie mussten nicht verstehen.

So spiegelte das kleine Büchlein in schöner Anschaulichkeit das Recht der Kolonisatoren wider, zu reden, und die Pflicht der Kolonialisierten, zuzuhören – und zu gehorchen. Attilio verstand daher nichts von den Gesprächen zwischen den Trägern, die ihm die Postsäcke zur Zensur heranschleppten. Einer von undefinierbarem Alter hatte hervorstehende Schneidezähne, die schwer aus seinem Gesicht ragten wie zwei Steine aus einem Erdrutsch. Sein Name war Afework, doch Attilio nannte ihn Alfredo. Er wandte sich nur mit Befehlen an ihn. Beim Briefeöffnen saß er neben ihm und wurde häufig beauftragt, die kompromittierendsten Seiten zu verbrennen. Attilio ahnte nicht, dass Afework Italienisch sowohl sprechen als auch ganz gut lesen konnte. Als kleiner Junge hatte seine Familie ihn in ein Kloster geschickt, wo er gelernt hatte, antike Texte aus *geez* zu entziffern. Dann war er von einem italienischen Arzt angestellt worden, der seinen Vater mit einem guten Gehalt überzeugt und bei dem er das lateinische Alphabet gelernt hatte. Nun verbarg sich Afework hinter seinem analphabetischen Äußeren, um seinen flinken Geist geheim zu halten. Sobald sich ihm die Gelegenheit bot, versuchte er diese Zeilen in den verschiedenen Handschriften – breit, fein, spitz, krakelig – zu entziffern, bevor sie von Attilios Tintenstrich unleserlich gemacht wurden. Wann immer er eine nützliche Information las – die Gegend, wo ein neuer Trupp von Schwarzhemden operierte, die Lieferung eines neuen Artilleriegeschützes –, merkte er sie sich. Später, wenn er das Postbüro verließ, flüsterte er sie Personen seines Vertrauens zu. Wie wertvolle Ware wurde die Information nun weitergetragen, von einem Mönch auf dem Heimweg zu seinem Kloster an einen singenden Geschichtenerzähler, von einer Frau, die ihren Vater besucht hatte, an die Alten des Dorfes, bis sie dort ankam, wo sie weiterhalf: oben in der Hochebene, in den Höhlen zu Füßen der Ambas, wo sich die *armagnoch* versteckten, die Partisanen. Die Botschaften hatten zwei Schichten, wie eine Wachshülle um ein Schmuckstück aus reinstem Gold. Die erste Botschaft war für alle verständlich, auch für einen *talian*: »Er war ein Hausherr, er ist zum Markt gegangen.« Doch die zweite war die, die zählte: »Er war Patriot, er wurde erhängt.« Attilio hätte nie gedacht, dass dieser fleißige, aber begriffsstutzige Träger Italienisch lesen konnte oder gar das Gold der Hinweise an die Guerilla unter dem Wachs der Verschleierung verbarg.

Jeden Samstag musste Attilio einen Bericht über seine Arbeit der letzten Woche verfassen. Nach einigen Monaten schrieb er Folgendes, ähnlich dem Inhalt vorausgegangener Berichte:

TOTALE ZENSUR
Anzahl 10 (zehn) Briefe: sehr detaillierte Beschreibung der Zusammenstöße zwischen der Kolonne Paolini auf ihrem Marsch Richtung Hauptstadt und den Rebellen.

Anzahl 2 (zwei) Briefe: vage Andeutungen über unsere Eisenbahnkonvois, die von Rebellen angegriffen wurden, und eine Zugentgleisung.

Anzahl 2 (zwei) Briefe: schwere Verluste unter den italienischen Truppen bei der Verteidigung der Eisenbahnlinie.

Anzahl 1 (ein) Brief: ausführliche Anmerkungen über zahlreiche Hinrichtungen von Abessiniern und die Einrichtung eines Exekutionskommandos zu diesem Zweck.

Anzahl 1 (ein) Brief: Angriff von Rebellen, unsere Verluste und Lebensmittelrationierungen in Addis Abeba.

TEILWEISE ZENSUR
Angewandt auf aberhundert Briefe, die folgende Themen enthielten:
Überheblichkeit der Abessinier und ihre täglichen Angriffe auf Italiener.
Endlose Guerillakämpfe; Angriffe auf Autokolonnen, Eisenbahnkonvois, unsere Garnisonen.

Übertriebene Darstellung unserer Verluste bei Zusammenstößen mit Rebellen.
Bereits eroberte Ortschaften, die von Rebellen zerstört wurden.
Sätze mit demoralisierendem Unterton von Arbeitern der Kolonne Paolini.
Abwertende Kommentare über die allgemeine Wirtschaftslage Äthiopiens.
Große Anzahl von Soldaten, die unter Geschlechtskrankheiten leiden.
Fotografien nackter Frauen mit einem Italiener.
Vernichtung von zweitausend Rebellen durch einen unserer Fliegereinsätze vor kurzem.

›Nigros Foto hätte ich zensieren müssen‹, hatte Attilio beim Schreiben gedacht. Afework stand hinter Attilio, der ihn wie üblich nicht beachtete. Der Träger hatte den letzten Satz gesehen, vermutete aber, sich verlesen zu haben, weil er es nicht glauben konnte. Er las ihn erneut. Nein, er hatte sich nicht geirrt. Da standen diese Worte: »Vernichtung«, »bei einem unserer Fliegereinsätze«. Und vor allem: »zweitausend«.

Attilio verfasste unterdessen den letzten Teil seines Berichts.

SCHLUSSFOLGERUNGEN

Die Moral der Soldaten kann im Großen und Ganzen als gut bezeichnet werden. Sehr gut die der Div. Pusteria bei der Wiederaufnahme der Kampfhandlungen und des 3. Bat. Die italienischen Zivilisten lassen sich in zwei Gruppen unterteilen. Die einen haben eine passende Unterkunft gefunden und verleihen dem in ihren Briefen in die Heimat begeistert Ausdruck; die anderen sind enttäuscht oder unbeschäftigt, halten sich für unterbezahlt und drücken Ungeduld oder Nervosität aus. Allerdings gibt es trotz aller vorhandenen Unzufriedenheiten niemals einen Hinweis oder Klagen, offen oder versteckt, gegen Person, Autorität und Ansehen des Vizekönigs S. Exzellenz Rodolfo Graziani. Über ihn liest man nur Äußerungen der Freude und des grenzenlosen Vertrauens.

In den eigenen Briefen nach Hause sprach Attilio nie über die Natur seiner Arbeit. Der Mutter schrieb er lediglich, dass er als Beamter im gehobenen Dienst in der Kolonie bleiben würde. Geschah dies, um sie zu beruhigen, dass er nicht kämpfte, oder als logische Selbstzensur aus der eigenen Rolle heraus? Er hätte es nicht beantworten können. So wie er nicht hätte sagen können, welche Wirkung diese Schreiben auf ihn hatten, auf die er seine mächtigen Balken aus schwarzer Tinte verteilte. Nicht weil er Sorge hatte, Ärger zu bekommen. Auch seiner Mutter hätte er es nicht sagen können. Er hielt es einfach nicht für seine Aufgabe, sich eine Meinung zu den Dingen zu bilden, die er zensierte. Er beschränkte sich darauf, Befehle auszuführen. Er tat seine Pflicht, nicht mehr und nicht weniger.

Eines Morgens fand Attilio in einer Sendung ein Dutzend Fotos. Sie waren von schlechter Qualität, vielleicht in einem Feldlabor entwickelt, wie Carbone es mit sich herumgetragen hatte. Grobkörnig, voll mit Flecken von schlecht gemischter Säure. Einige Negative waren überbelichtet, so dass die Bilder nur undeutliche Umrisse zeigten, verlorene Zellhaufen in einer viel zu hellen Welt.

Abgebildet waren tote Körper. Viele. Leichen auf dem nackten Boden. Männer, Frauen, auch ein paar Kinder. In verschiedenen Haltungen, in Gruppen, einzeln. Daneben Bäume und Gestrüpp unterschiedlicher Art und Größe, aber stets ohne Laub, oder auch nur von Felsen umgeben. Sie hatten Wunden, Schwellungen am Hals, die Gliedmaßen merkwürdig verdreht oder wahlweise zerfressen. Ihre Gesichter, Arme und Beine waren mit Pusteln übersät, dick wie Wasserläufer. Manche lagen rücklings auf der Erde mit aufgerissenen Augen, den Mund weit geöffnet im vergeblichen Ringen nach Luft.

Attilio knallte die Fotos unwillkürlich auf den Schreibtisch, die Bildseite nach unten. Er schloss die Augen, als könne er so das tote Fleisch aus seinem Geist fernhalten. Zwecklos. Auch weil er aufgeschwemmte Haut und Pusteln dieser Art schon früher gesehen hatte. Sofort sah er ihn wieder vor sich, den mit Wunden übersäten Leichnam, über den er bei einem Marsch gestolpert war, als er zum Pinkeln ausgetreten war mit Nigro neben sich, der wie so oft mitgekommen war (»Menschenskinder, Attila, ich lass dich doch nicht allein, damit dir diese Banditen den Klöppel abschneiden!«). Vor ihren Füßen hatte er plötzlich gelegen, neben einem Felsen, in Embryostellung wie jemand, der sich vor einem erdrückenden Feind verteidigt. Die Leiche war mit Geschwüren und Blasen bedeckt, verströmte aber nicht den vertrauten süßlichen Verwesungsgestank. In der merkwürdig reglosen Luft ohne Insekten, Würmer oder andere Lebewesen, die sich sonst um den Tod tummeln, lag ein ungewohnt scharfer, durchdringender Geruch, wie nach Knoblauch. Er erinnerte Attilio unpassenderweise an das in Essig eingelegte Gemüse, das Viola im Sommer immer zubereitete. Die Landschaft ringsumher war so still, dass es wirkte wie am vierten Schöpfungstag, bevor der Herrgott die Vögel und die anderen Tiere erschuf.

Als Attilio die Augen wieder öffnete, stand Afework neben ihm, und seine Unterlippe zitterte unter den großen Zähnen. Doch er nahm ihn wie üblich nicht wahr und kam nicht auf die Idee, dass auch sein Kuli sich an den Geruch erinnerte. An die Schreie. An die Frauen im Dorf, die aus den Hütten sprangen und rannten und rannten, doch zu spät, das Flugzeug war mit dumpfem Dröhnen herangeflogen, und die Wolke hatte ihre Kinder erfasst. Afework sah die Kühe, die muhend wegrannten und stürzten, die Zunge herausstreckten, während ihnen eine nicht weiße, nicht rote Flüssigkeit aus den Nasenlöchern rann, eher eine Farbe der Zersetzung. Er spürte den Wind auf der Haut, der ihn rettete und das Senfgas wegtrug, weg von seinem Gesicht, auf eine nahe Gruppe von Männern zu. Die versuchten, sich im Wasser eines Flusses zu retten, und sich in Krämpfen wanden.

In der vorangegangenen Nacht hatte Afework einen Traum gehabt. Der Erzengel Gabriel hatte statt des Schwertes einen riesigen Felsbrocken durch die Luft geschwungen und auf ihn geworfen. Er hatte sich unter dem Gewicht geduckt, war dann aber sofort wieder aufgestanden. Also hatte der Erzengel einen weiteren Brocken auf ihn geschleudert, und Afework war wieder gestürzt, doch abermals aufgestanden. Schließlich hatte der Engel mit flammendem Gesicht ein drittes und letztes Mal geworfen. Afework spürte ein Gewicht auf sich, so schwer wie ein Gebirge, und konnte nicht mehr aufstehen, dann war er aufgewacht. Nicht aus Angst, im Gegenteil, durch einen Hoffnungsschimmer, der heller strahlte als das Schwert des Heiligen Gabriel.

Die Italiener können nicht gut barfuß laufen, dachte der Diener mit Blick auf die Fotos. Sie halten es nicht einen Tag lang ohne Essen aus und müssen alle paar Stunden etwas trinken. Sie sind eitel und glauben nicht, dass wir Äthiopier über Intelligenz verfügen. Das alles macht sie schwach. Deshalb wissen wir, dass wir sie immer noch schlagen können. Das haben wir in der Schlacht von Adua getan, jetzt können wir es mit der Guerilla schaffen. Aber dagegen, nein. Gegen diesen giftigen Nebel kann selbst der tapferste Krieger nichts ausrichten.

Afework merkte sich – wie immer ohne Attilios Wissen – die Genfer Adresse, die auf dem Briefumschlag stand. Die erste Seite des Briefes hingegen, die Attilio offen auf dem Tisch hatte liegen lassen, konnte er nicht entziffern. Das war eine Sprache voller W, Z und K, die er nicht kannte.

Mit einem wie immer viel brüchigeren Italienisch, als er eigentlich sprach, zeigte Afework auf das Kohlenbecken. »Nein«, erwiderte Attilio und steckte die Bilder in den Umschlag zurück, »die verbrennen wir nicht.«
Am selben Nachmittag besuchte er Carbone in seiner Werkstatt und bat ihn um einen Gefallen.

Die Physiognomie dieses jungen Mannes hätte jeden aufrechten Rassisten erfreut, dachte der Anthropologe Lidio Cipriani beim Anblick des Unterscharführers der Schwarzhemden. Dieser Profeti Attilio war groß, blauäugig, langschädelig – sein Schädelindex konnte nicht mehr als dreiundsiebzig betragen. Ein typisches Exemplar, dessen Bauch in aufrechter Haltung schmaler ist als die Schultern unter Verengung des Hypochondriums, worin das Geheimnis der größten Eleganz bei hoher Statur liegt. Die Mutter stammte aus dem Veneto, Provinz Rovigo, hatte er ihm erzählt, und das sah man. Es war ja kein Zufall, dass der große Wissenschaftler der Anthropometrie, Giacinto Viola, aus seinem Forschungsprojekt an polesanischen Bauern geschlossen hatte, dass die Maße der venetischen Rasse exakt den Idealproportionen des menschlichen Körpers nach Leon Battista Alberti entsprechen. Bei Profeti war dies offensichtlich; wie gern hätte Cipriani ihn vermessen! Aber besser nicht. Seine anthropometrischen Messungen lockten immer Scharen von Schaulustigen an, die sich einfach nicht vertreiben ließen: schwatzende Frauen, die auf dem Boden hockten mit ihren Kindern an den Brüsten; einbeinige Alte, die sich auf einen Stock stützten und mit absurd-kompetenten Mienen Kommentare abgaben; zerlumpte Kinder mit weißen Flecken an den Beinen, die mit offenem Mund das Geschehen bestaunten. Nein, es war keine gute Idee, vor den Blicken der Primitiven den Führer der eigenen Waffeneskorte stillhalten zu lassen, während er den Tasterzirkel mit den gekrümmten Zangen an seinem Schädel anlegte. Die Mission führte ohnehin durch unruhige Gebiete, da musste man nicht noch den Respekt der Askaris gegenüber ihrem befehlshabenden Scharführer aufs Spiel setzen und ihre Loyalität auf die Probe stellen.

Jedenfalls war dieser Profeti Attilio, genannt Attila, zweifelsfrei ein leuchtendes Beispiel für die Gültigkeit der Anthropometrie, angewandt auf die Erforschung der Hierarchien innerhalb der Menschenrassen. Lidio Cipriani war dankbar, dass der Oberbefehlshaber der Division »23. März« ihm gerade diesen Mann für seine Unternehmung zugewiesen hatte.

»Ihr bewegt euch fernab von Städten, von Straßen, von euren Hauptquartieren, da könnt ihr eine Menge Glück gebrauchen«, hatte ihm der Generalkonsul der Armee gesagt. »Nehmt Profeti mit, der bringt euch Glück.«

So geschehen bei einem Offiziersessen im königlichen *gebi*, dem früheren Heim des Negus, wo nun Vizekönig Graziani residierte. Der alle Anwesenden mit Ausführungen über die Idee des Imperiums langweilte, mit falschen Zitaten von Thukydides und Anspielungen auf die merkwürdigen Genitalformen der Abessinierinnen. Die Damen gaben vor, nichts zu verstehen, doch unter ihren Röcken wurden sie feucht, genau dort, wo ihre Gatten sie seit ihrer Ankunft aus Italien noch durch nichts gewürdigt hatten. Auch die Männer hüteten sich, ihn zu unterbrechen: Der frisch ernannte Markgraf von Neghelli war berühmt dafür, selbst die unbedeutendste kritische Randbemerkung übel zu nehmen. Nur jene, die weit entfernt vom General saßen, konnten sich flüsternd ein wenig unterhalten.

»Er hat Humanistik an der Universität studiert, wenngleich er unterbrechen musste, um für seinen Duce in den Kampf zu ziehen«, fuhr der Generalkonsul an Cipriani gewandt fort. »Und er ist intelligent, was man ja zugegebenermaßen nicht von allen Schwarzhemden behaupten kann. Das hat er vor einiger Zeit bewiesen, als ...«

Der Generalkonsul musste schmunzeln. Um nicht Grazianis Unwillen auf sich zu ziehen, der gerade Herodot zitierte, hielt er sich die Hand vor den Mund und fuhr flüsternd fort: »Habt Ihr jemals von der ›Operation Morbus Hansen‹ gehört, Professore?« »Was hat denn die Lepra damit zu tun?«, hatte Cipriani staunend erwidert. »Nichts. Also doch ...« Und so hatte der Generalkonsul der Freiwilligen Armee unter unterdrücktem Gelächter seine Geschichte erzählt.

Profeti hatte in der Korrespondenz eines polnischen Spions Fotos gefunden, die den Einsatz von italienischem Giftgas belegten, in einem Umschlag, der an den Völkerbund in Genf adressiert war. Anstatt sie zu zensieren und zu vernichten, wie es jeder andere ehrgeizige Beamte getan hätte, ließ er das Päckchen durchgehen. Nur dass er die Bilder vorher durch andere ersetzte, nämlich durch solche von Leprakranken, die ein ehemaliger Kriegskamerad gemacht hatte. Die Abessinier bemerkten den Austausch nicht und präsentierten die Bilder vor dem Völkerbund als Beweis, mit Yperit vergiftet worden zu sein. So blamierten sie sich als Fälscher, und zu allem Überfluss als schlechte Fälscher.

Der Anthropologe fand die Geschichte so unterhaltsam, dass seine Lippen sich zu einem seiner äußerst raren Lächeln verzogen. Am nächsten Tag hatte er beim Sektionssekretär den Antrag gestellt und bewilligt bekommen, der Eskorte seiner Forschungsmission den Mann voranzustellen, dem dieser Geniestreich gelungen war.

Attilio Profeti, der inzwischen zum Scharführer befördert worden war, machte sich schnell unentbehrlich. Er war der Einzige, der zwischen dem unangenehmen Charakter Lidio Cipriani und den anderen Teilnehmern der Expedition vermitteln konnte. Die Askaris hielten sich möglichst von dem Anthropologen fern. Er setzte seine Befehlsgewalt als Zugführer mit einem gewissen Groll ein, versuchte mit nervöser Erregung auszugleichen, was ihm an Autorität fehlte, durch seine aus den kurzen Hosen hervorschauenden dünnen Schuljungenbeine und den übergroßen Tropenhelm, der bei ihm so unkriegerisch aussah wie ein Kochtopf. Ciprianis Assistent, Romano Bertoldi, war ein schüchterner Jungakademiker aus Florenz. Er verbrachte seine Zeit damit, sich Vermessungstabellen diktieren zu lassen, hob niemals den Blick zu seinem Chef, mischte sich nicht ein, es sei denn, er wurde gefragt, wie ein geprügelter Hund. Fast täglich kam es zu Streit zwischen Cipriani und den Fahrern, die die Schwarzhemd-Arditi und zwei Lastwagen über die unbefestigten Pisten führten – einen für die Ausrüstung, einen für die Vorräte. Einmal beschwerte sich Cipriani, dass sie nicht schnell genug fuhren. Ein anderes Mal, dass sie ein paar Jugendlichen eine Tasse Benzin geschenkt hatten, die diese dann vor der versammelten Mannschaft schlückchenweise tranken – das sei gut gegen Bandwürmer, hatten sie erklärt. War eine Feder gebrochen, hallten seine Flüche stundenlang zwischen den Felsen wider. Und auch da war es wie immer Attilio, der den Tag rettete. Per Funk rief er seinen Zenturio in Addis Abeba an und stellte über ihn den Kontakt zu Carbone her. Nach ein paar Tagen hatte ein Flugzeug mit Kurs auf Massaua, das die nach Italien zu verschiffende Post im Gepäck hatte, per Fallschirm ein vertrauenswürdiges Ersatzteil abgeworfen. Nicht eines dieser unbrauchbaren Schrottteile, mit denen man es zu tun gehabt hätte, wäre es nach Cipriani gegangen: Der Anthropologe wollte die Anfrage über die offiziellen Kanäle laufen lassen, doch die hohen Parteifunktionäre scherten sich einen Dreck um ihn und seine Unternehmung.

Nach diesem Erfolg sagten die Fahrer zu Attilio, es wäre nur ihm zuliebe, wenn sie sich nicht kurzerhand aus dem Staub machten und Cipriani mit seinen tollen Materialkisten dem Schicksal überließen. Und wenn es Dutzende Arme brauchte, um die Lastwagen aus den steilen und schlammigen Kiesbetten mancher Flüsse zu ziehen, war es wieder Profeti, der sie in den umliegenden Dörfern rekrutierte. Jedem Mann, der mithalf, gab er eine Handvoll *teff* aus den Vorräten der Expedition, also von der guten Qualität; so dass am Ende immer fast hundert Männer im Wasser standen und an den Seilen zogen, um die Lastwagen unter Gespritze und Geschrei herauszuziehen. So durchquerte ihre Karawane in wenigen Stunden manchen Fluss, wo andere Lastwagenkolonnen sich tagelang aufhielten. Einmal jedoch, als sie weit entfernt von allen Märkten waren, war es Cipriani um das wenige *teff*, das ihnen verblieb, zu schade.

»Profeti, wir können sie doch auch von den Askaris bezahlen lassen. Mit Kugeln ...«

Doch Attilio setzte ungern Gewalt ein, wo sie nicht notwendig war. Vor allem wollte er seine Männer nicht dazu zwingen, gegenüber wehrlosen Zivilisten Gewalt auszuüben; weniger aus einem Gerechtigkeitsempfinden, sondern um ihren Respekt nicht zu verlieren. Also überreichte er dem ältesten der Männer, die die Wagen aus dem Schlamm geschoben hatten, mit großer Geste die Lose der Lotterie von Tripolis, die er an Bord der *Vulcania* gekauft hatte. Den ganzen Kriegsfeldzug über hatte er sie in der Tasche aufbewahrt, wenn schon nicht als Gewinnlose, dann doch wenigstens als Glücksbringer.

»Aber die sind doch abgelaufen, vollkommen wertlos ...«, flüsterte der Anthropologe.

»Bis sie die auf dem Markt einlösen«, erwiderte Attilio, »sind wir über alle Berge.«

Kurz gesagt, Cipriani vertraute einzig und allein seinem Scharführer. Wenn sie durch Dörfer kamen, überließ er ihm die Aufgabe, Material für seine anthropometrischen Tabellen zu finden.

»Wie hättet Ihr sie gerne, Professore?«, fragte ihn Attilio.

Der Anthropologe vollführte mit der Hand eine kreisförmige Bewegung. »Repräsentative Typen.«

Cipriani legte Wert darauf, es nicht zu machen wie viele seiner Kollegen, die aus reiner Faulheit ihre anthropometrischen Studien ausschließlich an Häftlingen und Prostituierten durchführten. Natürlich ließen sich diese Subjekte leicht zu den Vermessungen verpflichten, doch ihrer Natur nach stellten sie schon eine Vorauswahl aus den Niederungen dar, wenn nicht gar außerhalb jeder Norm – als wollte man Äpfel ausschließlich anhand von Fallobst untersuchen. Den florentinischen Anthropologen interessierten stattdessen die Sklaven, die fast nie Amharen waren und daher interessantes Anschauungsmaterial für andere Rassentypen boten: Shangalla, Gimirra, Mao, Berta, Nuer. Anfangs war Attilio unsicher.

»Ich dachte, wir sollten die Sklaven befreien?«, sagte er eines Tages. »Dafür sind wir doch auch nach Abessinien gekommen, oder? Unsere Kultur befiehlt uns, dieser unmenschlichen Praxis ein Ende zu setzen.«

Cipriani verzog das Gesicht. »Ihr hört zu viele Lieder, Profeti. Kleines schwarzes Gesicht, befreite Sklavinnen, völlig absurd. Wartet kurz.« Er verschwand in seinem Zelt. Als er wieder herauskam, hielt er ein gebundenes Buch in den Händen. Zärtlich versetzte er ihm einen leichten Klaps wie auf die Wange eines geliebten Menschen. »Mein Meister. Von ihm habe ich alles gelernt, was ich über das Leben und die Anthropologie weiß.«

Er begann zwischen den dünnen vergilbten Seiten zu blättern. Er musste es auswendig kennen, hatte in wenigen Augenblicken das Gesuchte gefunden. Mit dürrem Finger tippte er auf einen Absatz und begann zu lesen. Seine ohnehin hohe Stimme schien nun aus der Spitze des Kopfes zu kommen: »Ihr Männer hoher Rasse und höchster Scheinheiligkeit. Die christliche Verbrüderung der Rassen ist ein Traum. In Richtung beider Pole kenne ich kein Volk, das essentiell und aus Gewohnheit grausam ist, in Richtung der Tropen kenne ich sehr viele davon. Es nützt nichts, auf die Sklaverei zu schimpfen und gegen den

Menschenhandel zu predigen. Als Sklave geboren gibt es nur eins, das der Neger versteht, die Sklaverei. Der Neger kann mit einem Leben in Freiheit nichts anfangen.«

Er sah hinter seinen dicken runden Brillengläsern direkt in Attilios Augen. »Paolo Mantegazza, *Physiologie des Hasses*. Dieses Buch solltet Ihr aufmerksam lesen.« Er legte es ihm in die Hände. »Seht mal, Profeti, wenn wir aus diesem Ort eine blühende Kolonie machen wollen, dürfen wir nie vergessen, mit wem wir es zu tun haben. Wusstet Ihr, dass bis zu unserer Ankunft in Eritrea die *degiac* den Feldsklaven eine Handvoll Erde in den Nacken legten?«

»Nein.«

»Könnt Ihr Euch denken, warum?«

»Nein ...«

»Damit sie in gebückter Haltung bei der Arbeit blieben. Wenn der Sklave es wagte, den Kopf zu heben, fiel die Erde runter, und schon gab's die Lederpeitsche. So behandeln die Neger sich gegenseitig, so sind sie es gewohnt.«

In Ciprianis Miene trat plötzlich ein Ausdruck des ehrlichen Eifers, wie Attilio es noch nie an ihm gesehen hatte.

»Profeti, hört mir zu. Ihr seid ein talentierter junger Mann. Aber ihr müsst noch viel begreifen. Es gibt Völker, denen liegt das Sklaventum im Blut. Anderen, wie dem italienischen, liegt die Kultur im Blut. Und niemand kann verändern, was durch die eigenen Adern läuft.«

Es war nicht immer leicht, Freiwillige für die Vermessung zu finden. Die einen wollten nicht, die anderen nur gegen Geld, manche rannten weg. Doch wenn er sich mit einem kleinen Trupp von Askaris einem der umzäunten Dörfchen näherte, mit Gewehren, Uniformen und Wickelgamaschen, gab es kaum Widerstand, sondern ruhige Kollaboration. Cipriani wusste, dass diese friedliche Atmosphäre Profetis Verdienst war. Er gab den Leuten, die er anführte, den Ton vor, begonnen bei der tadellosen Uniform – sein Askari-Bursche verwendete einen Großteil des Tages am Flussbett darauf, zu waschen. Er flößte weniger Angst als Respekt ein. Schon als Kind war Attilio wie selbstverständlich davon ausgegangen, dass die übrige Welt ihm mit wohlwollender Bewunderung begegnete. Und die bekam er so gut wie immer, durch das ungerechte Privileg, dass das Leben dem, der viel hat, noch mehr gibt. Er war charismatisch, um- und zugänglich, und das ohne jede Anstrengung, bis auf die tägliche Einreibung mit der Seife seines Burschen.

Das größte Interesse an den anthropometrischen Messungen zeigten die Frauen, vielleicht weil sie einen willkommenen Vorwand darstellten, ihre endlosen Mühen zu unterbrechen: Wasser schleppen, kochen, waschen, kranke Kinder pflegen, *teff* dreschen. Die Askaris unter Attilios Kommando trieben sie zusammen, und sie ließen sich willig in kleinen Gruppen wegführen, die weißen Tücher wehten in der trockenen Luft, das Bündel mit den Gebeten baumelte an einer Lederschnur um ihren Hals. Oft trugen sie einen am Brunnen gefüllten Wasserschlauch auf dem Rücken, oder ein Neugeborenes, oder beides übereinander. Niemals aber hörten sie nur einen Moment auf zu schwatzen, im Schlepptau stets einen Schwarm Kinder. Immer gab es eine unter ihnen, die etwas kecker war als die anderen und zu Attilio trat, um ihm mit dem Finger über den weißen Unterarm zu fahren und kichernd wegzulaufen. Er ließ sie. So konnte er ihnen gut ins Gesicht sehen und in aller Ruhe die »repräsentativen Typen« aussuchen. Dann verjagte er die Ziegen mit ihren lustigen Hängeohren, die ihnen wie Frisuren neben dem Gesicht pendelten, aus dem Schatten der Sykomore und ließ sie dort warten. Bertoldi setzte das erste Subjekt auf eine umgedrehte Holzkiste, und Cipriani begann seine Vermessung mit einem größeren Publikum, als jede fahrende Schauspieltruppe es gehabt hätte.

In den ersten Tagen der Unternehmung benutzten nur der Anthropologe und sein Assistent die anthropometrischen Instrumente. Doch Attilio langweilte sich zu Tode. Seine Askaris hatten ihre Gewehre wie verzogene Teenager auf den Boden geworfen und verbrachten die Tage, indem sie Kaffee tranken und sich leise auf Tigrinisch unterhielten. Bald schon ergab sich die Gelegenheit, bei den Vermessungen zu helfen.

Er lernte den Stangenzirkel nach Martin für die Längen und Breiten anzulegen: Nase, Ohren, besondere Maße wie der Abstand zwischen *Nasion* und Subnasale. Und auch den Tasterzirkel mit den gebogenen Armen und den kugeligen Enden, die Cipriani »Oliven« nannte. »Der mit den Spitzen ergibt exaktere Ergebnisse«, erklärte der Anthropologe leicht verächtlich. »Aber das Studium am lebenden Objekt hat seine Grenzen. Wenn man es piekst, bewegt es sich, und die ganze Messung muss erneut beginnen.«

Er brachte Attilio bei, wie man *Bregma*, *Lambda* und sogar den ausweichenden *Eurion* findet, die beidseitigen Punkte der größten Schädelbreite.

»Die ersten zwei Punkte sind physiologischer Natur, aber *Eurion* ist ein idealer, geometrischer Punkt; deshalb ist er wesentlich schwerer zu lokalisieren.«

Das Untersuchungsobjekt saß auf dem Hocker, den Kopf reglos zwischen die Zangen des Zirkels gespannt, während Ciprianis Finger Attilio mit der Anmut eines Musikers seine Anwendung demonstrierten. »Hier, achtet darauf, wie ich suche, innehalte, weitersuche, die Messachse kontrolliere, damit sie gerade ist. Wenn ich das weiteste Maß habe, höre ich auf. Und überprüfe den Sitz. Bin ich auf einer Linie mit der mittleren Sagittalebene? Präzision, Orientierung, Feingefühl: Diese drei Wörter sind die Schlüssel zur Anthropometrie ...«

Bertoldi notierte alle erhobenen Daten in einem Notizbuch. Abends übergab er es Cipriani, der mit winziger Handschrift seine Beobachtungen ergänzte. Rund zwanzig Kategorien gab es, in welche die gemessenen Charaktere einzuordnen waren. Es begann bei der morphologischen Analyse des Haares an Kopf (kraus, lockig oder wollig) und Körper. Auf Letztgenannte war Cipriani besonders stolz. Seines Wissens war in vorangegangenen Studien noch nie auf die Körperbehaarung der Amharen eingegangen worden. Mit der Farbenreihe nach Fischer – dreißig Haarproben aus Zellulose wurden mit denen von lebenden Subjekten verglichen – hatte er zudem die dominierende Farbe von Kopf- und Körperhaar ermittelt: schwarz.

Die Von-Luschan-Skala war eine Tafel mit Glasstückchen, deren Tönung immer dunkler wurde, durchnummeriert von 1 (sehr hell) bis 36 (pechschwarz), die man neben die Stirn des Untersuchungsobjekts hielt, um die Farbe seiner Haut zu definieren. Für die Augen hingegen benutzte man die Augenfarbentafel nach Martin: sechzehn kleine Glaslinsen, pigmentiert und nummeriert, die mit der Iris verglichen wurden. Doch die wichtigste Messung von allen war der Schädelindex. Der wissenschaftliche Rassismus hatte die genetische und damit kulturelle Überlegenheit des Dolichocephalus gegenüber dem Brachycephalus erklärt. Entsprechend leid tat es Cipriani herauszufinden, dass der Großteil der in Abessinien vermessenen Subjekte weder dem einen noch dem anderen zuzuordnen war, sondern dem Mesocephalus – weder Fisch noch Fleisch.

Darüber hinaus gab es noch zahlreiche weitere Daten, die Bertoldi festhielt: die Größe der Lidspalte, Vorhandensein des hervortretenden Negerauges ja oder nein, Breite der Liddeckfalte, die Form von Stirn, Lippen und Gesicht in Relation zur Frontalebene (elliptisch, oval, rautenförmig, rund), Ausprägung des Jochbeins, Prognathie. Allein die Nase war eine ganze Landschaft, die man vermessen und aufzeichnen konnte: Lage der Nasenwurzel, Form des Nasenrückens (konkav oder gerade), der Nasenbasis (erhöht, horizontal oder abgesenkt), Vorsprung der Nasenspitze. Danach mussten alle notwendigen Körpermaße genommen und nach verschiedenen Indices eingeordnet werden: das Skelett bei ausgebreiteten Armen, Trochanter, Verhältnis Gliedmaßen–Trochanter, Akromion, Darmbein, Abstand Darmbein–Akromion und Dutzende andere. Die Frauen mussten aus den Ärmeln ihrer Kleider schlüpfen und sie bis zur Taille hinabschieben, um die Form der Brust zu bewerten (zitzenförmig, konisch, schalenförmig oder kugelig); auch das Abschlussfoto wurde mit entblößtem Busen gemacht.

Niemand hätte jemals gewagt, Ciprianis Leica anzufassen. Männer, Frauen, Kinder wurden einer nach dem anderen vor eine weiße Leinwand gestellt. Jedes Subjekt bekam von Bertoldi eine Nummer in die Hand, die er mit einer knappen Beschreibung in sein Notizbuch schrieb: »Typ Amhare/weiblich/erwachsen«; »Typ Kunama/männlich/Kind«; »Typ Baria/männlich/erwachsen«. Nach dem Namen wurde nicht gefragt.

Cipriani hasste die mangelnde Wissenschaftlichkeit der Porträts, die manche reisenden Schwachköpfe, denen die Tropensonne der neuen Kolonien das Hirn verbrannt hatte, aus einer Neigung zum Exotischen anfertigten. Aus tiefster Seele verabscheute er die sexuellen Anspielungen, mit denen die Frauen abgebildet wurden: zur Schau gestellt, zwischen prächtigen Stoffen, die jugendlichen Brüste unter Blumenketten hervorragend, dieses ganze gefährliche Spiel mit dem Sex zwischen den Rassen und seinen grausigen Folgen, der Rassenmischung. Was es stattdessen brauchte, war wissenschaftliche Strenge und methodologische Klarheit.

Daher hatte Cipriani in die Anthropologie die moderne Technik der Karteiführung eingebracht, wie sie seit einigen Jahrzehnten in den Strafregistern der zivilisierten Welt für Verbrecher und psychisch Kranke Usus war. Von den Subjekten wurden zwei Fotos im Halbporträt aufgenommen, eins von vorne, eins im Profil.

Er wusste bereits, dass viele dieser Fotos in der Monatsschrift *Die Verteidigung der Rasse* abgedruckt werden würden, die in Kürze erscheinen sollte, gegründet von Telesio Interlandi, dem Herausgeber des *Quadrivio*, und federführend bei dem Ziel, dem wissenschaftlichen Rassismus endlich die ihm gebührende Verbreitung zukommen zu lassen. Dafür waren möglichst viele Fotos verschiedener Negertypen nötig, etwa ein Foto vom groben Gesicht eines Primitiven, um die Italiener von der durch das Blut vorgegebenen Rangordnung zwischen den Rassen zu überzeugen.

»Und dass ich viele schöne, haarsträubende Fotos zu sehen bekomme«, hatte Interlandi ihm vor seiner Abreise aufgetragen.

»Ich mache weder schöne noch haarsträubende Fotos«, hatte Cipriani erwidert. »Ich bin ein Mann der Wissenschaft und mache wissenschaftliche Fotos.«

Dennoch folgte der Anthropologe ab und zu Interlandis Ratschlag. Ein einfaches Prinzip war es, die Subjekte mit dem Gesicht der prallen Sonne auszusetzen, so dass sie die Augen zusammenkneifen mussten, was den Blick jeglicher Intelligenz enthob. Wenn er einen kurzen Schrei ausstieß, bevor er auf den Auslöser drückte, versteinerten ihre Mienen zu einem raubtierhaften Ausdruck. Wenn er die Augen zur Seite rollte, imitierten sie ihn und zogen die Miene eines Faulpelzes. Bei den Frauen genügte es, sie barbusig abzulichten, um dem italienischen Leser ihre primitive Barbarei vor Augen zu führen. In dem Bruchteil der Sekunde, in dem sich die Linse öffnete, war Cipriani der absolute Herrscher über ihre Physiognomie – eine vorübergehende, aber tiefgreifende Macht, aus der er klammheimliche Freude zog.

Im Laufe der Expedition lichtete Cipriani etwa neunhundert Personen ab. Was bemerkte er, das über Maße, Formen und Farben des Teints hinausging? Eine junge Frau hatte weich gezeichnete Lippen und deutlich geformte Wangenknochen; über den Arm eines alten Mannes verlief eine Narbe, die wie eine Schlange aussah; bei einem Mädchen sah man auf dem Foto nur das Augenweiß, weil sie den Blick gerade zu ihrem Brüderchen auf ihrem Rücken gewandt hatte. Ein Mann hielt die Leica für eine Feuerwaffe und riss schreckerfüllt die Augen auf, als Cipriani auf den Auslöser drückte; einer Muslimin zitterte vor Scham, ihr Kleid herunterzuziehen, das Kinn. Vielleicht bemerkte Cipriani solche Details, während er seinen Untersuchungsobjekten ins Gesicht sah, vielleicht auch nicht. In seine Notizbücher schrieb er jedenfalls nichts davon. Und bis auf die wenigen Anweisungen, die er über den Dolmetscher gab, wechselte er mit keinem von ihnen ein Wort.

Die wichtigsten Stücke in Ciprianis Kollektion, wissenschaftliche Belege und sein ganzer Stolz, waren die Gipsmasken von Gesichtern. Viele hatte er bereits bei seinen früheren Expeditionen nach Afrika sammeln können. Er wusste, dass die Prozedur zur Herstellung ungefährlich war, wenn man sie präzise und umsichtig anwandte – das Subjekt, das in Simbabwe an einem Herzinfarkt verstorben war, während der Abdruck genommen wurde, war eine unglückselige Ausnahme gewesen. Dennoch löste sie stets heftigen Argwohn aus, so unbegründet der auch war.

Die einfachste Lösung war daher, den jeweiligen Residenten als Statthalter der Kolonialmacht um Hilfe zu bitten und sich zum Beispiel rebellische Häftlinge ausliefern zu lassen. Oder sich mit den Wohlhabenden des Dorfes abzustimmen, damit sie ihre Diener zur Verfügung stellten. Ein anderes Mal schickte der lokale Abun einen Mönch, der im Tausch gegen *teff* für das ganze Kloster einen Gipsabdruck von sich machen ließ. Einmal begegneten sie einer Familie, die in unsagbarer Armut in einer Höhle lebte. Gegen ein paar Lebensmitteln und einen Topf erlaubte das Oberhaupt, dass von seiner Frau und den Kindern Masken genommen wurden. Im Allgemeinen jedoch war es heikel, die Leute zu einer Maske zu überreden. Wenn nur der Dorfälteste Zweifel anmeldete, gab es keinen einzigen Freiwilligen mehr.

Deswegen war es wichtig, das Laboratorium an einem möglichst diskreten Ort zu errichten – im Innern einer Strohhütte am Dorfrand, in einem Zelt abseits vom restlichen Lager. Das Objekt musste sich rücklings auf den Boden legen, wurde an Hand- und Fußgelenken festgebunden, während ein Askari seine Beine hielt. Weitere zwei standen bereit, um einzugreifen. Über seiner Brust kniend verstrich Cipriani Kaliseife auf seinem Gesicht und spachtelte dann die Gipsmasse darüber. Entscheidend war, schnell zu arbeiten. Nur wenige ließen sich Strohhalme in die Nasenlöcher stecken, also blieb allein die kurze Zeitspanne, die das Subjekt den Atem anhalten konnte. Die Mischung musste genau die richtige Dicke haben. War die Luft zu kühl, dauerte das Trocknen länger, weshalb Cipriani niemals Abdrücke am frühen Morgen machte. Wenn während der Prozedur das Subjekt sich bewegen oder die Paste vom Gesicht entfernen wollte, standen Attilio und die Askaris bereit, es festzuhalten. Manche schwitzten vor Angst, einige wurden bewusstlos, und fast alle glaubten an einem bestimmten Punkt zu sterben. Bei manchem lösten sich die Eingeweide vor Panik und Platzangst, so dass sie in einer übelriechenden Durchfallpfütze standen. Hätte man den noch nicht getrockneten Abdruck abgenommen, wäre er zerbröckelt, und man hätte von vorne beginnen müssen.

Wenn ihr Gesicht befreit wurde, richteten die Subjekte sich mit aufgerissenen Augen und grauen Lippen auf, die Haare voll Gips. Manche phantasierten, die meisten waren stumm entgeistert. Die Frauen erholten sich schneller, waren kurz nach dem Aufstehen wieder wie zuvor. Die Männer musste man stützen, damit sie nicht über die eigenen Füße stolperten. Attilio band ihnen nicht sofort die Handgelenke los. Er ließ sie von einem bewaffneten Askari in einen abgetrennten Raum führen und dort unter ständiger Bewachung warten, damit sie nicht dem nächsten in der Reihe etwas erzählten. Einmal gelang es einem jungen Mann mit rasiertem Schädel und zerlumpten Sklavenkleidern, der Bewachung zu entkommen. Er sprang aus der Hütte, wo sein Gesichtsabdruck genommen worden war, rannte über die staubige Straße durch das Dorf und schrie aus vollem Hals: »Sie haben mir mein Gesicht gestohlen, sie haben mir mein Gesicht gestohlen!« – doch niemand übersetzte Cipriani seine Worte. Die vor der Hütte wartenden Subjekte liefen davon. Die Askaris konnten den Tumult erst beruhigen, indem sie ein paarmal in die Luft schossen, doch der Gips in den Eimern war längst hart geworden. Da Attilio Racheakte befürchtete, postierte er die Askaris zur Bewachung an beiden Seiten des Lagers. Doch das war überflüssig – die Dorfbewohner hielten sich für den Rest des Tages fern.

Da nun keine weiteren Masken mehr zu erwarten waren, schloss Cipriani sich in seinem Zelt ein, um die genommenen Abdrücke der letzten Wochen zu bearbeiten. Er legte großen Wert darauf, dass sie fertiggestellt waren, bevor sie zur Verschickung nach Italien verpackt wurden.

Das Positiv des Abdrucks wurde sofort hergestellt, wenn das Negativ vom Gesicht gelöst war, ebenfalls aus weißem Gips. So fehlte ihm das wichtigste Merkmal für die Katalogisierung der Rassentypen: die Farbe. Bevor sich die Teilnehmer auf den Boden legten, stellte Cipriani die Färbung ihrer Haut (nach der Von-Luschan-Skala) und der Augenbrauen (nach der von Fischer) fest. Bertoldi notierte die der Farbabstufung entsprechenden Ziffern in seinen Block. Dieselben Nummern standen auf den Farbtuben, die Cipriani in einer Holzkiste zusammen mit den Pinseln, Lösungsmittel und Löschwatte aufbewahrte. Die Pigmente glichen denen auf der Palette eines farbenblinden Malers. Sie reichten von Blassrosa bis Schwarz, nichts Grünes oder Blaues.

Cipriani nahm die rohen Masken und begann sie eine nach der anderen zu bemalen.

Er fuhr gerade mit einem feinen Pinsel über die Lippen der letzten, als Attilio in sein Zelt trat, umgeben von einer Duftwolke aus Terpentin. ›Wer sind diese Leute, die mit den Köpfen auf dem Tisch schlafen?‹, fragte er sich. Dann fuhr er zusammen, genau wie Jahre später die Besucher der Übersee-Ausstellung: ›Das sind ja abgeschlagene Köpfe!‹

Erst nach ein paar Augenblicken begriff er, dass es sich um die Masken handelte, mit denen Cipriani seit Tagen beschäftigt war. Der Unterschied zwischen den schneeweißen Abdrücken, die Attilio bisher gesehen hatte, und diesen kunstfertig bemalten Gesichtern war wie der zwischen einer Schwarz-Weiß-Fotografie und einer Skulptur. Auf dem weißen Gips warfen die Unebenheiten kaum Schatten, so dass man die Gesichtszüge nicht erkennen konnte. Nun waren die Masken so naturgetreu bemalt, dass ihre Linien klar hervortraten. Die geschlossenen Lider gaben den Gesichtern einen realistischen und unheimlichen Ausdruck zugleich, wie Grabwächter aus einer erstarrten Zeit. Attilio erinnerten sie an die vielen gefallenen Abessinier, die er mit dem Gesicht nach oben auf dem Amba Work gesehen hatte, auf dem Amba Aradam, an den Flussufern des Tekeze. Doch vor allem erinnerten sie ihn an das erste tote Gesicht, das er gesehen hatte, das seiner Großmutter.

Bei dem Gedanken an das fahle Gesicht in dem offenen, mit Blumen geschmückten Sarg überkam ihn blanke Panik. Das Blut wich aus seinen Venen, ihm wurde schwarz vor Augen. Ein elektrischer Schlag aus Angst durchzuckte ihn von Kopf bis Fuß. Selbst der Leichenteppich nach den Schlachten hatte nie so heftig auf ihn gewirkt. Er stützte sich wie beiläufig auf den Tisch und wartete, dass das Dunkel vor seinem Blickfeld sich wieder lichtete. Nicht zum ersten Mal sagte er sich, dass niemand je diese Angst sehen durfte.

»Irgendwelche Sorgen, Profeti?«, fragte Cipriani und hob den Blick von der Maske, deren Haar er gerade schwarz malte.

Attilio fuhr sich mit der Hand über die Stirn. Wie eine Beschwörungsformel rief er sich die drei Wörter ins Bewusstsein, die er vor der toten Großmutter zu sich gesagt hatte.

Alle, außer mir.

Sie funktionierten wie immer. Die Angst zog sich langsam zurück.

Cipriani malte derweil weiter an seiner Maske.

»Ich hätte eine Idee, Professore«, sagte Attilio endlich, »wie wir in Zukunft solche Unpässlichkeiten wie heute Mittag verhindern können. Warum präsentiert Ihr Euch in den Dörfern nicht als Arzt?«

»Weil ich keiner bin.«

»Das ist nicht der Punkt. Fast alle hier haben Krankheiten an den Augen oder der Haut. Wenn wir sagen, dass der Gipsabdruck eine Medizin ist, haben wir so viele Freiwillige, wie wir wollen. Ihr könntet Euch sogar die besten Subjekte aussuchen.«

Der Anthropologe betrachtete ihn mit unverhohlener Bewunderung. Dieser Profeti war immer wieder für eine Überraschung gut. Das war nun wirklich ein würdiger Vorschlag von dem Erfinder der – wie hatte der Konsul der Schwarzhemden nochmal gesagt? – der »Operation Morbus Hansen«. Er musterte sein männliches Gesicht. Wie schon beim ersten Mal, als er ihn gesehen hatte, überlegte er, dass diese klassischen Gesichtszüge die Gültigkeit seiner These untermauerten, der er so viele Reisen und Forschungen gewidmet hatte, sagen wir ruhig sein ganzes Leben: der unzweifelhaften Überlegenheit der weißen Rasse. Wie klar und offensichtlich würde die positive Wahrheit des wissenschaftlichen Rassismus erscheinen, wenn er bei didaktischen Vorführungen, an Universitäten, bei Kolonialausstellungen, einen Abdruck dieser exemplarischen italienischen Gesichtszüge vorzeigen könnte, direkt neben denen des abessinischen Typs. Jede antirassistische Äußerung, wie die Franzosen sie so gerne von sich gaben, würde in der Gegenüberstellung dahinschmelzen wie Schnee in der Sonne.

»Profeti«, sagte Cipriani plötzlich zu Attilio, »wärt Ihr wohl damit einverstanden, einen Abdruck von Eurem Gesicht nehmen zu lassen?«

Er hatte die Frage ohne viel Hoffnung aus einem Impuls heraus gestellt, der ihn selbst überraschte. Niemals hätte er gedacht, dass der Scharführer ihm ohne einen Moment des Zögerns antworten würde: »Sicher. Aber dann sofort.«

Vor dem Lager rösteten die Askaris in einem Eisentopf eine Handvoll Getreidekörner. Niemand von ihnen hätte sich jemals dazu hergegeben, sie zu mahlen, das war Aufgabe der Frauen. Heute aber hatten sie außerhalb des Lagers keine gefunden, die sie ihnen mahlen wollte. Attilio war unzufrieden, dass sie sie ganz aßen; das würde am nächsten Tag zu Verdauungsproblemen führen. Er befahl zweien von ihnen, sich als Wachen vor Ciprianis Zelt zu stellen. Einen Grund nannte er nicht. Sie würden nur den Respekt verlieren, wenn sie sahen, wie ihr Scharführer sich auf die Erde legte und der Anthropologe über ihm kniend sein Gesicht mit Gips bestrich. Ihm war klar, dass er niemandem erklären konnte, vielleicht nicht einmal sich selbst, warum er eingewilligt hatte.

Jetzt lag er reglos mit der Paste im Gesicht da, in den Nasenlöchern zwei Röhrchen, durch die er mühsam Luft einsog, und versuchte, sich nicht von Panik, Ekel und Platzangst überwältigen zu lassen. Die Augen unter der Maske geschlossen, wiederholte er sich wie ein Mantra seine Glücksbringer-Worte. Sie beruhigten ihn wie ein Wiegenlied aus der Kindheit, das man nie vergisst. So wie das Alphabet, das man in der ersten Klasse lernt und das alle Namen der Welt ordnet. Nichts, was Attilio Profeti hätte äußern können, kam einem Gebet näher als das. *Alle, außer mir.*

Ein Röhrchen fiel aus seinem Nasenloch, das andere war verstopft. Er bekam keine Luft mehr und war sicher, nun zu sterben. Und er starb wirklich. Und war tot, einige wenige, aber endlose Augenblicke lang, bis Cipriani ihm endlich den Abdruck vom Gesicht hob. Attilio zuckte hoch, riss den Mund auf und füllte sich die Lungen geräuschvoll mit Luft. Während er spürte, wie das Leben zurückkehrte, begriff er plötzlich, warum er trotz des Wissens um die Qual, die ihn erwartete, der Prozedur zugestimmt hatte. Es war ein Trick, ein Ablenkungsmanöver, ein Betrug. Vielleicht würde der Tod ja darauf hereinfallen.

Am selben Abend stellte der Anthropologe im bläulichen Schein der Öllampe aus dem Negativabdruck eine getreue Kopie von Attilio Profetis Gesicht her. Als sie getrocknet war, griff er zum ersten Mal während der Expedition zu der Farbtube mit der Nummer 9 auf der Von-Luschan-Skala und trug eine helle Gesichtsfarbe auf – bisher hatte er nur die Tuben ab Nummer 25 aufwärts gebraucht, die 29, tiefbraun, war so gut wie leer. Mit dunkleren Farbpigmenten bemalte er die Augenbrauen und Haare, dann, als die Farbe getrocknet war, packte er die Maske zusammen mit den anderen ein. In seinem Büchlein notierte er für die zuletzt entstandene Maske der Kollektion: »Nr. 1 Gesichtsabdruck Typ Italiener«.

Am nächsten Tag erreichte der Konvoi Debre Tabor, das im näheren Umkreis größte Zentrum. Attilio wurde beauftragt, die Post aufzugeben. Cipriani hatte sich erbeten, dass er sie persönlich beim Residenten abgab, damit sie zu der offiziellen Korrespondenz käme. Anstatt unsichere Straßen zu nehmen, die oft zum Ziel von Rebellen wurden, würde sie so in dem kleinen Postflugzeug nach Massaua mitfliegen.

Attilio legte die Postkarten für den Bruder zu den vielen Briefen an die Mutter, die er während des Feldzugs geschrieben hatte. Auch Bertoldi gab ihm ein paar Briefumschläge mit. Attilios Blick fiel auf einen der Adressaten: ›Signora Amelia Levi‹.

Er sah den Assistenten an.
Bertoldi wirkte jünger als sonst, die blauen Augen groß und weit.
»Meine Großmutter«, beantwortete er Attilios stumme Frage. Um eilig hinzuzufügen: »Aber meine Mutter ist getauft.«
Attilio nickte, immer noch stumm.
Fast ohne Ton in der Stimme hauchte Bertoldi: »Professor Cipriani weiß nichts davon ...«
»Von mir wird er es nicht erfahren«, sagte Attilio und ließ den Brief mit den anderen in den Jutesack fallen.
Er hielt sein Versprechen: Niemals sprach er gegenüber dem Leiter der Expedition von der heiklen Verwandtschaft des jungen Mannes. Nur seiner Mutter Viola schrieb er davon in einem seiner langen Briefe.
›Gestern habe ich etwas Merkwürdiges entdeckt: Der Assistent des Professore ist Halbjude. Wenn Cipriani das wüsste, würde sein Geschrei bis zu dir nach Lugo hallen! Aber ich werde ihm nichts sagen, auch weil Bertoldi sich tief für seine semitische Herkunft schämt. Was ja die Grundlage ist für den Frieden zwischen den Rassen: dass die Mitglieder der unterlegenen Rassen ihre Unterlegenheit anerkennen – wir können sie ja ohnehin nicht alle ausrotten. Oder? Außerdem habe ich keinen Grund, ihm zu schaden. Er ist ein tüchtiger Junge, ernsthaft bemüht, keine Fehler zu machen. Auch wenn ich jetzt verstehe, woher dieser Mangel an männlichem Rückgrat rührt ...‹

Von Debre Tabor an setzte Cipriani Profetis Rat um. Viele Menschen, denen sie begegneten, vor allem die Ärmsten unter ihnen, hatten weiße Flecken von Krätze oder Schorf an Gesicht und Körper, Beulen oder Partien, wo die Haut sich schuppte. Viele nicht nur alte Menschen hatten weiß schimmernde Augen von einem Trachom. Der Anthropologe erklärte, dass er sie heilen würde. So ließen sich viele von dem Arzt untersuchen, der von so weit herkam. Cipriani hatte keine Probleme mehr, Freiwillige für seine Maskensammlung zu finden.

In der Einleitung zu dem Band, in dem er ein Jahr später die Ergebnisse seiner Expedition vorstellen würde, schrieb er:

> Das Vorhaben ist recht einfach, aber heikel, weil man überall auf Hindernisse trifft, allen voran auf die naive Furcht der Untersuchungssubjekte. Bei dieser Unternehmung war es noch ein wenig komplizierter: Wir agierten bei Leuten, die erst wenige Monate zuvor unserer Regierung unterstellt worden waren und bei denen jeder Fehler missinterpretiert werden konnte als Vorurteil über unser ganzes Hilfswerk. Doch das traf nicht zu. Wenn man bedenkt, dass die Operation es sozusagen erforderte, die Seele des Subjekts in der Hand zu halten oder, anders gesagt, es komplett unter Kontrolle zu haben, ist die Serie von Masken – die ersten aus Äthiopien überhaupt – auch ein Beweis für das Vertrauen, das wir unseren neuen afrikanischen Untertanen einflößen.

In der Nacht vom 20. auf den 21. Februar 1937 konnte der Postträger Afework Woldegiorgis gerade noch mit der luziden Klarheit des Sterbenden die Aufschrift auf dem Kotflügel des Lastwagens lesen – ICH PFEIF AUF DIE SANKTIONEN –, dann rollten die Reifen über seine Rippen. Ohne jede Eile legte das Schwarzhemd am Steuer des Wagens den Rückwärtsgang ein. Die Reifen holperten erneut über den Körper des Trägers, der sich im Todeskampf wand. Als der Lastwagen ein drittes und letztes Mal über ihn fuhr, sah Afework den in helles Licht getauchten Erzengel Gabriel. Das Lastauto entfernte sich in die brennende Nacht, und Afework ging über ins Paradies.

Aus der Großstadt stieg Rauch auf, der einen besonderen Duft verbreitete. Die harten Beeren der Eukalyptusbäume platzten auf und verströmten ihr Aroma. Die mit Benzin übergossenen

Hütten aus Stroh und Holz gingen wie Streichhölzer in Flammen auf. Wer aus ihnen ins Freie floh, den empfingen Gewehre, Bajonette und Knüppel. Drei Tage und drei Nächte lang zertraten Schwarzhemden Köpfe alter Menschen unter ihren Stiefeln, zerschlugen Rücken mit ihren Stöcken. Mit den Frauen taten sie Dinge, die ihre Leiber in Fetzen rissen, um sie dann von den Lastwagen herab in die Gräben zu werfen. Unter Peitschenhieben trieben sie Dutzende Männer in Pferche wie Vieh zur Schlachtbank und erschlugen sie mit Knüppeln und Stöcken; nur wer sich heftig wehrte, wurde erschossen. Sie stürmten die Häuser, suchten unter den Betten, kein Ort war vor ihnen sicher. Die Leichen türmten sich in den Straßen, auf den Kreuzungen, vor den Kirchen. Wieder einmal lief das Blut durch die Straßen von Addis Abeba, in regen Bächlein, die erst nach Stunden im Staub versickerten. Ganze Viertel von Hütten, Läden und Gemüsegärtchen sahen am Ende aus, als sei ein Vulkan ausgebrochen. Aus den nassen Stümpfen der Eukalyptusbäume stiegen tagelang kleine Balsamrauchfahnen auf.

In jenen Tagen befand sich die anthropometrische Expedition fernab von Telegrafenmasten und Kommunikationsmitteln. Cipriani ritt auf dem Rücken eines Esels durch Dörfer, die für Lastwagen unzugänglich waren, begleitet von ein paar ausgewählten Askaris und Attilio. Der Führer seiner Eskorte konnte mittlerweile so geschickt die Messinstrumente bedienen, dass der Anthropologe ihn mitgenommen und Bertoldi mit den anderen Askaris zur Bewachung des Basislagers zurückgelassen hatte. So erfuhren sie nichts von den Handgranaten, die am 19. Februar 1937 auf Vizekönig Graziani geworfen worden waren und denen er nur knapp entronnen war, und auch nichts von der darauffolgenden Hetzjagd auf die Abessinier. Auf seiner Reise durch die kahlen Akazien mit Cipriani und seinen Messgeräten wusste Attilio nichts von alledem; auch nicht, dass die Gemetzel von Leuten in seiner Uniform angeführt wurden.

Die Schwarzhemden überrannten Addis Abeba mit Haschisch, Alkohol und dem *khat* im Blut, mit denen ihre Vorgesetzten sie versorgten, was aber schon nach wenigen Stunden nicht mehr notwendig war, da keine Substanz stärker auf die Psyche wirkt als die Erlaubnis, grenzenlose Gewalt auszuüben. Attilios alter Kriegskamerad Nigro zerquetschte den Brustkorb eines einjährigen Kindes unter seinem Stiefel, bis die Lungen aus dem Mund quollen, und band einen Mann mit Armen und Beinen zwischen zwei Lastwagen fest, die dann in entgegengesetzte Richtungen losfuhren. Selbst die Ministerialbeamten, die den ganzen Krieg über nie eine Waffe in der Hand gehalten hatten, benötigten keine Drogen. Von ihren Büros in den höheren Etagen aus nahmen sie jede schwarze Haut ins Visier, und jeder Schuss, der ins Ziel traf, wurde von Ehefrauen und Angestellten gefeiert wie ein Tor der lokalen Fußballmannschaft. Sicher, es gab auch Italiener, die sich nicht an dem Massaker beteiligten. Manche boten den Abessiniern Zuflucht, die von den Trupps der Schwarzhemden gehetzt wurden, und versteckten sie in ihren Häusern als angebliche Verwandte der Frauen, mit denen sie das Bett teilten, wie Carbone. Manche Zeugen fragten sich, von welchem dunklen Dämon ihre Landsmänner besessen waren. Jegliche Anspielung darauf in ihren Briefen wurde von Attilios Nachfolgern im Postamt pflichtbewusst geschwärzt. Keine Zeitung in Italien berichtete darüber. Mit der von Rodolfo Graziani angeordneten Strafaktion versank Addis Abeba in einem schwarzen Loch, aus dem kein Laut herausdrang, nur tödliches Schweigen.

In Italien war Winter zu der Zeit. Die Felder vor Viola Profetis Küche waren schwarz, die Pappeln hoch und grau. Der Flug einer Amsel teilte messerscharf den vom Kanal aufsteigenden Nebel. Immer wenn sie etwas über Abessinien gelesen hatte, sah Attilios Mutter aus dem Fenster. Die schlichten Linien der Landschaft von Lugo boten den idealen Hintergrund für ihre Vorstellungswelt. Ernani brachte ihr die Zeitung mit, wenn er zum Mittagessen nach Hause kam, nachdem er sie selbst in seinem Bahnhofsbüro gelesen hatte. Während ihr Mann in seinem Sessel ruhte – niemals länger als zwanzig Minuten –, schlug sie nach dem Abwasch die Zeitung auf dem Küchentisch auf. Vor drei Tagen hatte sie die Nachricht vom Attentat gelesen. Was für eine feige Tat, ein Anschlag auf den großen General, während er unter den Bettlern Almosen verteilte! Der Leitartikel brachte ihr Gefühl treffender auf den Punkt, als sie selbst es hätte sagen können. Die Überschrift lautete: *Gewöhnliche Verbrecher.*

Bomben auf den Vizekönig zu werfen, während er den Bedürftigen seine Hilfe zukommen lässt, ist eine Tat von so absurder Brutalität, dass sie sich nur als niederträchtigstes Verbrechertum erklären lässt. Kein politischer Grund, kein noch so degenerierter Fanatismus erklären solch ein Handeln. Die Ansiedlung von Italienern in Äthiopien kurz nach Kriegsende war von Überlegungen der Menschlichkeit und Milde geprägt, an denen wir uns immer orientieren, da sie unserer zivilen Natur entsprechen und den Zielen unserer Eroberung. Doch nun stehen wir vor gemeinen Übeltätern, die mit gerechter Unnachgiebigkeit als solche bestraft werden müssen.

In den Tagen danach hatte Viola immer wieder sorgenvoll die Zeitung durchgeblättert, um zu erfahren, ob Attilio in Gefahr schwebte. Doch seit dem Tag des Attentats wurde Abessinien nicht mehr erwähnt, weder im *Resto del Carlino* noch in den Radionachrichten. Die Titelseiten berichteten nun von der Schlacht um Malaga und der Belagerung Madrids. Als endlich nach drei

Tagen wieder eine Nachricht aus Afrika auftauchte, bestand sie aus einem Bild. Zwei weiße Männer mit Tropenkleidung waren in die Betrachtung üppiger Büsche versunken. Anstelle eines Textes gab es nur eine Bildunterschrift: »Kaffeeplantage in Italienisch-Ostafrika – eine Baumschule«. Wenn das nun berichtenswerte Neuigkeiten waren, beruhigte sich Viola, verlief das Leben in der Kolonie wohl friedlich und arbeitsam.

Doch sonntags, wenn sie die Schüsseln mit Leber nach venezianischer Art auf den Tisch stellte, wich sie dem Blick ihres älteren, zu Hause gebliebenen Sohnes aus. Sie fürchtete, er könne in ihren Augen lesen, was sie dachte. *Warum ist nicht Otello dort und er hier?*

Nach ein paar Tagen kehrten Cipriani, Attilio und die beiden Askaris in das Basislager zurück. Bertoldi und der übrige Begleittrupp lagerten entlang des Flusses und wachten über Fahrzeuge und Ausrüstung. Am darauffolgenden Tag begaben sie sich in den nächstgelegenen Ort.

Die Casa del Fascio, Sitz der örtlichen Faschisten, befand sich noch im Bau, war aber schon von weitem zu sehen. Unter der Bauleitung eines Italieners mischte eine Gruppe Arbeiter Mörtel an und setzte mit einem Senkblei die Backsteine aufeinander. Eine Holzhütte nebenan diente als provisorische Repräsentanz der Kolonialmacht. Auf dem Dach hing im grellen Licht der Hochebene ein weißes Tuch mit dem schwarzen, stilisierten Profil des Duce samt Helm und Sturmriemen.

Auf ihrem Weg zur Ortsmitte erfasste die Expeditionsteilnehmer ein fürchterlicher Gestank. Attilio erkannte ihn sofort wieder, es war der Moder des Amba Aradam. Ihn trug er mit sich herum wie eine geladene Waffe, unbenutzt, aber bei der ersten Gelegenheit sofort einsatzbereit. Er hob den Blick zum Hügel und sah, was er erwartet hatte: An einer hohen Sykomore pendelten vier Erhängte. Der süßliche Verwesungsgeruch und der Schwarm von Fliegen, der sie umschwirrte, bezeugten, dass sie nicht erst kürzlich ihr Leben gelassen hatten. Als die Frauen im Dorf ein Schwarzhemd mit einer Bande Bewaffneter erblickten, versteckten sie sich schnell mit ihren Kindern in den Hütten. Auch die Männer wichen ihnen aus, den Blick auf die Steine gesenkt. Kein Kind kam heran, um die hellen Härchen an Attilios Unterarm zu berühren.

An diesem Abend waren Cipriani, Bertoldi und Profeti zum Essen beim örtlichen Residenten eingeladen. Mit seinem drahtigen Äußeren ähnelte er Cipriani, auch hatte er dessen nervöse Energie. Seine Strohhütte war nur wenig größer als die anderen der Gegend, was aber, wie er erklärte, schon ein großer Fortschritt war. Bis vor wenigen Monaten hatte das Büro, von dem aus er seinen Teil der Kolonie verwaltete, aus nicht mehr als einem Tisch vor seinem Zelt bestanden. Bald wäre der gemauerte Bau fertig, wie er eines Repräsentanten des Duce würdig war.

Der Resident gab einen kurzen Abriss des Attentats auf den Vizekönig und der Ereignisse in Addis Abeba – wenn überhaupt darüber gesprochen wurde, dann nur auf diese einzig zugelassene Art. Er sei nicht erstaunt gewesen, kommentierte er. Die feindlichen Aktionen der Rebellen hatten seit Monaten zugenommen. Vor einigen Tagen war ein Lastwagen angegriffen worden, der zu einer Baustelle in der Nähe unterwegs war. Er hatte die Gegend durchkämmen lassen und vier Verdächtige gefunden. Vielleicht hatten sie der Bande angehört, vielleicht auch nicht, jedenfalls hatte er sie hängen lassen. Jeder Amhare, der kein Shifta war, konnte von jetzt auf gleich einer werden. Seit einer Woche verbot er den Verwandten, die Leichen abzunehmen, unter der Drohung, dass sie sonst selbst an der Maulbeerfeige aufgehängt würden.

»Ich zähle auf die afrikanische Sonne«, sagte er, »die den Eingeborenen den Geruch der italienischen Gesetze ins Gedächtnis brennt.«

Attilio und Bertoldi nahmen die Erzählung schweigend zur Kenntnis. Cipriani wischte sich den Mund ab und räusperte sich.

»Das Problem mit den amharischen Rebellen«, sagte er, »wird sich innerhalb einer Generation von selbst lösen, aber nur unter der Voraussetzung, dass ihr Männer der Waffen auf uns Männer der Wissenschaft hört.«

»Ich wusste nicht, dass die Anthropologen Fachleute in Militärtheorie sind«, erwiderte der Resident mit einer leichten Aufwärtsbewegung seiner dünnen Lippen.

Attilio starrte auf seinen Teller in Erwartung eines Wutausbruchs. Seit sie unterwegs waren, hatte keiner je Cipriani zu widersprechen gewagt. Der aber in aller Ruhe in einem Tonfall weiterredete, als doziere er vor einem Gelehrtenkongress.

»Der amharische Menschentyp ist, wenngleich dem weißen unterlegen, doch eine vergleichsweise hoch entwickelte Rasse. Die Obelisken von Aksum präsentieren uns den Kulturgrad, bis zu dem sich das abessinische Königreich in ferner Vergangenheit entwickelt hatte. Auch die physischen Eigenschaften der Abessinier sind nicht komplett negroid, sondern weisen stark semitische Merkmale auf. Doch die erfolgte Kreuzung mit Populationen genetisch weniger hochwertiger Rassen, von niederem oder gar keinem kulturellen Niveau, haben zu ihrem physischen und intellektuellen Verfall beigetragen. Die Rasse hat sich negrisiert, die Kultur zurückgebildet, und nun befinden sie sich auf dem heutigen primitiven Niveau. Denn dies ist das Schicksal der überlegenen Rassen, wenn sie sich mit unterlegenen Rassen kreuzen: der unausweichliche Verfall. Die moderne Wissenschaft bestätigt das. Die Evolution der Rassen durch Kreuzung geschieht stets im Sinne der Dysgenik. Der überlegene Typus wird von dem unterlegenen aufgesogen. Deshalb ist die Rassenmischung der Untergang der Zivilisation.«

Attilio sah unwillkürlich zu Bertoldi hinüber. Der Assistent hielt den Kopf über seinen leeren Teller gesenkt. Attilio wandte schnell den Blick ab, als hätte man ihn beim Beobachten eines privaten Vergehens ertappt.

An der einzigen Tür der Hütte standen nun drei Frauen, sauber, die Haare frisch zu ordentlichen Zopfreihen geflochten. Eine von ihnen fragte den Residenten auf Amharisch nach neuen Anweisungen. Er verjagte sie mit einer knappen Handbewegung wie Fliegen, und die Frauen verschwanden. Durch die Strohwand hörte man ihre Stimmen, während sie sich auf die Erde setzten.

»Interessant«, wandte der Resident sich mit würdevoller Ironie an Cipriani. »Aber was hat das alles mit den amharischen Rebellen zu tun?«

»Sehr viel«, erwiderte der Anthropologe geduldig, als habe er einen aufgeweckten Studenten, der sich vor den Kommilitonen als besonders gewitzt produzieren möchte. »Als Forscher sage ich Folgendes: Wenn das Ministerium für Ostafrika ein Kreuzungsprogramm zwischen ihnen und den Bantu-Negern auflegen würde, oder besser noch den Buschmännern, wären sie im Laufe einer Generation Idioten. Harmlose Idioten.«

Attilio war Ciprianis Worten aufmerksam gefolgt. Sie schienen ihm dem Grunde nach logisch und richtig. Doch das Wort »Kreuzungsprogramm« löste in ihm ein vages Unbehagen aus, das er für den Rest des Abendessens nicht mehr los wurde.

Als sie die Hütte durch die niedrige Tür verließen, um in ihre Lager zurückzugehen, lehnten die jungen Frauen immer noch nebeneinander auf der Erde und schliefen. Der Resident wartete, bis seine Gäste sich entfernt hatten, und rüttelte sie dann an den Schultern wach. Mit schläfrigen Augen erhoben sich die drei und folgten ihm in die Hütte.

Cipriani, Bertoldi und Attilio gingen durch die raschelnde Dunkelheit zurück zu ihren Zelten. Der Anthropologe schüttelte angewidert den Kopf.

»Auf diese Weise werden wir Italiener nicht lange in Frieden regieren«, sagte er.

Attilio dachte an die vier erhängten Männer, die vielleicht nicht einmal Rebellen gewesen waren, an den Geruch ihrer verwesenden Leichen. Und gab ihm Recht. Er hatte nicht dafür gekämpft, Afrika mit Gewalt und Willkür zu überziehen, sondern für eine höhere Zivilisation, gerecht und großherzig. Doch dann merkte er, dass er Cipriani missverstanden hatte, als dieser ohne sich umzudrehen mit dem Daumen über seine Schulter wies, wo die drei jungen Frauen gerade in der Hütte des Residenten verschwunden waren: »Sie verlangen Respekt, können es aber nicht lassen, an ihren Flittchen herumzuschnüffeln.«

Attilio sah forschend in das Gesicht des Anthropologen, doch das war nur ein dunkler Umriss. Lediglich in seinen dicken Brillengläsern spiegelte sich ein Lichtstrahl von einem unbekannten, fernen Stern, während der süßliche Geruch des toten Fleisches vom Hügel herüberwehte.

Nachdem ihm aus der blutgetränkten weißen Uniform geholfen worden war, hatte Rodolfo Graziani seiner Frau zugerufen: »Sie darf nicht gewaschen werden!« und war in Ohnmacht gefallen.

Als er im Krankenhaus erwachte, verspürte er einen Schmerz in der Leistengegend. Einen reißenden Schmerz, der doch nicht so schlimm war wie der damit einhergehende Gedanke: »Ich bin kein Mann mehr.« Mühsam tastete er mit der verbundenen Hand unter die Bettdecke und fand mit unsagbarer Erleichterung, was er suchte. Sein Glied ruhte, wenn auch verkrustet von geronnenem Blut, zusammen mit den Hoden wie faules Obst zwischen Schenkeln und Laken. Langsam war seine Angst aus dem Brustkorb gewichen, hatte aber eine Schmutzspur wie nach einem Hochwasser hinterlassen, einen dreckgekrönten Schaum aus Hass. Auch jetzt noch, Wochen später, wurde sein Körper immer wieder von Wellen des Zorns durchzuckt. Eine nicht greifbare Bitterkeit, außerhalb jeder Zeit, dumpf und übelriechend wie die leeren Tage in diesem keimfreien Zimmer, dafür viel lebhafter. Sein Hass kannte keine Hierarchien. Sicher, er hasste die fünfundvierzig hochgestellten Abessinier, die noch am Abend des Anschlags erhängt worden waren und geschrien hatten: »Es lebe der Negus!« (welch lächerliches Heldengetue in ihren braunen Gesichtern). Nicht so sehr jedoch wie General De Bono, den Nachkommen eines Markgrafen, der Graziani erst zu seinen Empfängen geladen hatte, als er zum Vizekönig ernannt worden war. Natürlich hasste er die Eingeborenen von Addis Abeba – Ehre sei den Schwarzhemden und vor allem dem Sektionssekretär Cortese, die ihn in den Tagen nach dem Attentat mit größter Effizienz gerächt hatten –, aber nicht mehr als Lessona, den unfähigen Minister, der in den mittlerweile acht Monaten des Imperiums nicht in der Lage gewesen war, eine Kolonialpolizei aufzubauen. Und beim Gedanken an die Führer des Parteibüros und der Zivilverwaltung verzogen sich Grazianis Lippen zu größter Verachtung. Handgranaten mitten in der Hauptstadt, wohlbekannte Verdächtige, die frei herumliefen – und wo waren sie? In den Betten der Negerinnen. Ob nun Adlige oder Verwandte des Negus, waren sie doch immer noch Negerinnen. Die beiden waren nicht nur echte Idioten, sie waren auch degeneriert. Es mag ja angehen, seine männlichen Instinkte auszuleben, aber sie sich ins Haus zu holen? Manche Männer sollte man wirklich entmannen, das war das Einzige, was man von den Abessiniern lernen konnte. Weg damit, zack zack, abschneiden!, wie es Königin Taytu bei den verwundeten Italienern getan hatte. Oder wenigstens ein für alle Mal das verfluchte Madamato verbieten.

Wie er die Amharen hasste. Die Amharen, die es gewagt hatten, Granaten auf ihn zu werfen. Während er Geld an die Armen verteilte.

Glühender Hass stieg dann in ihm auf, so glühend wie die Bombensplitter, die sich in seinen Leib gebohrt hatten und die er sich nachts im Traum mit verwundeten Fingern aus dem Fleisch zog wie Kohlen aus einem Feuer. Die blutige weiße Uniform war es, die nach altem Rost roch. Er hatte sie sich nach einigen Tagen von Ines aufs Zimmer bringen lassen. Er wollte sie sehen, sich den riesigen braunen Fleck einprägen, jeden Riss, jeden Schnitt, um sich immer daran zu erinnern, was sie ihm angetan hatten, seine Feinde, die Amharen.

Dieser Hass hatte ihn vielleicht am Leben gehalten.

Was er auch dem Duce schrieb: »Der Amhare ist der Erzfeind Nummer eins.« Somalier, Eritreer, Tigriner, Galla, Borana, kein anderes noch so treuloses oder primitives Volk war für die Italiener so brandgefährlich. Das wusste er nur zu gut seit dem Tag, als er auf dem Boden dieses Schachtes in der Kirche von Jijiga gesessen hatte. Im Gedächtnis eines jeden Amharen gab es einen Winkel, in dem die Erinnerung an Adua schlummerte, wie eine scharfe Bombe in einem Keller. »Fünf Jahre und keinen Tag mehr«, krakeelten ihre zerlumpten Wahrsager. Nun waren sie bezwungen und vergaßen doch niemals, dass sie einmal, jenes eine Mal, den Italiener besiegt, ihn ermordet und entmannt hatten. Und das wollten sie immer und immer wieder – töten, entmannen. Wieder tastete seine Hand nach seinem Geschlecht. Und wieder mischte sich seine Erleichterung mit dem Furor der Empörung. Der Angriff hatte seiner Männlichkeit gegolten, mehr noch als seinem Leben! Das nämlich waren die Amharen: ein gefangener Tiger, der vor noch nicht allzu langer Zeit italienisches Fleisch gekostet hatte. Jeder Tierbändiger mit Sinn und Verstand würde ihn töten, denn ein Tiger, der Menschen frisst, darf nicht am Leben bleiben. Aber nein. Nun bekamen sie gar nicht genug von so schönen Sätzen wie »Wir werden das römische Recht in die Kolonien tragen«. »Nicht mit Gewalt werden wir herrschen, sondern mit unserer überlegenen Kultur«, und was der Phantastereien mehr waren. Ergebnis: Er lag in diesem Krankenbett und war nur durch Zufall noch am Leben. Nur durch Zufall noch ein Mann.

Doch an der Spitze seines Hasses rangierte eindeutig Badoglio. Er spielte sich nun als Vater des Vaterlandes auf, als großherziger und generöser Anführer, doch in Libyen war er es gewesen, der falsche und gefallsüchtige Piemonteser, der ihm befohlen hatte, voranzuschreiten, »und sollte die ganze Kyrenaika dabei draufgehen«. Das hatte er ihm sogar geschrieben. Und sich natürlich nicht beklagt, als er Omar al-Mukhtar zum Teufel gejagt hatte. Noch heute erinnerte sich Graziani mit Freude an den alten Mann in seinen Lumpen, der in die Luft trat, als der Strick ihm das Genick brach. Ein Schwall bitterer Wut, schwarz und rasend, schwappte ihm durch die Venen, wenn er an diese Sesselwärmer dachte, die keinen einzigen Tag selbst in der Wüste gekämpft hatten und alle Schmutzarbeit Rodolfo Graziani überließen. Um ihn danach einen »Schlächter« zu nennen.

Der Duce war überhaupt der Einzige, der eine klare Vorstellung davon hatte, was in Abessinien zu tun war. »Radikale Säuberung« hatte er ihm noch am Abend des Attentats telegrafiert. Weise Worte, die Graziani getröstet hatten in seinem Hundeelend aus Schmerz und Todesangst. Ja, radikale Säuberung: Das konnte er, das hatte er schließlich schon in der Kyrenaika getan. Er wusste, wie mit Rebellen umzugehen war, anders als die feinen Herren von der Militärakademie, die nur den Frontenkrieg kannten, die Schachzüge der Bataillone. Es genügten zwei Worte: kollektive Verantwortung. Ein Bandit greift einen Lastwagen an? Dann mache sein Dorf dem Erdboden gleich, erschieße die Männer und überlasse die Frauen deinen Soldaten. In einer Oase verstecken sich Bewaffnete? Dann lasse aus einer Caproni einen schönen Yperit-Regen darauf niedergehen. Und alle anderen stellst du auf die Felder, wo sie keinen stören, fernab der Karawanenstraßen, ein einziger Brunnen für zehntausend Leute. Eine Begrenzung aus Stacheldraht rund um das Lager, ein paar Löcher als Latrinen. Einmal hatte er in der Kyrenaika einen Erkundungsflug gemacht, und was er sah, hatte ihm gefallen. Die geraden Linien der Zelte formten perfekte Quadrate in die leere Sahara, dieselbe rechtwinklige Präzision der Castra Praetoria, mit denen Rom tausend Jahre lang die Welt beherrscht hatte. Nur eben mitten im Nichts, und nicht mit Zenturios, sondern Beduinen bevölkert, viele Tausend Männer, Frauen und Kinder mit nichts um sich herum als dieser ungesund gelben Fläche. Der rechte Ort für Aufständische – das Nichts.

In seinem Krankenhausbett in Addis Abeba lächelte Graziani in sich hinein, als er an den Satz dachte, den er einer spontanen Eingebung folgend an jenem Tag auf das Tor in der Wüste hatte schreiben lassen: DEN ARABERN IST ES NICHT VERBOTEN ZU STERBEN.

In den Jahren danach war mehr als ein Drittel der gut hunderttausend eingesperrten Senussi in den italienischen Konzentrationslagern in Libyen genau dieser einzig explizit erlaubten Aktivität nachgegangen. Unterstützt von Durst, Hunger, Flecktyphus und anderen Krankheiten, zubetonierten Brunnen und zahlreichen Hinrichtungen. Kurz bevor sie geschlossen wurden, war sogar noch eine deutsche Delegation vorbeigekommen und hatte ihre perfekte Organisation bewundert. Die Deutschen hatten sich zahlreiche Notizen gemacht im Hinblick auf eventuell anstehende Notwendigkeiten (über deren Gründe sie sich nicht genauer auslassen wollten), selbst ebenso gut strukturierte Lager errichten zu müssen.

Und so wurde die Kyrenaika befriedet.

Eben. Und dasselbe war hier in Abessinien zu tun. Addis Abeba dem Erdboden gleich machen. Die Stadt den Italienern überlassen und die Eingeborenen deportieren. Der richtige Ort war das Dhalak-Archipel, der wüstenähnlichste Ort vor

Arabien. Gewaltmärsche bis Massaua, egal ob man unterwegs Leute verlor. Von da auf dem Schiff bis zur Insel Nokra, wo es bereits ein von Eritrea gebautes Gefängnis gab, fünfzig Grad im Schatten und eine Million Steine. Die Deportierten konnten in Steinbrüchen arbeiten und so zum Bau der für das Imperium notwendigen Straßen beitragen. Auf dem Landungssteg würde sie ein Spruch in ihrer merkwürdigen Sprache empfangen, welche die etwas Gebildeteren den Analphabeten vorlesen konnten: DEN AMHAREN IST ES NICHT VERBOTEN ZU STERBEN.

Im Operationssaal hatte Graziani drei Maschinengewehre postieren lassen, eines an der Tür und zwei neben den Fenstern; dann noch eines im Flur und um das Krankenhaus einen Ring aus bewaffneten Wachen, der durch das ganze Viertel führte. Tag für Tag kam er wieder, um sich jeden Granatsplitter einzeln aus dem Bein ziehen zu lassen.

»Die ganze Welt will nichts anderes, als dass du dich wieder erholst, hab keine Angst«, sagte Ines, als sie ihn auf sein Zimmer zurückschoben, er noch wirr vor Schmerzen, nachdem sie wie Inquisitoren sein Fleisch gemartert hatten. In diesen Momenten liebte und hasste er sie, denn sie war die reinste, schönste, beste Frau der Welt und hatte doch nichts begriffen. Es stimmte nicht, dass die Welt ihm gute Genesung wünschte. Die Welt wollte seinen Tod. Bevor er in einen unruhigen Schlaf fiel, erwiderte der Vizekönig von Italienisch-Ostafrika diesen Wunsch aus ganzem Herzen.

Mussolini fuhr noch Ski am Terminillo, als ihn Grazianis Telegramm erreichte. Er bat um die Erlaubnis, Addis Abeba dem Erdboden gleich zu machen und die hunderttausend Einwohner – Alte, Frauen und Kinder inklusive – zu deportieren. Der Kolonialminister Lessona war aus Rom herbeigeeilt und schleppte sich mit eiskalten Füßen hinter dem Duce durch den

Schnee. Er hatte ihm noch einen zweiten Brief von Graziani mitgebracht. Er enthielt ein paar delikate Fotos von dem halbnackten Marschall (einige als Ganzkörperbild, andere als unangenehm intime Nahaufnahme), die entschieden mehr zeigten, als von einem Vizekönig oder auch jedem anderen zu sehen sein sollte. Ihr Zweck, so erklärte das beiliegende Schreiben, bestand darin, dem Duce jeden Zweifel an einer Sache zu nehmen: Rodolfo Graziani war bei dem Anschlag entgegen allen bösen Gerüchten nicht entmannt worden.

»Er ist verrückt geworden«, sagte Mussolini. »Er muss abgezogen werden.«

In der Zwischenzeit war der Aufstand von Godscham losgebrochen. Der Duce wartete also noch sechs Monate ab, um den Marschall nach Italien zurückzubeordern, und befahl ihm, »die Getreuen zu belohnen, die Anführer zu bestrafen, vor allem wenn es Abtrünnige waren, und dabei die Volksgruppen zu verschonen, von denen es keinen Beweis des Komplizentums gibt, sowie den massiven Einsatz von Luftkräften und Gas einzuplanen«. Denn vermochten die Verrückten auch nicht zu regieren, waren sie doch für die Drecksarbeit immer noch die besten.

Als Lidio Cipriani sich auf den Rückweg nach Italien machte, verabschiedete er Attilio freundschaftlich, trotz des Scherzes, den dieser und Bertoldi sich in der letzten Nacht in Massaua mit ihm erlaubt hatten. Der Anthropologe hatte in seinem Schlafzimmer drei unbekleidete *sciarmutte* vorgefunden, jede mit einem Schild in der Hand: TYP TIGRINERIN, TYP KEREN, TYP BILENA. Dieses eine Mal hatte Cipriani in ihr Gelächter mit eingestimmt.

Auch sonst war er bester Laune. Drei Kisten mit Masken würde er von seiner Reise nach Hause bringen, dazu einen Koffer voll mit Messdaten, Tausende Negative, unzählige Objekte größten Interesses. Überraschend großmütig hatte er also beschlossen, die Dienste der Mädchen nicht zu verschwenden, ohne aber selbst davon Gebrauch machen zu wollen. Eine Dirne landete in Bertoldis Zimmer, zwei bei Attilio. Seine Großzügigkeit bemaß sich nach dem Beitrag zum Erfolg der Expedition: »Profeti hat mehr riskiert«, erklärte er, »indem er einen Trupp bewaffneter Askaris angeführt hat«.

Vor der Abreise hatte der Anthropologe Attilio von dem Zeitschriftenprojekt des Verlegers Telesio Interlandi erzählt. Nach Generationen dekadent-liberaler Erziehung standen die Italiener fürchterlich unvorbereitet vor den Aufgaben des Rassismus und seinen spirituellen Herausforderungen. Sie mussten erzogen werden, mit Hilfe von Wissenschaft, Gesetz und moralischem Vorbild.

»Ihr, Profeti, seid intelligent und von rascher Auffassungsgabe, Ihr habt für das Imperium gekämpft, Eure Erfahrung als Faschist in Afrika ist beispielhaft. Möchtet Ihr bei uns mitmachen?«

Attilio traute seinen Ohren nicht. Er, Mitarbeiter einer Monatsschrift, gegründet von dem *Quadrivium*-Chefredakteur höchstpersönlich? Wäre Cipriani ein anderer Charakter gewesen, er hätte ihn umarmt.

Erst bei seiner Rückkehr nach Addis Abeba erfuhr Attilio die ganze Wahrheit über das auf den Anschlag erfolgte Massaker. Nur von Afeworks Tod erfuhr er nichts. Zu keiner Zeit kam irgendjemand auf die Idee, ihn über das Schicksal eines Postträgers in Kenntnis zu setzen.

Auch Carbone nicht, den Attilio besuchen ging. Er wohnte in einem niedrigen Haus aus hübschen Ziegeln und Wellblechdach, direkt an einer unbefestigten Straße. Sie fiel steil ab und bei jedem Regen bildeten sich tiefe Rinnsale.

»Ich repariere Fahrzeuge, die nur noch bergab fahren«, sagte sein Mechanikerfreund, als er eintrat, »und wenn ich sie zurückgebe, fahren sie mit voller Kraft aus dem Stand bergauf. Diese Straße ist die beste Werbung für meine Werkstatt.«

Er bat ihn, auf dem großen Sofa aus dunklem Holz mit Löwenköpfen an den Füßen Platz zu nehmen. Es war zu groß und luxuriös für das bescheidene Haus.

»Sie haben es bei einem Neffen des Negus geplündert«, erklärte Carbone, »aber da es offensichtlich zu schwer war, ließen sie es in einem Graben liegen. Da bin ich mit dem Lieferwagen hin und habe es geholt.« Er wies mit dem Kinn auf die junge Frau, die still zu ihren Füßen saß und den Kaffee vorbereitete. »Maazas drei Brüder haben mir geholfen.«

Das Mädchen war fünfzehn, höchstens sechzehn Jahre alt. Mit ihrem zierlichen Körper hockte sie reglos neben dem Tablett mit den Tässchen, dem Sieb und dem Herd wie eine kleine Pyramide. Ihre Hände hingegen bewegten sich flink und geschickt, rösteten und mahlten mit kräftigen Bewegungen die Kaffeebohnen. Auch in ihren Augen spiegelte sich der Kontrast zwischen Ruhe und Aktion. Das linke ruhte starr und gläsern unter dem hängenden Lid, das rechte hüpfte ununterbrochen zwischen Kaffee und den zwei Männern auf dem Sofa hin und her. Seit Attilio da war, hatte sie kein Wort gesagt, und doch war klar, dass sie sich nicht eine Silbe des Gesprächs entgehen ließ.

»Ich habe sie in der Werkstatt versteckt gehalten«, fuhr der Mechaniker fort, »in einem Lastwagen. Vier Tage haben sie dort drinnen gehockt, ohne einmal herauszukommen. Ich habe ihnen einen alten Topf für ihre Notdurft gegeben, sie wollten nicht ins Haus, aus Angst, von den Nachbarn gesehen zu werden. Und sie hatten Recht. Für einen Neger war es in jenen Tagen schon riskant, nur die Nasenspitze zu zeigen.«

Die junge Frau zu seinen Füßen hob den Blick von dem kleinen Herd, auf dem der Kaffee kochte, und sah ihn mit unendlicher Hingabe an. Carbone wandte sich ihr zu, doch er schien weniger ihren Blick zu erwidern, als einen Film anzusehen, der auf ihrem Gesicht ablief.

»Ich weiß nicht, wer die waren, die da durch die Straßen gezo-

gen sind ... aber eines weiß ich: Wenn sie verheiratet sind, dann mit einer italienischen Frau. Wenn du eine Abessinierin liebst, würde es dir niemals einfallen, ihre Verwandten zu ermorden.«
Dann sah er auf den Boden und schwieg lange. Als er weitersprach, schien jedes Wort tonnenschwer zu wiegen. »Aber einen von ihnen habe ich erkannt. Nigro.«
»Nigro!«, rief Attilio aus. »Dieser Tölpel?«
Carbone sah nicht auf. »Sein schwarzes Hemd war blutverschmiert, und auch sein Gesicht, die Hände und ...«
Er brach ab. Seine Lippen zitterten, eine Weile konnte er nicht weiterreden. »Er hat mich nicht wiedererkannt.«
In jener Nacht konnte Attilio nicht schlafen. Seine Gedanken schoben ihm die Worte wie fleißige Arbeiterbienen kreuz und quer durch den Kopf, mit denen das frühere Schwarzhemd und der jetzige Mechaniker von Italienisch-Äthiopien ihn verabschiedet hatte: »Du hast schon immer Schwein gehabt, Profeti«, hatte Severino Carbone ihm auf der Türschwelle mitgegeben, ein kleiner, vierschrötiger Mann, der aber dennoch die junge Abessinierin überragte, die wie ein Friedenszweig neben ihm stand. »Aber diesmal hast du keine Ahnung, wie viel.«
Auch ohne nähere Erklärung hatte Attilio ihn verstanden. Nun, als er auf seinem Bett auf den Morgen wartete, dachte er über sein Glück nach, das ihn nicht gezwungen hatte, auf die eine bestimmte Frage zu antworten: »Hätte ich mich wie Carbone oder wie Nigro verhalten?«

Die italienische Regierung ist gut, gut, gut.
Jeder Askari bekommt seinen Sold,
jeder Mann hat seine Arbeit,
jede Frau ihren Maria-Theresia-Taler.

Das sangen die wandernden Geschichtenerzähler, die überlebt hatten. Dem Vizekönig hatte der Kehrvers nicht gefallen, den sie früher immer gesungen hatten, den mit den fünf Jahren und keinen Tag mehr, und hatte Dutzende von ihnen töten lassen. Jetzt stimmten sie ein Lied an, das *Be telat gizé* hieß – »Zu Zeiten der Italiener«:

*Nun heißt es ›grazie‹
und jeder hat sein Stück Seife.*

Die Besatzer grinsten zustimmend, die Abessinier jedoch stießen ein bitteres Lachen aus. Denn »Italiener« war nur die wächserne Außenhülle, während *be telat gizé* noch einen goldenen Bedeutungskern hatte, der das eigentlich Wertvolle war: »Zu Zeiten des Feindes«.

Anders als viele von Attilios früheren Kameraden bei den Schwarzhemden, die nun gegen die verstreuten Guerilla-Banden kämpften, meldete er sich nicht als Freiwilliger. Er hatte keine Lust mehr auf Krieg. Daher war er sehr erleichtert, als er wieder zum Postzensor berufen wurde.

Aus den Briefen seiner Landsmänner erfuhr Attilio viel mehr über die reale Situation als die meisten nicht nur in seiner Heimat, sondern auch in den Kolonien. Gewiss hätten seine Vorgesetzten die Grundhaltung hinter manchen Briefen geschätzt, dennoch wurden ganze Sätze geschwärzt. Die Zustimmung zu exzessiver Gewalt und Willkür musste gestrichen werden. In einem Brief schwärzte Attilio beispielsweise die Beschreibung des Scharführers eines Trupps, der gegen die Guerilla im Sidamo kämpfte: »Die vier Nichtsnutze, die sich noch bewegen, tun es eher aus Instinkt denn aus Überzeugung. Sie sind müde, ausgehungert, müssen immer laufen, haben keine Frauen, sind krank, von unseren Patrouillen verfolgt wie bei der Treibjagd. Einen haben wir mit den Handgelenken an einen Lastwagen gebunden, rücklings, und als der Fahrer startete, war es lustig mitanzusehen, wie er versuchte, rückwärts zu rennen, bevor er dann stürzte und weggeschleift wurde. Geh du nur zu den Opernpremieren, meine liebe Schwester, ich gehe zu den öffentlichen Hinrichtungen.« Von dem Satz eines anderen Legionärs an seine Verlobte: »Wenn ein Italiener vorbeigeht, wird er von den Eingeborenen unterwürfig gegrüßt, auch von den Frauen, sonst gibt's Prügel!«, verschwanden die letzten drei Wörter unter Attilios schwarzem Balken.

Eines Tages fand er in einem der Briefumschläge ein Foto. Der grobkörnige Abzug war offenbar in einem Feldlabor hergestellt worden, die hellen Schlieren darauf machten das Bild fast unkenntlich. Es stellte einen jungen Mann im Halbkörperporträt dar, ein Schwarzhemd, dessen Gesichtszüge durch den schlechten Abzug kaum zu erkennen waren. Nur die weiße Zahnreihe im Gesicht ließ auf ein Lachen schließen. Hinter ihm standen drei weitere Männer, die ebenfalls sorglos froh in die Kamera blickten. Der Milizsoldat hielt einen Gegenstand in Kamerahöhe, den Attilio sofort erkannte: die klare Stirnlinie, die geschlossenen Lider, die ausgeprägte Nase. ›Woher hat das Schwarzhemd nur die Maske?‹, fragte er sich verblüfft. War vielleicht irgendwo in Abessinien noch eine anthropologische Expedition unterwegs? Ob Cipriani davon wusste? Doch dann explodierte plötzlich die Erkenntnis in seinem Gehirn wie eine Handgranate: Was das Schwarzhemd da lächelnd an den Haaren in die Luft hielt, war kein Gipsabdruck, sondern ein abgeschlagener Kopf.

Attilio saß lange am Schreibtisch, die Hände auf der Tischplatte, und wusste nicht, was tun. Er befahl sich, klug zu sein. Das Bild durfte Italien nicht erreichen, so viel war klar. Aber einfach vernichten konnte er es auch nicht. Das verbot ihm die Frage, die er – wie Carbone ihm zu verstehen gegeben hatte – bisher hatte umgehen können und die nun wieder in ihm wühlte: Was hätte ich anstelle dieser Schwarzhemden getan? Nie in seinem Leben war Attilio so nah an einer Art Selbsterkenntnis wie in diesem Moment. Doch der Moment währte nur kurz, einige Sekunden. Dann nahm er das Foto und warf es in das Kohlebecken.

Der Großteil seiner Arbeit war weniger traumatisch, aber besorgniserregender: Wie viel von der Mutlosigkeit vieler Kolonisten durfte ein Jahr nach Ausrufung des Imperiums durchdringen? »Ich bin hierhergekommen, um keine Herren mehr zu haben, doch die italienischen Herren reißen sich auch hier alles unter den Nagel. Uns bleiben nur die Fliegen, schrecklich viel Arbeit und überall schwarze Gesichter.« Viele Ansiedler verwünschten den Tag, als sie ins »verdammte Afrika« emigriert waren statt nach Amerika. Attilio überlegte lange, ob er diesen trostlosen Satz schwärzen sollte: »Ich bete zum Herrgott, dass er mich erst sterben lässt, wenn ich nach Hause zurückgekehrt bin, nicht in diesem Land der Grausamkeiten.« Am Ende fuhr er mit seiner Tinte nur über die letzten sechs Worte.

Aus den Briefen sprach abgrundtiefe Einsamkeit. Was kein Wunder war. Es gab noch so gut wie keine weißen Frauen in den Kolonien, ein Problem, das auch das Regime erkannt hatte. Die Italienische Gesellschaft für Genetik und Eugenik hatte vorgeschlagen, Waisenmädchen nach Afrika zu bringen und in Heimen aufzubewahren, bis sie im heiratsfähigen Alter waren. Doch in der Zwischenzeit gab es zu viele einsame Männer. Manchmal fand Attilio in den Umschlägen Geldanweisungen für italienische Zeitungen, um damit eine Heiratsanzeige zu bezahlen: »Ehefrau gesucht, jungfräulich, mit gutem Charakter, angenehmem Äußeren, Arbeiterin, nicht über 1,50 m.« In einigen Fällen hatten diese Inserate Erfolg. Im Postbüro kamen Briefe von offiziellen Verlobten an, von Mädchen, die in die Kolonien gehen wollten, um einen Unbekannten zu heiraten. Nicht selten schreckten sie dann aber doch zurück und sagten alles wieder ab, normalerweise kurz vor der Abreise. Der arme Heiratsanwärter flehte sie an, es sich noch einmal zu überlegen, sie antworteten immer ausweichender, schließlich trat Funkstille ein. Attilio verfolgte die Briefwechsel aus amüsierter Distanz, solidarisch zwar, aber in der fröhlichen Gewissheit, dass ihn das alles nichts anging. Er hatte jetzt Abeba.

Abeba heißt Blume, doch eine Blume, die keine Früchte trägt, verliert alle Anmut, alle Schönheit. Eine Frau zu haben, die unfruchtbar ist, heißt mit einem Sack Steine herumzulaufen. Deshalb hatte ihr Mann sich scheiden lassen.

Dabei hatte es ihn viel Mühe gekostet, die Ehe mit Abeba zu arrangieren. Ihr Vater hatte sicherstellen wollen, dass es in der Familie des Bräutigams keine gewalttätige Fehde gab, dass kein Gläubiger Anrecht auf die Besitztümer hatte und vor allem dass bei den Vorfahren keine Spuren unreinen Blutes zu finden waren: keine Diener, Hexer, Schlosser, Goldschmiede, Geigen- oder Flötenspieler. Obwohl er ein recht gebildeter Mann war – er konnte lesen und schreiben, wenn auch mit Mühe –, traute Abebas Vater den Unterlagen nicht, denn alles, was man schreiben kann, kann man auch fälschen. Also hatte er die zukünftigen Schwiegereltern, die Ältesten des Hauses und auch die Brüder und Schwestern des Bräutigams gebeten, mit lauter Stimme ihre Herkunft aufzusagen. Jeder Amhare konnte von klein auf die eigenen Vorfahren aufzählen, und wer spontan einen peinlichen Namen zu ersetzen versuchte, würde ganz sicher darüber stolpern wie über einen vertauschten Buchstaben im Alphabet. Die Prüfung war gut verlaufen. Alle Familienmitglieder, alte und junge, Männer und Frauen, versammelt um die Kaffeezeremonie mit dem Rautenzweig zu Ehren des Gastes, hatten ohne sich zu versprechen oder zu zögern die Sippschaft aufgezählt. Die Reinheit des Blutes war somit bestätigt. Also ging der Vater der künftigen Braut zum Abun und bat ihn um Hilfe, den richtigen Tag für die Trauung zu finden. Es gab Tage, die günstig zum Reisen waren, aber nicht für Übereinkünfte, andere für den Krieg, aber nicht für die Liebe, an manchen waren die Dämonen besonders stark, so dass man besser zu Hause blieb, an anderen betete man besonders wirkungsvoll zu den Engeln. Schließlich war der passende Tag für die Hochzeit gefunden.

»Meine Tochter ist es gewohnt, Fleisch zu essen, also ernähre sie nicht mit Gemüse«, sagte Abebas Vater zu dem Vater des Bräutigams und eröffnete damit die Verhandlung über die Mitgift und die Aufteilung des Vermögens. Wie viele Ziegen, wie viele Kälber, wie groß das Stück Land, dessen Ertrag der Braut die Ausgaben für die Haartracht garantierte. Endlich war man sich einig. Und das wurde auch Zeit. Die Braut war schon sieben und der Bräutigam zwölf Jahre alt.

Abeba hatte eine glückliche Kindheit. In jeder Familie brauchen die Kinder mindestens einen Erwachsenen, den sie fürchten, und bei ihr war es der Großvater. Er peitschte sie aus, wenn sie es den Älteren gegenüber an Respekt fehlen ließen und mehr an sich selbst dachten als an die Geschwister und Freunde, wenn sie logen, wenn sie keck eigene Wünsche äußerten, wenn sie nicht bei jeder Gelegenheit daran dachten, was andere dazu sagen könnten – kurz, wenn es ihnen an *yilugnita* mangelte. Manchmal war er gnadenlos. Als ihr Bruder Bekele mit acht Jahren, also in einem Alter, in dem man schon die Feiertage achtete, während der Fastenzeit zwei noch warme Eier frisch vom Huhn trank, hing der Großvater ihn kopfüber an einem Baum auf, bis er sich gelb erbrach und bewusstlos wurde. Da erst befahl er, ihn vom Baum abzunehmen. Niemand der Erwachsenen ging zu Bekele, um ihn zu trösten, was er auch gar nicht erwartete: Ein Amhare zeigt weder Schwäche noch Schmerz. Nur die kleine Abeba blieb bei ihrem Lieblingsbruder, wenn auch mit etwas Abstand, um nicht bestraft zu werden. Bis er aus eigener Kraft wieder aufstehen konnte.

Der Großvater war aber vor allem streng mit sich selbst. Er behandelte den eigenen Körper wie einen ungeliebten Gast, den er gerne losgeworden wäre: Er hungerte ihn aus, indem er wochenlang nichts aß, in der heißen Jahreszeit gelobte er, ganze Tage nichts zu trinken, rezitierte mit glänzenden Augen Heiligengeschichten, deren Martyrien bei den Hinrichtungen er bis ins kleinste Detail beschrieb. Im Dorf war bekannt, dass er hin und wieder mit Engeln sprach, vor allem in den Tagen des Fastens, und manch einer ging zu ihm und bat ihn, von diesen Unterhaltungen zu erzählen. Doch nicht alle verstanden, was er sagte, denn seine Worte waren sowohl Gold als auch Wachs. Abeba aber begriff ihre wahre Bedeutung, die nicht für Tölpel gedacht war, und das machte sie stolz.

»Du wirst deinen Malztrank nicht mehr finden«, erwiderte der Großvater rätselhaft einem Mann, dem er einen Traum deuten sollte. Der Mann ging kopfschüttelnd von dannen, während die Enkelin genau wusste, was er ihm gesagt hatte: »Deine Geliebte hasst dich, von heute an wird sie dich abweisen.«

Die kleine Abeba litt also nie wie die anderen Enkel unter der asketischen Härte der Peitsche. Kurz bevor er starb, richtete der Großvater auf die Frage, wie ihr eigener Schutzengel aussehe, mit nie gekannter Güte seinen Blick auf sie.

»Er sieht genauso aus wie du«, sagte er, »doch in seinen Augen strahlt das Licht des Himmels und zwischen seinen Fingern das göttliche Feuer. Dein Schutzengel dient dir weniger als Beschützer denn als Spiegel.«

Abeba hatte noch nie einen Spiegel gesehen. Im ganzen Dorf gab es keinen. Manchmal erblickte sie den Widerschein einer Gestalt auf dem Grund des Brunnens, an dem sie mit ihren Freundinnen Wasser holte. Ihre Züge waren verzerrt und dunkel, sie hob die Arme, wenn sie sie hob, und Stirn und Nase waren von der hochstehenden Sonne erhellt. Von ihr erfuhr sie nichts, was sie nicht schon wusste. Wie jeder andere im Dorf fand auch sie das einzig wahre Abbild von sich selbst in den Augen der anderen. Und da man ihr oft sagte, dass sie ein hübsches

Mädchen sei, sah sie sich auch so. Während sie sich die wenigen Male, die sie ausgeschimpft wurde, hässlich fühlte, abgrundtief hässlich, schrecklicher als der Drache mit schwarzem Blut, den der Heilige Georg geviertelt hatte.

›Wie sieht ein Spiegel aus?‹, hätte sie daher gerne den Großvater gefragt. Doch zu oft hatte sie gesehen, wie der Stock auf dem Rücken dessen landete, der dumme Fragen stellte. Daher behielt sie ihre Neugier für sich.

Die Erwachsenen waren auch deshalb mit Abeba nachsichtig, weil sie das jüngste von dreizehn Geschwistern war und die Mutter bei ihrer Geburt gestorben war. Sie durfte länger als die anderen auf dem Schoß der Großmutter sitzen. Und sie lehrte sie auch, als sie sechs war, wie man einen Lappen um den Kopf bindet und den Dampf der im Sud brodelnden Blätter der Wolfsmilch einatmet, um sich die Gesichtshaut aufzuhellen.

»Wenn du gut inhalierst, heiratet dich der Sohn des Ras, wie im Märchen.«

Sie erzählte ihr die Geschichte von dem Mädchen, dessen Haut so hell war wie der Mond und das auf dem Markt einmal dem Sohn eines Ras begegnete, dessen Herz beim Leuchten ihrer Stirn von tiefer Liebe durchdrungen wurde. Durch die Menge wurden sie getrennt, und er ließ sie in ganz Amhara suchen, weil er sie heiraten wollte. Doch er konnte sie nicht wiedererkennen: Ihre eifersüchtigen Schwestern – deren Haut viel dunkler war – hatten ihr Gesicht mit Ruß geschwärzt, bis sie ganz hässlich war, und nannten sie aus Vergnügen Asche. Sie selbst machten ihre Dampfbäder, wie die Großmutter es nun für Abeba tat, um blass zu werden, damit der Sohn des Ras sie zur Frau nehmen würde.

»Und findet er sie am Ende?«, fragte Abeba.

»Ja, denn einmal erlauben die Schwestern Asche, hinauszugehen. Die Sonne scheint, doch in diesem Jahr kommt die Regenzeit früher. Plötzlich beginnt es zu regnen und ihr Gesicht wird nass. Die Vorübergehenden sehen ihre helle Haut. Der Sohn des Ras erfährt davon und schickt seine Sklaven, um sie mit dem Baldachin zu holen. Und heiratet sie.«

Abeba hatte andächtig dem Märchen gelauscht. Sie starrte auf das Feuer in der Mitte der Hütte, auf dem der Topf mit den siedenden Wolfsmilch-Blättern stand.

Sie schwieg so lange, dass die Großmutter sie schließlich fragte: »Was ist, Mäuschen?«

Ein Kind darf niemals einem Erwachsenen widersprechen, Abeba wusste das. Und ein Mädchen sprach sowieso besser so wenig wie möglich. Doch ein Gedanke in ihrem Kopf ließ ihr einfach keine Ruhe.

»Magst du die Geschichte nicht?«

»Doch, Großmutter, aber ...« Sie hatte das »aber« nicht zurückhalten können. Nun konnte sie genauso gut weiterreden.

»Aber der Sohn des Ras hat sich in sie verliebt, weil sie mit heller Haut geboren wurde, nicht wegen der Inhalationen. Die haben die bösen Schwestern gemacht, und es hat ihnen nicht geholfen.«

Abeba zog die Schultern ein vor dem Schlag auf den Kopf, der nun sicher ihre Frechheit bestrafen würde. Aber er kam nicht. Auf der Stirn der Großmutter zeichnete sich eine Falte ab, doch es war kein Zorn. Es waren Stolz und Sorge zugleich um ihre scharfsinnige kleine Enkelin. Denn zu viel Intelligenz ist für eine Frau ein bitteres Glück.

Nach der Hochzeit lebte Abeba weiterhin bei ihren Eltern. Morgens ging sie in das Haus des Bräutigams, mahlte mit der Schwiegermutter das *teff*, zerdrückte im Mörser das *berbere* und servierte ihm das Essen. Sie fütterten sich gegenseitig mit in Soße getunktem *injera*, denn Verliebte müssen sich umsorgen wie man Kinder umsorgt, und abends kehrte sie zum Schlafen in die väterliche Hütte zurück. Mit elf Jahren, als sie erwachsen wurde, zog sie um. In der Hochzeitsnacht war Abeba bereit zu schreien, zu kratzen und sich mit ganzer Kraft zu wehren, wie die Tradition es verlangte. Doch ihr Mann hatte sich nach einem schwachen Versuch weggedreht und war eingeschlafen.

Abeba merkte schnell, dass das Feuer, das in seinem Schoß brennen sollte, recht wenig wärmte. Die Schwiegermutter wartete einige Jahre, ehe sie sie als unfruchtbar erklärte, doch bis dahin schlug sie sie. Zuerst allein, dann mit dem Sohn zusammen. Sie zerrte sie an den Haaren, er stieß sie zu Boden und trat sie. Einmal steckten sie sie von mittags bis zum Sonnenuntergang in einen der großen Körbe, in denen das Korn gelagert wurde und die auf breiten Querbalken vor der Hütte standen. Abeba verging fast vor Durst, doch keiner der Diener hatte den Mut, ihr Wasser zu bringen. Nach ein paar Stunden in der prallen Sonne gesellte sich ihr Schutzengel zu ihr. Sein Gesicht war mandelförmig mit sehr hoher Stirn, auf dem Kopf hatte er kleine Zöpfchen und seine Hände strahlten so hell, dass man kaum hinsehen konnte. Er lächelte sie wunderbar an und flüsterte ihr die Worte ihres Vaters zu, die sie als Kind immer gehört hatte: »Du bist mein kleines Zicklein, du leuchtest so hell wie der Mond, und bist süßer als der wilde Honig.«

Als sie Abeba befreiten, schwankte sie und hatte die Haare voll mit Stroh, doch sie senkte den Blick nicht. In dieser Nacht gelang es ihrem Mann, sie zu penetrieren, nachdem er ihr lange ins Gesicht geschlagen hatte, doch kein Seufzer kam über ihre Lippen. Sie war dreizehn Jahre alt.

Alle dachten, mit dem ersten Kind würde alles besser werden, doch ihr Bauch blieb weiterhin flach. Jeden Monat, wenn ihr das Blut die Beine hinabrann, überzog die Schwiegermutter sie mit Tritten und Flüchen. Als endlich die Scheidung beschlossen wurde, waren alle erleichtert, auch Abeba. Das Fetha Negest, das Gesetz des Königs, war auf ihrer Seite. Nach abessinischem Recht erhielt eine Frau, die nach dem kompletten Ritus geheiratet hatte, bei der Scheidung ihre gesamte Mitgift zurück. Am

Tag, als der *shumagalle* das Urteil verkündete, bereitete Abeba wie gewohnt im Haus ihrer Schwiegereltern das Essen. Sie war so dankbar, dass sie sie frei ließen. Zum ersten und letzten Mal war die Zärtlichkeit ehrlich, mit der sie ein Stück gut getränktes *kitfo* in den Mund ihres nun Ex-Mannes schob.

Ihr Bruder Bekele holte sie ab, um sie zu ihrem Vater zurückzubringen. Den ganzen Weg über machte er sich lustig über sie. »Jetzt kann ich dich wieder schlagen, wie früher als Kind.« Sie lachte. »Lieber von Verwandten bespeichelt, als von Fremden geschmeichelt.«

Und als sie zu Hause in die Arme ihrer Großmutter sank und ihren Duft einatmete, wusste sie, wie viel Wahrheit in dem Sprichwort steckte: Die wahre Familie einer Frau ist die, in der sie geboren wird, nicht die angeheiratete, denn Blut ist stärker als alles andere. Doch nun waren die Italiener da.

Bekeles Frau hatte zu ihm gesagt: »Möchtest du etwa noch einmal geboren werden? Wenn du nicht in den Kampf ziehst, ist mein Bauch für dich verriegelt!« Er und sein Vater schlossen sich der Armee von Ras Mulugeta an. Der alte Vater starb an den Ufern des Tekeze-Flusses. Als Bekele viele Monate später ins Dorf zurückkehrte, war er nur noch Haut und Knochen, und seine Augen waren starr und ohne Lidschlag.

»Sag uns, wie es im Krieg war«, fragten ihn alle, doch sie erfuhren nur, dass er bei Enderta gekämpft hatte, zu Füßen eines Amba mit Namen Aradam. Zum ersten Mal in ihrem Leben sah Abeba bei ihrem Lieblingsbruder, der sonst so beredt und wortgewandt war, wie eine Erzählung, die nicht hinauswollte, ihn verschloss. Als er erfuhr, dass der Negus Haile Selassie Addis Abeba verlassen hatte und ins Exil gegangen war, bestrich sich Bekele das Gesicht mit Erde und weinte einen ganzen Tag.

Einige Zeit später trat der Resident der örtlichen *talian* sein Amt an. Die Hände und das Gesicht des Schwarzhemdes waren so weiß wie eine Zwiebel, und wer näher an ihn herankam, berichtete, dass er auch so roch. Als ein Mann sich während seiner Ehrenparade nicht verbeugte, ließ er ihm und sämtlichen Verwandten dreißig Peitschenhiebe geben. Dieses Verhalten erwartete man von einem Sieger, zumal der Bestrafte nur ein armer Bauer war und nicht von edlerem Blut wie Abebas Familie. So gewann der Resident den Respekt der Bevölkerung.

Wenig später entstanden im Dorf die Baustellen für die neue Straße, die nicht weit entfernt vorbeiführen würde. Der Arzt richtete für Arbeiter und Anwohner eine Krankenstation ein, weshalb manche dachten, dass die Invasion auch ihr Gutes habe. Vielleicht war es an der Zeit, ein bisschen von der Welt dort draußen zu lernen, meinten sie. Die anderen aber, also all jene fernab der Straßen und Schauplätze der Schlacht, also die Mehrheit der Äthiopier, merkten von der Präsenz der *talian* herzlich wenig.

Eines Nachts träumte Bekele von seinem Vater, der zu ihm sagte: »Lass nicht zu, dass ich ein zweites Mal umgebracht werde.«

Am nächsten Tag hörte man auf dem Markt erschreckende Gerüchte. Ein paar Patrioten hatten versucht, den Anführer der Italiener umzubringen, der sich aber trotz seiner Verletzungen gerettet hatte. Addis Abeba war tagelang die Hölle auf Erden. Dutzende Adlige waren erhängt worden, und im ganzen Land hatte es Hinrichtungen, zerstörte Klöster und Terror gegeben. In Debre Libanos waren in wenigen Stunden viele Hundert Mönche abgeschlachtet worden. Bekele dachte erneut an die Worte des Vaters und grub die Waffen wieder aus, die er nach dem Krieg unter der Sykomore verscharrt hatte. Er war nicht der Einzige.

Da saß er, ihr *talian*, gebeugt am Schreibtisch, während sie das Abendessen zubereitete. Wie viel er schrieb! In der Regel Briefe an die Mutter, hatte er ihr erklärt. Abeba mochte seine Hingabe als Sohn an die Frau, die ihm das Leben geschenkt hatte.

Attila war gut zu ihr. Er schlug sie nicht, gab ihr zu essen, ließ sie in seinem Haus wohnen, das nicht aus Stroh und Holz erbaut war wie das des Vaters, sondern aus Steinen. Er fragte sie: »Musst du einkaufen?«, steckte seine Hände in die Tasche und gab ihr alles Geld, das er dort fand.

Ja, er war gut zu ihr. Das war er vom ersten Tag an gewesen, in ihrem Dorf, als der Mann mit dem dunklen Kasten vor dem Gesicht sie vor eine weiße Leinwand gestellt hatte. Er hatte ihr durch den Dolmetscher gesagt, sie solle ihr Kleid herunterziehen, was große Bestürzung in ihr ausgelöst hatte. Nie hatte sie sich so entblößt, vor allen. Sie dachte aber, keine Wahl zu haben – sie waren umgeben von bewaffneten Askaris –, und hatte sich mit verbissenen Lippen auf die Schmach eingestellt. Doch während sie ihren Busen entblößte, war Attila – dessen Namen sie noch nicht kannte – zu dem Mann gegangen und hatte etwas zu ihm gesagt. Der hatte das Gesicht hinter seiner schwarzen Kiste gehoben und sie durch die dicken Brillengläser abschätzig angesehen. Sie hatte innegehalten und kurz darauf hatte der Mann ihr nervös zugewunken: weg, weg.

Lange danach, als sie schon seit einem Jahr mit Attila zusammenlebte, fragte Abeba ihn, was er damals zu dem Mann gesagt habe, damit er sie gehen ließ.

»Dass du zu schön bist. Viel schöner als eine italienische Frau.« Sie spürte eine Wärme in ihrer Brust aufsteigen. »Schöner als eine Weiße?«

»Ja, obwohl du schwarz bist.«

»Ich bin nicht schwarz. Ich bin rot.«

Er brach in Gelächter aus. »Rot! Du bist gut.« Er packte sie am Ellbogen. »Und was ist mit diesem kaffeebraunen Arm?«

Sie hätte ihm gerne erzählt, was jedes amharische Kind wusste: dass nämlich ursprünglich ihr Volk dieselbe helle Haut der *talian* gehabt hatte, die sich aber unter der afrikanischen Sonne dunkel gefärbt hatte. Weiß konnten sie sich nun nicht mehr nennen, aber schwarz waren die Sklaven: die Nuer, die Berta, die Shangalla. Die Amharen nicht – sie waren rot. Doch Abeba hatte geschwiegen. Von klein auf hatte sie die Kunst gelernt, nicht zu widersprechen. Dennoch begriff sie weiterhin nicht, warum dem *talian* mit der Brille ihre Schönheit nicht gefallen hatte.

»Weil du die italienischen Frauen hässlich dastehen lässt«, beantwortete Attila ihre Frage.

Abeba hielt das für einen Witz und küsste ihn lachend.

Dabei war es wirklich so.

An jedem einzelnen Tag der Expedition hatte Cipriani zugeben müssen, wie attraktiv die Abessinierinnen waren. Nichts zu machen, selbst nach dem klassischen Kanon der Anthropometrie waren sie zum überwiegenden Teil schön. Als Wissenschaftler mit einem Geist, der frei von den Fesseln der Vorurteile war, stellte er fest, dass die Unterlegenheit der Rasse an manchen dieser amharischen Mädchen wahrlich schwer festzustellen war im Vergleich zu ihren italienischen Altersgenossinnen. Er hatte an die Worte Telesio Interlandis gedacht, die er vor seiner Abreise gesagt hatte, und musste ihm zustimmen: Seine Fotos sollten besser nicht die schwarze Schönheit verbreiten.

Als Profeti ihn aufforderte, sich das Objekt vor der Linse genauer anzusehen, hatte er daran denken müssen. Dieses Foto war nicht nur das Gegenteil von »grauenerregend«, wie der Kollege es wollte, sondern geradezu gefährlich. Dieses Exemplar von Frau hatte einen Langschädel, ein ovales Gesicht und die Nase leptorhinisch. Ihre hohe Stirn, das wusste der Anthropologe, würde von vielen unweigerlich mit Intelligenz assoziiert werden. Sie hatte weiche, aber zivile Lippen, ohne diese peinliche Prallheit, die bei so vielen Negerinnen ihre tierische, zügellose Natur offenbarten. Ihre Beine waren lang, sowohl absolut gesehen als auch im Verhältnis zu ihrem Restkörper, und die Proportion Schenkel/Rumpf wäre im Vergleich für viele Italienerinnen wenig schmeichelhaft ausgegangen. Grund genug, auf Profeti zu hören und sie wegzuschicken.

Erst am nächsten Tag begriff der Anthropologe, dass sein Scharführer noch andere Motive hatte, als er das Mädchen am Morgen aus seinem Zelt huschen und verschwinden sah. »Profeti, Ihr enttäuscht mich«, sagte er, als sie sich zum Frühstück trafen. Und zum ersten Mal schnauzte Cipriani Attilio so zornig an, wie er es sonst nur mit den anderen tat. »Ihr lasst es Euch wohl gutgehen. In einem Zelt meiner Expedition. Mit einer Negerin.«

»Macht Euch keine Sorgen, Professore«, erwiderte Attilio ruhig. »Ich habe meine Wahl wohlüberlegt getroffen.«

Ciprianis Stimme klang schrill und gereizt. »Dass sie schön ist, sehe ich selbst, Profeti. Aber Ihr wisst sehr wohl, dass ich nichts von Beziehungen zwischen den Rassen ...«

»Die Rasse ist in Sicherheit.«

Der Professore war es nicht gewohnt, unterbrochen zu werden. Die Adern an seinem Hals schwollen an, doch Attilio redete schon weiter.

»Sie ist unfruchtbar. Das haben meine Askaris auf dem Markt erfahren.«

Cipriani bekam den Mund nicht mehr zu. Die Beleidigung, die ihm auf der Zunge lag, verhakte sich in seinem Mund. Nach ein paar Sekunden schnaufte er laut, widerstrebend nachsichtig. Und musste gegen seinen Willen lächeln, als er den Kopf schüttelte.

»Ach, Profeti ... Allmählich verstehe ich, warum man Euch Attila nennt. Ihr seid eine echte Landplage ...«

Cipriani hätte weniger mild reagiert, wenn er Attilios wahren Beweggrund gekannt hätte, Abeba von der weißen Leinwand wegzuholen. Denn als das Mädchen sich das Kleid aufmachte, spürte Attilio plötzlich einen merkwürdigen Widerwillen. Die Vorstellung, dass alle – Bertoldi, Cipriani, die Askaris – ihre Brüste sehen würden, war ihm unerträglich und absurderweise nicht abzuschütteln. In dem ganzen Jahr in Afrika hatte keine einzige Abessinierin, auch nicht die gefällige »gelbe Fahne« von Adua, jemals diesen Gedanken in Attilio geweckt, wie Abeba in diesem Moment: »Ich will sie für mich allein.« In ihrer ersten gemeinsamen Nacht war Abeba nicht neben ihm auf der Feldliege geblieben, sondern hatte sich auf einer Matte auf dem Boden ausgestreckt. Daran war Attilio gewöhnt. Das taten alle Eingeborenenfrauen, mit denen er sich vereinigt hatte. Wenn es Nacht war, ließen sie ihn allein in dem Bett aus Binsen und Holz und legten sich auf den Boden. Tagsüber warfen sie sich die *shamma* über die Schultern und setzten sich draußen vor die Hütte, bis er aufwachte. Auch das war ihm neu: Als Abeba sich von ihm abwandte und auf der Erde ausstreckte, empfand er ein Gefühl des Verlusts. Er wollte sie auch beim Schlafen neben sich spüren, wollte seinen Bauch an die Kurve ihrer Pobacken schmiegen, wollte in ihre Halsbeuge atmen. Das war eigenartig. Noch nie in seinem Leben hatte er eine ganze Nacht neben einer Frau geschlafen. Es war ihm nie wünschenswert oder notwendig erschienen, so wie man auch den Ort seiner Notdurft schnell wieder verlässt. Viermal legte das Mädchen sich zum Schlafen auf den Boden, viermal in jener Nacht holte er sie zurück auf seine Feldliege. Dann, wenige Stunden vor dem Sonnenaufgang, in diesem klaren Moment kurz vor dem Einschlafen, hatte er seinen Entschluss bereits gefällt: Wenn Cipriani nach Italien zurückkehrte, würde er sie zu sich holen.

In Addis Abeba hatte er das Leben mit der Zeit als einsam empfunden. Die Freudenhäuser genügten ihm nicht, obwohl sie von Anfang an strategische Notwendigkeit des Regimes waren – das erste war wenige Tage nach Ausrufung des Imperiums eröffnet worden, und die Mädchen rochen noch nach dem Diesel der *Principessa Maria*. Er wollte auch nicht mehr in der Kantine essen, sich von den Offiziersburschen die Hemden bügeln lassen, sich abends langweilen, weil er niemanden hatte, zu dem er heimkehren konnte. Kurz, es war an der Zeit, sich eine Frau zu nehmen.

Lange danach, als sie umschlungen im Bett lagen (auf der Bodenmatte schlief sie schon längst nicht mehr), wollte Attilio etwas von ihr wissen, was ihn zuvor noch bei keiner anderen Frau interessiert hatte.

»In unserer ersten Nacht«, flüsterte er ihr ins Ohr, »wolltest du mich da genauso wie ich dich?«

Abebas lautes Lachen platzte in die wattierte Stille. »Hätte das etwas geändert?«

Einen anderen Mann hätte diese Antwort gekränkt. Attilio nicht. Er fand nichts falsch oder peinlich daran, ihre erste Begegnung als eine Ausübung von Herrschaft zu beschreiben; das Heer, dem er angehörte, hatte ihr Land erobert. Es gab also nichts daran zu deuten, wer der Stärkere war. Zudem hieß er genau darum Attila, weil er nie an seiner Wertschätzung seitens der Frauen gezweifelt hatte. Es kam ihm gar nicht in den Sinn, wegen Abebas Worten die eigene Männlichkeit in Frage zu stellen. Wenn überhaupt empfand er sie als Koketterie.

Und so war es auch. Abebas Antwort war nicht ganz aufrichtig gewesen. Als an jenem Tag ein Askari gekommen war und ihr die Einladung – besser gesagt den Befehl – des Scharführers ausgerichtet hatte, nach Sonnenuntergang in sein Zelt zu kommen, war sie darüber nicht unglücklich. Im Gegenteil. Manche *talian* hatten die Hautfarbe einer Schweineschwarte und stanken nach vergammeltem Fleisch. Sie schauderte bei dem Gedanken, so einen auf sich liegen zu haben, wie es einer Cousine von ihr auf dem Kiesbett des Flusses geschehen war. Doch Attila hatte anders auf sie gewirkt. Als sie wartend vor der weißen Leinwand stand, hatte sie ihn beobachtet, wie er mit dem nervösen Mann mit der Brille sprach. Sie hatte die beiläufige Eleganz seiner Gesten gesehen, seinen Blick in ihre Richtung, bei dem sie unwillkürlich ein Lächeln hinter ihrer Hand verbergen musste. Außerdem war sie kein junges Mädchen mehr, sie war geschieden. Sie wusste nur zu gut, dass es selten genug vorkommt, dass eine Frau einem Befehl gehorchen muss, der ihr gefällt. Wenn das passierte, musste man es nutzen.

Das hatte sie getan. Über ein Jahr war seitdem vergangen, und sie hatte es nicht bereut. Ein paar Wochen nach ihrer ersten Begegnung war er zurück ins Dorf gekommen, um sie nach Addis Abeba zu bringen.

Ihre Großmutter hatte ihn zu der Kaffeezeremonie eingeladen. Sie hatte Abeba aufs Feld geschickt, um die grünlichen Beeren vom Busch zu pflücken, während sie selbst eingehend diesen *talian* musterte, der wegen ihrer Lieblingsenkelin gekommen war. Zu viele Geschichten hörte man auf dem Markt über Frauen, die von den Italienern behandelt wurden wie Sklavinnen oder noch schlimmer, denn einer Sklavin gibt der Herr wenigstens genug zu essen, damit sie nicht umkommt. Von dem Residenten eines Nachbarbezirks erzählte man sich, dass er gegen eine Handvoll *teff* den Ärmsten, die nur Nahrung hatten, wenn andere sie wegwarfen, also fast nie, ihre jüngsten Töchter abkaufte. Sieben- oder achtjährige Mädchen, denen er Essen gab und sich von ihnen Papa nennen ließ, um dann Sachen mit ihnen zu machen, die kein guter Christenvater jemals seinen Kindern antun würde. Sie wusste aber, dass es auch andere *talian* gab, die den Frauen, die sie sich nach Hause holten, schöne Stoffe für Kleider kauften, ihnen Fleisch und Kräuter zu essen gaben an den Tagen, an denen nicht gefastet wurde, und die sie nie oder selten schlugen. In solchen Fällen profitierte auch die Familie der Frau davon: Früher oder später kann es immer nützen, jemanden zu kennen, der die Macht hat; und sie hatten nun mal die Macht. Zudem war Abeba eine geschiedene Frau, unfruchtbar und, mit fast siebzehn, entschieden nicht mehr jung. Sie würde nur schwer noch einmal einen guten Mann finden. Natürlich, sie konnte immer noch Prostituierte werden, doch obschon sie damit autonom wäre und viele Vorteile hätte, war es doch ein sehr mühsames Leben.

Eine heikle Entscheidung.

Die Großmutter hatte die Bohnen geröstet, zermahlen, kochen lassen, abgeseiht und den Kaffee, mit einem Rautenzweig umrührend, in die Tässchen gegossen. Dabei hatte sie ihn die ganze Zeit angesehen. Der erste Eindruck war nicht negativ. »Dieser *talian* ist mit sich selbst zufrieden, ein Hinweis darauf, dass er nicht grausam ist. Und er ist eitel, was ebenfalls gut ist: Er würde nicht wollen, dass die Leute denken, er behandelt sie schlecht.«

Attilio hatte einen Askari als Dolmetscher mitgebracht. Die Großmutter verlangte, dass er den *damoz* eingehe, eine Ehe auf Zeit, die auch »Blut und Schweiß« hieß, weil er diese vergießen sollte, um seine Frau standesgemäß zu unterhalten. Abeba fiel es schwer, ruhig zu bleiben und den Mund geschlossen zu halten. Sie war ganz in Weiß gekleidet, wie die Tradition es verlangte, und ihre Großmutter legte ihr noch ein Bündel mit Gebeten um den Hals. Zwei Zeugen überprüften, ob der *talian* alles verstand und die Bedingungen akzeptierte: ihr so viel wie möglich zu essen zu geben, sie nicht zu schlagen, ihren Kindern ein Vater zu sein. Die Großmutter sagte dem Askari, er solle alles ordentlich übersetzen, dann kam sie mit ihrem Gesicht ganz nahe an Attilio.

»Um sie gut zu unterhalten, braucht es mehr als Geld. Es braucht auch die Wahrheit.«

Der schale Atem der alten Frau traf Attilio mitten ins Gesicht. Doch er verzog keine Miene und wich auch nicht zurück, sondern lächelte sie an. Mit demselben Lächeln, das er schon immer, schon auf dem Arm seiner Mutter, den Frauen geschenkt hatte, die ihm gaben, was er wollte. Er bat den Askari, seine Antwort zu übersetzen.

»Das sehe ich genauso.«

In der baumgesäumten Straße auf dem Hügel wohnten nur Italiener. Das Zentrum der Stadt war nun ihnen vorbehalten. Das Haus des Scharführers Attilio Profeti war ebenerdig, hatte eine Kassettendecke aus gestrichenen Holzleisten und war in orange-schwarzem Schachbrettmuster gefliest wie die Wohnung über dem Bahnhof von Lugo. Auch die Klappläden vor den Fenstern sahen aus wie die, die seine Mutter Viola jeden Morgen öffnete, um die Feuchtigkeit der Poebene hereinzulassen. Und die Stufen vor der Haustür hatten dasselbe Terrazzomuster wie die der Grundschule in Lugo. Doch um die italienische Architektur herum wuchsen im Garten Pflanzen wie Zierbanane, Yuccapalme, Avocado, Papaya. Wenn die Jakaranda in der Trockenzeit blühte, verdunkelte sie den Himmel vor der Küche mit einer Wolke violetter Blüten. Ein schwarz-weißer Ibis hatte im Garten sein Nest gebaut, und während der Balzzeit erfüllten seine erstickten Schreie die Luft, bevor er sich mit breiten Schwingen in die Lüfte erhob. In solch einem schönen Haus ließ Attila sie wohnen! Abeba war glücklich. Was machte es da schon, dass in dem Viertel die einzigen anderen schwarzen Gesichter die von Gärtnern, Chauffeuren oder Dienstmädchen waren. Die im Übrigen fast alle auch das Bett mit ihrer Herrschaft teilten, Madame inkognito wie sie.

Abeba kochte, putzte, hielt die Kleidung in Ordnung. Niemals widersprach sie ihrem Attila. Kurz bevor er von der Arbeit kam, parfümierte sie sich; sie empfing ihn, indem sie ihm die Stiefel auszog und seine Füße massierte. Sie hatte viele italienische Gerichte gelernt und verzichtete auf scharfe Gewürze: kein *berbere* mehr, nur Olivenöl, Tomatensoße und Parmesan. Manchmal lief ihr das Wasser im Mund zusammen, wenn sie an den flachen, weichen Teig der *injera* dachte, der mit soßennassen Fingern in Stücke geteilt wurde. Doch seit Attilio das Brot als »dreckigen Lappen« bezeichnet hatte, bereitete sie es nicht mehr zu, auch nicht wenn sie allein war. Auch sie aß jetzt nur noch Nudeln, Passatelli, Tortelli und die Fleischgerichte, die er so gern mochte, obwohl sie ihr schal und geschmacklos vorkamen, wie der Hackbraten. Nur als Attilio sie gebeten hatte, ihm Leber mit Zwiebeln zu kochen, hatte sie das mandelförmige Gesicht zu einer angeekelten Miene verzogen.

»Ich koche dir doch kein Sklavenfutter!«, hatte sie ausgerufen. Attilio war so überrascht über die Weigerung, die einzige in all ihren gemeinsamen Jahren, dass er nicht mehr darauf zurückkam.

Gemeinsam verließen sie das Haus nur am Sonntag. Abeba ging in die Kathedrale des Heiligen Georg, und Attilio begleitete sie, indem er zwei Schritte vor ihr herlief. Dann setzte er sich in ein Café des neuen Viertels Piazza auf dem Hügel und wartete, bis die Messe vorbei war.

Mehr als einmal beobachtete Attilio aber, dass Abeba die Kirche gar nicht betrat, sondern auch dann noch draußen stand, als die Messe bereits begonnen hatte, zusammen mit den vielen anderen Leuten, die sich immer im Kirchhof drängten – die Attilio auch vor allen anderen Kirchen in Abessinien gesehen hatte. Und wenn er zurückkam, stand sie ebenfalls draußen.

»Was macht ihr Abessinier da bloß vor euren Kirchen?«, fragte er eines Tages auf dem Heimweg. »Immer stehen die ganzen Leute herum, wie auf dem Marktplatz! Was ist das für eine Frömmigkeit, wenn ihr nicht einmal in die Kirche hineingeht ...«

Abeba brach in Gelächter aus. An der koptischen Messe, erklärte sie, durfte nur teilnehmen, wer rein war. Und wer am Vorabend *nik-nik* gemacht hatte, war unrein und musste daher draußen bleiben. Viele von denen wiederum, die draußen blieben, waren überhaupt nicht unrein, sondern taten nur so. Sie schliefen mutterseelenallein mit ihren Flöhen, wollten es aber nicht zugeben, damit niemand auf die Idee käme, an ihrer Manneskraft zu zweifeln. Wie auch die Ehefrauen ab einem bestimmten Alter, die gerne glauben machen wollten, dass ihre Männer sie noch begehrten.

»Die Kirche toleriert nicht einen Hauch von Freiheit!«, deklamierte Attilio mit einem kleinen Lächeln. Abeba verstand nicht, was er meinte, sah ihn aber auf eine Art an, die seine Begierde entfachte.

»Ich darf ja tatsächlich niemals hinein«, sagte sie und lachte wieder. »Und daran bist nur du schuld.«

Es stimmte: Durch Attila wurde Abeba fast jede Nacht unrein. Im Übrigen war er zwanzig und sie siebzehn. Und auch Abeba hatte mit ihm Dinge entdeckt, von denen ihr nie jemand erzählt hatte. Die älteren Schwestern nicht, während sie sich kichernd ihre Frisuren machten, bevor sie heirateten. Und ganz gewiss nicht dieser Schlappschwanz, der ihr Ehemann gewesen war. Als sie von Attila zum ersten Mal geküsst wurde, hatte sie Ekel empfunden. Warum musste er seine Lippen zwischen ihre drängen, ihr zwischen den Zähnen wühlen, als wolle er ihr Essen stehlen, mit seiner Zunge durch ihren Mund fahren wie eine dicke Schnecke? Sie sah keinen Sinn darin. Doch dann gewöhnte sie sich daran. Und schließlich wollte sie diese Küsse nicht mehr missen, die ihren Bauch weich wie Butter machten, ihre Beine schwach wie Stroh und den ganzen Rest wie ein einziges Fließen.

Und trotzdem, obwohl sie erst einmal zuvor und nur unter Schwierigkeiten von einem Mann penetriert worden war, während er bereits mehr Frauen besessen hatte, als er zählen konnte, war doch Attilio derjenige, den ihre Begegnung stärker veränderte. Denn Abeba täuschte den Genuss nicht vor wie die italienischen Nutten, demonstrierte ihn nicht in demütiger Traurigkeit wie die Zimmervermieterin in Bologna, lebte ihn nicht auf so merkwürdige und unentzifferbare Art aus wie die *sciarmutte*. Abeba genoss und teilte ihre Lust mit ihm. Bot sie ihm dar. Bisher war der Orgasmus seiner Bettgenossinnen nicht mehr gewesen als ein Beweis seiner Manneskraft, der ihn sonst nicht weiter betraf. An Abebas Befriedigung nahm er hingegen teil wie an seiner eigenen. Ihre Freude wurde immer mehr zu seiner, bis es keinen Unterschied mehr gab. Selbst der Erguss, die physiologische Entladung, der die männliche Begierde wie eine unaufhaltsame Lokomotive entgegenstrebt, war nicht mehr das Wichtigste. Sein Orgasmus war nur eines der vielen Phänomene der Begegnung mit ihr, und am Ende einer langen Nacht des gegenseitigen Suchens konnte Attilio sogar darauf verzichten, ohne seinen Genuss geschmälert zu sehen. Sex war für Attilio nicht mehr ein Grundbedürfnis des Körpers wie der Harndrang oder die Nahrungsaufnahme, sondern etwas viel Umfassenderes. Es war nicht etwas, das man tut, sondern ein Ort, an den man sich begibt. Und die Landkarte, um dorthin zu gelangen, war Abebas Körper. Attilio brauchte Abeba auf eine hilflose und absolute Art, wie es ihm noch nie zuvor passiert war außer bei seiner Mutter, als er noch klein war. Es war eine ganz neue, beängstigende Erfahrung der Verletzlichkeit. Und Attilio ging damit um wie mit allen komplexen Gefühlen – er tat so, als wäre nichts.

Als sie sich kennenlernten, konnte Abeba nur »Soldat«, »Ciao«, »Auto« und wenig mehr sagen. Doch bald schon unterhielt sie sich ungezwungen auf Italienisch und ließ dabei ihre Zunge gegen die Zähne schnalzen. Attilio seinerseits lernte auf Amharisch nicht mehr als die Zahlen, die er brauchte, um auf dem Markt zu handeln. Es gab keinen Grund, mehr zu können. Die Askaris waren Truppen des Imperiums, er fand es nur natürlich, dass sie die italienischen Befehle verstanden. Und wenn er Zivilisten Kommandos geben wollte, hatte er immer den *Sprachführer für Ostafrika* in der Tasche.

Im Übrigen hätte Attilios Leben in Addis Abeba sich genauso gut in einem der neuen faschistischen Viertel einer Stadt in Italien abspielen können. Überall – in seinem Postbüro mit

Ausnahme der Träger, die Afework abgelöst hatten, im Offiziers-Club, in der Kantine – hatte er fast nur mit Italienern zu tun. Das Kino Imperium, einer der kürzlich erst fertiggestellten Neubauten in der neuen faschistischen Stadt, sah so vertraut aus, dass es auch im Zentrum von Lugo nicht aufgefallen wäre: Verkleidung aus Kachelmosaik, vertikale Fenster mit klassischen Zwischenräumen, rationalistische Aufteilung von Fläche und Inhalt. Als *Schneewittchen* lief, dachte Attilio zerstreut, dass der Film Abeba gefallen hätte. Aber Negern war der Zutritt in die Kinosäle von Italienisch-Ostafrika verboten.

Um die Alltagsdinge, bei denen man mit Eingeborenen zu tun hatte, mit Bäckern, Arbeitern und selbst Händlern, die an die Haustür kamen, kümmerte sich Abeba. Wenn Attilio eingreifen musste, übersetzte sie für ihn. Attilio war es nicht unrecht, die häuslichen Kontakte mit den Schwarzen so weit es ging an sie zu delegieren. Er hatte genug davon um sich herum. Der einzige Mensch mit afrikanischem Blut, der ihn interessierte, war sie. Auf alle anderen konnte er nach zwei Jahren Afrika gerne verzichten.

Abeba ging allein zum Einkaufen zu den Markthändlern. So konnte sie auch ein paar Worte in ihrer Sprache wechseln, während sie sonst den ganzen Tag zu Hause war und auf Attilios Rückkehr wartete. Sicher, manchmal fühlte sie sich einsam. Es war seltsam, so viele Stunden nur mit sich zu verbringen, keine Stimme eines Verwandten in ihrer Nähe zu hören – egal ob blutsverwandt, angeheiratet, geliebt oder gehasst. Das hatte sie bisher nicht erlebt. Jede noch so kleine Geste hatte sie ihr Leben lang unter den bezeugenden Augen anderer vollführt. Nun war sie für zwei Drittel des Tages komplett allein. Attilio war ihre ganze Familie: Er war ihr Vater, ihre Mutter, ihre Großeltern, ihr Bruder.

Bekele. Wo er wohl war? Wie es ihm wohl ging? Hatte er genug zu essen, war er verletzt, war er am Leben, war er im Gefängnis? Wenn ihm etwas Schlimmes passiert war, hätte ihre Großmutter sicher eine Nachricht geschickt. Dennoch lastete manchmal die Sorge schwer auf ihrer Brust wie einer dieser schwarzen Geister, die nicht einmal die Abune verjagen konnten. Schatten, die man nur in sich trägt, die man aushalten muss, in den schlimmsten Fällen, wie der Großvater ihr geraten hätte, im Fasten, bis sie sich von selbst verziehen. Sie hatte keine Sorge, dass Bekele sie verachten könnte, weil sie mit einem dieser *talian* zusammenlebte, gegen die er kämpfte. Ihre Großmutter hatte sie vor ihrer Abreise nach Addis Abeba beruhigt: »Seit den Zeiten der Königin von Saba und des Königs Salomon«, hatte sie gesagt, »passieren zwei Dinge, wenn Fremde aufeinandertreffen: Krieg oder Liebe. Und häufiger noch beides zugleich.«

Nein, ihr Gedanke war schlicht der der jüngeren Schwester. Es war der Wunsch, mit dem Lieblingsbruder ein Scherzwort zu wechseln, ihn wütend zu machen wie damals, als sie noch ein Kind war und er schon die Kühe hütete und darauf wettete, dass es ihr nicht gelingen würde. Die Sehnsucht nach ihm traf sie hinterrücks, ließ sie auf dem Markt mit den Blicken Fremde verfolgen, deren Schritt sie wiederzuerkennen glaubte, eine Art, mit den Schultern zu zucken. Dann drehten sie sich um, und die Illusion war vorüber.

So sehr fehlte ihr das Blut von ihrem Blut, dass sie Attilio bat, von seinem zu erzählen. Das tat er gern. So berichtete er beim Essen von seiner Mutter Viola, die so gut kochen konnte, vom Bruder Otello, der sich mal besser als Freiwilliger für den siegreichen Krieg hätte melden sollen, um seine Melancholie zu überwinden. Er beschrieb die riesigen Züge aus Gusseisen und Stahl, die sein Vater mit einer schlichten Handbewegung zum Halten brachte. Die edlen Mauerfassaden der Häuser von Lugo und die genauso schönen oder noch schöneren, die die italienische Kultur im neuen Imperium errichten würde. Er erzählte ihr von Gräfin Paolina Baracca, die mit den Orden auf der Brust durch die Straßen spazierte, das lebende Denkmal für ihren Sohn Francesco, den großen Piloten.

Abeba hörte zu, ließ sich kein Wort entgehen, bat um Erklärung, wenn sie etwas nicht verstand. Ihrerseits erzählte sie nichts von dem unfähigen, gewalttätigen Ehemann, nichts vom asketischen Großvater, nicht einmal von ihrem geliebten Bekele. Nicht, weil sie nicht gewollt hätte oder Vertraulichkeiten für sich behalten wollte, sondern schlicht, weil er sie nie danach fragte.

Auf diese Weise erfuhr Abeba viele Dinge aus seiner Vergangenheit, über seine Vorlieben und seine Person, während Attilio von ihr in den Jahren ihres Zusammenlebens nicht viel hörte. Sicher, nachdem sie zwei Jahre jede Nacht dasselbe Bett und jeden Tag die Mahlzeiten am Tisch geteilt hatten, würde er sie in seinen Briefen nicht mehr als »geheimnisvoll«, »exotisch« oder »unnahbar« beschreiben, wie viele seiner Landsmänner es mit den abessinischen Frauen taten. Doch sein Interesse an ihr beschränkte sich weitgehend auf ihren Körper. Was Abeba dachte, fühlte, wollte, interessierte ihn nicht. Es war die paradoxe Schwäche der Bezwinger: Sie wissen wenig über die Bezwungenen, während diese notwendigerweise alles über sie wissen. Und in den Briefen an seine Mutter kam Abeba nie vor.

Eines Abends nach dem Essen, als er mal keine Briefe schrieb, blätterte Attilio in einer Zeitschrift, die gerade mit der Post gekommen war. Auf der blassgrünen Titelseite prangte ein schwarzes Quadrat, in dem drei Gesichter im Profil abgebildet waren: das schneeweiße Gesicht einer römischen Statue, dann ein Mann mit sehr großer Nase und merkwürdigen Löckchen rechts und links von seinem Gesicht und eine afrikanische Frau. Sie hatte die groben Gesichtszüge einer Sklavin, fand Abeba, Ziernarben im Gesicht und die Haare wie von Schlamm verklebt. Das Profil des weißen Mannes war von den beiden anderen durch ein Schwert getrennt, doch auf seiner unbefleckten Marmorwange hatte jemand einen Fingerabdruck hinterlassen wie von rußverschmierten Händen.

Abeba, die wie immer Attilios Gemütszustand verfolgte, sagte: »Dieses Buch macht dir Freude.«

»Es ist kein Buch. Es ist eine Zeitschrift: *Die Verteidigung der Rasse*. Ja, ich freue mich darüber, weil bald auch ich darin schreiben werde.«

Abeba war nicht zur Schule gegangen, hatte aber bisher nie darunter gelitten, nicht lesen zu können. In ihrem Dorf gab es nicht viele Buchstaben, und wenn, nur in der Kirche. Lesen zu lernen hieß für eine Frau, Nonne zu werden, und das war sicher nicht ihr Schicksal. Seit sie mit Attilio lebte, der immer über seinen Briefen und Büchern saß, hatte sie sich gefragt, wie das wohl war, die eigenen Gedanken auf einem Blatt Papier festhalten zu können, verstehen zu können, was ein anderer an Zeichen aufs Papier gebracht hatte. Vielleicht war es so, als schaue man in den Kopf eines anderen hinein. Wie der Großvater, wenn er lange gefastet hatte, dir in die Augen sah und jeden deiner Gedanken kannte.

»Was steht da?«, fragte sie.

Attilio war erstaunt und belustigt über ihre Neugierde. ›Komplizierte Sachen, die du nicht verstehen würdest‹, wollte er schon sagen. Doch dann überlegte er es sich anders, dachte: ›Warum eigentlich nicht?‹, und begann ihr vorzulesen.

»Das Rassenmanifest. Punkt eins: Es gibt Menschenrassen. Punkt zwei: Es gibt große Rassen und kleine Rassen.«

»Das stimmt«, kommentierte Abeba überzeugt.

Attilio sah verblüfft von seiner Zeitschrift auf. Er fragte sich, was sie verstanden hatte.

Abeba las die Frage in seinen Augen und antwortete darauf. »Die Amharen sind eine große Rasse. Die Italiener sind eine große Rasse. Die Galla sind eine kleine Rasse. Deshalb können sie auch nur Sklaven sein.«

Attilio starrte sie verblüfft an. Dann fuhr er zögernd fort. »Punkt drei: Das Konzept der Rasse ist ein biologisches Konzept.«

»Das verstehe ich nicht.«

»Das bedeutet, dass die Rasse im Blut liegt. Und man kann das gute Blut nicht ändern und das schlechte auch nicht.«

Abeba lächelte vor Freude, den perfekten Ausdruck für das gefunden zu haben, was sie schon immer dachte. »Ja! Das stimmt. Das sagt man auch bei uns: Die Seele des Galla ist wie der Magen einer Kuh, nie ganz sauber.«

Attilio sah sie leicht befremdet an. Er bereute allmählich, dass er ihr vorlas. Für Abeba war das Manifest kein Ausdruck für die Überlegenheit der arischen Rasse, sondern die der amharischen! Wie würde sie wohl den siebten Punkt kommentieren – ›Es ist an der Zeit, dass die Italiener sich ohne Scheu Rassisten nennen‹ –, oder den neunten – ›Die Juden gehören nicht der italienischen Rasse an‹? Und vor allem den zehnten und letzten: ›Die körperlich und psychologisch rein europäischen Charakterzüge der Italiener dürfen auf keinen Fall wie auch immer verändert werden. Der rein europäische Charakter der Italiener wird verändert durch die Kreuzung mit jedweder außereuropäischen Rasse, die eine andere Kultur in die tausendjährige Kultur der Arier hineintragen würde.‹

Attilio las nicht mehr weiter.

Ein einziges Mal gingen sie gemeinsam auf den Markt von Teklehaimanot in dem staubigen einheimischen Teil der Stadt. Attila wollte Abeba eine neue *shamma* kaufen, und sie sollte sie sich aussuchen. Er wusste, dass es ein Risiko war, sich mit seiner Madama in der Öffentlichkeit zu zeigen. Doch in diese Gegend der Stadt kamen Italiener nur sehr selten, auch um nicht die stinkigen, jahreszeitlich bedingten Flüsse überqueren zu müssen, die diesen Stadtteil von dem italienischen Viertel trennten. Einmal mehr verließ er sich auf sein Glück.

Abeba entschied sich für ein feines Tuch mit grünen und ockerfarbenen Bordüren. Attilio fragte nicht nach dem Grund und erfuhr daher nie, dass sie es als Heilmittel für ihr Heimweh auswählte – in den Farben ihres Geburtsdorfes. Nach dem Kauf machten sie sich auf den Rückweg, er bahnte ihnen – wie immer zwei Schritte vor ihr – den Weg zwischen den Händlern hindurch, die auf dem Boden sitzend ihre Ware feilboten – einen Stapel Felle, zwei lebende Hühner und ein paar Eier, einen Turm mit rostigen Töpfen, kleine Baumwollwölkchen, die noch versponnen werden mussten. Plötzlich sah Attilio eine Frau auf sich zukommen, die wie blindlings mit unkoordinierten Bewegungen hin und her schwankte, als sei sie betrunken. Ohne zu wissen warum, setzte sein Herzschlag kurz aus.

Um den Kopf trug die Frau eine Art Fellaureole, die wie ein Dornenkranz aussah. Über das vorne offen stehende Hemd hing eine Unzahl roter, ausgefranster Bänder, die sich bei jeder Bewegung regten wie blutige Zungen. Schreie kamen aus ihrem aufgerissenen Mund, in dem offenbar kein einziger Zahn fehlte, im Gegenteil, sie schien mehr zu haben als andere Menschen. Hinter ihr scharwenzelte eine Schar Kinder einher, die sorgsam darauf achteten, weder mit ihren Kleidern noch irgendwie sonst mit ihr in Berührung zu kommen. Die Händler zogen die Ware beiseite, um sie vorbeizulassen, die Ziegen trotteten unter Staubwolken davon, um ihr nicht zu begegnen.

Sie konnte achtzig oder dreißig sein, sie konnte riesig groß und im nächsten Moment winzig klein aussehen, sie stolperte, drehte sich um sich selbst, wechselte zwischen kleinen Trippelschritten und weiten Sprüngen, bei denen sie fast das Gleichgewicht verlor. Sie schien unter dem Einfluss irgendwelcher Substanzen zu stehen, machte gleichzeitig einen martialischen

Eindruck, und obwohl sie ständig kurz davor war, über einen Berg Zwiebeln oder einen Stapel Felle zu stolpern, stürzte sie nie. Sie redete mit lauter Stimme mit sich selbst, die mal in einem unhörbaren Flüstern endete oder sich zu dem donnernden Rauschen eines mächtigen Flusses aufschwang. Sie hob Erde vom Boden auf und stopfte sie sich in den Mund, um dann laut zu schlucken. Als sie Attilio erblickte, erstarrte sie.

Jäh war sie stummer als die Baumwollflöckchen auf den ausgelegten Tüchern der Bäuerinnen. Sie kam zu ihm und ergriff seinen Arm mit stählerner Hand. »*Talian* «, flüsterte sie.

Attilio tastete instinktiv nach dem Pistolenhalfter an seinem Gürtel. Doch da tat Abeba etwas, das sie in der Öffentlichkeit noch nie getan hatte: Sanft, aber entschieden legte sie ihre Hand auf seine und hielt ihn auf.

»Ruhig«, sagte sie leise. »In ihr steckt ein *zar*. Es ist verboten, auf Geister zu schießen.«

Die Frau starrte Attilio mit aufgerissenen Augen an, wie zwei Tropfen ätzender Säure. Sie näherte ihren Mund seinem Ohr. Ein eisiger und dunkler Atem streifte ihn wie der Luftstrom einer unterirdischen Höhle. Ihr Flüstern rauschte über ihn hinweg wie trockenes Laub. Dann drehte sie sich abrupt weg, als hätte sie ihn nie gesehen, in überstürzter Eile wie ein Händler, der zu spät zu wichtigen Geschäften kommt, und sprang von dannen.

»Was hat sie gesagt?«, fragte Attilio Abeba und versuchte, das Zittern seiner Hände unter Kontrolle zu bekommen.

»Sie hat gesagt: ›Fünf Jahre und keinen Tag mehr.‹«

»Fünf Jahre was?«

Abeba erklärte es nicht.

In jener Nacht lagen sie verschwitzt im Bett und ließen die letzte Welle der Lust abflauen, da schob Abeba ein Knie zwischen seine langen Beine und drehte sich auf ihn. Ihr Busen bettete sich auf sein Brusthaar, und Attilio legte seine Arme um sie. Sie streckte die Hand aus und legte die feinen Finger um seinen Penis, der locker auf seiner Scham ruhte. Kein Verlangen oder anderes lag in ihrer Geste. Sie war Ausdruck wohlwollender, schlichter Vertrautheit, von entwaffnender Klarheit und gleichzeitig devot und spielerisch. In Abebas Hand fühlte Attilio sich sicher und geliebt, so wie früher, wenn seine Mutter ihn als Kind gewaschen hatte, und er entspannte sich unter der liebevollen Fürsorge, die er keiner Frau zuvor erlaubt hatte. Zufrieden und vertrauensvoll sank er in den Schlaf wie in eine weiche Matratze, bis ein Zucken ihn hochfahren ließ. Eine Muskelkontraktion, wie sie manchmal das Einschlafen begleitet. Er riss die Augen auf und sah mit noch vernebeltem Hirn den eigenen weißen Penis in Abebas schwarzer Hand.

Ein plötzlicher, unkontrollierbarer Schreck erfasste ihn.

›Zack zack!‹, tönte eine Stimme in seinem Kopf.

Es war die Stimme alles Guten und Bösen auf der Welt, dem er seit seiner Kindheit begegnet war. Im Halbschlaf erkannte er in Abebas Gesicht das schwarze, grausige, unendlich rachsüchtige Antlitz der Königin Taytu.

Attilio setzte sich ruckartig im Bett auf. Die Beine zur anderen Seite gedreht, wie um sich vor einem Angriff zu schützen, rief er mit großen Augen: »Was machst du da?«

Abeba sah ihn erschrocken an, sie verstand nicht. Doch Attilio stieß sie schon in seinem namenlosen Furor aus dem Bett. Sie wehrte sich nicht, sah ihm aber immer weiter forschend ins Gesicht.

»Geh weg!«, schrie er, und schob sie auf die Tür der Kammer zu. Sie protestierte nicht, nackt und stumm, auch nicht als Attilio sie mit einem letzten Stoß in den Rücken nach draußen schubste und die Tür hinter ihr zuknallte.

Abeba stand eine Weile verblüfft im kleinen Flur ihres Hauses. Dann ging sie mit leichten, geräuschlosen Schritten zu der

Kommode, auf der eine *shamma* lag. Ohne einen Ton wickelte sie sich darin ein und legte sich neben der geschlossenen Tür auf den Boden.

So fand Attilio sie im Morgengrauen, als er aus dem Zimmer kam. Er war mit einem Gefühl des Ekels aus dem schweren Schlaf erwacht, in den er nach seinem Geschrei gefallen war. Da er Abebas warmen Körper nicht neben sich spürte, stand er auf, um sie zu suchen. Als er die Tür öffnete und sie dort auf der Erde liegen sah, noch nicht einmal eine schützende Binsenmatte zwischen sich und dem kalten Boden, kniete er sich neben sie. Sie schlug die Augen auf. Ohne um Verzeihung zu bitten, nahm er ihre Hand. Abeba flatterte mit den Lidern und streichelte sein Gesicht. Bei dieser anmutigen Geste, ganz frei von Zorn, verwandelten Attilios Gewissensbisse sich fast in Unwillen, und beinahe hätte er sie erneut von sich gestoßen. Ohne zu sprechen, stand Abeba auf. Während sie sich wie immer am Morgen waschen ging, starrte Attilio reglos zu Boden.

An jenem Tag kaufte Abeba zum ersten und einzigen Mal auf dem Markt ein Stück Leber von einer frisch geschlachteten Kuh, von der noch ein ganzes Viertel unangeschnitten auf der Hackbank lag. Der Schlachter war ein Oromo (sie hätte gesagt: ein Galla) mit rundem Kopf. Er sah sie ironisch an, während er ihre Bestellung einpackte, die einer Amharin so wenig ähnlich sah. Es war offensichtlich, was er dachte: Die Madame der *talian* verhielten sich häufig so, als seien sie nicht in Abessinien geboren, sondern in einer eigenen Welt, deren Sprache und Regeln nur sie kannten. Abebas direkter Blick hielt ihn jedoch davon ab, etwas zu sagen.

Am Abend drapierte Abeba die Scheiben der Leber auf ein Bett aus angebratenen Zwiebeln und schluckte dabei den Ekel hinunter, der ihr in Schüben in die Kehle stieg. Als alles fertig war, servierte sie das Gericht Attilio.

Auch er hatte ihr ein Geschenk mitgebracht. Zurück zu Hause legte er ihr einen flachen, festen Gegenstand in die Hände, eingepackt in Zeitungspapier. Während Abeba das Päckchen auswickelte, beobachtete er voll Freude ihre Miene. Es war ein kleiner Silberspiegel. Der Rahmen war einer barocken Volute nachempfunden, und der Griff hatte die Form einer Säule. Abebas Ausdruck war so aufrichtig und ohne jeden Zorn, dass es Attilio fast schmerzte.

»So kannst du, wann immer du willst, sehen, wie schön du bist.«

Abeba lächelte ihn an. Doch nach dem Essen wickelte sie den Handspiegel zunächst in eine Zeitung, dann in die feinste *shamma*, die sie besaß, und legte ihn schließlich in die Kommode. Um ihn nicht mehr hervorzuholen, so lange sie bei Attilio war.

»Ich will nicht sehen, dass ich schön bin; ich will, dass du es siehst.«

Wir wollen nicht, dass Eingeborene gegen Weiße aussagen. Wir wollen nicht, dass die Zeitungen in den Kolonien von verurteilten Weißen berichten. Wir wollen nicht sehen, dass die Hüter der öffentlichen Ordnung zugunsten eines Schwarzen eingreifen, wenn es zwischen ihm und einem Weißen zu Streit kommt. Wir wollen nicht sehen, dass Weiße und Schwarze sich in demselben Wartezimmer mischen. Denkt stets daran: Der geringste Weiße ist immer noch hundertmal mehr wert als all die sogenannten Angesehenen der Eingeborenen zusammen.

Richter Ascanio Carnaroli hätte die Zeitschrift am liebsten an die Wand seines Büros geschmettert. Diese elenden Zauberlehrlinge. Diese Dummköpfe. Diese ... ihm fehlten die Worte. Glauben sie wirklich, dass man so mit dem Gesetz umspringen konnte? Sie glaubten, sich an Recht und Ordnung zu halten, indem sie ständig dieses Wort im Munde führten: das Ansehen. Selbst auf das Titelblatt des Gesetzes Nummer 1004 des Imperiums hatten sie schwarz auf weiß geschrieben: »Strafmaßnahmen zur Verteidigung des Ansehens der Rasse gegen die Eingeborenen von Italienisch-Afrika«. Als ließe sich Würde per Gesetz erzwingen.

Das war nicht das Kolonialrecht, das er im Sinn gehabt hatte, als er als junger, ehrgeiziger Richter nach Eritrea gekommen war. Ihn hatte die Schnelligkeit gereizt, mit der man an den Gerichten in Übersee Karriere machen konnte, doch vor allem wollte er sich möglichst fernhalten vom »Prinzipal«, wie manche alteingesessenen Anwälte der liberalen Schule Mussolini hinter vorgehaltener Hand nannten. Für Richter wie Carnaroli wurde die Luft an den faschistischen Gerichtshöfen immer dünner.

Er lebte nun schon viele Jahre in Ostafrika und wusste, dass die Dinge auch anders liegen könnten. Die Abessinier waren nicht blöd. Straßen, Kraftfahrzeuge, Krankenhäuser, Elektrizität – viele von ihnen hatten die Ankunft der Italiener auch als Chance begriffen. Sie wussten genau, dass ihre Art, außerhalb des Stroms der Geschichte zu leben, nicht andauern konnte. Sie hatten die italienischen Besatzer mit unglaublichem Wohlwollen empfangen. Das gleiche Volk, das sich in der Schlacht von unseren Maschinengewehren bereitwillig hatte dahinfegen lassen, legte nun die Waffen nieder und hieß uns wenn nicht in Freundschaft, so doch mit Neugierde willkommen. Im Nu hatten sie Wörter wie »Auto«, »Batterie« und »Flugzeug« gelernt und sowohl mentale Flexibilität als auch Pragmatismus bewiesen, die dem Faschismus fremd waren. Und was hatten die Italiener getan, anstatt das für sich zu nutzen? Sie hatten ihre Adligen offen gedemütigt, wie die letzten Bauern behandelt und alle mit einer unterschiedslosen Verachtung überzogen, anstatt sich die Aristokratie zum ersten Verbündeten zu machen, um ein so unermessliches Land überhaupt führen zu können. Aber nein. Der Duce verlangte totale politische Unterwerfung. Und alle gaben ihm Recht.

Manche juristische Eminenzen hatten ihm zum Gefallen die Theorie einer *debellatio* aufgestellt, der Bedingung, durch die ein kriegführender feindlicher Staat eine solche Niederlage erleidet, dass seine Macht in jeder Form und vollständig gebrochen wird. ›Der bezwungene Staat verschwindet‹, hatte er in der *Juristischen Revue für den Mittleren und Fernen Osten* lesen müssen. ›Als juristische Größe ist er tot, und der bezwingende Staat erwirbt *ipso jure* die überlebenden Elemente.‹ Und dann: ›Einen Krieg mit einer *debellatio* zu gewinnen, erweist schon in der lateinischen Bezeichnung die römische Prägung des Sieges und ist somit politisch die dem Geist des faschistischen Italien angemessenste Art des Sieges.‹ Dem Duce hatten ein paar latinisierende Anklänge genügt, um sich sogleich wie ein neuer Cäsar in Gallien zu fühlen, ein Trajan in Dazien, dabei war er im Grunde nur ein ...

Hier brach der Richter seine Gedankengänge ab. Das sagte man besser nicht einmal zu sich selbst. Er wollte nicht riskieren, irgendwann versehentlich bestimmte gefährliche Worte laut auszusprechen.

Schade nur um den kleinen Irrtum, der in dieses pseudoromanisierende Bild hineingerutscht war: Sie waren nicht tot, also nicht alle, die Adligen, die die Stützpfeiler dieses Staates darstellten. Man konnte sie nicht in Ketten nach Rom schleppen oder die gesamte Bevölkerung massakrieren. Nicht dass dieser Irre von Graziani es nicht versucht hätte, aber – Pech für ihn und Glück für die Abessinier – es waren nicht mehr die Zeiten von Titus in Jerusalem. Ergebnis: Fast drei Jahre nach der Ausrufung des Imperiums gab es überall bewaffnete Aufstände, und die italienische Kontrolle beschränkte sich auf die Gegenden entlang der Straßen. Was in Italienisch-Ostafrika regierte, war alles andere als die *pax romana*. Und trotzdem warfen alle ständig mit diesem hochtrabenden Begriff um sich. *Ansehen.* Worin äußerte sich denn dieses Ansehen? Dass gleich und unparteiisch Recht gesprochen wurde? Keineswegs. Als Oberstaatsanwalt Lombardi den Gouverneur von Galla und Sidamo angezeigt hatte, der mit Schikanen und Diebereien Unzufriedenheit säte, war Lombardi versetzt worden, nicht der Gouverneur. Oder mehrte man das Ansehen vielleicht durch eine besonders gewissenhafte Rechtsprechung (schon Titus Livius wusste, dass ein gutes Tribunal mehr bei der Seele eines Volkes bewirkt als tausend tüchtige Garnisonen)? Stellen wir uns vor: Außerhalb von Addis Abeba war das Recht den Residenten und Kommissaren der jeweiligen Zone überlassen. Leuten, die nichts als Verachtung für die ansässigen Sprachen und Gebräuche hegten und ohne die mindeste Ahnung von Jura ausschließlich am eigenen Profit interessiert waren. Und diesen Ignoranten, die noch nie ein Gesetzbuch in den Händen gehalten hatten, oblag die Verantwortung über Leben und Sterben von Untergebenen. Sie durften Haftstrafen von bis zu dreißig Jahren verhängen; sie durften das gesamte Hab und Gut eines Bauern konfiszieren und ihn zu absoluter Armut verurteilen, ohne irgendjemandem Rechenschaft ablegen zu müssen außer vielleicht dem Sektionssekretär – dem aber alles recht war, Hauptsache sie hoben schwungvoll die Hand zum römischen Gruß. Und da der Wert, den ein Staat seiner Justiz einräumt, sich an dem Wert bemisst, den er den verurteilten Personen einräumt, war nun auch klar, welchen Wert die faschistische Kolonie den Eingeborenen zugestand: null.

Inzwischen ging alles vor die Hunde. Die Tierärzte hatten keine Medizin, um Viehepidemien einzudämmen, die Baufirmen stritten sich mit immer höheren Bestechungsgeldern um

Aufträge. Ein Freund aus dem Kolonialministerium hatte dem Richter anvertraut, dass die Finanzen in Übersee ein schwarzes Loch seien, das den Staat in den Bankrott trieb. »In ein paar Jahren bricht alles zusammen«, hatte er ihm gesagt. Ein echtes Genie, der Prinzipal! Er hatte ein Wunder zustande gebracht, wie man es in der Geschichte noch nicht gesehen hatte: Kolonien, die ihre Kolonialherren entschieden mehr kosten als sie einbringen. Das glorreiche imperiale Projekt zog Italien immer tiefer ins Elend.

Und bei all der Auflösung, der Inkompetenz, der Oberflächlichkeit und Heuchelei, wer musste da das kostbare *Ansehen* hochhalten? Der kalabresische Bauer, der Schafhirt aus Muro Lucano, der Tagelöhner aus der Polesine, der Friaulaner, der in der Hoffnung kam, nicht länger nur Polenta essen zu müssen. Diese armen Kerle, die der Duce in die Kolonien ausgelagert hatte, weil sie zu Hause einfach zu viele wurden – wie es in Italien schon immer viel zu viele Hungerleider gegeben hatte. Was machte es, wenn sie eigentlich keine Vorstellung davon hatten, dass sie die Vertreter einer höheren Rasse darstellten. Waren sie es doch, die noch staubig von der Reise glaubten, ins Schlaraffenland zu kommen, und stattdessen in Steinbrüchen schufteten, einsam wie ein Hund in der Mittagshitze, die das *Ansehen der Rasse* hochhalten sollten. Aber wie? Indem sie die Eingeborenenfrauen zur »körperlichen Erleichterung« benutzten, wenn es nicht anders ging, wie die Anordnung im Königlichen Gesetzesdekret lautete, wobei es um jeden Preis »die Gemeinschaft von Tisch und Bett« zu verhindern galt. Denn das Ansehen von Duce, Vizekönig, Kolonialminister und des ganzen italienischen Volkes würde irreparabel beschädigt, wenn sie am Ende durch gemeinsames Schlafen und Essen diese Negerinnen auch noch mochten.

»Meine Negerin«, sagte sich der Richter mit der zufriedenen Verbitterung desjenigen, der sich gern Schmerzen zufügt. Und schon hatte er ihr Bild vor Augen. Wie sie in ihrem Haus in Asmara erwachte, wie sie eine Kelle Wasser aus dem Holzbottich schöpfte und über sich goss, wie sie das lange Hemd über den schwarzen Leib streifte. Die Sehnsucht ließ ihn die Augen schließen. Einen Moment lang war er nicht mehr in seinem Büro in Addis Abeba, an dem großen Schreibtisch aus Nussbaumholz mit der Zeugenaussage des aktuellen Falls vor sich und den Rechtsbüchern im Regal hinter sich. Er saß neben ihr auf der Veranda, mit ihrer Tochter (»Lakritzbonbon! Schokolädchen!«), die unter dem Mückennetz leicht zitternd atmete, und sie lauschten der fiebrigen Nacht der Hochebene. Für einen Augenblick überkam ihn wieder die Ruhe des Gefühls, vollständig zu sein.

Er riss die Augen auf. Schlug mit den Fäusten auf den Schreibtisch und setzte sich auf.

Und wieder verordnete Richter Carnaroli sich, nicht weiterzudenken.

Seine Entscheidung war richtig, sagte er sich. Sie wusste es noch nicht, aber in einem Jahr, wenn ihre Tochter im schulreifen Alter wäre, würde er sie nach Italien schicken. In den Kolonien wehte ein immer üblerer Wind, wie schon einmal vor fünfzehn Jahren, als er weggegangen war, sogar schlimmer. Am Anfang war es nur eine leichte Böe, die aus den Fluren des Schwurgerichts kam, doch dem Richter war längst klar, dass sie stärker würde. Bis sie im Sturm endete. Also nichts wie weg, Schokolädchen, weg, mein süßes Lakritzbonbon, dich wird niemand mehr so nennen, denn du wirst fortgehen und deinen italienischen Namen mitnehmen. Fort aus Afrika, in ein neues Leben mit neuer Identität. Deine Neue Welt wird Rom sein, ein umgekehrtes Exil, weder Mutter noch Mutterland wirst du wiedersehen. Mutterkontinent in deinem Fall.

Ihr hatte er noch nichts davon gesagt. Es brachte nichts, ihren Trennungsschmerz vorwegzunehmen, solange sie sich noch in

Asmara an ihrem Mädchen erfreuen konnte. Jetzt erst recht, da man ihn von den beiden abberufen hatte, an das neue Schwurgericht in Addis Abeba. Hier durfte niemand von ihnen wissen.

Die neue imperiale Hauptstadt aus Hütten und eilig hochgezogenen Palästen hatte nichts von der Anmut Asmaras, wo er als junger Richter hingekommen war, um mit Herzblut an dem Aufbau einer neuen Rechtskultur mitzuwirken. Es war nicht einfach, das römische Recht mit dem Gewohnheitsrecht übereinzubringen; es brauchte Fingerspitzengefühl und Scharfsinn, manchmal auch moralische Vorurteilslosigkeit. Wie in dem Fall, der viel Erstaunen ausgelöst hatte, als eine Kunama von elf Jahren ihren frisch angetrauten Bräutigam beschuldigte, sie geschüttelt und vergewaltigt zu haben. Am Ende hatte Carnaroli den Mann freigesprochen, weil – so hieß es in der Urteilsbegründung – ›die Mädchen der Kunama so eifersüchtig über ihre Jungfräulichkeit wachen, dass sie sich herabgesetzt fühlen, wenn sie ohne den Anschein von Kampf entjungfert werden. Siehe auch Art. 331/1889 des Kodex Zanardelli, der festlegt, dass mit zwölf Jahren eine *de jure* anerkannte Notzucht durch lokale Umstände gemildert werden kann. Das einheimische Gewohnheitsrecht setzt das Alter, ab dem die Frau rechtsgültig über den eigenen Körper verfügen kann, auf neun Jahre fest.‹

Als sein Lakritzbonbon geboren wurde, viele Jahre später, musste er wieder an das Urteil denken. Er hatte sich gefragt, ob er noch einmal so entscheiden würde, jetzt wo er selbst Vater einer Tochter war. Neun Jahre erschienen ihm plötzlich viel zu wenig, um »rechtsgültig über den eigenen Körper verfügen« zu können – auch wenn er kaffeebraun war. Der Gedanke, seine eigene, nicht weiße Tochter müsste sich den Gesetzen für indigene Körper beugen, beunruhigte ihn. Dass sie nicht den Schutz genoss, unter dem die Körperteile der italienischen Frauen standen. Das schien ihm so inakzeptabel, dass er seine Entscheidung gefällt hatte.

Er hatte sie anerkannt. Er hatte ihr seinen Nachnamen gegeben. Nun hatte sein Schokolädchen einen italienischen Namen – Clara Carnaroli –, und in Italien sollte sich ihr Leben abspielen. Es war nicht zu früh gewesen. Wenige Monate später legte eine Verfügung des Generalgouverneurs und Vizekönigs Graziani fest, dass Eingeborene niemals und unter keinen Umständen in den Stand eines italienischen Staatsbürgers erhoben werden konnten. Die Mutter seiner Tochter blieb das, was sie immer gewesen war: eine untergebene Negerin.
Was früher Kolonie gewesen war, war nun Imperium. Niemand wusste besser als ein Jurist, dass die Umbenennung des Status quo immer mit der Einführung neuer Gesetze einherging. Die nicht unbedingt besser sein mussten. Und tatsächlich:

Der italienische Staatsbürger, der auf den Territorien des Imperiums oder der Kolonien eine Beziehung ehelicher Natur mit einer ihm untergebenen Person aus Italienisch-Ostafrika eingeht, kann mit Gefängnis zwischen ein und fünf Jahren bestraft werden.

Und das war ihre Wirkung:

Ich, der unterzeichnende Profeti Attilio, geboren am 28. Juni 1915 in Lugo di Romagna, brachte die Eingeborene Ezezew Abeba in mein Haus in Addis Abeba aus ihrem Dorf im Gouvernement Gondar, damit sie sich um Haus, Sauberkeit und andere Haushaltstätigkeiten meines Heims kümmerte. Ich bestreite die Aussage derselben, sie mit dem *damoz*-Ritus geehelicht zu haben, zumal mir bewusst ist, dass oben genanntes einheimisches Ritual rechtlich keinerlei Bedeutung hat. Auf die Frage der Staatsanwaltschaft: »Warum wähltet Ihr, bei den vielen in Addis Abeba ansässigen Eingeborenen, für die häuslichen Tätigkeiten ausgerechnet eine aus einem so entfernten Dorf?«, erwidert der Beschuldigte: »Ich bin Junggeselle und für die Beaufsichtigung hausfraulicher Tätigkeiten ungeeignet. Ich brauchte also eine vertrauenswürdige, sorgfältige Person. Diese Eigenschaften wurden mir von Leuten ihres Dorfes für die oben genannte Ezezew Abeba genannt. Außerdem erfuhr ich, dass sie unfruchtbar ist, was der Grund für die Auflösung ihrer Ehe war. Dies betrachtete ich aus offensichtlichen Gründen als eine Erleichterung der Verantwortung für ihren Anstand, die ich gegenüber ihrer Familie übernahm, indem ich sie aus ihrem Dorf in die Hauptstadt brachte.«

Der Richter las Profetis Erklärung ein zweites Mal, die Augen zusammengekniffen. Ein Bürofenster ging auf den Vorplatz des Schwurgerichts von Italienisch-Ostafrika oben auf dem Hügel, in dem neuen Gerichtsbau mit seinen faschistisch klaren Linien. Das grau-grüne Laub eines Eukalyptusbaums vor dem Fenster ließ das Licht so frisch und rege auf die weißen Wände fallen wie seine Blätter. Es war also nicht die sengende Sonne Afrikas, vor der er instinktiv seine Augen schützte, indem er sie zusammenkniff. Was ihn blendete, war das ungeheure Maß an Heuchelei. Dieses Prozesses und aller seiner Darsteller. Die Heuchelei des Gesetzes, auf dem die Anklage fußte. Die Heuchelei von Profetis Antworten. Ganz zu schweigen von den Kolonialpolizisten (sämtlich rein italischer Rasse natürlich, denn das *Ansehen* verbot es indigenen Untergebenen, einen Italiener festzunehmen), die die Häuser stürmten, um die Menschen beim Delikt des Madamatos in flagranti zu ertappen.

Ein Jahr zuvor hatte der Richter der Einsetzung der Kolonialpolizei beigewohnt. Vizekönig Graziani hatte, noch auf seinen Stock gestützt wegen der Verletzungen vom Attentat, den neuen Staatsdienern denkwürdige Worte mit auf den Weg gegeben.

»Dank eurer Wachsamkeit«, hatte er gesagt, »wird die Geißel der Promiskuität zwischen Weißen und Schwarzen und die Plage der Rassenmischung gnadenlos bekämpft werden. Dabei handelt es sich nicht nur um die strenge Anwendung eines Gesetzes oder um die bloße Verfolgung einer Straftat, auch nicht nur um die rigide Bewertung eines Rechts, das sie erforderlich macht, sondern schlicht und einfach um eine Art der kulturellen Erziehung. Und ich wage zu behaupten, in vielen Fällen ein Werk der Erlösung.«

Richter Carnaroli hätte nie gedacht, dass ein so düsterer und seelisch verkrüppelter Mann wie Graziani jemals der Quell von Heiterkeit sein könnte. Doch bei seinen letzten Worten musste er einen Hustenanfall vortäuschen, um sich das Lachen zu verkneifen, das ihn in der Kehle kitzelte. Als wüssten nicht alle nur zu gut – Vizekönig, Gouverneure, Richter und hinab bis zum letzten Arbeiter, der Steine für die neuen imperialen Straßen schlug –, dass zwei Drittel (vorsichtig geschätzt) dieser vor den Standarten in die Brust geworfenen Polizisten zu Hause eine einheimische Frau sitzen hatten, die ihnen Hausmädchen, Frau, Köchin und Hure zugleich war. Und fast jeden Abend für Erlösung sorgte.

Dann war es der harte, eindeutige Satz General Nasis gewesen, der alles zusammenfasste: »*Aut imperium aut voluptas*«. Als sei das eine englische Kolonie! Hätten die Italiener sich tatsächlich zwischen Imperium und Wollust entscheiden müssen, hätte Italienisch-Ostafrika wohl kaum mehr als eine Woche überdauert. Denn sie schafften es einfach nicht, ihn in der Hose zu lassen. Hier in den Kolonien, besser gesagt hier im Imperium, wie es nun hieß, schien es nur zwei Themen zu geben, die in aller Männer Munde waren: erstens der Gebrauch des eigenen Geschlechtsorgans und zweitens die panische Angst vor dem Verlust desselben durch einen Schnitt – Graziani nicht ausgenommen, wenn man der Geschichte von den unanständigen Bildern Glauben schenkte. Aber wie hätten die Kolonisten auch nicht ständig an Sex denken sollen. Sie waren an die Hunderttausend, weiße Frauen hingegen gab es nur wenige Tausend. Die Familien der Kolonisten kamen nicht nach, das Leben war hart. Sie gingen als überzeugte Faschisten von Bord, bereit dem Duce zu dienen, doch kaum rochen sie eine schöne Abessinierin, verschwand ihr Faschismus durch die Hintertür. In Wahrheit, so hatte ein Kollege in einem Artikel gegen diese Gesetze argumentiert, der natürlich nicht erschienen war, kehrten ›die Siedler, die einmal die Umarmung einer Afrikanerin genossen haben, nur widerstrebend zu der italienischen Frau zurück, und seien sie noch so große Anhänger des Rassismus‹. Und er wusste, dass das stimmte.

Wie wahrscheinlich auch dieser Attilio Profeti. Er hatte sich als Freiwilliger zum Krieg gemeldet, doch besonders kampflustig wirkte er nicht. Ein gut aussehender junger Mann, nicht dumm, der Gang ein bisschen unbestimmt, ein bisschen eitel, einer von den vielen, die das Schwarzhemd eher als Heldenkostüm denn aus Überzeugung übergezogen hatten.

Die Indizien gegen ihn waren erdrückend. Die ›Gemeinschaft von Tisch und Bett‹ zwischen ihm und der Ezezew ließ sich kaum leugnen. In seinem Haus hatte man ein richtiggehendes Ehebett gefunden. Er jedoch wies die Anschuldigungen zurück.

Auf die Frage erwidert der Angeklagte: »Meine Körpergröße hat mich dazu veranlasst, ein Bett solcher Breite zu kaufen, für meine persönliche Bequemlichkeit; die Ezezew schlief hingegen nach Brauch der Eingeborenen auf einer Matte auf dem Küchenboden.«

Verschiedene Zeugen hatten darüber hinaus bestätigt, dass die Mitbewohnerin Geschenke erhalten hatte: einen Schal der Eingeborenen aus Baumwollgarn, einen Silberspiegel – alles Beweise für eine Liebesbeziehung. Der Verteidiger aber hatte diese Lesart in seinem Plädoyer zurückgewiesen.

Erwähnte kleine Geschenke waren Profetis Art, die Ezezew zu belohnen, weil sie die häuslichen Aufgaben, für die sie angestellt worden war, mit Sorgfalt und Präzision erledigte. Wie man auch Arbeitstiere durch Streicheln oder kleine Leckereien belohnt, wenn sie gehorsam sind.

Dem Richter schwoll die Stirnader, ein bitterer Geschmack stieg in ihm auf, den er nicht hinunterschlucken konnte. Früher oder später würde er krank darüber werden, das wusste er, diese Gesetze mit seinen Urteilen bestätigen zu müssen. Vor allem weil er, wenn er die Augen schloss, immer wieder ihr Gesicht vor sich sah. In dem kein Ausdruck von Vorwurf, von Schmerz oder Enttäuschung lag, sondern im Gegenteil – und ein schwarzes Gewicht senkte sich schwer auf die Brust des Richters, so dass er kaum noch Luft bekam – ein Lächeln für ihn.

Und wie immer, wenn er an sie dachte, verwandelte sich seine Empörung in Schuldgefühle. Warum nur hatte er sie nicht geheiratet, als es noch erlaubt war? Warum hatte er sie nicht vor dem Gesetz geschützt, sie und ihre Liebe? Jetzt war es zu spät. Der junge Jurist voller Ideale war zum Opportunisten geworden, zu einem Feigling, der ohne große Skrupel diejenige verriet, die er liebte. Denn so lautete die Wahrheit: Er war nicht besser als dieser Profeti mit seinen schamlosen Lügen. Dies war das langfristige Ergebnis solch perverser Gesetze – nicht nur wurden die Unterlegenen gedemütigt, nein, auch die Menschlichkeit derer, die man überlegen nannte, war degradiert.

Der Richter spürte eine vage Erleichterung. Aber ja, dies war das geistige Klima der Epoche, die ethische Unterdrückung durch schlechte Gesetze, der Machtmissbrauch, der die Bürger – ihn, Profeti, alle Kolonisten, die in der Heuchelei des Madamatos lebten – dazu zwang, gegen die eigenen moralischen Prinzipien zu handeln. Einen kurzen Moment lang sah der Richter die Möglichkeit der Absolution. Einige gesegnete Atemzüge lang konnte er unbelastet Luft in seinen Brustkorb saugen. Die Scham nahm ab.

Doch er wäre nicht der Jurist gewesen, der er war, gerühmt für seinen scharfen Verstand sowie die enzyklopädische Kenntnis der Gesetzestexte, wenn er sich von der Schimäre hätte einlullen lassen, jegliche persönliche Verantwortung ablegen zu können. Und nachdem er die Anklage, die Verteidigung und die Zeugen beider Seiten gehört hatte, nachdem er erschwerende und mildernde Umstände gegeneinander abgewogen hatte, sprach der hochangesehene Richter Ascanio Carnaroli sein Urteil.

Der Verachtenswerteste und Heuchlerischste von allen war er. Im Vergleich zu ihm konnte man diesen nichtsnutzigen und gemeinen Lügner von Schwarzhemd Profeti Attilio geradezu unschuldig nennen.

Angesichts der erdrückenden Beweislast war der Generalkonsul der Freiwilligenmiliz überrascht, dass Profeti von der Anklage, das Ansehen der Rasse geschädigt zu haben, freigesprochen wurde. Gleichzeitig war er sehr erleichtert. Die Verurteilung eines glorreichen Veteranen vom Amba Work nutzte niemandem. Dennoch durfte er dem Scharführer nicht erlauben, weiterhin sein zurückgezogenes Leben im Büro des Zensors zu führen, und schon gar nicht, Abend für Abend in die Arme seiner Madama zurückzukehren. Er musste eine neue Aufgabe für ihn finden, das war kein Problem. Es gab genug Regionen in Aufruhr. Der Godscham, der Wollo, der Shoa: alles Orte, wo man Widerstand säte und Rebellen erntete.

Attilio Profeti würde erneut das Imperium verteidigen, bei der Kolonialpolizei.

*Das Vaterland überlässt man nicht dem Invasor
nirgendwo sonst kannst du hin.
Der Tag deines Todes im Krieg
gleicht einem Hochzeitstag.*

Sie sangen ihre Lieder des Widerstands, um die langen Tage der Dunkelheit zu ertragen. Seit Monaten lebten sie nun schon in der Höhle. Sie hatten Körbe mit Korn hereingeschleppt, Wasserschläuche, Steinmühlen, Kohlebecken, sogar Ziegen. Sie waren zu Hunderten, jeden Alters, ihre Haut verblichen vor Mangel an Licht und Luft.

Von außen war die Grotte ein Messerstich in der Felsbastion, die sich bis hinauf zur *meda* erhob, dem flachen Dach der Hochebene. Das Sonnenlicht fiel hell in den Höhleneingang, doch schnell zogen sich die gelben Felswände zusammen, und es herrschte Dunkelheit. Nach wenigen Dutzend Metern musste man kriechen, die spitzen Vorsprünge der schmalen Durchgänge drohten sich in den Schädel zu bohren. Dort begann das Reich der Finsternis. Wenn man es durch den langen dunklen Stollengang geschafft hatte, öffnete sich die Höhle zu einem großen Uterus im Felsen. Dies war nun ihr Heim.

Wieder und wieder waren die Bomber über ihr Dorf auf der *meda* geflogen, weil sie dem Feind die Partisanen nicht ausliefern wollten, die von den *talian* Banditen genannt wurden – *shifta*. Also hatten sie sich unter die Erde zurückgezogen, zu den Fledermäusen und Regenwürmern, doch gut geschützt vor dem Regen aus Feuer und Gift. Sie hatten sich unter die Erde gebracht wie Tote, um am Leben zu bleiben.

In mondhellen Nächten gingen die Erwachsenen hinaus, um an den unwegsamsten Abhängen zu jagen, unerreichbar für die Autokolonnen der Invasoren. Gewehre konnten sie nicht benutzen, zu laut. Sie brachten magere Beute zu den Ausgehungerten in die Höhle, aus Schlingen und Fangeisen: Perlhühner,

Moorhühner, Pavianjunge, an guten Tagen eine Gazelle. Manchmal fielen sie in die Dörfer der Kollaborateure ein und stahlen einen Korb *teff*, einen Sack Kichererbsen, ein, zwei Hühner. Die anderen, vor allem die Jüngeren, näherten sich nie dem Höhlenausgang. Jedes Geräusch musste unterbleiben, um nicht die Aufmerksamkeit der Kolonialtrupps auf sich zu ziehen. Die meisten von ihnen hatten seit Wochen keine Sonne mehr erblickt.

Von den Alten mit ihren milchigen Augen hatten sie gelernt, sich zu bewegen, ohne zu sehen: maßvolle Bewegungen, feines Gehör, die Entdeckung des Tastsinns. Selbst die Kinder hatten gelernt, sich am Widerhall des eigenen Atems zu orientieren, wie Fledermäuse. Viele waren mit der Zeit tatsächlich erblindet. Tränen waren zu einem klebrigen Serum geworden, die Bindehaut eine trockene Kruste, die Augen unbrauchbare Schlitze, die brannten, wenn man sie nicht geschlossen hielt. Der Boden der Höhle war mit reinem Staub bedeckt, der bei jedem Schritt aufwirbelte und in die Poren drang. Auch die Kleinsten, die gerade erst laufen gelernt hatten, verhielten sich ruhig, um ihn nicht unnötig herumzuwirbeln. Die Mütter hielten sie bei sich, mit Hilfe eines Stofffetzens, den sie zwischen die Zähne klemmten, während sie mit geschlossenen Lidern das *teff* mahlten. Für diese vertrauten Bewegungen hatten sie auch früher die Augen nicht gebraucht, in der Welt dort oben, als noch Wolken über den Himmel zogen und nicht Flugzeuge, aus denen der Tod herabregnete.

Um die knappe Luft in der Höhle nicht zu verbrauchen, entzündeten sie nur selten die Fackeln. Dann stiegen gespenstische Lichtsäulen aus Staub auf, und vermischt mit dem dicken Rauch der Kohlebecken griffen sie die Haut an, verstopften die Lungen, ließen die Schwachbrüstigen und Kinder sterben. Wenn Babys auf die Welt kamen, war ihre Haut gelblich und ihr Atem rasselnd. Viele überlebten nicht. Ihre Leichen wurden noch tiefer in die Stollen geschafft, in die schwarzen Eingeweide der Hochebene. Bevor sie sie allein ließen, leisteten sie einen Schwur: Am Ende der Besatzung kommen wir zurück und beerdigen euch christlich. Im Äthiopien des Jahres 1939 warteten die Lebenden und die Toten auf die Vertreibung des Invasors.

Sie wie die Ratten aus ihren Löchern jagen, so lautete der Befehl. Sie versuchten es seit Monaten. Doch nichts hatte gefruchtet: Maschinengewehre, von Lasttieren herbeigeschaffte Artillerie, Gewehre. Die Flammenwerfer waren zu groß und schwer für diesen Steilhang der Aasgeier. Es hatte nichts genutzt, die Gefangengenommenen mit Hammerschlägen vor dem Höhleneingang hinzurichten, wie der Resident persönlich es zu tun pflegte, die Rebellen hatten sich trotzdem nicht ergeben. Ohne einen Klagelaut ließen sich die Verurteilten die Köpfe einschlagen, in einer Raserei aus spritzendem Blut und Hirnmasse. Und auch wenn die Kollaborateure ihre Jutesäcke zum Militärkommando brachten, die nicht mit den von den Schwarzhemden ersehnten Kartoffeln gefüllt waren, die das *teff* nicht mehr sehen konnten, sondern mit Köpfen, fanden sie darin niemals das ersehnte Haupt des Anführers. Zudem reichte ein einziger Mann aus, der mit einem Gewehr im Arm hinter den Steinen der Höhlenöffnung hockte, um den Eingang zu bewachen. Doch dort drinnen saßen Hunderte, vielleicht Tausende Menschen. Alles Rebellen, Unterschiede konnten sie unmöglich machen. Außerdem hatten die selbst Schuld, wenn sie es nicht ohne ihre Frauen und Kinder aushielten. Selbst ihre Alten und Tiere nahmen sie mit hinein, diese Banditen, die den Vormarsch der italischen Zivilisation aufhielten.

Das flache Hochland oberhalb war menschenleer, die Dörfer verlassen, die Hütten zu Asche verbrannt, die nicht einmal mehr rauchte. Doch sie waren da. Sie lebten noch. Eingegraben ins Innere der Erde wie Würmer. Waren sie vielleicht dort, direkt unter ihren Füßen?, fragten sich die Italiener, wenn sie vorsichtig über die *meda* streiften. In welche steinernen Schlupfwinkel hatten sie sich verkrochen? In der unruhigen Nacht dieses verdächtig stillen Guerillakrieges, immer wieder unterbrochen von unsagbaren Grausamkeiten, hatte Attilio Profeti einen Traum. Er sah sich selbst auf einer Feldliege, ein Bild des eigenen Schlafes, und plötzlich sprudelten aus den dunklen Felsspalten wie aus einer Ritze des Grauens Männer mit schlammverklebten Haaren. Die mit ihren Dolchen auf seine Genitalien zeigten.

Die Ankunft des Chemischen Kommandos war von den Schwarzhemden mit Freude begrüßt worden. Denn Ratten lockt man nur mit Gift aus ihrem Loch hervor.

Sie hatten eine Neumondnacht abgewartet. Sie bewegten sich leise, irgendwo zwischen dem Fluss im Tal und den Galaxien über sich – die aussahen, als seien sie näher. Sie hatten das Senfgas aus einer C500T-Bombe gelassen, die sonst zusammen mit den Brandbomben aus den Flugzeugen geworfen wurden und die Hütten in nach Knoblauch stinkende, lodernde Scheiterhaufen verwandelten. Damit hatten sie ein Dutzend Zündkanister gefüllt, die sie bei Morgengrauen langsam von den Kanten der *meda* abseilten. Die Wachen der Rebellen sahen sie erst, als sie direkt vor ihren Nasen im Höhleneingang hingen. Sie konnten keinen Alarm mehr schlagen, das Gas explodierte direkt in ihrem Gesicht. Die Hornhaut lief ihnen über die Wangen wie Eidotter. Inzwischen schossen kleine, auf der gegenüberliegenden Seite des Steilhangs postierte Kanonen mit Arsenwasserstoff-Projektilen. In wenigen Minuten hatte sich die Luft in der Höhle in gelben, klebrigen Eiter verwandelt.

Die Askaris warteten mit angelegten Maschinengewehren, dass das Gas die ersten Rebellen heraustrieb. Doch zunächst gab die Höhle nur kleine schwarze Auswürfe von sich, und es dauerte einen Moment, bis sie darin Fledermäuse erkannten. Sie flatterten wild im Kreis, unter spitzem Gekreische, und zerschellten am Felshang. Dann tauchte im Höhleneingang eine abgemagerte Kuh auf. Sie bewegte den Kopf ruckartig hin und her, als wolle sie die Hörner abschütteln, stampfte mit den Hufen auf die Steine, rollte die Augen, die nass und rund waren wie Flusskiesel. Als sie in die Schlucht stürzte, hallte das Echo der in die Tiefe gerissenen Steine noch lange nach, lauter als ihr Muhen.

Endlich erschien das erste menschliche Wesen: eine Frau. Sie rannte nach draußen, die zu Haken verkrampften Finger in ihre Kleiderlumpen gekrallt. Die italienischen Maschinengewehre nahmen sie freudig ins Visier, endlich hatten sie ein Ziel.

Die Frau schlug keuchend einen Bergpfad ein, der zur Hochebene hinaufführte, und die Projektile tanzten fröhlich auf den Steinen zwischen ihren Füßen. Als die Askaris auf ihre Brust zielten, stürzte sie sofort zu Boden, einen Arm schützend vors Gesicht gehoben.

Die toten Wächter wurden durch andere bewaffnete Rebellen ersetzt, die versuchten, dem Gewehrfeuer Widerstand zu leisten. Wer nicht im Geschosshagel fiel, suchte hinter den Leibern der Toten Deckung und versuchte eine verzweifelte Gegenoffensive mit den *ogigrat*, alten abessinischen Jagdgewehren ohne Drall, die ihre Kugeln in einem langsamen Taumelflug abschossen wie kranke Fliegen. Zahlreiche andere stürzten blind vom Gas oder gefällt von den Sturmgewehren in den Abgrund. Während im Tal geduldig die Hyänen warteten.

Eine Kollaborateurin wurde von den Italienern beauftragt, den Belagerten ihre Bedingungen mitzuteilen. Sie hieß Ahewallish und war eine Bäuerin, die sich an die Spitze der Mitläufer gesetzt hatte. Zusammen mit anderen Gefährtinnen der Askaris wartete sie auf der *meda*, bis das Gemetzel endete. Die Frau stellte sich vor die Höhle und rief mit lauter Stimme hinein. Wenn die Rebellen sich ergäben, versprächen die *talian*, niemanden zu ermorden, auch nicht die wehrfähigen Männer.

Die Sonne stand genau zwischen ihrem Zenit und dem Horizont, als im Höhleneingang ein dreckiges Stück Stoff durch die Luft geschwenkt wurde. Vor langer Zeit, bevor die *talian* verkündet hatten, dass nun ihren Gesetzen zu gehorchen sei, bevor die Hütten zu senfgasstinkenden Aschehaufen wurden, als noch bucklige Kühe auf den Wiesen weideten und Kinderstimmen wie spitze Klangbögen durch die Täler hallten, als der Tod sicher war und auch oft eintrat, aber in Form von Hunger oder Krankheit, war dies eine weiße *shamma* gewesen. Nun war es die Fahne der Kapitulation.

Langsam kamen sie aus dem Dunkel der Grotte hervor. Männer und Frauen jeden Alters. Auf den Gesichtern, den Armen, den Beinen breiteten sich zusehends die Yperit-Pusteln aus, wie ein rasendes Krebsgeschwür. Sie liefen gekrümmt vom Husten, waren mit Staub bedeckt und zum Erschrecken abgemagert. Sie entstiegen dem Dunkel dieser gas- und rauchgeschwängerten Höhle wie dem Fruchtwasser einer Höllengeburt.

Das Tal, in das die Höhle sich öffnete, war zu eng, als dass auch die Schwarzhemden zusammen mit den Pionieren und Askaris an dem Chemiewaffenangriff hätten teilnehmen können. Sie warteten daher am Ende des nach oben führenden Steilpfades, um die Gefangenen dort in Empfang zu nehmen. Die Sonne schien schon schräg auf den Steilhang, als Attilio Profeti sie über die Kante der *meda* kommen sah, eskortiert von bewaffneten Askaris: alte Männer auf Stöcke gestützt, junge Männer, Frauen, davon mehr als eine schwanger, Kinder. Die Sonne warf den Schatten dieses gespentischen Gänsemarschs auf die Fläche des Hochlandes. Um ihre Augen vor dem grellen Licht der Höhe abzuschirmen, hielten sie sich alle eine Hand vor das Gesicht; ihr Hungermarsch sah aus wie die Karikatur einer Militärparade, die unisono die Hand zum Gruß erhebt. Je näher sie der Schar Schwarzhemden kamen, um so stärker wurde der unterweltliche Gestank nach Gips, Eisen, Rauch und Schweiß, der ihren schmutzigen Kleidern entstieg. Es waren viele Hundert. Attilio konnte kaum glauben, dass sie alle so lange unter der Erde gelebt hatten. Am meisten aber erschreckte ihn ihre Haut. Sie hatte die Farbe von morschem Holz, von vergammeltem Mehl, von Schakalknochen.

Auf der Von-Luschan-Skala gibt es diese Farbnuance nicht.

Es dauerte nicht lange, bis sie begriffen, dass Ahewallish sie verraten hatte. Die *talian* trennten Frauen und Kinder von den Männern aller Altersstufen und führten Letztere an den Rand der *meda*. Mehr als eine Mutter klammerte sich an ihren jugendlichen oder auch noch jüngeren Sohn, damit er ihr nicht entrissen wurde. Vergebens. Die Erschießungen gingen schnell und waren effizient organisiert, jeweils zwanzig Verurteilte wurden an den Rand der *meda* gestellt. Die durchlöcherten Körper fielen hinten über in den Abgrund, so dass man keinen Platz für die Nachrückenden schaffen musste. Die praktische Durchführung der Exekutionen oblag wie immer den Askaris. Zwei Schwarzhemden wurden beauftragt, die Flammenwerfer bereitzuhalten, mit denen die Leichen verbrannt wurden, die an den Hängen der Schlucht festhingen.

Attilio wandte sich von den Schüssen ab, von den Erschossenen, die nach jeder Salve schlaff in sich zusammenfielen, von den schreienden Frauen, die durch Bewaffnete eingekesselt waren, damit sie sich nicht auf ihre Männer warfen, um gemeinsam zu sterben. Er ignorierte den süßlichen Geruch des Blutes, der nach und nach die Luft tränkte. Er hob den Flammenwerfer auf, schob sich die Schulterriemen des Tanks auf den Rücken und umfasste das Rohr. Mit ruhigen Schritten durchmaß er den Raum bis zum Abgrund und zielte mit der Metallöffnung nach unten auf die Körper, die an den Büschen auf einem Felsband wenige Meter tiefer aufgekommen waren. Manche bewegten sich noch. Ein Mann hatte die Augen geöffnet, lebte noch trotz des roten Streifens, der ihm den Unterleib zerteilte, und

rutschte langsam auf den Abgrund zu. Attilio war es in diesem Moment unmöglich, in ihm die gemeinsame menschliche Natur zu erkennen. Er drückte den Schalter des Flammenwerfers. Eine kurze Feuerzunge schnellte hervor, erlosch aber sofort und hinterließ nur die Andeutung von Hitze in der Luft. Wieder drückte er auf den Knopf, mehrmals, doch es geschah nichts. Sein Flammenwerfer war blockiert.
Attilio Profeti sah auf. Der Abgrund zu seinen Füßen öffnete sich ins Leere, er ließ den Blick nach Westen hin schweifen. Die Täler fraßen sich in Dunkelheit getaucht durch die Fläche des Hochlands, welches unter den letzten Wellen des Lichts noch golden schimmerte. Eine Elster mit nachtblauem Gefieder flog dicht an seinem Gesicht vorbei. Er hörte das Rascheln der Flügel, die durch die Luft schlugen. Er folgte ihr mit den Augen.
Außer mir.
Außer mir. Außer mir. Außer mir.
Die Elster wurde ein ferner Punkt in der klaren Luft und verschmolz mit dem grünen Strahl der Sonne.

Zurück in der Hauptstadt erwarteten Attilio zwei Briefe. Lidio Cipriani schlug ihm vor, ihm bei der Einrichtung der Übersee-Ausstellung zu assistieren; seine Mutter fragte, ob er denn bald nach Italien heimkehre. Am Tag vor der Abreise ging er zu Abeba. Nach dem Prozess war seine frühere Madama in das Negerviertel gezogen, wo es keine Häuser aus Stein gab.
Er entledigte sich nicht einmal seiner Hose. Er nahm sie auf dem Fußboden, ihr Handgelenk umklammert und die andere Hand auf ihrem Gesicht. Zum ersten Mal tat er ihr weh. Doch danach röstete sie wie immer die grünen Bohnen für ihn und kochte Kaffee, den sie mit einem Rautenstiel umrührte. Attila nahm seine Tasse aus den Händen der Frau entgegen, die er für unfruchtbar hielt und mit der er gerade einen Sohn gezeugt hatte.

»Ich reise ab«, sagte er, »aber mach dir keine Sorgen, ich komme wieder. Ich komme immer wieder.«
Es war keine Lüge. Fünfundvierzig Jahre später sollte er wiederkommen, in einem alten Citroën.

19

2010

»Einer dieser Vierzigjährigen, die aussehen wie die traurigen Onkel ihrer Altersgenossen.« Das denkt Ilaria unwillkürlich beim Anblick von Piergiorgio Valente, dem Anwalt für Einwanderungsrecht: das Hemd spannt über seinem Bauch, ein paar graue Haarbüschel umringen den weitgehend kahlen Schädel, der Ehering drückt den Finger, auf den er ihn fünfundzwanzig Kilo zuvor gesteckt hat. Auf dem Schreibtisch eine leere Mars-Verpackung.

Valente ist müde. Sehr müde. Er betrachtet den Mann und die Frau, die ihm gegenübersitzen, und die Erschöpfung sackt tief hinab bis in seine geschwollenen Füße.

Er hat es satt, die im CIE Gefangenen – Pardon, *Festgehaltenen* –, also Menschen, die nur eine Vorstellung bekommen möchten, was sie erwartet, davon zu überzeugen, sich den Eisendraht ziehen zu lassen, mit dem sie sich den Mund verschlossen haben. Oder der moldawischen Prostituierten, die ihre Sklavenhalter angezeigt hat, zu sagen, dass die Italienische Republik ihr zwar aufrichtig dankbar ist für ihren unschätzbaren Beitrag im Kampf gegen den Menschenhandel, aber ihren Mut nicht belohnen wird, weder durch eine Auszeichnung für Zivilcourage noch mit der Staatsangehörigkeit und nicht einmal mit der vagen Hoffnung auf eine Aufenthaltsgenehmigung, denn Gesetz ist Gesetz, und sie ist nun mal illegal nach Italien gekommen (Übersetzung: halb ohnmächtig im Laderaum eines Lkw, aufgerissen von der Einführung in dieses Gewerbe, der ihre Aufseher sie tagelang unterzogen haben, um die Psyche in dem Körper zu brechen, den sie verkaufen wollen).

Er hat die schikanösen Anordnungen mancher Bürgermeister satt (was macht es schon, wenn sich ein armer Kerl auf einer Parkbank ausruht?). Und supersatt hat er die Fragen der Journalisten, wenn er juristisch dagegen vorgeht: »Bekämpfen Sie den Rassismus?«

Ach, dieser Begriff, der sich für alles nutzen lässt. Früher hat auch er mal an einen Sinn dahinter geglaubt. Mit zwanzig war er bei der ersten großen Demonstration gegen dieses damals neue Phänomen dabei, neu zumindest für die Italiener, die als weltweite Auswanderer Rassismus bis dahin höchstens am eigenen Leib erfahren hatten. Das war 1989 als Reaktion auf den Mord an Jerry Masslo in Villa Literno, und Valente befand sich noch mitten im Jurastudium. Das einzig spürbare Resultat dieser Demonstration war, dass die Liste mit den Wörtern, durch die man sich qua Negation definieren konnte, länger wurde: der Grundbegriff war »Faschismus«, dann kam »Rassismus«, jetzt gab es den »Berlusconismus«, doch Valente wusste, dass weitere folgen würden. Dann sagt man: »Ich bin Anti-dies, Anti-das« und fühlt sich auf der richtigen Seite. Wenn es doch nur so einfach wäre, liebe Genossen. Wenn das nur reichen würde.

Zwanzig Jahre lang hat Piergiorgio Valente die Grundrechte des Menschen verteidigt (also: das Leben – das mancher seiner Klienten mit dem Ablehnungsbescheid verliert, sollte er in seine Heimat zurückkehren) und hat dabei fast alle Gewissheiten von früher verloren. Doch von einem ist er überzeugt: Gegen den Rassismus auf die Straße zu gehen bringt ungefähr so viel, wie gegen die Bösartigkeit allgemein auf die Straße zu gehen.

Der Rassismus, das hat er mittlerweile begriffen, ist nur ein Spiegelkabinett, eine Illusion. Er ist die wirksamste Art, den Kampf gegen die Ungleichheiten zu unterbinden – den Klassenkampf, so nannte man das früher. Er dient dazu, die Vorletzten gegen die Letzten aufzuhetzen, denen sie sich überlegen fühlen, damit sie sich nicht zusammen gegen die Ersten auflehnen. In Amerika zum Beispiel lynchten die ehemaligen Sklaven die Weißen aus der Unterschicht, nicht etwa die Plantagenbesitzer. Im Italien des neuen Jahrtausends gilt derselbe Trick. Überzeuge die Arbeitslosen davon, dass dir nicht die Spekulanten deinen Arbeitsplatz wegnehmen, sondern die Einwanderer, und siehe da: Sie gehen los und verprügeln die Schwarzmarkthändler, anstatt eine Revolution anzuzetteln. Und so lange hält der Agrar- und Nahrungsmittelmarkt in Italien seine Preise niedrig und wettbewerbsfähig. Zwei Fliegen mit einer Schwarzmarktklappe.

Valente starrt auf das Mars-Papier. Wer hat seinen Schokoriegel gegessen? Ach ja, er hat ihn sich eben selbst in den Mund geschoben, sobald der vorige Klient durch die Tür war, ein Philippiner, der sich einen Monat vor seiner Verhandlung über die Staatsbürgerschaft geprügelt hat – Herr im Himmel, wie bescheuert kann man denn sein? Mechanisch hat er gekaut, mit übervollem Mund. Und hätte der Präsident der Republik persönlich angerufen, um eine Begnadigung zu gewähren, er hätte nicht rangehen können. Bei diesem Gedanken ist Valente so bestürzt, dass ihn sogleich wieder die Schokoladengier überkommt. Mit einer Willensanstrengung wendet er seine Aufmerksamkeit den beiden Leuten ihm gegenüber zu.

Dieser junge Mann und diese Frau sind zu ihm gekommen, weil sie darauf vertrauen, dass ein Anwalt etwas bewirken kann. Sie glauben nämlich, dass innerhab der CIE noch irgendeine Art von Recht existiert. Doch er, Valente, wird ihnen erklären müssen, dass der Wert, den ein Staat seiner Justiz einräumt, sich an dem Wert bemisst, den er den verurteilten Personen einräumt, und dass in Italien Friedensrichter über das Schicksal von Asylbewerbern entscheiden, oft Leute ohne jede juristische Ausbildung, in fünfzehnminütigen Sitzungen, weil sie zwanzig davon am Tag schaffen müssen, in denen sie allen dieselben drei Fragen stellen, während die Menschen vor ihnen ganze Leben zu erzählen hätten – und was für Leben! Dass dies also der Wert ist, den die italienische Justiz ihrem Freund beimisst: fast weniger als null.

Himmel, er ist es so müde, das immer wieder erklären zu müssen.

»Und wenn wir ihn da rausgeholt haben, möchten wir versuchen, ihm die italienische Staatsbürgerschaft zu verschaffen«, sagt Ilaria gerade. »Er ist unser Neffe.«

»Vielleicht unser Neffe«, sagt Attilio.

»Haben Sie irgendwelche Urkunden, die das beweisen?«, fragt der Anwalt.

»Unser Vater war sein Großvater«, sagt Ilaria. »In seinem Ausweis steht als dritter Name der unseres Vaters.«

Valente zerquetscht das Argument wie eine Mücke. »Ich kann meinen Sohn Albert Einstein oder Napoleon nennen, deshalb sind wir noch lange nicht verwandt ... Schauen Sie: Die Staatsbürgerschaft zu bekommen ist schon kompliziert genug, wenn alles seine Ordnung hat. Ich hatte eine Klientin aus Äthiopien, der italienische Vater hatte sie anerkannt und ihr seinen Nachnamen gegeben, theoretisch also das Einfachste auf der Welt. Aber nein. Elf Jahre in Behördenfluren, Untersuchungskommissionen, Watteproben mit DNA, die verschwanden und neu gemacht werden mussten. Quizfrage: Was glauben Sie, warum?«

Er sieht sie mit verschränkten Armen über den Schreibtisch an, genau wie ein Quizmaster im Fernsehen, der auf die richtige Antwort wartet.

Ilaria blickt sich irritiert um. Die Wände müssten mal wieder gestrichen werden, der Metallstuhl ist unbequem, auf dem Tisch türmen sich die Aktenordner zu schiefen Stapeln, als habe das Computerzeitalter diese Kanzlei noch nicht erreicht. An der Tür hängt ein Plakat aus falschem Pergamentpapier mit wild geschwungener Schrift: »Die Gesetze, die doch Verträge zwischen freien Männern sind oder sein sollen, sind in den meisten Fällen nur die Werkzeuge für die Leidenschaften weniger. Cesare Beccaria«.

»Weil sie Afrikanerin war«, beantwortet der Anwalt seine Frage selbst. »Bei argentinischstämmigen Personen mit weißer Hautfarbe gibt es nie solche Probleme.«

»Absurd!«, stößt Attilio hervor. »Wir in Italien leiden unter einer extrem langsamen Bürokratie und Schlamperei, aber das doch nicht. Wir sind doch keine Nazis.«

Der Anwalt blickt Attilio mitleidig an. »Nazis ...« Er lässt das Wort von einem Mundwinkel in den anderen wandern, wie einen Zahnstocher. »Aber nein, natürlich nicht. Die Nazis haben den Krieg verloren. Wir sind doch nicht wie die.«

Der Sarkasmus, mit dem er diesen Satz unterlegt, weckt in Ilaria das unbestimmte Gefühl, beleidigt zu werden. Aber Valente fährt schon fort. »Wir sind doch keine Rassisten, wir sind doch so inklusiv! Wir haben die Europäische Union geschaffen, wir haben einheitliche Reisepässe, mit Schengen haben wir sogar die Grenzen abgeschafft. Aber ...«

Er hält inne und blickt sie an. Ilaria nervt diese Art, die Sätze in der Luft zu halten wie Leckerli, als wäre er ein Hundeabrichter. Außerdem erinnert sie sich noch gut an ihre erste Reise mit dem neuen Reisepass, als sie mit Lavinia am Check-in in Bangkok zwischen Spaniern, Franzosen und Deutschen stand, die sich gegenseitig ihre gleichen, weinroten Ausweise zeigten, stolz darauf, zu einem Kontinent zu gehören, der gerade seine Mauer eingerissen hatte und sich als die Avantgarde der neuen Menschheit ohne Unterschiede sah. Eben: inklusiv. Und sie wüsste nicht, was an diesem Ansinnen falsch sein soll.

»Wissen Sie überhaupt, was diese CIE sind, wo Ihr Verwandter gelandet ist?«

»Vielleicht Verwandter«, präzisiert Attilio erneut.

»Zentren für Identifizierung und Abschiebung«, erwidert Ilaria und ärgert sich im nächsten Moment, bei Valentes blödem Ratespiel mitzumachen. Vor allem, weil er den Kopf schüttelt. »Sie sind unsere Grenzen. Die wir angeblich abgeschafft haben. Schranken und Niemandsland gibt es scheinbar nicht mehr, aber wir haben sie nur versteckt. Die CIE sind Europas neue Grenzen. Die Bastionen unserer Identität. Unserer selbst, die wir Rechtsstaatlichkeit genießen und bestimmt keine Nazis sind, wir stecken ja nicht unschuldige Menschen in Konzentrationslager für das, was sie sind – also weil sie Juden oder Zigeuner sind. Doch komischerweise landet man im CIE nicht, weil man eine Straftat begangen hat, sondern nur für das, was man ist. Weil man ein *Illegaler* ist.«

Der unterdrückte Ekel, mit dem er dieses Wort ausspricht, wirkt fast explosiv, und nun erst begreift Ilaria, warum Valente ihnen diese unangenehmen Fragen stellt. Nicht, um sie zu provozieren, sondern um seine eigene Wut im Zaum zu halten. ›Er versucht, nicht zu schreien.‹

Ilaria fällt der sonnendurchflutete Vormittag ein, als sie vor ein paar Monaten mit Tausenden Kollegen durch Roms Straßen zog. Sie demonstrierten gegen den Gesetzesentwurf, mit dem die Regierung das sogenannte »Delikt der Illegalität« einführen wollte (die Worte sind in ihrem Kopf mit dem gleichen Ekel des Anwalts belegt). Vor allem gegen den Artikel, mit dem man den Kindern von irregulären Einwanderern den Schulbesuch untersagen wollte. Außer den Lehrern gingen auch Ärzte und Angestellte des Gesundheitssektors mit, angeführt von einem Banner, auf dem Berlusconis strahlende Zahnreihe gerade ein Schulgebäude verschlingt. Sie protestierten gegen die Pflicht, die Illegalen, die in die Krankenhäuser kommen, bei der Polizei zu melden. Die Demonstration hatte schließlich zu einem der wenigen Erfolge der Opposition beigetragen. Die Artikel zu Schule und Gesundheit waren nicht durchs Parlament gekommen, weil sogar einige rechte Abgeordnete, unter ihnen Piero, die Zustimmung verweigert hatten. Noch viel deutlicher erinnert sich Ilaria an das Gefühl der Empörung, das sie bei dieser Demonstration begleitete, Empörung über diesen Plan, der nicht nur dumm und gefährlich war – Leute mit ansteckenden Krankheiten, die sich nach dem Willen der Gesundheitsbehörden verstecken sollen –, sondern der den Menschen auch das Grundrecht auf Bildung und Gesundheit absprach. Ganz unerwartet erkennt Ilaria in diesem nicht sonderlich sympathischen Mann einen der ihren. Aus der Sippe der unbelehrbaren Nervensägen.

»Es stimmt«, sagt sie zu ihm. »Mit dieser Regierung hat der faschistische Geist wieder Einzug bei uns gehalten.«

»Da habe ich schlechte Nachrichten für Sie, Signora«, sagt Valente. »Die CIE wurden in Italien mit dem Gesetz Turco-Napolitano eingeführt. 1998, eine Mitte-Links-Regierung.«

Attilio wendet sich hämisch an Ilaria. »Was hab ich immer gesagt? Berlusconi ist nicht die Wurzel allen Übels.«

Valente sieht ihn an. Aus seinem Blick ist jede Spur von Sarkasmus verschwunden. »Leider nein«, sagt er leise, plötzlich ruhig und traurig. Was Ilaria viel stärker trifft als der aufrührerische Tonfall von eben. Einen kurzen Moment glaubt sie den hübschen jungen Mann vor sich zu sehen, der er einmal gewesen sein muss. »Schön wär's, Signora, wenn unser schlechtes Gewissen erst mit ihm beginnen würde.«

Aus der Herzenstiefe von Valentes massigem Leib steigt ein Seufzer auf, der ihn hinter dem Schreibtisch erbeben lässt. Ihm ist eingefallen, dass er noch ein Mars in der Aktentasche hat, was ihn ein klein wenig aufmuntert. Ein realistisches Ziel, das er erreichen kann.

»Genug geredet. Ich werde tun, was ich kann, um Ihren Verwandten dort herauszuholen.« Er blickt zu Attilio, der ihn diesmal nicht korrigiert. »Aber ich sage gleich, dass es schwierig wird.«

»Und wenn er die Aufenthaltsgenehmigung nicht bekommt?«, fragt Ilaria. »Was passiert dann mit ihm?«

Der Anwalt schenkt ihr ein ganz sanftes Lächeln. »Dann vegetiert er auf unbestimmte Zeit in einem CIE vor sich hin, das kann Monate dauern, auch über ein Jahr. Dann wird er von einem auf den anderen Tag, manchmal ohne Vorankündigung, in ein Flugzeug gesetzt und in sein Land zurückgebracht.«

»Für Attilio Profeti, Stolz der italienischen Rasse.« Nach dem Besuch beim Anwalt klingt die Widmung in Lidio Ciprianis Buch noch einmal ganz anders.

Ilaria sitzt auf einem Hocker in Attilios Küche und liest ihm Teile aus dem Vorwort vor, während er das Abendessen zubereitet.

»›Die gesammelten Daten aus Zoologie und Anthropologie belegen definitiv die These, dass die menschlichen Rassen sich nicht nur durch körperliche, sondern auch durch geistige Merkmale voneinander unterscheiden. Deswegen basieren die Daten, die ich sammle, auf dem ›reinen Blut‹, also auf dem innersten Bereich jeder einzelnen untersuchten Rasse. Außerhalb dieser Bedingungen ergeben sich verfälschte Resultate, wie es auch beim Studium der Tierrassen offensichtlich ist.‹«

Attilio lauscht, während er Auberginen in Knoblauch, Öl, Petersilie und einem Schuss Wein anbrät. Sie wird später abwaschen – jeder trägt bei, was er am besten kann.

»Hör dir das an: ›Auch hat sich die Einschätzung bestätigt, dass die schwarze Frau geistig unterlegen ist, was oftmals an schiere Schwachsinnigkeit grenzt. Bei ihr verliert die weibliche Haltung viel an menschlichen Zügen und nähert sich im Gegenzug sehr stark dem Tierischen ...‹«

Attilio grinst, während er die Nudeln ins kochende Wasser rutschen lässt. »Also, auch die weiße Frau hat nicht immer etwas Menschl...«

Mit einem dumpfen Ton schlägt Ilaria ihm das Buch auf den Kopf.
»Aua! Was habe ich denn so Schlimmes gesagt?«
Zur Antwort droht sie erneut mit dem Buch.
Attilio hebt nachgiebig die Hände. »Schon gut, schon gut, ich muss zugeben: Eine Seele habt ihr auch.«
Ilaria lässt die Buchseiten an ihrem Daumen entlangblättern. Tabellen, Maße, Prozentzahlen flitzen vorbei. »Schau mal die Überschrift von diesem Absatz: ›Form der Brüste‹. Soll ich vorlesen?«
»Was soll das, suchst du einen Grund, mich wieder zu schlagen?«
»Dummkopf.« Ilaria liest vor: »›Die Untersuchung dieses Merkmals ist von spezieller Bedeutung für die afrikanischen Volksstämme.‹«
»Ehrlich gesagt ist es auch für uns italienische Stämme von gewisser Bedeutung …«
»Sei still und hör zu. ›In vier (Bahar Dar, Ifag, Debre Tabor, Gorgora) der fünf Frauengruppen ist bemerkenswerterweise die runde Brustform des europäischen Typs am stärksten vertreten. In Bahar Dar, Ifag und Gorgora treten auch zitzenförmige und konische auf. In Debre Tabor und Zara Micael aber sind nach den runden Brüsten die zitzenförmigen am stärksten vertreten, dann mit langem Abstand die konischen. Im Folgenden die zahlenmäßige Verteilung des jeweiligen Typs insgesamt …‹«
Attilio wirft einen Blick über Ilarias Schulter auf die Tabelle:

	Frauen	%
schalenförmig	69	67,7 %
zitzenförmig	19	18,6 %
konisch	14	13,7 %
SUMME	102	100 %

»Absurd!«, ruft er aus.
»Meinst du, was er schreibt?«, fragt Ilaria.
»Nicht nur. Auch die Methode. Die Behauptung, aus einer lächerlich kleinen und total zufällig ausgewählten Versuchsgruppe auf eine ganze Bevölkerung rückschließen zu können. Schau hier: hundertundzwei Frauen wurden insgesamt untersucht. Wenn sie am nächsten Tag bei weiteren hundertundzwei die Titten vermessen hätten, wäre das Ergebnis ein komplett anderes gewesen. Und damit die Schlussfolgerung.«
Attilio nimmt Ilaria das Buch aus der Hand und blättert darin. Seitenlang Tabellen, minutiöse Vermessungen von Hunderten, vielleicht Tausenden Personen, nach Geschlecht und Alter zu Gruppen sortiert, für die einzeln dutzendweise Ziffern und Prozentzahlen aufgelistet werden, die mit Ausstattung und Körpermaßen korrespondieren. Die eine oder andere liest er laut vor: »›Index von Skelett, Trochanter, Darmbein, Akromion ...‹«
»Himmel, was für eine Akribie!«, meint Ilaria.
»Und vor allem ohne jeden Sinn und Zweck.« Attilio gibt Ilaria das Buch zurück und rührt in den Nudeln.
In der Mitte des Bandes finden sich auf Glanzpapier Reproduktionen der Fotos, die Cipriani gemacht hat: Männer, Frauen, Kinder, alle mit nacktem Oberkörper, alle einmal von vorn und einmal im Profil. Ilaria liest die Bildunterschriften: »›Typ aus Amhara. Typ aus Borana.‹ Wie eine Verbrecherkartei.«
Und wirklich starren alle vor sich hin mit dem leeren Blick überführter Krimineller. Ilaria bleibt an dem Doppelporträt eines kräftigen Mannes hängen. Sie betrachtet es, während Attilio die Nudeln mischt und zum Tisch trägt. Die dicken Lippen, der düstere Blick, die lange Narbe auf der Brust ... wo hat sie ihn schon einmal gesehen?
Plötzlich springt sie auf und rennt aus der Küche.

»He, wo willst du hin? Es gibt Essen!«, ruft der Bruder ihr hinterher.

Doch Ilaria ist schon über den Hausflur in ihre Wohnung gelaufen, direkt ins Schlafzimmer.

Ganz oben in dem Regal über ihrem Schreibtisch stehen die Bücher, an denen sie besonders hängt. Sie fährt mit dem Finger über die Buchrücken und zieht dann eines hervor. Sie blättert, findet die gesuchte Seite. Sofort rennt sie zu Attilio zurück und zeigt es ihm. »Sieh dir das an!«

Zwei Abbildungen. Das erste ist ein Foto mit einem Mann mit heller Haut und blauen Augen, der eine Uhr repariert. Er trägt ein sauberes Hemd, eine dünne Brille, hat das intelligente und konzentrierte Gesicht eines Menschen, der ein schwieriges Handwerk sorgfältig und leidenschaftlich ausübt. Daneben das Doppelporträt – von vorn und von der Seite – eines Mannes mit nacktem Oberkörper und gerunzelter Stirn. Ilaria hält ihn neben das Bild aus Ciprianis Buch.

»Das ist derselbe!«

Die Unterschrift unter dem ersten Foto lautet: »Alberto Severini, Uhrmacher aus Mailand.« Unter dem zweiten: »Afrikanischer Typus.«

»Was ist das für ein Buch?«, fragt Attilio.

»Mein Erdkundebuch aus dem Gymnasium. Kapitel Menschenrassen.«

Ilaria liest auf der Rückseite des Buches: »›Gedruckt 1971.‹ Ich habe es ein paar Jahre später benutzt.«

»Das glaube ich nicht …!« Attilios Gabel bleibt in der Luft hängen. »Ihr habt das Thema Menschenrassen anhand eines Fotos von Lidio Cipriani behandelt? In den Achtzigern!«

Ilaria fängt an zu lachen.

»Brüderchen, wir sehen uns wohl zu oft. So langsam redest du genau wie ich.«

Attilios Nudeln mit Auberginen schmecken gut.

Sie essen eine Weile schweigend. Schließlich fragt Ilaria: »Du glaubst nicht, dass Shimeta der Sohn unseres Bruders ist, stimmt's?«

»Das ist nicht der Punkt.«

»Ach nein? Was denn dann?«

Attilio wischt sich mit der Serviette über den Mund. »Dass er Gefahr läuft, umgebracht zu werden, wenn er abgeschoben wird.«

Ilaria legt ihr Besteck auf den Teller. Ihr Magen ist plötzlich wie zu.

Piero Casati sitzt im Taxi, nach einer anstrengenden Sitzung des Ausschusses, als er die SMS hört. Die Sitzung hat sich weit in den Abend gezogen, und er hat großen Hunger. Stöhnend blickt er aufs Handy; wenigstens für heute will er nichts mehr hören. Als er die Nachricht liest, flattert sein Herz plötzlich wie ein Nachtfalter, den der Sonnenstrahl trifft.

DU MUSST MIR EINEN GEFALLEN TUN – DRINGEND.

Einen Gefallen. Ihr ganzes Leben lang hat Ilaria sich hingebungsvoll und starrsinnig geweigert, ihn um etwas zu bitten.

»Entschuldigung, Planänderung«, sagt Piero zum Taxifahrer. »Zum Esquilin bitte.«

Auf der Türschwelle küssen sie sich nur leicht auf die Wangen, doch der Abstand zwischen ihnen ist alles andere als hohl. Ilaria drückt ihm ein Glas Wein in die Hand, und sie setzen sich aufs Sofa – er mit den schwarzen Brogues an den Füßen, sie die Beine unter dem Po. Sie erklärt ihm die Lage: das Auftauchen des Jungen, die Enthüllung, dass Attila Profeti einen afrikanischen Sohn hatte, die Verhaftung und das CIE. Die Gefahr der Abschiebung. Und wie wenig Hoffnung ihnen der Anwalt gemacht hat.

Piero hört zu, zieht Stift und Notizheft hervor. »Beruhige dich. Ich kümmere mich darum. Ich werde ein bisschen herumtelefonieren.«

Er notiert sich den Namen: Shimeta Ietmgeta Attilaprofeti. Erst als er den langen Nachnamen geschrieben hat, der wie eine Parodie klingt, begreift er. Er erstarrt, wie vom Blitz getroffen, die Hand mit dem Stift in der Luft.
›Sie bittet mich gerade darum, dasselbe zu tun, was Berlusconi für die junge Prostituierte getan hat.‹ Doch der eigentlich unerwartete und giftige Gedanke folgt auf dem Fuße. ›Sie also auch. Sie auch, genau wie alle anderen.‹
»Was ist los?« Ilaria sieht ihn fragend an.
Piero antwortet nicht. Ihm ist eingefallen, wie er sich am Flughafen Ciampino vor den Kameras versteckt hat. Und er spürt wieder die Panik von damals, von ihr gesehen zu werden. Verurteilt zu werden. Und plötzlich durchzuckt ihn die Erkenntnis, dass er es im Laufe der Jahre immer mehr Ilaria überlassen hat zu beurteilen, was richtig und was falsch ist. Er hat sie auf einen ethischen Sockel gestellt, überlegen und fern. Ergebnis: Ilaria wurde immer unnachgiebiger, und er verlor seinen eigenen inneren Kompass. Kein Wunder, dass sie sich kein gemeinsames Leben aufgebaut haben.
Jetzt dreht er sich zu ihr um.
Er sieht die helle Haut, auf der sich erste Altersflecken zeigen. Die Narbe über der Augenbraue, die von den Windpocken geblieben ist. Ilaria ist nicht perfekt. Manchmal ist sie unerträglich, manchmal unentschlossen. Jetzt zum Beispiel ist sie hin- und hergerissen, sie weiß nicht, ob sie das Richtige tut. Und wer wüsste das schon an ihrer Stelle? Wie viel Überwindung mag es sie gekostet haben, ihn um Hilfe zu bitten. Und trotzdem, da sie es nun einmal tut, urteilt er über sie.
Plötzlich fühlt Piero bei Ilarias Anblick etwas in sich aufsteigen, das nicht wie seit dreißig Jahren Liebe oder Begehren ist, sondern etwas, das es nur unter Gleichrangigen gibt – Freundschaft.
»Wenn es dir Schwierigkeiten bereitet, sag es mir«, beschwört sie ihn gerade. »Ich will natürlich nicht, dass du Probl…«

Piero unterbricht sie mit einem Kuss auf den Mund. Er nimmt sie in die Arme. »Nein, im Gegenteil. Ich bin dir dankbar.«

»Warum das denn?«

»Weil ich seit dreißig Jahren davon träume, dir einmal helfen zu können.«

Sie schiebt sich ein wenig von ihm weg, um ihm ins Gesicht zu sehen.

»Du weißt aber, dass zwischen uns ansonsten alles beim Alten bleibt, nicht wahr?«

»Natürlich. Ich verlange nichts von dir als Gegenleistung.«

»Ich glaube nicht an die Dankbarkeit als Grundlage für menschliche Beziehungen.«

»Das hat mein Vater auch immer gesagt.«

Ilaria muss lachen. »Dein Vater! Willst du damit sagen, dass ich wie dieser Mistkerl bin? Entschuldige: dieser selige Mistkerl.« Sie nähert sich seinem Ohr und flüstert: »Du hingegen schaffst es, dass ich mich als etwas Besonderes fühle.«

›Eben‹, denkt Piero und drückt sie an sich, ›nur um sie lachen zu hören, ist es das schon wert.‹

»Hör mal, ich muss dich noch etwas anderes fragen«, sagt sie nach einer Weile. »Aber du musst ehrlich zu mir sein.«

»Ich kann dich gar nicht belügen.«

»Findest du, ich habe konische, schalen- oder zitzenförmige Brüste?«

Als Ilaria mit ihrem Finger Piero erforscht, als er ihre Klitoris wie ein Bonbon in den Mund nimmt, als die Grenze ihrer Körper nicht mehr die Haut, sondern Schleim und Säfte sind, endet jegliche Kategorisierung. Sie sind nicht länger der rechte Abgeordnete und die progressive Nervensäge, Abkömmling von Päpsten und Enkelin eines Bahnhofsvorstehers. Sie haben keine Namen mehr, nichts ist unwichtiger als ihr Geburtsort, und auch das Einkommen, der große Spalter, kann ihre Verschmelzung nicht mehr verhindern. Sie sind nicht einmal mehr Mann und Frau, nur zwei Körper, die so kompatibel sind, dass sie in der Begegnung eins werden. Es ist nicht wichtig, wer aufgrund welcher Reibung was genießt. Ilaria empfindet Pieros feste Schamhaare als Teil von sich wie ihre eigenen, rasierten. Sein starker Rücken, in den sie ihre Fingernägel vergräbt, und die eigenen Brüste – als »rund« kategorisiert, was jetzt aber auch nicht mehr zählt –, die unter ihr tanzen, wenn sie auf allen vieren kniet. Sie kommen nicht immer zusammen, manchmal schon, niemand zählt mit.

Piero ist eingeschlafen. Ilaria ist ins Bad gegangen und atmet den durchdringenden Kaffeeduft ein, der durch das Hoffenster hereinströmt. Sie blickt aufs Handy: genau halb drei. Um diese Uhrzeit stehen die Bangladescher immer auf! Sie müssen in einem anderen Apartment einen neuen Schlafsaal eingerichtet haben – in Rom zerstreut sich die Gesetzlichkeit schneller als eine Wolke am Himmel. Sie streckt sich neben Piero aus, der sie mit einem Grunzen an sich heranzieht.

In Ilarias Körper klingt noch die Freude nach, wie in einer Echohöhle. Ihr fallen Ciprianis wahnwitzige Körpervermessungen ein. Die perverse Taxonomie seiner Menschenlisten. Was ist das Gegenteil dieses Zwangs des Katalogisierens? Ganz einfach: Sex mit Piero. Die Verehrung der reinen und getrennten Wesensarten findet im Eros ihren Gegenspieler.

Ilarias Zärtlichkeit für den Mann, der eben noch in ihr war und nun seinen Arm um sie gelegt hat, erblüht wie eine nächtliche Blume. Über den Dächern ist ein dünner Mondstrich aufgegangen, in dem matten Licht betrachtet sie ihn von der Seite.

›Wer ist Piero wirklich?‹, fragt sie sich.

›Ich habe keine Ahnung‹, denkt sie.

Und das macht sie glücklich. Das muss sie sein, die Liebe.

20

Beim ersten Menschheitsversuch der Selbstvernichtung im zwanzigsten Jahrhundert wurde Ernani nicht eingezogen. Nicht weil er Frau und Kinder hatte – viele Familienväter mussten an die Front –, sondern weil das Vaterland entschieden hatte, dass er den Kampfhandlungen am Bahnhof von Lugo in Romagna dienlicher wäre. Mehr noch als in Friedenszeiten mussten *die Züge rollen.*

Es war der Eisenbahner Profeti Ernani, der die Lippen von Verlobten und Soldaten an den Zugfenstern voneinander löste, indem er am Ende des Bahnsteigs die grüne Fahne schwenkte und damit das Signal für die Truppentransporte in Richtung Nordosten gab. Bei der Rückkehr derselben Konvois wurde er von einem infernalischen Gestank erfasst, junges Fleisch auf Fronturlaub, Massen von Soldaten, die sich auf den Bänken und in den Gängen drängten, die Körper in schlammverkrusteten Uniformen, die seit Monaten weder Wasser noch Seife gesehen hatten. Sie dämmerten alle ohne Ausnahme, in einem Halbschlaf, dicht und umfassend, weit weg, als kämen sie nicht aus dem Krieg, sondern aus der Vorhölle einer Hexe, die sich eine Freude daraus machte, die kraftvollsten jungen Männer in schmutzige Tiere zu verwandeln und dann einzuschläfern. Oft musste Ernani selbst in den Waggon klettern und diejenigen wachrütteln, die an der richtigen Station aussteigen sollten, um möglichst keine einzige der kostbaren Stunden ihres Fronturlaubs zu verpassen. Doch das war nichts im Vergleich zu den

Krankentransporten. Einmal beging der junge Eisenbahner den Fehler, in einen Waggon mit Verwundeten zu steigen, um mit einem Reserveoffizier eine Umleitung zu klären. Eitrige Verbände, schlecht amputierte Gliedmaßen, deformierte Köpfe unter Verbandszeug, vor allem aber der Geruch nach Tod und Wundbrand. Als Ernani wieder auf dem Bahnsteig stand, übergab er sich. Doch ein Eisenbahner bleibt ein Eisenbahner, deshalb fragte er sich in den Brechpausen, wie das Zugpersonal es schaffte, all die vielen Waggons zu desinfizieren.

Erst fünf Jahre war es her, dass Gea della Garisenda, nur in das Banner Savoyens gewandet, die Eroberung Libyens besungen hatte: *Tripolis, du Boden der Liebe/Hör meinen süßen Gesang!/Über deine Türme erheb die Trikolore/zum Kanonenklang!* Und nicht einmal zwei Jahre, seit diese Kinder, die nun eher Erdschollen als Männern glichen, mit dem Hohngesang auf die drei Kaiser an die Front zogen: *Guglielmone, Cecco Beppe e Maometto/gli Alleati v'allargheran lo stretto!* Und doch schien das hundert Jahre her zu sein.

Nun, wo der Piave und der Isonzo nach und nach die Kriegsversehrten und die Todesurkunden an die Familien zurückschickten, wurde Ernani immer klarer, was das Schicksal ihm erspart hatte – doch zugleich war es täglich schwerer zu ertragen. Während die jungen Ehefrauen von Lugo um ihre Männer und Söhne weinten, die es in den Voralpen in Stücke gerissen hatte, legte er sich abends in das warme Bett neben seine Frau. Das erschien ihm ein Affront gegen das Vaterland. Doch wann immer ihm ein Heimkehrer seine Armstummel zeigte, bekam Ernani weiche Knie vor Dankbarkeit, dass er das nicht erleben musste.

Sein bereits verstorbener Großvater war Fuhrmann im Pavaglione gewesen, dem großen Markt, und hatte oft erzählt, wie Giuseppe Mazzini Mitte des vorigen Jahrhunderts im Theater Rossini von Lugo zu der Menge gesprochen hatte. Sein stadtbekannter Vater Aroldo, der Wache gehalten hatte, als der Dichter Olindo Guerrini den antiklerikalen Gedenkstein an der Festung angebracht hatte, hatte zum ungezählten und endgültig letzten Mal auf seinem Totenbett den Satz wiederholt, dem er seinen Spitznamen verdankte. Der Priester, den seine besorgte Frau eilig für die letzte Ölung herbeigerufen hatte, wurde von ihm mit dem Schrei verjagt: »Die Kirche toleriert nicht einen Hauch von Freiheit!« Zufrieden, dass dies als seine letzten Worte in Erinnerung bleiben würde, und in Sorge, ihnen mit weiteren ihre Wirkung zu nehmen, hauchte der Toleriertnicht sein Leben aus.

Auch Ernani war Republikaner und Pfaffenhasser wie seine Vorväter und bis zum italienischen Kriegseintritt auch Pazifist. Nun aber kehrten die Gerippe seiner Altersgenossen vom Schlachtfeld zurück, das ihm erspart geblieben war, und er konnte ihrem Opfer nicht länger das Einzige verwehren, was es haben konnte, nämlich einen Sinn. Er würde nicht weiterhin behaupten, dieser Krieg sei ein großer Irrtum.

Als Fahrkartenverkäufer am Bahnhof bekam er einen jungen Mann namens Rizzatello Beniamino zugesellt, der zwei Jahre auf den Hochebenen gedient hatte. Er kam von der anderen Seite des Flusses, aus dieser tropfnassen Polesine, deren Armut nach Schimmel stank und dem sauren Atem des Skorbuts. Manchmal musste Ernani eingreifen, weil ein Passagier fragte: »Wann fährt der Zug?« oder »Was kostet das?«, und der junge Fahrkartenverkäufer hinter seinem Tresen mit dem Fahrkartenblock in der Hand innehielt und mit erschrockener Miene vor sich hinstarrte, als habe er statt einer harmlosen Frage sein Todesurteil gehört. Und in manchen Nächten wurde die schlammige Stille der Umgebung von Rizzatello Beniaminos schrillen Schreien zerrissen, die aus seiner kargen Kammer unter dem Dach des Eisenbahnerhauses nach draußen drangen. Im Erdgeschoss, in der kleinen Wohnung des verheirateten Bahnangestellten, fuhr Ernani im Bett hoch. Im Nebel des Halbschlafs begriff er erst nach einer Weile, dass nicht er geschrien hatte, sondern der Fahrkartenverkäufer unter dem Dach, und er verspürte Scham und Erleichterung. Diese beiden Empfindungen wechselten sich ständig ab in Ernani Profeti: immer wenn ein Kindheitsfreund mit einem Bein weniger nach Hause kam oder eine Cousine plötzlich Witwe war – Scham und Erleichterung, Scham und Erleichterung. Sie gruben sich in seine Seele ein, wie Sturzregen und Trockenheit Rillen in die Bahnschwellen gruben.

Zu Beginn des Jahrhunderts hatte sein Vater, der Toleriertnicht, kurz vor seinem Tod seine unzweifelhafte Hinwendung zu den neuen Klangwelten bewiesen, indem er Ernani dem *Lohengrin* hatte lauschen lassen, in einer Loge des Theaters Rossini. Und eben dort hatte Ernani sich zwei Jahre später an der sanften Wildheit begeistert, mit der Toscanini die *Aida* dirigierte. Und wie auch er seinen Vornamen einem Werk des Maestros aus Busseto verdankte, wollte er es bei seinem Erstgeborenen halten. Und nannte ihn Otello.

Seine Frau, Polesana aus Porto Viro, war die innig verliebte Braut – so erzählte man sich – eines jungen Grundschullehrers gewesen. Direkt nach ihrer Verlobung wurde er zum Unterrichten in ein ungesundes Dorf im Podelta geschickt und verstarb wenige Wochen vor der Hochzeit am Quartanafieber. Ernani lernte Viola sechs Wochen später kennen, als er Schaffner auf dem Streckenabschnitt Padua–Rovigo wurde. Er war der Ehemann zweiter Wahl.

Um seine Braut dies vergessen zu machen, hob Ernani vor ihrer Hochzeit all die bescheidenen Ersparnisse eines stellvertretenden Bahnhofsvorstehers ab und fuhr nach Bologna, um einen edlen Ehering zu erstehen. Nur ein besonderes Schmuckstück durfte am Finger dieses wunderbaren Mädchens glänzen, das das wundermilde Schicksal ihm zugestanden hatte. Er kaufte ihr den teuersten Ring, den er fand, ein zartes Rankengeflecht, ein Meisterwerk der Schmiedekunst. Für sich erstand er ein Durchschnittsstück, da kaum mehr Geld übrig war. Der Tausch dieser beiden so unterschiedlichen Ringe offenbarte vor aller Augen das Fundament, auf dem ihre Eheschließung ruhte: Viola hatte ihren Mann nie so geliebt wie er sie.

Als ihr erster Sohn geboren wurde, forderte die nie gekannte Schönheit ihre volle Aufmerksamkeit. Sie war froh, ihren Mann ein Weilchen auf Distanz halten zu können, dessen überschäumende Liebe sie nicht erwidern konnte. Als Braut war ihr Körper gefügig, aber träge, ohne jeden Schwung. Als Mutter jedoch schenkten ihre Arme Musik, ihr Busen Sättigung. Otello war ein glücklicher Säugling. Doch Ernani ließ sich nicht lange abhalten, und schon elf Monate später erblickte ihr zweiter Sohn das Licht der Welt. Er wollte ihn Attila nennen, zu Ehren einer anderen Verdi-Oper, die seines Erachtens nach viel zu wenig gewürdigt wurde, doch Viola wehrte ab. Niemals würde sie ihren Sohn nach der Geißel Gottes nennen. Das Kind wurde also unter dem Namen Profeti Attilio im Melderegister verzeichnet. Seine geißelhafte Natur aber, die Viola ihm nicht offiziell hatte zuteilen wollen, offenbarte sich für Otello nur allzu bald. Die Ankunft des jüngeren Bruders markierte für ihn den Beginn des zweiten und letzten Teils seines Lebens: in dem jede Regung zu Vergleich, Demütigung und Neid führte.

Ihre Spielfreundin und Cousine Maria erinnerte sich ihr Leben lang an die Brüder Profeti, wie sie sie einmal an Karneval erlebt hatte. Sie waren noch klein, gingen noch nicht zur Schule. Attilio ist als Pierrot verkleidet, er rennt, lacht und wirbelt mit den anderen Kindern umher, die schwarzen Bommel, die seine Mutter an sein weißes Clownskostüm genäht hat, lösen sich im wilden Spiel. Otello steht allein und abseits, im gleichen Kostüm wie sein Bruder, die neuen und perfekten Bommel, gerade erst angenäht, niemals in Gefahr durch einen Tanzschritt, und wendet seinen strengen Blick nicht von Attilio ab.

Otello beobachtete ihn immer, den jüngeren Bruder. Ohne zu zwinkern starrte er ihn an bei allem, was er tat. Er merkte gar nicht, dass er heimlich sein größter Bewunderer war. Wenn er nach Hause kam, fragte er noch vor jedem Gruß: »Wo ist Attilio?« Der wiederum nie nach ihm fragte, vielleicht weil er wusste, dass er schon bald wieder an seiner Seite sein würde. Wenn Attilio schrie, wurde Otello still. Wenn Attilio den Witzbold spielte, wurde Otello ernst. Wenn Attilio lächelte, wurde Otello von niemandem mehr beachtet.

Diese Wirkung hatte der junge Attilio Profeti auf jedermann. Einmal, als er noch sehr klein war, war er durch den Personaleingang in das Schalterhäuschen geschlüpft, und bevor der Fahrkartenverkäufer ihn wegschicken konnte, saß er in seinen Armen. Rizzatello hatte ihn, nach einem kurzen Moment des Zögerns, fest umarmt, während er mit einer Hand weiter die Papierstreifen abriss und das Geld kassierte. Ganz verzaubert von dem hübschen Kind schnitten die Passagiere auf der anderen Seite der Scheibe tausend Grimassen, die Attilio mit der Großmut eines Würdenträgers billigte. Der aus der Armee entlassene Infanterist empfand bei dem Gewicht des kleinen Körpers in seinen Armen einen Frieden, wie er ihn seit Jahren nicht mehr verspürt hatte.

Attilio war nicht – noch nicht – so groß wie Otello, er war auch nicht stärker oder intelligenter, doch wer sie sah, hielt sie für Zwillinge, oder es hieß, Attilio sei der ältere. Sie ähnelten sich in Größe und Aussehen, doch Otello hatte nicht seinen Glanz. Er war wie die Zinnkopie einer Goldvase und war sich dessen, zu seinem Unglück, bewusst.

Nur im ersten Jahr der Grundschule konnte er für einige Stunden des Tages die Existenz des jüngeren Bruders vergessen. Er verließ das Haus mit seinem Ledertornister und im Stand des Schülers, was die unsichere Sorge halbwegs aufwog, die Mutter den ganzen Vormittag mit Attilio allein zu lassen. In der Schule war er glücklich. Er lernte gern, und vor allem kannten weder seine Mitschüler noch seine Lehrerin den jüngeren Bruder. Zum ersten Mal seitdem er elf Monate alt gewesen war, wurde Otello ohne den Vergleich beurteilt, einfach nur für das, was er war. Das schenkte ihm einige Erinnerungen, die er viele Jahre später während der texanischen Gefangenschaft wieder ausgraben und auskosten würde wie eine Edelsteinmine: das Lächeln, das die Lehrerin ihm schenkte, als er zum ersten Mal – Ausgezeichnet! Exakt in die Zeilen! – seinen Namen in Schreibschrift schrieb; ein Bonbon, das die Pultnachbarin ihm schenkte; der Stolz, mit dem er die Bestnote in Rechnen auf dem Zeugnis nach Hause trug.

Allerdings beging er den großen Fehler, Attilio seine Hefte zu zeigen. Der kleine Bruder zeichnete sorgfältig die Striche und Zeichen ab, lernte schnell Schreiben und kam, als er sechs wurde, nicht in die erste Klasse, sondern gleich in die von Otello. Als die Lehrerin diesen Jungen sah, der ein Jahr jünger als die anderen war, mit seinen großen blauen, noch kindlichen Augen und der fröhlichen Intelligenz dessen, der überall beliebt ist, deklamierte sie das Gedicht *Zuneigung*:

Da kommt ja unser süßer Kleiner:
Carlo, hübsch und klug wie keiner.
Er spricht gar freundlich, hört es nur,
und unsere Herzen fliegen ihm zu.
Die schlichten Kleider, wie schön sie sind,
und schön sein Gedanke, tief und geschwind.
Sein Haar zerzaust des Windes Gewühl,
in seinen Augen liegt Gefühl.

Attilio sah sich zufrieden um, die anderen Kinder klatschten, und Otello fand in sein Schicksal der unvollkommenen Kopie zurück.

Dass Ernani nicht am Ersten Weltkrieg teilgenommen hatte, wurde im Hause Profeti nie thematisiert, was nicht immer ganz einfach war. Italiens Straßen waren voll mit Kriegsinvaliden, Witwen und Waisen. Und in Lugo in Romagna lebte die Meisterin aller Witwen Paolina Baracca.

Von klein auf hatte Attilio, wie alle Kinder aus Lugo, gelernt, die unverwechselbare Gestalt der Mutter des Fliegerasses zu erkennen. Der große Pilot Francesco Baracca war mit seinem Flugzeug wenige Monate vor Ende des Ersten Weltkriegs abgestürzt, nachdem ihm ein Heckenschütze vom Boden aus in die Stirn geschossen hatte. Aus den Luftduellen war er also unbesiegt und glorreich hervorgegangen. Die majestätische Brust seiner Mutter Gräfin in der faschistischen Traueruniform war vollbehangen mit manchmal riesigen Medaillen und Orden, Verdienstkreuzen aus Gold und Silber, gehalten von bunten Kokarden, die mit jedem Schritt aneinanderschlugen. Dennoch war Paolinas Gesicht unter dem turbanartigen Hut nicht traurig, sondern dezent gezeichnet von einem entschlossenen Fatalismus. Gräfin Baracca drückte mit jeder Geste das Wissen um ihr Schicksal aus. Sie war das wandelnde Gedächtnis ihres Sohnes. Diese Trauer einer Mutter, so fest und schlicht wie ein Bollwerk, löste bei allen, die sie sahen, eine Mischung aus Sympathie, Respekt und Angst aus. Selbst der kleine Attilio, der immer rannte, als sei das normale Gehen eine Kunst, die er nicht beherrschte, verlangsamte seinen Schritt, wenn er die Frau in Schwarz erblickte, und passte sich dem unsichtbaren Rhythmus ihrer ewigen Trauer an.

Paolinas Mann hatte ein Jahr nach dem Tod des Sohnes seinen Trauerflor abgelegt. Vor dem Krieg hatte Graf Enrico Baracca sich mehr durch seine pedantisch gepflegte Kleidung hervorgetan als durch sonstige Verdienste. Von dem faulen, duldsamen Charakter des Kartenspielers ging die Rede, er habe sich nur einmal die Mühe gemacht zu streiten, nämlich als er mit seinem Bruder schimpfte, weil dieser den groben Umhang eines Bauern trug anstelle eines Mantels, der besser zu dem edlen Grundbesitzer gepasst hätte, der er war. Wenn er den Pavaglione durchquerte, mit seiner Frau am Arm und dem dichten, wohlgepflegten Schnurrbart, den langen Beinen, die er dem Helden Francesco vererbt hatte, gutmütig und oberflächlich, fragte sich niemand, warum die Orden nicht an der Brust des Vaters hingen. Die Antwort lag auf der Hand: Neben der Trauer seiner Gattin wirkte das, was Graf Enrico zur Schau trug, wie eine Modellskizze neben einem monumentalen Denkmal.

Doch im Italien des Jahres 1919 herrschte überall Trauer, und sie nahm gefährliche Formen an. Viele Kriegsversehrte, für die man sich schämte, als seien sie eine Schuld und nicht der enorme Preis, den der Krieg gefordert hatte, fanden im Volkskampf den rechten Ausdruck für ihre tief empfundene Empörung. Viele traumatisierte Rückkehrer, wie der Fahrkartenverkäufer Rizzatello Beniamino, hatten ihre Angst in soziale Wut verwandelt. Über das ganze Land zogen Stürme der Unzufriedenheit und Rebellion. Die Fabriken wurden besetzt. Ernanis Kollegen in den Bahnhöfen der großen Städte schlossen sich den Aufständen an. Auf einen ersten großen Streik im Januar folgte der nächste am ersten Mai, danach blockierten die Eisenbahner in proletarischer Solidarität die Eisenbahnwaggons, in denen die königlichen Streitkräfte und Carabinieri saßen, welche die Arbeiterrevolten niederschlagen sollten. Der Sturm der Revolte kam auch Lugo sehr nahe: Ein Onkel des Grafen Baracca wurde von Bauern auf seinem Landgut in Alfonsine umgebracht.

Um den gefährdeten sozialen Zusammenhalt zu festigen, brauchte es daher ein Bindemittel von besonderer Kraft. Man fand es im Namen der Gefallenen. Immer wieder wurde unermüdlich erklärt und wiederholt, dass das vergossene Blut nicht nur heldenhaft und glorreich gewesen war, sondern auch gerecht. Ja, sogar notwendig. Denkmäler für die Gefallenen, für den Unbekannten Soldaten, die Gründung des Nationalen Werks der Frontkämpfer, die Gesellschaft der Kriegsversehrten: Das Opfer der Soldaten – ob lebendig, tot oder invalide – musste um jeden Preis in ein Symbol des Guten verwandelt werden.

Graf und Gräfin Baracca leisteten ihren Beitrag durch unzählige Schenkungen, stets »zum Gedächtnis und im Namen unseres tief vermissten und heroischen Sohnes«: Paolina wies hellsichtig auf die Empfänger, Enrico öffnete elegant die Taschen. Zehntausend Lire spendeten die Grafen Baracca dem Zivilkrankenhaus von Lugo; zweitausendfünfhundert Lire der Zivilen Fürsorge; zweitausend Lire dem Kinderheim und tausendfünfhundert dem Wohlfahrtskomitee der Frauen für die Kinder der Einberufenen; tausend Lire bekamen sowohl das Heim für Waisenmädchen als auch die Ferienkolonie für Kinder armer Frontkämpfer. Ganz zu schweigen von dem ständigen Geldsegen für das Haus des Soldaten, für die Mägde von Herz-Jesu, für die Gesellschaft der Kriegsversehrten. Paolina hatte mit einer Beredtheit, die genauso massiv war wie die Orden an ihrer Brust, das sinnlose Gewicht des Todes auf sich genommen, mit dem der Erste Weltkrieg das Land beschwert hatte. Und hatte es sich zugleich mit dieser Bürde zur Aufgabe gemacht, der nationalen Trauer eine Ordnung, ein Ziel und sogar einen Sinn zu geben.

Wer in Lugo wohnte, kam an den Aktivitäten der Gräfin nicht vorbei. Jede gute Tat wurde von einer Feierlichkeit begleitet, zu der die gesamte Ortschaft eingeladen war. Ernani, der mittlerweile zum Bahnhofsvorsteher befördert worden war, konnte sich der Teilnahme nicht entziehen. Viola begleitete ihn im Sonntagskleid. Seit es nach dem Krieg gekürzt worden war, zeigte es nun ihre schmalen Fesseln. Seit der Geburt Attilios so kurz nach Otello hatte sie zwischen sich und ihren Mann einen unsichtbaren Vorhang gezogen. Gegenüber der Außenwelt hielt sie den Anschein einer heilen Familie aufrecht, doch in der ehelichen Schlafstätte war der Vorhang undurchdringlicher als eine Mauer, und Viola durchschritt ihn äußerst selten und immer nur aus Mitleid. Wenn sie neben Ernani ging, war der Arm, der sich scheinbar an ihm festhielt, mit einer Schicht der Verweigerung ummantelt – unsichtbar, doch so dick und grob wie Sackleinen.

Eines Tages im Herbst fuhr die Geschichte durch den Bahnhof von Lugo, so schrieben es zumindest die Lokalzeitungen. Eine mit Blumenkränzen geschmückte Lokomotive, das schwarze Gusseisen auf Hochglanz poliert wie das Fell eines Hengstes, rollte langsam durch die dunggeschwängerte Luft. Die Kolben stampften so leise, als wollten sie den Schlaf eines Kindes beschützen. Der Schlaf, den sie bewachten, war der des Unbekannten Soldaten. Sein Sarg wurde von Aquileia nach Rom überführt, wo er in Gegenwart von König und Königin am Denkmal Viktor Emanuels II. beigesetzt werden würde. Die Reise dauerte drei lange Tage, durch das Spalier einer knieenden Menge. Der am Piave gefallene Infanterist war vielleicht jung, vielleicht alt gewesen, vielleicht durch einen Bajonettangriff gestorben oder von einer Bombe zerfetzt worden. Niemand wusste, wer er gewesen war, was er im Moment des Todes gedacht hatte, ob er ein schwieriger oder großzügiger Charakter gewesen war. Die bronzene Totenbahre spiegelte denjenigen wider, der sie ansah. Witwen beweinten ihre Männer, zerrissen von einer Granate. Die arbeitslosen Invaliden verspürten Neid, weil dieser Tote keinen Hunger mehr litt. Die Kinder schwenkten die Landesflagge und freuten sich, dass sie schulfrei hatten. Und natürlich war es Paolina Baracca, die den Blumenkranz der Bürger von Lugo auf den Zug legte. Er krönte den Berg aus Lorbeeren und Kokarden, die den gesamten Waggon bedeckten und später zusammen mit denen aus ganz Italien auf den weißen Marmor des Denkmals in Rom gebettet werden würden.

Ernani leitete in seiner Paradeuniform den Ablauf. Den ganzen Tag über sagte er das, was zu seinem Dienst gehörte, und kein Wort mehr. Er war anwesend, wie während der Streiks, die das Land einige Monate zuvor erschüttert hatten. Doch er nahm nicht teil, das nicht.

Italien wurde nicht rot, wie Rizzatello Beniamino, Ernanis sozialistische Kollegen und die Bauern von Alfonsine gehofft hatten, sondern schwarz. Kurz nach dem Marsch auf Rom wetterte Mussolini in seiner Zeitung *Il Popolo d'Italia* gegen jene Eisenbahner, die sich als unfähige Nichtsnutze, Staatsfeinde, Unruhestifter und Aufrührer erwiesen hatten. Sie würden alle entlassen werden, erklärte er. Allein die moralische Unfähigkeit sollte als Grund genügen, derer die Ortsvorsteher diejenigen Eisenbahner bezichtigten, »die mit feindlicher Gesinnung die Eintracht der Eisenbahnerfamilie untergraben hatten«. Ernani hielt sich wie bei den Streiks zwei Jahre zuvor bedeckt, blieb unauffällig. Weder denunzierte er den heimgekehrten Fahrkartenverkäufer als Mitglied kommunistischer Kreise noch hatte er irgendwelche Einwände, als ein Trupp Schwarzhemden ihn abholen kam. Weder hörte er Rizzatello »Nein, bitte nicht!« schreien, noch die dumpfen Geräusche, als sie ihn mit Eisenkabeln schlugen – er war einfach so beschäftigt, dem Telegrafen Sachen zu diktieren und nicht daran zu denken, was sein mazzinianischer Großvater oder sein für die Freiheit kämpfender Anarchistenvater an seiner Stelle getan hätten.

Rizzatello Beniaminos Leichnam wurde zwei Tage später in einem Graben gefunden. Ernani erhielt keine Kündigung. Stattdessen profitierte er von der wohlwollenden Behandlung, die die Regierung den fleißigen und »einträchtigen« Eisenbahnern zukommen ließ.

So bekam er zum ersten und letzten Mal im Leben die Gelegenheit, mit der Familie eine Reise zu unternehmen. Zum fünfzehnjährigen Dienstjubiläum ehrte die Eisenbahngesellschaft ihn mit vier Eintrittskarten für die Internationale Mustermesse in Mailand. Die Bahnfahrt war inbegriffen, nicht jedoch die Hotelunterkunft. Um also abends wieder zurück zu sein, brachen die Profetis mitten in der Nacht auf. Ernani und Viola hoben die schlafenden Kinder in den Waggon der dritten Klasse, während der Aprilnebel das Laternenlicht in Watte packte. Als sie nach zwei Zügen und einmal Straßenbahn das Messegelände betraten, fanden sie sich nicht nur an einem völlig anderen Ort wieder, sondern auch in einer ganz anderen Zeit: der Zukunft!

»Experimentierfeld Motorkultur«, »Zootechnische Ausstellung«, »Hotelindustrie« – das waren die Namen der Hallen. Auf den Ausstellungsflächen wurden aus ganz normalen Tätigkeiten, wie den Acker zu pflügen, die Tiere zu füttern und Wanderern Unterkunft zu bieten, Handlungen, die vor Modernität brodelten. Der »Palast für Autos und Sport« verband Fortbewegungsmittel und Fahrer, Maschinen und menschliche Körper, in einem Taumel aus Jugend, Schönheit und Schnelligkeit.

Viola machte große Augen angesichts der riesigen, sandgestrahlt glänzenden Abzugshauben der Industrieküchen. Niemals hätte sie gedacht, dass das Kochen, womit sie und alle Hausfrauen Italiens den Großteil des Tages verbrachten, solch eine futuristische Tätigkeit sein könnte, so maskulin, ja fast so nobel wie das Fliegen. Auf dem Feld neben den Hallen präsentierten Dieseltraktoren den Sieg der Technik über den urzeitlichen Schweiß. Ernani studierte lange mit Otello den rollenden Wagen mit Drehgestell der Firma Romeo, der einen benzolbetriebenen Kolbenmotor hatte und eine Übertragung aus Reibungskupplung und schaltbarem Rädergetriebe. Dieses Schienenfahrzeug war unabhängig von der schwerfälligen Hilfe der Dampflokomotive, es fuhr frei und vertrauensvoll wie ein Kind, das die mütterliche Hand loslässt und endlich alleine läuft. »Triebwagen« stand auf einem erklärenden Schild.

Mehr jedoch als jeder Motor oder jede Maschine beeindruckte Attilio in den Ausstellungsfluren ein Mädchen mit Bister-umrandeten Augen, das im Schneidersitz auf einem Teppich hockte. »Junge Beduinin aus der Kyrenaika«, hieß es im Ausstellungskatalog. Ihre Haare waren zu drei Zöpfen geflochten, zwei seitlich und einer oben über dem Kopf. Der durch den Nasenknorpel gebohrte Ring erinnerte an ein Rind. Sie war in schwere Stoffe gehüllt, die Attilio an die Vorhänge erinnerte, die er hinter den Fenstern der besseren Familien von Lugo erahnte. Sie zerdrückte irgendwelche Körner in einem Behältnis, ohne zu den Besuchern aufzusehen, die ihrerseits nach Generatoren, Sicherungen und Treibriemen nun ihre Blicke auf sie hefteten. Obwohl sie ein, zwei Meter entfernt saß, wurde der Junge von ihrem Geruch erfasst, einer Mischung aus Staub, Stroh und Schnittblumen.

Sie befanden sich in der letzten Messehalle, die am weitesten vom Eingang entfernt war. Über ihrem Tor prangte eine Schrift in langen, spitzen Buchstaben wie Stacheln: ITALIENISCHE KOLONIEN. Die Besucher wurden von einem halben Dutzend Askaris in weißer Uniform mit schwarzer Schärpe empfangen und von einem Mehari-Führer mit Turban, der aufrecht neben seinem Dromedar stand. Deshalb mochten Kinder in Attilios Alter diesen Pavillon am liebsten. Die Mütter hatten Mühe, sie von den reglosen Männern wegzuziehen, mit ihrer merkwürdigen Hautfarbe und den gelangweilten Blicken, die auch dann nicht lachten, wenn man direkt vor ihnen Grimassen schnitt und Fratzen zog. Attilio aber interessierte sich nicht für sie. Er blieb in der Mitte der Halle stehen, unter dem Zelt, vor dem die Junge Beduinin inmitten ihrer verschiedenen Utensilien so tat, als bereite sie eine Mahlzeit zu, die sie irgendwann oder vielleicht auch nie verzehren würde. Neben ihr waren zum Vergleich die Materialien ausgestellt, die aus einer Berufsschule für arabische Mädchen stammten und über die man im Katalog las, dass sie dazu dienten, den siebzig Schülerinnen »unsere Geschichte, unsere Gewohnheiten und Bräuche beizubringen und sie so zu einem zivilisierten Leben anzuleiten und zugleich in ihren Herzen freundliche Gefühle, die Saat des Guten, die Liebe zu Pflicht und Arbeit zu säen sowie die Dankbarkeit gegenüber Italien, das sich so um ihre Erziehung bemüht.« Während Viola die Erklärung vorlas, hob das Mädchen den Blick von ihrer Arbeit, als nehme sie zum ersten Mal die Leute um sich herum wahr, die sie als Exponat betrachteten. Vor ihr stand der kleine Attilio und starrte sie mit großen blauen Augen an. Der Mund des Mädchens, der viel fleischiger war, als er es je bei einer Italienerin gesehen hatte, öffnete sich und offenbarte Zähne, die so weiß waren wie die Uniform der Askaris am Eingang. Die Junge Beduinin schenkte ihm ein strahlendes Lächeln.

Zurück zu Hause musste Attilio noch tagelang an die Arme des Mädchens denken, an ihre Augen, die Zähne hinter den vollen Lippen. Noch immer hatte er ihren Geruch in der Nase. Er stellte sich vor, wie er als Erwachsener die Saat des Guten über das Meer bringen würde, wie eine wunderbare Blume daraus erwuchs, die er dem Mädchen schenken würde.

Kindheit und Jugend der Brüder Profeti waren schwarz wie ihr Fez und die Hemden, blau wie ihre Halstücher, grün-weiß-rot wie alles andere. Von den Versammlungen war Otello gelangweilt, er verbrachte seine freie Zeit lieber bei seinem Vater am Bahnhof. Blockkasten, Telegraf, Bedientafel, Lagerhalle, Lampenkammer: Nichts interessierte ihn mehr als die Abläufe und die Logistik eines kleinen Bahnhofs. Schweigend und aufmerksam, ohne Beachtung einzufordern, beobachtete er jede von Ernanis erfahrenen Gesten, mit denen er die Fahne schwenkte oder die Laterne bei Nebel, sich die rote Kappe mit den zwei Flügeln aus Goldfäden über dem Schirm zurechtrückte. Bei der Arbeit richtete Ernani niemals das Wort an ihn, und doch spürte Otello, dass es dort, in dem Raum zwischen dem Leib des Vaters und dem Stahl der Eisenbahn, auch für ihn einen Platz gab. Attilio brachte den Zügen und ihrer Funktionsweise nicht das geringste Interesse entgegen. Am Bahnhof hielt er sich höchstens in der Wartehalle auf, wo die Reisenden, vornehmlich die weiblichen, ihm beim Anblick seiner runden Augen und dem frechen Haarschopf zulächelten und Orangenstücke oder Bonbons schenkten. Bei den Versammlungen der faschistischen Jugendorganisation »Figli della Lupa« stellten die Lehrer stets Attilio in die erste Reihe, weil neben ihm jedermann besser aussah.

Ernani war inzwischen der Faschistischen Partei beigetreten, weder besonders stolz noch widerstrebend. Das Parteibuch bestand aus einem gefalteten Stück festem Papier in gedeckten Farben. Es war ein Jahr lang gültig und musste jeden Monat vom Sektionssekretär abgestempelt werden. Das erste freie Feld von zwölfen war für den November reserviert, dem offiziellen Beginn der Faschistischen Ära, das letzte für den Oktober. Auf dem ersten Ausweis, den Ernani mit seinem Namen beschriftete, war vorn ein Liktorenbündel eingraviert, umrankt von zarten Weinreben. Eine Weile wechselte das Parteibuch nur die Farbe, bis es sich im Jahr VII der Faschistischen Ära veränderte. Die Blumenverzierungen, die ihm etwas Leichtes verliehen hatten, wurden als zu weiblich befunden und durch rationalistische Motive ersetzt, auf denen das Liktorenbündel wesentlich geometrischer und maskuliner prangte.

    Als sie groß genug waren, trugen Attilio und Otello in ihrer Tasche den Ausweis der faschistischen Jugend Balilla mit sich. Seine Vorderseite war blank, bis auf ein dreidimensionales, nach oben aufstrebendes Liktorenbündel, gekrönt von fetten Buchstaben, die das Akronym der Organsiation ONB bildeten sowie ANNO IX. Auf der Rückseite stand in deutlichen Lettern geschrieben, wie wichtig das Mitglied für den neuen Verein war, nicht minder wichtig als die Erwachsenen: »Ich schwöre, immer und fraglos die Befehle des Duce auszuführen mit meiner ganzen Kraft und wenn nötig meinem Blute für die Sache der faschistischen Revolution.«

Der erste Lehrsatz des Nationalwerkes Balilla lautete: »Der Faschist, und im Besonderen der Soldat, darf nicht an den ewig währenden Frieden glauben.« Der zweite: »Tage der Gefangenschaft sind stets verdient.« Der dritte: »Dem Vaterland dient auch derjenige, der einen Benzinkanister bewacht.« Viola war erstaunt, als sie das wichtigste Gebot von allen erst auf Platz acht fand: »Der Duce hat immer Recht!«

Sie war die Einzige in der Familie ohne Parteibuch. Für eine italienische Frau gab es keinen besseren Beweis ihrer Treue zum Faschismus als die Männer ihrer Familie. Dabei war es Viola, die sich im Hause Profeti von Mussolinis Reden in den Radionachrichten berühren ließ. Sie weckten in ihr eine Mischung aus vagen Erinnerungen und noch undeutlicheren Sehnsüchten: die Glanzlosigkeit ihrer Hochzeit; der Geschmack der Küsse ihres ersten Verlobten, die so hungrig gewesen waren wie nie mit Ernani; die Trauer um ein anderes Leben, das gewiss glücklicher gewesen wäre. Ein abgrundtiefes Gefühl, das die männliche Stimme des Duce in ihr wachrief. Auch wenn er weit weg war, im fernen Rom, von wo aus er Italien zum glorreichen Sieg führen würde, fühlte Viola sich von ihm überströmend voll.

An manchen Abenden, während die Garganelli-Nudeln auf dem kleinen Herd der einfachen Küche in der Wohnung über der Bahnstation kochten, blickte Viola aus dem Fenster. Die Landschaft jenseits der Gleise war unerträglich flach, unentschlossen zwischen Wasser und Land. Über den Pappelreihen und den Kanälen hing schwer der orangefarbene Himmel, zäh und von grauen Wolkenfetzen durchzogen. Eine beklemmende Aussicht, die eine brutale Zärtlichkeit für ihren Duce in ihr weckte. Ein maßloses Gefühl, das sie über irgendwen ergießen musste, so wie der Po ins Meer fließen muss. Natürlich nicht über Ernani, dessen unglücklich devoter Blick sie immer wieder daran erinnerte, dass ihre Hochzeit eine Notlösung gewesen war. Und auch nicht über Otello: Er war seinem Vater zu ähnlich, war ihm zu nah im stillen Bündnis der Beschämten. So ging sie damit zu dem anderen Kind, das sie in die Welt gesetzt hatte, das schön war wie eine Frau und muskulös wie ein Athlet. Der einzige Mensch, der sie mit seinem Lachen eines jungen Gottes ihre mittelmäßige Existenz für einen Moment vergessen ließ. Die umfassende Nachsichtigkeit, mit der die Mutter jede Verfehlung Attilios hinnahm, die ekstatische Begeisterung über seine Erfolge, die unreflektierte Art, mit der sie ihn gegenüber Otello bevorzugte, kurz die apokalyptische und ein wenig verzweifelte Liebe, die Viola ihrem Jüngsten entgegenbrachte, war unverbrüchlich mit ihrer brennenden Verehrung der faschistischen Revolution und vor allem der Person des Duce verbunden.

Attilio empfand den mütterlichen Kult – wie jeder Mensch, der übermäßig geliebt wird – als ganz natürlich. Nie fragte er sich, ob er sein persönliches Verdienst sei. Und kam auch nie auf den Gedanken, dass er eines Tages enden könnte. Violas Liebe für Attilio war da, unabweislich, weich und grenzenlos wie die Landschaft in diesem Teil der Poebene. Niemandem, und ihm als Letztem, kam es in den Sinn, sie in Frage zu stellen. Sie war Attilios Triumph über Otello und für Viola die beste Verteidigung gegen Ernani.

Nur manchmal zeigte ihm diese wunderschöne und vor Liebe überfließende Mutter ihre Schattenseite.

»Wenn du nicht aufhörst, ins Bett zu machen, rufe ich die Königin Taytu«, sagte Viola zu ihm, wenn er morgens in den nassen Laken lag. Sie brauchte nicht zu erklären, was diese Gestalt mit der Hautfarbe glänzender Rabenflügel mit ihm machen würde. Jedes italienische Kind kannte die schreckliche Geschichte von der Frau König Meneliks, die noch viel schlimmer war als ihr barbarischer Gatte: Die schwarze Taytu brachte nicht nur die Gefangenen um – vorher tat sie unsagbare Dinge mit ihnen.

»Und Menelik macht klick …«, summte Viola, »… und Taytu macht zack zack«, und wusch ihm die Genitalien.

»… und Taytu macht schnipp schnapp …«, und fuchtelte mit der Schere aus Zeige- und Mittelfinger um seinen kleinen nackten Penis herum.

»… schneid den Stolz der Jugend ab!«, und schob ihn, den wehrlosen, in die frische Unterhose.

In diesem Moment erfüllte Attilio furchtbare Angst, gemischt mit der Freude über ihr Lachen und ihre Berührung. Die Verbindung von Gut und Böse, ein Destillat aus Empfindungen, die unmöglich herauszufiltern waren.

Solche Momente der Verblüffung gegenüber der Mutter waren jedoch selten. Meistens, auch als er schon zur Schule ging, kuschelte sich Attilio auf ihren Schoß, wann immer es ging. Bei einem der seltenen Besuche in dem Dorf im Podelta, wo Violas Eltern wohnten, saß Attilio auf ihrem Arm und genoss ihren Duft, als seine Großmutter die Hand ausstreckte, um ihn zu streicheln. Während er ihre faltige Haut vor sich sah, traf ihn ihr saurer Atem. Angewidert wich er ihr aus.

»Die Oma stinkt«, sagte er zur Mutter, als sie wieder fuhren.

»Sie ist alt«, erwiderte Viola, »dafür kann sie nichts.«

Attilio missfiel die Antwort. »Du wirst niemals alt, nicht wahr?«

»Nein. Ich nicht, mein Liebling.«

Die Feierlichkeit eines Schwurs lag in ihren Worten, und als solchen verstand ihn Attilio auch. Erst viele Jahre später verfluchte er sich dafür, dass er ihn herausgefordert hatte.

»Unter den Italienern verbreiten sich gewisse Vorlieben und Verhaltensweisen aus den Vereinigen Staaten, die mit unserer Denkweise in keinerlei Zusammenhang stehen: Negermusik, furchtbare Cocktails, Füße auf den Tischen, Kaugummi. Diese Dinge mögen nebensächlich erscheinen, doch sie beeinflussen unseren Charakter und unsere Gewohnheiten, und indem wir sie nachahmen, setzen wir unsere althergebrachte, überlegene Zivilisation aufs Spiel.« Nicht lange nach dieser Erklärung sollte Mussolini die Vorführung von Hollywoodfilmen in italienischen Kinosälen verbieten, da von ihnen die größte Gefahr ausging, sich mit dem berüchtigten »Amerikanismus« anzustecken. Einige Zeit zuvor war in Lugo der Film *Rothaut* gelaufen.

Wie immer hatte Attilio auch an diesem Morgen das Haus lange nach Otello verlassen, der gerne pünktlich zur Schule ging. Im Vorbeirennen sah er auf dem Bürgersteig vor dem Kino das Filmplakat an einem Holzständer. Darauf prangte das Gesicht eines jugendlichen Mannes, nicht viel älter als er, mit brauner Haut und Adlernase. Er hatte eine Kopfbedeckung aus Federn, und an seinem Ohrläppchen pendelte der Pelz eines kleinen Tierchens als bizarres Schmuckstück. Attilio kramte in seiner Tasche und fand ein paar Münzen. Sie waren beim Stoffkauf für eine neue Hose übrig geblieben, und die Mutter hatte sie nicht zurückverlangt. Genug für eine Eintrittskarte. Die Vormittagsvorstellung sollte gerade beginnen. Attilio wartete, bis die Wochenschau vorbei war, dann ging er hinein. Wenn irgendein Bekannter ihn während der Schulzeit im Kino erwischte, würde er dies vielleicht dem Vater sagen. Als es dunkel war, huschte er in den Saal.

Er duckte sich in einen der Holzstühle auf der Empore, obwohl niemand auf ihn achtete. Die Leinwand kam ihm näher vor als sonst, weil nur wenige Zuschauer in der Vormittagsvorstellung saßen und nicht der dichte Qualmteppich der rauchenden Männer aus dem Parkett aufstieg. Die kahlen Umrisse einer trockenen Wüste aus riesigen Felsen zeichneten sich daher überraschend klar ab. Attilio sperrte die Augen auf. Er war ein Kind der flachen Ebene und hatte noch nie Berge oder Felswände gesehen, schon gar nicht von so eigenartiger Form. Der kleine Fuß des Windes lebt mit seinem Vater in einem Indianerreservat. Er versteht es, geschickt mit Pfeil und Bogen umzugehen, und ist ein erfahrener Reiter. Kurz, ein glücklicher Junge, der mit der Welt und seinem Stamm, den Navajos, im Reinen ist. Gegen den weisen Willen seines Vaters überzeugt ein weißer Lehrer voller Ideale ihn, die Schule im Nachbardorf zu besuchen. Hier ist er der einzige Junge mit roter Hautfarbe. Fuß des Windes ist sehr intelligent und kann am Ende besser lesen, schreiben und rechnen als viele seiner Mitschüler. Was an sich kein Übel ist, würde er nicht unvorsichtigerweise auch den Lebensstil seines Lehrers annehmen. Daraufhin verstößt ihn sein Stamm, er sei wie ein Weißer geworden. Die Weißen wiederum werden sein Leben lang sagen, er sei nur eine Rothaut, dazu noch einer der Schlechtesten seiner Art, weil er nicht bei seinem Volk geblieben sei.

Als in dem kleinen Kino die Lichter wieder angingen, regte Attilio sich nicht. Den Unterricht hatte er verpasst, da konnte er genauso gut warten, bis es wieder dunkel im Saal war, um ungesehen hinauszugehen. In der Pause bis zur nächsten Vorführung dachte er lange über das Schicksal von Fuß des Windes nach. Er empfand Hass gegenüber dem oberblöden Wohltäter, der diesen edlen Jungen aus seinem wahren Leben und seiner wahren Natur gerissen und in solch ein Unglück gestürzt hatte. Die Moral des Films lag auf der Hand. Ein Wilder muss unter Wilden leben, ein Weißer unter Weißen.

Die Wochenschau vor der nächsten Vorstellung begann. Auf der Leinwand erschien ein Mann in schneeweißer Uniform mit langen Beinen und dichten Haaren, die er nachlässig aus der Stirn gestrichen hatte, mit kantigen, attraktiven Gesichtszügen.

Attilio war froh, dass er noch geblieben war. Das hier war sein persönlicher Held. Die Größe und Stattlichkeit des nordischen Mannes, obwohl unweit von Rom geboren, machten Rodolfo Graziani zur Idealbesetzung für die Rolle des Übermenschen. Die italienischen Kinder teilten sich in zwei Hälften: die, die ihm treu ergeben waren einerseits und die Fans von Marschall Badoglio andererseits. Es war eine heiße und leidenschaftliche Rivalität, wie zwischen den jeweiligen Fangruppen der Radrennfahrer Learco Guerra und Alfredo Binda. Kein italienischer Junge konnte neutral bleiben. Otello zum Beispiel hegte mehr Bewunderung für den Marschall, mit seinem grobschlächtigen Äußeren des piemontesischen Bauern, den plumpen Händen, den Hosen eines alten Bergsteigers, der fast zu viel vom Krieg gesehen hatte.

»Er macht nicht viele Worte und weiß, was er tut«, verteidigte er ihn mit denselben Argumenten, die er von seinem Vater Ernani gehört hatte.

»Auch bei Caporetto?«, gab Attilio zurück.

Und Otello entgegnete: »In Vittorio Veneto hat aber Badoglio gewonnen, nicht Graziani.«

Doch wenn Attilio den Riesen von General verteidigte, hörte er weder auf Argumente noch auf Einwände militärischer Natur. Damit war er nicht allein. Seine Ergebenheit Rodolfo Graziani gegenüber wurde von einem Großteil seiner Altersgenossen geteilt, Säuglinge im Ersten Weltkrieg und Kinder beim Marsch auf Rom. Wie viele seiner Generation hatte er das Gefühl, von Kriegsruhm und faschistischen Heldentaten nur die letzten Krümel abbekommen zu haben. Er brannte geradezu darauf, seinen eigenen Wert zu beweisen, und General Graziani schien künftige, unsterbliche Unternehmungen zu versprechen. Er hatte nicht nur den Körper eines Übermenschen, er war auch der jüngste italienische Oberst am Ende des Ersten Weltkriegs gewesen; sein relativ jugendliches Alter trug nicht unbeträchtlich zu der Faszination bei, die er auslöste. Auch die Reporter waren nicht immun dagegen. »Homer muss Persönlichkeiten wie ihn vor Augen gehabt haben, als er seine Helden ersann«, wurde über ihn geschrieben. Die Sonntagsausgabe des *Corriere* zeigte Graziani auf der Titelseite, wie er in der von ihm in Mode gebrachten Tropenuniform an der *rakla* der Rennkamele lehnte oder sich auf dem nackten Sand liegend von den Strapazen erholte, welche die Befriedung der Kyrenaika erforderte. Selbst der Duce höchstpersönlich, immer darauf bedacht, nicht im Schatten anderer Männer zu stehen, schien den Kult um ihn nicht eindämmen zu wollen. Außerdem hatte Mussolini Badoglios Zweifel an seinem Marsch auf Rom nicht vergessen. Ein Volksheld, viel jünger und stattlicher, war nicht die schlechteste Art, den alten Marschall auf seinen Platz zu verweisen.

»Vizegouverneur Graziani nimmt in Bengasi die Parade der italienischen Truppen ab«, tönte der Kommentar zu den Bildern der Wochenschau. Der General stand auf einem Balkon, eine hohe weiße Feder auf seiner Kopfbedeckung ließ seine Größe fast überirdisch erscheinen. Für Attilio sah er aus wie von einem anderen Planeten im Vergleich zu den Würdenträgern seiner Umgebung: ein Kardinal, dem das Gewand über dem Bauch spannte, so rund wie sein Hut, der Untersekretär des Kolonialministeriums Lessona mit dem Zweispitz des Botschafters auf dem Kopf, die anderen Offiziere, die ihm kaum bis zu den Schultern reichten. Vor dem Balkon paradierten die verschiedenen Abteilungen: Askaris mit Fez, Kameltreiber mit ihren Tieren, Panzerdivisionen mit Spähwagen, Kavallerie, Fußsoldaten im weißen Kolonialhelm, Avantgardisten, Balilla mit Halstuch, Piccole Italiane mit weißem Häubchen und schließlich die Schwarzhemden, die die Parade mit wildem Lauf und Sprüngen abschlossen, da der Faschismus jung und stark war und kräftige Lungen besaß. Zu beiden Seiten des Weges jubelte die Menschenmenge. Die Kameramänner fingen mit ihren Objektiven die strahlendsten Gesichter ein, weißbärtige Alte, Kinder auf den Armen mit Fähnchen in der Hand, Beduinen mit Turbanen. Ihre Frauen gaben unter dem Schleier, der ihr Gesicht wie ein Vorhang bedeckte, schrille Entzückensschreie von sich.

»Die italienischen Truppen«, kommentierte der Sprecher, »werden voll froher und feierlicher Dankbarkeit von den Bewohnern der befriedeten Kyrenaika willkommen geheißen.«

Die Kyrenaika. Attilio erstarrte auf seinem unbequemen Holzsitz. Ein Augenpaar erschien nun auf der Leinwand, und er hatte es wiedererkannt. Dieser Blick, dieses Lächeln hatte er nie vergessen. Es gab keinen Zweifel, für einen Moment sah von der weißen Leinwand des einzigen Kinos von Lugo in Romagna die Junge Beduinin herab.

Sie war es. Er war sich ganz sicher. Das Mädchen, das ihn viele Jahre zuvor angelächelt hatte, als sie in ihrem Zelt in dem Messepavillon Getreidekörner zerrieb. Für sie war keine Zeit vergangen, ihr Gesicht war noch genauso, wie Attilio es sich eingeprägt hatte. Dieselben drei Zöpfe, der merkwürdige Nasenring, von dem man den Blick kaum abwenden konnte. Doch da war sie schon wieder weg. Andere Gesichter, andere Lächeln, jubelnde Arme lösten einander auf der Leinwand ab.

Bis spät in die Nacht hinein konnte Attilio an nichts anderes denken als an die dunklen Augen und die sonnenprallen Lippen. Eine nie gekannte Sehnsucht erfüllte ihn von Kopf bis Fuß. Als er endlich einschlief, hüllte der Traum ihn in sein feuchtes Verlangen: In weißer Gardeuniform befriedete er mit strenger Sanftheit die Junge Beduinin.

Im Dezember 1932 fuhr Mussolini in einem Fiat Alb 48 zur Einweihung einer neuen Stadt, in genau dem Triebwagen, dessen Prototyp Ernani an jenem Tag bewundert hatte, als der kleine Attilio von dem unvergesslichen fremdländischen Lächeln berührt wurde. Die neue elektrische Eisenbahn trug vorne zwischen den Scheinwerfern ein schmales stählernes Liktorenbündel vor sich her, wie eine Brosche am Revers. Die Waggons waren in hübschem Milchkaffeebraun gehalten, und die runden Linien gaben ihnen einen grazilen Anstrich. Jedenfalls war jedem sofort klar, dass es sich um eine Frau handeln musste. Und zu Ehren der wunderseligen Littoria, der Stadt, die nach Willen des Duce innerhalb weniger Monate aus malariageschwängertem Morast entstanden war, nannte man sie Littorina. Selbst Ernani, der sich über das Regime immer nur sehr zurückhaltend äußerte, spürte ein wenig Bewunderung für diese faschistische Errungenschaft des modernen Eisenbahnwesens.

Im nächsten Jahr, dem Jahr XI der Faschistischen Ära, erschien auf dem Ausweis der Nationalen Faschistischen Partei hinter dem stilisierten Liktorenbündel das Gesicht des Duce. Zum ersten Mal als reales Porträt, den Blick fast melancholisch nach unten gerichtet wie ein fürsorglicher Vater, der über die Endlichkeit des Menschen nachdenkt. Irgendjemand muss das Bild allerdings für ungeeignet befunden haben. Im Folgejahr erschien Mussolinis breiter Kopf viel stilisierter, mit Militärhelm, dessen Gurt sich gut sichtbar eng um das kräftige Kinn spannte, ein martialisches Profil, in dem keinerlei Mitleid für die inneren und äußeren Feinde des Vaterlandes lag.

Violas Körper war noch glatt und fest trotz der Schwangerschaften und ihres Alters, und doch wagte ihr Mann sich schon lange nicht mehr auf ihre Bettseite. Zu lange hatte Ernani nur als Schuldeneintreiber Zugang zu dem gehabt, was sich weich und sanft unter dem Nachthemd seiner Frau verbarg. Doch anders als bei jedem Steuerschinder hatte sie nie eine Reaktion gezeigt, nicht einmal Ablehnung. So hatte die demütigende Tatsache, einen Körper zu besitzen, der noch regloser war als ein Waggon auf dem Abstellgleis, Ernanis traurige Begierde erstickt. Nun wünschten sich die Eheleute, wenn das Licht im Schlafgemach ausging, mit ausgesuchter Höflichkeit eine gute Nacht;

dann drehte sich jeder zu seiner Seite des Ehebetts, weiter voneinander entfernt als Planeten.

Ernani ging nun zweimal im Monat in ein Bordell etwas außerhalb der Stadt, an der Straße nach Bagnacavallo. Es war gut zu erreichen, vom Bahnhof aus musste man nicht einmal die Stadt durchqueren mit dem Risiko, gesehen zu werden. Eines Abends im Sommer, nach dem letzten Glas Wein zum Essen, auf den Tellern noch die Reste der Leber venezianische Art, die Attilio so mochte, wischte sich Ernani den Mund mit der Serviette ab, stand auf und setzte sich, wie jeden zweiten Samstag, den Hut auf. Dieses Mal jedoch blickte er im Hinausgehen seine beiden Söhne an und sagte: »Heute Abend kommt ihr mit.«

So entschlossen hatten sie ihn noch nie gesehen. In der Küche schien einen kurzen Moment lang das Echo einer Familie widerzuhallen, die anders war als ihre, in der der Vater nicht auf den Körper seiner Frau verzichtete, in der die Söhne nicht von den Eltern untereinander aufgeteilt wurden durch gegensätzliche Loyalitäten. Doch das währte nur kurz.

»Attilio ist noch zu klein«, wandte Viola ein. Und sie hatte Recht: Er war ein Jahr jünger als das erlaubte Mindestalter der staatlichen Freudenhäuser. Ernanis Autorität, so flüchtig wie der Schatten auf einer Wand, war schon verflogen. Also ging nur Otello mit seinem Vater.

Bei den Appellen der Jugendgruppen verlor sich Attilio manchmal im Anblick der Giovani Italiane, deren Brüste gegen die weiße Bluse drückten, rechts und links der dunklen Krawatte. Doch das Versprechen barg nur Trug und Enttäuschung: Für einen italienischen Jungen waren die Liebreize von Altersgenossinnen unerreichbar. Und selbst wenn eine von ihnen ihm gar Zugang zu dem Geheimnis zwischen ihren Beinen gewährt hätte, wäre er vielleicht selbst aus Unsicherheit zurückgeschreckt. Als Attilio an jenem Abend mit der Mutter in der Küche zurückblieb, verwandelte sich der Groll gegen sie in blanken Hass. Doch gleichzeitig empfand er eine gewisse Erleichterung, einer Gefahr entronnen zu sein – besser gesagt sie aufgeschoben zu haben.

In den nächsten Monaten nahmen Ernani und Otello besondere Rücksicht auf ihn. Bevor sie sich nach dem Abendessen die Hüte aufsetzten, warteten sie, bis er die Küche verlassen hatte. Doch am Abend seines achtzehnten Geburtstags stand er als Erster von der Tafel auf und sagte zum Vater, ohne die Mutter anzusehen: »Also gut, können wir?« Viola musste nachgeben. An diesem Abend endete ihr allmächtiges Vorrecht der Mutter auf den Körper des Sohnes.

Auf der Straße nach Bagnacavallo sprach niemand ein Wort, weder Vater noch Söhne. Das Korn auf den rechteckigen Feldern war gerade erst gemäht, in der Luft lag der Geruch nach Stroh. Die Sterne waren Lichtschlieren im Dunst. In den Pappelreihen setzten sich die Spatzen mit letztem Gezwitscher zur kurzen Sommernacht zurecht. Attilio atmete ein, sah sich um und lauschte mit den geschärften Sinnen eines Jägers; die nicht asphaltierte Straße klang elastisch unter seinen Füßen nach. Er spürte sein Verlangen und seine Angst, überlegte kurz, in die Küche der Mutter zurück zu fliehen, würde aber, wenn er das tat, vielleicht ein Messer nehmen und sie erstechen müssen. Schweigend lief er weiter.

Als sie das Freudenhaus erreichten, ging die Tür auf, ohne dass sie klingeln mussten. Schwere Luft schlug ihm entgegen. Eine Mischung aus Zigarettenrauch – Nazionali, Popolari, Alfa – und dem Geruch nach Seife und Lysoform, das Ganze bedeckt von einer Schicht billigen Parfüms: *Arpège, Amour Amour, Moment Suprême.* In der Vorhalle saßen Männer jeden Alters auf unechten Empire-Sofas, während zwischen ihnen halbnackte Frauen flanierten: in Slip und BH, im Rock und oben ohne, nur mit einer offenen Bluse über dem nackten Körper. Die Maitresse, die ein graues Kleid trug wie eine Telefonistin, saß hinter dem schlichten Tresen aus dunklem Holz und begrüßte Ernani äußerst liebenswürdig. Attilio stockte vor Verlegenheit und schlechter Luft fast der Atem. Um nicht auf den Boden zu starren, sah er mit großen Augen auf das breite Gesäß einer Brünetten, die lasziv, aber abwesend in einem Türrahmen lehnte. Direkt vor ihm ging ein Rock aus durchsichtigem Tüll vorbei, unter dem er verwirrt das Fehlen von Unterwäsche und einen dichten Busch schwarzer Schamhaare erahnte. Das also befand sich da in der Mitte, zwischen den Beinen der Frauen. Das hatte er noch nie im Leben gesehen.

Der Vater winkte einer jungen Frau, deren Bluse über dem von Dehnungsstreifen gezeichneten üppigen Busen offen stand, sie solle sich um seine Söhne kümmern. Sie kam näher, stellte sich vor das Brüderpaar und lächelte, als habe sie einen Preis gewonnen.

»Willkommen, schöne Jugend!«, sagte sie mit freudiger Stimme und versenkte ihren Blick in Attilios blaue Augen. »Und wie heißt unser Neuankömmling hier?«

Ernani blickte mit wohlwollendem Vaterblick, zwischen Ironie und Stolz, auf diesen Sohn, der jener Frau viel zu ähnlich sah, die er hoffnungslos liebte.

»Attila«, erwiderte er.

Die Puffmutter brach in ein breites Gelächter aus, das in einem Wimpernschlag ihre würdevolle Haltung Lügen strafte.

»Mädchen, aufgepasst! Die Geißel Gottes ist da!«

Und alle zusammen, Kunden, Prostituierte, Puffmutter und auch Ernani und Attilio, stimmten in den Heiterkeitsausbruch ein. Der Einzige, der nicht lachte, war Otello, doch das fiel niemandem auf.

Um Attila standesgemäß im Erwachsenenalter willkommen zu heißen, erklärte die Prostituierte mit lauter Stimme, würde sie ihm und seinem Bruder eine besondere Behandlung zukommen lassen: zwei Huren zum Preis von einer. Ernani lächelte der

Maitresse zu, die ebenso großmütig wie berechnend ihre Zustimmung signalisierte. Die anderen Anwesenden applaudierten zu der bevorstehenden Entjungferung. Otello jedoch hatte nur zu gut verstanden, dass das Angebot der Prostituierten nicht wirklich für beide ein Schnäppchen war. Es bedeutete eine Hure gratis für Attilio.

Mussolinis Züge hatten fast immer Verspätung. Vor allem auf den Nebenstrecken wie Bologna–Ravenna. Die Fahrpläne, die am Bahnhof von Lugo aushingen, boten eher grobe Zeithinweise, und die meisten Reisenden wussten das. Natürlich wusste es auch Ernani, doch ein einfacher Bahnhofsvorsteher konnte da nicht viel machen. Die Ursachen waren grundlegende Mängel im italienischen Schienennetz. Zu viele Verbindungen hatten nur ein Gleis, der Maschinenpark war – bis auf wenige, stolz präsentierte Ausnahmen – zu alt, marode die Infrastruktur. Doch in der Zeitung, die Ernani beim zweiten Morgenkaffee im Aufenthaltsraum des Bahnhofs durchblätterte, war oft die Rede von der exzellenten Pünktlichkeit der italienischen Züge, als Frucht der neuen Ordnung, die der Faschismus gesät habe. In dieser triumphierenden Propaganda steckte wenig Wahrheit, und Ernani las sie und hatte im Bauch das Gefühl zu fallen, während in schneller Folge die Gesichter des mazzinischen Großvaters, des anarchischen Vaters Toleriertnicht und das von Rizzatello Beniamino an ihm vorbeizogen, der von den Schwarzhemden weggezerrt wird. Von diesem schwarzen Gefühl erzählte er niemandem, Viola schon gar nicht.

Sein Schweigen wurde nicht schlecht entlohnt. Mussolini hatte begriffen, wenn die Eisenbahner den Bauch voll hatten, würden sie sich nicht noch einmal wie 1919 hinter die Arbeiter stellen. Viola hob weiterhin mit der Schaumkelle das erkaltete Fett von der Brühe und bewahrte es in einer Kanne auf, um später das Gemüse darin zu dünsten. Doch war Ernanis Gehalt so üppig, dass seine Söhne nach der Pflichtschule nicht arbeiten gehen mussten, sondern sich als erste Generation der Familie Profeti an der Universität einschrieben. Otello wählte Ingenieurswesen. Auf dem Gymnasium war ihm Mathematik leichtgefallen, und er hatte auch schon die *Zeitschrift für Eisenbahnwesen* abonniert. Attilio entschied sich für Geschichte und Philosophie; er war ein treuer Leser des *Quadrivio*. Die treffenden Zusammenfassungen in den Artikeln des Herausgebers Telesio Interlandi ordneten seine Weltsicht, gaben ihm das angenehme Gefühl zu verstehen, was sich jenseits der Fakten verbarg. »Hinter der gierigen Raffhand der internationalen Finanzwelt versteckt sich der semitische Kapitalismus«, lautete dort eine Erklärung. »Dreihundert Männer, die sich untereinander kennen, halten das wirtschaftliche Geschick der Welt in ihren Händen. Manche dieser dreihundert Männer haben festgestellt, dass sie weniger verdienen, weil Europa zerstückelt ist, und sie versuchen, die Grenzen abzuschaffen, um bessere Geschäfte zu machen. Doch während die semitische Ökonomie auf dem Vergnügen an skrupellosen Spekulationen basiert, hat Italien von den Latinern die ökonomische Weisheit gelernt, mit Vorbildcharakter für die ganze Welt, die zur Grundlage die Liebe zum eigenen Land hat.« Die Sanktionen gegen den Krieg in Abessinien wurden als »wurmstichige Frucht der semitischen Solidarität mit dem Neger« bezeichnet. Sie waren der Beweis für die jüdisch-massonische Geheimverschwörung gegen die höchste Manifestation des reinen italienischen Blutes, den Faschismus, das Mittel, mit dem die feigen Bankiers der Demo-Plutokratien versuchten – vergeblich! –, sich der reinen imperialen Berufung Italiens entgegenzustemmen.

Wie lautete die Antwort auf diese Angriffe, welche neuen Schlüsse mussten daraus gezogen werden? Attilio las es auf den Seiten des *Quadrivio*: das Konzept der Rasse. »Das Blut, die Materie, die harte Materie, in die unser Leben sich eingräbt, Geist und Sakrament.« Der sich abzeichnende italienisch-äthiopische Konflikt zum Beispiel würde die endgültige Legitimierung des italischen Genies über die Herden von Völkern sein, die noch nie etwas geschaffen hatten: »In ihnen – denn das Physische ist nichts anderes als die Andeutung des Metaphysischen – sehen wir schwarze Leiber, fanatisches, oft vulgäres Äußeres, Finsternis von Ausdruck und Fleisch; in den anderen hingegen die sonnendurchflutete Schönheit des Apoll, die Fähigkeit zur Idealisierung, zur eigenen Neuerfindung in den vollkommenen Formen der griechischen Kunst und dem unermesslichen Brennen, leuchtend vor Selbstbewusstsein, der italienischen Kunst.«

Diese Leitartikel gaben ihm die blendende Gewissheit, Zugang zur letzten Wahrheit der Dinge zu haben. Ein Reichtum an Sinnhaftigkeit, unzugänglich für jene, die sich von feigen Komplotten verhöhnen lassen, aber berauschend für alle, denen sie enthüllt wird. Seine Brust des Zwanzigjährigen weitete sich angesichts der großen Gemälde, die der Lauf der Geschichte für Italien entwarf und damit auch für ihn. Die Zustimmung zum Faschismus sprengte die engen Grenzen des Gefühlslebens seiner Mutter Viola, und die Lektüre des *Quadrivio* schenkte Attilio ein vages, aber unerschütterliches Gefühl der Erhabenheit. Er war erfüllt von Visionen, Streben und Sinnhaftigkeit.

Er pendelte zwischen Lugo und Bologna, wo er während der Woche, wenn er Seminare besuchte, in einer kleinen Pension hinter den Sieben Kirchen wohnte. Diese wäre für seine Mittel als Student zu teuer gewesen, hätte die Eigentümerin, eine Witwe mit einem platten Pfannkuchengesicht und doppelt so alt wie er, nicht zu gerne ihre bebenden Arme für ihn geöffnet. Attilio gegenüber war sie doppelt freigebig. Sie lehrte ihn die Kunst des Küssens und halbierte ihm die Miete. In der Öffentlichkeit siezte er sie und nannte sie Signora Ricci. Im stillen Kämmerlein sagte er nur »du«, obwohl sie lieber »Saveria« gehört hätte. Wie sie ihn auch gern die ganze Nacht in ihrem Bett behalten hätte, während Attilio sich nach der Befriedigung aus dem kurzen Dämmerschlaf des Zwanzigjährigen aufrappelte und schnell in seine Kammer zurückkehrte. Einmal nahm sie nach dem Orgasmus, als sie erhitzt nebeneinander lagen, seinen Penis in einer liebevollen Geste in die Hand. Er schob sie ruckartig weg. Die Botschaft war klar: Die einzige Intimität, die er ihr zugestand, war die sexuelle im engeren Sinne.

Saveria lehrte Attilio, wie man Spielkarten unauffällig mit dem Fingernagel markiert.»Da pfeif ich drauf« war ein streng faschistisches Spiel – es basierte mehr auf Hierarchien als auf Farben – und somit eines der wenigen vom Duce tolerierten Spiele. Doch die Gäste der Zimmervermietung vergnügten sich abends trotzdem lieber mit dem alten Scala 40, Briscola oder Rommé.

Wenn er über die Feiertage nach Hause kam, besuchte Attilio weiterhin den Puff an der Landstraße nach Bagnacavallo. Er mochte die Mädchen vom Land, obwohl sie – was ihm früher gar nicht aufgefallen war – ihre Kunden niemals küssten. Um den Wartenden die Zeit zu vertreiben, lagen auf dem alten Holztresen Fotografien von unbekleideten Frauen in dem Stile, wie er zu Zeiten Monsieur Daguerres gut angekommen war. Seit einiger Zeit jedoch wurden immer häufiger Postkarten eines anderen Typs herumgereicht. Die Maitresse legte sie in die schweißfeuchten Hände ihrer Kunden und flüsterte: »Verbotene Sachen!« Doch so wild konnte es nicht sein, wenn man bedachte, dass sie sie vom Sektionssekretär persönlich bekam.

Abgebildet waren halbnackte Frauen, die ihre Reize lasziv darboten. Doch lagen sie diesmal nicht auf Sofas oder Kanapees, sondern auf Tierfellen – Löwen, Leoparden, Zebras – oder Teppichen auf dem Boden. Ihre Haut von der Farbe verbrannten Holzes ließ sie fester und stofflicher erscheinen als die schneeweißen Dämchen, die durch die Boudoirs spazierten. Die Bereitschaft zum Beischlaf der Frauen auf den Fotos war keiner moralischen Verkommenheit geschuldet, wie bei den weißhäutigen Huren, deren Hautfarbe ihre wenn auch entwürdigte Zugehörigkeit zu einer überlegenen Rasse deklarierte. Nein, diese Bilder stellten detailgetreu eine in ihren Ursprüngen erotische tierische Natur dar. Die Körper der Frauen auf den Karten boten sich dem Blick des italienischen Mannes auf eine Art dar, die seine wesenseigene Überlegenheit anerkannte sowie seine Aufgabe, sie zu zähmen. Der afrikanische Kontinent war eine Frau, jede afrikanische Frau war ein Kontinent, der kolonialisiert werden musste. Ihre nackten Brüste waren klein und schwarz, ihre sich öffnenden Schenkel bargen tiefdunkle Geheimnisse. Kurz gesagt, sie waren Negerinnen.

Attilio saß in dem kleinen Puff von Lugo und betrachtete die Postkarten, während ihm das Blut ins Geschlecht lief. Wie die anderen Kunden, wie die Puffmutter, die sie verteilte, fand auch er, dass es sich um unanständige Abbildungen handelte, nur eben etwas exotischer als sonst. Eingetaucht in den muffigen Geruch der Nutten verstand er nicht, was sie wirklich waren. Merkte nicht, was er da in der Hand hielt: Das Bild eines schwarzhäutigen Mädchens mit nichts am Leib als einer Halskette, die spitzen Brüste über dem konvexen Bauch hervorspringend, war keine Pornografie. Es war Kriegspropaganda.

Der Duce bereitete den Abessinien-Feldzug vor und wollte nicht über den Pazifismus stolpern, den der Erste Weltkrieg mit sich gebracht hatte. Der jubelnden Menge unter dem Balkon auf der Piazza Venezia, den Familien, die in der Küche um das Radio versammelt waren, und jedem, der es hören wollte (und das waren alle Italiener), hatte er versprochen, sie aus drei Gründen nach Äthiopien zu führen: um die Niederlage von Adua zu rächen, um das imperiale Heldenepos wiederzuerwecken, um jedem von ihnen einen Platz an der Sonne zu schenken, an jenem »blühenden Ufer, der Schatztruhe purer Fülle«. Klar war ihm aber auch, dass er der Jugend, die als erste zu überzeugen war, besser nicht mit Waffen und Tod kam, sondern bei ihr auf einen stärkeren Trieb setzen musste: den Sex. Die künftigen Soldaten des neugeborenen Römischen Imperiums steckten mit ihrer Männlichkeit im dreifachen Zangengriff – dem der Mütter mit dem Heiligenschein aus Müdigkeit und Opferbereitschaft, dem der tristen mechanischen Freuden der Dirnen und dem der bis zur Hochzeit unerreichbaren Körper der gleichaltrigen jungen Mädchen. Als die heimatlichen Bordelle von den Bildern äthiopischer Frauen überflutet wurden, reagierten die jungen Männer Italiens begeistert. In Scharen meldeten sie sich für Afrika, das jungfräuliche Land, das entjungfert werden wollte.

Faccetta nera
bell'abissina
aspetta e spera
che già l'ora si avvicina,
quando saremo vicino a te
noi ti daremo un'altra legge e un altro re.
La legge nostra
è schiavitù d'amore ...

Kleines schwarzes Gesicht,
schöne Abessinierin,
warte und hoffe,
denn es dauert nicht mehr lang,
und wenn wir bei dir sind,
geben wir dir ein neues Gesetz und einen neuen König.
Unser Gesetz
ist die Sklaverei der Liebe ...

Unter ihnen war auch Attilio Profeti. Er sagte die Examen an der Universität ab und meldete sich als Freiwilliger bei der faschistischen Miliz. Ernani war machtlos in seiner Entrüstung, als er sah, wie sein Zweitgeborener das Studium aufgab und nun dasselbe Hemd trug wie die Mörder des Fahrkartenverkäufers Rizzatello Beniamino. Den Abend bevor er nach Neapel aufbrach, um sich dort nach Abessinien einzuschiffen, verbrachte Attilio nicht zu Hause, sondern in Bologna, in der Wohnung der Signora Ricci. Die er zum ersten und einzigen Mal Saveria nannte.

In jenen Tagen Ende des Jahres 1935 herrschten in Lugo in Romagna klare, naturgegebene Positionen. Die Sanktionen waren Unrecht. Das Albion war perfide. Paolina Baracca war die Mutter des Kriegshelden in den Kleidern des Faschismus. Ebenso klar und naturgegeben war es daher, dass am »Tag des Traurings« die Gräfin die Erste war, die sich den Ring vom Finger streifte und in den Tiegel warf, in dem das Gold fürs Vaterland gesammelt wurde.

Es war kurz vor der Wintersonnenwende, also eine Woche vor Weihnachten sowie vor der Wiedergeburt des Sol Invictus aus der Finsternis. Dieses Datum hatte der Duce, der sorgsam zwischen katholischer Kirche und dem heidnischen Kult um den Faschismus, besser gesagt um sich selbst, navigierte, nicht dem Zufall überlassen. Seit nunmehr fast zehn Jahren wiederholte er: »Der Faschismus ist nicht nur ein Regime, es ist ein Glaube; er ist nicht nur ein Glaube, sondern eine Religion, die die arbeitenden Massen des italienischen Volkes erobert.« Seit Wochen appellierte er eindringlich an die italienischen Frauen, den Abessinien-Krieg zu unterstützen, indem sie ihr Gold dem Vaterland spendeten. Die Häuserwände waren gepflastert mit Plakaten des dampfenden Tiegels, in dem die wichtigsten Schlagworte eingeschmolzen wurden: KÜHNHEIT, MUT, WILLE, GLAUBE. Darunter stand: »Im Tiegel des Faschismus verschmelzen die Werte der Sippe, und es entsteht ein fester Barren des Sieges.« Der Glaube und der Trauring. Die Ergebenheit an den Faschismus und der kleine goldene Ring, der die Ergebenheit jeder Frau für ihren Mann bezeugt. Ein wirksameres Bild ist kaum vorstellbar. Deshalb war die Hand, die in Zeitungen, Zeitschriften und Plakatwänden anmutig den Ring in das Sammelbecken legte, stets eine Frauenhand. Von den Ringen der Ehemänner war keine Rede, offensichtlich wurde ihr Goldanteil in der Kriegsanstrengung nicht benötigt. Opferbereitschaft und Einwilligung in den Krieg wurden nur von den verheirateten oder verlobten Frauen verlangt. Es war eine Art umgedrehte chemische Reaktion: vom Ehegold zum Kriegsgerät, von der ehelichen Hingabe der Frau zur männlichen Kriegstugend. Vor allem versuchte man, Italien zu verwandeln von einem weiblichen Land voll Schönheit und Milde in die maskuline imperiale Potenz. Zu diesem Zweck brauchte es eine niemals endende Propaganda.

In Lugo wie in ganz Italien war der Mittelpunkt der Ring-Zeremonie ein großer Metallbehälter. Er stand auf einem Tisch unter einem Schutzdach, verziert mit Liktorenbündeln und den Fahnen des faschistischen Parteibüros. Vor dem Backsteingebäude neben dem Uhrturm hatten sich trotz des Wetters Hunderte Menschen versammelt. Seit Tagen fiel ein grauer Regen auf Italien herab, frustrierend und ohne das Pathos von Unwettern. Am Vorabend war Ernani mit einer Erkältung und heißer Stirn zu Bett gegangen; am Morgen war er nur schwer hochgekommen. Viola schob ihren Kopf näher an seinen heran, nicht etwa aus einer Regung der Zuneigung, auf die ihr Mann schon lange nicht mehr hoffte, sondern um sich unter seinem Regenschirm besser vor der Nässe zu schützen.

Noch war keine Frau aus Lugo an den Tisch mit dem Kessel herangetreten, um ihren Schmuck abzugeben. Der Regen trommelte laut auf die geöffneten Schirme. Die Menge lauschte schweigend. Die Lautsprecher in den Fenstern der Casa del Fascio verbreiteten die Radionachrichten über den Platz direkt von Piazza Venezia aus Rom.

Einmal mehr dienten die Knochen des Unbekannten Soldaten dazu, die Einheit der Italiener zu beschwören. Ihr Schweigen, von Radio und Presse beinahe täglich als »heilig« erklärt, wurde über die Fratze der Uneinigkeit gelegt, um jeglichen Ausdruck zu ersticken. Die Zeremonie auf dem Denkmal für Viktor Emanuel II. hatte etwas Mystisches, das bezeugten der Duft des Weihrauchs, der aus den Räucherpfannen zu beiden Seiten der Grabstätte aufstieg, die rauchenden Kessel auf ihren Dreifüßen und vor allem die Frauen. Sie, die faschistischen Frauen, waren die Priesterinnen dieses Opferkults. Ihnen stand die Ehre zu, ihn zu begehen. Noch vor den Frauen der hohen Parteifunktionäre standen auf der Spitze der Treppenstufen in einer Reihe, schwarze Ameisen auf weißem Marmor, die Witwen und Mütter der Toten des Großen Krieges. Ihre Angehörigen waren von Granaten zerrissen, von Bajonetten durchbohrt und von der Artillerie verstümmelt worden. Deshalb verdienten sie es, auf der Brust glänzende wertvolle Orden zu tragen wie Paolina Baracca. Neben den Frauen der Toten standen die Würdenträgerinnen der Frauenorganisationen Spalier. Die Mütter und Frauen Italiens sollten nicht länger, wie zu Zeiten des Großen Krieges, passive Zuschauerinnen sein, die später um die Gefallenen weinten. Dieses Mal war es anders. Der gesamte Volkskörper wurde nun eine Frau. Durch die Gabe des Trauringes gingen die italienischen Frauen eine mystische Ehe mit dem Faschismus ein und vor allem – doch darüber redete man nicht, um die Männer nicht in Verlegenheit zu bringen – mit dem männlichsten aller Männer: dem Duce.

Wie es sich für brave Vestalinnen gehört, schwiegen die Frauen. Auch in Lugo herrschte Schweigen, das wenn möglich noch tiefer wurde, als aus dem Radio die Beschreibung schallte, wie eine kleine schwarze Gestalt die marmorne Fläche des Vittoriano in Rom betritt: die Frau der Frauen, die Regentin Italiens, Königin Elena höchstpersönlich. Auf dem Platz des Uhrturms hörte man, wie die Stimme des Sprechers sich vor Aufregung überschlug. Vor der Casa del Fascio hielten alle den Atem an. Selbst der Regen schien leiser zu fallen.

»Unsere Königin senkt das Haupt in einem Moment der Einkehr, dann hebt sie ihre weiße, handschuhlose Hand. Da, ein kleines goldenes Funkeln von zwei Ringen: ihrem eigenen und dem des Königs. Die Hand bewegt sich in Richtung des Dreifußes ...«

Aus Ernani brach ein sonorer Nieser hervor, dem ein zweiter und noch ein dritter folgten. Der Bahnhofsvorsteher sah sich entschuldigend um, doch in diesem Moment der Spannung gab es nichts anderes als die Stimme aus dem Radio. Nur Viola warf ihm einen Blick zu, ausdrucksloser als eine Wand. Sie hatte Tausende, kaum wahrnehmbare und für Außenstehende unsichtbare Arten, ihm die Enttäuschung zu zeigen, die jede seiner Regungen in ihr auslöste. So auch dieses Mal: Mit einer leichten Drehung des Körpers und ungeachtet der Schulter, die nun dem Regen preisgegeben war, wandte sie sich von Ernani ab.

»... ist es so weit! Die Ringe sind mit einem einzigen Klingen in dem metallenen Gefäß verschwunden. Der Akt, mit dem die Königin den italienischen Frauen am Tag des Traurings vorangeht, ist vollbracht. Kein Geräusch stört die überwältigende Schönheit, die religiöse Würde, die mystische Ergriffenheit dieses Moments.«

Applaus stieg über Piazza Venezia auf und über allen anderen Plätzen Italiens, auf denen die Worte aus den Lautsprechern klangen. Das ganze Vaterland war in diesem Moment eine Frau, wie seine Königin.

Als die Berichterstattung vom Denkmal des Unbekannten Soldaten endete, begann die Sammlung im restlichen Land. In Lugo war nach einem unabänderlichen Naturgesetz wiederum Paolina Baracca die Erste, die ihre Schmuckstücke spendete.

Broschen, Gold- und Silbermünzen, Besteck, Bilderrahmen. Großzügig entledigte sich die Gräfin ihrer Besitztümer. Natürlich passten sie nicht alle in den Kessel; nachdem eines nach dem anderen der Menge präsentiert worden war, wurde der Sack, in dem sie sich befanden, dem Sektionssekretär höchstpersönlich übergeben. Nur der Trauring, den sich Paolina unter dem zustimmend freundlichen Blick ihres stilbewussten Mannes gezogen hatte, fiel mit einem leichten Klimpern in den noch leeren Kessel. Alle dachten, dass die Mutter des Helden damit genug zu der imperialen Kraftanstrengung beigetragen hätte, sowohl was die Quantität als auch was ihre Vorbildrolle anbelangte, und nun die Reihe an den anderen Ehefrauen der Stadt wäre. Doch die Gräfin machte keine Anstalten, das Podest zu verlassen. Mit beseeltem Blick hob sie die Hand zu ihrer Brust und löste mit einem kleinen Ruck die Nadel, mit dem der goldene Orden ihres Heldensohnes an dem schwarzen Kleid steckte. Ein Zittern durchlief die Menge unter den Schirmen. Eine Frau in erster Reihe stieß einen leisen Schrei aus. Andere bissen sich auf die Lippen, um nicht aufzustöhnen, nein, dieses höchste, letzte Opfer musste nicht sein! Doch, es musste. Zumindest hatte Paolina das so entschieden. Vor dem ganzen Ort hielt sie den goldenen Orden für Verdienste in der Armee von Francesco Baracca über den Kessel. Es folgte ein Moment höchster Anspannung, nicht weniger aufgeladen als in Rom, während Königin Elena auf dem Denkmal die beiden Eheringe zwischen den Fingern hochgehalten hatte. In diesem schicksalhaften Augenblick zeigte Paolinas Gesicht, wie laut Radiobericht dasjenige der Regentin, keinerlei Gefühlsregung. Und ebenso wenig das ihres Mannes Enrico, was daran liegen mochte, dass er sich gerade den Hut zurechtschob. Der Goldorden fiel mit einem feinen metallischen Klirren auf den Boden des Behältnisses, das viele, so wurde in den Folgejahren beteuert, gehört haben wollten. Dann erst stieg die Gräfin von dem Podest, gefolgt von ihrem Mann, der zufrieden in die Menge lächelte wie einer, dessen Leben nach Wunsch verläuft. Die Frauen von Lugo hielten noch einen Moment ehrerbietig inne, dann traten sie unter den ausdruckslosen Blicken ihrer Männer nach und nach vor. Nun war die Reihe an ihnen. Ein paar Tage vor der Zeremonie war ein Kommuniqué verbreitet worden. Neben jedem Spendentisch, hieß es, stünde ein Goldschmied, der kontrollieren würde, ob jemand Ringe aus falschem Gold in den Tiegel warf. Doch nun war dort unter den Wimpeln und Trikoloren niemand, der mit fachmännischem Blick die Gabe abwog. Auch die Parteispitzen warfen nur einen oberflächlichen Blick auf die abgelegten Ringe. Dieses zur Schau gestellte Desinteresse fiel nicht allen leicht. Manch ein Schwarzhemd-Kommandeur hätte nur zu gern denjenigen eine Lektion erteilt, die es wagten, einen unechten Ring in den Kessel zu werfen; die es sich leisten konnten, extra zu diesem Zweck einen zweiten Ring zu kaufen; die einen Juwelier gefunden hatten, der ihnen einen minderwertigen Silberring vergoldet hatte; die sich einen Eisenring an den Finger gesteckt hatten, um so zu tun, als gäben sie den Ehering, der in Wirklichkeit zu Hause in einer Schmuckschatulle lag; kurz all jenen, die das Regime zum Besten hielten. Aus Rom aber war die strikte Order an die lokalen Parteisekretäre und -funktionäre ergangen, solche Vorkommnisse nicht zu ahnden. Folglich wurde der auf frischer Tat ertappte Juwelier, der zweihundert Eheringe fälschte, nicht strafrechtlich belangt, wie auch sein Kollege aus Padua nicht, der Eisenringe verkaufte, die denen ähnlich waren, die zum Tausch am Tag der Zeremonie ausgegeben wurden. Tatsächlich war das eigentliche Ziel der Zeremonie nicht der Realwert des gespendeten Schmucks. Natürlich stand es nicht in den Zeitungen, doch dieses Gold war eine Lappalie gegenüber den wahren Kriegskosten in Abessinien. Doch was hier eingesammelt wurde, war viel kostbarer: die allgemeine Zustimmung. Deshalb wurden Betrügereien ignoriert. Denn nähme man die Schuldigen fest, würde nur offensichtlich, dass nicht alle Herzen ausschließlich für Faschismus und Vaterland schlugen. Dass manch einer den Duce nicht lieben, sondern betrügen wollte. Nein, da drückte man lieber ein Auge zu. Den freiwilligen Verteidigern des Faschismus wurde gesagt, dass Rizinusöl und Schlagstöcke für andere Gelegenheiten gut waren.

Auch Ernani schmerzte die Vorstellung, dass Viola sich von dem feinen Goldschmiedeprodukt trennen wollte, das die Schönheit der Braut bezeugte, in die er verliebt war. Ein paar Wochen vor dem großen Tag des Rings hatte er vor dem sonntäglichen Rindfleisch gesessen und seiner Frau einen Vorschlag gemacht. Er würde einen anderen Ring von gleichem Wert kaufen – das konnte er sich mittlerweile leisten, ohne an seine Ersparnisse zu gehen –, den sie abgeben würden. Otello, der zum wöchentlichen Familienessen nach Hause gekommen war, hatte seine Zustimmung zu der Idee erklärt. Dem Vaterland war es egal, so sagte er, wie der Ring aussah; was zählte, waren die Karat.

Viola hatte den Blick von ihrem Teller gehoben, auf dem sie gerade das Fleisch zerteilte, hatte in furchtbarer Langsamkeit Messer und Gabel aus der Hand gelegt und dann ihrem Mann einen Blick zugeworfen, als sei er ein Verräter. Dann sprach sie mit monotoner und düsterer Stimme wie die Sibylle von Cumae.

»Du willst also mit minderwertigem Gold die Waffen bezahlen, die dein Sohn tragen wird.«

»Nein, nein, wie gesagt, ich kaufe einen Ring mit dem gleichen Goldgehalt von exakt 18 Karat. Oder auch mehr, wenn du möchtest. Es wäre nicht minderwertig.«

Da sagte Viola das, von dem Ernani immer gewusst hatte, dass sie es dachte, da sie es ihm seit zwanzig Jahren durch ihre Verweigerung und Enttäuschung mitteilte: »Doch, das ist es. Genau wie du.«

Niemand kontrollierte also vor der Casa del Fascio die Trauringe. Schon bald war Viola Profeti an der Reihe, schließlich war sie die Frau des Stationsvorstehers, Schlüsselfigur in der Dorfgemeinschaft nach dem Bürgermeister, den örtlichen Honoratioren, dem Doktor, dem Apotheker und dem Chef der Carabinieri. Alle sahen, wie sie sich den echten Trauring vom Finger zog und wie eine Erkennungsmarke über den Kessel hielt. Einen Moment lang fühlte sich die Frau des Bahnhofsvorstehers gleichrangig mit einer Königin, mit der Gräfin Baracca, mit all den Frauen, die ihre Männer liebten und ein glückliches Leben führten. Dann, mit einem leichten Klimpern, fiel der Ring in den Kessel. Der Sektionssekretär steckte ihr den Eisenring an den Finger, und Viola Profeti ehelichte mit verklärter Miene ihren Duce.

Auf dem Nachhauseweg musterte Ernani heimlich das Gesicht seiner Frau. Sie hatte die Augen weit aufgerissen und starrte mit fast fiebrigem Blick vor sich hin. Sofort vergaß Ernani die Anstrengung, mit der er sich den ganzen Vormittag im Regen auf den Beinen gehalten hatte, und machte sich Sorgen um sie. War Viola krank? Sie war aber auch völlig durchnässt, das tat ihr bestimmt nicht gut. Und wie schön sie war, so ernst und blass, die jung gebliebene Haut straff über den eleganten Zügen, aber auch zerbrechlich und einsam. Wenn die letzten zwanzig Jahre zwischen ihnen anders verlaufen wären, wenn es nicht diese unsichtbare Mauer in ihrem Ehebett gegeben hätte, wenn die Enttäuschung und Bitterkeit nicht immer in ihrer Stimme mitschwingen würden, sobald sie mit ihm sprach, dann hätte er ihr jetzt auf dem Weg zum Bahnhof seinen schützenden Arm um die Schultern gelegt. Hätte sie an sich gezogen, ihr süße Dinge ins Ohr geflüstert. Hätte ihr gesagt, dass seine Liebe nach zwanzig Jahren noch dieselbe war wie am ersten Tag. Doch er tat nichts von alldem. Er senkte nur den Schirm ein wenig und passte sich ihren Schritten an.

Viola schien die Gefühle, die ihn durchströmten, nicht zu bemerken. Ungerührt lief sie vor sich hin. Ernani hingegen durchzuckte beim Anblick ihres Gesichts eine jähe Erkenntnis: Um diese so geliebte und unglückliche Frau zu retten, wäre er bereit zu sterben. Ein einfacher Gedanke, wie alles Unausweichliche, und Ernani hatte das Gefühl einer Weissagung. Die es auch war, wenngleich umgekehrt.

Viola war in Gedanken bei ihrem Goldring, der zu den anderen in den Tiegel gefallen war. Sie stellte sich vor, wie er zerfloss, verschmolz und ein in der Sonne glitzerndes Gewehr wurde. Das Gewehr ihres Sohnes Attilio, das er umgehängt hatte, während er beim Einsteigen in den Zug eine Träne wegwischte und zu ihr sagte: »Weine nicht, Mamma, ich komme zurück. Ich komme immer zurück.«

Attilio Profeti lehnte in diesem Moment an der Reling der *Vulcania* und lauschte einer Frauenstimme, die vom Rande der Wüste über den Kanal hallte. Von den Ufern in Porto Said sang Maria Uva für ihn. Nur für ihn. Die Tropensonne brannte ihm ins Gesicht, die Meeresbrise zerzauste sein Haar, die Melodie streichelte ihn. Attilio war auf dem Weg, das Imperium zu errichten. Zusammen mit dem besten Blut Italiens war er auf dem Weg, Geschichte zu schreiben. Der Duce hatte zu ihm gesprochen – »Siegen! Und wir werden siegen!« –, und nun sprach Maria Uva mit der Stimme aller Frauen Italiens, der Mütter mit ihrer gefürchteten Liebe, der Bräute, die ihre Trauringe gaben, der unnahbaren Jungmädchen in ihren weißen Blusen, der Zimmerwirtin mit ihren warmen Armen und auch der Huren an der Straße nach Bagnacavallo, und sie wiederholte das, was Er gesagt hatte. Sein Ziel ist der Traum vom Ruhm, sang die Stimme für Attilio. Der Traum von einem Feuer, das brennt und verzehrt. Und wenn ein Feuer dich verbrennt, hast du keine Wahl. Auch wenn zwischen dir und dem Traum der Krieg steht, musst du ihm folgen. Du kannst nur weitergehen, denn was hinter dir liegt, gibt es nicht mehr.

Der Gesang verstummte, und auf dem Dampfer antwortete ein fröhlicher Chor. Die Gesichter der Kameraden waren erhitzt von der Sonne und den Versprechungen, ihre Nasen gerötet von den Pülverchen, die sie von den Booten gekauft hatten, die wie ein Bienenschwarm um den Kiel schipperten. Attilio Profeti wedelte mit den Lotteriescheinen aus Tripolis, die er gerade erstanden hatte, und stimmte in ihre lauten Gesänge ein.

Nell'Africa quaggiù,
se bianche non ce n'è,
noi bacerem le more,
noi bacerem le more ...

Wenn's nunmal in Afrika
keine weißen Frauen gibt,
dann küssen wir halt schwarze,
dann küssen wir halt schwarze ...

21

2010

Es heißt, bei der Abschiebepolizei hält es niemand länger als ein paar Monate aus, es sei denn, er ist ledig oder geschieden. Ständige Bereitschaft, unregelmäßige Arbeitszeiten, Tagessätze, die ein Witz sind und zudem nur für den Hinflug genehmigt werden – im Ministerium glaubt man offenbar, dass die Beamten zurückgebeamt werden. Am Ziel angekommen, manchmal in so fernen Ländern wie Peru, hätte man eigentlich das Recht auf eine vierundzwanzigstündige Pause vor dem Rückflug nach Italien, aber das macht fast niemand. Die meisten checken im selben Flugzeug ein, mit dem sie gekommen sind. Dann haben sie also zwölf Stunden oder mehr hinter sich, in denen sie einen Typen ruhigstellen mussten, dem gerade das geschieht, was er im Leben am meisten fürchtet oder verabscheut, müssen gleichzeitig den anderen Passagieren größtmögliche Ruhe vermitteln, haben dann ein, höchstens zwei Stündchen, um sich die Beine zu vertreten, bevor es wieder zurück in die Druckkabine des Interkontinentalfluges geht. Mit etwas Glück am Fenster, denn das Betrachten der Wolken lenkt ein bisschen ab.

Wenn sich daher die Kollegen auf solchen Missionen beklagen, dass sie ihre Familien nicht mehr sehen, ihre Frauen genervt sind, sie die Kinder nur noch schlafend erleben, erwidert der Assistente Capo Barozzino: »Hab ich ein Glück, dass ich Witwer bin.«

Bei der Vorauswahl für den psychologischen Eignungstext hat er den Witz allerdings nicht gebracht. Im Gegenteil, er hat alles getan, um bei den Tests zu beweisen, dass der Baum, gegen den Anna geknallt ist, ihm nicht die Selbstkontrolle geraubt hat, und auch nicht die Fähigkeit, unter Stress Ruhe zu bewahren oder die eigene Position nicht zu missbrauchen. Anders als manche junge Kollegen, die sich mit der Pistole in der Hand plötzlich allmächtig fühlen und den Festgenommenen mit Ohrfeigen traktieren. Woraufhin er, Barozzino, ihnen eine knallt, aber so richtig, dass man den Abdruck sieht. Dann halten sie sich verblüfft die Wange wie kleine Jungs, die sie bis vor kurzem noch waren, und du kannst sicher sein, dass das nicht nochmal passiert.

Er hat den Eignungstest bestanden, dann wurde er eine Woche lang speziell geschult. Nun ist er der Einzige unter den Kollegen, dem es nichts ausmacht, tagelang von zu Hause weg zu sein – auch ohne langen Planungsvorlauf. Im Gegenteil. Immer noch besser als zu Hause allein auf den Fernseher zu starren. Oder unter den Fingern die warme, weiche Haut auf der anderen Seite des Bettes zu spüren und dann festzustellen, dass es nur ein Kissen war.

Seit mittlerweile vier Jahren begleitet Barozzino Männer und Frauen raus aus Italien, Menschen, die schreien und um sich treten oder mit gesenktem Kopf schweigen. Er hat schon einiges gesehen. Aber das heute – nein, so etwas hat er noch nie erlebt.

Er hat schon Menschen nach Fiumicino begleitet, die nach monatelangem Aufenthalt in einem CIE weder den Grund für ihre Abschiebung noch den für ihre Festnahme kannten. Die immer noch sagten: »Aber ich habe doch nichts Böses getan!«, was ja auch stimmte. Bis zu dem Tag, als sie eingesperrt wurden, hatten sie auf einem Feld geschuftet, in einem Großmarkt, auf einem Baugerüst. Für Straftaten hatten sie beim besten Willen keine Zeit. Genauso wenig wie für die Information, dass der illegale Aufenthalt in Italien ein Straftatbestand ist.

Er hat den Männern in Handschellen den Hintern gewischt und den Schwanz abgeschüttelt, die ja während des zwölfstündigen Fluges auch mal austreten müssen, und die Blicke sind einfach unbeschreiblich, mit denen sie ihn beobachten, wie er sie einerseits in Handschellen hält und sie andererseits mit einer Fürsorge abputzt, die er auch seinen neugeborenen Kindern zukommen lassen würde, wäre dieser Baum nicht gewesen. Blicke, von denen er tatsächlich noch nie jemandem erzählt hat.

Er hat senegalesische Väter gesehen, unschuldige Menschen, die höchstens gefälschte Designertaschen verkauft haben, die ihre Söhne wegen Kokainhandels angezeigt haben. Um sie zurück in den Senegal zu schicken und so aus den schlechten Kreisen loszueisen. Und sich dabei noch das Rückflugticket zu sparen.

Er hat Roma-Mädchen gesehen, die Verstecken spielen. Du nimmst sie fest, bringst sie aufs Präsidium, sie haben keinerlei Ausweispapiere, ganz zu schweigen von einer Geburtsurkunde – sie wissen vielleicht noch, in welchem provisorischen Lager sie zur Welt gekommen sind, aber es ist nie jemand auf die Idee gekommen, sie in ein Melderegister aufzunehmen. Du bringst sie ins CIE, doch Serbien verweigert ihre Anerkennung, und ohne Identifizierung keine Abschiebung, wie sollst du jemanden in seine Heimat zurückführen, wenn du nicht weißt wohin? Nach höchstens achtzehn Monaten musst du sie gehen lassen, sie tauchen unter, bis ein Kollege sie wieder bei irgendwas ertappt. Dann geht das Ganze von vorne los. Welchen Sinn hat das? Keinen.

Dann gibt es diejenigen, die beim Boarding die Rasierklingen auspacken, welche sie bis dahin im Mund versteckt haben – Araber, sie sind die Einzigen, die ihre eigenen Körper traktieren wie Foltersklaven –, und sich Gesichter, Hände, Bäuche zerschneiden. Also bringst du sie zur Notfallambulanz, und sie verpassen den Flug. Die aus Ghana, Nigeria oder Togo hingegen kämen nie auf die Idee, sich selbst zu verletzen. Sie beißen, schlagen und prügeln lieber dich. Einmal hatte sich einer in Barozzinos Brust verbissen und ließ einfach nicht mehr los. Ein Kollege musste ihm einen Schlag auf den Kiefer versetzen, damit er abließ, er hatte ihm die Uniform zerrissen und sogar ein Stückchen Fleisch erwischt wie ein wildgewordener Pitbull. Solche Typen muss er mit dem Body Cuff ruhigstellen oder mit dem Klettverschlussanzug, der auch zur Ausrüstung gehört, damit niemand, die Rückführer inklusive, Waffen an Bord schmuggeln kann. Oder dieser riesige Nigerianer, den er nach Fiumicino überführen musste, der hatte Handgelenke dreimal so dick wie er. Er schaute aus seinen zwei Metern Höhe auf ihn herab und sagte immer wieder: »Ich fahre nicht«, er konnte sogar ganz gut Italienisch. Diesem Riesen mit der harten Tour zu kommen hätte im Kampf geendet. Also kaufte der Assistente Capo ihm etwas zu essen, fragte ihn, welche Pizza er möge, gab ihm sogar noch etwas Taschengeld und sagte dann: »Okay, hör zu, du bist größer als ich, du schlägst mich nieder, dann kommen meine Kollegen, sie schlagen dich nieder, wenn nötig kommen noch fünf mehr, oder zehn, oder zwanzig, wie viele es halt braucht, jedenfalls stellen wir dich am Ende ruhig. Wenn du darüber nachdenkst, wirst du begreifen, dass du besser tust, was ich dir sage.« Der andere hatte den Kopf gesenkt und war zahm wie ein riesiges Lämmlein ins Flugzeug gestiegen.

Allerdings nur, weil es ein Mann war. Eine Frau ... ach, wenn die Nigerianerinnen nicht wollen, kriegst du sie nicht hinein. Wenn du die gefangenen Mädchen des Juju rückführen willst, ist es, als würdest du sie direkt in die Arme des Dämons schicken. Einmal hat er zwei erlebt, die hatten sie schon bis auf die Gangway bekommen, obwohl sie wie Stuten um sich traten und sich die Extensions ausrissen mitsamt Fetzen der Kopfhaut. An der Einstiegsluke haben sie sich dann hingehockt und gekackt. Einfach so auf den Boden. Dann haben sie angefangen, wie wild mit der Scheiße um sich zu schmeißen: auf Barozzino, seinen Kollegen, die Flugbegleiter, die sich hinter den Sitzen in Sicherheit brachten. Er hat Kot ins Gesicht bekommen, auf den Mund, auf die Augen. Am Ende haben sie gewonnen, der Pilot kam aus dem Cockpit und sagte: »Ihr glaubt doch nicht ernsthaft, dass ich die in meinem Flieger mitnehme.« Also mussten sie die Gangway wieder hinabsteigen, sie aufs Präsidium bringen, die Flugkabine reinigen lassen. Seine Uniform war so voll mit Scheiße, dass er den Kittel eines Notarztes anziehen musste, um nach Hause zu fahren. Wo er sich dann den ganzen Abend lang übergab.

Es gibt Richter, die diese Dinge wissen und den Festgehaltenen zwar zur Abschiebung verurteilen, ihn aber, wenn er keine Straftat begangen hat, auf freien Fuß setzen. Woraufhin er natürlich nie mehr gesehen wird. In solchen Fällen fühlt sich Assistente Capo Barozzino einerseits auf den Arm genommen, andererseits ist er einverstanden damit. Einerseits würde er den Richtern gerne sagen: »Ihr, die ihr die Gesetze anwendet, stimmt euch doch bitte mit denen ab, die sie machen, schließlich habe ich einem Staat die Treue geschworen, nicht zweien.« Auf der anderen Seite würde er sich wünschen, dass Signor Bossi und Signor Fini, die dieses Gesetz unterschrieben haben, sowie die Parlamentarier, die dafür votiert haben, und all jene, die immer lauthals »Schicken wir sie endlich nach Hause« schreien, mal ein paar Tage lang die Personenbegleiter Luft unterstützen würden. Sollen sie sich doch die Kopfnüsse und Bisse, die Scheiße und vor allem die Blicke der Abgeschobenen reinziehen. Sollen sie sie doch nach Hause schicken. Sollen sie doch die neue Vereinbarung zwischen Gaddafi und Berlusconi umsetzen, welche all diese Menschen – Nigerianer, Senegalesen, Eriträer, Somalier, Ghanesen und alle, die über das Meer auf Lampedusa anlanden – nicht etwa in ihre jeweiligen Heimatländer zurückschickt, sondern in die Gefängnisse in Libyen. Vielleicht erleben sie dann dasselbe wie er, dass ein Mann, der beim Öffnen der Flugzeugtür die Luft von Tripolis wiedererkannte, sich vor Barozzino niederkniete, den Kopf senkte und ihn um den Gnadenschuss bat.

Was am Ende auch diesem Jungen hier blüht. Die Fingerabdrücke wurden ihm nach der Landung genommen, er ist über das Meer gekommen, er hat sogar einen Abschiebebefehl, dem er nicht nachgekommen ist. Für ihn führt an Gaddafis Lagern theoretisch kein Weg vorbei.

Theoretisch.

Heute aber hat Barozzino etwas so Erstaunliches erlebt wie noch nie – ein *Festgehaltener* aus Äthiopien mit zwei Ablehnungsbescheiden, der fast zwei Jahre lang untergetaucht war und nun auf seinen eigenen Beinen das CIE verlässt anstatt an Bord eines Streifenwagens in Richtung Flughafen. Der zudem aber auch noch ein hellgelbes Blatt Papier in der Hand hält: die verlängerbare Aufenthaltsgenehmigung für ein Jahr auf seinen Namen, die per Dringlichkeitsschreiben aus dem Ministerium gekommen ist. Ein wahres Wunder für einen *Festgehaltenen* im CIE, noch unwahrscheinlicher als die Möglichkeit, dass er seine Anna wieder lebendig in die Arme schließt.

Der Assistente Capo beobachtet, wie der Junge schlaksig durch das Metalltor geht, als wäre er ein Filmstar, der das Grand Hotel verlässt, der den gepflasterten Platz überquert und in seine Limousine steigt. Die zwar ein Panda ist, aber die gleiche Wirkung erzielt. Erwartet von einer dünnen Frau und einem jüngeren Mann, der ihr ähnlich sieht, aber zu alt ist, um ihr Sohn zu sein. Sie umarmen ihn, er steigt ins Auto, und sie fahren los.

»Wer das wohl war«, fragt sich Assistente Capo Barozzino.

Ein Flugzeug donnert wenige Dutzend Meter über das Gebäude des CIE hinweg, über die *Festgehaltenen*, die noch zu identifizieren und abzuschieben sind, über den Panda, der vom

Piazzale abbiegt. Einen Moment gibt es nichts anderes als das Dröhnen der Motoren und den durchdringenden Geruch des Kerosins.

Wie sehr wünscht er sich ein ebensolches Wunder. Oder wenigstens eine Erscheinung, das würde schon genügen.

In Italien ist nichts unmöglich für denjenigen, der Einfluss hat. Piero benötigte nicht mehr als ein paar Telefonate. Schon war der Junge aus dem CIE raus, war kein Illegaler mehr, von heute an kann er sogar eine Arbeit annehmen. Es war alles ganz einfach. Danach hat Piero aber einen weiteren Freund im Außenministerium angerufen, der bis vor wenigen Monaten in Addis Abeba tätig war. Er hat ihm einen Namen genannt. Der Freund im Außenministerium hat Freunde kontaktiert, die Freunde von Freunden kontaktiert haben, bis man bei der richtigen Person der äthiopischen Regierung angelangt war. Im Innenministerium, um genau zu sein. Dieses Mal war es nicht ganz so einfach, doch Piero hat bekommen, was er wollte: eine Information.

Als Pieros Name auf dem Display erscheint, parkt Ilaria gerade den Wagen. Sie hat einen Parkplatz fast direkt vor der Haustür gefunden, wie schon seit Monaten nicht mehr – heute ist wirklich der Tag der übernatürlichen Dinge. Sie bittet Attilio zu antworten und auf laut zu stellen. Der Bruder hält ihr das Handy ans Kinn, während sie den Wagen manövriert.

»Piero ... ich weiß nicht, was ich sagen soll. Danke.«

»Keine Dankbarkeit, hatten wir ausgemacht. Ich wollte dir nur etwas sagen, das du noch nicht weißt.«

»Was denn?«

»Also. Ich war neugierig. Du hast mich gebeten, eine Person aus dem CIE zu holen, und das habe ich getan. Aber ich wollte sicher sein, um wen es sich handelt. Dir sind solche Sachen ja egal, wenn jemandem geholfen werden muss. Aber mir nicht.«

Ilaria sieht in den Rückspiegel und forscht im Gesicht des Jungen. Er starrt vor sich hin, noch ganz betäubt. ›Sein Blick ist der eines alten Mannes geworden‹, denkt sie.
»Ich habe dir doch gesagt, wem du hilfst«, sagt sie. »Meinem Neffen.«
»Nein, Ilaria.« Durch den Panda klingt die ruhige Stimme des Mannes, den sie trotz allem liebt. Kurz erklingt nur ein ganz feines Störgeräusch aus dem Handy. Pieros Schweigen wirkt heftiger als ein Schrei. Nun ist auch der Junge wach und erwidert durch den Spiegel ausdruckslos Ilarias Blick. Vielleicht ahnt er, was gleich kommt.
»Shimeta Ietmgeta Attilaprofeti ist im November 2005 in einer Kaserne in Addis Abeba gestorben. Meine Quelle hat den Polizeibericht gefunden. Als Todesursache wird dort angegeben: ›Unwohlsein‹.«

»Mein wahrer Name ist Senay Bantiwalu. Shimeta war mein Cousin, meine Mutter Saba und sein Vater waren die Kinder von *ayat* Abeba, also Halbgeschwister, so wie ihr. Sabas Vater war Amhare, Ietmgetas Italiener – euer Vater. Was ich euch erzählt habe, ist alles wahr, nur dass ich er war und er ich.«
Ilaria sieht Attilio an, er schweigt statt des zu erwartenden: »Was habe ich dir gesagt?!« Auch er will nur zuhören, was Senay – an den neuen Namen muss er sich noch gewöhnen – zu berichten hat.
Senay erzählt von dem Massaker, das der junge Staatschef Meles auf dem Merkato angeordnet hat, genau dort, wo – vor langer Zeit, doch noch gibt es Überlebende, die sich erinnern – der *talian* Graziani viele Menschen hat umbringen lassen. Von Shimeta (dem echten), der versuchen wollte, zu seinen Verwandten nach Italien zu gelangen, es aber nicht mehr geschafft hat, weil sie ihn eines Tages im Morgengrauen vor der Haustür abgeworfen haben, ein Haufen gemartertes Fleisch.

Ayat (»das heißt Großmutter«) Abeba war blind, ging krummer als ein Trunkenbold und wusste, dass sie bald sterben würde.

Sie gab Senay den Ausweis seines Cousins – den sie unter ihrem Bett aufbewahrte, damit er nicht konfisziert wurde. Sie sagte zu ihm: »Nimm du ihn, Shimeta braucht ihn nicht mehr. Verstecke ihn gut auf der Reise und benutze ihn erst, wenn du in Italien bist.« Aber da sei doch ein Foto drauf, hatte er eingewandt, die *talian* würden doch erkennen, dass das nicht er sei. *Ayat* Abeba hatte ihn beruhigt: »Die Weißen achten nie auf das Gesicht eines Schwarzen, nur auf die Hautfarbe.«

Und dann war Senay gegangen, war *raus*.

Ilaria denkt an ihre erste Begegnung auf dem Treppenabsatz. Es stimmt. Keine Sekunde hat sie die Gesichtszüge auf dem Ausweis beachtet.

»Was bedeutet dein Name?«, fragt sie ihn.

»Geschenk.«

0

2012

Attilio Profeti lauschte friedlich dem erstickten Gurgeln. Das Röcheln eines Sterbenden – sein eigenes. Es ist ihm gleichgültig, fern. Seit Jahren sind seine Gedanken wie die Scherben eines Basreliefs, das gerade bei archäologischen Grabungen entdeckt wird; hier ein Finger, da die Raffung eines Umhangs, dort ein Akanthusblatt. Antike Bruchstücke, anhand derer man unmöglich erkennen kann, was ein Wesen ist, was bloße Dekoration. Doch gerade beschert ihm ein letzter Blutstrom im Gehirn eine vollständige Erinnerung.

Er war neun Jahre alt. Viola war mit ihm zur Beerdigung seiner Großmutter mütterlicherseits gegangen. Attilio hatte nicht sehr an der alten Frau gehangen, die in einem Dorf voller Mücken wohnte und die er nur selten gesehen hatte. Vorsichtig trat er an den offenen Sarg, wo sie mit auf der Brust gefalteten Händen lag. Er sah sie an. Ihre Gesichtshaut hing am Kinn herab, schlaff und gelb wie die Kehllappen eines Suppenhuhns. Die Nasenlöcher, durch die keine Luft mehr strömte, waren bedrohliche schwarze Höhlen. War sie schon als Lebende nicht schön gewesen, so war sie nun geradezu hässlich.

»Warum ist sie gestorben?«, fragte er Viola.

»Weil sie alt war«, gab sie zurück. »Und weil wir früher oder später alle sterben müssen.«

Damals hatte Attilio seiner Mutter kein Versprechen abgenommen, sondern sich selbst, ein für alle Mal. Drei Wörter hallten durch seinen Kopf, mit der unbedingten Kraft des Absoluten: »Alle, außer mir.«

Der Klang des Röchelns schreckt Anita auf, die weinend neben dem Bett steht. Attilio hingegen lässt sich davon einlullen.

In dem Moment, bevor er stirbt, streift ihn fern eine Frage. *Wer denn, alle?*
Und ihm fällt niemand ein.

»Am Ende glaubte mein Vater immer selbst an die Gute-Nacht-Geschichten, die er mir abends vor dem Einschlafen erzählte, das machte sie so schön.«

Ilaria nimmt die Hände von der Tastatur und weiß nicht weiter.

Sie seufzt. Aus den unteren Stockwerken steigen Essensdünste auf. Die Küche Bangladeschs. Sie ist leicht von der chinesischen zu unterscheiden, zwei völlig verschiedene Dinge. Mittlerweile wohnt Ilaria nur noch an den Tagen, an denen sie Schule hat, auf dem Esquilin. Am Wochenende fährt sie zu Piero aufs Land. Er hat alle politischen Ämter niedergelegt, einen Tag bevor das Parlament über den Fall der minderjährigen Prostituierten abstimmte. Die Abgeordneten sollten entscheiden, ob sie glaubten, ja oder nein, dass der Ministerpräsident in gutem Glauben gehandelt habe, als er behauptete, das Mädchen sei eine Nichte des ägyptischen Premiers Mubarak. Pieros frühere Parteigenossen stimmten allesamt mit ja, und Silvio Berlusconi behielt die parlamentarische Immunität.

›Mehr Luft‹, denkt Ilaria. ›Meine Worte brauchen mehr Luft.‹

Wenn ein Elternteil stirbt, rückt man auf in die erste Reihe. Nun steht nur noch Marella zwischen Ilaria und der vordersten Linie. Macht ihr die Auflösung der Familie Angst? Nicht wirklich. Allerdings würde sie gern in hundert Jahren noch einmal in die Welt treten und schauen, wie die ganze Geschichte weitergegangen ist. Ihr fällt Avvocato Valente ein, der in seinem rhetorischen Furor Sätze geäußert hat, die ihr selbst zwei Jahre danach noch in Erinnerung sind.

»Wir befinden uns mitten im Todeskampf eines Zeitalters, das vor fünfhundert Jahren begonnen hat und dessen Ende wir noch nicht absehen können«, hatte er gesagt. »Aber ich bleibe optimistisch, zumindest auf lange Sicht. Bis dahin werden wir noch einige Dinge ausfechten müssen. Auch Blutbäder schließe ich nicht aus. Daran werden auch wir Schuld haben, doch nicht allein. Wir Menschen neigen dazu, alles an uns zu überschätzen, selbst unsere Dummheit.«

Ilaria war damals genervt gewesen von seinem großtuerischen Orakeln. Doch nun, zwei Jahre später, ist sie nicht mehr so sicher, ob nicht auch viel Wahres in seinen Worten lag. Die Geschichte scheint immer schneller zu laufen. Berlusconi ist nicht nur als Regierungschef abgesetzt, er spielt auch sonst keine Rolle mehr; Gaddafi ist auf grausige Art ums Leben gekommen; den vor Lampedusa geretteten Schiffbrüchigen wird Vorspiegelung falscher Tatsachen vorgeworfen, weil sie Handys dabei haben, vor allem aber will ihr Strom einfach nicht abreißen. Die Menschen lassen sich in ihrer Bewegungsfreiheit nicht mehr stärker einschränken als die Waren, die fast ohne jede Grenze über den gesamten Planeten reisen. Gewiss ist dies der Anfang von etwas komplett Neuem, nur von was? Das weiß niemand.

Ilarias Blick fällt auf die Zeitung auf ihrem Schreibtisch. Seit Jahren kauft sie keine Tageszeitung mehr, Nachrichten liest sie nur noch im Internet. Doch heute Morgen beim Anblick der Schlagzeile auf der Titelseite ist sie ungläubig am Zeitungsstand stehen geblieben und hatte das Bedürfnis, die Nachricht schwarz auf weiß in den Händen zu halten. Sie wollte sicher gehen, diese absurde Meldung nicht geträumt zu haben.

EINWEIHUNG DER GEDENKSTÄTTE FÜR RODOLFO GRAZIANI IN AFFILE.
Etwas kleiner darunter: »Das Mausoleum wurde mit Geldern der Region Latium finanziert. Proteste aller größeren antifaschistischen Gruppierungen.«

Krankenhäuser schließen, Behinderte bekommen keine Rente, die Straßen haben mehr Krater und Risse als der Mond, und Zehntausende Euro werden bereitgestellt, um den Schlächter von Addis Abeba zu ehren, den Vernichter der Kyrenaika, den Henker von Salò. Ilaria findet vor Empörung keine Worte. Sie zwingt sich, die Zeitung wegzulegen und weiterzuschreiben.

Wenn ein fast Hundertjähriger stirbt, ist dies ein von allen Seiten erwartetes Ereignis, so lange schon erwartet, dass man gar nicht weiß, was man empfinden soll. Sie zumindest hat ihre natürliche Trauer als Tochter bereits in den letzten Jahren durchlebt, in denen Attilio Profeti nur noch äußerlich anwesend war. Ihre Trauer, nun Waise zu sein, und das sehr lange Leben ihres Vaters verlöschten zusammen; zwei Zwillingskerzen, die gemeinsam bis zum Boden herabgebrannt sind.

Ilaria muss unwillkürlich lächeln bei der Vorstellung, wie Attilio Profeti bei seiner eigenen kirchlichen Trauerfeier ausruft: »Ich warne euch! Die Kirche toleriert nicht einen Hauch von Freiheit!« Doch Beerdigungen sind nicht für die Toten da, sondern für die Lebenden – und die vielen Jahre des Pflegens, des Windelnwechselns und der Demenz geben Anita das Recht zu entscheiden, auf welche Art ihr Mann unter die Erde kommt.

Ilaria schreibt weiter.

»Danke, dass ihr gekommen seid, um meinem Vater das letzte Geleit zu geben. Er würde sich freuen, zu sehen, dass wir uns für ihn versammelt haben, auch weil wir alle jünger sind als er. Wenn heute jemand unter uns wäre, der genauso alt ist wie er oder gar noch älter, nein, ich glaube nicht, dass Attilio darüber froh wäre. Überhaupt nicht. Aber zum Glück hattet ihr alle den Anstand, die Feinfühligkeit, nach 1915 geboren zu werden. Dafür will ich mich in seinem Namen bedanken. Damit können wir heute offiziell festhalten: Attilio Profeti hat den Wettkampf gewonnen.«

Ilaria schaut auf. Auf der anderen Seite des schmalen Hofes, im gegenüberliegenden Fenster, stellt ein junger Mann mit rotbrauner Haut behutsam einen Computer auf das Fensterbrett. Tatsächlich hat ihr Vater in seinem Wettkampf eine Menge Leute geschlagen. Oberst Gaddafi, um nur einen zu nennen, der viel jünger war als er. »*Sic transit gloria mundi*«: So kommentierte sein guter Freund Silvio, der mit dem Handkuss, die Bilder der Menge, die das Startzeichen für den Lynchmord an dem Vater Libyens gab, indem sie ihm einen angespitzten Stock ins Rektum schoben, in einer neuen Art des kaudinischen Jochs. Ebenso hat Attilio Profeti Meles Zenawi geschlagen, das Schoßkind des Westens unter Äthiopiens Führern, verantwortlich für die Massaker in Addis Abeba von 2005, der wenige Tage zuvor einem Tumor erlegen ist. Er war siebenundfünfzig, vierzig Jahre jünger als er – ein klarer Vorsprung, eine unbestreitbare Revanche gegenüber dem Auftraggeber von Shimetas Mördern, dem Sohn von Abeba und seinem Sohn. Wer noch lebt, ist hingegen Haile Mariam Mengistu, der beinahe eine halbe Millionen Menschen hat umbringen lassen und nun sein Alter in aller Ruhe im Exil in Simbabwe verbringt. Es muss allerdings gesagt werden, dass im Rahmen des Wettkampfs sein Überleben kein Schandfleck ist: Attilio Profeti war fast zwanzig Jahre älter als er, sie spielten also nicht in derselben Liga. Und auch Berhanu Bayeh lebt noch, doch vielleicht hätte er sich manchmal eine schnelle Erschießung gewünscht, da er immer noch in der italienischen Botschaft zusammen mit den anderen zwei früheren Derg-Ministern sitzt. Seine einzige Beschäftigung in den letzten Jahren war das Pokerspiel, und die

Einsätze waren mal ein Apfel, mal zwei Zigaretten oder wer als Nächstes die Musik auswählen darf, die auf dem alten Kassettenrekorder abgespielt wird.

»Ich will euch aber auch nicht verheimlichen, dass ich vor zwei Jahren noch völlig andere Sachen über ihn gesagt hätte. Bis dahin glaubte ich nämlich, ihn mehr oder weniger zu kennen, wie jedes erwachsene Kind seinen alten Vater kennt, ich wusste, dass ich manches über ihn weiß, aber nicht alles. Was nicht schlecht ist für ein Kind, im Gegenteil. Wenn man noch jung ist, kann es eine schwere Last sein, zu viel von seinen Eltern zu wissen. Ich war aber schon erwachsen, als eines Nachmittags Senay vor mir stand – das Geschenk.«

Durch den Hof tönt eine Stimme, und Ilaria sieht auf. Der junge Mann am Fenster gegenüber redet laut mit seinem Computerbildschirm. Er lacht, gestikuliert wild. Skype, das Bindegewebe menschlicher Beziehungen in Zeiten der Migration. Wer weiß, welchem Abonnenten er das Breitband angezapft hat, um die Gesichter seiner Lieben in der Ferne zu sehen, die er vielleicht nie mehr in den Arm nehmen wird. Sie fragt sich, ob es vielleicht ihres ist. Ihr Internet ist seit Tagen sehr langsam.

Sie liest noch einmal das Geschriebene. Hält die Hände ein paar Zentimeter über der Tastatur, wie ein Pianist, der nach einem Orchester-Intermezzo wieder einsetzt. Schließlich tippt sie weiter, im ruhigen Fluss ohne Unterbrechungen und ohne dem intensiven Duft von *Persécution Banglà* Beachtung zu schenken.

»Man sagt, wenn ein Mensch stirbt, ist es, als würde eine ganze Bibliothek in Flammen aufgehen. Ich weiß nun, dass ich nur wenige der geheimen Bücher meines Vaters gelesen habe, bevor das Feuer sie verschlang, und wahrscheinlich auch nicht die wichtigsten. Es gibt noch mehr davon, sehr viele, die ich nicht einmal in der Hand gehalten habe, deren Titel auf dem

Buchrücken ich nicht gelesen habe. Vielleicht speist sich daraus das Geheimnis des Nächsten: Niemand kann die ganze Bibliothek eines anderen lesen, auch nicht von dem, den er liebt. Ich vermute, nicht einmal er selbst, Attilio Profeti, hat sie alle gelesen. *Enfer* nannte sich der Teil mancher Bibliotheken, wo die moralisch verwerflichen Bücher aufbewahrt wurden. Vielleicht gibt es in jeder menschlichen Bibliothek eine solche Hölle mit mehr oder weniger hohen Regalen, in denen all das steht, was unerträglich zu lesen wäre, aber auch nicht verbrannt werden kann – oder noch nicht. Ich glaube, mein Vater hatte wie alle Menschen, die einen Krieg erlebt haben, ganze Räume mit Büchern in sich, in die er nie wieder hineingeschaut hat. Und wir Nachgeborenen, die diese Kriege nicht erlebt haben, hätten sie, selbst wenn wir sie gelesen hätten, nicht verstehen können. Denn sie sind in einer Sprache geschrieben, die uns fremd ist, ein Vehikel weit zurückliegender Erlebnisse.

Eine harte und einsame Einsicht ist es, dass man niemanden wirklich kennen kann, nicht einmal den eigenen Erzeuger. Noch trauriger ist für mich aber die Vorstellung, dass mein Vater in sich selbst Flure wahrnahm, zu denen nicht einmal er Zugang hatte. Vielleicht ist ja die Senilität, die Demenz des hohen Alters nichts anderes als eine Art und Weise, den Schmerz für sich erträglich zu machen, der aus dem eigenen Geheimnis rührt.«

Ilaria legt die Hände in den Schoß. Das Tageslicht ist verschwunden, ohne dass sie es gemerkt hat. Das Fenster gegenüber ist nun wieder verschlossen, der junge Mann und sein Laptop sind verschwunden. Es ist fast dunkel. Die Nachbarn kochen nicht mehr, und die Brise trägt einen schwachen Salzgeruch herein. Das Meer ist nicht weit entfernt von Rom. Reglos sitzt sie vor dem Computer, den blauen Schein des Monitors im Gesicht.

Die Trauerfeier ist vorüber. Letztendlich hat Ilaria sich gegen eine Ansprache entschieden und das Podium Emilio überlassen. Der sehr witzig und gefühlvoll über seinen Vater Attilio Profeti geredet hat, so dass am Ende jeder mit geröteten Augen lachte und schniefte.

Attilio Profetis Frauen (besser gesagt die beiden, die man bisher kennt – denn niemand möchte mehr postume Überraschungen ausschließen) sitzen auf den beiden Bänken rechts und links im Kirchenschiff, jede neben ihren Kindern. Attilio junior hat Senay neben sich, der seit zwei Jahren mit ihm auf der *Chance* arbeitet – dass er nicht das richtige Blut hat, interessiert niemanden mehr. Die moldawische Zugehfrau Martina hingegen weint, weil »der Opa« nicht mehr ist und sie von heute an weder Arbeit noch Heim noch eine Aufenthaltsgenehmigung hat. Anita hat immer vergessen, sie offiziell anzumelden.

Marella verbirgt ihr Gesicht in einem Taschentuch, und Ilaria hat den Arm um sie gelegt. Mutter und Tochter treten gemeinsam an den Sarg und streicheln nacheinander leicht über das Holz. Innen beginnen die Atome, aus denen Attilio Profeti zusammengesetzt war, sich in Aggregatzustände anderer Struktur umzubauen.

Sechs grau gekleidete Männer nähern sich nun dem Sarg. Sie fassen die Griffe, um ihn sich auf die Schultern zu heben und hinaus in den Beerdigungswagen auf dem Kirchhof zu tragen. Doch da tritt ein sehr alter Mann heran. In kleinen, mühevollen Schritten kommt er näher, auf den Arm einer jungen Frau gestützt, die eindeutig Züge afrikanischen Blutes trägt: hohe Stirn, voller Mund, die Haare zwischen gelockt und gekraust. Der Alte hebt eine Hand, die älter erscheint als die Kirche selbst, und bedeutet den Leuten vom Bestattungsinstitut zu warten. Sie treten mit gesenktem Kopf einen Schritt zurück.

»Wer ist das?«, raunt Ilaria ihrer Mutter zu, die erstaunt den Kopf schüttelt.

»Keine Ahnung.«

Der Alte tritt langsam vor. Er legt die Hand auf den Sarg und verharrt lange. Die junge Frau stützt ihn geduldig und wartet, bis er fertig ist.

»Aber klar ... Das ist Carbone!«, flüstert plötzlich Marella. »Sein Kriegskamerad, der versandet ist. Zu Weihnachten hat er immer eine Flasche Wein geschickt, er sagte, Papà habe ihm das Leben gerettet. Er war ein wenig älter.«

Als der Mann endlich die Hand löst, wirft die junge Frau den Männern in Grau einen auffordernden Blick zu. Sie kommen heran, heben den Sarg auf und tragen ihn mit langsamen Schritten durch das Mittelschiff zum Kirchenportal. Direkt hinter ihnen geht der Alte, gestützt auf seine Enkelin oder Urenkelin. Ilaria tritt näher.

»Signor Carbone, guten Tag. Ich bin Ilaria Profeti. Attilio war mein Vater.«

Carbone blickt sie mit geröteten Augen an.

»Liebes Kind ...«

»Signor Carbone, ich muss Sie etwas fragen. Mein Vater hatte einen Briefumschlag, auf dem die Anschrift Ihrer Autowerkstatt in Addis Abeba stand. Er hat ihn immer aufbewahrt. Niemals weggeschmissen. In dem Umschlag waren Fotos ...«

Carbone sieht sie mit der Hilflosigkeit dessen an, der versucht, eine Sprache zu verstehen, von der er nur ein paar Brocken spricht.

»Ich vermute, dass sie die Auswirkungen von Yperit dokumentieren.«

Carbone starrt sie schweigend an.

»Senfgas. Warum waren sie in einem Umschlag mit Ihrem Namen? Was war die Operation Morbus Hansen? Was hatte mein Vater damit zu tun?«

Carbone hebt die Hand und streicht ihr in einer wächsernen Berührung über die Wange. »Dein Vater war ein Mann, der sehr viel Glück im Leben hatte«, sagt er, dann sieht er sich um. Wankt. »Ich habe Durst«, wendet er sich an die junge Frau.

Sie lächelt Ilaria zu und hebt die gepflegten Augenbrauen. »Er ist sehr müde. Entschuldigen Sie, wir müssen gehen. Mein Beileid für Sie.«

Sie entfernen sich. Carbone bewegt sich mühevoll, die Schwerkraft lastet auf jedem Schritt. Er und die junge Frau brauchen eine halbe Ewigkeit für wenige Meter. Sie treten ins Freie und werden zu flimmernden Umrissen im Gegenlicht. »Er muss mindestens hundert sein«, denkt Ilaria.

Plötzlich schnalzt sie mit der Zunge. Mit der Enttäuschung eines Fußballfans nach einem verschossenen Elfmeter.

»Himmel, Papà. Du hast den Wettkampf gar nicht gewonnen.«

EDITORISCHE NOTIZ

Bis auf die historischen Figuren wie Lidio Cipriani oder Rodolfo Graziani haben die Personen in diesem Roman keine realen Vorbilder. Vor allem Piero Casati ist frei erfunden. Am 5. April 2011, als im italienischen Parlament darüber abgestimmt wurde, Silvio Berlusconis Verteidigungslinie zu bestätigen oder abzuweisen, stimmten die Abgeordneten der Regierungskoalition geschlossen für ihn, und niemand legte sein Amt nieder.

DANK

Diesen Roman könnte man als Summe unzähliger freundlicher Gesten bezeichnen von Menschen, die mir großzügig geholfen haben, indem sie mir ihre Zeit, ihr Wissen, ihre Unterstützung, ihren Rat oder Denkanstöße schenkten. Mein erster Dank gilt Claire Sabatier Garat, die mich in diesem Projekt von Anfang an bestärkt und unterstützt hat, ohne mich zur Eile zu drängen, und ebenso Marco Vigevani. Und Sabrina Varani, die beste Reisebegleitung, die ich mir denken kann.

In Italien/Europa: Ich danke Gobe/Sintinew für die Amharisch-Stunden und die Geschichten über das *Raus*-gehen; Alberto Melandri für die Postkarten aus Hereford; Aster Carpanelli und Eugenia Cerio Rossi für die Geschichten über das Leben als Mischling; Angela Maria Müller vom Hiob Ludolf Centre of Ethiopian Studies an der Universität Hamburg; Daniele Serafini, Leiter des Museo Baracca in Lugo; Giorgio Manzi, Leiter des Museums für Anthropologie an der Universität La Sapienza; Angelo Romano für die Ethnografie des Esquilins; der Bahnhofsvorsteherin Paola Guerra für das geheime Wissen, wie man *Züge rollen lässt;* dem Historiker Matteo Dominioni, der als Erster das Massaker von Zeret aufgedeckt und dokumentiert hat; den Anwältinnen Alessandra Ballerini und Michela Porcile aus Genua und Paola La Rosa aus Lampedusa; Commissario Mauro Longo von der Einwanderungsabteilung der Questura von Genua; Giovanna Trento für die

Geschichten des Madamatos; Gianluca Gabrielli für die Untersuchung der bildlichen Darstellung des italienischen Kolonialismus in Schulbüchern; dem Genetiker Guido Barbujani für die Erklärung eines giftigen Trugschlusses und des auf Menschen angewandten Rassenkonzepts; Gabriella Guido für die Dokumentation der CIE; Maria Bellucci und Fabrizio Caccia für die unveröffentlichten Erzählungen über Gaddafis Besuch in Rom; Angela Cossiri dafür, dass sie mir von dem Recht auf Vergessen erzählte, genau in dem Moment, als ich es brauchte; Paolo Piacentini für die Stirnlampe, Eleonora Pellegrini für die Walking-Stöcke, Silvana Gandolfi für die Terrasse mit Meerblick, Paolo Roversi für Italo Marighellis Worte, Gianluca Mariotti für den Erstabdruck und tausend andere Sachen, Marzio Marzot für die Bücher, Kai-Uwe Schulte-Bunert für die Gespräche über Macht, die jeder Fotograf auf sein Motiv ausübt, Matteo Pascoletti für die erhellenden Anmerkungen, Arianna Curci für ihre leidenschaftliche Sorgfalt mit dem Text. Und dann danke ich noch Claudio Nistri vom Hotel Ala d'oro in Lugo, Igiaba Scego, Dagmawi Yimer, Luca Fornari, Pier Paolo Mariotti, Luisella Aliprandi, Roberto Riccardi, Pier Luigi Valsecchi, Giovanni Fasanella, Andrea Branchi, Massimo Livadiotti, Josephine Condemi, Elly Schlein, Franco-Maria Negri.

Ich danke außerdem: dem Archiv der Società Geografica Italiana in der Villa Celimontana; dem Archiv zum Gedenken der Migranten und seinem Leiter Sandro Triulzi, wie auch Giusy Muzzopappa und den übrigen Angestellten; dem Tagebuch-Archiv in Pieve Santo Stefano; der Bibliothek des Nationalen Instituts für Statistik; der Bibliothek für Aktuelle Geschichte im Palazzo Caetani; dem Orient-Institut Carlo Alfonso Nallino. Von der Nationalbibliothek in Castro Pretorio möchte ich ganz besonders einer Volontärin danken, die mit großer Sachkenntnis meine komplizierten Archivrecherchen unterstützt hat, obwohl sie für ihre Arbeit kein Gehalt bekommt und hofft, eines Tages eingestellt zu werden – leider weiß ich ihren Namen nicht.

In Äthiopien danke ich Alessandro Ruggera, Leiter des Italienischen Kulturinstituts in Addis Abeba, und seiner großartigen Assistentin Linda Le Piane; Carmine Panico für den Reiseführer durch die faschistische Kolonialarchitektur; Suor Gemma und den Comboni-Schwestern für ihre Gastfreundschaft in der Mission in Lideta und Giacomo Ferrari, der mich mit ihnen bekannt gemacht hat; für die Zeugnisse von Italienern und Mischlingen in Äthiopien Enzo Rao, Alberto Varnero, Adriana Molinari, Mario Capussi und seiner Tochter Jolanda; Linda, die große »Patrona« im italienischen Restaurant »patronne« im Circolo Juventus; Ato Muluneh Haile vom Red Terror Museum für die Geschichten über Inhaftierung und Folter unter dem Derg, mitsamt seiner eigenen; Professor Abebe Haregwan für das Gold und das Wachs in der amharischen Sprache und Daniele Castellani, Leiter der italienischen Schule in Addis Abeba, der ihn mir empfohlen hat; dem Historiker Shiferaw Bekele für die Akkreditierung bei der National Library of Ethiopia; dem Dolmetscher Tewodros Selamnety für die Genauigkeit, mit der er auch die Worte von Geistern und *zar* übersetzt hat; Elefinesh Tegeni, der Tochter eines Überlebenden von Zeret, für die furchtlose Führung durch das Höhleninnere; Senayit Tefera und Danginet Ayalew, Kinder von Partisanen; Ian Campbell, der seit Jahrzehnten mit seinem grünen Mercedes durch die Straßen von Addis Abeba kurvt und jedes ihrer Geheimnisse kennt; Richard und Rita Pankhurst für die herzliche Aufnahme in einer Familie, die das zwanzigste Jahrhundert hervorgebracht hat; Shimeta Ezezew dafür, dass er mich – gerade noch rechtzeitig – zu den alten *arbagnoch* Abuhay Tefere und Ato Channe geführt hat: »Als ich jung war, habe ich gegen dein Volk gekämpft, und heute kommst du zu mir nach Hause, um mir zuzuhören. Welch ein Glückstag! Nächsten Sonntag nach der Messe werde ich allen davon erzählen.«

LESEN SIE WEITER

Rita Indiana Tentakel *Roman*
Ein karibischer Roman vom Strand der Zukunft – und die uralte Frage, brennend wie der Kuss einer Seeanemone: Wer ist Ich?
Aus dem dominikanischen Spanisch von Angelica Ammar
Quart*buch*. Klappenbroschur. 160 Seiten

Milena Michiko Flašar Herr Katō spielt Familie *Roman*
Endlich Zeit. Er könnte nun das alte Radio reparieren oder die Plattensammlung ordnen. Doch als er der jungen Mie begegnet, die ihm ein seltsames Angebot macht, beginnt er die Dinge anders zu sehen. Ein zarter Roman über einen späten Neuanfang und über das Glück.
Quart*buch*. Gebunden mit Schutzumschlag. 176 Seiten

Tristan Garcia Faber. Der Zerstörer *Roman*
Faber verschwand eines Tages so, wie er damals aufgetaucht war: plötzlich und geräuschlos. Mehr als zehn Jahre später erreicht seine beiden Jugendfreunde Madeleine und Basile ein Hilferuf – und nicht nur in ihren Köpfen beginnt die ganze Geschichte von vorn ...
Aus dem Französischen von Birgit Leib
Quart*buch*. Gebunden mit Schutzumschlag. 432 Seiten

Émilie de Turckheim Popcorn Melody *Roman*
Ein Roman über einen dichtenden Ladenbesitzer in der amerikanischen Wüste. So explosiv wie erhitzter Mais, federleicht und warm wie gepopptes Corn. Gut gelaunt, nachdenklich und poetisch.
Aus dem Französischen von Brigitte Große
Quart*buch*. Klappenbroschur. 208 Seiten

ITALIEN BEI WAGENBACH

Michela Murgia   Chirú   *Roman*
Wer macht uns zu dem, was wir sind? Wir werden es nicht von allein, sondern durch Menschen, die uns prägen, leiten, beeinflussen. Was für ein Glück – und welche Gefahr zugleich. Wieder lotet Michela Murgia die ungewöhnliche emotionale Bindung zwischen zwei Menschen aus.
Aus dem Italienischen von Julika Brandestini
Quart*buch*. Gebunden mit Schutzumschlag. 208 Seiten

Michela Murgia   Accabadora   *Roman*
Eine Geschichte über Mutter und Tochter, wie sie noch nie erzählt worden ist. Ein Roman, in dem das archaische und das moderne Italien aufeinandertreffen.
Aus dem Italienischen von Julika Brandestini
WAT 768. 176 Seiten

Stefano Benni   Terra!   *Roman*
Der Kultroman »Terra!« ist Krimi und Märchen, Fabel und Comic, Abenteuer und Science-Fiction-Roman, Fantasy und politische Satire in einem.
Aus dem Italienischen von Pieke Biermann
WAT 771. 432 Seiten

Wenn Sie mehr über den Verlag und seine Bücher wissen möchten, schreiben Sie uns eine Postkarte oder elektronische Nachricht (mit Anschrift und E-Mail). Wir informieren Sie dann regelmäßig über unser Programm und unsere Veranstaltungen.

Verlag Klaus Wagenbach   Emser Straße 40/41   10719 Berlin
www.wagenbach.de   vertrieb@wagenbach.de

Die italienische Ausgabe erschien 2017 unter dem Titel
Sangue giusto bei Rizzoli Libri in Mailand.

Dieses Buch konnte dank einer Übersetzungsförderung des
italienischen Außenministeriums übersetzt werden.

© 2018 Francesca Melandri. Published by arrangement with
The Italian Literary Agency
© 2018 Verlag Klaus Wagenbach, Emser Straße 40/41
10719 Berlin   www.wagenbach.de
Umschlaggestaltung Julie August unter Verwendung einer
Fotografie © Frank Derer. Gesetzt aus der Berling. Einband-
material von peyer graphic, Leonberg und Vorsatzmaterial von
Winter & Company, Eimeldingen. Gedruckt auf Schleipen
und gebunden bei Pustet, Regensburg.
Printed in Germany. Alle Rechte vorbehalten.

ISBN   978 3 8031 3296 3